Paula von Preradović

PAVE UND PERO

MOLDEN
VERLAG

Paula von Preradović

PAVE UND PERO

Roman aus dem alten Österreich

MOLDEN VERLAG, WIEN

Die deutsche Bibliothek – CIP-Einheitsaufnahme

Preradović, Paula von
Pave und Pero – Roman aus dem alten Österreich/Paula von Preradović –
Wien: Molden Verlag, 2003
ISBN 3-85485-100-6

www.molden.at
Umschlagentwurf: Veronika Molden
Herstellung: Alfred Rankel
Satz: Zehetner Ges. m. b. H.
Druck: GGP Media GmbH

ISBN 3-85485-100-6

Siehe, die Ahnen, sie harren des Liedes

Inhalt

Die Verlobten

Ewig rauschen die Wasser um Lukoran

Wer hat das Haus gebaut? Wer hat den Garten gepflanzt? Es ist lange her, und man weiß es nicht mehr.

Ein schöner, herrlicher Wind ist der Maestral, Sommerwind, Mittagswind, blau blasend aus Nordwest. Er macht die Luft rein und die Herzen froh, er läßt die Wellen tanzen und die Segel fliegen. Selig schreiend gleiten die Möwen auf seiner luftigen Schwinge dahin. Er blättert in den Zweigen des Ölbaumes, so daß sie aussehen wie weißes Gefieder, er trägt den Duft der Oleanderblüten von der einen Ecke des Parks in die andere, er rauscht in der großen dunkelgrünen Krone der Föhre, die nahe der Mauer steht.

Wenn einer bei Maestral von Zara nach Lukoran hinübersegeln will, dann bläht die Brise seine Segel aufs günstigste, er braucht keine Geduld, selbst wenn er weiß, daß drüben in dem kühlen Haus seine Braut auf ihn wartet. Kaum wird das weiße Zara hinter ihm zurückgeblieben sein, so wird ihm schon die Insel deutlicher und farbiger entgegenrücken. Kaum wird der frische Wind ihm ein wenig um die Nase geblasen und der Salzstaub ihn genetzt haben, so wird er schon die Peilungen entdecken, die die Hälfte des Weges bezeichnen: rechts die Landspitze, die genau in den fernen kleinen Scoglio hineinstechen muß, und links die Kirche, die sich mit dem alten Wachtturm deckt. Und ist erst der halbe Weg gemacht, wie bald ist man dann am Ziel. Der kleine Hafen öffnet sich, das Haus liegt da, alle Läden der Ostfront gegen die Sonne geschlossen, und das Herz schlägt stürmisch vor seliger Ungeduld.

Pave ging immer wieder zum Fenster des kühlen, abgedunkelten Zimmers und öffnete die Läden ein wenig. Sofort fiel überwältigend grelles Licht herein. Sie schaute nach dem Segel aus, das ihr für heute sicher verheißen war, doch konnte sie nur den kleinen runden Hafen und ein Stückchen der Einfahrt überblicken, und dort zeigte sich nichts. Sie war so unruhig vor Erwartung, daß sie nicht fähig war, sich mit irgend etwas zu beschäftigen. Sie trachtete nur, ihr rosa Batistkleid mit der engen Taille und dem faltigen Rock, das die gute Mariucia ihr am Morgen frisch gebügelt ins Zimmer gelegt hatte, damit Pave sich für den Besuch des Bräutigams schön machen könne, nicht zu zerdrücken, wenn sie immer wieder aufstand, zum Fenster lief und sich hierauf enttäuscht wieder niedersetzte. Warum kam das Boot nicht? Als sie aber nach einer Weile von neuem den Laden einen Spalt weit öffnete, um auszulugen, da hatte die Barke schon angelegt, und Pero schritt über den sonnendurchfluteten Molo auf das Haus zu.

Sie ging die schlichte, schmale Freitreppe an der schattigen Gartenseite hinunter. Wie eine rosa Wolke glitt ihre achtzehnjährige Gestalt die alten Steinstufen hinab. Hier war es ziemlich kühl. Doch als sie durch das Gartenpförtchen getreten war, wurde sie sogleich von Hitze und blendender Helligkeit überfallen, das Meer, das seicht ans Ufer schlug und den Molo umspülte, glitzerte tausendfach im hellen Licht des Sommertages, es roch nach Fischen der Ebbe wegen, die graugrüne Macchia auf den Hügeln, die weißen Häuser und die dunklen Zypressen standen eigentümlich still, wie gebannt unter der Wucht der gewaltigen Sonne, und die erhitzte Luft flimmerte blau.

Pero in seiner Oberleutnantsuniform war schon herangekommen und stand vor ihr. Sie zog ihn in den Garten, denn hier vorne wäre eine Begrüßung nicht möglich gewesen, man hätte von den Fenstern und vom Hafen her gesehen werden können.

Nun standen sie im Schatten. Die Föhre rauschte ihnen zu Häupten. Sie standen einen ganz kurzen Augenblick still und sahen einander an, scheu und doch mit verzehrender Sehnsucht.

Pave sah Pero dastehen, glühend von der Hitze des Sommertages, glühender noch vor Liebe. Sie umfaßte sein Gesicht, seine kühnen dunklen Augen blitzten sie an, der Maestral strich durch sein jugendlich volles braunes Haar, das über der linken Schläfe gescheitelt war. Sein fester, geheimnisvoller Mund mit dem ganz kleinen Schnurrbärtchen darüber bebte leiste über dem edlen Kinn, das durch ein tiefes Grübchen gespalten war.

Sie standen nur so lange, wie eine Möwe sich auf dem Wasser niederläßt, um eine erspähte Beute zu holen, dann stürzten sie aufeinander zu und fielen sich in die Arme. Paves Mund saugte sich an Peros Lippen fest, sie schloß ihre langbewimperten Augen und ließ sich in besinnungsloser Seligkeit küssen. Ihre schön angeordneten

Schmachtlocken wurden hin und her geschleudert, da Pero ihren Kopf nach rückwärts bog und dann wieder nach vorne an seine Brust riß, auf der die blanken Knöpfe seines Offiziersrockes kühl ihre Wangen streiften. Ihre biegsamen jungen Gestalten standen aneinandergepreßt, um sie war Bienen- und Mückengesumm, der süße schwere Duft des Oleanders und das Tanzen der Blätterschatten auf rotem Erdboden, der von Trockenheit rissig war.

„Ah, Pero, Pero! Nicht mehr. Genug! Setzen wir uns hier aufs Mäuerchen." Pave atmete tief auf und befreite sich aus der innigen Umarmung. Auf beider Gesicht lag ein feierlicher, ja tödlicher Ernst. Sie waren tief eingedrungen in ein noch unbetretenes Reich heißer und zauberischer Wonne, und da sie ins Alltägliche wiederkehrten, hing der Glanz einer fremden Welt in ihren Haaren.

„Pave", sagte Pero, und sein Blick schlug in Flammen um ihre Gestalt, „heute ist ein guter Tag. Ich habe mit deinem Bruder Valerio gesprochen; die Geldsachen werden sich einrichten lassen. Wir brauchen nun nicht mehr lange zu warten."

„Ah, Pero!" seufzte sie glücklich und ergriff seine Hand.

„Und dann habe ich dir etwas mitgebracht."

„Dein Buch?!" fragte sie blitzschnell.

„Noch nicht. Rougier gibt immer wieder anderes in Satz. Es kann noch Wochen dauern. Aber das Widmungsgedicht, das als erstes darin stehen wird. Höre! Ich lese es dir vor."

Pave stütze das Kinn auf die zarten Finger ihrer linken Hand und sah zum Geliebten auf, der sich erhoben hatte und von einem bekritzelten Blatt vorzulesen begann. Er las langsam und mit volltönender Stimme, Erregung umzitterte ihn. Jedes Wort, jeden Laut der Verse, die er geschrieben hatte, stellte er vor seine Braut hin als ein Lebendiges. Er war berauscht vom Klang seiner Reime und Bilder, er wiegte sich in eine strenge Seligkeit auf den Rhythmen seines Gedichtes:

„Euch, Ihr Holden in den Heimatgauen,
Dir vor allem, liebend mir verbunden,
Pave, Inbegriff mir aller Schöne,
Weihe ich die Kränze, die nach rauhen
Arbeitstagen feiernd ich gewunden.

Alles, was ich formte zum Gedichte,
Ist aus dir als seinem Quell entsprungen.
Jedes ist in dir und du in allen,

Und es schaut aus deinem Angesichte
Mein Gesang in tausend Spiegelungen.

Ja, du bist in jedem dieser Lieder,
Bist Gefühl, Gedanke mir und Seele.
Sieh, ich bin die Saite, und ich töne
Einzig, was dein Bild mir weckte, wider.
Sänger bin ich nur mit deiner Kehle."

Als er geendet hatte, bebte er vor innerlichster Erregung.

Sie saß zuerst ganz stumm, dann lächelte sie zu ihm hinauf, griff nach seiner Hand und flüsterte glücklich:

„O Gott, Pero! Wie schön! Aber es ist ja nicht wahr! Wie kannst du sagen, du hättest alles aus mir?"

„Doch, es ist so! Alles habe ich aus dir!" sagte er mit einer Leidenschaft, die keinen Widerspruch duldete. „Weil ich dich so über die Maßen liebe, wird meine Seele lebendig und vermag zu singen. Und warum liebe ich dich so? Weil du so schön, so schön und wundervoll bist. Meine Gedichte, auch wenn kein Wort von dir darin steht, sind alle aus dir und spiegeln dich wider, genau so, wie ich es hier sage."

Sie nahm ihm das Papier aus der Hand und las mit leisem Lächeln nochmals, was er geschrieben hatte. „Sänger bin ich nur mit deiner Kehle", sagte sie mit kindlichem Stolz, und dann las sie weiter, was darunter stand: „Zara, im Juni 1846."

„In vier Wochen, hoffe ich, wird es in meinem Gedichtband stehen. Er wird schön sein, in dunkles Violett gebunden, mit goldenen Linien am Rand. Rougier hat mir versprochen, dauerhaften Goldschnitt zu geben, denn ich hoffe, viele werden das Buch in die Hand nehmen, und noch unsere Enkel sollen das Gold des Schnittes leuchten sehen. Bist du jetzt stolz, Dichterbraut?"

„Wohl bin ich stolz, Pero, aber mir ist angst. Wie kann ich das Glück verdienen, dein zu sein? Wie soll ich dir genügen?"

„Genügen, Pave? Weißt du, was ich eben jetzt gedacht habe, während du redetest: daß Gott die Welt herrlich gemacht hat mit der Sonne, dem Meer, den Bäumen, den Blumen und Vögeln, daß aber das wunderbarste von allem, die leuchtendste Vollendung aller Dinge ein schönes junges Weib ist, schön, Pave, wie du!"

Sie hielt das beschriebene Blatt in der rechten Hand, mit der linken griff sie nach seiner, und sie saßen still, in vollkommenem Glück.

O Schönheit, o Jugend, o liebendes Menschenpaar im blühenden Garten der Hoffnung!

Der Maestral strich durch die Föhre, ein Schmetterling umflog die beiden Häupter, der Oleander sah weinrot herüber, eine Möwe lachte vom Strand, und in die Worte der Liebenden redeten die Wellen leise hinein.

Denn ewig rauschen die Wasser um Lukoran.

Der Wanderer

Oh, wie bunt sind im März die Hänge und Felder des Smrok! An den Schattenplätzen liegt noch Schnee und leuchtet grell unter dem hoffnungsblauen Himmel, wo aber die Sonne hinkommt, apert die Erde braun und feucht heraus, so daß dies Hell und Dunkel allenthalben nebeneinander zu stehen kommt und der vor kurzem noch so einförmig weißen Landschaft etwas heiter Scheckiges, Gestreiftes, Gemustertes und Lustig-Bewegtes gibt.

Und wie berauschend und lockend ist das süße Licht eines Märzennachmittags, wenn das frühe Jahr und der späte Tag sich zusammentun, um dich mit den herbsten und doch lustvollsten Tönungen zu Traum und Sehnsucht zu verführen. Du siehst mit einem Glück, nach dessen Ursachen du nicht fragst, wie an den Zweigen der hohen kahlen Waldbäume da und dort schon Knospen ansetzen, du hörst den Abendgesang frühlingstrunkener Vögel, und die Veilchen, die zwischen dem welken Winterlaub hervorschauen, rühren dich auf rätselhafte Weise, obgleich du ihr treuherziges und duftendes Aufblicken schon in so manchem Jahr erlebt hast.

Pero wanderte beschwingt unter den Bäumen dahin. Er trug die schwarze Oberleutnantskappe in der Hand und bot seine Stirn dem frischen Luftzug dar. Den rechten Zipfel des weiten grauen Offiziersradmantels hatte er über die linke Schulter geworfen, und seinen langen Säbel ließ er über den Boden schleifen. Der hoffnungsvolle Geruch der Märzenerde erfüllte die Brust des Schreitenden mit einem Rausch, der ihn wie auf Adlerschwingen dahinzutragen schien. Er legte den Kopf im Gehen zurück, atmete tief und begeistert und blickte immer wieder in einer Art von heischender, besitzergreifender Glückseligkeit in das Frühlingsgefild, wobei er die Augen bald weit aufschlug, bald ein wenig zusammenkniff.

Die Höhe war überschritten, und der Weg begann sich gegen die Stadt Agram zu senken. Rechts waren die von kahlem Wald bestandenen Hänge von Tuschkanaz zu sehen, links der öde Höhenzug der Schalata. Der einsame Waldpfad belebte sich. Landhäuser reihten sich rechts und links, das Georgenkirchlein mit seinem Friedhof stand scharf im klaren Nachmittagslicht da. Die Türme der Kapitelstadt erschienen ab und zu im Tale und wurden wieder verdeckt.

An der Stelle, wo die Georgigasse sich etwas nach rechts wendet und die Häuser der Oberstadt sichtbar werden, erblickte Pero einen großgewachsenen, jüngeren Mann mit braunbärtigem Gesicht, der ihm eiligen Schrittes entgegenkam. „Stanko! Bruder!“ rief Pero und winkte mit der Kappe.

„Wie konntest du wissen, daß ich von hier kommen würde?“

Der Dichter Stanko Vraz, der in jenem Frühling 1847 in sein siebenunddreißigstes Jahr ging, erstrahlte über sein ganzes herzliches, leidgeprägtes Gesicht.

„Was kann unser Putnik, unser Wanderer, an einem so königlich köstlichen Frühlingstag anderes tun als wandern? Und wohin wandert man in Agram? Auf den Smrok! Also dachte ich: Geh die Georgigasse hinauf, da triffst du ihn!“

„Großartig, Stanko, großartig! Und mich freut's, mich freut's herzlich, daß wir uns schon hier getroffen haben. Es bleibt uns nun noch etwas Zeit, ehe du mich unter die Leute schleppst. Wie?“

„Es ist vier; vor fünf brauchen wir nicht anzutreten. Kommst du noch ein wenig zu mir hinauf? Du weißt es, ich wohne nicht weit von hier.“

„Die Luft ist so wundervoll, am liebsten bliebe ich noch im Freien. Die Wanderung über die Hügel war göttlich. Stanko, Stanko, euer Agram ist schön! Es berauscht mich wie ein starker Wein, ich könnte jauchzen und singen.“

Stanko Vraz sah den Jüngeren mit bewundernder, brüderlicher Herzlichkeit an. „Es muß auch dein Agram werden, oder vielmehr: es ist schon dein Agram! Du hast es erobert! Unser leuchtendster, unser bester Dichter bist du!“

Pero fuhr mit der Hand in den Arm des Freundes.

„Stanko, lob mich nicht so sehr! Über allen Urteilen steht mir das deine. Aber ich weiß meinen Platz im Feld unserer jungen Literatur. Ja, meine Gedichte haben manch einen aufwecken dürfen; wunderbar ist das, wie so ein Lied aus der tiefsten Seele kommt, aus den eigensten geheimsten Ursachen geboren wird, aus der verborgenen vergrabenen Wurzel unseres Herzens wächst und dann doch das aussagt, was die anderen Herzen fühlen, wünschen und ahnen. Dies ist das Wunder des Dichterseins, seine größte Gnade: Daß man der Mund derer sein darf, die nicht reden können!"

Sie gingen die Georgigasse gegen den Bildplatz hinab.

Pero sprach weiter: „Aber wem sag ich das alles? Stanko, du weißt es doch selbst. Du wirst gehört, gesungen und geliebt! Gibt es ein Mädchen, gibt es eine schöne Frau, die deine ‚Apfelblüten' nicht nachts auf ihren Tischchen liegen hat? Hast du ihnen nicht allen aus der Seele gesprochen? Hast du sie nicht alle bezaubert? Nein, nein, Stanko, überschätze mich nicht! Ja, unten in Zara, dort scheint es mitunter, als sei ich der einzige Sohn unseres Volkes, der aufgerufen wurde, zu singen, als sei ich der einzige Dichter, den die Erde trägt. Aber hier! Bei euch! O Stanko, als ich jetzt durch die Waldhügel wanderte und Agram nicht sah, wohl aber hinter der Kurve der Hügel verborgen wußte, wie hat mein Herz da vor Glückseligkeit gebrannt beim Gedanken an den Reichtum, der hier herangewachsen ist, an die Vielfalt eurer Gaben, an die Blüte der Dichtkunst, die Gajs Beispiel und das deine, Bruder, in diesen letzten zehn, fünfzehn Jahren hat heraufwachsen lassen! Wie war ich selig, indes ich unter den Bäumen der Heimat wanderte, selig, Bruder, daß ich einer von euch sein darf, daß ihr mich nicht verschmäht, daß ihr mich so herzlich, so brüderliche aufnehmen wollt, da ich als ein fremder Wanderer zu euch gekommen bin."

„Alles schön, Pero", sagte Stanko Vraz mit seinem leisen, geduldigen und tief herzlichen Lächeln; „du bist aber doch der Größte von uns allen!"

Pero hob die Schultern und machte eine Gebärde mit der Hand, als schöbe er etwas fort.

„Sag das nicht, Stanko, nochmals bitt' ich dich! Es beschämt mich, und mehr als das, es macht mich traurig. Ich will gar nicht der Größte unter euch sein. Einer von euch zu sein, das war meine Sehnsucht. Sag mir, Stanko, wen werd' ich also treffen dort in dem Haus, in das du mich führst? Wen werd' ich kennenlernen, von denen, die ich verehre?"

Sie waren an dem von Lindenbäumen bestandenen Bildplatz angekommen, der nach einem kleinen Bildstock seinen Namen hat. Zur Rechten wand sich die Gasse, schmäler werdend, in das Häusergewirr der Oberstadt, zur Linken glitt der Weg am Außenrand des Hügels hin und bot einen freien Blick auf Dom und Kapitelstadt und die Plätze und Gassen der sich rasch vergrößernden Unterstadt. Mitten zwischen den beiden Wegen, dem Bildstock gegenüber, stand eine kleine hölzerne Hütte, über deren Tür ein naiv beschriftetes Schild besagte, daß dies ein Kaffeehaus sei. Stanko Vraz trat hinzu und rüttelte an der Tür. „Geschlossen! Schade! Wir hätten hier zusammen einen Schwarzen trinken können. Es ist unser gewöhnlicher Treffpunkt. Aber es ist ohnedies zu früh im Jahr, um im Freien zu sitzen. Du mußt bleiben, Bruder, bis es wärmer ist. Denn hier vor diesem Miniaturkaffeehaus, an drei, vier kleinwinzigen runden Tischen, die jetzt, soviel ich vermute, im Innern der Hütte verstaut sind, hier ist viel von unserem besten Leben vor sich gegangen. Diese Bäume da sind Zeugen unzähliger Gespräche geworden, in denen die illyrische Idee geboren und gefördert wurde. Unser Zähneknirschen unterm ungarischen Joch, unsere Seufzer nach Freiheit, unsere Sehnsucht nach einem einigen Volksbewußtsein, hier unter diesen Linden sind sie laut geworden. Man sollte sie die illyrischen Linden nennen und eine Leier, die illyrische Leier, in ihren Zweigen aufhängen!“

Pero hatte mit glänzenden Augen zugehört. „Schön wäre es, hier mit euch zu Füßen der kleinen Bildsäule zu sitzen! Wen mag sie wohl vorstellen, die verwitterte Gestalt?“

„Einen Heiligen, ich weiß nicht, welchen. Wie er aber auch heißen mag, er war uns ein guter Schutzpatron.“

Pero hängte sich in den Freund ein. „Ach, Bruder Stanko, gern würde ich euer herrliches Leben teilen. Aber ich kann nicht bleiben, in acht oder zehn Tagen muß ich fort. Es ist mir nur eine kurze Frist gegönnt, eine kurze Rast, ein kurzes Kennenlernen.“

„Warum?“ fragte Stanko Vraz mit herzlicher Betrübnis. Sein gütiges, sinnendes, aber etwas müdes Gesicht mit den tiefliegenden Augen war dem jungen Freund zugewandt. „Warum kannst du nicht bleiben? Es wäre wichtig für dich, deine Beziehungen zu den hiesigen Patrioten durch persönliche Bekanntschaft zu vertiefen. In ein paar Tagen kannst du das nicht.“

Pero lächelte bitter: „Du weißt wohl nicht, ihr alle hier könnt es nicht wissen, ein wie armer Hund von Oberleutnant ich bin. Die paar Monate in Pest gab es ein kostspieliges Hausen und keine Zulage. Urlaub hätte ich wohl noch, aber das Geld ist aus. Und dann ist da noch etwas. Du weißt, ich bin verlobt."

„Ich hörte davon reden."

„Jetzt, während meiner Pester Bestimmung, war ich beim Grafen Gyulay, unserem Regimentskommandanten, und bat ihn um die Erlaubnis, zu heiraten. Er hat es mir glattweg verweigert. Er will keine verheirateten Oberleutnants, hat er gesagt, Da gibt es nichts als kuschen oder quittieren. Und wenn man kein Geld hat, kein Magnat ist, kein Schloßherr oder Kapitalist, bleibt nichts als das Kuschen und das ewige Warten. Das Mädchen aber, meine Pave, verläßt Zara binnen kurzem. Sie ist Waise, ihr Bruder hat sich vermählt, eine Schwester ist in Ragusa verheiratet. Bei dieser wird sie nun leben, bis wir heiraten können. In wenigen Wochen wird sie sich einschiffen und hinabfahren müssen. Du begreifst, daß ich nicht zu spät kommen darf, daß ich sie noch sehen muß. Seit September waren wir getrennt."

„Ja, das verstehe ich. Dann aber heißt es, die Tage hier um so besser zu nutzen!" Die beiden Dichter waren auf den schmalen Weg hinausgetreten, der an der Außenseite der Bastei am Fuße einer Reihe sehr stattlicher Adels- und Patrizierhäuser hinlief und unweit von Stanko Vraz' eigenem Haus in die zur Unterstadt führende Lange Gasse mündete.

Von der Schneeschmelze war viel Feuchtigkeit in der Luft. Der herb-süße Märztag war dabei, sich vollends einem noch winterlichen Abend zu ergeben. Im Süden und Westen war der Himmel rot gefärbt, im Zenit aber und im Osten blinkten entrückten Glanzes silbrige Sterne aus einer Bläue, die zugleich blaßte und dunkelte. Ein zarter Sichelmond stand über den knorrigen Wehrtürmen, die den Dom umzingelten. Unter dünnen aufsteigenden Nebelfloren begannen die Lichter der Stadt zu erglänzen, fern in der Ebene ahnte man das Band der Save.

„So hast du schon Ernstes und Schweres zu dulden gehabt, Bruder", sagte Vraz mit teilnehmendem Blick.

„Ja, so ist es, ich muß dienen ums liebe Brot, wo zu dienen es mich oftmals anwidert. Ich muß auf die Erfüllung meiner Liebe warten, obgleich die Sehnsucht mich brennt wie ein zehrendes Feuer. Aber was verschlägt es, Bruder, da ich zu euch habe kommen dürfen, da ich als ein Wiedergekehrter, als ein Wanderer, der heimgefunden hat, diese Tage hier erleben darf!"

Ehe Stanko Vraz, der gerührt dem Ausbruch des Jüngeren zugehört hatte, es sich versah, fühlte er sich umarmt und kräftig gedrückt, und Peros stolze Lippen mit dem kleinen hängenden Schnurrbärtchen berührten heftig seine Wangen.

„Und nun sage mir, wen ich treffen werde? Ich möchte vorbereitet sein. Ivan Mažuranić?"

„Ich traf ihn heute mittag. Er ist verhindert und erwartet dich morgen bei sich. Du kennst ihn ja schon?"

„Erst flüchtig. Also sage, wen? Und wer sind die Gastgeber?"

„Vancaš ist einer der Unseren, ein treuer Genosse. Seine Frau aber ist schön, klug und gütig, und ihr Haus ist unser Heim. Sie nennt uns ihre Söhne, und wir nennen sie unser Mütterchen, obgleich sie weit jünger ist als wir. Sie hat eine feurige Seele, und die illyrische Sache kann nirgendwo heller brennen als in ihrem edlen Herzen."

„Weiter! Wen noch?"

Sie schritten durch ein schmales kurzes Gäßchen und befanden sich nun in den vielfach verwinkelten, gebogenen Gassen der Oberstadt, wo im Licht großer Öllampen Palastfronten aus dem Dämmer traten und alte Bäume sich über Parkmauern neigten oder hinter schmiedeeisernen Gittern dunkelten.

„Gaj hat versprochen, zu kommen, er ist neugierig auf dich."

„Ah, Gaj, Welches Glück! Wie an ein fernes Gestirn habe ich an ihn gedacht!"

„Ja, und Gaj muß man sehen. Seine Macht liegt nicht in dem, was er denkt und schreibt, sondern in dem, was er blickt und spricht. Er ist kein Skribifax, er ist ein Menschenfischer. Alles, was er in unserer Sache geleistet hat, ist dank seines persönlichen Fluidums geschehen."

„Ich freue mich! Wer noch?"

„Schulek wird da sein, ein vorzüglicher junger Patriot und Schriftsteller, du weißt es."

„Ihn habe ich schon bei dir gesehen. Werde ich Rakovac und Trnski kennenlernen?"

„Ich weiß es nicht, aber du wirst es bald wissen. Wir sind da."
Die stillen Gassen lagen in unwirklichem Zwielicht wie die verzauberten Wege einer Traumstadt. Die Schritte der beiden Freunde hallten zwischen den Fronten der vornehmen alten Häuser wider, spitzenverhangene Fenster sahen stumm herab, Erker träumten, ein großes Tor öffnete sich lautlos unter dem Druck von Stankos Hand, und eine schön erleuchtete Treppe knarrte unter dem Schritt

der beiden. Mit Herzklopfen betrat Pero hinter Stanko Vraz das große Gemach, aus dem Stimmengewirr und Lachen drang. Stanko Vraz rief in den heiteren Lärm hinein: „Hier bringe ich unserem Mütterchen einen neuen berühmten Sohn!"

Eine schlanke junge Frau, reizend nach der Mode und doch eigenwillig gekleidet, sprang hinter einem weißgedeckten, mit chinesischen Tassen, Weingläsern, silbernen Backwerkkörben und Blumen besetzten Tisch auf, und mehrere Herren, die sie umgaben, erhoben sich gleichfalls.

„Ah, hier ist er!" rief Josefine von Vancaš. „Hier ist er, den wir aus der Ferne geliebt haben. Unser dalmatinischer Sänger, unser illyrischer Bruder, unser Wanderer, unser Putnik!"

Ohne daß ihr Überschwang hätte verletzen oder lächerlich wirken können, sprudelte sie ihre leidenschaftliche Anrede auf eine entzückend natürliche, ernsthafte und doch leichte Art hervor. Sie trat Pero entgegen, streckte beide Hände nach ihm aus, betrachtete mit scherzhafter Genauigkeit sein Gesicht und drückte ihn auf einen Sessel an ihrer Seite nieder, nachdem sie auch Stanko Vraz, den sie nahe zu kennen schien, auf herzliche Weise begrüßt hatte.

„Nun, und wir werden nicht vorgestellt?" ertönte eine tiefe und sehr klangvolle Stimme hinter Pero, eine Stimme, die zugleich hinreißend und verständig, verläßlich und lockend klang und die man auf das erste Hören hin lieben mußte. Als Pero, aufstehend, sich umsah, erblickte er einen großgewachsenen schlanken Mann, etwa in der zweiten Hälfte der Dreißig. Sein hochstirniges, schmal gebautes Gesicht war ebenmäßig und von erquickender Schönheit. Schmale Bartstreifen, in deren Kastanienbraun schon etwas Grau gemischt war, liefen ihm von den Schläfen zu den Wangen nieder, volles Haar lockte sich über der breiten und hohen Stirn, und große graue Augen strahlten wie kräftige Magnete unter den gewölbten Brauen hervor. Er trug die Surka, den verschnürten kroatischen Leibrock, und Pero bemerkte, daß mehrere der anwesenden jungen Männer ebenso gekleidet waren.

„Doktor Ljudevit Gaj!" sagte Josefine Vancaš und deutete mit der Hand auf den schönen Mann.

„Wir haben Sie schon ungeduldig erwartet, Herr Oberleutnant, denn wir kennen Sie alle und lieben Sie", sagte er, und Pero hörte die Worte, die von dieser unwiderstehlichen Stimme gesprochen wurden, wie eine bezaubernde Musik. „Darf ich Sie mit den andern Freunden bekanntmachen, die sich zu Ihrer Begrüßung eingefunden haben, denn die verehrte Hausfrau scheint durch Ihre Ankunft so verwirrt, daß Sie das Vorstellen vergessen hat." Mit schalkhaftem Lächeln sah er zu Frau Josefine hin, die dabei war, Gläser und Teetassen zu füllen, und den Scherz nur mit einem Lachen erwiderte.

„Hier ist unser verehrter Gastgeber, Doktor Vancaš, hier Herr Doktor Rakovac, hier Doktor Schulek, der sich rühmt, Sie schon zu kennen." Pero drückte die dargebotenen Hände, er sah in treue und begeisterte Augen, einige junge Studenten, die bescheiden den Hintergrund des Zimmers füllten, traten heran und neigten ihre surkabekleideten schlanken Oberkörper vor dem Dichter.

Zwischen Josefine Vancaš und Ljudevit Gaj sitzend, fühlte Pero einen beglückenden Strom von Zustimmung, Begeisterung und Liebe über sich zusammenschlagen. Er hätte Lust verspürt, alle diese treuen und begeisterten Dichter und Vaterlandsfreunde zu umarmen, wie er eben noch Stanko Vraz auf dem Basteiweg umarmt hatte. Aber eine bescheidene Scheu schloß ihm den Mund, er dachte einen Augenblick an Pave und wünschte sie herbei, dann hörte er sich abermals von Gaj angeredet.

„Eben, bevor Sie kamen, zerbrachen wir uns den Kopf, wieso Sie von Pest her zu uns kommen. Für uns war Ihre Person verwachsen mit dem Gedanken an Zara, an das Dalmatinische Meer und an die ‚Morgenröte', die Sie leiten."

„Eine kurze Kommandierung hat mich ein halbes Jahr in Pest festgehalten. Ich bin auf dem Rückweg nach Zara."

„Sie sind Dalmatiner?" forschte Gaj weiter.

„Nein, Herr Doktor, ich bin ein Grenzerssohn aus dem Gjurjevacer Bezirk. Aber seit fast fünf Jahren bin ich in Zara in Garnison und hoffe noch eine Weile dort zu bleiben."

„So werden Sie also weiterhin bei der Herausgabe der ‚Morgenröte' tätig sein? Nichts kann uns erfreulicher rund wertvoller dünken. Nirgends vielleicht bedürfen wir so sehr eines befeuernden Anwalts und tapferen Vorkämpfers unserer großen Sache wie in Dalmatien, wo, wie wir wohl wissen, die Widerstände bedeutend sind."

Pero drehte seinen Stuhl ein wenig zu Doktor Gaj herum: „Bedeutend sind die Widerstände allerdings. Die Dalmatiner sind Separatisten. Eine gemeinsame Orthographie, ein einiger Dialekt, die der Zusammenschweißung des Volkes als Basis zugrunde liegen müssen, sind ihnen ein Greuel, ja sie scheinen ihnen eine wahre Ketzerei. Man kann leider sagen, daß es in ganz Dalmatien keine sieben erwachsenen Leute gibt, die sich als Kroaten, als Illyrier, als Südslawen fühlen. Die Jugend aber ist anders. Sie müssen wir ergreifen, aufrütteln und entzünden!" Pero atmete tief auf und sah Doktor Gaj in die Augen.

„Daß diese Jugend heute schon anders ist, daran haben Ihre Lieder den Löwenanteil, Pobratime. Komme ich wieder nach Dalmatien, dann will ich keinen jungen Burschen mehr sehen, der ohne die Surka herumläuft. Unser Gedanke schreitet fort, bald werden wir ein freies, einiges Volk sein. In Zukunft wird jedes Kind unserer Idee geboren werden."

Der grauäugige schlanke Mann erhob sich von seinem Sitz, er zog Pero gleichfalls empor, und aus seinem Blick strahlte ein warmes überzeugendes Licht. „Ist es nicht so, Brüder? Ist es nicht wundervoll, daß die Zukunft uns gehört, daß wir die Zukunft sind?!"

Pero fühlte sich mit erfaßt von einer brausenden, jauchzenden Begeisterung, er, der sonst ruhig war und es vermied, hervorzutreten und sich zu enthüllen, wenn viele zugegen waren, er ergriff nun das Glas, das Josefine Vancaš ihm gefüllt hatte, erfaßte Gajs Hand mit starkem Druck und rief mit bebender Stimme: „Da unser Volk einen Mann wie Ljudevit Gaj hervorgebracht hat, darf keiner mehr daran verzagen. Wo eine solche Blüte sich entfalten durfte, da ist die Wurzel stark und gut!"

Ein wildes und freudiges Durcheinanderschreien und Živiorufen setzte nun ein, das ganze Zimmer kam in Bewegung, jeder wollte mit jedem anstoßen. Stanko Vraz, der etwas abseits vom Tisch gestanden hatte, trat vor, ein prächtiges Mandelküchlein in der Hand, sah lächelnd zu Josefine Vancaš hinüber, küßte das süße Plätzchen und sagte: „Und nun wollen wir unser Mütterchen leben lassen! Unser Mütterchen, das uns nicht nur fördert und begeistert,sondern deren Mandelkrapfen wahre und köstliche Gedichte sind!"

„Ach, warum nicht gar!" rief sie munter, „ich hoffe, daß wir hier noch andere Gedichte zu schmecken bekommen werden als meine armen Küchlein. Sie glauben doch wohl nicht", redete sie nun Pero an, „daß sie einzig zu Ihrem Vergnügen hergekommen sind? Alle, wie wir da sind, hoffen aus Ihrem Mund eines Ihrer berühmten Gedichte zu hören, mit denen Sie die Herzen verzaubert haben. Ich bekomme doch wohl keinen Korb?" Kokett sah sie zu ihm hinüber.

„Einen Korb? Wie wäre das möglich!" Pero blitzte die schöne Frau an. „Aber ich habe nichts bei mir, war auf dieses Verlangen nicht vorbereitet."

„Nun, hier haben wir doch Ihre ‚Erste Ernte‘, Ihr wunderschönes, funkelnagelneues Buch!“ Von einem Tischchen, wo es bereitgelegen hatte, nahm sie Peros schmalen Erstlingsband, der im Laufe des Sommers erschienen war, und reichte ihn herüber.

„Und was soll ich lesen?“ fragte er und blickte in die Runde.

„Mehreres, vieles! Aber als erstes natürlich Ihr Schönstes! Ihr Heimkehrerlied! Ihren Wanderer!“

„Den Wanderer! Ja! Den Wanderer!“ rief Doktor Gaj, Stanko Vraz rief es, und die verschnürten Jünglinge im Hintergrund stimmten dröhnend ein.

Mit einem Blick erbat Pero Frau Josefinens Zustimmung, er erhob sich, neigte ein wenig den Kopf und begann mit einer Stimme, die anfangs ganz leicht zitterte, aber von Zeile zu Zeile sicherer und tönender wurde, sein Gedicht vom Wanderer vorzutragen, unter dessen Gleichnis er das Los eines Menschen gezeichnet hatte, der vom eigenen Volk getrennt, bei Fremden Zuflucht suchen will. Er irrt klagend durch Nacht und Nebel, er pocht bei einer fremden Mutter an und bittet um Obdach und Hegung, sie aber schickt ihn mit dem Bescheid fort, aller Raum in der Hütte werde von ihren eigenen Kindern in Anspruch genommen. Warum er denn nicht bei seiner Mutter einkehre? Der Hinausgewiesene nimmt sich die Mahnung zu Herzen, er besinnt sich auf die eigene Mutter, das eigene Volk, die eigene Sprache, und aus der Fremde lenkt er seine Schritte dorthin, wo die vergessene Heimat ihn erwartet.

Berauschte Rührung erfüllte das Zimmer, als Pero die Strophen seines in beschwingten, vierhebigen Trochäen geschriebenen Gedichtes, als er die Musik seiner Reime, die beredte Klage und Glückseligkeit des Heimgefundenen mit einer Stimme, in der Tränen der Erregung schwangen, in die beiden ergreifenden an die Heimat gerichteten Verse ausklingen ließ:

„Gib mir Rast in deiner Erde,
Schmück mein Grab mit deinen Blüten!“

„Hoch der Wanderer! Hoch der Heimgekehrte! Živio! Es lebe Kroatien!“ riefen die Männer durcheinander. Josefine Vancaš flüsterte Gaj zu: „Er hatte auf den hohen Schulen das Kroatische so völlig vergessen, daß er die eigene Mutter nicht mehr verstand. Er hat in fremder Sprache gedichtet. Aber er ist wiedergekommen!“

„Er ist in Wahrheit wiedergekommen!“ sagte Stanko Vraz feierlich, und sein blasses Gesicht leuchtete. „Trinken wir auf unseren

Petar, der mit seinen wenigen Lieder schon mehr für die Heimat getan hat als wir mit all unser emsigen Arbeit, unserer Etymologie und Organisation. Es lebe unser großer Dichter! Es lebe der Putnik! Es lebe die Heimat!"

Peros Hand wurde von vielen Händen gedrückt, Gläser klirrten begeistert an sein Glas, leuchtende Augen blickten in seine Augen, und sein Herz schwang stolz und stürmisch in einem Jubel ohnegleichen.

Paves Herz wird beschirmt

Gibt es viele Straßen auf der Welt, die so herrlich sind wie der Stradon von Ragusa?

Gibt es viele Straße, die mit so glatten, glänzenden Fliesen belegt sind, ganz wie ein Festsaal? Ja, und ein Festsaal ist der Stradon, die große, feierliche Empfangshalle der Stadt. Kein Pferdehuf darf ihn zertreten, kein Wagenrad seine Spur in ihn zeichnen, niemals haben gemeine Roßäpfel sein weißes Pflaster entehrt. Auf dem Stradon wird gegangen, gewandelt, geschritten, promeniert, marschiert, aber nicht gefahren. Zum Fahren ist auf der weiten, großen Welt Platz genug, auf den breiten Reichsstraßen und Karrenwegen, auf der Karawanenstraße zum Beispiel, die südlich vom Kloster San Giacomo nach Osten abbiegt und auf der einst die goldbestickten, waffenblinkenden Gesandtschaften der Republik Ragusa quer durch den ganzen Balkan nach Byzanz gezogen sind, wie viele der alten Leute es dir noch erzählen können. Oder auf den Straßen etwa, die Marmonts Armee auf Napoleons Befehl in die dalmatinische Erde graben mußte und die nun wie breite weiße Bänder die Küsten entlangziehen. Oder auf allen den Straßen, die durch die fremde, reiche, große Welt führen, wo fremde, reiche, gebildete Leute in prächtigen Reisekutschen dahintraben; man erzählt sich sogar, und in den Journalen magst du es im Bild sehen, daß man dort draußen in den Ländern, wo man so klug ist und vieles erfindet, nun schnurgerade Wege zu ziehen beginnt, die mit eisernen

Schienen belegt werden, und über diese Schienen laufen schaurige Dampfrosse und ziehen lange Reihen von Wagen hinter sich her.

Gut also, dort überall magst du fahren, wenn es dich gelüstet, wenn du aber den Stradon betrittst, dann sei ein wenig ehrfürchtig und geh zu Fuß. In deiner Mutter bestes Zimmer oder in die Kirche gar würdest du ja auch nicht mit einem Ochsenkarren hineinfahren.

So sag es mir nun aufrichtig, gibt es eine schönere Straße? Sehr lang ist sie freilich nicht, wahrhaftig, wie sollte sie auch sehr lang sein, da doch ganz Ragusa mit all seinen riesigen Wällen, seinen herrlichen Kirchen und Klöstern, seinen Standbildern, Brunnen, Treppen und Höfen, dem Rektorenpalast mitsamt seinen sieben Säulen und den vielen steinernen weißen Häusern auf einer ganz kleinen Halbinsel Platz haben muß. Und sage mir, was hättest du denn auch von einer Straße, die lang ist, aber nicht schön?

Nein, sieh ihn dir an, diesen Stradon! Ist es nicht herrlich, wie er gerade und gelassen von einem der großen wichtigen Tore zum anderen führt, von der Porta Pile, die die Franziskaner in Kriegslüften verteidigen mußten, bis zur Porta Ploce, für deren Sicherung die weißen Dominikaner aufzukommen hatten? Sieh es dir an, wie die edlen, alten, weißen Häuser, die ihn umsäumen, einander ähnlich sind, nicht anders als die wilden Gladiolen auf einer Wiese von Lapad, und wie doch jedes vom andern verschieden ist, so wie du ja auch keine Gladiole finden wirst, die völlig ihrer Schwester gleicht, wohl aber im Laden der Blumenmacherin lauter gleiche Rosen und Nelken aus leblosem Kattun.

Hast du es schon einmal bemerkt, daß am Stradon jedes Haus ein Eckhaus ist? Und kannst du mir in den berühmtesten Städten der Welt eine Straße nennen, die sich eines so merkwürdigen Vorzuges rühmen könnte? Freilich, wenn du bloß rasch hinblickst, dann siehst du eine ununterbrochene Front von weißen Häusern. Aber gehst du langsam vorbei, dann merkst du, daß zwischen jedem Haus und seinem Nachbar ein ganz enger, dunkler Gassenschlitz hinläuft, so schmal, daß man ihn kaum gewahrt, der aber doch den beiden Häusern einen stolzen Adel der Selbständigkeit verleiht.

Es war ein Hochsommertag des aufgeregten Jahres 1848. Während draußen im Oberitalienischen die österreichischen und piemontesischen Heere einander gegenüberstanden, Jellačić seine Kroaten gegen Wien führte, die Ungarn und Tschechen turbulent ihre Rechte geltend machten und in Frankfurt das erste deutsche Parlament beisammensaß, leuchtete, ohne sich um all diese Neuheit und Unruhe zu kümmern, eine sengende, aber sonst friedliche Sonne über dem mittägig leeren Stradon. Hinter den herabgelassenen Jalousien ergab sich der Siesta, wer immer es sich leisten konnte; in den Gewölben saßen die Kaufleute schläfrig herum, und manch einer hatte seinen Laden über Mittag geschlossen und sich gleichfalls zur Ruhe gelegt. Dicke Fliegen summten umher und suchten nach irgend etwas Leckerem, leicht Fauligem, worauf sie sich mit Lust setzen könnten, und mitunter flogen ein paar Möwen mit Gekreisch und Gelächter vom Hafen her über die Stadt.

In den schmalen Schattenstreifen, den die westliche Häuserfront bereits zu werfen begann, schritt Pave in einem lustig geblümten Sommerkleid, einen breitrandigen Florentinerhut auf der dunklen Lockenfrisur und durchbrochene Halbhandschuhe an den bräunlichen Mädchenhänden, mit eiligen und zierlichen Schritten in der Richtung gegen Onofrio-Brunnen. Sie ging nun in ihr einundzwanzigstes Jahr. Ihr Körper hatte sich noch gestreckt in den zwei Jahren, seit wir sie im Garten von Lukaron ihren Bräutigam haben erwarten sehen; ihre Gestalt war noch schlanker, ihr Gesicht schmäler und sehnsüchtiger geworden; ihre tiefbraunen Augen blickten mit reizender Sanftmut unter den rundgeschwungenen Brauen hervor. Während sie dahintrippelte, spähte sie eifrig um sich, als erwartete sie jemand zu sehen. Ein Perlbeutelchen, das sie in der Hand trug, schwang bei jedem ihrer Schritte leise hin und her. Auf dem kleinen Platz vor dem Pile-Tor, wo der Onofrio-Brunnen der Franziskanerkirche schräg gegenübersteht und der nichts ist als eine kleine Ausbuchtung des Stradon, gab es in einem Winkel ein wenig Schatten. Hier stand, vom Stradon aus nicht zu sehen, ein junges Paar: ein bartloser, langgliedriger Mann Anfang der Dreißig, einen gelblichen Manilahut auf dem Kopfe, mit lichtem Schoßrock und weißen Beinkleidern und eine in hellblauen Musselin gekleidete junge Frau, deren zartes sommersprossiges Gesicht von einer weißen, bebänderten Schute beschattet war. Auch sie schienen auf jemand zu warten, aber sie blickten nicht zuversichtlich und freudig wie Pave, sondern sie sahen einander mit sorgenvollen Blicken an, und es schien, als fürchteten sie dasjenige, worauf sie warteten.

„Also, Carolina, es bleibt dabei, wir sagen ihr noch nichts“, sagte der Mann mit dem Manilahut eindringlich zu der jungen Frau. „Wir bereiten sie langsam vor. Solange wir im Wagen fahren, lassen wir sie noch in Ruhe. Sieh nur zu, daß du nicht zu weinen anfängst.

Wir müssen zunächst ganz heiter erscheinen, langsam und behutsam müssen wir sie vorbereiten. Sie ist ja ganz ahnungslos."

„Warum müssen gerade wir es sein, die es ihr sagen?" fragte Carolina und tupfte sich mit einem zarten Tüchlein die kleinen Schweißperlen von der Stirne. „Warum gerade wir? Es kommt mir vor, ich habe noch nie in meinem Leben ein so schreckliches Ding vor mir gehabt. Warum sagt es ihr nicht ihre Schwester? Warum nicht ihr Schwager? Ich sehe es nicht ein."

„Carolina, ich verstehe dich nicht. Ich war Peros Freund. Ich rechne es mir zur Ehrenpflicht, dieses traurige Amt auf mich zu nehmen. Ihre Schwester hat uns doch heute morgen vorgeweint, sie fühle sich nicht imstande, der armen Pave die fürchterliche Nachricht mitzuteilen. Und wissen muß sie es endlich. Mein Vater schreibt doch, daß das Gerücht, das er aus einem Brief aus Agram erfahren hat, durch zwei vom italienischen Kriegsschauplatz heimgekehrte Offiziere bestätigt worden ist. Jeden Tag kann ein Kondolenzbrief sie erreichen. Soll sie Peros Tod durch Fremde erfahren?"

„Und wenn es nicht wahr ist? Es ist schon manch einer totgesagt worden."

„Du hörst doch, daß das Gerücht bestätigt worden ist. Und seit drei Wochen ist keine Nachricht von ihm gekommen."

Frau Carolina seufzte statt einer Antwort. Sie trat auf den offenen Stradon hinaus, hielt Ausschau und flüsterte über die Achsel ihrem Manne ängstlich zu: „August, sie kommt."

Mit fröhlichem Lächeln begrüßte Pave ihre Freunde: „Ah, Sie warten schon. Guten Tag, Frau Carolina. Guten Tag, Herr Doktor Kaznačić. Ich weiß, ich bin verspätet. Aber Adelaide betrug sich so merkwürdig, als ich fortging. Sie war es doch, die mir heute früh die Einladung zu diesem Ausflug überbracht hat. Sie hat mir zugeredet, sie anzunehmen. Und nun, als ich fortging, stellte sie sich an, als ginge ich auf eine Weltreise. Sie umarmte und küßte mich, nannte mich ein armes Kind, rief mich noch auf der Treppe zurück und benahm sich wie närrisch. Vielleicht kommt es daher, weil sie ein Kind bekommen soll."

Doktor Kaznačić ging den beiden Damen voraus durch die schmale Pforte beim Pile-Tor, und nach der gleißenden Helligkeit des Stradon umfing dunkler, windbewegter Blätterschatten die Hinaustretenden. In mächtigem Bogen zog die Stadtmauer nach Norden und Süden, der Minčetaturm dräute her; auf der Straße stand ein Wägelchen, auf dessen Bock ein Kutscher in Calnaleser

Bauerntracht sanft eingeschlafen war und sich nun erschrocken aufrüttelte.

Ich war ein Dummkopf, wir gelehrten Leute sind wahrhaftig oft die Albernsten von allen, dachte Doktor Kaznačić, während der Wagen zwischen vornehmen Landhäusern und Gärten den ziemlich steilen Weg hinanfuhr. Im Freien wird es leichter sein als im dumpfen Zimmer, habe ich mir eingeredet, und nun? Ist es nicht abstrus? Ist es nicht grausamer als alles, mitten in diesem Leuchten, in diesem Blau und Grün, unter all diesen hängenden Blüten und jauchzenden Vögeln das arme junge Herz zu brechen? August, August, wer hätte das gedacht, daß du so dumm bist? Ist das deine Freundschaft für den Gefällten? Ist das deine Liebe zu dem unvergeßlichen Freund? Zart mußt du die bräutliche Witwe anfassen, das arme verlassene Mädchen, das da lacht und plaudert und nichts ahnt. Unten in Lapad vielleicht, wo es so still ist, abseits vom Weg, in Gondolas Ölgarten, dort wird der rechte Platz sein. Nicht hier auf der Bellavista, wo das Meer tief unten so süß und selig gleißt. Wo die Klematis und die roten Tütenblumen in verschwenderischer Fülle von den Gittern niederhängen, wo die weißen Möwen fliegen und Ragusa mit seinen Mauern und Türmen so prangend herüberschaut. Laß ihr noch diese Spanne Glück, August Kaznačić! Sieh sie an, wie sie mit Carolina scherzt, wie sie glücklich um sich schaut, wie sie sich heiter zurücklehnt und sich mit dem Tüchlein Kühlung zufächelt. Wenn wir abends dieselbe Strecke heimfahren werden, dann wird sie weinen. Arme Pave!

Pave hatte aus ihrem Perlbeutel ein zusammengefaltetes Papier zutage gefördert und sagte zu Frau Carolina: „Endlich heute habe ich nicht vergessen, Ihnen das Gedicht des Conte Zamagna mitzubringen.“ Sie reichte der Freundin das in schöner und verschnörkelter Schrift beschriebene Blatt mit vergnügtem und etwas verlegenem Lächeln.

„Ah! Ah!“ sagte Carolina, als sie die ersten Zeilen gelesen hatte. „An das schöne Fräulein Pave zu ihrem und ihres Bräutigams gemeinsamem Namenstage am 29. Juni 1848“, las sie laut. „Zamagna verehrt Sie sehr. Jeder kann es sehen.“ Im stillen dachte sie: Jung ist er zwar nicht mehr, aber vielleicht kann das arme Kind bei ihm ein neues Glück finden, wenn das große Leid überwunden sein wird.

„August, lies du die Verse vor, du kannst so schön Poesien lesen.“

Doktor Kaznačić, der kurzsichtig war, seine Brille aber nicht sofort finden konnte, hielt sich das Quartblatt dicht vor die Augen, überflog zuerst die wenigen Zeilen und las sodann mit belegter Stimme das kurze Gedicht:

Oktave
Nicht fürder, reizende Pauline, quäle
Dein Herz um den geliebten Helden sich,
Denn daß sein Mut sich deiner Huld vermähle,
Schirmte der Himmel ihn vor Blei und Stich.
Bald ruhn die Schlachten. Deine sanfte Seele
Sei nahen Friedens sicher. Ewiglich
Bleib' euer Bund von Waffenlärm bewahrt,
Und Hymens Fackel leuchtet eurer Fahrt.

Als er geendet hatte, räusperte sich Doktor Kaznačić umständlich, und Frau Carolina trocknete sich die Augen. „Rührend, wirklich rührend", meinte sie. Und Pave, die sie ein wenig erstaunt ansah, sagte, indem sie den Bogen wieder in dem Perlbeutel verstaute:

„Er will mich trösten, der Gute, möge er recht behalten. Haben Sie auch etwas von einem Waffenstillstand gehört, Herr Doktor?"

„Nichts als Gerede, Fräulein Pave. Der Krieg geht weiter."

Der Wagen hatte den Bellavista genannten höchsten Punkt überschritten und fuhr nun rasch und erleichtert der Bucht von Gravosa zu. Pave sah freudig um sich. Ihre immerwache Sorge um Pero, ihr Hangen und Bangen um Nachrichten vom Kriegsschauplatz, die schreckenhaften Ahnungen, die sie oft zu überfallen pflegten, seit die Kämpfe lebhafter und die Briefe spärlicher geworden waren –, in dieser Stunde war sie ihrer ledig. Sie gedachte ihres Geliebten mit jubelndem Herzen, sie fühlte sich und ihn sicher und geborgen, sie ahnte nichts von der furchtbaren Nachricht, die den beiden freundlichen Menschen, die sie zu dieser Fahrt eingeladen hatten, bitter wie Chinarinde auf der Zunge lag. Sie merkte nicht, wie starr ihre Gesichter waren, wie ängstlich sie auf ihren Sitzen hin und her rückten, mit welcher schmerzlichen Verlegenheit sie von ihr fortsahen.

In Gravosa angekommen, entließ Doktor Kaznačić den Wagen, die verstreut am Hafen und am ansteigenden Berg gelegene Stadt wurde nicht berührt, und die drei wanderten zunächst die runde Bucht entlang und sodann auf dem von Ölbäumen, Zypressen und Eukalyptusbäumen umstandenen Fußpfad nach links abwärts, wo sich alsbald der stille und fehlerlose Spiegel einer einsamen Bucht vor ihnen öffnete. Von Süden her schatteten die Pinien des Monte

Petka; die „Pettine", was soviel heißt wie „Zähne eines Kammes", zackige Felsen am Eingang der Bucht, stachen feucht und rötlich aus der ruhigen Flut.

Hier ist es noch zu hell, zu freudig, dachte August Kaznačić. Ich lasse ihr noch eine Galgenfrist. „Gehen wir ein wenig hier hinunter", wandte er sich an seine Damen und war ihnen behilflich, über die weißen natürlichen Felsstufen zum Strand niederzusteigen. Die Ebbe war soeben überwunden, und mit sanften harmonischen Stößen, bei jeder Welle ein wenig schäumend, begann das Meer die mit knochenbleichen runden Kieseln und fauligem Tang bedeckte Bucht zu überspülen. Ein vorspringender Felsen bot Schatten. Ihre Röcke vorsichtig ausbreitend, setzten sich die beiden Frauen auf den feuchten Stein und empfanden wohltätig die Kühle des verborgenen Ortes.

„Warum sind Sie so traurig, Carolina?" redete Pave die Freundin an. „Ich bin heute so froh. Es ist herrlich, ins Freie zu kommen. Adelaide hat niemals Lust dazu. Wenn ich einmal mit Pero verheiratet bin, dann müssen wir oft Ausflüge machen."

Carolina sah an Pave vorbei auf das Wellenspiel, sie folgte mit den Blicken einer Bö, die sich auf dem Meer als ein wanderndes Gekräusel bemerkbar machte. „Man kann nicht immer fröhlich sein", sagte sie ausweichend, „manchmal hat man ein schweres Herz. Aber ich bin glücklich, wenn Sie froh sind, Pave."

„Eigentlich habe ich keinen Grund zur Freude", sagte Pave, „denn das gestrige Schiff hat wieder keinen Brief von Pero gebracht. Ich müßte ihn schon bekommen haben. Die Post von den Dampfern wird immer am nächsten Morgen ausgetragen. Aber ich weiß nicht, woher es kommen mag, ich bin nun nicht mehr so ängstlich, wie ich es noch vor wenigen Tagen war."

Die Eheleute waren einander einen langen Blick zu, und August Kaznačić sagte sich: Lieber Gott, warum machst du es mir so schwer. Eben jetzt wollte ich beginnen, sie ein wenig vorzubereiten, aber wie kann ich es, da sie so glücklich und ahnungslos ist?

Pave schob den Arm in den Frau Carolinas. „Arme Dragojlica! Nur lustig! Was fehlt Ihnen denn? Ach, sieh die schönen Feigen, die Ihr guter Mann mitgeschleppt hat!" Sie nahm herzhaft von den kleinen braunen Feigen, die Doktor Kaznačić ihr aus einem runden geflochtenen Korb, den er treulich mitgetragen hatte, anbot. „Ich vertrage die Hitze nicht", sagte Frau Kaznačić, und ihr Gatte, der sich jetzt etwas abseits damit unterhielt, kleine flache Steinchen über die

Wasserfläche tanzen zu lassen, wobei er große Geschicklichkeit entfaltete, kam ihr zu Hilfe, indem er herüberrief: „Es ist unerträglich schwül heute. Es muß etwas in der Luft liegen. Ich denke manchmal, daß wir all das Leid und das Elend der Schlachtfelder bis hier herunter spüren."

„Sprechen Sie nicht davon, das Meer ist so herrlich heute!" sagte Pave. „Pero liebt es auch so sehr. Kennen Sie die schönen Meergedichte, die er geschrieben hat?"

„Freilich kenne ich sie", entgegnete der Arzt, aber seine Stimme klang so rauh, daß Pave bei sich dachte: Peros Meergedichte scheinen ihm nicht zu gefallen. Merkwürdig, und ich liebe sie so sehr.

„Ach, hier ist es so schön", rief sie wieder aus, „ganz wie bei uns zu Hause in Lukoran, nur daß wir kein offenes Meer haben, sondern über dem Stretto drüben Zara und dahinter den Velebit liegen sehen. Ist Lukoran nicht schön, Herr Doktor? Sie haben uns ja dort besucht. Auch Frau Carolina muß es sich einmal ansehen."

Doktor Kaznačić hatte den Korb mit den Feigen ergriffen und bat die beiden Damen, nun wieder die Felsen hinaufzuklimmen. Er wolle sie nun in die weiten Ölgärten und in den Park des Baron Gondola führen, wo wahrscheinlich der berühmte Oleander noch nicht ganz verblüht sein würde. Die Sonne stand jetzt tiefer und brannte weniger sengend. Auf dem schmalen Pfad zwischen der die Halbinsel überwuchernden Macchia und den zum Meer abfallenden Klippen wanderten sie angesichts des weitgerundeten Himmelsbogens langsam dahin. Die Freundinnen hatten zierliche Schirme aufgespannt, Möwen flogen weiß blitzend über ihnen hin, eine Schafherde, geleitet von einem uralten Hirten mit rotem Fez und breiten blauleinenen Pluderhosen, der an einen hohen Krückstock gelehnt dastand, fraß das kurze, von der Sonne gelb gebrannte Gras ab. „Es ist der alte Ivo, Gondolas Schafhirte", sagte Kaznačić und grüßte zu dem Alten hinüber.

Nun schlagen wir uns in das Dickicht, und so wahr mir Gott helfe, drinnen unter den Ölbäumen will ich es ihr sagen, gelobte er sich. Sind die Ölbäume nicht traurige Bäume? Hat Jesus Christus nicht unter Ölbäumen Blut geschwitzt? Ja, dort wird der richtige Ort sein! Während der Doktor so dachte, sprang Pave auf dem schmalen Steig, der vom Strandweg abzweigend in den Ölwald hineinführte, leichtfüßig voran.

Frau Carolina zupfte ihren Gatten am Ärmel und hielt ihn ein wenig zurück.

„August“, sagte sie, „ich halte dieses Schweigen und Lügen, dieses Heucheln und Versteckenspielen nicht mehr aus. Entweder wir sagen es ihr jetzt, oder wir hätten sie niemals mit uns nehmen dürfen.“

„Freilich, jetzt werde ich anfangen. Sei nur geschickt und springe mir bei. Es ist furchtbar, daß sie so ahnungslos ist.“

August Kaznačić hatte es eben auf der Zunge, zu der an ein Myrtengebüsch gelehnten Pave zu sagen: „Die Verluste in diesem Kriege sollen sehr groß sein“, als Pave ihm entgegenrief: „Alle Myrten sind schon abgeblüht. Schade, schade! Gibt es etwas Schöneres als eine blühende Myrte? Dieser Busch muß vor einem Monat wunderbar gewesen sein. Zu Hause habe ich mir Myrten gezogen. Denn wenn Pero aus dem Krieg heimkommt und wir endlich heiraten, dann will ich einen selbstgezogenen Myrtenkranz tragen.“

Für einen Draufgänger wäre es jetzt wohl am Platz gewesen, zu sagen: „Sie werden Pero nicht heiraten, Fräulein Pave, denn er ist irgendwo im Lombardischen oder Venezianischen begraben.“ Aber ein solcher Draufgänger war Doktor Kaznačić nicht. Was er hatte sagen wollen, starb ihm auf den Lippen. Er betrachtete den Myrtenstrauch und sagte leise und gedrückt: „Ja, sehr viele Myrten müssen hier geblüht haben. Ein herrlicher Strauch.“

Sie gingen weiter durch das Dickicht. In kleinen gemauerten Stufen, zwischen denen Rasenplateaus sich hinzogen, stieg der Ölgarten bergan. Es raschelte in einem seitlichen Gebüsch. Eine stattliche braune Fasanhenne, der sechs oder sieben Junge folgten, brach aus dem niedrigen Gezweig und floh mit tänzelndem Gang schrill girrend in die Deckung dichten Wacholders.

„Ach, die süßen kleinen Fasanen“, rief Pave, „wie vertrauensvoll sie ihrer Mutter nachgelaufen sind. Ich freue mich darauf, selbst Kinder zu haben. Adelaide ist glücklich, daß sie eines erwarten darf.“

Wieder sahen die Gatten einander an, und was Doktor Kaznačić hatte sagen wollen, daß heutzutage ein hartes Geschick viele Liebende auseinanderreiße, er verschluckte es und riß verzweifelt einen großen Grashalm ab.

Die fahlen, gewundenen Stämme der Ölbäume stiegen aus der dämmrigen Wildnis des Unterholzes empor und hielten das schüttere Dach ihrer silbrigen Kronen ins Spätnachmittagslicht hinauf: Aus verborgenen Nestern tönten die leisen Stimmen brütender und sorgender Zeisige, mannshohe Wolfsmilchsträucher entfalteten das vielgestufte Grün ihrer Blüten und Blätter.

Der Arzt tat ein paar entschlossene Schritte und kam neben Pave zu stehen. Nun helfe mir Gott, es muß sein! Aber ehe er den Mund öffnen konnte, hatte Pave ihn am Arm gefaßt, sie legte den Zeigefinger an die Lippen und deutete sacht und vorsichtig mit dem Kopf nach einem der Steinmäuerchen. Eine lange und dicke braune Schlange wand sich mit lautlos urweltlichem Gleiten zwischen den grauen, locker geschichteten Steinen hervor und ließ sich leise raschelnd im trockenen Ölbaumlaub nieder, das den eisenroten Erdboden bedeckte. Sie hob ihr nächtiges Gesicht, schaute mit ihren wie Jetperlen glänzenden Augen starr ins ungewohnte Licht, züngelte graziös, glitt weiter zwischen den Gräsern, die durch sie in wogende Bewegung versetzt wurden, und verschwand hinter einen großen Stein.

„Eine Äskulapnatter", sagte Doktor Kaznačić leise.

„Ah, wie freut mich das!" Pave sah noch immer nach der Stelle im Mäuerchen, aus der die Schlange sich herausgeringelt hatte. „Ich habe noch nie im Leben eine gesehen. Ist es wahr, daß die großen Äskulapnattern die bösen Sandvipern verschlingen? Ist es wahr, daß sie die Schutzgeister der Gegend hier sind, wie zu Zeiten des alten Äskulap? Pero hat es mir einmal gesagt. In Ragusa Vecchia soll ja das Heiligtum des Äskulap sein. Ist es so, oder schwätze ich Unsinn?"

„Es ist so. Ragusa Vecchia war eine Kolonie des griechischen Epidaurus, wo der große Äskulaptempel stand, und die Kolonisten haben ihren Gott mit hierhergebracht. Auf der siebenten Säule am Rektorenpalast können Sie ihn sitzen sehen."

Unter den Bäumen erschien jetzt abermals der alte Hirte mit seiner Herde. Nun war er es, der Doktor Kaznačić zutraulich grüßte und ihm sein Leid wegen eines hartnäckigen Hustens zu klagen begann, der in diesem Jahr auch im heißen Sommer nicht weichen wollte. Er sei selber ein Heilkundiger, rühmte er sich, und er habe noch niemals einen der gelehrten Herren in Anspruch zu nehmen brauchen, aber diesmal –, drüben in Solitudo lobten sie den Herrn Doktor als einen guten neumodischen Arzt –, diesmal erlaube er sich die Frage.

Doktor Kaznačić vertiefte sich sogleich in ein eifriges Gespräch mit dem Alten, während die Schafe, die langsam nachgekommen waren, mit deutlich reißendem Geräusch das kurze Gras abfraßen. O Gott, du hast mir eine Frist gewährt, dachte Doktor Kaznačić, und er wurde nicht müde, dem Alten, der in mit Leinenfetzen umwickelten Füßen, die in riesigen Opanken staken, neben ihm herschlurfte, Ratschlag um Ratschlag zu erteilen. Ja er setzte sich sogar auf einen Stein und schrieb ein Rezept auf, er griff in die Tasche und verabreichte dem Hirten Ivo einen Gulden, damit er sich den heilenden Trank in der Apotheke von Gravosa besorgen könne.

Frau Carolina war unterdessen mit Pave vorausgeeilt. Die Wildnis hatte sich gelichtet, ein weiter Gartenplan, bestanden von riesigen Palmen und einer langen, in allen Abstufungen von Rosa und Rot erglühenden Oleanderallee lag im Abendlicht.

„Wir laufen August davon", sagte Frau Carolina, denn nun wollte sie des Hangens und Bangens ledig sein. Heute sagen wir es ihr nicht mehr, dachte sie listig. Wir gehen zum Wagen voraus und setzen uns hinein. Morgen ist auch noch ein Tag. Als Doktor Kaznačić die beiden leichtfüßig Voranschreitenden, heftig schwitzend, im Hafen von Gravosa eingeholt hatte, waren sie eben dabei, den Wagen zu besteigen, der Canaleser Kutscher knallte mit der Peitsche und wandte das Gefährt.

Nun kommt die Heimfahrt, und sie weiß es noch nicht, sagte sich August Kaznačić mit nagendem Gram. Hier im Wagen kann ich es ihr doch nicht sagen. Oder doch! Es wird sein müssen! Wir können sie nicht ahnungslos zu ihrer Schwester zurückbringen.

Der Wagen fuhr bergan. Kühle entstieg dem Boden. Die Natur atmete auf nach dem brennenden Sommertag. Allenthalben saßen Menschen vor ihren Häusern, sie gossen ihre Gärten, Kinder spielten vor den Türen.

Pero, Pero, tapferer Soldat, geliebter Dichter deines Volkes, auf dem Schlachtfeld hast du dein kostbares Blut vergossen, ein Opfer und Held. Und ich, dein Freund, bin zu feige, es deiner Pave zu sagen.

„Fräulein Pave", begann er, „es war nicht ohne Absicht, daß wir Sie zu diesem Ausflug eingeladen haben."
Frau Carolina aber, die die Freundin für heute schützen wollte, rief dazwischen: „Freilich war es nicht ohne Absicht. Immer schon wollten wir Ihnen Lapad zeigen. Es ist doch unser liebster Ort. In Lapad haben wir uns verlobt." Doktor Kaznačić warf seiner Frau einen bitterbösen Blick zu. Und abermals war es ihm unmöglich, weiterzureden. Stumm fuhren die drei dahin. Wir kommen schon nach Bellavista, und noch immer weiß sie es nicht, dachte der Mann. Da, gerade an dem Punkt, wo man rechts zum alten Friedhof der Seeleute hinuntersehen kann, kam ein Reiter dem Wagen entgegen. Er grüßte schon von weitem, lüftete seinen hohen, grauen Zylinder und lä-

chelte die Freunde strahlend an. Es war ein vielleicht vierzigjähriger Mann mit pechschwarzem Haar, sein geistreicher Kopf mit scharf vorspringender Nase und ein wenig traurig gesenkten Mundwinkeln wirkte häßlich, aber einnehmend.

„Der Conte Zamagna", rief Pave überrascht. Und das Ehepaar Kaznačić erwiderte höflich den Gruß.

„Guten Abend! Guten Abend!" rief der Reiter und umfaßte mit erstauntem und glücklichem Blick die Gruppe. „Schon auf der Heimfahrt? Ich sehe Sie alle hier guten Mutes! Welche Freude! Also komme ich nicht zu spät!" Er griff in seine Rocktasche und zog einen Brief hervor. „Ein Brief von ihm! Fräulein Pave, das Schiff gestern hat doch einen Brief für Sie gebracht! Ihre Schwester hat mich Ihnen entgegengeschickt, damit Sie ihn keine Minute später als nötig erhalten."

Die Freunde sahen einander entgeistert an. „Von wann ist der Brief?"

„Nur fünf Tage alt!" Pave hatte den Umschlag aufgerissen und begann sich seligen und glühenden Gesichtes in die Lesung zu vertiefen. Der Reiter hatte das Pferd gewandt und ritt neben dem Wagen her. Er beugte sich zu dem auf dem Rücksitz sitzenden Doktor Kaznačić nieder. „Sie haben ihr noch nichts gesagt? Gottlob! Denn er lebt ja! Das Gerücht war falsch." Pave sah erstaunt auf. „Was redet ihr da?" fragte sie geistesabwesend. „Pero ist Hauptmann geworden. Im Oktober kommt er, und wir heiraten."

Aus dem Munde des Arztes brach ein grundtiefer Seufzer der Erleichterung. Seine Frau sah ihn triumphierend an, trat mit ihrem kleinen Fuß auf seinen staubigen Schuh und flüsterte: „Siehst du! Es war doch nicht wahr!" Der Conte Zamagna hatte seinen gerührten Blick auf die den Brief von neuem Lesende gerichtet, er lächelte und flüsterte den Eheleuten zu: „Sie soll überhaupt nichts erfahren. Noch im nachhinein würde ihr das Herz brechen", worauf August und Carolina nickten.

Sie fuhren über die Bellavista, das Meer lag blau und seidig unter ihnen, die gelblichen Mauern von Ragusa rundeten sich um die herrliche Stadt, aus den Gärten stiegen süße Abendlüfte, Vögel sangen ihr spätes Lied, und Pave sah glücklich vor sich hin.

Eine finstere Wolke, schwanger von allem Bösen, war über sie hingesegelt! Ein Schwert war gezückt gewesen, ihr süßes Herz zu durchbohren. Noch aber war ihr nicht bestimmt, zu leiden. Noch waren alle Schutzgeister aufgeboten worden, Trauer und Tränen von ihr fernzuhalten. Das ängstlich zaudernde Wort auf den Lippen des Freundes, ein verblühter Myrthenstrauch, eine Fasanhenne mit ihrer Brut, eine braune Natter und ein alter hustender Schafhirte, sie alle waren von schützenden Engeln vorgeschickt worden, die Entsetzensnachricht aufzuhalten.

Beschwingten Ganges eilte Pave heim über den jetzt von vielen Schritten hallenden, in Schattenkühle getauchten Stradon. Aus dem Franziskanerkloster strömte Volk, denn die Abendandacht war zu Ende. Heitere Spaziergänger, Mädchen in adretten Kleidern, Bürger, Matrosen, wallten hin und her, dazwischen schritten eilig ein paar hochgewachsene Dominikanermönche mit wichtigen Gesichtern. Von der Blasiuskirche begann jetzt die Angelusglocke zu läuten.

Pave ahnte nichts von dem, was gedroht hatte und abgewendet worden war. Sie lächelte in tiefer Beglückung und hastete, der Schwester die gute Kunde zu bringen.

Noch war ihr Herz beschirmt worden.

Die Gatten

Florianigasse

Der Ostwind war aus den weiten freien Ebenen von Rußland und Ungarn gekommen, er hatte die Kleinen Karpaten überflogen, den Donaustrom überquert und in den schmutzigen Straßen der Wiener Leopoldstadt viel Staub und Unrat in die Höhe geblasen. Pfeifend kam er durch das Gäßchen, das Stoß im Himmel heißt, dahergesaust, fegte alle Winkel des Judenplatzes aus und fuhr auf dem Platz am Hof den Verkäuferinnen, die mit dicken wollenen Strümpfen, breiten Umhangtüchern und wattierten Hauben ihr winterliches Gemüse feilboten, heulend unter die Plachen. Wer heute im Freien sitzen mußte, hatte vor allem acht, Ohren und Hände wohl zu verwahren, sonst froren sie unbarmherzig, obwohl der Oktober dieses Jahres 1854 noch nicht herum war. Dem Posten, der vor dem Hofkriegsgebäude auf und ab ging, sah man es an, wie kalt ihm war. Sein Gesicht war dunkelrot von der scharfen Luft.

Der Posten präsentierte, denn zwei Offiziere traten zwischen den Kanonen, die seit dem letzten italienischen Feldzug rechts und links vom Tor aufgestellt waren, auf die Straße hinaus. Der rechts ging, war ein Stabsoffizier. Über dem grauen Samt des geschlossenen Mantelkragens ragte die Goldlitze mit einem weißen Stern. Der Mann war mittelgroß und eher zart von Gestalt, sein Gesicht war adelig und fein. Ein schmaler Backenbartstreifen lief von den Schläfen bis zum Kinn, das in der Mitte durch ein Grübchen gespalten war. Den festen und doch träumerischen Mund überhing ein kleiner Schnurrbart, der kastanienbraun war und heller als der fast schwarze Backenbart und das Haupthaar. Über der Nase, die schmal und gerade ziemlich weit vorsprang, blickten braune Augen, die kühn gewesen wären, hätten die Lider sie nicht schon müde überschrägt. Zwischen den schönen Brauen waren zwei kleine Längsfalten eingekerbt, während zwei Stirnquerfalten sich unter dem Kappenschirm verliefen.

Ernst und ohne alle Nachlässigkeit dankte der Major dem Posten für seinen Gruß, indem er die in einem weißen Lederhandschuh steckende Rechte ruhig und keineswegs flüchtig an den schwarzen Kappenschirm legte, während der neben ihm gehende Offizier, ein jüngerer Regimentsarzt, die Hand nur kurz emporschleuderte. Er war ein quecksilbrig lebhaft schreitender Mann mittlerer Statur, ein semmelblonder runder Löwenbart umstand sein jugendfrisches, beinahe kindliches Gesicht, aus dem braune Augen klug, lebhaft und mit so herzlicher Teilnahme blickten, als sei er der ganzen Welt aufs innigste zugetan. Während die beiden Offiziere ihren Weg an den Gemüseständen vorbei gegen den Heidenschuß zu nahmen, wandte der Major sich höflich an seinen Begleiter.

„Wie soll ich Ihnen dafür danken, Herr Regimentsarzt, daß Sie meine Bitte so schnell erfüllen. Ich fürchte nur, Ihre ganze Tageseinteilung wird dabei zuschanden."

„Hol der Teufel die Tageseinteilung eines Junggesellen, Herr Major! Halten Sie es für ein solches Unglück, wenn ich heute etwas später zu meinem Gasthausfraß antrete? Ich würde Sie im Gegenteil bitten, mich schon jetzt ein wenig über das Leiden Ihrer Frau Gemahlin zu informieren."

„Meine Frau wird mir großen Dank dafür wissen, daß ich ihr einen Arzt bringe, den sie kennt. Sie ist durch die vielen Übersiedlungen und die immer neue, immer fremde Umgebung schon ganz verschüchtert. Vor einem fremden Arzt würde sie kaum zu sprechen wagen. Sie, Her Doktor, hat sie in Karansebes gekannt, dort ist sie gern gewesen. Vor Ihnen wird sie Mut haben, Sie sprechen ja auch Italienisch."

„Freilich, ich war als Oberarzt zwei Jahre in Mailand. Darf ich aber nun hören, was der Gnädigen fehlt?"

Der Major wandte sich ihm seufzend zu. „Die Sache ist die, Herr Regimentsarzt, daß wir ein Söhnlein von zwei Monaten haben. Im letzten Stadium der Schwangerschaft mußte meine arme Frau die beschwerliche Reise von Karansebes nach Wien machen. Die Geburt war nicht leicht, und nun kann meine Frau sich nicht erholen. Sie hustete schon die ganze Zeit, und vor einer Stunde sandte sie mir durch die Magd einen Zettel, ich möge bald mit einem Arzt nach Hause kommen, sie fühle sich schlecht. Du lieber Gott, wenn es nur nichts Ernstes ist."

„Die arme Gnädige, vielleicht verträgt sie das Klima nicht", sagte der quecksilbrige Arzt und wandte sein Gesicht ängstlich dem Major zu. Er sagte den Menschen ungern Dinge, die ihnen unangenehm sein mußten, aber als Arzt war man leider oftmals dazu gezwungen. „Die Gnädige ist Dalmatinerin, wenn ich mich recht erinnere?"

„Ja, aus Zara", sagte der Major, „nun, Sie werden sie ja gleich untersuchen und uns dann raten, was zu tun ist. Meine arme Frau hat schon viel durchgemacht, es gibt Naturen, die sich nicht verpflanzen lassen, nicht körperlich und nicht seelisch."

Er hielt inne und blickte geradeaus. Sie überquerten die Freyung. Grau, breit und alt lag das Schottenkloster vor ihnen. Vom Kirchturm schlug es eben zwölf, und ein junger Mesner in schwarzem, halb geistlichem Kleid mühte sich ab, die schwere, eisenbeschlagene Kirchentüre zu schließen. Viel hätte der Major dafür gegeben, nun ein wenig schweigend dahinschreiten, eine kleine Stille einschieben zu dürfen zwischen die Vielfalt des Amtes und die Sorge, die ihn zu Hause erwartete.

Zu den Grundsätzen des blonden Doktors gehörte es jedoch, ein Gespräch nie und um keinen Preis einschlafen zu lassen. Da er vermutete, daß der Major das Gespräch über seine kranke Frau jetzt nicht fortzusetzen wünschte, schaute er angestrengt nach einem neuen Thema aus. Die Herren hatten das Schottentor durchschritten und befanden sich auf der Brücke, die aufs Glacis hinausführte. Trotz des hier besonders scharf blasenden Windes holte der Regimentsarzt mit beiden Armen aus, deutete sowohl nach rechts hinunter gegen die Roßauerlände wie nach links gegen die Burgbastei und sagte mit zugleich wichtiger und doch nachlässiger Miene: „Das soll ja jetzt alles wegkommen, wie man hört. Basteien, Glacis, Graben, Brücken, alles weg, und statt dessen eine große, breite Straße. Man kann sich's kaum vorstellen." Er blickte seinen Begleiter erwartungsvoll an.

Obwohl der Wind nun als ein richtiger Sturm wehte, ging der Major um so rascher, je näher er seinem Heim kam. Höflich meinte er: „Nun, warum nicht? Schöne Boulevards wie in Paris, das wäre nicht übel." Mehr sagte er leider nicht, der löwenbärtige Doktor aber stürzte sich sogleich auf das Wort Paris. Mit etwas schief geneigtem Kopf fragte er: „Herr Major waren schon in Paris?"

„Ach nein. Wie käme ein armer Teufel von Offizier zu einer solchen Reise? Weder die Zeit noch das Geld habe ich jemals gehabt. Einmal, im Jahre zweiundvierzig war ich vierzehn Tage zu meinem Vergnügen in Venedig. Das war das einzige, aber das war schön."

„Da waren Herr Major wahrscheinlich auf der Hochzeitsreise?“ fragte Doktor Krumbholz beflissen.

„O Gott, nein, damals war ich noch längst nicht verheiratet. Für wie alt halten Sie mich denn, Verehrtester?!“ Er kniff scherzhaft den Arm seines Begleiters und fuhr dann freundlich und nachdenklich fort: „Nein, nein, damals waren keine Damen im Spiel, nur die Freunde, die Freunde! Schön war es damals.“

Der Doktor wußte durchaus nicht, was er hierauf antworten sollte, und entschloß sich endlich nur zu einem fragenden: „Ah?“ Er sah den rasch an seiner Seite Schreitenden vorsichtig an, und plötzlich fielen ihm allerhand Gerüchte und Redereien über den Major ein, die er gehört hatte: daß er ein Dichter sei und in kroatischer Sprache eine ganze Menge geschrieben habe, was auch gedruckt worden und dort unten in seiner slawischen Heimat sehr berühmt geworden sei. Freilich konnte der Himmel allein wissen, was an alledem Wahres sein mochte; danach zu fragen, hielt der Regimentsarzt jedenfalls für unangebracht.

Das Glacis lag im Spätherbstmittag traurig da. Trotz des heftigen Windes, der schon die ganze Nacht angedauert hatte, war der Himmel von Dunst und Nebel überzogen, und erst jetzt machte sich eine bleiche, milchige Sonne bemerkbar. Die entlaubten Bäume beugten sich unter den Windstößen, auf den Wegen trocknete das durch die schweren Regengüsse der letzten Tage aufgeweichte Erdreich grau und rissig ein. In einzelnen Pfützen, die stehengeblieben waren, schwammen die letzten gelben Blätter.

Arme Pave, dachte der Major. Das Wiener Herbstklima muß man gewöhnt sein, und du bist nicht stark genug, dich an fremde Unbill zu gewöhnen!

Die Herren bewegten sich auf den schräg nach links führenden Querwegen der Josefstadt zu. Da sie in die Florianigasse eingebogen waren, sahen sie sich vor dem beißenden Ostwind einigermaßen geschützt. Der Major schritt rasch und unruhig die Häuser entlang. Beim Eckhaus zur zweiten Quergasse angekommen, öffnete er das Haustor mit Vorsicht, damit der Wind es ihm nicht aus der Hand reiße, ließ den Arzt höflich vorantreten und eilte, diesen nun rechts gehen lassend, mit ihm die rund gebaute Treppe hinan. Das Gebäude mochte zu Beginn des Jahrhunderts errichtet worden sein; obwohl das Stiegenhaus ganz schmucklos war, zeigte es die edlen und ruhigen Maße einer Epoche, die aus lebendigem Instinkt heraus zu bauen verstanden hatte.

Im zweiten Stockwerk angekommen, öffnete der Major mit dem Schlüssel rasch und nervös die Wohnungstür zur Rechten nicht ohne gleichzeitig heftig an der Klingel zu reißen, was ein kleines und sehr junges Dienstmädchen veranlaßte, aus der der Eingangstür gegenüberliegenden Küche, aus der Qualm und Geprassel drang, ins Vorzimmer zu stürzen, in das die Herren eben traten. „Netti, nimm dem Herrn Regimentsarzt den Mantel ab!" befahl der Major der erhitzten kleinen Magd, die ihren Herrn mit besorgten Augen anblickte.

„Wie geht es der gnädigen Frau?"

„Nur aufs Kanapee hat sie sich hingelegt. I mein', der Gnädigen is schon besser", sagte das Mädchen mit teilnehmender Stimme.

„Geb's Gott!" Der Major öffnete eine Zimmertür und ließ den Arzt eintreten. Das Speisezimmer, in das sie zunächst kamen, lag nach Südosten und hatte über Dächer hinweg einen weiten und freien Blick. Der Major sah mit großer Erleichterung, daß der Tisch für zwei Personen gedeckt war. Also hatte Pave vor, mit ihm zu essen. Dann war alles vielleicht doch nicht so arg! Die Herren durchschritten ein in derselben Front liegendes, als bescheidenener Salon ausgestattetes Kabinett und kamen, ehe sie das nach Nordosten gelegene Schlafzimmer des Ehepaares erreichten, in einen fensterreichen Eckraum, in dem zwei kleine Mädchen mit Puppen spielten. Beim Anblick des Majors flogen sie mit Jubelgeschrei auf ihn zu. Er hob eins nach dem anderen in die Höhe, wirbelte sie herum und stellte sie dann wieder sanft zu Boden, worauf die Kinder, von denen das größere gegen vier, das kleinere nicht viel über zwei Jahre alt zu sein schien, sich dem fremden Gast mit artigen Schrittchen näherten und ihm unbefohlen die Hand reichten. Doktor Krumbholz konstatierte mit Ergriffenheit, daß die beiden Töchter des Majors ausgesprochene kleine Schönheiten waren. Bei aller amorettenhaften Rundlichkeit bewegten sie sich mit ernster Anmut, und die Gesichter, die bei beiden braunes Lockenhaar umgab, waren nicht niedlich, sondern von einer steilen und makellosen Vollkommenheit, ohne deshalb doch der kindlichen Weichheit zu entbehren. Zumal das kleinere der Mädchen hatte etwas zugleich engelhaft Süßes und doch Schelmisches in seinem großen, braunen Blick, den es voll aufschlug, als es den Arzt begrüßte. Doktor Krumbholz wollte dem Major etwas Anerkennendes über seine Töchterchen sagen, dieser war jedoch schon durch eine kleine Tapetentür in das Schlafzimmer vorangegangen, nachdem er den Kindern bedeutet hatte, ruhig weiterzuspielen.

Das Gemach, in das die Herren nun traten, enthielt außer den Ehebetten und einem verdeckten Kinderkorb nur zwei hohe Schränke, einen Nähtisch vor dem einzigen Fenster und eine schmale Chaiselongue, von der die Gattin des Majors sich blitzschnell erhob, als sie die Eintretenden gewahrte. Sie war eine schöne, zarte und zierliche Frau geworden. Das untadelige Oval des Gesichts war von dunkelbraunen, wohl eingedrehten Schmachtlocken umrahmt, die durch das Liegen auf dem Sofa nur wenig in Unordnung geraten waren. „Pero, danke, du kommst schnell", begrüßte sie ihren Mann, während sie den Arzt mit der Leichtigkeit und Liebenswürdigkeit der Italienerin willkommen hieß. „Ah, ecco il dottore!" rief sie lebhaft und streckte ihm beide Hände entgegen, deren Rücken nicht schmal waren, deren Finger sich jedoch auf das adeligste verjüngten. „Ah, il dottore! Wie gut, wie freundlich, daß sie gleich kommen!"

„Bist du sehr erschrocken über den Brief?" Sie wandte sich wieder an den Major und griff einen Augenblick lang nach seiner Hand. „Ich wollte mit den Mädchen spazierengehen, die armen Kinder kommen viel zuwenig an die Luft. Von hier oben merkte ich diesen abscheulichen Wind nicht. Aber kaum waren wir ein Stück gegen das Glacis zu gegangen, so wurde mir ganz richtig übel, und ich spürte ein starkes Stechen im Rücken." Sie bezeichnete auf dem braunen Tuch ihres Winterkleides eine Stelle zwischen den Schulterblättern. „Es war mir auch so elend im Gemüte, noch mehr als sonst." Der schönen jungen Frau traten Tränen in die Augen, und sie sah hilflos vom Arzt zu ihrem Mann.

„Nun, nun, Pave, nur nicht wieder so mutlos!" ermunterte sie der Major, sah dabei aber selbst ziemlich verzagt aus.

„Das Frettchen hat auch wieder grausam geschrien. Die Milch muß ihm zuwenig gewesen sein." Als sie den erstaunten Blick des Arztes gewahrte, erklärte sie sachlich und ohne jede Heiterkeit: „Wir nennen unsern Sohn das Frettchen, weil er so furchtbar mager ist."

Leiste trat sie zu dem Kinderkörbchen, zog ein lose darübergebreitetes Tuch zur Seite und ließ den Arzt das Kind betrachten. Doktor Krumbholz erschrak und hatte Mühe, es zu verbergen. Dieser Säugling sah in der Tat sehr elend aus. Ein durchsichtiges, schmales, ganz kleines Gesichtchen lag im Kissen zwischen den bläulichen Fäusten, die nach rückwärts geworfen waren.

„Was wiegt der Kleine?" fragte der Regimentsarzt, und als er erfuhr, daß es mit sieben Wochen nur siebeneinhalb Pfund waren, überwand er sich und sagte: „Das ist wenig. Da muß etwas nicht in Ordnung sein."

Der Major sah ihn angstvoll an. „Ist es also viel zuwenig? Ich fürchte es. Siehst du, Pave, wir hätten eine Amme nehmen sollen."

„Zu den ewigen Reisen und Übersiedlungen auch noch Ammen! Pero, Pero, und woher wolltest du es nehmen?"

Die junge Frau lachte –, aber es war deutlich, daß dieses Lachen eigentlich schon ein Schluchzen war. Sie deckte die Wiege wieder zu und ließ sich plötzlich ermattet auf das Sofa sinken.

„Was sein muß, muß dennoch sein, trotz der fürstlichen Gage. Der Herr Doktor wird dich jetzt untersuchen, und nachher werden wir alles hören, was nötig sein sollte. Bitte, Herr Regimentsarzt, wollen Sie jetzt die Güte haben!"

Der Major entfernte sich durch die Tapetentür in das Zimmer, wo die kleinen Mädchen spielten. Miliza lief lachend auf ihn zu.

„Miu, weißt du, was Cotia immer sagt?"

„Nun, was sagt sie?"

Miliza bog sich vor Lachen, während sie es dem Vater erzählte.

„Sie redet immer vom Garten in Karansebes, und sie sagt, daß ein Hahn gekommen ist und ihre Weintrauben und Ribisel weggegessen hat. Ein Hahn ißt doch keine Ribisel!"

Miliza mußte so sehr lachen, daß es sie im Kreis herumtrieb. Die kleine Cotia aber, der das Sprechen noch Schwierigkeiten machte, stand still an einen Schrank gelehnt da, sah den Vater groß und sanft an und sagte langsam:

„Der Miu weiß es. In Karansebes war ein Garten, da ist ein schlimmer, schlimmer, großer Hahn gekommen und hat mir meine Weintrauben weggefressen. Und die Ribisel auch. Der Miu weiß es."

Der Major hob das Kind zu sich empor, ließ es auf seinem Arm sitzen, und indes eine Welle von Wärme und Süßigkeiten sein Herz überströmte, drückte er den rundlichen Körper an sich und sprach leise in das von wirren Locken überhangene, heiße kleine Ohr:

„Weiß es der Miu? Ist ein Hahn gekommen, und hat er der armen Cotia ihr schönes Obst weggefressen? Oh, du böser, böser Hahn! Wir wollen ihn fortjagen."

Er stellte Cotia auf den Boden, klatschte in die Hände und gebärdete sich, als vertriebe er eine Schar von Hühnern. Dann verließ er die jubelnden Kinder und ging in den kleinen Salon hinüber.

Auf dem gebrechlichen Sofatisch lag seine Post für ihn bereit. Es waren zwei Briefe. Der Major nahm ein elfenbeinernes Papiermesser zur Hand und ließ sich auf dem bescheidenen Sofa nieder.

Wer schrieb ihm? Ah, Schulek aus Agram und Valerio, Paves Bruder, aus Zara. Der Major öffnete den Brief des Schwagers zuerst. Er berichtete über das Gütchen Zemonigo bei Zara, das Pave mit in die Ehe gebracht hatte und dessen Bewirtschaftung Valerio beaufsichtigte. Was schrieb der Gute, er, der Vermögen und Vorteil seiner vielen Geschwister getreulich wahrzunehmen pflegte? Ein ordentlicher Reingewinn von der Olivenernte, welche Erleichterung würde er darstellen, nun, da Pave krank war und unabsehbare Schwierigkeiten und Ausgaben drohten! Im Vorjahr war der Ertrag ansehnlich gewesen.

Der Major überflog den Brief, und sein Gesicht umwölkte sich. Die Ernte sei heuer schlecht, leider, schrieb der Schwager. Er könne ihm nicht mehr als einhundertfünfundsiebzig Gulden anweisen. Der Major seufzte. Er hatte mit mehr gerechnet. Im Vorjahr waren es im Herbst weit mehr als zweihundertfünfzig Gulden gewesen.

Statt endlich, endlich aus den Sorgen und Schulden herauszukommen, sank man immer tiefer hinein. Wie auf einem gebrechlichen Schiff trieb er mit den Seinen, mit diesen geliebten, hilflosen, in allem und jedem auf ihn angewiesenen Geschöpfen auf dem feindlichen Lebensstrom dahin, und alle Bemühungen, in ein stetigeres und sanfteres Fahrwasser zu gelangen, scheiterten immer aufs neue.

Oh, und nun diese Krankheit! So würde er Pave nichts von den neuen Schikanen erzählen, die der General, dieser widerwärtige Kommißkopf, sich heute geleistet hatte, nichts von dessen beleidigendem Mißtrauen und der unerträglichen, unverschämten Bevormundung, die wie ein Gebirge von Schmach auf der eingeborenen Freiheit seiner Dichterseele lastete. Er würde seinen Ingrimm in sich hineinfressen, er würde stillschweigen wie gewöhnlich. Es war nicht leicht; aber hatte dies schweigende Dulden nicht immer wieder wundervoll goldene Früchte getragen? Waren die bitteren Erfahrungen nicht in die entlegensten Tiefen seines Wesens hinabgesunken, hatten dort gewurzelt und waren nach einer gottgesetzten Weile, sehr bald oder nach Jahren erst, als traurig-stille oder als flammend-tanzende Lieder wieder ans Licht zurückgekehrt? Gab es eigentlich wirkliches Leid für ihn, wirkliches Unglück, da doch alles, was er in der rechten Weise aufnahm und in sich versenkte, auf so gnadenhafte Art verwandelt ward?

Aber durfte solches auch nur gedacht werden? Zog der lebendige, der beglückende, begeisternde Quell der Lieder, dessen er in unfaßbarer, nie zu verdienender Weise gewürdigt war, zog er sich nicht zurück. Versiegte er nicht, der goldene, ambraduftende Bronnen, wenn man seiner Natur nachsann, wenn man auch nur in leisen Gedanken an das Geheimnis seines Ursprunges rührte?

Der Major saß sinnend. Sein Gesicht nahm einen gespannten und doch gelösten Ausdruck an, seine Augen erdunkelten in vollkommener Sammlung, seine Lippen unter dem kleinen hängenden Schnurrbart lagen fest, aber ohne allen Krampf aufeinander. Ein heißer Strom, der so selig machte, daß es tief schmerzte, stieg ihm vom Herzen ins Gehirn.

Als habe eine Hand sein Herz ergriffen und wild zusammengepreßt, so spürte er den seligen Vorgang der Geburt eines Gedichtes. Hastig riß er Valerios eben geöffneten Briefumschlag heran und begann darauf zu kritzeln.

Aber da krachte die Tür, die Dienstmagd kam herein und fragte, ob sie die Suppe anrichten dürfe.

„Noch nicht!" sagte der Major erwachend, und nun erst erinnerte er sich, daß Pave mit dem Arzt noch immer nicht wiedergekommen war. Er ging zur Tapetentür. Drinnen wurde leise geredet.

Wie lange Doktor Krumbholz zu der Untersuchung brauchte! Wollte der grundgütige Gott doch geben, daß Paves Krankheit nichts Ernstliches war!

An dem begonnenen Gedicht weiterzuarbeiten, daran war nun nicht mehr zu denken. Er steckte die Notizen in die Brieftasche und öffnete den zweiten Brief. Schulek, der Getreue, wünschte ihm Glück zur Geburt seines Sohnes.

„Lieber Bruder und Patriot", schrieb er, so wie sie alle, die jungen Illyrier, es in den Tagen der Hoffnung und flammenden Begeisterung vor dem Jahr achtundvierzig getan hatten. Sie alle, so schrieb er weiter, die alten Freunde, grüßten den Dichter und seinen Genius, sie hofften, daß er an der Arbeit sei und daß die Heimat bald wieder mit einem herrlichen, flammenden Buche aus seiner Feder beschenkt werden würde. Und sie hofften auch, daß seine Größe, in seinem Sohne wiedergeboren, seinem Volke immerdar erhalten bleiben werde.

Der Major lächelte schmerzlich, da er an das armselige, magere Kind dachte. Ein wie weiter Weg würde es sein, bis der halbverhungerte Knabe, der heute mehr wie ein Todgeweihter als wie ein zum

Leben Bestimmter aussah, imstande sein würde, Begeisterung zu fühlen, Ehre zu ernten, am erhabenen Tempel der Idee mitzubauen.

Ließ das Große und Leuchtende sich überhaupt vererben? Aus einem wie armen, schlichten und strengen Heim war er selbst gekommen! Sein früh verstorbener soldatischer Vater und Pelagia, seine Mutter, des Theresienritters Schwester, hatten sie je anderes gedacht und getrachtet, als was ihnen durch die Umwelt der Militärgrenze, durch das patriarchalische, soldatisch-bäuerliche Erbe unzähliger ebenso karg gewöhnter, bedingungslos heldischer Geschlechter überkommen war? In der Zadruga, der slawischen Hauskommunion, hatten die Sippen sich fortgepflanzt, seine Eltern noch waren in ihr geboren worden und darin aufgewachsen. In unabsehbarer Geschlechterfolge seit jenem ersten sagenhaften Ivan, Johann oder Juan, der im Dreißigjährigen Krieg sich den Adelsbrief erworben, in der Schlacht bei Breitenfeld aber sein Leben gelassen hatte, waren diese Vorfahren dem dunkel schützenden Nährboden der Zadruga niemals entwachsen. Reisige Männer, die auf allen Schlachtfeldern dem Kaiser gedient und für das Abendland geblutet hatten; mutige, schweigsame, namenlose Mütter, die in den endlosen Abwesenheiten der in den Krieg gezogenen Männer den Familien vorgestanden, die Kinder in Züchten auferzogen, die der Hausgemeinschaft gehörenden Felder bestellt hatten, ja die, wenn die Not am höchsten gewesen war, gar selbst mit Büchsen bewaffnet an die Granitz beordert worden waren und in Scharmützeln wider den türkischen Erbfeind kühn und ohne Aufhebens ihren Mann gestellt hatten. Eine tapfere, arbeitsame, fromme Reihe waren diese Männer und Weiber gewesen, keines von ihnen hatte das Seine gesucht, sondern alle das schicksalhaft überkommene, allgemeine Beste, keines von ihnen war ein einzelnes gewesen, sondern alle waren sie kräftige, entsagungsfähige, Gott und dem Kaiser ergebene Glieder einer mächtigen, das Reich festigenden Kette.

Aus dem Dunkel dieses uralten Schoßes aber war er gekommen, Pero, der Dichter. Ein einzelner, ein Hellbeleuchteter, einer, der wußte, wollte und leidenschaftlich wünschte. Dem es gegeben war, auszusagen, was in aufgewühlter Zeitenwende die stumm und dumpf fühlenden Herzen verhalten mußten.

Und wen hatte er seinen Kindern zur Mutter gegeben? Eine herbe, tapfere Grenzertochter, allen Wettern gewachsen, aller Läufte gewärtig, liebevoll und warm, eine namenlose Mutter?

Nein, es hatte ihm gefallen, sich ebenfalls eine einzelne zu gesellen, die schöne, adelige Pave, lateinischen Stammes, durch Kultur und Reichtum verfeinerten und ermüdeten Blutes, liebevoll und opferfreudig, aber zu gebrechlich, um der Liebe Last und Leid zu tragen, viel zu zart und versehrbar, um das wechselvolle Leben einer Soldatenfrau durchzustehen.

War es wahrscheinlich, daß aus dieser Verschmelzung abermals etwas Kraftvolles, Leuchtendes hervorgehen konnte, ein strahlender Sohn, Lichtträger, Mund der Stummen, Auge der Blinden ...?

Was tat der Arzt so lange? Gab es da so viel zu untersuchen? Der Major, tat ein paar unruhige Schritte in dem kleinen Raum, dann setzte er sich seufzend wieder auf das steife Sofa.

Noch nie hatte er mit solcher Bewußtheit die Grundzüge seines eigenen Wesens geschaut, noch nie so bildhaft die Zukunft aus der Vergangenheit sich aufbauen gesehen. Was immer das Leben dir bringen mag, Duschan, mein Sohn, dachte er –, und er dachte es so inbrünstig, daß sein Mund die Worte leise formte –, eines wünsche ich dir, eines: daß dir einmal in deinem Leben, das Gottes gnädige Hilfe dir erhalten möge, eine Zeit so glückseligen Rausches, so tatkräftigen Schaffens, von so dichter Freundschaft getragenen Selbstbewußtseins beschieden sein möge wie mir dereinst in Zara, da ich als vorgeschobener Posten das erste Bewußtwerden unsres Volkes verkünden durfte, da ich die Blätter der „Dalmatinischen Morgenröte" herausgab, da die Lieder Tag und Nacht in meinem Herzen sich regten und da Pave, deine Mutter, die heute krank in der Fremde leben muß, als ein unfaßbarer Traum von leichtbeschwingter Schönheit vor meiner lodernden Sehnsucht einhergegangen ist.

Plötzlich wurde sich der Major bewußt, daß er wie abwesend dasaß und vor sich hinsprach. Er legte die Hand einen Augenblick lang auf die Augen, stand auf und gesellte sich wieder zu den Kindern.

Indessen hatte Doktor Krumbholz eine Reihe von Fragen an die Majorin gestellt: ob sie schon lange huste, ob sie in früheren Zeiten ebenfalls gehustet habe, ob sie häufig müde sei, sich fiebrig fühle, unter Nachtschweiß leide und ob sie ihr Körpergewicht kontrolliert habe. Die junge Frau antwortete zögernd und nach längerem Nachdenken, denn sie hatte sich, wie sie meinte, nie beobachtet. Von ihrem Gewicht wisse sie nur, daß sie nicht fett zu werden wünsche, wozu allerdings keine Anlage vorhanden sei. Im Laufe ihres Lebens habe sie mitunter Husten gehabt, aber gebe es einen Menschen, bei dem dies nie der Fall sei? Freilich, seit sie hier in diesem zugigen

Wien wohne, huste sie stark und viel. Müde, ja müde sei sie immer, aber dies gehöre wohl zum Schicksal der Frauen. Und Nachtschweiß? Nicht, daß sie wüßte. Oder doch; vielleicht dann und wann. Ob sie sich jetzt ausziehen solle?

„Ja, die Taille schon, wenn Gnädigste so freundlich sein wollen." Die Schönheit und Trauer der Majorin verwirrten den quecksilbrigen Mann aufs seltsamste. Er wünschte brennend, keine ernste Krankheit bei ihr zu finden und nicht durch eine böse Mitteilung das Kreuz dieser geprüften Eheleute noch zu erschweren.

Pave stand abgewandt neben der Wiege vor dem einen der großen Schränke und nestelte ihr Kleid auf. Schnell und schamhaft fuhr sie aus den Ärmeln und nahm die braune Taille wie ein Mäntelchen um die Schultern, um nicht entblößt dazustehen,

„Bitte", sagte sie. Der Regimentsarzt näherte sich ihr, murmelte: „Gestatten, Gnädigste", und legte sein Ohr auf die weiße Haut der Frau oberhalb der Brust. Er bat sie, erst leise, dann stark zu atmen, und legte sein Ohr bald höher, bald tiefer an. Die Frau stand unbeweglich da, ihre Taille bei den Ärmeln haltend, und blickte auf das semmelblonde Manneshaupt hernieder. Sie hatte acht, die Untersuchung durch keine Regung zu stören, und harrte ängstlich auf die Entscheidung des Arztes, dessen Löwenbart sie durch Leibchen und Hemd hindurch in Hals und Brust stach. Einen Augenblick lang aber kam es ihr höchst lächerlich vor, daß dieser runde blonde Schädel hier an ihr ruhte, und was sie dachte, war: Es müßte fürchterlich sein, jemand anderen zum Manne zu haben als Pero!

Doktor Krumbholz machte jetzt Anstalten, seine Horchtätigkeit auf Paves Rücken zu verlegen. Er bat bescheiden um Entfernung der lose hängenden Taille, die von Pave daraufhin fortgezogen und vor die Brust gehalten wurde, legte die flache linke Hand zwischen die Schulterblätter und klopfte mit der rechten darauf. Dann behorchte er sie wieder mit angepreßtem Ohr, horchte zuerst ganz hoch oben am Nacken, wo schon die braunen Schmachtlocken hingen, dann weit draußen bei den Schultern und endlich tief unten neben der Wirbelsäule. Wieder mußte Pave bald kräftig atmen, bald sich zum Husten zwingen und dann den Atem ganz anhalten. Endlich schien er fertig zu sein, richtete sich auf, fuhr sich mit dem Taschentuch übers Gesicht und sagte: „Danke."

„Nun?" fragte die junge Frau, indem sie sich, abermals sittsam abgewandt, ankleidete.

„Ich gehe vielleicht zum Herrn Major hinüber, damit Gnädigste ungeniert Toilette machen können", schlug Doktor Krumbholz vor.

„Aber was ist?" drängte Pave und sah den Arzt über die Schulter hin an.

„Wir besprechen alles zu dritt!" Doktor Krumbholz wich der Frage aus und entfloh sorgenvoll durch die Tapetentür.

Während die Majorin die Hafteln, Knöpfe und Schleifen ihres Winterkleides schloß, begann der arme Säugling im Korb dünn und kläglich zu wimmern. Sie war genötigt, ihn herauszunehmen und auf ihr Bett zu legen, wo sie ihn seiner beschmutzten Hüllen entledigte und frisch wickelte. Bekümmert betrachtete sie die elende kleine Gestalt und das magere, faltige Gesicht ihres Söhnleins. „O du mein Frettchen, mein kleines Frettchen, was soll aus uns allen werden!" sprach sie leise und drückte ihr Gesicht in leidenschaftlicher Mütterlichkeit auf den armen Kinderkörper. Dann versuchte sie, den Knaben durch Schnalzen und Schnappen mit den Fingern zu erheitern, aber das bläuliche Gesichtchen verzog sich neuerdings zum Weinen. Da ging Pave zur Holztür, die auf einen kleinen Gang führte, und rief hinaus: „Netti, mach schnell Kamillentee warm und bring ihn! Aber schnell!" Dann nahm sie das Kind auf und trug es hin und her, es leise im Arm wiegend und tief und dunkel den Bruchteil einer Melodie summend, bis sie husten mußte und keuchend stehenblieb.

Der Spätherbstnachmittag stand grau vor dem Fenster, feindlich drohten die Dächer und Feuermauern der fremden Stadt. Aber als die kleine Magd gekommen und angewiesen worden war, dem Säugling den Kamillentee vorsichtig mit dem Löffel einzuflößen, begab sich die schöne Pave dennoch aufrecht, zart und zierlich in den kleinen Salon, um den Schicksalsspruch des semmelblonden Arztes zu vernehmen.

Dieser Schicksalsspruch jedoch, von Doktor Krumbholz grauen Gesichts und stotternd vorgebracht, lautete: Fieber. Beginnende Schwindsucht. Eine Amme. Ein anderes Klima.

Am nächsten Tag, genau zur gleichen Stunde, lag Pave in ihrem Bett. Durch das einzige Fenster kam helleres Licht als gestern. Eine ziemlich lebhafte Nachmittagssonne lag auf der Mauer des Nebenhauses und ließ einige Fenster fröhlich blitzen. In Paves Nordostzimmer freilich fiel zu dieser Stunde so wenig Sonne wie sonst. Pave lag still und friedlich in den Kissen. Sie trug ein Nachtkorsett aus weißem Batist, das mit Kragen und Manschetten von Schweizer Stickerei den Hals und die Handgelenke umschloß. Das Haar, das nun nicht in Locken frisiert, sondern in zwei Zöpfe geflochten und im Nacken aufgesteckt war, bedeckte ein Häubchen aus Spitzen. Auf dem an das ihre angeschobenen Bett des Majors lag zusammengefaltet die große für das Doppelbett bestimmte gehäkelte Decke.

Der Kinderkorb mit dem schlafenden Säugling stand neben Paves Lager. Die Tapetentür war angelehnt, und man hörte gedämpft von nebenan die zwitschernden Stimmen der kleinen Mädchen.

Die junge Frau lauschte den lieblichen Lauten und ließ sich vom Frieden des Krankenzimmers tragen wie von einem sacht gleitenden Boot. Sie fühlte eine hingebende Mattigkeit und zugleich den sanft erregenden Rhythmus leichten Fiebers, und sie war weniger mutlos als am Tag vorher. Sie war nun in die Krankheit als in dasjenige eingegangen, was ihr im Augenblick zukam und womit sich abzufinden noch immer das beste war. Die bleiche Verstörtheit, mit der der Regimentsarzt gestern sein Verdikt gefällt hatte, und ihre eigene anfängliche Verzweiflung erschienen ihr heute in fast komischem Licht. Nun wohl, sie war krank, und sie hatte seit langem gefühlt, daß sie es war. Was weiter erforderlich sein würde, das mußte nun geschehen, und es schien fast, als entwirrte sich die Lage glimpflicher, als sie gefürchtet hatte. Doktor Krumbholz hatte von einer Amme gesprochen, einer Friaulerin, die Rittmeister Graf Strassoldo, ein Anverwandter des Feldmarschalls Radetzky, aus der Gegend von Udine, wo er begütert war, nach Wien hatte kommen lassen. Sein Söhnlein aber war vorgestern, erwürgt von der Nabelschnur, tot zur Welt gekommen, und die Amme wurde nicht gebraucht. Doktor Krumbholz hatte versprochen, sofort Erkundigungen einzuziehen. Nebst mehreren Kapazitäten der Wiener Kliniken war auch der Regimentsarzt zur Geburt zugezogen worden und hatte die traurige Affäre mit angesehen. Die Amme würde den Vorteil haben, daß sie als Italienerin Pave vertraut und verständlich wäre, daß die Reise nach Wien ihr vom Grafen Strassoldo bereits bezahlt worden war und daß sie, wenn sie in einigen Wochen Pave und die Kinder nach Motta begleitete, in unmittelbarer Nähe ihrer Heimat sein würde.

Denn Pave sollte fort von Wien. Mit flehender Eindringlichkeit hatte Doktor Krumbholz dies verlangt. „Es gibt so viele Dalmatiner, die das Klima hier nicht vertragen, ich weiß es von den Soldaten. Die Gnädige muß nach dem Süden!“ hatte er mehrmals gesagt und dem Major dabei ernst beschwörend ins Gesicht gesehen. Pero hatte sich seufzend, aber sofort bereit erklärt, dem Schwager Miho, der mit Paves Schwester verheiratet und im Venetianischen, in Motta di Livenza, als Arzt ansässig war, zu schreiben und ihn zu fragen, ob er seine Familie über den Winter bei sich aufnehmen könne. Pave wußte, daß der Brief bereits abgegangen war.

So würde sie also mit den Kindern bei Bepi wohnen und nicht mehr in dieser beängstigenden, bedrückenden, fremden Stadt. Ja, aber Pero?! Ihn mußte sie verlassen, ihn allein lassen, der in Wien ebenfalls fremd war, wenn auch in unmeßbarem Abstand weniger fremd als sie selbst. Denn wo wäre Pero wirklich fremd gewesen, er, der auf rätselvolle Weise in jeglichem Ding, an jeglichem Ort verwurzelt schien! Überdies konnte Pero ja selbst versetzt werden, es war durchaus nicht unwahrscheinlich, daß er nun bald wieder nach Italien geschickt werden würde, nach Verona oder nach Udine, dann würde sie mit den Kindern geschwind nach Motta hinreisen, und aller Kummer, alle Trennung würden vergessen sein.

Pave lächelte beruhigt vor sich hin. Man mußte sich nicht allzu viele Sorgen machen, wirklich nicht allzu viele. Hatte es je etwas gefruchtet, wenn sie sich während der sieben schweren Jahre ihrer Ehe den armen Kopf zermartert, wenn sie im vorhinein gezittert, gebangt und sich geängstigt hatte? Alles war gekommen, wie es wollte und vielleicht mußte. Die Dinge waren gut oder schlimm abgelaufen – und zwar öfter schlimm als gut –, sie waren abgelaufen, wie die Schickung (oder vielleicht Gott?) es bestimmt hatte. Die große Reise von Ragusa nach Agram, die sie in schwangerem Zustand auf schaukelndem Schiff und in rüttelndem Wagen zurückgelegt hatte, war ebenso zu Ende gegangen wie jene jüngst durchlittene Reise von Karansebes nach Wien.

Trotz aller ihrer flehenden inneren Gebete: Nur nicht wieder fort, nur nicht wieder in die Fremde, nur ein wenig bleiben und Ruhe halten dürfen, hatte sie ihren gebrechlichen, schlichten Hausrat schon viermal unsicheren Transporten anvertrauen, mit kleinen hilflosen Kindern ungewisser Fremde entgegenfahren müssen, und viermal schon hatte sie sich in die ungewisse Fremde, bang und in Schmerzen zwar, aber schließlich doch hineingefunden.

Und jenes andere Gebet, jenes brennendste: O Gott, erhalte mir die Liebe meines Pero! War es erhört worden? War es nicht überhaupt sinnlos gewesen, so zu beten? Je mehr sie sorgte und bangte, desto mutloser wurde sie, desto unfähiger, einem Mann wie Pero die einzige zu bleiben. Ob sie zitterte oder nicht, Pero würde von klugen, schönen, glänzenden Frauen gefesselt werden, wie seine feurige Seele es brauchte und wie die junge Wienerin mit der schönen Stimme in Agram ihn gefesselt hatte, sie, auf die er sogar Verse gedichtet hatte, wie Pave wohl wußte, viele Verse in deutscher Sprache.

Ljubomirs, ihres Erstgeborenen, Krankheit hatte bös und tödlich geendet; was hatte ihr Bangen, ihr Zittern, ihr Wachen gefruchtet; ein kleines Grab auf dem Agramer Friedhof war ausgeschaufelt worden, um sich über dem zarten Rest seines Lebens, das nur nach Wochen gezählt hatte, zu schließen. Kleiner Ljubomir! Du erster, du in Jubel Empfangener, du zitternd Erwarteter, bitter Beweinter! O kleiner Ljubomir, der du als erster an meiner Brust getrunken hast, ist es faßbar, daß ich dein Gesicht nicht mehr in mir finde! Ist es erhört auf dieser Welt, daß eine Mutter das Gesicht ihres Kindes vergessen kann? Du hattest dunkle Haare, das weiß ich noch, mit dem Verstand weiß ich es, und deine Augen waren dunkel, aber dein kleines Gesicht, das mir so schön schien, der Inbegriff aller Gesichter, es ist fort, ganz fort. Wenn ich die Augen schließe und es beschwören will, dann erscheinen die Gesichter der Mädchen und Duschans schmales, elendes Gesicht. Das deine aber ist fort. Ich will mich zu dem Glauben zwingen, daß du bei Gott bist, denn sonst, Ljubomir, mein Erstgeborener, wäre dein Los allzu traurig, da selbst deine Mutter dich vergessen hat.

Pave schloß die Augen. Warum mußte sie jetzt an Ljubomir denken, da sie eben ein wenig ruhig gewesen war? Sollte ihr nie eine Stunde des Friedens gegönnt sein? Sie legte den Kopf mit bewußter Willensanstrengung seitlich tief ins Kissen und sagte innerlich: Ich mag nicht mehr! Ich kann nicht mehr! Ich bin jetzt krank! Ich muß, ich muß jetzt Ruhe haben!

In der stillen Sonne des Nachmittags, beim zarten Zwitschern der Kinderstimmen, verwirrten sich endlich ihre Gedanken, und sie schlief so tief ein, wie man nur zuweilen bei Tage schläft, wenn Licht auf die geschlossenen Lider fällt. Körper und Geist entwichen ihr in unmeßbaren Abgrund, sie war wie vermauert in Gebirge von Schlaf, der anfangs nichts war als ein dunkles, traumloses Rauschen. Allmählich aber verwandelten sich Schwärze und Schwere in leichte Helligkeit. Pave spazierte in einem schönen Kleid ihrer Mädchenzeit über die Calle Larga in Zara. Sie spazierte beschwingt und freundlich, und viele Bekannte kamen ihr entgegen. Hinter ihr aber, in gemessenem Abstand, doch so nahe, daß das Geräusch der Schritte ihr Ohr erreichte, gingen drei junge Offiziere ihr nach. Der eine davon war Pero, jedoch ein Pero, den sie erst vom Sehen kannte. Der zweite war Doktor Krumbholz, der die Leutnantsuniform des Zaratiner Infanterieregiments trug, und der dritte, ebenfalls in Leutnantsuniform, groß gewachsen und blaß, war eigentlich ein Vogel, das heißt, er war sowohl ein Leutnant als auch ein Vogel, und zwar beides völlig, und Pave wußte, daß er „der Pelikan" hieß und war. Sie war etwas indigniert, aber doch auch erfreut über die drei hartnäckigen Verfolger, bis sie den Pelikan sagen hörte: „Wie schnell das Fräulein Pave geht! Wir werden sie aber doch bald eingeholt haben."

Da erfaßte sie Angst, und sie begann zu laufen, und als die Straße plötzlich in unabsehbar tiefe Treppen mündete, entschloß sie sich sogleich, die unzähligen Stufen hinabzufliegen.

Mit jähem Ruck erwachte sie. Süßer Schmerz saß ihr im Herzen ob der entrückten und versunkenen Welt, in der sie soeben geweilt hatte, und mit Entsetzen bemerkte sie, daß im nun sonnenlosen und dämmerigen Zimmer unfern der kleinen Tür zum Küchenkorridor eine schwarze Gestalt stand, durch deren Eintreten sie wahrscheinlich geweckt worden war. Pave starrte die undeutliche Erscheinung mit verstörten Augen an, ihr Herz schlug heftig, und sie ächzte heiser und verschlafen: „Wer ist da?" Eine tiefe Stimme antwortete: „Ich bin es, die Amme!"

Es erwies sich, daß die Amme, die Santa Vianello hieß und eine Frau von einunddreißig Jahren war, dem Schicksal, welches sie aus dem Haus des Grafen Strassoldo in die kleine Vorstadtwohnung des Majors verschlagen hatte, zum äußersten grollte. Mißbilligenden Blicks durchschritt sie die Zimmer, sichtlich die Bescheidenheit aller Einrichtungen mit der Pracht und den Annehmlichkeiten der gräflichen Haushaltung vergleichend, deren zeitweiliger Genuß ihr von den Schicksalsmächten zugebilligt gewesen und hierauf mit großer Tücke wieder entwendet worden war. In den ersten Tagen pflegte sie häufig, zum Beispiel auch dann, wenn sie, auf niederem Schemel sitzend, den kleinen Duschan stillte, in vorwurfsvoller Bitterkeit den Kopf zu schütteln und zu wiegen, dabei vor sich hinsprechend: „Che disastro, che disastro!" Wobei es dahingestellt blieb, ob sie mit dem beklagten Unglück in erster Linie die Totgeburt des Strassoldoschen Knaben oder ihre eigene Verpflanzung zu den Majorischen meinte. Sehr wahrscheinlich war es auch, daß sie durch ihr mürrisch-bitteres Verhalten ihre neuen Dienstgeber zu den äußersten Anstrengungen, sie zufriedenzustellen, anspornen wollte, damit nicht die Qualität ihrer Milch unter ihrer gedrückten Gemütslage leide und der kleine Duschan somit zu Schaden käme: eine Ammenschlauheit, der man sich allenthalben wird beugen müssen, wo man genötigt ist, bezahlte Frauen zum Nähren der Kinder aufzunehmen.

Übrigens faßte Santa, bald eine zähe Zärtlichkeit zu dem ihr anvertrauten Säugling, und ihr Ehrgeiz, ihn gedeihen zu sehen, wurde von Tag zu Tag heller angefacht. Für den Major empfand sie eine Art von zuwartender Achtung. Wenn auch kein Graf, kein Verwandter des Marschalls, kein Herr von friaulischen Gütern, so war er doch immerhin Offizier und schien in der Welt etwas vorzustellen. Der kranken jungen Frau jedoch, die nicht imstande gewesen war, ihren Sohn zu nähren, während man sie Santa Vianello, wegen ihrer berühmten Milch von ihrem eigenen Kind fort in die weite Welt geholt hatte, galt ihre Mißachtung, und die beiden Mädchen fand sie vollends überflüssig. Sie war stets darauf bedacht, die Rechte des kleinen Duschan, was Ruhe und Alleinherrschaft betraf, gegen seine holdblickenden, eifrig trippelnden Schwestern zu vertreten, und erst nach einer langen Reihe von Tagen begann sie, besiegt durch die immer gleiche reizende Zutunlichkeit von Miliza und Cotia, eine freundlichere Haltung gegen die Töchter des Hauses einzunehmen.

Etwa zehn Tage nach der Absendung des Briefes an Paves Schwager Miho traf eines Morgens dessen Antwort ein. Sie lautete zustimmend. Die Wohnung sei geräumig genug, und er wie seine Gattin und sein Söhnlein sähen der Ankunft Paves und der Kinder mit großer Freude entgegen.

Im ehelichen Schlafzimmer standen die Koffer geöffnet nebeneinander. Pave in ihrem alten braunen Winterkleid ging hin und her, holte Wäsche und Kleider aus den Schränken und begann sie in den tiefen Grund der Koffer zu schichten. Nur ungern hatte der sie treulich immer wieder besuchende Doktor Krumbholz ihr das Aufstehen gestattet, aber er mußte selbst zugeben, daß sie nicht reisen konnte, ohne gepackt zu haben.

So standen da also wieder die Koffer, diese Ungeheuer, die sie als Zeugen und Zeichen ihres unruhigen, gehetzten Lebens haßte. So packte sie also wieder und würde bald reisen, reisen ohne Pero.

Wann hatte man daheim Koffer gepackt; Wann war man gereist? So gut wie nie, außer zu Beginn des Sommers hinüber nach Lukoran, um lange Monde dort in der Inselbläue unter Oliven- und Korkeichenbäumen oder im festen, steingebauten Haus friedlich und still zu leben. Ach, nur einmal mit Pero und den Kindern einen solchen Sommer in Lukoran verbringen dürfen, einen langen, faulen Sommer, wo ein kobaltener Tag dem andern folgte, wo man Fische, Oliven und Weintrauben aß, in der Bucht badete und mit der Barke ins Abendrot hineinfuhr! Nie würden sie Urlaub erhalten, Krieg würde wieder kommen, und wo würde man sie nicht noch hinschicken!

Hätten sie nicht in Karansebes bleiben können? Dort war wohl kein Meer gewesen, keine Insel, Fremde war gewesen, aber eine friedliche Fremde, an die man sich gewöhnt hatte. Ein Garten war gewesen, Sonnenblumen, Ribiselstauden und gute, befreundete Menschen. Dort hatte die süße Cotia, ihr und Peros Augentrost, umgeben von Blumen und Bäumen, ein seliges Kinderjahr verleben dürfen.

Wie kurz war es her, daß diese häßlichen großen Koffer in Karansebes auf dem Fußboden gestanden waren, daß sie hin und her gegangen war und ihre Besitztümer aus den Schränken geräumt hatte? Damals hatte Piroska, das freundliche, flinke ungarische Dienstmädchen, das sie leider nicht hatte nach Wien mitnehmen können, auf ihr Geheiß die Leintücher und Polsterbezüge, die Kinderschühlein und Kleidchen und alles, was es da gab, in den Koffer gelegt, denn Pave war hoch in der Hoffnung gewesen, und jede Frau weiß, daß tiefes Hineinbücken in einen Koffer der Tod des Kindes sein kann.

Nun war sie nicht mehr guter Hoffnung. Nein, ihr Sohn lag nebenan, er war geboren, er lebte, Gott sei Dank, die Milch der Amme schien ihm zu bekommen. Sie trug nicht mehr die mütterliche Last, sie war schlank wie in ihren Mädchentagen. Eher zu weit waren ihr die Kleider. Guter Hoffnung! Sie erschrak. Sie war ohne alle Hoffnung, das war es.

Von draußen kam Netti, rot vom Kochen. Sie brachte eine Visitenkarte und suchte Pave begreiflich zu machen, daß eine Dame zu Besuch gekommen sei. Paves erste Regung war, die Dame abzuweisen. Wie sollte sie jetzt einen Besuch empfangen? Sie trug ihr altes Hauskleid. Sie mußte packen. Und es ging auf Mittag zu. Aber dann warf sie einen Blick auf die Karte. Dort stand: La comtesse Louis Strassoldo, née comtesse Alexa Ujhazy.

War es die Gräfin Strassoldo, deren kleiner Knabe gestorben war? Sie bemühte sich, Netti anzuweisen, daß sie die Dame in den Salon zu führen und zum Niedersitzen aufzufordern habe; dann nahm sie mit fliegender Hand das grüne Kaschmirkleid aus dem Schrank und streifte es über. Dieses Kleid, seit zwei Jahren ihr bestes, liebte sie, und sie wollte es ungern durch ein neues verdrängt sehen. In den tiefen herzförmigen Ausschnitt fügte sich eine Chemisette aus weißen Spitzen, die langen Ärmel schlossen sich eng um die zarten runden Arme, die Taille lag vorn in einer langen spitzen Schneppe knapp auf den Falten des weiten Rockes. Das warme, dunkle Grün schmeichelte ihrer Haut, selten hatte etwas sie so vorteilhaft gekleidet. Pave war nicht eitel. Ach, viel zuwenig war sie es. Was hätte sie nicht aus sich machen können, wenn sie alles angewendet hätte, wozu andre Frauen zur Hebung der Schönheit ihre Zuflucht nehmen! Aber zu ihren Kleidern faßte sie mitunter eine Art zärtlicher Liebe, weil sie ein Teil ihres Selbst, weil sie Hülle und Zeugnis ihres Lebens waren. An manche ihrer Mädchenkleider dachte sie wie an verstorbene Freundinnen, sie sehnte sich nach den vergessenen Mustern, nach den vergangenen Falten und Rüschen, sie glaubte noch den Frühlingstag zu spüren, da sie das Drapfarbene oder das Blaue zum erstenmal getragen hatte.

Sie sah in den Spiegel und war erfreut. Jung und schön war sie freilich noch immer, und man sah ihr die Krankheit nicht an. Würde die vornehme, fremde Dame einen günstigen Eindruck von ihr empfangen? Warum kam sie? Was wollte sie? Ach, und in welcher fremden Sprache würde Pave nun wieder gezwungen sein zu radebrechen?

Als sie jedoch rasch das Kinderzimmer durchschreiten wollte, bot sich ihr ein unerwarteter Anblick. Eine elegante junge Frau saß so vertraut auf einem der niederen Kinderstühle, als wäre sie immer da gewesen, sie hielt die Puppen der kleinen Mädchen im Schoß und betrachtete sie sachkundig, während Miliza und Cotia sie erfreut umtanzten und die Amme, die soeben wieder auf ihrem Schemel hockend den kleinen Duschan zu nähren begann, mit angeregtem Eifer und glücklich gerötetem Gesicht auf die Fremde einsprach. Als Pave durch die Tür trat, erhob sich die Dame, die schwarz gekleidet war, und kam ihr rasch entgegen.

„Ich störe Sie zu einer unpassenden Stunde“, sagte sie mit angenehm tiefer, humorvoller Stimme auf italienisch. „Unser Verwalter aus Friaul ist heute früh angekommen und hat der Amme einen

Brief von ihrem Mann mitgebracht, den wollte ich der Frau gleich geben." Pave sah freundlich nach Santa hin, die ihr regelmäßiges italienisches Gesicht mit den geschwungenen Augenbrauen und der schmalen, langrückigen Nase jetzt auf das säugende Kind hinabgesenkt hielt, wobei das ganz glatt gescheitelte schwarze Haar das helle Mittagslicht widerspiegelte. Es war Pave bisher noch kaum aufgefallen, daß die Amme eigentlich eine schöne Frau war; vielleicht auch wurde sie eben jetzt durch die Freude über Besuch und Brief verschönt; denn es schien, daß sie den Besuch der Gräfin in erster Linie auf ihre Rechnung buchte.

Pave reichte der fremden Dame die Hand, und in der Freude über das fließende Italienisch, in dem diese gesprochen hatte, verflog ihre eigene, sonst fast unüberwindliche Schüchternheit, und sie fand sofort die richtigen Worte, um sich nach dem Befinden der Contessa zu erkundigen und ihre Teilnahme an deren traurigem Erlebnis auszudrücken. Die Gräfin sah nicht eigentlich leidend aus. Vielleicht auch ließ der stark rosige Teint der Blonden Blässe schwer aufkommen, die grauen Augen jedenfalls, die ein wenig schief saßen, blickten frisch, und in dem Gesicht lag nichts von Müdigkeit oder Trauer. Es war breit in den Backenknochen, die Nase jedoch sehr fein und schmal, der Mund, voll in der Mitte, verjüngte sich ganz zart in den Winkeln. Die Frau war jung, trotzdem machte ihre rosige Haut auf Pave einen gleichsam zerknitterten Eindruck, ohne daß sie hätte sagen können, warum ihr dies so erschien. Unter dem kleinen, tief in die Stirn gerückten Hut, der die Form eines zierlichen Schiffchens hatte, kam schönes, hochblondes Haar hervor. Die ganze Erscheinung war zart, pikant und eigenwillig, das schwarze taftene Kleid einfach, aber, wie Pave mit Anerkennung und doch auch mit etwas wie feindseliger Scheu feststellte, nach der allerletzten Mode. Die Taille lag eng an, die Ärmel jedoch erweiterten sich bei den Handgelenken zu bauschigen, mit Samtarabesken benähten Säcken. Ähnliche Samtzierate zeigte der Saum der außerordentlich weiten Krinoline.

Sie trägt einen ganz großen Reifrock, und die Ärmel sind weit, dachte Pave mit Besorgnis. Ich habe keinen Stoff mehr. Wie wird es möglich sein, das Grüne zu ändern? Sie streifte ihren eigenen, zwar bauschigen und in schönen Falten fallenden, aber für die diesjährige Mode nun also doch viel zu engen Rock mit einem trüben Blick.

„Danke, ich bin wieder ganz gesund", erwiderte die Gräfin auf Paves Frage. „Aber der arme Kleine! Er war ein so hübsches, starkes

Kind! Man muß das Schicksal hinnehmen. Die Professoren sagen, daß niemand eine Schuld trifft, weder meine Konstitution noch die Hebamme noch sonst jemand. Es ist ein Verhängnis, das man tragen muß!"

Sie seufzte ein wenig, blickte Pave aber ruhig an. Diese war voll Bewunderung für den starken Geist der zarten Frau. Ein Kind tot zur Welt bringen! Sie hätte dem armen Wesen gewiß monatelang nachgeweint. Dabei schien die Fremde keineswegs kaltherzig, sie machte im Gegenteil einen mütterlichen und liebreichen Eindruck.

„Darf ich Sie nicht bitten, nebenan im Salon ein wenig Platz zu nehmen", lud Pave nun ein, und die Gräfin Strassoldo antwortete lebhaft und schnell, wie es ihre Art zu sprechen war: „Nachher sehr gern. Ich möchte nur der Amme den Brief vorlesen. Ich habe es ihr versprochen. Wo haben wir den Brief, Santa?" wandte sie sich an die Stillende, und diese holte aus der Tasche ihres schwarzen Rockes ein zusammengefaltetes und gesiegeltes steifes Briefblatt hervor, das sie der Gräfin reichte.

Diese nahm ihren früheren Platz wieder ein, auch Pave ließ sich nieder, und die zwei Mädchen lehnten sich an sie.

Der Brief war nicht lang. Die Gräfin las etwas stolpernd, wohl wegen der undeutlichen Schrift, aber scharf artikuliert die Botschaft des Landmannes Francesco Vianello in Rizzi bei Udine an seine Ehefrau Santa in Wien.

„Liebe Frau!

Der Herr Verwalter Cozzio reist nach Wien zu den Herrschaften, und ich darf ihm einen Brief mitgeben. Der Herr Pfarrer ist so gut und schreibt ihn auf.

Liebe Frau, wir beide, Giovanni und ich, wie auch die Kleine sind gesund. Alles geht gut. Die Frau des Lorenzo Fanganell kommt jeden Tag und gibt der Kleinen zu trinken, wie Du es mit ihr ausgemacht hast, und dafür helfe ich ihrem Mann, wenn er es nötig hat. Die Kleine ist dick und rund. Aber es ist uns langweilig ohne Dich. Wann kommst Du zurück? Kannst Du uns einmal einen Brief schicken? Wie fühlst Du Dich in Wien bei den gnädigen Herrschaften? Liebe Frau, Du wirst Dich wundern, wenn Du hören wirst, was für ein Glück dieser junge Filippo Petinelli gemacht hat. Du weißt, daß sie bei ihm zu Hause gar nichts haben und daß so viele Kinder sind. Er hat bei den Vincenti als Knecht gedient seit der Weizenernte. Nun heiratet er die Tochter, die die einzige ist, und er wird Herr sein dort bei denen, wenn die Eltern nicht mehr dasein werden.

Bei Deiner Schwester sind sie auch gesund. Der Beppino ministriert jetzt, er kann es schon gut.

Liebe Frau, viele Küsse von Giovanni und von

Deinem Mann.

Der Giovanni fragt jeden Morgen, wenn er aufwacht: ‚Ist die Mamma zurückgekommen?'"

Der kleine Duschan war gesättigt. Er ließ die Brust der Amme los und blickte befriedigt umher. Sein Gesichtchen war tatsächlich schon weniger blau und mager.

Santa Vianello blieb, das Kind auf den Schoß, auf dem Schemel sitzen, und in ihren Zügen spiegelten sich alle Abstufungen von freudiger Erregung. Nachdem sie eine Weile stumm vor sich hingestrahlt hatte, begann sie ihrem Glück in Ausrufen Luft zu machen. „Ah, guter Gott! Sie sind gesund! Und die Kleine dick und rund! Ah, Signor Dio! Grazie, grazie! Und der Giovanni, der jeden Morgen fragt, ob die Mamma zurückgekommen ist. Arme Seele, wird noch lang fragen müssen." Der glückliche Wechsel im Leben des Filippo Petinelli überwältigte sie vollends. Sie schüttelte den Kopf vor Staunen und wandte sich erregt an die Gräfin mit der Frage, ob sie die Besitzung vom Vincenti kenne.

Gräfin Strassoldo kannte sie nicht. „Schade", rief die Amme aus, „ein schönes, großes Haus, und Felder! Felder, so weit man sieht. Schönes Vieh und viele Knechte. Und die Petinelli! Eine Armut, nichts als Polenta zu essen, nie etwas anderes am Morgen, zu Mittag und auch nicht abends. Und jetzt heiratet der Filippo die Vincentitochter! Ein Glück hat der!" Sie wiegte wieder den Kopf und stieß dabei mit der Zunge so heftig an den Vorderkiefer, daß es wie ein lautes Ts-ts-ts klang.

Pave stand auf und stellte Santa in Aussicht, daß der Herr Major auf ihr Diktat einen Brief an ihren Mann nach Rizzi schreiben werde. Santa schien an diese Möglichkeit noch nicht gedacht zu haben, nun war sie Feuer und Flamme und erkundigte sich bei der Gräfin, wann der Verwalter zurückreise. Pave jedoch meinte, man werde die Güte der Frau Gräfin nicht in Anspruch nehmen müssen, da jeder Mensch mit der kaiserlichen Post Briefe schicken könne, eine Mitteilung, die bei Santa wieder erstauntes Kopfwiegen und lautes Ts-ts-ts zeitigte.

Nun lud Pave die Gräfin eindringlich ein, doch aus der Kinderstube fort und mit ihr in den Salon zu kommen. Sie hielt dies wohl auch für ein Gebot der Schicklichkeit, hauptsächlich aber fühlte sie den dringenden Wunsch, sich mit der warmherzigen, lebhaften Frau, für die sie augenblicklich starke Sympathie gefühlt hatte, allein unterhalten zu können. Obwohl die Gräfin in keiner Weise weich oder gar sentimental schien, hatte sich Pave von ihr sogleich in lang nicht mehr empfundener Weise heimisch angeregt gefühlt. Man hatte bei ihr den Eindruck, daß sie Menschen und Dinge sofort richtig und mit Wohlwollen zu durchschauen vermochte, daß alles Menschliche bei ihr wohlgeborgen war und daß Rat oder Hilfe, die im Bereich ihres Vermögens lagen, von ihr jederzeit ohne alles Pathos in vollstem Ausmaß gegeben werden würden.

Mit einer Freude, der sie lange entwöhnt gewesen, ließ Pave sich mit der Gräfin Strassoldo auf dem schmalen Sofa nieder. Während Tisch und Kredenz und die rohrgeflochtenen Stühle des Speisezimmers, der kürzlich aufgekommenen Mode folgend, breit geschwungen, an den Ecken gerundet und mit gedrechselten Ornamenten geziert waren, war Paves kleiner, schmuckloser Salon noch ganz in dem Stil gehalten, der in den letzten Jahrzehnten der herrschende gewesen war. Die etwas steifen, schlichten und nicht sehr bequemen Möbel ruhten sämtlich auf geraden, dünnen, sich nach unten zuspitzenden Beinen; den Stoff der Überzüge, der aus starkem, jägergrünem Wollrips bestand, hätte ein im Neumodischen bewanderter Tapezierer wohl voll Geringschätzung zu den Toten geworfen. Eine kleine, auf einer Kommode stehende Vitrine enthielt einen Fächer und ein paar Tassen und Figürchen. Pave hätte sie gern schnell verhängt, um sie vor der Gräfin zu verbergen. Wie ärmlich mußten diese geringen Sächelchen ihr erscheinen! Sie sah ganz so aus, als habe sie bei sich zu Hause in riesigen Glasschränken die herrlichsten Kostbarkeiten stehen. Ja, hätte Pave von daheim mitgenommen, was ihr als Eigentum und Erbe zukam, so hätte sie mehr als eine Vitrine mit erlesenen und merkwürdigen Dingen füllen können; ihr Wanderleben als Offiziersfrau voraussehend, hatte sie jedoch darauf verzichtet, die unersetzlichen Familienstücke mitzuführen und dem Zerbrechen und Verderben auszusetzen. Nachgerade war sie es gewöhnt, ganz arm und wurzellos zu scheinen, nichts zu sein als die Majorin, Peros Frau; eine Würde, die ihr seinerzeit, als Braut, allen weltlichen Rang, allen ererbten Besitz, alle adelige Verwurzelung aufzuwiegen schien. Noch immer wußte sie, daß Peros Frau zu sein, etwas Hohes und Unverdientes, ja in seiner vollen Bedeutung noch kaum Erfaßtes war. Doch war es bitter, immer unerkannt zu sein und außer Pero selbst nahezu nie jemand zu treffen, der wußte, wer sie war.

Dieser Frau hier hätte sie es gerne begreiflich gemacht, aber es war unmöglich. Sie konnte ihr doch nicht unversehens von dem einstigen Reichtum ihrer Familie berichten (der jetzt allerdings durchaus nicht so gewaltig war wie in vergangenen Tagen), von den Gutsherrschaften, den Wein- und Ölpflanzungen in Nona und Zaravecchia; von den Diplomaten und Admiralen ihres Blutes, die im Dienst der Republik Venedig kühne und verdienstvolle Taten vollbracht hatten, oder von den frommen und ehrwürdigen Bischöfen, die im Lauf der Jahrhunderte ihrem Haus entsprossen waren. Oder sollte sie ihr etwa mit der Mitteilung kommen, daß jener Graf Mastai-Feretti, der seit sechs Jahren als Pius IX. auf Petri Stuhle saß, ihr Vetter war?

Die Gräfin sah sich ohne unhöfliche Neugierde, aber doch aufmerksam in dem kleinen Raum um, und ihr Blick fiel sofort auf eine schwere eichene Truhe mit einfacher Intarsiaarbeit und altertümlichem Schloß, die, auf kugelrunden Füßen von ziemlichem Durchmesser ruhend, neben dem einzigen Fenster stand.

„Eine schöne Truhe haben Sie da“, sagte sie sachlich. „Ich mag Truhen so gern. Diese hier muß ziemlich alt sein.“

„Ich glaube, mein Großvater hat sie angeschafft, noch lange vor den Franzosenkriegen. Sie ist immer mit mir gewandert und hat davon auch genug Schaden gelitten.“

Die Gräfin wollte wissen, ob Pave schon oft übersiedeln mußte, und Pave, an ihrer wehesten Stelle getroffen, erzählte von den vielen langen Reisen und sagte klagend, daß eine Offiziersfrau nie zur Ruhe komme.

„Da haben Sie recht!“ rief die lebhafte blonde Frau aus. „Auf Dauer werden wir uns erst in unseren Särgen einrichten können. Mit dem Wechsel müssen wir rechnen, wir dürfen uns nie einbilden, irgendwo bleiben zu können, sonst bedeutet jede Versetzung Kummer und Schrecken.“

„Das tut sie doch auch!“ gab Pave zu. „Mir wenigstens.“

„Darf sie aber nicht!“ Die Gräfin sah Pave mit lachendem Mund, aber ernsten Augen an. Diese schöne junge Frau da, die so distinguiert und angenehm wirkte und so reizende kleine Töchter hatte, schien nicht zu wissen, wie man das Leben packen mußte.

„Traurig dürfen wir überhaupt nie sein, das schadet der Schönheit und macht uns unsere Männer abwendig. Die Männer wollen, daß wir heiter sind. Zum Traurigsein haben sie uns nicht geheiratet."

„Ja, aber wenn die Dinge traurig sind, die wir erleben?" fragte Pave, die sich nicht wenig wunderte, und dachte dabei, der Graf Strassoldo müsse wohl ein ganz anderer Mensch sein als Pero. Doch alsbald fiel ihr ein, daß Pero damals in Agram vielleicht nicht so oft und gern zu dieser schönen und lustigen Lina Schauff gegangen wäre, hätte sie selbst nicht so andauernd um Ljubomir geweint.

„Was wir erleben, das müssen wir überwinden. Glauben Sie vielleicht, ich war nicht traurig, als mein süßer, kleiner Sohn, auf den ich mich so sehr gefreut hatte, nicht leben durfte? Als das lange Tragen und Warten umsonst gewesen war? Aber wem hätte es genützt, wenn ich geweint hätte?" Das Gesicht der Gräfin war jetzt vollkommen ernst. Sie saß einen Augenblick lang ganz still und blickte ins Leere.

Pave sah es mit Teilnahme; sie wollte schweigen, dann aber lockte es sie allzu stark, das Gespräch, das sie bis in ihr tiefstes Herz traf und aufrührte, fortzusetzen.

„Ob das Weinen jemandem nützt oder nicht, was hilft es, daran zu denken, wenn man eben weinen muß?"

„Das ist es ja: man muß nicht. Man darf toben, wenn etwas Schreckliches geschehen ist, aber man muß damit fertig werden. Wir Frauen sind das Herz des Hauses. In einen Mantel von Traurigkeit dürfen wir uns nicht einhüllen. Alles um uns her würde krank davon." Die Gräfin lächelte wieder und sah Pave an:

„Wenn ich übrigens so schön wäre wie Sie, würde ich den ganzen Tag vor Freude tanzen und singen."

Pave verspürte einen kleinen Stich. Dieser Hinweis auf ihre Schönheit in Verbindung mit den großen, traurigen Dingen des Lebens verletzte etwas Zartes und Empfindliches in ihr. Das tat aber der so schnell geborenen bewundernden Sympathie für die lebenstüchtige Frau dennoch keinen Abbruch. Sie zog auf die Bemerkung der Gräfin hin nur die Augenbrauen in die Höhe, lüpfte ein wenig die Schultern und sagte lächelnd und gedehnt: „Schön!? Was ist schön? Wer ist schön? Klug, lebhaft, witzig, das ist viel wichtiger, und all das bin ich nicht."

„Nur nicht so bescheiden!" sagte die Gräfin lachend. „Auch bescheiden soll man nicht sein. Die Männer denken ohnedies gering genug von uns, außer wenn sie verliebt sind!"

Nun mußte auch Pave lachen. Was war doch diese Gräfin Strassoldo für eine unbezahlbare Person! Nüchtern und sachlich nannte sie alle die düsteren und bangen Probleme, um die Pave zaghaft und verzweifelt zu kreisen pflegte, beim Namen und schien sie damit aus der Welt zu schaffen. Ach, diese Frau zur Freundin haben dürfen! Welches Glück, welcher Trost, welche Stütze wäre das! Aber es mußte ja wieder gereist werden! Der armen Pave war nie etwas Gutes gegönnt.

Sie faßte nun in dem Bestreben, ihrerseits auch etwas Freundliches, eine kleine Schmeichelei zu dem Gespräch beizutragen, ihre hingebende Bewunderung in einem Kompliment über das vorzügliche Italienisch der Gräfin zusammen, da sie aus der Visitenkarte deren ungarische Abstammung erfahren zu haben glaubte.

„Mein Mann stammt aus Friaul, er hat dort seine Güter. Da muß ich wohl Italienisch sprechen“, wehrte die Belobte ab.

„Mein Mann ist Kroate, aber mein Kroatisch ist sehr schwach“, entgegnete Pave beschämt.

„Das ist falsch!“ erklärte Gräfin Strassoldo leidenschaftlich. „Zumal da mit Ihrem Mann doch etwas Besonderes los ist. Er ist doch kein gewöhnlicher Kroate. Neulich war bei uns die Rede von ihm. Ist er nicht ein Dichter?“

Pave bejahte verlegen, aber doch ein wenig stolz.

„Also sehen Sie! Nein, nein, das geht nicht! Fröhlich sein! Selbstbewußt sein! Ordentlich Kroatisch können! Ich sehe schon, ich werde Sie erziehen müssen.“

„Ach wie gern!“ seufzte Pave. „Aber ich reise ja ab.“

„Richtig, Doktor Krumbholz sagte uns, daß Sie es Ihrer Gesundheit wegen müssen. Wie schade! Reisen Sie übrigens nicht zu uns hinunter ins Friaulische?“

„Nach Motta di Livenza, zu meiner Schwester.“

„Großartig! Das ist nahe bei Udine. Im Frühjahr werde ich Sie besuchen. Bis dahin müssen Sie fröhlich, stolz und gesund sein. Freilich, mit dem Kroatischen wird es in Motta hapern.“

„Mein Schwager spricht es.“

„Um so besser! Wehe Ihnen, wenn Sie bis zum Frühjahr nicht perfekt darin sind. Die Sprache unserer Männer müssen wir Frauen doch sprechen. Ich habe Italienisch gelernt, Sie müssen Kroatisch lernen. Und wie steht es denn mit dem Deutschen?“ forschte die Gräfin unbarmherzig.

Pave lächelte schwach.

„O weh, da steht es noch schlechter. Ich habe Deutsch gelernt, aber es ist so schwer!"

„Aha, schwer! Freilich ist das Deutsche schwer! Ich habe mich selbst genug damit geplagt. Was hilft's. Eine österreichische Offiziersfrau *muß* Deutsch verstehen. Glauben Sie ja nicht, daß ich keine ungarische Patriotin bin! Wir Ungarn sind glühende Patrioten. Unsere kleine Heimat geht uns über die ganze große, weite Welt, und unsere Sprache, die außerhalb von Ungarn keine Katze versteht, ist uns doch von allen Sprachen die herrlichste. Trotzdem wäre ich ein Narr und verdiente Prügel, wenn ich als Offiziersfrau nicht Deutsch verstünde. Denn Deutsch, das ist die Sprache der Armee. Und Deutsch, das ist die Sprache eines großen Volkes, eines tüchtigen Volkes. Wir können nur lernen, wenn wir Deutsch verstehen."

„Es ist herrlich, wie Sie das alles sagen, Gräfin!" Pave lächelte sie scheu an. „Aber es kann nicht jeder das vollbringen, was er für richtig und nützlich hält. Zu manchem ist man einfach nicht imstande."

„Da haben Sie recht. Wenn man anständig geboren ist, gibt es Dinge, die man nicht fertigbringt. Ich könnte zum Beispiel meinen Mann nicht betrügen, und wenn ich es mich die größte Mühe kosten ließe, und ich sehe es Ihnen an der Nase an, daß auch Sie es nicht könnten."

Pave dachte: Um Gottes willen, so etwas sagt man doch nicht einmal! Sie ist bewundernswert, aber sie nennt die Dinge allzu unverhüllt beim Namen. Die Gräfin sprach weiter:

„Was nützlich und richtig ist, muß man können und vollbringen, sonst bleibt man sein Leben lang ein armer Stümper. Und Sie mit Ihren famosen, wunderschönen kleinen Mädchen, mit Ihrem Sohn, den Sie gesund zur Welt gebracht haben, und mit Ihrem Dichter-Mann, Sie werden doch keine Stümperin sein wollen."

Die beiden Frauen sahen einander an und lächelten. Die Gräfin dachte: Was ist mit dieser bildhübschen jungen Frau los? Ist sie krank vor Heimweh? Ist es die angegriffene Lunge, von der Doktor Krumbholz sprach, die ihr das Leben verdunkelt? Ich möchte ihr helfen. Zu dumm, daß sie fortreist.

Pave aber dachte: Liebe, gescheite, herzerquickende Gräfin, du hast gut reden! Du bist reich, und ich bin arm, du bist die Nichte des Marschalls, und mich kennt hier niemand; du bist gesund, und ich bin krank. Hilf mir. Aber ich reise ja fort. Schade!

Die Gräfin erhob sich. „Jetzt schaue ich noch einmal zu den Kindern hinein, dann muß ich aufbrechen."

„Ihre Kinder sind entzückend", sagte sie, als sie im Kinderzimmer standen. „Die Mädchen sind ganz ungewöhnlich hübsch. Sie können stolz sein. Und der Bub wird sich auch herausmachen, das kann ich schon jetzt sehen."

„Wieso wissen Sie mit Kindern so gut Bescheid?" fragte Pave.

„Das wußte ich seit jeher. Ich will doch selbst Kinder haben, viele, bei mir muß es einmal wimmeln im Kinderzimmer. Es muß!"

Man hörte Türen gehen, und plötzlich stand der Major im Zimmer, nicht wenig überrascht, Besuch vorzufinden und Pave, die er müde vom Packen anzutreffen gefürchtet hatte, im grünen Kleid und mit glücklich erregter Miene zu sehen.

Pave stellte ihn der Gräfin vor, und diese rief fröhlich aus: „Ecce poeta!"

Lateinisch spricht sie auch, dachte Pave, der Major aber küßte dem Gast die Hand, erkundigte sich nach dem Befinden und erzählte, er sei dem Herrn Rittmeister vor einer knappen Stunde im Hofkriegsrat begegnet.

„Ich habe Ihre Familie inspiziert, Herr Major, und ich gratuliere Ihnen. Zu schade, daß Ihre Frau mit den Kindern verreist. Wir hätten uns öfter sehen müssen. Aber Sie werden uns das Vergnügen schenken! Ja?"

Der Major verneigte sich, rot vor Freude, nicht wegen der an ihn ergangenen Einladung, sondern weil er fühlte, daß Pave von dieser Frau Wärme und Güte widerfahren war.

Die Gräfin empfahl sich nun rasch, gab den Mädchen humoristische Nasenstüber und legte ihnen ans Herz, bei der bevorstehenden Reise gut auf ihre Puppen zu achten; denn diese nähmen gern die Gelegenheit einer Reise wahr, um sich aus dem Staub zu machen; eine Warnung, die von der kleinen Cotia nicht in ihrer vollen Tragweite erfaßt, von der verständigen Miliza aber mit Bestürzung aufgenommen wurde, bis der Vater beruhigend erklärte, er wisse ein sicheres Mittel, die Puppen am Fortlaufen zu hindern, und er werde es Miliza später verraten.

Dem Säugling, der nun in seinem Korb lag und an seinem Daumen sog, machte die Gräfin ein Kreuzchen auf die Stirn, der Amme nickte sie lebhaft zu, wünschte ihr gute Heimkehr nach Friaul und ein freudiges Wiedersehen mit ihrer Familie; dann schritt sie, geleitet von Pave und deren Gatten, durch die bescheidene Flucht der majorischen Wohnung und nahm im Vorzimmer herzlichen Abschied von den beiden.

„Ich habe Ihrer Frau schön zugesetzt!" sagte sie lachend zum Major, „sie wird nicht danach verlangen, mich wiederzusehen."

Pave errötete. „O doch. Wie gern!" sagte sie verlegen. „Werden Sie mich wirklich in Motta besuchen?"

„Bestimmt. Ich hole Sie ab, und Sie bleiben dann zu Erziehungszwecken eine Weile bei mir in Udine. Einverstanden?"

Pave nickte lächelnd, die Gräfin reichte dem Major die Hand zum Kusse, lud ihn nochmals ein, sie bald zu besuchen, und entschwand in ihrer geschwinden Art durch die Eingangstür.

Netti, die nicht gewagt hatte, während der Anwesenheit des Besuches den Mittagstisch zu decken, stellte eilig Teller und Gläser auf das Tischtuch.

„So hat der Wagen unten vor der Haustür der Gräfin Strassoldo gehört", sagte der Major, als er seiner Frau bei der Suppe gegenübersaß.

„Eine großartige Frau!" seufzte Pave, die im grünen Kleid und angeregt vom Erlebnis des Besuches bildschön am Tisch saß. „Wer so sein könnte wie sie!"

„Was Schönheit betrifft, nimmst du es zehnmal mit ihr auf. Du siehst heute sehr gut aus; niemand würde denken, daß du krank bist."

„Ach, Ihr mit eurer Schönheit!" Pave lachte ärgerlich. „Davon rede ich doch nicht. Denke dir, die Gräfin tut immer, was sie für richtig und nützlich hält. Wer das könnte!"

„Laß dir doch nicht von jedem Menschen imponieren! Die Gräfin mag eine vorzügliche Frau sein, auch Doktor Krumbholz sagte dergleichen, aber glaube doch nicht, daß sie wirklich imstande ist, alles zu tun, was sie für recht und geboten hält. Dazu ist niemand imstande. Und je wacher und empfindlicher das Gewissen, desto unmöglicher ist es, allen seinen Mahnungen zu folgen. Sie hat mehr Selbstbewußtsein als du, sie hat es leichter im Leben, und überdies wird sie es ganz gewiß verstehen, sich mitunter mit einer kleinen, tröstlichen Lüge zu beschwichtigen. Meiner schönen, kleinen Pave aber erscheint sie als unvergleichliche Heldin." Der Major sah seine Frau liebevoll, aber etwas ungeduldig an. Besäße ihre Seele doch mehr von der Flügelleichtigkeit, die Paves äußerer Erscheinung noch heute, da sie vier Kinder getragen, geboren, genährt hatte, so süßen Zauber verlieh, welche Hilfe könnte dies seiner eigenen schweifenden, werkenden, zukunftsträchtigen Seele sein!

Netti hatte nach der Suppe gekochtes Rindfleisch mit Erdäpfelschmarren und Zwiebelsauce und zum Schluß in Teig gebackene Apfelspalten aufgetragen.

„Sie kocht nicht schlecht", sagte der Major und sprach der süßen Mehlspeise zu.

„Ja, aber sie ist unsympathisch. Ich bin sicher, daß sie stiehlt", entgegnete Pave. „Wenn ich fort sein werde, mußt du alles versperrt halten."

„Hast du Grund zu diesem Mißtrauen? Pave, Pave, auf der einen Seite demütigst du dich über Gebühr vor jedem Menschen, hältst dich für geringer als alle, und nun mißtraust du ohne Grund einem armen, braven Mädchen!"

„Ja, ich bin ein untaugliches Geschöpf, und ich sollte nicht leben!" Tränen stürzten aus Paves Augen, ihr Mund verzog sich, sie stand eilig auf und wollte hinauseilen.

„Draga moja Pavica!" schmeichelte der Major, der sie mit einem Schritt eingeholt und wieder auf ihren Stuhl niedergedrückt hatte. „Du wirst doch deinem Pero heute, da du einen angenehmen Besuch gehabt hast und so schön bist wie eine Vila, nicht eine Szene machen wollen!" über den Tisch legte er seine Hand auf die ihre und lächelte sie beschwörend an.

Pave trocknete sich die Augen, verzog schmollend den Mund und suchte ihre Hand zu befreien.

Da ertönte aus dem Vorzimmer eine männliche Stimme. Sollte Doktor Krumbholz gekommen sein? Netti steckte den Kopf zur Tür herein und ersuchte den Major, herauszukommen. Ein serbischer Herr sei hier und wünsche ihn zu sprechen.

Als der Major ins Vorzimmer trat, sah er sich mit Staunen einem alten Mann gegenüber, dessen Erscheinung sich von allem, was man in Wien zu sehen gewohnt war, nachdrücklich unterschied und dessen Anblick ihn in Gefühl und Gedanken mit einem Schlag in seine slawische Heimat versetzte.

Dichtes weißes Haar quoll dem Ankömmling unter einer länglichen Pelzmütze hervor, weiße Brauen überbuschten kühne alte Augen, eine große Adlernase sprang energisch vor, ein dicker weißer und sehr langer Schnurrbart, dessen Enden spitz zuliefen, hing steif und steil übers Kinn hinaus. Bis auf die nicht ortsübliche Pelzmütze unterschied sich die Kleidung des Mannes nicht wesentlich von der eines saloppen alten Wieners, trotzdem machte der Besucher einen durchaus fremdartigen, südöstlichen und auf irgendeine Weise soldatischen Eindruck. Der letztere war vielleicht dadurch verursacht, daß das linke Bein im Knie abgebogen war und auf einem ledergepolsterten Stelzfuß ruhte.

Der Fremde sagte ruhig und mit kindlich verborgenem Lachen auf serbisch: „Ich bin der Vuk." Als sich daraufhin im Gesicht des Hausherrn die zuwartende Frage nicht sogleich aufhellte, trat er näher, faßte den Major am Arm und sagte: „Bruder, ich bin Vuk Stefanović Karadžić. Kennst du mich jetzt?"

Nun verwandelte sich das Gesicht des Zaudernden. Helle Freude brach ihm aus den Augen und durchleuchtete jeden Zug von Wange und Mund.

„Doktor Karadžić kommt mich besuchen! Unser großer Doktor! Nur herein!" Nach der Küche gewendet, aus der die typischen Geräusche des Geschirrwaschens drangen, bestellte der Major schwarzen Kaffee.

Pave hörte den Stimmenaufwand und sah mit Mißtrauen und Ablehnung Pero einen alten Stelzfüßigen ehrfurchtsvoll und freudig ins Zimmer geleiten. Für den da sollte schwarzer Kaffee gekocht werden, und das heute, da es wegen des Besuches der Gräfin schon so spät war? Sie erhob sich fragend, und Pero sah augenblicklich die neue Wolke auf ihrer Stirn. Er sagte ihr schmeichelnd und leise: „Pavica, hier bringe ich dir einen berühmten Gast. Doktor Karadžić, der unsere Volkslieder gesammelt und aufgeschrieben hat. Sei nett mit ihm, ja, Pave?"

Pave sah Peros freudige Erregung, und ihr Unmut schwand dahin, obwohl sie sich nachgerade müde zu fühlen begann. Sie ging dem alten Invaliden entgegen, bot ihm mit freundlichem Lächeln die Hand und lud ihn ein, weiterzukommen. Pero aber war stolz und froh über Paves Schönheit und Güte. Denn er wußte wohl, wie sehr ein neuerlicher Besuch am heutigen Tag eine Zumutung an die Kranke bildete und einen wie ängstlichen Widerwillen sie gegen die meisten Fremden hegte. In gerührt einander zugewandter Stimmung umgab das Ehepaar den unerwarteten und seltsamen Gast nun mit doppelter Zuvorkommenheit. Doktor Karadžić, der sich auf Paves Einladung mit ihr auf dem Sofa niedergelassen hatte, wobei sein notgedrungenerweise vorgestreckter Stelzfuß die kleine Sitzecke nach der einen Seite absperrte, sah mit unverhohlener Freude auf seine Gastgeber, und als Netti mit dem Kaffee erschien, nahm er begeistert eine der kleinen blumenbemalten Tassen entgegen, die Paves adelige Hand ihm reichte.

„Sehr gütig von Ihnen, Gnädige, daß Sie einen alten Krüppel so freundlich bewirten! Ich wollte hier nicht stören. Keineswegs stören wollte ich. Nur sehen wollte ich den Dichter, der den Zar Dušan geschrieben hat!"

Er stellte sein Täßchen auf den dünnbeinigen Tisch, wandte seinen ganzen schweren Körper nach Pero herum, der auf einem der steifen Stühle saß, und schlug ihm kräftig auf die Schulter.

„Ein feines Lied hast du da geschrieben, Bruder, ein schönes Lied. Ich kenne alle deine Gedichte. Sie sind schön. Du bist ein von Gott Begnadeter. Aber der Zar Dušan, das ist dein schönstes. Weißt du, ich alter Mann tue seit vierzig Jahren nichts anderes als dort unten in Serbien unseren alten Volksliedern nachspüren und sie aufschreiben. Wo bin ich nicht überall gehockt, wo nicht überall hineingeschloffen, von was für ungewaschenen Lippen habe ich sie nicht abgehört, unsere schönen alten Lieder. Die Lieder von den Helden, von den Kriegern, von den Jägern und Fischern, von der heißen Liebe unserer Frauen, von den Vilen im grünen Wald, vom Teufel und seiner List. Immer wieder bin ich ausgereist, trotz meinem Bein, trotz meinem ewigen Husten und obwohl ich stets arm war. Bin ausgereist und habe mich zu den Bauern und den alten Weibern am Webstuhl, zu den blinden Bettlern und zu den unartigen wilden Kindern hingesetzt und habe gefragt und geforscht, bis sie herausgerückt sind mit diesem Lied oder mit jenem. Und ich habe sie niederschreiben und mit diesen herrlichen, kräftigen, frischen Liedern Zeugnis geben dürfen für unseres Volkes Sprache, Wesen und Sein. Aber siehst du, Bruder, daß nun schon Dichter aufstehn und in dieser unserer Sprache, ob man sie nun Serbisch nennt, wie ich, oder Kroatisch, wie du, die man aber damals, als ich anfing, ihre Tausende von taufrischen Wörtern in Wörterbüchern und Grammatiken einzufangen, eine Ochsenhirtensprache geschimpft hat, daß in dieser Sprache nun gedichtet wird im ganzen Land, siehst du, Bruder, das freut mich so, daß ich habe kommen und es dir sagen müssen, wie ich gehört habe, daß du auch hier in Wien bist. Und das noch wollte ich, der alte Vuk, dir sagen: nicht alles, was die neuen Dichter, die in Schulen gelernt haben und Politik machen wollen, heute schreiben, ist so schön und stark wie die alten Lieder, glaube mir, nicht alles. Weniges sogar. Aber dein Zar Dušan, der nimmt's auf mit jedem von den Liedern, der nimmt's auf. Wie ich ihn zuerst gelesen habe, sind mir die Tränen heruntergelaufen, und ich habe gewußt. der das geschrieben hat, der ist ein Rechter."

Der weißhaarige Mann holte ein großes, dunkelblaues Taschentuch aus dem Rock, hustete hinein, steckte es wieder zu sich und sah Pero an. Pave hatte der langen serbischen Rede trotz gutgewillter Bemühung nicht in allem folgen können, doch hatte sie begriffen, daß Pero darin gelobt wurde, und auch sie blickte nach ihm hin.

Er saß auf seinem Stuhl, so schön entflammt, wie sie ihn dereinst in Zara gekannt hatte, da er der junge, unbeschwerte Offizier und der eben berühmt gewordene Dichter gewesen war. Es war, als sei der Schleier der Müdigkeit, von Amt und Verantwortung, der dünn und kaum zu sehen, aber immer spürbar um ihn lag, zerrissen und verflogen, als sei der Mann eben dem Haupt eines Gottes entsprungen, Urbild gehaltener Kraft, Künder der Schönheit, Bote des Lichtes, unantastbar dem Schmerz. Pero, Pero! jubelte Paves sonst so tief verschüttetes Herz. Wie könnte ich deiner je würdig sein! Mein Pero, du bist herrlich wie in den Tagen der Jugend! Wer könnte Schritt halten mit dir! Laß mich nicht am Weg liegen, behalte mich bei dir, wenn ich auch nichts habe, das dir genügen kann!

Der Major fühlte den Blick der Frau so liebebrennend auf sich wie seit langen, langen Zeiten nicht mehr; er sah Pave mädchenschlank, zierlich und aufrecht neben dem alten Vuk in der Sofaecke sitzen, und auch in ihm wallte eine neue Zärtlichkeit auf, eine unnennbare Freude darüber, daß ihr Herz wieder einmal den Dichter in ihm gegrüßt hatte. Doktor Karadžić saß in diesem Kreuzfeuer der Liebesblicke und fühlte eine lang vergessene Rührung, Wärme und Helligkeit sich überkommen. Er wollte sich mit einem galanten Wort an Pave wenden, da aber kam die Stimme des Majors, vibrierend von festlicher Bewegtheit, zu ihm hin. Gekleidet in den Glanz seiner Sendung, saß der Mann dort, kein sorgender, fronender Familienvater mehr, kein Untergebener hoher militärischer Vorgesetzter, nein, ein Erlauchter, ein Königlicher, einer, der sich zu höchster Aufgabe erkoren wußte.

„Ein Rechter bin ich? Das ist ein schönes Lob! Ein hohes Lob!" sagte er, und auf seiner Stirn brannte ein überweltliches, außermenschliches Glück. „Wertvoll ist mir dieses Lob aus Ihrem Mund, Herr Doktor Karadžić. Aber Sie sollten mich nicht so sehr preisen. Wenn es Gott gefällt, fängt es aus mir zu singen und zu strömen an, ich habe nichts zu tun, als zu lauschen und festzuhalten. Ich bin nichts anderes als eines Brunnens Mund, aus dem die ewige Dichtung, die immer da war, ihren Weg nimmt. Ob ich auf Schulen gewesen bin oder nicht, was verschlägt es! Ich bin doch auch Volk, so wie Ihre Bauern, Ihre alten Weiber am Webstuhl, Ihre schlimmen, unartigen Buben! Wir Grenzer, wir sind Volk, Soldaten und Bauern zugleich. Gibt es ein heiligeres Volkstum als dieses, das zugleich nährt und wehrt!"

Er hielt aufatmend inne, fast schien er Scham zu empfinden, weil er so vieles über sich ausgesagt hatte.

Doktor Karadžić sah den um so viel Jüngeren mit Ergriffenheit an.

„Ja, Bruder, Volk bist du schon, aber du bist doch etwas anderes. Du bist ein Künstler. Einer, der aus dem uralten goldenen Rohstoff bewundernswerte Geschmeide macht. Und du bist einer, der mitreißt. Dein Wanderer` ist in aller Mund. Viele, die selbst nichts können als dumpf fühlen und wirr denken, die führst du hinein in die wache, stürmische Begeisterung.

Ihr Gatte ist ein großer Mann!" wandte der Alte sich an Pave und fuhr fort, indem er sich, auf dem Sofa sitzend, gegen die Hausfrau verneigte: „Und unser Dichter hat eine schöne, eine liebe Gnädige heimgeführt, schön wie eine Blume, an der die Bienen Honig saugen."

„O weh!" meinte Pero lachend, „solche Dinge will meine Frau nicht hören."

Pave errötete, aber dieser Alte gefiel ihr nun. Seine Schmeichelworte machten sie nicht unmutig.

Der Major erzählte von Paves Krankheit und bevorstehender Abreise. Das Gesicht des Besuchers wurde ernst: „Ach! Krank ist sie? Husten hat die schöne Gnädige? Husten ist schlimm. Ich hatte immer Husten. Und meine Kinder!" Er seufzte tief und hielt inne.

„Sind Ihre Kinder krank?" wagte sich Pave zaghaft auf kroatisch ins Gespräch.

Der alte Vuk seufzte noch tiefer. „Krank! Wenn sie doch krank wären!" Er faßte Pave am Arm und sah sie verzweifelt an: „Wird mir die schöne Gnädige glauben, daß ich zwölf Kinder gehabt habe, liebe Kinder, gute Kinder, und daß nur zwei am Leben sind!" Das Kriegergesicht mit den steifen, langen, weißen Schnurrbartenden, der kühnen Nase, den alten Adleraugen war in unsäglicher Trauer Pave zugewandt.

Pave war außer sich vor Teilnahme. Tränen stiegen ihr den Hals hinauf und traten in ihre Augen. „Zehn Kinder sind Ihnen gestorben! Du gütiger Himmel, zehn Kinder! Wie konnten Sie, wie konnte Ihre Frau das ertragen!?"

„Ja, die Arme! Die Gute! Wohl hat sie einen Kreuzweg durchgemacht, die teure, fühlende Seele. Immer wieder hoffend zur Welt gebracht hat sie diese süßen Kinder, hat sie gestillt, gepflegt, geliebt. Und dann ist irgend etwas gekommen, die Bräune, oder der Durchfall, oder der Husten. Und dahin waren sie, die so hold gelallt, so lieb getrippelt, so süß, ach, so süß gelächelt hatten. Und wieder ein Sarg, und wieder ein Grab, und wieder Leid und Tränen. Zwei waren schon groß, auch sie wurden uns genommen. Ich stecke in keiner gesunden Haut, das ist es, und dann die Armut, da wir jung waren. Heute habe ich die Pension von Seiner Majestät dem Kaiser von Rußland, aber damals, da mußten wir alles ins Versatzamt tragen, da hatten wir kein Holz, uns zu wärmen, da, guter Gott, hatten wir einmal selbst am Weihnachtsabend nicht ein Stücklein Fleisch zu Hause."

„Auch uns ist ein Kind gestorben", sagte Pave still; sie fand es unerträglich, zu diesem Meer von Leid nicht ein weniges beizusteuern, dem guten, fremden Mann nicht zu zeigen, daß er nicht der einzige war, der um Verlorenes Trauer trug.

„Aber wie ich höre, haben Sie noch mehr Kinder!" sagte Vuk, der nun wieder mit selbstlos gleichmütiger Freundlichkeit dasaß; er hob lauschend den Zeigefinger und wandte das Ohr nach der Tür, hinter der die Stimmen der kleinen Mädchen sich jetzt vernehmen ließen.

Der Major öffnete und ließ Miliza und Cotia eintreten, die, von Vuks Holzbein eingeschüchtert, ihrer gewohnten Höflichkeit vergaßen und sich stumm an der Wand herumdrückten.

Doktor Karadžić geriet in Verzückung.

„Kommt her zu mir, meine Engelchen!" rief er auf serbisch und wiederholte den Ausruf auf italienisch, als er hörte, daß die Kinder nichts anderes verstünden.

„O ihr schönen, lieben Kinder! Ihr süßen Seelchen!" rief er ein ums andere Mal und warf den Verdutzten Kußhände zu. „Kommt her zu mir! Kommt doch zum alten Vuk!" Zu den Eltern gewandt, fuhr er ekstatisch fort: „Kinder sind das Liebste auf der Welt! Mit Kindern kann man nichts vergleichen! Gott erhalte Euch diese Blümchen, diese Vögelchen, diese holden, holden Engelein!"

Miliza war zu ihrem Vater geeilt, schmiegte sich an sein Knie und flüsterte ihm mit ängstlichen Seitenblicken auf den aufgeregten Fremden ins Ohr, der Miu habe doch versprochen, ihr ein Geheimnis wegen der Puppen mitzuteilen. Cotia jedoch, nicht gewillt, allein den Zurufen und Kußhänden des Stelzfüßigen standzuhalten, lief mit geschwinden Schrittchen auf die Mutter zu, stellte sich neben sie und lehnte ihr Köpfchen an deren Arm. Die Schwestern trugen gleiche, der Quere nach blau und weiß gestreifte Wollkleidchen, die nach der Mode der Erwachsenen enge Leibchen und weite, faltig eingereihte Röcke aufwiesen.

„Ach, nichts habe ich da, das ich euch schenken könnte! Kein Zuckerzeug, kein Perlchen, nichts!“ Der Alte fingerte in seinen Taschen herum und förderte schließlich eine dicke silberne Uhr zutage, die er Cotia lockend hinhielt. Sie näherte sich auch alsbald und verlangte das Ticken zu hören.

Pave hob Cotia auf ihren Schoß, und das Kind saß nun glücklich in die Mutter hineingeschmiegt da; es fühlte sich von allen Seiten durch das geliebte mütterliche Sein umhüllt, und ein rührender Ausdruck von gesichertem Behagen lag auf dem kleinen Gesicht; dieselbe glückliche Ruhe und Gelöstheit zeigte sich jetzt aber auch auf Paves Zügen; alles Bangen, alle Sorge, alle unsichere Schüchternheit waren daraus gewichen; das schöne Haupt zum Lockenkopf des Kindes herabgebogen, die Arme in einer weit umgreifenden Gebärde um den rundlichen Körper des Mädchens gelegt, schien die Frau Sinnbild und Ausdruck züchtiger Fruchtbarkeit, gesegneten Muttertums, ja der reichen, spendenden Natur selbst zu sein. Ströme einer aus den innersten Seinsgründen quellenden Zärtlichkeit webten zwischen Mutter und Kind, und fast schien es Pave, als sei Cotia noch nicht geboren, als ruhe sie noch in purpurner Unbewußtheit tief hineingefaltet in die warme Geborgenheit ihres mütterlichen Leibes. Eine holde, unschuldige Wollust erfüllte ihr Herz, eine blutwarme Sicherheit ließ ihren Mund leise lächeln, ja, sie fühlte sich als kräftige und mutige Herrin des fremden und feindlichen Lebens, und in einer Art von Königinnenstolz sah sie zu Pero hinüber.

Dieser bedauerte einen Augenblick lang die Anwesenheit des Alten. Er hätte auf Pave zustürzen, sie an sich drücken und küssen, sie in seinem Arm vergehen lassen mögen. So wie sie dort saß, das Kind auf ihrem süßen Schoß, war sie die prangende Frucht, die ihre holde Mädchenblüte ihm dereinst vor Jahren versprochen hatte. Mitunter schon hatte es ihm scheinen wollen, als habe das harte Leben diese Blüte ganz und gar vernichtet, als sei trotz dem zart gebliebenen Leib, trotz dem noch immer lieblichen und rosigen Gesicht von der Verheißung ihres Wesens nichts zur Entfaltung gekommen, als sei die überwältigende Süße ihres Kernes ganz und gar in bittere Sorge verwandelt worden. Könnte ich ein festes Haus um dich bauen, meine Pave! rief sein Herz. Könnte ich dir ein ruhiges Leben unter Blumen, unter Bäumen schaffen, ein wurzelhaftes Leben, wie du Zarte es brauchst. Aber wie soll ich es, ich Armer!

Vuk hatte neuerdings seine Taschenuhr hervorgezogen, doch diesmal nicht zu Cotias Egötzung. Erschrocken betrachtete er das Zifferblatt. „Es ist spät, spät, spät!" ächzte er hervor. „Ich falle Ihnen schon zu lange lästig, Gnädige, und auch dir, Bruder. Und meine Minna wartet zu Hause.

Minna ist meine Tochter", erläuterte er nach einer Pause, „meine Tochter und meine Helferin. Sie übersetzt die serbischen Lieder ins Deutsche. Grimm, mein Freund, der große Jakob Grimm, lobte ihre Übersetzungen. Meine Freude und mein Trost ist sie, zusammen mit dem einen Sohn, der mir geblieben ist. Sie müssen kommen, Gnädige, und du, Bruder, wir werden serbische Hechtsuppe essen und Lammfleisch und Käse aus Uzice. Die Freunde zu Hause schicken mir solche Leckerbissen, gottlob werden sie nicht müde, sie mir zu schicken, denn ich könnte nicht leben ohne unser heimisches Essen." Ohne eine Antwort auf seine Einladung abzuwarten, wandte er sich an Pero mit der Frage, ob er schon unten in Serbien gewesen sei.

„Nein", sagte Pero, „noch nicht. Aber vielleicht, wer kann's wissen, ziehen wir eines Tages, möglicherweise schon bald, nach Belgrad."

Pave hob erschrocken den Kopf.

„Nach Belgrad? Wieso? Wie meinst du das, Pero?"

„Es ist da so ein Plan aufgetaucht. Ich könnte eine Stelle am Konsulat bekommen. Wir reden später davon. Es ist ganz unwahrscheinlich. Beunruhige dich nicht."

Aber alle süße Sicherheit war aus Paves Gesicht verschwunden. Was nahte wieder? Was bereitete sich vor? Welche neue Fremde drohte her? Sie seufzte und ließ Cotia auf den Boden gleiten.

Doktor Karadžić hatte aufmerksam zugehört.

„Ich habe eine Hiesige geheiratet, eine Wienerin. Sie ist eine gute Frau, eine treue Seele, eine emsige, eine besorgte.

Aber bei uns in Serbien würde sie sich wie in der Türkei vorkommen. Das wollte ich ihr nicht antun. Also bin ich hier geblieben und nur immer wieder ausgereist, trotz meinem Bein, trotz meinem Husten und obwohl sie mich wegen meiner vielen Reisen hier für einen russischen Spion gehalten haben und dort für einen deutschen.

Ach, Bruder", fuhr er fort, „was haben sie mich nicht verfolgt, überall, was mir nicht alles angetan, am schlimmsten aber die Popen, der Metropolit und alle die anderen. Weil ich aus der alten Kirchensprache ein paar vertrocknete tote Buchstaben, die für nichts mehr nutz sind, denen kein lebendiger Laut entspricht, habe hinauswerfen wollen, haben sie gesagt, ich sei ein Ketzer, ein Feind der Religion. Das Jota, diesen unschuldigen, kleinen Buchstaben, den ich aus dem Griechischen habe herübernehmen wollen, weil er in unserer Sprache nötig ist, haben sie eine Teufelssichel genannt, denke dir, eine Teufelssichel, das unschuldige kleine Zeichen. Wie die russische Bibelgesellschaft auf Vermittlung meiner mächtigen, meiner lieben, guten deutschen Freunde das Neue Testament, das ich ins Serbische übersetzt habe, hat drucken und herausgeben wollen, haben die serbischen Pfaffen es aus lauter Haß hintertrieben!"

„Jaja!" seufzte er. „Wenn man alt wird, erfährt man viel Böses!"

„Man erfährt viel Böses, auch wenn man jung ist", warf Pero ein; „wenn man sein Volk liebt und nach den hohen Dingen strebt, dann wird man verdächtigt, das weiß auch ich. Man muß es ertragen."

„Freilich muß man es ertragen, Bruder, denn die Liebe zum Volk ist das erste. Wem sie so hell und flammend eingeboren ist wie dir und mir, der muß um ihretwillen vieles hinnehmen. Aber es kommt auch Gutes. Wieviel Gutes hat mir Gott nicht gegeben! Hier in der Fremde habe ich meine Frau gefunden, die so zärtlich, so liebend für mich sorgt seit vielen Jahren. Und Kopitar ließ er mich hier finden! Gott laß es seiner Seele leicht sein! Kopitar! Ihn, der meinen Beruf für mich erspürt hat, ihn, den ersten Mittler zwischen uns Slawen und Europa, ihn, den Getreuen, Hochgelehrten, ihn, dem ich alles, alles verdanke, ohne den der Vuk nicht der Vuk geworden wäre! Ohne den ich nicht zum großen Goethe gekommen wäre, ohne den ich den Jakob Grimm und den Humboldt nicht kennengelernt hätte, sie alle, die wie gute Schutzgötter unser Volkslied gehegt, geschützt und geliebt haben. Dahin ist er, mein Kopitarius, dahin seit zehn Jahren." Der Alte lehnte sich trüb in seinen Sofawinkel und schien das Heimgehen vergessen zu haben.

Pave saß erloschen da. Sie war nicht mehr imstande, zuzuhören und sich um Verständnis zu bemühen. Jenes Wort über den Posten beim Konsulat in Belgrad zermarterte ihr Herz und verstörte sie völlig. Sie wünschte sehnlich, daß der Besuch sich erheben und sie der Ruhe ihres Krankenzimmers zurückgeben möge.

Aber Pero ergriff wieder das Wort. Er sah den Alten mit flammendem Interesse an: „Sie waren bei Goethe? Er hat Sie empfangen?“

„Zweimal. Im dreiundzwanziger und im vierundzwanziger Jahr. Und einzig gut hat er mich aufgenommen. Was für ein Mensch! Berühmt, gefeiert, geehrt von der ganzen Welt, und doch, denk dir, Bruder, wie ich, der fremde, junge, arme Vuk, zu ihm gekommen bin, was ist auf dem Tisch gelegen, was hat er vor sich aufgeschlagen gehabt? Nie würdest du es erraten: die Rezension von meiner serbischen Grammatik! Um mich zu ehren, um mich zu erfreuen, hat er sie aus dem Zeitungsband herausgesucht und hingelegt und aufgeschlagen! Es war der ruhmreichste Tag meines Lebens. Einunddreißig Jahre ist es her, aber nie würde ich's vergessen, und wenn ich noch einmal so alt werden müßte, wie er dagesessen ist, der Große, der Weise, der Berühmte, und mich angeschaut hat mit seinen funkelnden alten Augen und von unseren serbischen Liedern mit mir geredet hat, von der Asanaganica und von der Dioba Jakžića, die er beide selbst übersetzt hat. Weißt du, Bruder, trotz allem Schlimmen, trotz aller Bosheit, die uns widerfährt, ist das Leben doch sehr schön.“

„Ich weiß es“, sagte Pero leise.

„Freilich weißt du's“, fuhr es dem Alten ganz wild heraus, „freilich weißt du's, sonst hättest du doch dein Gedicht von der Jugendfreude nicht schreiben können, dieses Lied, in dem der Kehrreim wie ein Trompetenstoß, wie ein lustiger Peitschenhieb, ja wie der fröhliche Schwertstreich eines jungen Helden zur Freude aufruft. Du weißt von der Freude, und du weißt vom Leid. Du weißt von der Liebe, und du weißt vom Tod. Du weißt vom Volk, und du weißt von Gott, weil du ein Dichter bist. Und darum bin ich gekommen und habe dich aufgesucht, hab' dir deine Zeit gestohlen und der Gnädigen ihren guten Kaffee weggesoffen, weil ich dich anschauen wollte, wie du aussiehst.“

Peros Gesicht trug noch immer den glücklichen und geschlossenen Ausdruck, den es sogleich angenommen hatte, als er der Begeisterung des Alten gewahr geworden war.

„Es freut mich, Doktor Karadžić, daß Sie vorhin meinen ‚Zar Dušan‘ lobend hervorgehoben haben. Auch mir ist dieses Gedicht lieb. Dieser Stoff bezaubert mich, wie ja alles Tragische uns immerzu ans Herz greifen wird. Zu denken, wie groß, wie mächtig das Slawenreich zu jener Zeit gewesen ist, so daß nicht viel gefehlt hat, und es hätte bis Byzanz gereicht, ja, wer kann's wissen, es hätte Byzanz überwältigt und in sich einbezogen! Das Angesicht der Erde wäre ein anderes geworden, das halbe Jahrtausend des Türkenjochs wäre uns vielleicht erspart geblieben. Und zu denken, daß der eine, dem Glück, Wagemut und eine starke Hand verliehen waren, vom Fieber, von irgendeiner unsinnigen Krankheit gefällt werden mußte! Immer wieder lockt es mich, den Tod des Zaren Dušan darzustellen, wie er auf dem Heereszug tief in den mazedonischen Wäldern in seinem Zelt vom Tod überwältigt wird, wie er noch seine Großen dem Reich und dem jungen Uros Treue schwören läßt, eine Treue, die sie gebrochen haben. Ich sehe, wie Scharen von Vilen in den Lüften über dem Todeszelt hin und wider fliegen, ganze Schwärme von weinenden Vilen, die wissen, daß mit diesem Mann fast für ein Jahrtausend die Größe des südslawischen Volkes dahin ist. Sie hängen in den Wipfeln der riesigen Bäume, unter denen das Zelt steht und die von Regen triefen. Jammernd hocken sie auf den tief segelnden Wolken, treiben sie mit den Nebeln. Mit ihnen fliegen Vögel, Falken und Raben, schmerzvoll schreiend und krächzend und ängstlich mit ihren schwarzen und roten Flügeln schlagend."

Pero hielt inne, und Vuk Karadžić sah ihn aufmerksam an.

„Wie du das siehst, Bruder, wie deutlich und ergreifend. Bilde den Stoff, forme ihn! Es wird ein herrliches Lied werden. Deine Vision von Dušans Ende ist gewaltig. Wohl habe ich ihn auch vor mir gesehen, auf dem Sterbebett, Vukasin und die andern um sein Lager versammelt und den falschen Schwur leistend. Du aber, weil du ein Dichter bist, siehst Bäume, Wolken und Vilen, die Erde und den Himmel um den unersetzlichen Helden weinen. Ich beneide dich, Bruder. – Jetzt aber gehe ich."

Er erhob sich mühsam, verneigte sich vor Pave, küßte ihr inbrünstig die Hand, empfahl sich ihrer Gnade und wiederholte seine Einladung zu einem Hechtsuppenessen. Die erschöpfte Frau gab eine beiläufige Zusage und drückte dem Alten freundlich die Hand. Dieser wandte sich an Pero, packte ihn am Arm und sagte, während er der Tür zuzuhumpeln begann: „Und tu mir die schöne Gnädige nicht zuviel herumschleppen, hörst du! Die Frauen vertragen das nicht. Sie müssen wachsen können wie die Bäume, weißt du, mit Wurzeln in der Erde und Zweigen in der Sonne. Sie müssen ja die Nester tragen, in die wir unsteten Vögel heimkehren können."

Pero seufzte: „Was soll ich tun als Offizier? Und Belgrad, das wäre vielleicht die Ruhe. Dort könnten wir bleiben."

„Aber fremd, fremd wäre es für sie."

„Für sie ist alles fremd außer Dalmatien. Manchmal denke ich, ich hätte sie nicht von dort wegführen dürfen."

Als Vuk schon unter der Eingangstür stand, wandte er sich noch einmal zurück: „Das wollte ich dich noch fragen, Bruder: Sohn hast du keinen?"

„Ja, ich habe einen Sohn, aber er ist erst drei Monate alt und schläft jetzt."

„Und welchen Namen hast du ihm gegeben?" „Er heißt Duschan."

Da strahlte das Gesicht des Alten, er schlug Pero auf die Schulter, wie er es schon einmal getan hatte, und stieß begeistert hervor: „Das hätte ich mir denken können! Zar Dušan! Gut, Bruder, gut! Gott schütze dich, Bruder, du mein gesegneter Dichter du! Siehst du, das habe ich gut gemacht, daß ich gekommen bin, dich besuchen. Jetzt kenne ich dich und bin froh darüber!"

Pero war bewegt. Dann ging er mit ihm auf den Vorplatz hinaus und sah ihm nach, wie er mühselig die runde Treppe hinabstieg. Als die weißhaarige Gestalt schon seinen Blicken entschwunden war, hörte er noch das stumpfe Aufklopfen des Holzbeines auf den steinernen Stufen und den schlürfenden Schuh.

Als Pave das Schlafzimmer betrat, fand sie alles so, wie sie es am Vormittag verlassen hatte. Die Koffer standen offen, die geschichtete Wäsche lag auf dem Bett. Sie war todmüde. Jetzt konnte sie nicht mehr packen. Sie schob das Ausgebreitete in den Schrank zurück, deckte das Bett ab, entkleidete sich rasch und ließ sich in die Kissen sinken. Als Pero eintrat, winkte sie ihn heran, und er setzte sich an den Rand des Bettes.

„Was ist das mit Belgrad, Pero? Sag es mir!" Erregt und mit zuckenden Lippen sah sie ihrem Mann ins Gesicht.

„Man hat mir einen schönen Posten am österreichischen Konsulat im Belgrad angeboten. Ich hätte Lust, hinzugehen. Hier wird der Dienst mir widerwärtiger von Tag zu Tag."

„Warum?"

„Wegen des Alten, des Generals. Er ist pedantisch und mürrisch und behandelt mich wie den letzten Stümper. Ich ertrage es nicht! Ich bin kein Schulbub. Ich lasse mich nicht hunzen und schurigeln."

Er stand auf, seufzte schwer, und seine Augen sahen Pave voll verzweifelten Unmuts an. Nach einer Weile sagte er noch: „Und wir bekämen dort auch mehr Geld."

Damit trat er ans Fenster. Pave wagte keine weitere Frage. Sie sah ihren Mann vor der Scheibe stehen und in den sinkenden Novembertag hinausblicken. Seine Hände fingerten an dem Messingknopf, der das Fenster schloß, sie sah sie die Scheibe abtasten und auf dem Fensterbrett trommeln. Schließlich hingen sie zu Fäusten geballt hinab.

Pero wandte sich um. Die Frau im Bett erschrak vor seinem Gesicht. Zorniger Unmut, ja etwas wie verhaltene, aber wilde Wut lag in seinen Augen und auf dem bebenden Mund. An den Schläfenmuskeln spielte es wie Krampf, als er erstickt sagte: „Wisse, daß ich es nicht mehr ertrage. Nein, ich ertrage es nicht mehr!"

Pave lag bleich und reglos. Diese lautlosen Ausbrüche, die sich mitunter aus Peros Innerstem bahnten, waren das Schlimmste, was ihr geschehen konnte. Nichts anderes vermochte sie mit so hilflosem Entsetzen zu erfüllen. Denn sie war machtlos. Sie wußte, daß kein Wort von ihr, keine Liebkosung, kein Vorschlag oder Rat gegen diese schwergereizte Verzweiflung das allermindeste vermochte. Und sie war sich gleichfalls bewußt, daß sie von der tiefsten Natur dieser Anfälle von wütendem Gram eigentlich nichts begriff. Sie verstand nur, daß Pero unter seinem Beruf litt, daß er sich durch die Willkür von Vorgesetzten in einer ihr rätselhaft und übertrieben scheinenden Weise herabgewürdigt, ja geschändet fühlen konnte. Selbst in den hellen Tagen der Verliebtheit, damals, da er als glückseliger Bräutigam Nachmittag für Nachmittag in ihr Vaterhaus in der Via San Antonio zu Zara gekommen war, da ihr Augenaufschlag, ihr Händedruck, ihr Kuß gar, für ihn die Bedeutung schicksalsbestimmender Gewalten gehabt hatten, selbst damals schon war sie oft tief und ohnmächtig erschrocken vor den Äußerungen eines düsteren Zornes, der sich gegen die nichtswürdige Fesselung in einer ihm unangemessenen Laufbahn wandte, einer Laufbahn, der der acht Jahre lang auf kaiserliche Kosten Erzogene damals noch nicht entfliehen konnte.

Heute aber hätte er es gedurft. Mußte sie ihm raten, den Posten in Belgrad anzunehmen? Durfte sie ihm ihr Grauen vor einem fremden Land, fremder als alle bisherigen, nicht zeigen? Ach, grundgütiger Gott, warum kam nun wieder dies?

Ihr Mund war wie versiegelt. Sie lag stumm und schwer da, unfähig, sich mit Pero durch die mindeste Gebärde, das leiseste Wort zu verständigen. Ihr war, als rollten Wogen über sie hin und begrüben sie völlig. Ihr war, als läge sie am Meeresgrund, ungeheure Lasten von dunklem, undurchsichtigem Wasser wuchteten auf ihr. Ihr graute, und doch fühlte sie sich erlöst.

Sie lag stumm, und nur ihre weit aufgerissenen Augen folgten Pero, da er, ohne sie anzusehen, die Tür öffnete und zu den Kindern hinausging.

Südfahrt

Auf dem Tisch des Speisezimmers standen die Reste des Frühstücks, die Betten waren in Unordnung, so wie jeder sie verlassen hatte. Santa, die ein schwarzes, im Nacken geknüpftes Kopftuch und einen dreieckig gefalteten dicken und langen schwarzwollenen Umhang trug, saß wartend im Kinderzimmer und hielt den ebenfalls warm vermachten Duschan im Arm. Die kleinen Mädchen liefen aufgeregt von einem Zimmer ins andere, für eine winterliche Reise aufs beste ausstaffierte Puppen mit sich zerrend.

Bleich und verwacht trat Pave in schwarzem Pelerinenmantel, ein kleines in die Stirn gedrücktes Hütchen auf der dunklen Lockenfrisur, aus der Tür des Schlafzimmers. Der Major, der soeben, nach etwa vergessenen Dingen spähend, durch die Räume geeilt war, blieb überrascht stehen. „Wie schön du in dem neuen Mantel bist“, sagte er leise zu seiner Frau, „komm noch einen Augenblick hier herein, wir wollen Abschied nehmen.“

Er zog sie in den kleinen Salon, führte sie zum Fenster und nahm ihre Hände in seine.

„Ist es nicht schon spät?“ fragte sie ängstlich.

„Nein, wir haben Zeit, der Wagen ist noch nicht da.“ Er legte seine Hände an ihre Wangen, schaute ihr in die Augen und wollte sie auf den Mund küssen.

„Nicht!“ rief sie. „Bei meinem Husten! Auf die Augen küsse mich.“

„Ich will dich aber auf den Mund küssen“, sagte der Mann heftig. „Wer weiß, wann wir uns wiedersehen.“ Und Pero küßte Pave viele Male auf den kleinen Mund. Sie lehnte ihren Kopf an das blaue

Tuch des Waffenrockes, der von ihren Tränen naß wurde. Die blanken Uniformknöpfe kühlten ihr Wange und Schläfe.

„Pave!" sagte der Major eindringlich und streichelte ihre Schulter, „Pave! Gib acht auf dich! Und gib acht auf die Kinder! Auf Duschan! Auf die Mädchen! Auf Cotia, auf meine Cotia!"

„Ja, ich gebe gewiß acht", schluchzte sie fassungslos.

„Der Wagen ist da!" rief Miliza freudig zur Tür herein. Nun ergriffen Aufregung und Eile das ganze Haus. Nochmals wurden prüfende Blicke umhergeworfen, ob nichts vergessen worden sei. Pave faßte Miliza an der Hand, der Major setzte sich Cotia auf den Arm, Santa schritt mit Duschan vorsichtig voran, während Netti mit Hilfe des Kutschers das Gepäck die runde Treppe hinabschleppte. Pave warf keinen Blick zurück. Sie hatte dieses Quartier, obwohl ihr Sohn darin geboren worden war, nicht geliebt, und nur daß Pero darin zurückbleiben mußte, stimmte sie milder gegen diese schwer heizbaren Räume, die ihr in den vier Monaten ihres Aufenthaltes um nichts vertrauter geworden waren.

Ein ungefüger Landauer, der breit im Novembernebel stand, nahm die Familie auf. Pave saß im Fond, neben ihr die Amme mit Duschan, auf dem geräumigen Rücksitz nahm der Major Pave gegenüber Platz und zog Cotia auf sein Knie, während Miliza den Sitz neben ihm erkletterte. Der Kutscher bestieg den Bock, was alle Insassen des Wagens als deutliche Erschütterung verspürten, und das schwerfällige Gefährt begann die Florianigasse hinab dem Glacis zuzurollen.

Pave lehnte sich in den mit grauem Tuch verkleideten Grund des Wagens zurück. Der kleine modische Hut, den sie nach dem Vorbild des Hütchens der Gräfin Strassoldo nebst dem schwarzen Pelerinenmantel noch in den letzten Tagen besorgt hatte, stand ihrem zarten Gesicht gut, sie sah elegant und fast ein wenig leichtfertig darin aus, was Pero fortgesetzt beglückte. Wie ein wanderndes Haus umschloß der kleine Raum die Familie. Wann werden wir alle wieder vereint sein? dachte Pave, und ihre Gedanken bohrten sich gequält in die dunkle Zukunft. Wohl fuhr sie zu ihrer Schwester, wohl kam sie in ein Land, wo ihre Muttersprache gesprochen wurde. Aber Pero! Pero blieb zurück. Sie würde seinen Rat, seine Hilfe, seinen männlich lebendigen Zuspruch entbehren müssen, alle Verantwortung für die Kinder würde auf ihr allein lasten, das Beisammenwohnen der Menschen, die zueinander gehörten, die heilige Verwachsenheit der Familie würde abermals zerrissen sein. Und wieder stieß ihr Herz den lautlosen, verzweifelten Schrei aus, der nachgerade zu seiner gewohntesten Sprache geworden war: Friede! Friede! Gott, laß mich in Geborgenheit mit den Meinen leben! Gott, mehr erbitte ich nicht, nur dieses gib mir, sonst vermag ich dieses Dasein nicht zu meistern!

Pero hielt Cotia an sich gedrückt und erzählte ihr von der Eisenbahnfahrt, die ihr bevorstand. Er raunte ihr ins Ohr, daß die Lokomotive Sch-sch-sch machen, daß Cotia durchs Fenster schauen und viele Pferdchen, Kühe und Hündlein würde springen sehen, daß auf dem Berg, über den sie fahren müßten, vielleicht weißer, weißer Schnee liegen würde. Daß Cotia heute abend ebenso wie Miliza zu Laibach in einem großen fremden Bett schlafen würde, ganz wie eine erwachsene Dame, und daß der Kellner kommen, sich verbeugen und fragen würde: „Was befiehlt das Fräulein Cotia?“ Das gefiel Cotia sehr, obwohl sie nicht wußte, was ein Kellner war; sie lachte, bohrte ihr rosiges Gesicht so fest in den Arm des Vaters, daß die blaue Schutenhaube nach hinten glitt und das Haar in Unordnung geriet, und wollte wissen, ob der Kellner sich auch vor Duschan verbeugen würde, was der Vater nachdrücklich verneinte. Denn Duschan sei allzu klein und könne noch nicht auf seinen Beinchen stehen. „Aber ich kann es“, rief Cotia und wollte vom Knie des Vaters hinabrutschen, „ich kann es, und Miliza kann es, und vor uns wird der Kellner sich so verbeugen!“ Sie versuchte, in der Umklammerung der väterlichen Arme und Knie eine grotesk tiefe Verbeugung zu vollführen, wobei sie unbändig lachen mußte.

„Cotietta mia, sitze doch ruhig! Der arme Miu kann dich sonst nicht halten“, schmeichelte der Major seinem Töchterchen, und dabei traf es ihn neuerdings als ein scharfer, stechender Schmerz, daß er dies süße, inbrünstig geliebte Kind nun wieder würde entbehren müssen. Ja er fühlte plötzlich, daß es in der allgemeinen Bitternis des Abschiedes keinen schlimmeren Stachel gab als diesen, Cotia nicht mehr sehen, ihren weichen, geschmeidigen Kinderkörper nicht mehr halten, tragen und herzen, ihr glockenhelles, sanftes und doch übermütiges Lachen nicht mehr hören zu können. Nicht Pave, seine schöne kranke Frau, nicht Miliza, die Erstgeborene, noch Duschan, seinen Sohn, würde er am meisten vermissen, sondern diese hier, die er im Arm hielt, Cotia, seine honigsüße Biene, sein gottgeschenktes Engelchen.

Wo waren alle Sorgen des gequälten Familienvaters, wo Mühe und Arger des Dienstes, ja wo waren selbst die Träume und Räusche seines Dichterherzens, wenn Cotia lachte, wenn sie schelmisch und doch zärtlich Miu rief, wenn sie ihm zierlich und wild wie eine kleine Waldvila entgegensprang, danach dürstend, vom Vater hoch in die Luft geschwungen zu werden!

Seit es Cotia gab, seit Paves gesegneter Leib sie zum Licht entlassen hatte, war Pero einer geheimnisvollen Verbundenheit mit diesem Kinde gewahr geworden, einer verpflichtenden Dienstbarkeit, eines verantwortungsschweren Hüteramtes. Sosehr er die hübsche, wohlgeratene Miliza liebte und um Duschans, des Sohnes, Leben und Gedeihen tiefe und nie rastende Sorge trug, Cotia gegenüber fühlte er sich am stärksten Vater. Diese höchste der im Weltenplan vorgesehenen menschlichen Würden, nie krönte sie ihn leuchtender, als wenn Cotia ihr Köpfchen an seiner Schulter rasten ließ, nie überfiel ihn würgendere Angst als beim Gedanken, Cotia könnte erkranken oder sonst von einem Unheil getroffen werden. Mitunter suchten lächerliche Furchtbilder ihn heim, er sah Cotia von Zigeunern gestohlen, von schweren Wagen gerädert, von fremden, bösen Hunden gebissen, und es war mehrmals geschehen, daß er frühzeitig vom Amt heimgekehrt oder des Nachts jählings aufgefahren war, weil plötzliche und grundlose Sorge um Cotia ihn verstört hatte. Mitunter fühlte er fast etwas wie eine Schuld Miliza gegenüber, denn dieses sachte und willige Kind liebte den Miu mit rührender Hingegebenheit. Es schien die leidenschaftlichere Neigung des Vaters zur kleineren Schwester zu fühlen und sie mit echt weiblicher, in ihrem zarten Alter freilich fast unbegreiflicher Entsagungskraft und mit gleich großer Liebe zu ihm wie zu Cotia gutzuheißen.

Der Wagen war in dichtem Nebel über das Glacis gerattert, ins Burgtor eingebogen und strebte jetzt durch die enge Augustinerstraße dem Kärntnertor zu.

Der Major zog seine Uhr. Noch immer erhellte kein Tagesstrahl die Gassen, neumodische Gasflammen kochten in großen Laternen, und nur wenige Menschen waren unterwegs.

„Es ist sechs Uhr, um sieben geht der Zug", sagte Pero. „Heute abend werdet ihr in Laibach gut schlafen, morgen heißt es dann wieder früh aufstehen, die Post wird gewiß sehr zeitig fahren."

„Miu, kommst du denn nicht mit uns?" fragte die kleine Miliza erschrocken.

„Der Miu kommt bald nach. Er muß noch ins Büro gehen", beruhigte Pave das kleine Mädchen, dieses aber stieß hervor: „Der Miu bleibt da, der Miu fährt nicht mit uns!" und brach in Tränen aus.

Pero strich ihr gerührt über die Wangen und versprach ihr, sehr bald nach Motta zu kommen, er müsse nur noch mit dem strengen General etwas ordnen, dann reise er gleich und bleibe bei ihnen allen, um nicht mehr fortzugehen.

Endlich war das Kärntnertor durchquert, das Glacis und die Wiedner Vorstadt durchfahren, und der Wagen hielt vor einem gewaltigen weißen Gebäude, vor dessen großem Tor sich mehrere Männer in Zwilchjacken und mit Schirmkappen wartend herumtrieben. Einer von ihnen begann mit dem Kutscher das Gepäck vom Dach herunterzuräumen, während der Major zuerst Pave und der Amme beim Aussteigen half und sodann den Kutscher entlohnte.

Hierauf ging es breite Treppen hinauf, einen kalten und kahlen dämmerigen Gang entlang, und endlich führte der Major, der mit einem blau uniformierten Mann einige Worte gewechselt hatte, von diesem angewiesen seine Gesellschaft in einen großen Raum, darin der Blaue eine Gasflamme entzündete.

„Hier ist der Wartesaal“, erklärte Pero und lud Pave ein, sich auf der schönen neuen Lederbank, die an allen Wänden entlanglief, niederzulassen und ein wenig zu warten, bis er sich wegen guter Plätze im Zug umgesehen hätte. Wie ein Häuflein Schiffbrüchiger saßen die beiden Frauen mit den Kindern neben dem Gepäckberg, den der Mann in der Zwilchjacke hier abgelagert hatte. Pave war kurz nach vier Uhr aufgestanden, sie war übernächtig, müde und tief verzagt; ein dicker, rauher Geruch von Kohlenstaub und Rauch, etwas beklemmend Erstickendes, wie sie es nie im Leben gerochen hatte, verlegte ihr den Atem. Auch die Munterkeit der Mädchen war verflogen; der dämmerige große Raum mit der flackernden Flamme beängstigte sie um so mehr, als der Vater lange ausblieb und die Mutter immer wieder ängstlich zur Amme äußerte, sie hoffe nur, es würde sich Platz finden, sonst müßte man am Ende mit Sack und Pack wieder nach Hause zurückkehren.

Aus dem Saal führte eine große, versperrte Tür mit Glasscheiben in eine zwielichtige Weite hinaus, wo mitunter Lichter aufblitzten, Pfiffe ertönten und merkwürdige schiebende, rollende, ja dröhnende Geräusche sich vernehmen ließen. Doch war etwas Deutliches nicht zu unterscheiden.

„Dort ist die Eisenbahn“, belehrte Santa, die sich der übrigen Gesellschaft deutlich überlegen fühlte, da sie die Fahrt mit der neu gebauten Bahn vor wenigen Wochen zurückgelegt hatte, worauf nicht nur die kleinen Mädchen, sondern auch Pave sie ob ihrer Eingeweihtheit mit scheuer Anerkennung anblickten.

Duschan, der das einlullende Fahren vermißte, erwachte und begann alsbald zu schreien, worauf Santa mit ihm in dem düsteren, kalten Raum auf und nieder zu wandern anfing, wobei sie ihn durch kleine wiegende und schupfende Armbewegungen und durch ein leise gesungenes Lied zu beruhigen trachtete. Als er sich jedoch nicht besänftigen ließ, wollte die Amme sich, von Pave dazu ermahnt, eben anschicken, dem Kind die Brust zu geben, als die geheimnisvolle Glastür mit viel Gerassel von außen geöffnet wurde und der Major in Begleitung eines Herrn in goldverzierter Uniform und eines Blauen, ähnlich jenem von vorhin, den Saal betrat. Auch der Träger war nun wieder zur Stelle und belud sich mit dem Gepäck.

In Gesellschaft des Inspektors, der mit seinen Goldlitzen, wohlrasiert und mit schneeweißen Handschuhen prächtiger aussah als der schönste General, begab sich die Reisekarawane durch die Glastür in die fröstelnde Frühe des Novembertages hinaus. Trotz dem gewölbten Dach erfüllte feiner Nebel die Halle, die Pave unermeßlich dünkte, die Lichter der großen Lampen verschwammen in der milchigen Luft, und Pave bemerkte mit Bangen den Zug, der schon wartend dastand. Ein Waggon gliederte sich an den andern an, und ganz vorn, dort, wohin man nicht sehen konnte, gab es etwas, das fauchte und lärmte, schnob und spie und wovon Pave vermutete, daß es das furchtbare Dampfroß sein müsse, das den Zug über Berge und Täler ziehen würde. Blauuniformierte in Kappen und mit Laternen liefen die Wagen entlang, Reisende, warm vermummt und eilig, strömten herbei, und Träger schleppten schwere Koffer.

Pero hatte Cotia auf den Arm genommen, um sie vor dem Getümmel zu schützen, und Pave führte Miliza an der Hand. Duschan in seiner Pelzmütze, von dem ungewohnten Wesen ringsum eingeschüchtert, lag so still wie ein Mäuschen und blickte aufmerksam umher. Der Inspektor, der voranging, hielt bei einem Waggon an, rief einen schnauzbärtigen Kondukteur herbei, der, eine Tasche umgehängt, in der Nähe stand, und hieß ihn aufsperren. Durch die geöffnete Tür erblickte Pave ein von einer Lampe schön erhelltes Zimmerchen, an dessen längeren Querwänden schwarze Ledersofas hinliefen, während an den ganz kurzen Längswänden Türen mit Glasfenstern angebracht waren.

Der Träger kletterte als erster in den Wagen, verstaute in unter der Decke angebrachten Netzen das Gepäck, dann sprang Pero hinein, hob Miliza und Cotia hinauf, nahm der Amme den Säugling ab, hielt ihn, bis sie die hohen Holztritte erklommen hatte, und reichte schließlich Pave die Hand.

Sie stand oben und sah sich um. Ein ähnlicher Geruch wie der im Wartesaal beklemmte sie und machte ihr fast übel.

„Heiß ist es hier in diesem Kämmerchen!" sagte sie beängstigt und ergriff Peros Hand.

„Das Kämmerchen nennt man Coupé", erklärte Pero. „Wenn es euch zu heiß ist, müßt ihr ein Fenster öffnen." Und er zeigte ihr, wie man vermittels eines breiten gewebten Riemens, ähnlich dem Band eines Glockenzuges, die schwere Fensterscheibe hinaufziehen und herunterlassen konnte.

Der Inspektor hatte sich nun auch heraufgeschwungen. Da es ihm klargeworden war, daß Pave zum erstenmal mit der Eisenbahn reiste, warnte er sie nachdrücklich, sie müsse gewärtig sein, daß in den Stationen möglicherweise die Türen geöffnet werden würden. Während der Fahrt seien sie fest verschlossen. Er stellte zwar in Aussicht, der Kondukteur würde dafür sorgen, daß die gnädige Frau Majorin mit ihrer Gesellschaft allein bleibe, bei großem Zustrom von Reisenden würde es sich aber doch nicht vermeiden lassen, daß noch jemand dazukäme. Ferner schärfte er Pave ein, in welchen Stationen der Zug einen längeren Aufenthalt nahm, so daß es Pave möglich sein würde, in der Bahnhofswirtschaft etwas Warmes zu genießen oder ein paar Schritte zu gehen, um sich von der Enge zu erholen. Dann empfahl er sich mit ritterlichem Handkuß und verließ, von Pero gefolgt, das Coupé. Dieser entlohnte nun, in der feinen Nebelluft unter den Dahinhastenden stehend, den Träger und drückte dem stattlichen Kondukteur ein Geldstück in die Hand.

Pave hielt sich am Rahmen der offenen Tür und neigte sich zu Pero hinab. Wie sie so stand, war sie hinreißend schön, mädchenhaft biegsam und schlank unter dem modischen schwarzen Mantel und doch mütterlich in der rührenden Besorgtheit ihres süßen Angesichtes.

Jungfrau, Mutter, Königin! fuhr es Pero durch den Sinn. War die zarte Pave nicht jungfräulich in der Reine ihres Herzens, war ihr nicht Mutterschmerz und Mutterglück, Muttersorge und Mutterwürde wie ein Rosen- und Dornenkranz ums Haupt gewunden? Zur Königin freilich fehlten ihr Sicherheit und Stolz, Selbstbewußtsein und die Lust, zu herrschen.

„Pavetta mia!" flüsterte Pero zu ihr empor, und sie erwiderte ihm mit einem schwimmenden Blick und einem Lächeln von so banger Traurigkeit, daß sein leidgewohntes Herz sich zusammenzog in einem Schmerz, der aus noch unbetretenen, völlig ungeahnten Breiten auswegloser Qual zu stammen schien, aus einem dunklen Reich, dessen Tore wachsame Engel bisher für ihn geschlossen gehalten hatten.

Warum bin ich so traurig? dachte er entsetzt. Diese Trennung wird vorbeigehen, wie schon viele vorbeigegangen sind. Zu Paves Heil wird diese Reise unternommen. Wenn ich sie im Frühjahr heimhole, wird sie gesund sein, unser Sohn erstarkt, die Mädchen holder denn je. Warum also bin ich traurig auf eine Art, die meiner Seele bis heute fremd war? Droht mir eine Prüfung, eine Gefahr, ein Verlust, oder ist dieser plötzliche marternde Schmerz die Strafe dafür, daß ich, im Besitze eines kostbaren, still leuchtenden Juwels, wie Pave es ist, mitunter nach fremden, grelleren Schätzen geblickt, ja sogar gelangt habe? Ihr wißt es, ihr ewigen Mächte, daß meinem innersten Herzen nichts teurer ist als Pave, meine Frau, und die Kinder, die sie mir geboren hat, und daß alles andre Begehren nur flüchtige Wellen waren, die die ungestümen Schläge meines wilden Herzens in den ruhenden Wasserspiegel meiner Seele hinein gewölbt und gewühlt haben. Du hast mir dieses Herz gegeben, o Gott, du hast mir die vervielfachte Qual verliehen, die vertiefte Lust, das tanzende Blut, das nie rastende Wittern und Suchen auf deiner großen, verborgenen Spur. Zwang und Vermögen hast du mir gegeben, alles dieses herauszusagen, es den andern, den Ruhigen, den Stummen, den Gehemmten zuzuschreien, zuzujauchzen, zuzuweinen. Du weißt es, o Gott, der du Himmel und Erde und auch mein Herz geschaffen hast, daß die Lieder, die zu singen mein Teil ist, nur der aufgewühlten Seele sich entschwingen können, daß, was ich bisweilen in abwegiger Lust begehre und erringe, nur der unbändigen Liebe zu deiner Schöpfung entstammt. Strafe mich nicht für diese Flammenglut, strafe vor allem nicht sie, die die Meinen sind und die ich, großmächtiger Gott, deiner Huld und Sorgfalt anempfehle!

Pave lächelte noch immer ihr schmerzliches Lächeln auf Pero hinab, der im Nebelmorgen unter eilenden Abreisenden und stoßenden Trägern dastand und mit rätselvollem Blick zu ihr hinaufsah; sie verstand nicht, was dieser Blick enthielt, und sie wußte nichts von dem leidenschaftlichen Gebet, das seine Seele zu Gott emporgeschleudert hatte.

Während dieses kurzen, trauervollen Augenblicks, da Pave von der Türöffnung umrahmt dastand und Pero zu ihr emporblickte, ging sehr eilig und von einem Gepäckträger geleitet ein brünetter Mann in modischer, ja stutzerhafter Zivilkleidung den Zug entlang. Er mußte Pero ausweichen, der ihm den Rücken zuwandte, und warf einen Blick auf das abschiednehmende Paar. Der Mann war ziemlich jung, sein regelmäßiges und volles Gesicht war so bleich, daß es aussah, als sei es gepudert. Dunkles, gescheiteltes Haar quoll voll und bauschig unter dem geschweiften Zylinder hervor und lag auf einer weißen niedern Stirn. Trotz seiner Jugend neigte der Fremde bereits zu leichter Fülle. Sein langschößiger Wintermantel war eng in die Taille geschnitten und erweckte den Eindruck, als sei der Herr geschnürt.

Als er Pave gewahrte, öffnete er stumm, aber doch so rasch und ruckweise, als wollte er einen Schrei ausstoßen, den Mund und riß mit überwältigter Miene die Augen auf. Auch schien es, als wollte er stehenbleiben. Doch sein Träger lief ihm voran und rief ihn zu einem weiter vorn gelegenen Coupé. Pave war trotz ihrer Traurigkeit das ungewöhnliche Gehaben des exzentrischen Fremden aufgefallen, doch entschwand ihr der seltsame Eindruck sogleich wieder.

Die kleinen Mädchen hatten sich mittlerweile in der ungewohnten Behausung ihre Plätze ausgesucht und waren vor allem bestrebt gewesen, die geliebten Puppen ihrer winterlichen Hüllen zu entledigen und aufs beste zu betten. Dabei entfiel Cotias kleinen Händen die rosenrote Schute, die das Lockenhaupt ihrer Puppe Maddalena bekleidet hatte; das auf Draht gespannte Gebilde rollte wie ein Rad unter den Sitz, und Cotia sah sich genötigt, von der Lederbank herabzuklettern und in der Finsternis, die darunter herrschte, nach der abhanden gekommenen seidenen Pracht zu tasten. Als sie Maddalenas Paradehütchen endlich gefunden und zutage gefördert hatte, erwies es sich leider als vom Kohlenstaub arg beschmutzt, und vor allem waren Cotias Hände über und über geschwärzt. Da Pave sich dem Innern des Coups zuwandte, sah sie mit Schrecken, daß Cotias Gesichtchen allenthalben die schwarzen Spuren ihrer beschmutzten Hände trug. Wangen, Stirne, Nase und Kinn waren dunkel verschmiert, und nirgends gab es Wasser, um sie zu reinigen.

Der Augenblick der Abfahrt schien endlich gekommen. Pero war eilig und nervös. Er sprang nochmals ins Coupe, um die Kinder zu umarmen. Er empfahl Santa, auf Duschan wohl zu achten und der gnädigen Frau auf der Reise behilflich zu sein, dann hob er Miliza hoch, der es erst jetzt wieder zum Bewußtsein kam, daß der Miu nicht mitfahren würde, und die in neuerliches bitterliches Weinen ausbrach. Als er Cotias geschwärztes Gesicht sah, wurde er trotz der Abschiedsstunde ärgerlich. „Meine Cotia, wie sieht sie aus? Ein so schmutziges Gesicht kann der Miu doch nicht küssen!" Nun weinte auch Cotia, und der Vater küßte sie dennoch seitlich neben dem Ohr. Draußen hörte man zum Einsteigen rufen, eine klingende Glocke wurde am Zug entlanggetragen, Pero umarmte Pave schnell und flüchtig, denn es war höchste Zeit für ihn, das Coupe zu verlassen. Der Kondukteur schlug die Tür zu, und der Zug setzte sich langsam und ächzend in Bewegung. Pave stand am Fenster und hatte sich auf jeden Arm eines der kleinen Mädchen gesetzt. Sie lächelte und nickte zu Pero hinunter, da sie zum Winken keine Hand frei hatte, die Mädchen schwangen weiße Taschentücher. Pero stand im hechtgrauen Majorsmantel einsam da, er winkte mit der schwarzen, steifen Offizierskappe, seine Augen bohrten sich in das Bild der drei hinter dem Coupefenster, und was er dachte, war: Süße Pave! Doch da er sich umwandte, um vom davonrollenden Zug fort dem Bahnhofsausgang zuzugehen, peinigte ein Gedanke sein Herz: Warum mußte ich meine Cotia zum Abschied mit diesen schwarzen Flekken sehen?

Pave drehte ihr übernächtiges Gesicht der Scheibe zu, hinter der das Bahnhofsgebäude nun zurückblieb, von trostlosen, immer anderen, immer fremderen Vorstadtgassen trübselig abgelöst. Jetzt erst fühlte Pave den Schmerz sie völlig überwältigen, doch da sie Miliza fassungslos um den Miu schluchzen hörte, vermochte sie der eigenen Trauer Herr zu werden. Sie nahm das zärtliche kleine Mädchen auf die Knie, versprach ihr fest, daß der Vater bald nach Motta nachkommen und daß Miliza ihn dann von der Poststation abholen würde; sie scherzte mit den Kindern, nahm die Puppen in genauen Augenschein, richtete den kleinen Mädchen in der einen Ecke des Coups einen behaglichen Spielwinkel ein, nahm der Amme, die ihr Stillgeschäft wieder einmal beendet hatte, den Säugling ab und wies sie an, für ihn ein Lager aus Kissen und Decken auf der Lederbank zu bereiten. Als aber Duschan, zufrieden an seinem Daumen saugend, von reinlichem Weiß umgeben dalag, wurde dem Vorratskörbchen eine Flasche entnommen, und Pave versuchte, so gut es ging, Cotia zu reinigen. Dann entledigte sie sich ihres Hutes, den sie sorgfältig im Netz verstaute. Aufatmend setzte sie sich zurecht. So wie sie sich vor wenigen Wochen in die Krankheit hineinbegeben hatte wie in ein nicht unwillkommenes Fergenboot, das sie den Ufern der Genesung zutragen sollte, und wie sie, da alles sich entschieden hatte, minder elend gewesen war als zuvor, so fühlte sie nun, da der Abschied vollzogen und mit jedem Augenblick wachsende Ferne zwischen Pero und sie gelegt war, etwas wie Erleichterung ihr Herz entlasten. Hatte damals das Fieber sie getragen und eingelullt, so schläferte sie nun das Stampfen des Dampfrosses, das gleichmäßig rauhe, rollende Lied der Räder barmherzig ein, und das verweinte dunkle Haupt an die schwarze Lederpolsterung gelehnt, schlief sie, während der Zug die nebelverhüllten Weingelände südlich von Wien durchfuhr.

Ein Ruck ließ sie auffahren. Der Zug blieb vor einem Bahnhofsgebäude stehen, sie sah viele Menschen im helleren Morgenlicht hin und her laufen und hörte die Schaffner überlaut einen Namen ausrufen, den sie dennoch nicht verstand. Doch entdeckte sie auf einer weißen Mauer, dicht vor sich, in riesigen Buchstaben die Aufschrift „Wiener Neustadt". Nun ließ sie eilig mit Hilfe der Griffe, die Pero sie noch gelehrt hatte, das Fenster herunter, denn zum ersten hoffte sie, sich hinauslehnend, vielleicht das Gebäude der Theresianischen Militärakademie entdecken zu können, in der Pero seine Knaben- und Jünglingszeit verbracht hatte, zum andern aber war sie bestrebt einen Mann heranzurufen, der mit dampfenden Tassen voll Milchkaffee den Zug entlangging.

Der diensteifrige Kondukteur erschien, öffnete mit elegantem Schwung die Tür und versicherte Pave, sie habe reichlich Zeit, um auszusteigen und in Ruhe zu frühstücken. Sie kletterte nun mit einiger Freude an der erleichternden Veränderung die Holztritte hinab, ließ Santa eine Tasse hineinreichen und leerte, vor der offenen Coupétür stehend, mit Wohlbehagen die dickwandige weiße Porzellanschale. Dann rief sie die Mädchen, half ihnen beim Aussteigen und ließ sie abwechselnd eine dritte Portion des süßen und würzigen Trankes, auf dessen Oberfläche schöner Milchschaum stand, ausschlürfen. Während sie sich zu den Kindern niederbeugte, die dunkeln Locken ihr in die Wangen hingen und ihre handschuhlose Hand aus der Pelerine des schwarzen Mantels heraus die Kaffeetasse bald Miliza, bald Cotia zum Munde führte, sie freundlich ermahnend, nicht zu schnell zu trinken und sich nicht zu verschlucken, kam langsamen Schrittes der brünette Fremde vorbei, der sich in Wien bei Paves Anblick so seltsam betragen hatte. Er schien ebenfalls Verlangen nach einem warmen Morgentrunk zu hegen, denn er blieb bei der kleinen Gruppe stehen, sagte aber nichts, sondern blickte Pave wieder mit aufgerissenen Augen an, bis der Verkäufer sich mit der Frage an ihn wandte, ob auch er Kaffee wünsche, eine einfache und selbstverständliche Anrede, die den eleganten Mann jedoch in eine unerklärliche Verwirrung versetzte. Er holte seinen Blick wie aus weiter Ferne zurück, starrte den weißrockigen Kaffeeausträger an, würgte hervor: „Kaffee? Was? Kaffee? Ja, geben Sie mir, geben Sie mir!" Machte aber dann wieder einige unruhige Schritte fort und mußte von dem um seine Kundschaft besorgten Verkäufer zurückgerufen werden. Die Kinder hatten unterdessen die Tasse leergetrunken. Pave bezahlte den Mann und nahm ihre Töchterchen an der Hand, um einige Schritte mit ihnen auf und nieder zu gehen. Sie wandte sich an den Kondukteur, der ihr mit solchem Eifer zu Diensten stand, daß sie annehmen mußte, Pero habe ihm mindestens einen Gulden gegeben, wenn nicht sogar zwei, mit der Frage, ob es möglich sei, vom Bahnhof aus die Militärakademie zu erblicken. Der beflissene Mann verstand ihre in mühsamem Deutsch gestellte Frage nicht sofort; der stutzerhafte Fremde jedoch, mochte er nun seinen Kaffee getrunken haben oder nicht, war wieder in der Nähe, er mußte aus der Haltung der Fragestellerin und der des Befragten entnommen haben, daß es hier an Verständnis mangelte, und er wandte sich in italienisch gefärbtem Deutsch an den Kondukteur mit der Frage, was die Dame wünsche und ob er vermitteln könne. Pave war wenig erbaut. Nichts war ihr so verhaßt wie Zudringlichkeit von fremden Herren, ja nichts war so sehr angetan, ihr Selbstbewußtsein herabzumindern. Wie unansehnlich, arm, heimatlos und hergelaufen mußte sie wirken, daß ein Herr, der ihr nicht vorgestellt war, es wagte, ihre Bekanntschaft zu suchen! Sie warf dem Brünetten einen abweisenden und zornigen Blick zu, nahm die Mädchen an der Hand und kehrte zu ihrem Coupé zurück.

„Nun haben wir die Schule nicht gesehen, in die der Miu gegangen ist, wie er ein kleiner Bub war!" sagte sie bedauernd zu Miliza, als der Zug die Stadt hinter sich ließ. Das gute Kind war voll leidenschaftlichen Interesses, preßte das Gesicht ans Fensterglas und wollte durchaus doch noch Mius Schule sehen. Allein, es waren keine Häuser mehr zu erblicken. Der Nebel hatte sich gehoben und schwebte als lockerer Wolkenzug über der Landschaft, die sich allmählich veränderte.

In ziemlicher Entfernung, von Nebel und Wolken teilweise bedeckt und umlagert, aber doch immer wieder sichtbar, erhob sich bläuliches Gebirge, die Bauart der Häuser nahm einen bäuerlichen Charakter an, die regelmäßigen Nadelgehölze blieben zurück, und schöne, weit ausholende Buchen, deren Laub freilich zumeist als ein rostbrauner Teppich unter sie hingebreitet lag, standen untermischt mit mächtigen dunklen Tannen und Fichten. Die Berge rückten näher heran, und Pave sah sich mit herzklopfendem Entzücken in eine fremde zauberhafte Welt versetzt, wie sie eine ähnliche nur einmal, vor fünf Jahren, erblickt hatte, als sie, von Ragusa kommend und nach Agram reisend, das bezwingend schöne Bergland des Gorski Kotar im Reisewagen durchquert hatte. Damals jedoch war sie zum erstenmal schwanger gewesen, und die Reise hatte ihr arge Beschwerden und Übelkeiten verursacht, so daß sie der fremden Schönheit nicht froh zu werden vermochte.

Heute sah Pave entzückt auf das sich höher türmende Gebirge, auf die Felsen, die nun schon da und dort nackt der Erde entbrachen, auf das Gewirre ihr unbekannter niederer Stauden und kleinblätteriger Farne und Moose. Obwohl nun gebräunt oder vergilbt, ohne Blüten und Früchte, erschienen sie ihr doch, wie sie unter dem Schutz mächtiger Bäume bis dicht an die Eisenspur der Bahn heran den Waldboden bedeckten, als so lieblich und lockend, daß sie den heftigsten Wunsch empfand, trotz des feuchten Novembertages auszusteigen und inmitten dieser holden, heimlichen Pflanzenwelt stille und lange Stunden zu verweilen.

Sie sah mit Rührung das nackte Geäst der Bäume, und es war ihr, als ob hier im kalten Norden, wo jeder Baum vor dem Winter sein welkendes Kleid abwerfen durfte, seine Seele noch besser zu erkennen sei als im Süden, wo das hartblätterige, widerstandsfähige Laubgewand niemals die Zweige entblößte. Wie rufende, sehnende Seelen schienen diese nackten Baumgestalten ihre Äste zu breiten; heldisch und fest die mächtigen Eichen, erhaben in der gewundenen Vielfalt ihrer Zweige ruhend; still der Erhörung harrend die graurindigen Buchen, während die Ebereschen, die da und dort noch Reste ihrer vom Reif dunkelrot gebrannten Früchte trugen, wie in wildem Hilfeschrei ihre Arme zum Himmel warfen. Am rührendsten aber schienen ihr die zarten, weißstämmigen Birken. Frommen Tänzerinnen gleich, breiteten sie in herzbezwingender Anmut ihr spitzenfeines Geäst, als sprächen sie zu einem entgegenkommenden Geliebten: „Hier bin ich!“ Oder war Gott dieser Geliebte und glichen sie jenen Seelen, deren Inbrunst Pave ein mit Neid betrachtetes unfaßbares Rätsel schien und deren einzige Seligkeit es war, sich völlig Gott anheimzugeben?

Pave erinnerte sich ihrer eigenen Heimat, der stacheligen, immergrünen Sträucher, der Ölbäume, Pinien und Zypressen, des fischreichen, von Segelbooten durchfurchten salzigen Meeres, der sanften Inselrücken, der Muscheln, Melonen und Trauben. Nie verließ sie die brennende Liebe zu der ihr angestammten Meerwelt. Wann immer sie die Augen schloß, vermochte sie sich den Pinienwald hinter dem Haus in Lukoran, den süßen, bienenlockenden Duft des Oleanders, das herzerschütternde Erblühen der Myrte, das dem Aufflammen eines weißen Lichtes glich, wachzurufen. Sie glaubte das Meer zu riechen, sein Salz auf ihren Lippen zu schmecken, den nächtlichen Ruf der Fischer zu hören, der so langgezogen und urweltlich klang und mit keinem andern Laut auf der Welt zu vergleichen war. Sie vermeinte die Bora zu spüren, wie sie sich vom fernen Velebitgebirge her niederschwang, dem sie den ganzen langen Kamm entlang helle Mützen aufgesetzt hatte, wie sie in den Lüften sauste, das Meer zu unzähligen lustigen Wellen mit weißen Schaumkronen aufpeitschte und prickelnd auf der Haut der Menschen brannte. Und sie begriff plötzlich beim Anblick dieses vorbeifliegenden, sie so seltsam rührenden schlichten Waldbodens, daß jede Landschaft ihre eigene, unverwechselbare, lebendige Seele hat, die sich dem Menschen, der ihrem Grund entsprossen ist, auf ewig einprägt, sofern der Adelsname Mensch überhaupt auf ihn Anwendung finden darf. Sie verstand, daß der dichte Wald aus schwarzen Fichten und im Winter entlaubten Buchen und Eichen, daß das mannigfaltige, schluchtenreiche Gebirge, der strömende Bach, das vielfache Leben der Wiesen und Hänge, die nun in einem braunen Winterschlaf zu liegen schienen, daß all dies für die Menschen dieser Breiten berauschende, nie genug zu liebende, tief eingewurzelte Heimat war; Heimat, nach der man in der Fremde weint, von der man in den Nächten träumt, für die man sein Blut vergießt. Und zum erstenmal, seit sie ihren eigenen Mutterboden verlassen, seit sie, eine Unbehauste, Nirgend-Erkannte, in immer wechselnden Städten und Ländern gewohnt hatte, ergriff sie Liebe zu fremder Erde, gerührte Zärtlichkeit, Verstehen und der heiße Wunsch, verweilen, besser erkennen und tiefer lieben zu dürfen.

An einer Station, wo würzige kalte Luft durchs Fenster hereingeströmt war, hatte der Kondukteur ihr zugerufen, daß hier zur besseren Bewältigung der Gebirgsstrecke eine zweite Lokomotive angekoppelt werde. Sie hatte den bleichen Herrn im geschweiften Zylinder vorbeischreiten und ihr Fenster mit dem Blick absuchen sehen; doch war ihr Zorn verraucht, und sie hatte des beharrlich Zudringlichen überhaupt nicht geachtet; sie hatte weder Santa noch die noch immer eifrig spielenden Mädchen angeredet, sondern, als der Zug sich wieder in Bewegung setzte, mit einer Freude und Erregung, wie sie ihr selten oder vielleicht nie widerfahren war, in atemloser Erwartung rastlos hinausgespäht und kommender Wunder geharrt. Sie hatte bald darauf durch das andere Fenster, wo Duschan schlafend lag und Santa ihm schweigend gegenübersaß, für kurz einen überwältigenden Blick auf ein ihr großartig scheinendes, langgestrecktes Gebirge erhascht, auf dessen mächtigem Rücken Schnee lag, wie Pave mit Herzklopfen festzustellen glaubte. Zwischen den Bäumen eröffnete sich immer wieder der Ausblick auf ein weites, bergumstandenes Tal, in dem mehrere große Ortschaften mit Kirchen und Schlössern zu sehen waren.

Pave atmete tief und faltete unwillkürlich die Hände. Wohl waren auch die alle Segelschiffe überholenden Dampfer wunderbare Dinge; sie hatte ganz wohl begriffen, was Pero und die Brüder ihr über den von den Menschen so klug ausgenützten unbändigen Ausdehnungswillen des Dampfes erklärt hatten. Doch schien es ihr sicher, daß einen schwer lastenden Eisenbahnzug ohne alle Pferde- und Ochsenkraft über ein hohes Gebirge fahren zu machen, eine noch größere Tat, ein noch unbegreiflicheres Werk bedeuten mußte als die stolzen Raddampfer. Mit Schaudern und Bewunderung sah sie auf die kühne Untermauerung des Bahnkörpers, sie konnte es nicht fassen, wie es den Arbeitern möglich gewesen war, all diese Stützen und Brücken, ja die schauerlichen Löcher durch den Berg, die man Tunnels nannte, aufzuführen.

Sie begriff nun erst das große Wesen, das vor einigen Monaten, als man diese Bahnstrecke eröffnet hatte, allenthalben davon gemacht worden war.

Krampfende Sehnsucht erfaßte sie, all diese Herrlichkeiten mit Pero zu schauen, das Aufflammen seines Auges zu sehen, wenn es die Gewalt von Natur- und Menschenkraft gewahrte, den Druck seiner Hand spüren zu dürfen, wenn sein Herz vor Bewunderung überwallte. Aber mehr als nach all diesem verlangte es sie danach, ihn Zeuge ihrer eigenen Entflammtheit sein, ihn fühlen zu lassen, daß sie doch noch, nach allem Kleinmut, aller Verzagtheit, fähig war, sich über ein Ding außerhalb ihrer selbst und des engsten häuslichen Kreises so sehr zu freuen, daß sie vermeinte, es sprenge ihr die Brust. Ja, gemeinsame Freude, das war es, was Pero und sie nötig gehabt hätten, was mit einem hellen, schmetternden jauchzen manche geheime Wunde geheilt, manche Fremdheit zurechtgerückt hätte. Pave wußte wohl, wie tief seine Enttäuschung zu sein pflegte, wenn sie auf seine dringliche, liebevolle Zumutung, sich mit ihm in einen jener Feuerbrände der Freude mit hineinreißen zu lassen, die sein Wesen mitunter funkensprühend erfaßten, nur lahmes Lächeln, kühl erstaunte Ablehnung, müden Hinweis auf die Schwere der täglichen Dinge bereit hatte. Heute und hier aber wäre sie mit ihm zu den Himmeln geflogen, in den feurigen Kern der Erde wäre sie mit ihm getaucht, sie hätte Gott, von dem er um so vieles mehr und mit so viel stärkerer Inbrunst wußte als sie, mit ihm ins Angesicht gesehen.

Immer höher schraubte sich der Zug, immer häufiger trat die unheimliche, im Coupé von einem kleinen Öllämpchen, das der Schaffner entzündet hatte, notdürftig gebannte Verfinsterung der Tunnels ein, die Miliza und Cotia jedoch, anstatt sie zu erschrekken, zu unbändigem Lachen reizte, während Santa, trotz ihrer Reiseerfahrenheit, jedesmal wenn der Zug in eines der schwarzen Tore hineinbrauste, nicht versäumte, ein Kreuz zu schlagen und „O mamma mia!“ zu murmeln. In immer unfaßbarerer Tiefe lag unten das enge Tal, von weißer Straße durchlaufen, immer höher gipfelten die Berge auf, immer breiter schatteten die Tannen, auf deren Ästen nun dünner Schnee wie die zarte Überzuckerung eines Kuchens lag. Je höher Pave den gegenüberliegenden Berghang hinanblickte, desto dichter sah sie den Schnee liegen. Nun rief sie doch die Kinder ans Fenster; waren sie auch noch klein, so würde dieser fremde Anblick dennoch ihr Herz entzücken. Wieder, wie am Morgen, da sie dem Vater Abschied gewinkt hatten, nahm sie auf jeden Arm eines der Mädchen und zeigte ihnen das weiße Wunder. Ihre scherzhafte Zumutung, daß dies Zucker sei, den Gott und die Heiligen auf die Bäume gestreut hätten, fiel auf fruchtbaren Boden, endlos und immer wieder warfen die kleinen Mädchen dies Wort vom Zucker einem Ball gleich einander zu, konnten des Lachens kein Ende finden, prusteten heraus, tippten mit den Fingern an die Scheibe und jauchzten: „Ecco il zucchero! Ecco il zucchero!“

Mit Herzklopfen sah Pave nun in geringer Ferne eine mächtige, lange Steinbrücke mit berghohen, gemauerten Stützen in kühnem und herrlichem Schwung eine weite Talschlucht überqueren. Unmöglich schien es ihr, daß der schwere und lange Zug von den zierlich wirkenden Bogen würde getragen werden können, daß sie alle heil am jenseitigen Hang anlangen würden. Alsbald aber rollten die Wagen dröhnend über das ragende Wunderwerk dahin, eine Fern- und Tiefsicht, wie sie sie so überwältigend selbst am heutigen Tage noch nicht genossen zu haben glaubte, riß sich unter ihnen auf. Nun sah Pave auch an manchen Stellen des versunkenen Talgrunds Schnee liegen, steile und zerrissene Felsen überragten allenthalben das Tannicht, Berg erhob sich hinter Berg, Schluchten überschnitten einander, Wasser stürzte, und unendlich fern und klein zogen Menschen tief unten des Weges. Es war ein Anblick von so hinreißender Mannigfaltigkeit, der dennoch majestätisch in sich ruhte, daß Pave vermeinte, so Schönes nicht länger allein ertragen zu können. Sie riß die Gesichter der Kinder an sich, küßte sie stürmisch und immer wieder und sagte, von unsäglichem innerem Sturm gepreßt, in die glühende Haut ihrer Wangen, die Reiseverwirrtheit ihrer Locken hinein:

„Ach, wie schön ist dies! Wie schön ist dies! Kinder, merkt ihr, wie wunderbar dies ist! Warum kann der Miu es nicht mit uns sehen!“

„Der Miu hat doch ins Büro gehen müssen“, entgegnete Miliza belehrend; dies war ihr morgens beim Abschied so nachdrücklich erklärt worden, daß sie sich wohl befugt fühlte, es der so unvernünftig fragenden und heischenden Mutter zu entgegnen.

Abermals verschlang Nacht die Herrlichkeit der Erde, abermals stampfte und dröhnte der Zug durch den Leib des Berges, drang Kohlenstaub scharf und erstickend durch die Fugen der Fenster. Und abermals wandelte sich die Schwärze vor den Scheiben allmählich in verheißungsvolles Grau, wölbte sich ein Torbogen, der ins Licht zurückführte, und umwuchs rührend und tröstend kleines Gebüsch das schauerliche Tor des Tunnels.

An einer größeren Station wurde längere Zeit gehalten. Der Kondukteur sah herein, fragte, ob alles in Ordnung sei, und teilte mit, man sei auf dem Semmering, nun komme der längste Tunnel, und es gehe ins Steirische hinunter. Ob die Fenster gut geschlossen seien?

Der Brünette patrouillierte spähend vorbei und wurde von Santa bemerkt, die einen blitzschnellen, schlauen Blick von ihm zu ihrer Herrin gleiten ließ. Pave jedoch wurde seiner nicht gewahr. Schnee hatte zu fallen begonnen, und sie suchte, beim gegenüberliegenden

Fenster vom Getriebe der Station abgewandt, mit Miliza und Cotia den Weg der einzelnen Flocken zu verfolgen, wie sie sich aus dem grauen Himmel loslösten, in einem langsamen Tanz niederglitten und auf der harten winterlichen Erde unter ihresgleichen, nicht mehr feststellbar, verschwanden.

Als nun der längste Tunnel durchmessen wurde, war es den rascheren und erleichterten Zugsgeräuschen anzuhören, daß es bergab ging, und das neugewonnene Licht beleuchtete grau eine veränderte, gemilderte, weichere Landschaft. Schnee fiel noch immer auf gestreckte, nicht mehr von Felsen zerrissene Bergrücken; Ortschaften mit behäbigen Gasthöfen dehnten sich an gemächlicheren Hängen; allmählich mündete das sanftere Bergabfahren des Zuges in einer weiten, nur noch von fern von mäßigen schneelosen Höhenzügen begleiteten Talsohle.

Pave, innerlich noch tief erregt von der erschauten Herrlichkeit, wandte sich vom Fenster ab. Sie besann sich, daß es Zeit für das Gabelfrühstück geworden sei, entnahm dem Vorratskörbchen mit Schinken belegte Brote und verteilte sie, Santa dabei besonders kräftig bedenkend. Der Zug hielt abermals. Durch einen kleinen, lustig blickenden Burschen wurden schäumende Biergläser an den Zug gebracht. Pave erstand eines für Santa, die das wirksame Ammengetränk mit großer Begier entgegennahm. Als das Bier getrunken, das Glas dem munteren kleinen Verkäufer zurückgereicht war, der Zug abfahrtsbereit stand und im Innern des Coupés alle mit der Bewältigung der Schinkenbrote beschäftigt kauend umhersaßen, wobei Pave den kleinen Mädchen sorglich weiße Servietten auf die Knie gebreitet hatte, wurde die Tür auf der Stationsseite nochmals aufgerissen, und zwei verspätete Reisende erkletterten, vom Kondukteur hineingeschoben, hastig, erhitzt und aufgeregt das Coupé. Kaum war die Tür hinter ihnen zugeschlagen worden, so setzte sich der Zug in Bewegung.

Die Neuankömmlinge waren eine große, grobknochige Frau in schwarzer Kleidung und ein halbwüchsiger Knabe. Die Frau hatte ein langgezogenes, derbes und strenges Pferdegesicht mit breiten Backenknochen, großen, meist von der Oberlippe entblößten Zähnen und einem kräftigen, etwas vorgeschobenen Unterkiefer. Sie trug ein schwarzes Wollkleid ohne Reifrock, darüber eine wattierte Pelerine, die wie ein großes Umhängetuch geschnitten war, und eine ziemlich unförmige Schute, von der ein Trauerschleier niederfiel. Sie schien nicht eigentlich eine Dame zu sein, doch machte sie

Pave den Eindruck einer Herrin; vielleicht besaß und leitete sie einen großen Gasthof oder ein lebhaftes Geschäft. Obwohl Pave über die fremden Eindringlinge, weil sie die nun schon gewohnte Ordnung im Coupe störten, zunächst bestürzt gewesen war, faßte sie schnell etwas wie geheimes Zutrauen zu der fremden Frau. Der Knabe mochte vierzehn oder fünfzehn Jahre alt sein; er erinnerte in der Gesichtsbildung an die Mutter, hielt sich jedoch nicht so gerade wie diese und machte einen etwas linkischen, schüchternen, aber wohlerzogenen Eindruck. Auch er war schwarz gekleidet, seine Beinkleider reichten nur bis zur Höhe der halben Unterschenkel und ließen grob gestrickte weiße Strümpfe und den obern Rand von Zugstiefeln mit Gummieinsätzen sehen, was Pave mit Belustigung gewahrte.

Als die Fremde bemerkte, daß sie eine auf langer Fahrt begriffene Familie durch ihr Dazwischenkommen störte, daß hier kleine Mädchen mit Puppen spielten, ein von der Amme bewachter Säugling schlief und eine Familienmutter aus dem Eßkorb Reiserationen verteilte, suchte sie bescheiden ein Plätzchen, wo niemand der behaglich Eingenisteten behelligt würde. Pave jedoch hatte sich sogleich erhoben und der Frau ihren eigenen Fensterplatz gegenüber dem Spielwinkel der Mädchen angeboten. Der Knabe setzte sich neben die Mutter, während Pave den Platz Santas einnahm und diese neben sich sitzen ließ. Die Eingestiegenen, die nur wenig Gepäck mitführten, verhielten sich still und wie vorläufig auf den Kanten ihrer Sitze. Sie atmeten beide heftig, offenbar beherrschte sie die soeben überstandene Gefahr des Zuspätkommens noch völlig. Als sie sich etwas beruhigt hatten, begannen sie leise miteinander zu sprechen, sahen nach der Uhr und schauten über Pave und Santa hinweg, angelegentlich und wie Leute, die etwas Bestimmtes ergründen oder feststellen wollen, durch das Fenster zur Rechten, wobei sie sich zuweilen leicht von ihren Sitzen erhoben. Dann saßen sie wieder still und bescheiden da, bis der Knabe plötzlich aufstand und „Jetzt!" sagte. Nun bat die Frau höflich, ob sie und ihr Sohn einen Augenblick lang durch das Fenster, neben dem Pave saß, blicken dürften. Sie würden das kleine Kind gewiß nicht wecken. Die Frau sprach so deutlich, daß Pave sie gut verstand. Sie gewährte lächelnd die Bitte. Mutter und Sohn stellten sich nun dicht nebeneinander vor die Scheibe, und die Frau wandte sich nochmals an Pave mit der Erklärung, sie hätten den Wunsch, das Grab ihres Gatten und Vaters, der gestern bestattet worden sei, nochmals zu sehen. Wirklich bemerkte

Pave alsbald einen ländlichen Friedhof, der mitten zwischen Feldern, von einer niedern Mauer umgeben, sich in einiger Entfernung und außerhalb jeglicher Ortschaft einen Hang hinanzog. Eine winzige Kapelle stand an seinem Eingang. Pave sah mit Teilnahme, wie die beiden die Hände falteten, ein Kreuz schlugen, sich gegen den Friedhof verneigten und, als er mitsamt Mauer und Kapelle zurückgeblieben war, einander einen Augenblick lang an der Hand faßten. Dann setzten sie sich wieder ruhig auf die Kanten ihrer Sitze. Pave hörte den Knaben sagen: „Ich hab' das Grab ganz gut gesehen", worauf die Mutter gefaßt entgegnete: „Freilich, wie solltest du's nicht gesehen haben. Ist ja ganz vorn."

Pave wagte nichts zu sagen, ihres mangelhaften Deutsch wegen, doch blickte sie die derbe, stille Frau mit sprechendem Mitleid in den Augen an und richtete absichtlich einige italienische Worte an Miliza, um zu zeigen, daß sie eine Fremde sei.

Der Zug fuhr nun sehr rasch zwischen breiten Ortschaften dahin, ein schönes Flüßchen kam oftmals der Bahn ganz nahe. Als ein größerer Ort, dessen alte Türme schon lang zu sehen gewesen waren, herankam, ergriffen Mutter und Sohn ihre wenigen kleinen Gepäckstücke, grüßten höflich und stumm und verließen schnell das Coupé; Pave sah ihnen nach, wie sie in ihren ungeschickten Kleidern mit großen Schritten das Gewühl durcheilten und im Bahnhof verschwanden.

Unerklärlicherweise war sie betrübt, daß diese Leute sich so rasch wieder davongemacht hatten; ihr Herz, eben noch geschwellt und pochend ob der Schönheit des Gebirges, lag ihr nun schwer in der Brust wie ein Stein am Grund eines Brunnens, und sie sann grübelnd den Entschwundenen nach. Wer waren sie gewesen? Hatte es mit dem Tod jenes Vaters irgendeine besonders düstere Bewandtnis gehabt? Welch starken Geistes mußte diese Frau sein, die gestern den Mann begraben hatte, die ihn, wie ihr Verhalten bewies, fromm und von Herzen betrauerte und die doch ihrer Betrübnis so völlig Herr zu werden vermochte, daß sie aufrecht und besonnen, den jungen Sohn stark und liebevoll führend, durch ihren Witwentag ging, das Grab des Entrissenen gefaßt wiedersah und tapfer und tränenlos das Leben meisterte! Würde sie, Pave, jemals wieder ihres Daseins froh werden können, wenn Pero ihr – o furchtbarer, nicht einmal von fern zu fassender Gedanke – eines Tages entrissen würde? War es denkbar, daß sie sprechen, sich bewegen, denken und handeln würde, als wäre nichts geschehen? Es schien ihr schlechterdings nicht möglich, daß sie nach einem solchen Verlust überhaupt noch leben könnte. Die Gräfin Strassoldo kam ihr in den Sinn, die gesagt hatte: „Was nützt es, zu weinen!" Die Frau, die eben ausgestiegen war, dachte gewiß ebenso. Und Vuk Karadžić, der sonderbare alte Mann, hatte er nicht zehn geliebte Kinder begraben und ging dennoch rastlos und ohne Wanken, arm und krank, wie er war, seiner schweren, unsteten Sendung nach?

Waren alle anderen stark und nur sie schwach, feige und hinfällig? Sandte Gott ihr absichtlich diese mutigen Vorbilder geprüfter Menschen, um ihr zu zeigen, daß sie selbst keinerlei Anlaß zur Betrübnis und Verzagtheit habe? Oder wollte er sie auf ein kommendes Unheil vorbereiten, sie kräftigen und stählen? Nein, o Gott, nein! Prüfe mich nicht! Nimm mir niemanden! Denn ich bin schwach, ich müßte zugrunde gehen! Ich könnte nicht tränenlos ein Grab grüßen, wie jene Fremde. Gott, Gott, prüfe mich nicht!

Sie preßte die Hände ineinander, und ihren Augen entströmte, was jene andre Frau zu verhalten vermocht hatte: das salzige Wasser der Tränen.

Der zu ebener Erde gelegene, gewölbte Speisesaal des Gasthofes „Kaiser von Österreich" zu Laibach war dicht besetzt. Die hohen und die jüngeren Offiziere, die wohlsituierten Laibacher Bürger, die vor gehäuften Tellern voll Spezialgerichten saßen und den hellroten, dünnen Switschek, den einheimischen Wein, dazu tranken, ja auch die wenigen, sehr eleganten Damen, die an den Tischen der Offiziere saßen, blickten auf, als Major Josef v. Dobner und Hauptmann Oresković sich von dem behaglich geschützten Tisch neben dem großen Kachelofen, an dem sie wartend gesessen hatten, erhoben, um Pave entgegenzugehen, die in der Tür erschienen war. Sie trug das grüne Kleid, und da sie die vornehme Gesellschaft gewahrte, dankte sie Gott, daß sie die Mühe nicht gescheut hatte, es auszupacken. Trotz dem Abschiedskummer und der Ermüdung sah sie frisch und anmutig aus. Die angenehme Atmosphäre des gediegenen Gasthofs, in dem Peros Freunde sie einquartiert hatten, umfing sie wie ein wohliges Bad, und sie war entschlossen, das Abendessen in dem behaglichen, kerzenerleuchteten Speisesaal sorglos zu genießen.

„Gewiß haben Sie schon gewartet", wandte sie sich mit fröhlich abbittendem Lächeln an die beiden Herren. „Aber die Kinder waren heute abend schrecklich unartig. Werden Sie mir glauben, daß sie jetzt alle drei eine volle Stunde im Chor geweint und geschrien haben? Die Mädchen waren so bitter enttäuscht, weil Gitterbetten für sie vorbereitet waren. Pero hatte ihnen in Wien erzählt, sie würden im Gasthof in großen Betten schlafen."

„So haben wir's also erst recht falsch gemacht!" lachte Major v. Dobner und sah Pave mit seinen verläßlichen, klugen blauen Augen an. „Wir haben Frau Jak – das ist die Wirtin – beschworen, Gitterbetten bereitzustellen, und sie wurden eigens vom Dachboden heruntergeschafft."

„Ach, wieviel Mühe!" Pave lachte. Es war schön und erfreulich, hier zu sitzen und sich auf ein gutes Abendessen zu freuen. Sie fühlte, daß sie schön war und daß alle im Saal es bemerkt hatten. Warum war Pero nicht hier! Wieder, wie heute früh, da die Großartigkeit des Gebirges sie entflammt hatte, wünschte sie, er möge Zeuge ihrer Freude sein. Ganz gewiß würde auch er ihre Schönheit empfinden, er, auf den es ja einzig und allein ankam; und könnte er sehen, wie alle nach ihr herblickten, sogar der weißhaarige General an dem langen Tisch an der Stirnseite des Saales, so würde gewiß seine Liebe ganz hell angefacht werden.

Die beiden Offiziere, die sich auf Peros Briefe hin am Bahnhof eingefunden und alles und jedes zu ihrer Unterstützung und Bequemlichkeit unternommen hatten, waren ihr sympathisch. Den jungen Oresković, der zu ihrer Linken saß, kannte sie schon. Er war Peros Freund und Landsmann und erst vor wenigen Wochen nach Laibach transferiert worden. Anfang Oktober noch hatte er bei Duschans Taufe in Wien Pate gestanden. Sie konnte seine junge Schlankheit und das übermütige Mienenspiel in seinem sonnengebräunten Gesicht gut leiden. Der ältere, Major v. Dobner, hatte sie trotz seinem unregelmäßigen Gesicht und seiner etwas hochschultrigen Gestalt sogleich durch die ruhige, kluge Güte seines grellblauen Blicks und durch die verläßliche Freundlichkeit seines Wesens gewonnen, als er sich ihr auf dem Laibacher Bahnhof vorstellte. Sie fühlte sich geborgen an der Seite dieses Mannes und blickte voll freudigen Vertrauens in sein ungleichmäßig gerötetes Gesicht mit den Brauen, die so hell waren, daß man sie kaum sah, mit der breitnüstrigen Stumpfnase und dem großen Mund. Er mochte nicht viel älter sein als Pero, doch empfand sie ihn fast wie einen guten Vater.

„Was wird unsre liebe Gnädige nun zu speisen wünschen?" wandte er sich an Pave. „Oresković und ich haben uns schon ein Menü für Sie ausgedacht: als Vorspeise gebackenen Hecht und nachher Hühner. Oder wollen Sie zur Vorspeise ein Paar Krainer Würste versuchen? Das ist eine Delikatesse hierzulande."

Pave bat um Fisch. Sie knabberte an einem Stück Semmel und versuchte den dunklen Wein, den Oresković ihr eingegossen hatte.

„Das ist ein Dalmatiner, ein guter Lissaner." Major von Dobner erhob sein Glas, und Pave dankte ihm lächelnd, dann trank sie dem lustigen Oresković zu.

Der Fisch war unterdessen gebracht worden, und alle vertieften sich aufmerksam in den Genuß des festen und doch zarten, aber nicht grätenlosen weißen Fleisches unter der knusprigen panierten Kruste. Während sie der Gräten wegen schweigend aßen, betrat ein verspäteter Gast den Saal und nahm den leeren Tisch ihnen gegenüber ein.

Pave stellte sofort mit einer Mischung von Verdruß und Befriedigung fest, daß es der brünette Stutzer von der Reise war. Ohne Mantel, in übertrieben langem Gehrock wurde es noch deutlicher, daß er wie eine Dame geschnürt war. Seine Weste wies ein lebhaft geblümtes Muster auf, sein volles Gesicht schien noch bleicher als bei Tage.

Der Neuangekommene verneigte sich mit ausführlicher Feierlichkeit gegen den Saal, und es wollte Pave scheinen, als ließe die Art, wie ihm an allen Tischen mit nachdrücklicher Höflichkeit gedankt wurde, fast darauf schließen, man grüße so beflissen, weil man eigentlich versucht war, diesem Ankömmling seinen Gruß nur nachlässig zu erwidern. Anderseits schienen die meisten der Anwesenden ihm Interesse entgegenzubringen, und an den Blicken, die in seine Richtung gingen, war zu erkennen, daß sich das Gespräch zwischen vielen der hier Speisenden nun zunächst um ihn drehte. Er nahm diese Aufmerksamkeit jedoch scheinbar nicht zur Kenntnis, sondern versank, kaum daß er auf seinem Stuhl saß, in eine Art von erhabenem Brüten. Es kam Pave vor, als hätte ihr Reisegefährte sich auf eine hoch segelnde Wolke geschwungen und als lagerte er nun, träumerisch ablehnenden Tiefsinns voll, über der Gesellschaft, von welcher er aber doch nicht wirklich absah. Es belustigte sie, daß er sie noch nicht bemerkt zu haben schien.

Sie erkundigte sich bei ihren Begleitern, wer der neue Nachbar sei, und die Auskunft, die sie erhielt, interessierte sie zwar lebhaft, überraschte sie aber nicht eigentlich. Dies sei, erklärte Oresković, der Tenor der italienischen Operntruppe, die nun leider ihre Stagione beendet habe. Vor drei Tagen habe er als Herzog in „Rigoletto“ seinen Schlußtriumph gefeiert, sein „La donna è mobile“ sei unübertrefflich gewesen.

„Schade, daß Pero es nicht hören konnte, ‚Rigoletto‘ ist seine Lieblingsoper“, sagte Pave mit belustigtem Lächeln und so wenig leise, daß das vertraute Wort „Rigoletto“ dem Sänger verständlich gewesen sein mußte, denn er holte plötzlich den Blick aus seiner schweifenden Ferne und sah herüber. Und zwar hefteten sich seine dunklen, frauenhaften Augen, ohne sich im mindesten bei den beiden Herren aufzuhalten, sogleich mit erstauntem, ja erschrecktem Blick auf Pave. Sie umkreisten und betasteten sie ausführlich mit jenem sonderbaren Ausdruck von Verwunderung, der Pave schon auf dem Wiener Bahnhof ärgerlich aufgefallen war. Sie runzelte ganz leicht die Stirn und wandte sich angelegentlich an Oresković mit der Frage, ob er sich eigentlich in Laibach wohl fühle oder nach Wien zurücksehne.

„Es ist ein lieber, lustiger Ort, die Leute hier sind freundlich und gebildet, und man kann in so einer Mittelstadt aus dem elenden Offiziersdasein immerhin noch mehr herausschlagen als in Wien.“

„Sagen Sie auch ‚elendes Offiziersdasein‘?“

„Wer sagt es noch?“

„Nun, Pero.“

„Ja, ich sage es auch, aber anders als er. Ich bin von ganzem Herzen Offizier, ich könnte und möchte nichts anderes sein. Aber die schlechte Bezahlung, das ewige unstete Wandern und die immerwährende Fremdheit innerhalb der eigentlichen Bevölkerung, wenn man auch angeblich eine bevorzugte Stellung einnimmt, das alles verdrießt mich. Pero jedoch nennt sich einen Söldner, wie oft habe ich ihn das sagen hören, er fühlt sich vergewaltigt, weiß der Teufel, warum; bei ihm sitzt der Widerwille viel tiefer.“

Major v. Dobner lächelte: „Pero ist ein Dichter. Er würde auch jeden anderen bürgerlichen Beruf als quälende Fessel empfinden. Und doch ist es ein Glück für ihn, daß er ihn hat. Ich bin nicht der Meinung, daß es für einen Dichter gut ist, wenn kein anderes Gesetz als das seiner Begnadung über ihm steht.“

„Ich glaube, daß Pero es sich trotzdem wünschen würde.“ Pave sah den guten, klugen, häßlichen Dobner fragend an. Dabei fühlte sie mit Mißbehagen, daß der Opernsänger nicht abließ, sie anzustarren.

„Meine verehrte gnädige Frau, was wünschen wir uns nicht alles! Glauben Sie, daß die Erfüllung unserer Wünsche unser Glück ausmachen würde? Etwas ganz anderes ist unser Glück. Möchten Sie wissen, was?"

„Freilich möchte ich das."

„Über unsere Wünsche hinauswachsen und einen höheren Willen als den unsern verehren lernen. Es gibt kein anderes Glück. Oresković, ich seh' dir's an, daß du dir denkst: Der Herr Feldkurat predigt wieder einmal!"

Oresković lachte: „Nein, Herr Major, das denke ich nicht. Ich weiß auch, daß du recht hast. Aber man muß halt gescheiter werden, als wir es sind, um so zu denken wie du."

„Du meinst, man muß ein alter Esel sein! Was, Oresković?" Herr v. Dobner lachte gütig mit seinem unregelmäßigen, roten Gesicht, daß Pave meinte, nie ein schöneres Lächeln gesehen zu haben.

Die Hühner waren aufgetragen worden, dazu welscher Salat und Reis. Dobner goß Paves Glas wieder voll. „Nicht, nicht, der Wein ist mir zu schwer."

„Aber wir haben noch nicht auf Pero angestoßen." Pave ließ sich bereden.

Sie hob ihr Glas und stieß mit den beiden Herren an.

„Auf Peros Wohl!" sagte Dobner. „Wir wissen alle, was wir an ihm haben. Auch wir, die wir keine Slawen sind. Wir Kameraden verehren ihn und wünschen, daß er ganz werden möge, wozu er berufen ist."

Pave errötete vor Glück. Sie fühlte sich so leicht und heimisch in dem schönen, kerzenflimmernden Saal. Die Freundschaft, die die beiden Offiziere ihrem Gatten entgegenbrachten, erwärmte ihr Herz, und es tat ihr wohl, sich einmal für kurze Stunden harmloser Unbeschwertheit hinzugeben.

Sie trank ein paar Schlucke von dem tiefdunklen Wein, und als sie das Glas niederstellen wollte, bemerkte sie, daß der Tenor drüben an seinem Tisch ebenfalls sein Glas erhoben hatte und es ihr mit der Gebärde des Zutrinkens entgegenhielt. Zorn ob dieser Frechheit wollte sie überkommen, doch sagte sie sich rasch in einer Anwandlung von Lebenskunst, die ihr sonst fremd war, sie wolle sich die gute Stunde durch nichts, am wenigsten durch die schlechten Manieren eines fremden Kulissenreißers vergällen lassen, sah nur unbewegt in andrer Richtung und stellte ihr Glas nieder.

Oresković jedoch hatte die stumme Szene bemerkt. Lachend und leise sagte er zu Pave, indem er es sorgfältig vermied, zum Tisch des Sängers hinüberzublicken: „Sie haben eine Eroberung gemacht, gnädige Frau. Lorenzoni ist ein Herzensbrecher. Wohin er kommt, sind die Frauen wehrlos. Hier hat es Tragödien gegeben. Aber nun scheint er sich verliebt zu haben. Sehen Sie nur, mit was für verzweifelten Augen er Sie anstarrt."

„So wird seine Herzensbrecherei wohl meistens beginnen!" Pave wunderte sich selbst über ihre Schlagfertigkeit. „Männer wollen Frauen nur fröhlich sehen, aber Frauen schmilzt das Herz, wenn ein Mann traurig ist." Dabei dachte sie: Ich habe schon von Ihnen gelernt, Gräfin Strassoldo! Und sie mußte lachen, was wieder ihre beiden Kavaliere neugierig machte.

Oresković sagte: „Ich habe nicht gewußt, daß Sie so erfahren sind."

„Man lernt eben mit der Zeit!" Sie trank noch ein wenig Wein und fühlte sich froh, klug und schön. „Übrigens hat Ihr Herr Opernsänger mich schon die ganze Reise über mit so runden Augen angestarrt. Er war seit Wien im selben Zug wie wir."

„Ei, ei!" lachte Dobner. „Ich hörte davon, daß er sich um ein Engagement an der Wiener Oper bewirbt." Dann sah er Pave mit seinem guten Vaterlächeln an und sagte zu Oresković: „Wenn die gnädige Frau nicht die Gattin unseres Freundes wäre, würden auch wir beide uns heute abend in sie verlieben, was? Jedenfalls wollen wir jetzt ein Glas auf sie leeren und ihr baldige, völlige Genesung wünschen."

Der Opernsänger wandte kein Auge von seinem Gegenüber. Er sah die schöne junge Frau, die sich in Unschuld und Harmlosigkeit mit den Herren ihrer Gesellschaft unterhielt, die das Haupt mit den dunklen Locken so anmutig trug und bei aller Fröhlichkeit damenhaften Abstand wahrte, fassungslos an. Keiner seiner glühenden und verzehrenden Blicke war bis jetzt erwidert worden; nun aber, da sie abermals mit ihren Begleitern angestoßen hatte, warf die schöne Grüne einen mutwilligen Blick herüber.

Pave wunderte sich über sich selbst und schämte sich ein wenig. Sie durfte nun keinen Wein mehr trinken. Sie hüllte sich wieder in Ernst und Würde und wandte sich an Dobner mit der Frage, ob der Wagen morgen früh gewiß pünktlich zur Stelle sein würde.

„Da kommt eben derjenige, der es uns am besten sagen kann!"

Ein eleganter, gutgewachsener Mann mit hoher Halsbinde und modischem Gehrock war eingetreten und ging mit höflicher Verneigung von Tisch zu Tisch.

„Das ist Herr Jak, der Wirt vom ‚Kaiser von Osterreich'! Ein berühmter Mann, Freund von Feldmarschall Radetzky", stellte Dobner vor.

„Sie kennen den Grafen Radetzky?" fragte Pave interessiert.

„Der Herr Feldmarschall hat uns vor vier Jahren, gelegentlich des Kaiserbesuches, die Ehre erwiesen, eine Woche bei uns zu wohnen."

Herr Jak erkundigte sich nun, ob die gnädige Frau Majorin mit dem Quartier zufrieden sei, und versicherte, daß der Wagen zur Reise nach Triest morgen um sechs Uhr pünktlich bereitstehen werde. Im Gasthof „zur Krone" in Adelsberg werde Relais vorhanden sein, und er würde empfehlen, dort die Mittagsstation zu halten.

Obst und Käse waren auf- und wieder abgetragen worden, und Herr v. Dobner bestellte nun noch schwarzen Kaffee.

Der Wirt war auf seiner Wanderung beim Opernsänger angelangt. Dieser zog ihn sogleich in ein eifriges Gespräch, ja er nötigte Herrn Jak, sich zu ihm zu setzen.

„Ich möchte wetten, daß er den Wirt jetzt über Sie ausfragt!" lachte Oresković, doch Dobner, der vermutete, es sei Pave nicht angenehm, dieses Thema noch weiter ausgesponnen zu sehen, erkundigte sich ablenkend, ob Pero mit neuen dichterischen Arbeiten befaßt sei.

Pave errötete.

„Ich weiß es nicht. Er erwähnt diese Dinge selten zu Hause. Er hat viele Freunde in aller Welt, denen er Briefe schreibt, ihnen erzählt er wohl über seine neuen Gedichte. Seiner Frau sagt er nichts davon."

In ihrer Stimme lag Trauer, und ihre übermütige Laune war dahin.

Dobner sah es, und es tat ihm leid. Während er noch überlegte, was er an Tröstlichem vorbringen könnte, hatte Pave sich erhoben.

„Es ist spät, und ich muß morgen wieder früh heraus", sagte sie mit jener müden Erloschenheit, von der sie oftmals jählings überkommen wurde.

„Sie wollen den Schwarzen in Stich lassen? Eben wird er gebracht."

Die beiden Herren waren aufrichtig betrübt.

„Trinken Sie ihn zu meinem Andenken", scherzte sie, während sie ihnen die Hand reichte. „Vielen Dank für den schönen Abend. Ich sehe Sie morgen früh noch?"

„Selbstverständlich. Wir sind zur Stelle und werden Sie instradieren. Recht gute Ruhe, gnädige Frau! Gute Ruhe!"

Pave empfing die Handküsse ihrer beiden Tischgefährten und ging rasch dem Ausgang zu. Man sah ihr von allen Tischen nach.

„Warum ist sie so schnell davon? Glaubst du, daß sie launenhaft ist?“ fragte Oresković verblüfft, während er seinen Mokka löffelte.

„Es ist meine Schuld. Ich habe etwas Dummes gesagt, das ihr weh getan hat. Arme kleine Dichterfrau!“

Dobners gute, blitzblaue Vateraugen ruhten noch nachdenklich auf der braunen Tür, als Pave längst hinter ihr verschwunden war.

Und wieder, wie am Vortag, Aufbruch bei Morgengrauen. Wieder wurden die winterlich vermummten Kinder die dämmerige Treppe hinabgeführt, von Hausknechten wurden Koffer geschleppt, wieder stand ein mächtiger Wagen im feinen feuchten Nebel vor der Tür.

Dobner und Oresković waren getreulich zur Stelle gewesen, hatten Paves Frühstück in der kleinen Wirtsstube beigewohnt und ihr versichert, daß Herr Kusmar, der Kutscher, den Herr Jak besorgt hatte, ein ihnen bekannter, hochverläßlicher Mann sei. Nun scherzten sie mit den Kindern, Oresković nahm sein Patenkind auf den Arm, Dobner bewunderte die Puppen der Mädchen. Während sich die Gesellschaft durch den breiten Flur bewegte, erblickte Pave halbverborgen hinter den Pilastern, die das Treppenhaus trugen, den Opernsänger. Er stand in schüchtern zuwartender Haltung da und sah verlegen an ihnen vorbei.

Vom Reisewagen her näherte sich der Wirt und bat Dobner beiseite. Nach kurzem Gespräch kehrte dieser zurück und stellte an Pave die Frage, ob Herr Lorenzoni, der Tenor, die Fahrt nach Triest mit ihnen im Wagen machen dürfe. Er habe die kaiserliche Post, die um zwei Uhr früh gegangen sei, versäumt und wäre bereit, die Hälfte der Kosten für den Reisewagen zu tragen.

Pave war höchst verwirrt und wußte zunächst nicht, was sie denken und sagen sollte. Das erste, was sich ihr darstellte, war die verbilligte Reise. Und wäre es nicht erfreulich gewesen, während des langen Reisetages noch eine andre Gesellschaft zu haben als die feindselige Santa und die kleinen Kinder? Wäre nicht männlicher Schutz sogar angezeigt?

Schade; wenn es Dobner gewesen wäre oder Oresković oder wer immer sonst. Aber dieser Komödiant, dieser Gepuderte mit den dreist werbenden Frauenaugen, die sie nun schon den zweiten Tag verfolgten! Sie sah sich von Santa mit strengem und schlauem Blick beobachtet.

„Das geht nicht!" sagte sie zu Dobner. „Was für ein Einfall! In einem Wagen voll von kleinen Kindern kann man keinen Fremden brauchen. Auch haben wir keinen Platz."

„Keinen Platz?" fragte Dobner. „Platz hätten Sie wohl. Aber ich begreife, daß die fremde Gesellschaft Ihnen lästig ist. Ich gebe Ihren Bescheid sogleich weiter."

Dobner sah Pave ein wenig lächelnd von der Seite an. Pero hatte eine ebenso schöne wie tugendhafte Frau. Pero war zu beglückwünschen. Mit wenigen Worten verständigte Dobner den Wirt, daß die Dame keine fremde Gesellschaft wünsche. Die Reisenden bestiegen den Wagen, die Offiziere winkten, Herr Jak verbeugte sich, und aus der Tiefe des Flurs starrte der Tenor mit verzweifelter Sehnsucht auf das davonrollende Gefährt.

Die stundenlange Fahrt durch den Nebel war langweilig gewesen. Fast nichts hatte Pave von der Landschaft unterscheiden können. Nur einzelne Baumstämme, Felsen, Zäune und Haustore hatten sich aus der milchigen Verschleierung abgehoben. Die Kinder hatten glücklicherweise zumeist geschlafen. Durchgerüttelt und todmüde hatte Pave in ihrer Ecke gesessen und sich danach gesehnt, ein paar Schritte gehen, dem dumpfen kleinen Gefängnis entrinnen zu können.

Sie mußten viele Wälder durchquert, viele Ortschaften durchfahren haben, als sie – der Nebel war nun zerrissen, und es zeigte sich einiges Himmelsblau – in einem hübschen Städtchen vor einem schönen weißen Hause hielten.

„Adelsberg! Gnädige werden froh sein, auszusteigen! Und die kleinen Herrschaften auch!" Der Kutscher riß den Schlag auf, und die Gesellschaft kletterte in einem gepflegten Hof auf freundlich feste braune Erde hinab.

Pave bestellte sogleich ein Zimmer, wo die Kinder gereinigt und umgekleidet werden konnten und wo sie selbst nach genossenem Mittagsmahl ein wenig zu rasten gedachte.

Als sie eben damit beschäftigt war, den kleinen Mädchen die verstaubten Gesichter zu waschen, und Santa Duschan frisch kleidete, wurde an die Türe geklopft. Eine großgewachsene, hochschwangere Frau kam verlegen lächelnd herein. Es war die junge Frau des Wirts; sie kam, um sich nach einigen Einzelheiten, das von Pave befohlene Mittagsmahl betreffend, zu erkundigen; aber es schien Pave, als habe der Wunsch, die Kinder zu sehen, sie hergeführt. Mit scheuer

Zärtlichkeit strich sie den Mädchen über die frisch gekämmten Haare und sah mit unverhohlenem Interesse Santa zu, wie sie Duschan in frische Windeln hüllte.

„Mühevoll muß es sein, mit so kleinen Kindern zu reisen, gnädige Frau“, sagte sie mit behutsamer Freundlichkeit. „Und Sie wollen gleich wieder weiter? Nicht über Nacht hier rasten?“

„Wir müssen bis abends in Triest sein“, sagte Pave und bot der Wirtin einen Stuhl an.

„O nein, nein, ich muß zurück in die Küche. Also Parmesan zur Reissuppe und Butter auf die Kartoffeln? In einer Viertelstunde ist alles bereit. Hoffentlich wird es schmecken.“ Schwerfällig ging sie hinaus.

Das Mittagessen in dem freundlichen Gastzimmer verlief heiter. Alle fühlten sich erlöst, sich dehnen und strecken und auf sauber gedecktem Tisch, von einer flinken Magd bedient, ein gut zubereitetes, warmes Mahl zu sich nehmen zu können. Die Wirtin erschien wieder, brachte ihren Mann mit, und beide betrachteten mit Rührung die eifrig essenden kleinen Mädchen.

Man war kaum fertig, als der Kutscher erschien und zum Aufbruch mahnte. Das Wetter hatte sich aufgeheitert. Eine fast heiße Sonne strahlte mittäglich aus einem tiefblauen Himmel. Das Wagendach war nun heruntergelassen, und wohlgemut ob der leuchtenden Witterung schachtelte man sich neuerdings ein.

Die freundlichen Wirtsleute standen winkend unter der Tür, und der Kutscher trieb soeben die Pferde zur Abfahrt an, als ein zweiter Reisewagen, dem ihren nicht unähnlich, in den Hof einfuhr. Aus dem geöffneten Fenster neigte sich, die davonrollende Kutsche verblüfft und zornig anstarrend, Herr Lorenzoni, der Tenor aus Laibach.

Die beiden Kutscher riefen einander an, sie schienen Bekannte zu sein. Während der Wagen, unter Peitschengeknall und „Höhö!“ einen weiten Bogen beschreibend, die breite Reichsstraße gewann, sah Pave, wie der Lenker der zweiten Kutsche, der abgestiegen war, mit seinem noch immer aus dem Wagenfenster blickenden und gestikulierenden Fahrgast ein lebhaftes und, wie ihr schien, streitendes Gespräch führte.

„Der Herr möchte gleich weiterfahren!“ lachte der dicke Kusmar vom Bock herunter. „Aber alles hat seine Zeit. Weiter als von Laibach bis Adelsberg könnte nur der Teufel seine Pferde ohne Rasten antreiben.“

„Dieser Herr hat in der Früh die Post versäumt. Vielleicht muß er bis abends ein Schiff erreichen“, entgegnete Pave reserviert.

„Bei der heiligen Wahrheit, der will was anderes erreichen als ein Schiff!“ murmelte Santa, worauf Pave jedoch durchaus nichts antwortete.

Sie runzelte leicht die Brauen, lehnte sich zurück und sah in die sich weitende Landschaft. Was ging der fremde Mensch sie an, der es sich in den Kopf gesetzt hatte, diese Fahrt in ihrer Gesellschaft zurückzulegen! Würde er sie mit seiner Zudringlichkeit bei allen Kutschern und Wirten von Laibach bis Triest ins Gerede bringen wollen?

Welches Glück, daß er nicht früher eingetroffen war! Denn konnte man wissen, welche lächerlichen Szenen er imstande gewesen wäre aufzuführen, hätte sein Gefährt ihn nur um zehn Minuten früher nach Adelsberg gebracht?

Leichter, frischer Wind wehte ihr ins Gesicht, ein hochgewölbter Himmel blaute strahlend, und das wellige Land ringsum, das bald Felder und Wälder aufwies, wie zwischen Graz und Wien, bald aber schon karstigen Boden und südlich hartblätteriges Buschwerk zeigte, schien ihr anzukündigen, daß es dem Meere zuging. Langgestreckte Dörfer mit breiten Einkehrgasthöfen, deren gewaltige Strohdächer auf säulengetragenen Vorbauten ruhten, Hufschmieden mit weit offenen Türen, daraus riesige Feuer loderten, und die lärmenden Werkstätten der Wagner zeigten an, daß sie hier auf der großen Straße fuhren, die vom Herzen des Reiches nach dessen größtem Hafen führte. Vielerlei Fuhrwerk, hochbepackte Lastwagen und Bauernkaleschen wurden von Herrn Kusmar überholt oder kamen ihnen entgegen. An einer Biegung des Weges trafen sie mit der kaiserlichen Post zusammen; viele Reisende saßen hinter den Fenstern des gelblackierten Wagens, und vom Bock herab blies der Postillon auf rundgebogenem Horn ein schmetterndes, lustiges Lied, was die Mädchen nicht wenig erfreute.

Der kühle Geruch von feuchter Erde und welkem Laub mischte sich mit der warmen Ausdünstung der Pferde, und das schwarze Leder der Polsterung, das in der neumodischen Eisenbahn so übel nach Ruß und Rauch gerochen hatte, hier unter der warmen Mittagssonne schien es Pave nach eitel Behagen zu duften.

Bald hinter Adelsberg war zur Rechten in ziemlicher Entfernung ein breitrückiger, mächtiger Berg in Sicht gekommen, der nun, sein Profil nur wenig ändernd und weder sich stark annähernd noch sich merkbar entfernend, als ein dauernder Gefährte den Ausblick nach Westen beherrschte, während das übrige Land frei dalag. Es war Pave, als führe sie, über alle anderen Landschaften erhöht, auf der gebogenen Oberfläche der Erde dahin, und nur der dunkelgraugrüne Berg zur Rechten sei ihr als finsterer Mahner und Wächter beigestellt.

„Wie heißt der Berg dort drüben?" fragte sie Herrn Kusmar, der munter herunterrief, das sei der Nanos, und er gehöre zum Birnbaumer Wald. Der Nanos sei ein boshafter Berg, wer sich auf seinem weiten Rücken verirre, der finde nicht so bald zurück, ja es gehe die Sage, daß er so manchen Wanderer ganz und gar verschlungen habe.

Als Miliza dies hörte, blickte sie scheu zu dem bösen Berg hinüber und griff nach der Hand der Mutter.

Die Frau, die auf dem kleinen Seitenpfad stand, als das Rad der Reisekutsche geknackt hatte, der Kutscher abgestiegen war und nun mit verdrießlich verlegenem Gesicht seine Gäste zum Aussteigen aufforderte, war eine untersetzte Person in mittleren Jahren. Sie ging barhaupt, trug eine schwarze Lüsterschürze über dunklem Kleid und um die Schultern ein gehäkeltes Wolltuch. Eine große graue Dogge wurde von ihr am Halsband gehalten.

Mit höflichen Worten in italienischer Sprache forderte sie die Gesellschaft auf, in ihr ganz nahe gelegenes Haus zu kommen, bis Wagner und Schmied den Schaden gutgemacht hätten, und Pave, die dankbar war, nicht mit Sack und Pack zum nächsten Gasthaus wandern zu müssen, folgte trotz ihrer angeborenen Scheu vor Fremden ohne Umstände der Einladung.

Das Haus der gastlichen Frau, ein Mittelding zwischen Bauern- und Herrenhof, lag zur rechten Hand nahe der Reichsstraße. Mehrere Wirtschaftsgebäude umgaben es. Es schien am Eingang einer Ortschaft zu stehen, denn in einiger Entfernung zeigten sich weitere Dächer.

Als Pave mit Santa und den Kindern hinter der laut in das Haus hineinrufenden und befehlenden Frau einen dunklen und etwas muffigen Flur betrat, entstand sofort von allen Seiten lebhafte Bewegung. Ein hochaufgeschossener blonder Jüngling, der linkisch grüßte, und ein alter, gebräunter Bauernknecht liefen zum Wagen, um das Gepäck herbeizubringen, eine dicke, lustige Magd kniete bei den Kindern, um sie von ihren Hüllen zu befreien, Reisig und Scheite sowie Tischzeug wurden eilig vorbeigetragen, und alsbald sah sich Pave in einer hübschen, altmodischen Stube zu ebener Erde an einem gedeckten Kaffeetisch sitzen. Die fremde Frau schenkte die Tassen voll und schnitt einen mächtigen Reinling, der wie durch Zauberspruch herbeigeschafft auf dem Tisch stand, in ebenmäßige große Stücke. Sie stellte sich als Gutsbesitzerin und Witwe Emilia Kozian vor und wurde nicht müde, Pave und die Kinder zum Zulangen aufzufordern. Duschan war auf ein breites, schön zugedecktes Bett in der Ecke des Raumes gelegt worden, wo er friedlich schlief, während Santa gemächlich in der warmen Küche saß, wo sie sich im Kreis der Italienisch verstehenden Dienstleute sehr wohl zu fühlen schien.

Die Witwe Kozian hatte dickes, schwarzes, straff frisiertes Haar, durch das weiße Fäden liefen, zwischen runden, roten Bäckchen saß eine muntere Stumpfnase, aber die dunklen Augen blickten ergeben und still, und um die aufwärts geschwungenen Mundwinkel kräuselten sich wehmütige Fältchen.

Sie teilte Pave mit, daß sie eine Triestinerin sei und mit dem slowenischen Besitzer Frane Kozian verheiratet gewesen war. Sie nahm das goldgerahmte Daguerrotypenbild eines jungen, dunkelhaarigen Mädchens von der Wand und gestand, Pave habe sie gleich, noch als sie im Wagen gesessen sei, an ihre verstorbene Tochter erinnert, den kleinen Mädchen aber habe diese geglichen, als sie ein junges Kind gewesen war.

„Ich bin ein einsames Frauenzimmer", seufzte sie und nahm mit Paves Zustimmung Cotia auf den Schoß, um sie besser füttern zu können. „Mann tot, Tochter tot und ich hier in der Fremde. Aber was wollen Sie, Signora, jemand muß auf das Haus sehen. So sitze ich allein hier, und das Haus muß mir Mann und Tochter sein."

Pave dachte gepeinigt: Müssen alle Menschen, die ich treffe, mir einen Verlust klagen? Gibt es auf der Welt nichts als Witwen und trauernde Eltern?

Der blonde Bursche trat ein und richtete mit verlegenem Gesicht einige Worte an Frau Kozian. Diese stellte ihn als den Neffen ihres verstorbenen Mannes vor und sagte nicht eben sehr freundlich: „Frag die Signora selbst!"

Nun stotterte er hervor, er habe auf den Koffern einen Namen gelesen, einen Namen! Im Priesterseminar zu Laibach hätten sie ein schönes Gedicht gelernt. „Der Wanderer." Ob da irgendein Zusammenhang sei zwischen dem Dichter und dem Namen auf den Koffern. Er bitte um Entschuldigung wegen der Frage.

Pave errötete bis unter ihre Locken vor Freude. Hier in dem fremden Haus an der fremden, großen Straße gab es also Leute, die von Pero wußten. Gleich wollte sie es ihm schreiben! Dem Burschen aber sagte sie freundlich, ja, „Der Wanderer“ sei ein Gedicht von ihrem Mann.

Der Junge stotterte nochmals: „Im Priesterseminar haben wir es gelernt.“ Dann schwieg er verlegen, setzte sich etwas seitlich vom Tisch auf einen Stuhl, erhielt ein Stück Reinling, und während er es vorsichtig verzehrte, ließ er nicht ab, Pave mit großen Augen in schweigendem Staunen anzustarren, die Frau des Dichters, der ihnen allen, ihm und seinen Freunden, wie ein ferner Gott erschienen war.

Frau Kozian selbst war dem kurzen Gespräch ohne Teilnahme gefolgt. Sichtlich hielt sie die Frage des Burschen für eine Zudringlichkeit, denn sie sandte ihn sogleich wieder mit einem Auftrag hinaus.

„Der mit seinem Priesterseminar!“ sagte sie wegwerfend und schnitt ein Gesicht. „Statt froh zu sein, daß ihm hier ein schönes Gut zufällt, das jemand anderem bestimmt gewesen wäre, jemand ganz anderem, seufzt und jammert er um seinen Priesterberuf. Entschuldigen Sie, Signora, daß er Sie belästigt hat.“

„Ach, er hat mich nicht belästigt“, rief Pave, „was er gesagt hat, freut mich doch!“

Dies aber schien Frau Kozian auch nicht recht zu sein. Sie begann nun die Schubladen einer alten Nußholzkommode herauszuziehen und unter vielerlei wohl aufgeräumten Schachteln und Päckchen zu kramen. Sie rief Miliza und Cotia zu sich, zeigte ihnen zierliche Puppen in seidenen Kleidern, winzige Kochtöpfe aus Majolika, eine Mundharmonika und sonstigen Kram und erzählte ihnen leise, dies sei das Spielzeug ihrer kleinen Tochter Teresina gewesen. Hier in diesem Zimmer habe sie damit gespielt, als sie ein ebenso artiges und hübsches kleines Mädchen gewesen war, wie sie beide es nun seien.

Einer ganz kleinen Schachtel, die aus buntem Stroh geflochten war, entnahm die Frau ein Silberkettchen, daran Glaube, Hoffnung und Liebe in Silber, geschmückt mit kleinen Türkisen, hingen, und legte das fromme Geschmeide Miliza um den Hals, die entzückt danach griff und die Mutter strahlend aufforderte, das Geschenk zu bewundern. Cotia aber hatte mit glühenden Wangen die Schätze in der Schublade gemustert; plötzlich fuhr sie auf ein dunkles Ding in der Ecke los und riß es an sich.

„Der schöne Muff! Der schöne Muff! Cotia will den schönen Muff!"

Der Gegenstand ihrer Begeisterung war ein kleiner brauner Plüschmuff; er war mit hellblauer Seide gefüttert und roch durchdringend nach Kampfer.

„Den kleinen Muff möchtest du? Teresinas kleinen Muff soll ich dir geben?" Die Hausfrau griff unschlüssig danach, Cotia jedoch stieß einen schrillen Schrei aus und preßte den ersehnten Gegenstand mit zornrotem Gesicht an sich, im nächsten Augenblick in ein jämmerliches Gebrüll ausbrechend.

Pave herrschte Cotia streng an, Frau Kozian aber betrachtete erschreckt das schreiende Kind und sagte begütigend: „Behalte nur den Muff, wenn er dir gefällt, aber vergiß nicht, du Kleine, daß es Teresinas Muff ist."

Während Pave für die Geschenke an die Kinder dankte und Cotias tränennasses Gesicht trocknete, kam Santa hereingelaufen und wies Pave mit aufgeregten Gebärden nach dem Fenster.

„Der Herr von der Eisenbahn! Der Herr, der uns in Adelsberg eingeholt hat! Wie der Teufel fährt er vorbei!"
Pave sah durch das vergitterte Fenster und konnte eben noch die Reisekutsche des Tenors erblicken, die eilig vorbeifuhr. Santa war sehr erheitert.

„Er glaubt, wir sind weit vorn. Wenn der wüßte, daß die Signora hier im Hause ist!" Sie kicherte und lachte, und blickte dem Wagen angelegentlich nach.

„Der fremde Herr hat Eile, nach Triest zu kommen", sagte Pave kühl, war aber selbst über diese Lösung der Angelegenheit nicht wenig befriedigt. Jetzt war nur zu hoffen, daß die beiden Kutschen einander nicht begegneten. Nach einigen Minuten erbat sie von Frau Kozian einen Boten, der in die Ortschaft laufen und Herr Kusmar zur Eile antreiben sollte, denn der Nachmittag sank, und sie wünschte nicht zu spät in Triest einzutreffen.

Als man sich im Wagen zurechtsetzte, standen alle Einwohner des Gutshofes dabei, grüßten und winkten. Frau Kozian empfahl sich wortreich, reichte den Rest des Reinlings sauber verpackt beim Wagenfenster herein und küßte zum Abschied jedes der Mädchen auf die Stirn. Pave dankte für alle Liebesbeweise und versprach, Nachricht zu senden. Cotia aber hielt ihre Hände fest in den Muff vergraben, der den nun wieder geschlossenen Wagen mit betäubendem Kampferduft erfüllte.

Frau Bibas Haus

In den Stuben der Frau Biba war es hell und sehr behaglich. Schon das ovale Messingschild an der weißen Wohnungstür im zweiten Stockwerk, auf dem in schwungvoller Schreibschrift der Name Zannoner stand, machte einen freundlichen und Zutrauen erwekkenden Eindruck. Der Hausrat in den vielfenstrigen Zimmern stammte aus der Zeit vor etwa fünfundzwanzig Jahren, da Frau Biba von ihrem nunmehr auf dem Friedhof San Giovanni in Gott ruhenden Gatten heimgeführt worden war. Die Möbel waren nüchtern und steif, wie es der Mode jener Tage entsprochen hatte, es gab nichts neumodisch Geschwungenes, Gedrechseltes, Quasten- und Fransenbehängtes in diesen Zimmern. Polsterungen und Tapeten waren in lichten, friedlichen Streifenmustern gehalten, auf runden Kirschholztischen lagen genetzte und gehäkelte Decken, bunte perlgestickte Glockenzüge baumelten mit gläsernen Griffen neben den Türen. In dieser Umgebung thronte Frau Biba, grobknochig und großgewachsen, mit gescheiteltem Haar, hoher Stirne, breiten Backenknochen, gütigen und wissenden Augen und einem großen, ausdrucksvollen Mund. Obwohl sie weit davon entfernt war, schön zu sein, hatte ihre Erscheinung etwas Gebietendes und Königliches, während ihre jüngste Tochter, Carlotta, die zwanzigjährig und noch unverheiratet im Hause lebte, zwar hübsch und feingliedrig, aber unbedeutenden Aussehens war. Sie schien nach der Familie ihres verstorbenen Vaters geraten zu sein, der ein bescheidener, stiller Mann gewesen war, wie Pave gehört hatte, während Frau Biba selbst eine Loro war, Tochter der unantastbaren und angesehenen Familie und Schwester des Herrn Antonio Loro, der die höchsten Würden der Stadt in sich vereinigte. Das Haus vor dem Trevisanischen Tor in Motta di Livenza, das sie bewohnte und dessen erstes Stockwerk sie an Paves Schwager vermietet hatte, stammte ebenfalls aus Loroschem Besitz. Es stand in einer Reihe mit einer Anzahl ähnlicher, zweistöckiger, weiträumiger weißer Häuser, welche, etwa zur Napoleonischen Zeit erbaut, die von der Stadt fort und über das Flüßchen Monticano führende Straße bildeten.

In Frau Bibas Zimmer pflegte sich zu jeder Tageszeit Besuch einzufinden, der hauptsächlich aus Damen und Kindern bestand. Ihre umfangreiche Verwandtschaft, die Freundinnen ihrer Tochter sowie die im ersten Stock eingemieteten Damen pflegten, Strick- und Nähbeutel in der Hand, voll frohen Vorgefühles der sie erwartenden Geselligkeit an der weißen Tür zu klingeln und sich auf den Kirschholzmöbeln mit dem gestreiften Polstermuster um einen der runden Tische niederzulassen. In allen Nöten und Angelegenheiten des weiblichen Herzens spendete Frau Biba Teilnahme und Rat, jedes Kind durfte mütterlicher Zärtlichkeit sicher sein, jede öde Stunde fand Verkürzung und Erhellung im Umkreis ihrer fraulichen Nähe.

Von dem Augenblick an, da Pave vor nunmehr neun Tagen bei strömendem Regen, todmüde und noch halb krank von der tags zuvor überstandenen Schiffahrt, durch den aufgeweichten Vorgarten das Haus betreten hatte, war ihr Frau Bibas gastliche Freundschaft zuteil geworden und hatten Miliza und Cotia sich ihrer zärtlichen Zuneigung erfreuen dürfen.

Zwischen den gebauschten Mullvorhängen durch sah man stetigen Regen auf die Dächer der Stadt und auf einige vor Nässe triefende Gärten niederfallen. Im Zimmer befanden sich außer der Hausfrau Pave und ihre jüngere Schwester Giuseppina, genannt Bepi, deren Gastfreundschaft sie genoß; ferner das Mädchen Carlotta und eine ältliche Verwandte Frau Bibas von der Zannonerschen Seite her, eine unbedeutende, geschwätzige alte Jungfer, deren Mausgesicht durch einen auf Scheitelhöhe angebrachten grauen Haarknoten noch länger und spitzer wirkte. Doch war sie die Gutmütigkeit selbst, und ihr Laster war einzig eine unersättliche Neugierde. In einem Winkel des Zimmers spielten Miliza und Cotia in Gesellschaft ihres fünfjährigen Vetters Miro mit alten Bausteinen.

Frau Biba saß an dem größten der runden Kirschholztische, der in die Mitte des Zimmers gerückt war, und befaßte sich mit einer umfangreichen Schneiderei.

Sie nähte alle Kleider für sich und ihre Töchter, auch für die beiden verheirateten, selbst und war in dieser Kunst sehr bewandert. Sie ließ sich in deren Ausübung durch keinen Besuch, außer durch den ihres von ihr hochgeschätzten Bruders Antonio Loro stören. Erschien dieser, so legte sie den schönsten Stoff, Zuschneideschere, Metermaß und Fingerhut augenblicklich fort und begab sich mit ihm in das benachbarte feierliche Sitzzimmer. Den weiblichen Kreis aber, der sie für gewöhnlich umgab, beherrschte sie von ihrem Schneidertisch aus.

Paves Schwester Bepi war größer und voller als diese, glich ihr aber im ebenmäßigen Schnitt des Gesichtes. Sie war eine phlegmatische Frau von sechsundzwanzig Jahren, ihre Haut zeigte nicht die frischen Farben, die Pave trotz ihrem leidenden Zustand nie verließen, sondern war von gleichmäßiger Blässe. Die Schwestern saßen nebeneinander auf einem gestreiften Sofa; Bepi hatte vor sich auf einem rohrgeflochtenen Schemel einen runden Weidenkorb mit Flickwäsche stehen, dessen Inhalt sie in langsamer, aber stetiger Arbeit zu bewältigen bestrebt war. – Pave hielt ein Stück bunten Wollstoffs in der Hand, das sie lässig einsäumte, während Carlotta, die Haustochter, in einer Fensternische halb verborgen, im strengen Dienst ihrer Mutter voll fieberhafter Eile die Nadel fliegen ließ. Das alte Fräulein Marietta Zannoner jedoch strickte an einer umfangreichen Decke von unbestimmbar grauer Farbe, wobei sie nach der Art italienischer Strickerinnen die eine Nadel im Gürtel befestigt hatte.

„Cotia, mein Engel, alles darfst du tun, nur mit den Schuhen auf das Taburett darfst du nicht!“ Frau Biba rief es voller Bestimmtheit, aber mit warmem Wohlwollen, und Cotia gehorchte augenblicklich. Mit dem ihr eigenen stillen Blick sah sie nach der am Tisch thronenden Frau hinüber und gab ihre Kletterübungen widerstandslos auf.

„Ein gehorsames Kind! Ein braves Kind!“ Es war das alte Fräulein Zannoner, das unter ihren hochgeschobenen Brillengläsern hervor nach dem Spielwinkel der Kinder blickte und sich in bewunderndem Ton solcherart ausließ. Wie alle alternden Frauen, die, aus dem lebendigen Kreislauf der Geschlechter ausgeschaltet, einsam und familienlos leben müssen, war Fräulein Marietta eifrig und ehrlich beflissen, im Hause der mächtigeren, dem Leben eingegliederten Verwandten nützlich und unentbehrlich zu sein, vor allem aber deren Interessen und Beziehungen so sehr zu ihren eigenen zu machen, daß die Leere ihres Daseins davon ausgefüllt wurde. Am Rande des Lebens der ihr weitläufig verschwägerten Frau Biba zu sitzen, unter hochgeschobener Brille eifrig deren Freuden und Sorgen mitzubetrachten, deren Familie mitzulieben, deren Freunde mitzukennen, die wohl nicht stürmisch geliebte, aber stets herzlich willkommene Tante dieses lebensvollen Kreises zu sein: mehr Inhalt hatte das Schicksal den reiferen Jahren des würdigen Fräulein Marietta nicht zugebilligt. Sie aber genoß diesen, so reichlich sie konnte, und vergalt ihn den Verwandten durch unermüdliche Treue und Hilfsbereitschaft.

Seit Pave in Motta aufgetaucht war, erfreute sie sich der emsig forschenden, aber herzlichen Teilnahme der alten Jungfer, die nicht müde wurde, sich von ihr die Einzelheiten ihrer mühevollen Reise erzählen zu lassen. Auch jetzt trat sie, ohne im Herbeischreiten auch nur einen Augenblick ihre Strickarbeit zu unterbrechen, an das Sofa heran, wehrte das Angebot eines Sitzplatzes eindringlich ab und forschte:

„Wie viele Tage waren Sie unterwegs, Frau Pave? Die Carlotta sagte, vier. Das wäre entsetzlich! Ich kann es nicht glauben."

„Wir sind fünf Tage gereist und haben viermal übernachtet, einmal in Laibach, zweimal in Triest, einmal in Venedig. Von Wien bis Laibach sind wir mit der Bahn gefahren, von Laibach bis Triest in einer Kutsche, von Triest nach Venedig mit dem Schiff, das versteht sich, von Venedig nach Treviso wieder mit der Bahn, nun, und von Treviso hierher mit dem Postwagen. In Venedig hat mich mein Schwager erwartet. Vorgestern vor acht Tagen sind wir mit der Abendpost angekommen."

Pave erzählte ein wenig mechanisch. Sie hatte schon allzuoft von ihrer Reise berichten müssen, und es begann sie nachgerade zu langweilen.

„O Gott, Gott, fünf Tage mit den kleinen Kindern! Und allein, ohne den Herrn Gemahl!"

„Leider!" Pave seufzte. Sie hatte einen Augenblick lang vergessen gehabt, wie schmerzlich sie auf einen Brief von Pero wartete. Seit sie sich in Wien von ihm getrennt hatte, war sie ohne Nachricht von ihm. „Wann kommt die Post aus Udine?" wandte sie sich an Bepi.

„Um diese Zeit herum muß sie kommen." Bepi zog stetig und ruhig wie eine auf langsames Tempo eingestellte Maschine Fadengitter auf Fadengitter über zerrissene Strumpffersen. „Sorgst du dich schon wieder? Warum? Er wird schon schreiben. Von Wien zu uns her ist es weit. Du weißt doch selbst, wie lange ihr gereist seid."

Pave machte ein ungeduldiges Gesicht. In ihrer unerschütterlichen Ruhe war Bepi stets bestrebt, alle Sorgen fortzuschwatzen, alle Berechtigung zu Kummer und Unruhe zu leugnen. Man hatte wenig von einer solchen Schwester.

„Alle Zeitungen sind voll von Nachrichten über die Cholera. Soll ich mich da nicht sorgen?"

„Unsinn, warum sollte gerade Pero die Cholera bekommen? Es ist immer irgendwo die Cholera, aber noch nie hat ein Mensch, den man kennt, sie bekommen. Wenn du dir nur Sorgen machen kannst!"

Obwohl Frau Biba mit großer Aufmerksamkeit dabei war, ein papierenes Schnittmuster auf den breit in Grau und Lila gestreiften Mohair aufzuheften, der den Tisch bedeckte, entging ihr keines der im Zimmer geführten Gespräche.

„Hat unsere kleine Signora noch keinen Brief von ihrem Herrn Major bekommen?" rief sie herüber. „Nur Geduld! Nur Geduld! Alle Briefe kommen schließlich an, meine Damen, die Briefe aus Wien und auch die Briefe aus Padua!" Die Anspielung auf Padua bezog sich auf ihre sich erglühend hinter der Gardine duckende Tochter, die einen unglücklichen Blick in die Richtung nach ihrer Mutter schoß.

„Übrigens habe ich eine Neuigkeit!" fuhr die Hausfrau fort. Sie hatte das Schnittmuster aufgeheftet und begann den Stoff in daumenbreitem Abstand von der Schablone zu durchschneiden. „Ich habe eine Neuigkeit!" Ihre Stimme lockte und buhlte um Aufmerksamkeit. „Was glaubt ihr?"

Niemand konnte ahnen, was Frau Biba wissen mochte.

Sie warf einen Blick durchs Zimmer, schmunzelte fröhlich und legte los: „Im Dezember bekommen wir eine Stagione. Was sagt ihr nun?"

Vor allem war es Fräulein Marietta, die, vor Freude strahlend, eilig herbeikam und der Ansicht Ausdruck gab, daß diese Schicksalsgunst gewiß Herrn Antonio Loros Umsicht zu verdanken sei.

Aber auch die junge Carlotta verließ ihr Versteck am Fenster und wollte wissen, ob es denn schon ganz sicher wäre und ob man sich eine gute Gesellschaft erwarten dürfe.

„Es sind dieselben, die im vorvorigen Karneval hier gewesen sind, nur ein neuer Tenor soll dabei sein."

Bepi schnitt ein Gesicht. „Die Primadonna wird nicht jünger geworden sein. Erinnert ihr euch, wie sie sich immer affektiert umgewendet und den Kopf in den Nacken gelegt hat, die alte Schachtel!"

„Die Stimme war gut, und in der Oper kommt es auf die Stimme an. Und der neue Tenor soll großartig sein. Als erstes wird Rigoletto gespielt werden."

Wieder mußte Pave schmerzvoll an Pero denken. „Rigoletto" war seine Lieblingsoper. Wo hatte sie übrigens kürzlich von einer „Rigoletto"-Aufführung reden hören? Ach ja, damals in Laibach bei dem angenehmen Souper mit Dobner und Oresković. Ob Pero wohl den beiden treuen Freunden für ihre Dienstbereitschaft gedankt hatte? Wenn der gute Dobner hier wäre, wüßte er ihr gewiß einen Trost in ihrer ungeduldigen Sorge. Wie hatte er doch gesagt: Unseren Willen einem höheren unterordnen, das ist das einzige auf Erden mögliche Glück. Ach ja, das waren solche Reden, die schön und erhaben klangen, aber den wirklichen, lebendigen Kummer eines wirklichen, lebendigen Menschen doch nicht beschwichtigen konnten. Oder war nur ihr der Zugang zu solcher Weisheit verschlossen? Jedenfalls sehnte sie sich nach Trost, und es wurde ihr keiner geboten.

Es regnete nicht mehr. Die Nässe floß von den Dächern ab, und zwischen den sich langsam teilenden Wolkenfetzen kam rote Abendsonne zum Vorschein.

Pave stand auf und verabschiedete sich von der Hausfrau. Sie wollte noch ein wenig spazierengehen, ihr Schwager wünschte, daß sie Bewegung mache. Sie rief ihre kleinen Mädchen heran, diese aber erhoben ein flehentliches Bitten, die Mutter möge sie noch weiter mit den Bausteinen spielen lassen. Da Frau Biba sich ihrem Anliegen anschloß, ging Pave allein fort.

Vom Fenster des Treppenhauses sah sie, daß die untergehende Novembersonne den dunstigen und wolkigen Westhimmel in ein rosenrotes Feuerwerk verwandelt hatte. Ein Schleier von Feuchtigkeit lag über der Landschaft, aus dem langsam fließenden Wasserlauf des Monticano, der nahebei die Straße kreuzte, stiegen Dunstschwaden.

Pave betrat Bepis Wohnung im ersten Stock, die weniger hell war als die höher gelegene der Frau Biba, erfuhr, daß der Postbote nicht dagewesen sei, überzeugte sich, daß Duschan unter der Aufsicht der Amme ruhig schlief, und trat ins Freie hinaus. Die Luft war mild und angenehm, die Straße aber war zu einem zähen Brei aufgeweicht. Vorsichtig Fuß vor Fuß setzend, ging sie die Häuser entlang, bis innerhalb des Stadttores große Pflastersteine trockenes Gehen ermöglichten. Der weitläufige Hauptplatz spiegelte in seinen feuchten Fliesen das Rot des Sonnenunterganges, während durch das Dunkel der Gewölbe schon trübes Licht aus den kleinen Kramläden sickerte. Einige Leute schlenderten auf dem Platz umher, wahrscheinlich wurden sie, wie sie selbst, von dem Verlangen getrieben, sich nach den langen Regentagen ein wenig Bewegung und frische Luft zu verschaffen. Vor der Posthalterei mit dem Doppeladler über dem Tor war es still und leer, also dachte Pave, die Post aus Udine könne noch nicht gekommen sein.

Unter dem Torbogen ging eine sonderbare Mannsperson mit

kleinen, gezierten Schritten hin und her. Der Mensch war barhaupt, lange blonde Haare fielen ihm in Locken auf die Schulter. Er trug einen samtenen Rock, Kniehosen und helle Strümpfe. Mit einer Selbstgefälligkeit, die auf den ersten Blick kindlich wirken mochte, Pave aber sogleich widerlich war, lächelte er sie an, und da sie in dem Bestreben, Genaues über das Eintreffen des Postwagens zu erfahren, vor dem Tor zögerte und nach einem der hier beamteten Männer ausblickte, sprach der Langhaarige sie mit eitlem Augenaufschlag an und fragte, ob die Signora etwas suche. Pave fühlte eine Art Ekel beim Anblick des weibischen Mannes, dessen Gesicht nicht erkennen ließ, ob er noch ziemlich jung oder etwa schon über die Mitte der Dreißig hinaus war, und sie wollte sich keinesfalls von ihm beraten lassen. Mit kaum hörbarem Dank glitt sie an ihm vorbei und gedachte von der Livenzabrücke Ausschau nach der Postkutsche zu halten. Die Sonne war nun untergegangen, aber fast das ganze Himmelsgewölbe war von den rosa Wellen der Wolken bedeckt, die namentlich gegen Osten zu ins Violette und Graue hinüberzublassen begannen. Auf den träge fließenden Wassern des vom langen Regen hoch angeschwollenen und lehmbraun gefärbten Flusses tanzte ihr zitternder Widerschein. Pave lehnte sich auf die Brüstung der Brücke und blickte flußabwärts. Die Stadt mit ihrem Campanile lag zur Rechten, zur Linken bildeten einige vornehme kleine Landhäuser von südlicher Bauart mit Gärten, Steinbalustraden und schmiedeeisernen Gittern eine anmutige Uferzeile. Die Ränder des Flusses waren dicht umbuscht, freilich zeigten sich die Erlen und Weiden, die zur Sommerszeit herrlich grünen mochten, jetzt als traurig starrendes, graues Gestrüpp.

Das leise Fließen des Livenza schien Pave wie ein süß einlullendes Lied. Sie liebte die Laute des Wasser mehr als alle Musik dieser Welt. Freilich war nichts so süß vertraut und vertrauenswürdig, so sehnsuchtsstillend und aller Sehnsucht wert wie das Lied des Meeres, da es daheim an den Garten von Lukoran angeschlagen, da es die Insel umbraust, umflüstert, umschmeichelt hatte, da es Tag und Nacht als der holde Goldgrund, vor dem das Leben sich abspielte, in ihrem Ohr gewesen war. Aber auch dies sachte Gleiten des Flusses war schön. Wie ein sanftes Gespräch floß es dahin, es schien alle Schwere fortzunehmen, alle Trauer einzulullen, auf alle Fragen eine leise und linde Antwort zu wissen. Pave erinnerte sich, daß Pero einmal gesagt hatte: „Nichts auf der Erde kann schöner sein als das Spiel des Lichtes auf einer Wasserfläche.“ Pero bedurfte keines

Trostes. Er beherrschte das Leben und riß Rausch und Schönheit an ich. Sie aber, die sie nicht sosehr der Schönheit als der lindernden Hilfe bedurfte, wollte sein Wort dahin abwandeln, daß es nichts Beschwichtigenderes gab als das heimliche Reden eines Gewässers.

Aus der Landschaft ertönte Pferdegetrappel und Räderrollen. Nun kommt die Post, dachte Pave, doch als sie sich umwandte, erblickte sie den Wagen ihres Schwagers Miho, den dieser selbst lenkte. Sie winkte ihm, und er hielt augenblicklich an.

„Ich gehe spazieren, wie du es befohlen hast", rief sie ihm zu.

„Bravo!" antwortete er mit seiner freundlichen Stimme, „aber willst du nun nicht zu mir einsteigen? Ich habe etwas für dich."

„Einen Brief von Pero?" fragte sie mit Herzklopfen, indem sie sich zu ihm setzte.

„Jawohl, ich traf den Postboten schon vor zwei Stunden, als ich heimzufahren gedachte. Dann aber hat man mich nach Quartarezza gerufen, und ich kam nicht mehr nach Hause. Der Brief hat mir schier den Rock durchgebrannt, da ich wußte, wie heiß du ihn erwartest."

Pave seufzte nur: „Gott sei Dank, daß er da ist."

Die Räder bespritzten bei jeder Umdrehung den Wagen und seine Insassen mit dem zähen Kotbrei, sodann fuhr der Wagen hallend durch die Stadt, und hinter dem Trevisanischen Tor versank er abermals im Schmutz, um alsbald vor dem Loroschen Hause anzuhalten. Pave eilte die Treppe hinauf, der kleine bläuliche Umschlag von Peros Brief lag heiß in ihrer Hand.

Eine Anzahl von größeren und kleineren Schüsseln bedeckte den Abendtisch, und Vizza, die magere und humorvolle Magd, brachte eilenden Laufes und mit eifrigem und pfiffigem Gesicht noch weitere herein.

Frau Giuseppina pflegte allen Familiengliedern vorzulegen. Sie tat es stehend und leicht über den Tisch gebeugt. Berge von in Öl gebackenen Sardellen, von Bratkartoffeln, Salaten, eingelegten Oliven und sonstigem Gemüse bedeckten die Teller, die sie jedem zuschob. Ihrem Söhnchen Miro, das rotbackig und zufrieden neben ihr saß, zerlegte sie die Speisen sorgfältig.

„Alle die Speisen von zu Hause bekommt man bei dir", sagte Pave bewundernd.

„Was willst du, Miho hat das dalmatinische Essen gern! Er plagt sich den ganzen Tag, soll er dann nicht wenigstens zu essen bekommen, was ihn freut?“

Bepi hatte sich nun gesetzt, und alle aßen andächtig. Pave dachte mit Reue, daß sie sich nie darum gekümmert hatte, Pero heimische Gerichte zu verschaffen. Dem Zufall ihres jeweiligen Aufenthaltsortes war der Speisezettel der Familie überlassen gewesen, und Pero hatte geduldig gegessen, was die unzulänglichen Dienstmädchen gekocht hatten.

„Was hat also Pero geschrieben? Siehst du, daß er nicht die Cholera bekommen hat!“ Bepi lachte die Schwester an.

„Nein, gottlob, er ist gesund. Ich glaube, er ist fast froh, daß wir fort sind. Er hat nun ein wenig Ruhe. Die letzte Zeit war schwer für ihn. Aber er ängstigt sich um unsere Gesundheit. Möchtest nicht du, Miho, ihm schreiben? Dir als dem Arzt wird er glauben, daß es dem Frettchen und mir besser geht.“

Mihos gutmütig frisches, breit gebautes Gesicht mit den runden Augen und dem kurzen schwarzen Schnurrbart wandte sich vom Teller fort Pave zu.

„Alles tue ich für dich, Pave, du weißt es. Mit Bepis Erlaubnis bin ich dein standhafter Verehrer. Nur schreiben, nein, schreiben mußt du selbst. Ich habe einen solchen Widerwillen gegen das Briefschreiben, daß ich wahrhaftig nicht wüßte, was mich bewegen könnte, ihn zu überwinden. Ich lasse Pero sagen, daß ich Duschans Entwicklung günstig beurteile, wie ich es dir schon gesagt habe, und daß ich auch deinen Husten nicht gefährlich finde. In ein paar Wochen wirst du gesund sein. Nimmst du die Medizin?“

Natürlich nahm Pave sie.

„Also, dann iß nur ordentlich. Nimm noch von den Sardellen, und hier, Bepis eingelegter Kürbis ist vortrefflich. Und geh an die Luft! Mach Bewegung. Wenn mein Wagen frei ist, könnt ihr immer ausfahren, hörst du, Bepi? Pave ist wohl zu bescheiden, ihn zu verlangen.“

„Danke, Miho, du bist sehr gut. Übrigens schreibt Pero, daß der Wagen, den wir in Karansebes hatten, endlich verkauft werden konnte. Ein Wirt in Orsova hat ihn genommen.“

Bepi war begeistert. „Nun also! Wegen des Wagens hast du dich doch auch abgequält. Siehst du, alles löst sich aufs beste.“

„Ja, verkauft“, seufzte Pave, „aber schlecht. Nur zweihundertvierzig Gulden haben wir bekommen. Es war ein schöner, neuer Wagen. Wir haben mit Sicherheit auf vierhundert gerechnet.“

Bepis Ruhe war unerschütterlich.

„Was man kauft, muß man teuer bezahlen, verkauft man es, so bekommt man nichts. Das ist der Lauf der Welt."

Vizza, die stets so rasch aus und ein lief, daß ihre unordentlichen Haare sie umflogen, stellte Südfrüchte und eine Schüssel mit runden Mandelplätzchen, die zum Teil weiß belassen, zum Teil rosa und braun gefärbt waren, auf den Tisch.

„Ah, Fave di morte!" sagte Miro, der bisher still und eifrig gegessen hatte. „Ich habe nicht gewußt, daß noch Fave da sind." Er strahlte.

Auch Pave war entzückt. „Wie habe ich mich immer zu Allerseelen danach gesehnt, Fave essen zu können." Zu Miho gewandt, sagte sie: „Alles Gute weiß Bepi sich zu verschaffen." Sie biß mit nachdenklichem Gesicht in eines der rosa Plätzchen, das mürb knirschte und würzig nach bitteren Mandeln schmeckte. „Ach, Bepi, man soll nicht fortgehen und in fremden Ländern hausen, wo alles anders ist, als man es als Kind gewohnt war ..."

Bevor sie sich niederlegte, zog Pave den Brief Peros noch einmal aus der Tasche ihres Kleides.

„Sei gelobt, großer, guter, unbegreiflicher Gott, daß ich wieder einen Brief von Pero in der Hand halten darf!" versuchte sich ihre ungeübte Seele in einem Dankgebet. Die Lippen der Frau berührten heftig das blaue Papier. Im Licht der Kerze auf dem Nachttisch sah sie auf Peros schöne, feste und doch zarte Schrift, die so klar und unbeirrbar über das Papier lief. Sie blickte hingerissen auf den englischen Briefbogen mit dem Wasserzeichen Bath links oben in der Ecke (Pero bevorzugte seit einiger Zeit dieses Papier) und auf die Unterschrift am Ende der dritten Seite, auf dieses geliebte P, das aus einem unbeugsam geraden Stamm ohne alle Verzweigung und aus einem weit ausholend geschwungenen oberen Rundteil bestand.

Daß sie über die Kürze des Briefes eigentlich enttäuscht gewesen war, gestand sie sich nicht voll ein. Pero fragte mit Sorge wiederholt und eindringlich nach ihrer und der Kinder Gesundheit. Er mahnte sie zur Sparsamkeit, ernst, fast streng stellte er ihr vor, daß sie, ebenso wie er es tue, jede Ausgabe überlegen müsse, da es nötig sei, schon jetzt das Geld für ihre und der Kinder Heimreise zurückzulegen. Und er räumte schließlich ein, daß er nach allen sorgenvollen Mühen der letzten Zeit das Alleinsein nun zunächst fast als ein Aufatmen empfinde. War es nicht begreiflich? War er in den letzten Monaten nicht gezwungen gewesen, ohne Unterlaß Reisen und Übersiedlungen vorzubereiten? Die Geburt des Knaben, sein schlechtes Gedeihen, Paves Erkrankung –, war nicht Pero es gewesen, auf dessen Schultern zuletzt alles gelastet hatte, der, wenn er müde und verärgert von der Berufsarbeit heimgekehrt war, sich sogleich in ein neues Joch von Sorge und Unrast gespannt fand? War es ein Wunder, wenn er nun aufrichtig schrieb: Fast atme ich auf, die Qual der letzten Zeit war beinahe zuviel gewesen.

Aber wenn er es vermochte, so zu schreiben, liebte er sie dann noch?

Pave saß auf ihrem Bett, die Kerze brannte still. Schlafrot und hold schlummerten die Mädchen in ihren Gitterbetten.

Sie legte im Sitzen ihr Haupt auf die Kissen. Wie schwarze Flut stiegen Trauer und Einsamkeit bis zu ihrem Herzen hoch.

Oh, wie haßte sie sich selbst, wie widerwärtig war ihr dieses Wesen, das Pave genannt war und von dem es mitunter hieß, es sei liebenswert, hübsch oder gar schön, zu dem die Kinder zärtlich Mutter sagten und dem Pero in seltsamer Verblendung dereinst seine Liebe geschenkt hatte! Wie haßte sie dieses trügerisch blühende Fleisch, dies schön frisierte Haar, diesen unzulänglichen Geist, diesen trägen Willen, diesen ganzen Menschen, der wahrlich das letzte der Geschöpfe war!

War es ein Wunder, daß Pero sie nicht mehr liebte? Oder liebte er sie doch noch? War ihre Verzweiflung Trug und Täuschung?

Sie entfaltete abermals den Brief. Wie schloß er? „Lebwohl, meine Liebe, küsse mir meine Mädchen und schreibe bald Deinem Pero."

Sie stand auf, ging zu den Kindern hin und küßte sie zart und leise, um sie nicht zu wecken. Miliza schlief weiter, Cotia schlug die Augen auf, lächelte die Mutter an, sagte „Mau", den süßen Kosenamen, mit dem sie von klein auf die Mutter gerufen hatte, und schloß sogleich wieder die Augen.

Ein wenig getröstet, begann nun auch Pave sich zu entkleiden.

Am ersten Sonntag im Dezember sandte Frau Biba frühmorgens ein Brieflein herab, darin es hieß, sie bitte Pave sowie Giuseppina und deren Gatten zum Abend auf ein Glas Wein. Ihre Tochter Bianca aus Oderzo sei für einige Tage zu Besuch anwesend, und auch Herr Antonio Loro sowie möglicherweise der eine oder der andere fremde Gast würden sich einfinden.

Bepi war nicht wenig erfreut. Die Bianca werde ihr gefallen, sagte sie zu Pave, das sei etwas anderes als diese langweilige Carlotta, die zwar ganz hübsch, aber ohne alles Leben sei, die demütige Sklavin ihrer Mutter. Bianca, die sei erstens bildschön und dann so interessant. Nun, sie würde ja sehen. Wer wohl von Fremden da sein würde? Vielleicht jemand von den Roccos oder jemand ganz Neuer. Frau Biba hatte immer Überraschungen bereit.

Frau Bibas Stube war feierlich verändert, als man sie des Abends betrat. Die Tür zu dem daneben liegenden Salon war weit geöffnet, vor allen Spiegeln brannten hohe Kerzen in silbernen Leuchtern, der Schneidertisch stand, seines werktägigen Charakters völlig entkleidet, festlich da, das rötliche Gelb seiner blanken Kirschholzplatte leuchtete durch die lockeren Maschen einer schön genetzten Decke. Karaffen mit Wein, geschliffene Gläser und Berge von vielfältigem Backwerk, die sich in silbernen Körben häuften, standen auf dem steifen Empirebüfett.

„Ah, Frau Biba, wahrhaftig, ein Fest haben Sie da gerichtet!" Bepi drückte der Hausfrau begeistert die Hand. So ruhig sie sonst wirkte, so ging sie doch lebhaft aus sich heraus, wenn eine Sache sie überraschte oder erfreute. Frau Biba, in grauem Moiré mit mächtigem Reifrock, empfing mit gelassener Würde die Begrüßungen der Neuangekommenen.

Schon auf der Schwelle war Pave von Überraschung und jenem Gemisch von mutwilliger Befriedigung und zornigem Verdruß befallen worden, das ihr von den ersten Reisetagen her vertraut war, denn auf dem Sofa sah sie neben einem sich sehr gerade haltenden älteren Herrn niemand anderen als ihren Verfolger von der Reise, den Tenor Lorenzoni, sitzen. Sie war so verblüfft, daß sie zu träumen meinte. Wie kam der unglückselige Mensch hierher, in die entlegene, kleine Stadt, in Frau Bibas Stube? Sollte er der Tenor der Stagione sein, die übermorgen ihren Eröffnungsabend feierte? Und würde er sie nun wegen ihrer unliebenswürdigen Sprödigkeit zur Rechenschaft ziehen?

Die Hausfrau übernahm die Vorstellung. In derselben Fensternische, in der sie sonst nähend zu sitzen pflegte, stand Carlotta in einem weißen Kleid, das der Kunst ihrer Mutter alle Ehre machte, und unterhielt sich mit einer sprühend lebhaften, dunkelhaarigen jungen Frau und mit einem mageren jungen Mann in schlotterndem Gehrock.

„Kommen Sie, Frau Pave, Sie kennen meine Tochter Bianca noch nicht." Pave blickte in zwei ungewöhnlich große, lang bewimperte schwarze Augen, die ein olivenbleiches, schmales Gesicht mit brennrotem Munde beherrschten, und ihre Hand wurde von einer heißen Frauenhand ungestüm gedrückt. „Und dies ist Herr Luigi Lippi, der in Padua studiert." Frau Biba betonte die Worte „in Padua" auf eine spitzbübische Weise und bewirkte dadurch, daß ihre Tochter Carlotta hilflos errötend zum Büfett flüchtete, wo sie sich zu schaffen machte. Herr Luigi Lippi verbeugte sich und stotterte, die Universitätsferien hätten begonnen, und er sei nun bei seinen Eltern daheim.

Die beiden Herren auf dem Sofa hatten sich erhoben. Herr Antonio Loro, ebenso groß und gebietend gewachsen wie seine Schwester, aber schmäleren und zarteren Angesichts, mit feiner Nase und ergrauten Schläfen, verneigte sich ritterlich vor den Schwestern und begrüßte Miho vertraulich. Er drückte Pave seine Genugtuung darüber aus, daß es ihm endlich vergönnt sei, ihre Bekanntschaft zu machen, da doch seine Schwester nicht müde werde, ihm von ihr vorzuschwärmen.

„Und nun kommt die Überraschung!" Frau Biba trat mit wichtigem und verschmitztem Gesicht auf den Sänger zu, der, noch bleicher als sonst, mit seltsam starrer Miene dastand. Sie wies mit einer ebenso graziösen wie gravitätischen Handbewegung auf ihn und sprach zu Miho und den Schwestern gewandt:

„Ich habe die Ehre, Ihnen den vorzüglichen, ja berühmten Tenor unserer diesjährigen Stagione vorzustellen. Herrn Arturo Lorenzoni, der bis vor kurzem in Laibach die Zuhörer entzückt hat und dessen Verpflichtung an die Kaiserliche Oper in Wien mit Wahrscheinlichkeit bevorsteht."

Bepi und ihr Gatte begrüßten die unerwartete Erscheinung mit erstaunter Verbindlichkeit und sparten nicht mit Ausdrücken der Überraschung und der Anerkennung für Frau Biba, die ihnen eine so interessante Bekanntschaft vermittelte.

Pave, die sich ein wenig abseits gehalten hatte, empfing als letzte die Begrüßung des Sängers. Mit durchaus gesellschaftlichem Lächeln, das weder Freude noch Ablehnung offenbarte, reichte sie Herrn Lorenzoni die Hand und sagte leichthin:

„Welcher Zufall! Wir sind ja bereits von der Reise her bekannt."

„Sie sagen, es sei ein Zufall, Signora, ich sage ein anderes Wort: Endlich, sage ich, endlich ist mir das Glück Ihrer Bekanntschaft vergönnt worden."

Er sprach gepreßt und behindert, an seinen Schläfen spielten die

Muskeln wie in verhaltenem Krampf, und seine runden Frauenaugen starrten Pave ebenso fassungslos an wie damals, da er ihrer auf dem Wiener Bahnhof zum erstenmal gewahr geworden war.

„Ich muß mich entschuldigen, weil ich Sie in Laibach nicht in unserem Wagen habe mitfahren lassen. Aber mit den drei kleinen Kindern wäre es kein Vergnügen für Sie gewesen." Sie lächelte ihn harmlos an.

„Signora, Ihre Kinder hätten mich nicht gestört! Sie wollten nicht mit mir fahren, ich begreife es. Aber sagen sie mir nur dies. Wohin sind Sie auf dem Weg von Adelsberg nach Triest geraten? Mein Kutscher ist so schnell gefahren, wie er nur konnte, wir hätten Sie einholen müssen. In allen großen Einkehrgasthäusern und Posthaltereien haben wir nachgefragt. Ich mußte schließlich glauben, die Göttin Diana, die mir um die Gunst Ihres Anblickes neidisch war, habe Sie in die Wolken entrückt."

Nun lachte Pave hellauf. „Warum nicht gar! Nein, die hohen Göttinnen haben sich nicht um mich arme Sterbliche gekümmert. Wir hatten einen Radbruch mitten auf der Straße, und eine gute Frau lud uns in ihr Haus, bis der Schaden behoben war. Möglicherweise sind Sie eben damals vorbeigekommen." Daß sie ihn „wie den Teufel" hatte vorbeifahren sehen, behielt sie für sich.

„Per bacco, das nenn' ich ein Pech!" Der Tenor hatte sich nachgerade etwas von seiner anfänglichen Erstarrung erholt. „Einen Radbruch hatten Sie? Wo war es, daß Sie unterbrechen mußten, Signora?"

Den Namen des nächsten Dorfes wußte Pave nicht zu nennen. Nur daß es schon tief am Nachmittag gewesen war und daß ein großer dunkler Berg, der Nanos, damals ihren Weg begleitet hatte, konnte sie berichten. Herr Lorenzoni aber hatte der Berge nicht achtgehabt. Nur immer vor sich hin, vor sich hin auf die Straße hatte er gelugt, ob nicht endlich, endlich ihr Wagen vor ihm auftauchen würde.

Frau Biba trat hinzu und bat den Herrn Professor, wie sie den Tenor titulierte, doch jetzt, seinem Versprechen getreu, etwas von seiner berühmten Kunst zum besten geben zu wollen. Ihre Tochter, Frau Bianca Tagliapietra, sei eine gute Pianistin und werde ihn begleiten.

Die Gesellschaft verfügte sich in den Salon, wo vor dem geöffneten Pianino bereits die Kerzen entzündet waren. Herr Antonio Loro geleitete Pave mit ausgesuchter Höflichkeit zu einem der kleinen, steifen Sofas, die übrige Gesellschaft verteilte sich auf die dünnbeinigen Stühle und auf ein zweites Sofa, das zwischen den Fenstern aufgestellt war. Frau Biba nahm in einem tiefen Armstuhl Platz.

„Und was werden wir hören?" rief sie dem Künstler zu.

Arturo Lorenzoni verneigte sich leicht vor der Hausfrau: „Wenn Sie mir nichts anderes befehlen, gütige Dame, so möchte ich gewissermaßen als Vorgeschmack unserer Vorstellung von übermorgen die Canzone des Herzogs ‚La donna è mobile' singen."

Allgemeiner Beifall, Geflüster und Händeklatschen erwiderten diese Ankündigung.

„Der Herzog in ‚Rigoletto' ist seine Glanzrolle", sagte Herr Loro, zu Pave hingeneigt.

Frau Bibas schöne Tochter begann das Vorspiel, und alsbald entströmte Herrn Lorenzonis geschwungenen Lippen in unerhörtem Wohllaut das trügerisch traurige, neckisch verlogene Lied des gekrönten Schürzenjägers. Es kam Pave vor, als schleudere der Sänger ihr die bald schmachtend wogenden, bald herrisch fordernden Töne in leidvoller Anklage und bitterlichem Vorwurf ins Gesicht, er sang auf sie hin und schien sie, just sie, der Untreue und Flatterhaftigkeit zu zeihen. Nun straft er mich für den verweigerten Platz im Wagen, für sein Zuspätkommen in Adelsberg und für unsere Unsichtbarkeit auf der Reichsstraße. Aber er singt herrlich! So dachte Pave, während die gewaltigen Töne, die die Fenster erzittern ließen, sie umwogten. Sie saß in der Ecke des Sofas, ihr linker Ellenbogen war auf die Seitenlehne gestützt, und ihr Kinn lag leicht in den sanft gebogenen Fingern.

Als Arturo Lorenzoni geendet hatte, herrschte nicht die Lautlosigkeit, die in bestimmten Fällen das einzige Zeichen tiefer Wirkung sein kann, sondern es entstand sofort jenes Gesumme, das eine andere Art der unmittelbaren, beifälligen Ergriffenheit darstellt.

„Welche Stimme! Welche göttliche Stimme!" ließ sich Frau Biba aus der Tiefe ihres Lehnstuhles vernehmen, während ihr schlanker Bruder auf den Sänger zutrat, seine Hände faßte und schüttelte und mit vor Wohlgefallen strahlendem Auge und, indem er seinen schmalen und kleinen Kopf ein wenig in den Nacken legte und die Oberlippe beim Sprechen von den blitzend weißen Zähnen zurückzog, sagte: „Ja, meine Schwester hat recht. Göttlich ist diese Stimme. Ein wahrhaft günstiges Gestirn hat Sie in unser bescheidenes Städtchen geführt, Maestro. Und Verdi! Was für ein Meister! In ihm ist dem Genius des italienischen Volkes ein gottbegnadeter Künder erstanden!“

Herr Lorenzoni bemerkte, er habe in Mailand die Ehre gehabt, den unübertrefflichen Meister zu sehen und zu sprechen, und er wisse aus seinem Munde, auf welche Art er den „Rigoletto“ aufgeführt sehen wolle.

Paves Schwager wünschte zu hören, ob der Maestro, der wahrhaftig Besseres gewöhnt sei, mit dem hiesigen Ensemble seine Not habe und ob das Theater ihm allzu unzulänglich erscheine.

Der Tenor wehrte ab. Die Kollegen seien brave Leute, echte italienische Musiker, mit denen es sich arbeiten lasse. Und das Politeama? Singen könne man überall, und es werde ihm zur Ehre gereichen, gerade hier in dieser zwar kleinen Stadt, die jedoch ein so feines, kunstsinniges Publikum beherberge, sein Bestes zu leisten.

Die schöne Bianca, die noch am Klavier saß, drehte sich herum und fragte, was Herr Lorenzoni nun zu singen vorhabe, worauf er zur allgemeinen Enttäuschung erklärte, er fühle eine leise Rauheit, eine unbedeutende, aber immerhin spürbare Heiserkeit und bitte untertänigst, für heute verstummen zu dürfen. Der morgige Tag mit der Generalprobe und gar der Dienstag mit der ersten Vorstellung werde bedeutende Anforderungen an seine Stimme stellen, und da er, wie gesagt, gerade hier um nichts in der Welt versagen wolle, bitte er allseits um Vergebung.

Obwohl zumal Frau Biba und ihre Töchter, die diesem Hauskonzert mit großen Erwartungen entgegengesehen hatten, über die Kürze der Darbietung empfindlich enttäuscht waren, begegnete der Sänger allenthalben zwar lebhaftem Bedauern, aber keinerlei Gekränktheit oder Groll. Er regte an, Frau Bianca, die in der Tat eine vorzügliche Pianistin sei, möge doch etwas zum besten geben, was die Zuhörer vollkommen für sein leidiges Verstummen entschädigen werde. Ohne sich drängen oder bitten zu lassen, wandte sich die junge Frau wieder dem Pianino zu, ließ die schmalfingrigen Hände einen Augenblick auf den Tasten ruhen und begann eine Nokturne von Chopin mit ausgezeichneter Technik und klugem musikalischem Empfinden vorzutragen. Sie hielt ihr bleiches, berückendes Gesicht leicht hintübergeneigt, und holte schlafwandlerisch, ohne einen Blick auf die Tasten zu werfen, alle süße Trauer und Leidenschaft aus Chopins schwermütigem Werk.

Bei Beginn des Klaviervortrages hatte Arturo Lorenzoni sich

nach einem Sitzplatz umgesehen und war ohne Zaudern auf das Sofa zugetreten, auf dem Pave allein saß.

„Gestatten Sie, Signora, daß ich mich hier bei Ihnen niederlasse?“ Um das Spiel nicht zu stören, neigte Pave nur lächelnd das Haupt, ohne doch das Kinn von der stützenden Hand und den Ellenbogen von der Sofalehne fortzunehmen. Sie spürte eine deutliche Erschütterung der Polsterbank, als der trotz seiner Jugend ziemlich schwere Mann sich darauf niederließ, sah aber, stetig dem Genuß von Biancas Spiel hingegeben, vor sich hin. Gleich darauf aber hörte sie den Tenor flüstern: „Und Sie, Signora? Und Sie? Hatte mein Gesang das Glück, Ihnen zu gefallen?“

Wieder nickte Pave lächelnd und stumm, sie legte dabei den rechten Zeigefinger auf den Mund und deutete mit dem Kopf nach dem Klavier, worauf der Tenor, die gespreizte Hand auf der Brust, die Augenbrauen hochzog und sich wortlos verneigte. Nach dieser kleinen Pantomime verharrten beide regungslos, bis Biancas Spiel mit einigen brausenden und tief sehnsüchtigen Akkorden geendigt hatte.

Während sich abermals Beifallsgewisper erhob, einige in die Hände klatschten und die junge Pianistin, von ihren bewundernden Verwandten und Freunden umgeben, sich vergnügt auf ihrem Taburett drehte, fand Pave es angezeigt, dem Sänger die vorher verwehrte Antwort zu erteilen.

„Wunderbar, Ihr Gesang, Herr Lorenzoni“, wandte sie sich an den noch tiefer als sonst Erbleichenden. „Nie hätte ich gedacht, daß mir hier in diesem kleinen Städtchen ein so großer Kunstgenuß bevorstehen würde. Welcher Zufall, daß wir uns hier wiederfinden.“

Bei den letzten Worten hatte sie das Gefühl eines kleinen, mutwilligen Wagnisses, und sie bereute sie sofort, als sie sah, mit welcher Eindringlichkeit der Tenor darauf einging.

„Zufall, Signora! Zufall! Sie sagen das Wort heute schon zum zweitenmal.“ Herr Lorenzoni sprach wieder langsam und wie behindert. „Darf ich Ihnen sagen, daß es kein Zufall ist, wenn wir uns hier getroffen haben! Ich erfuhr durch Herrn Jak, den Wirt vom ‚Kaiser von Österreich‘ in Laibach, der es wieder durch die Herren Offiziere, Ihre Bekannten, wußte, daß Sie hierherreisen würden, und deshalb habe ich mich in Venedig der kleinen, und ich kann wohl sagen, meiner nicht ganz würdigen Truppe angeschlossen und meinen Vertrag für die Stagione in Bologna gebrochen, nur um der Hoffnung willen, Sie wiedersehen, vor Ihnen singen und möglicherweise Ihre Bekanntschaft machen zu können." Er zog ein seidenes Taschentuch hervor und wischte sich den Schweiß ab, der reichlich auf seiner Stirne perlte.

Pave erschrak und dachte: Was will er denn von mir? Doch dann wandte sie ihm höflich ihr Gesicht zu. „Ach, Herr Lorenzoni, das hätten Sie nicht tun sollen! Einen Kontrakt gebrochen haben Sie? Das kann für Ihre Karriere sehr schädlich sein. Ich fühle mich schuldbewußt, obwohl ich wahrlich nichts dazu beigetragen habe. Auch werde ich nicht das mindeste tun können, um Sie für das gebrachte Opfer zu entschädigen. Ich bin eine bescheidene Frau, meine Gesellschaft ist anspruchslos, ich lebe nur meinen Kindern. Sie werden enttäuscht sein." Sie bemühte sich, so streng und konventionell wie möglich dazusitzen und Herrn Lorenzoni keinerlei Anlaß zu dem Glauben zu geben, als hätten seine Eröffnungen sie auch nur im mindesten berührt.

Der Sänger aber ließ sich durch die gesellschaftliche Kühle ihres Tones nicht einschüchtern. Er neigte sich ein wenig vor, sah Pave mit den weit aufgerissenen Augen, die sie nun schon an ihm kannte, an und sagte beschwörend:

„Enttäuscht? O Signora, enttäuscht? Wie sollte ich enttäuscht sein, da mir schon der erste Abend hier das Glück Ihrer Bekanntschaft gebracht hat! Denn wenn ich zuvor gesagt habe, meine Anwesenheit in Motta sei kein Zufall, so ist es doch ein Zufall, und zwar ein völlig wunderbarer, daß ich Sie hier getroffen habe. Niemals würde ich imstande sein, den Aufruhr der Gefühle zu schildern, die mich bewegt haben, als ich Sie, Signora, hier durch die Tür treten sah. Herr Loro hatte die Güte, mich hierher zu seiner Schwester einzuladen, ich bin der Einladung gefolgt, um mich Herrn Loro dankbar zu bezeigen und auch, weil ich mir sagte, der einzige Weg, mich Ihnen zu nähern, sei der, hier in der kleinen Stadt möglichst viele der angeseheneren Leute kennenzulernen. Aber ich wußte nichts; nicht wo, nicht bei wem Sie wohnen, nicht einmal, ob Sie in der Stadt oder in der Campagna Quartier genommen haben. Und nun sind Sie hier! Nirgends, in keiner Fabel, in keinem Märchen, in keiner Komödie gab es jemals einen schöneren Zufall!"

„Auch ich war freilich nicht wenig erstaunt, als ich Sie neben Herrn Loro auf dem Sofa sitzen sah. Nichts hätte ich mir weniger träumen lassen, als daß Sie hier sein würden." Pave fand es durchaus vergnüglich, in dem leichten Ton, den sie in versunkenen Zeiten ihren jungen Tänzern und Verehrern in Zara gegenüber angeschlagen hatte, mit diesem fremden Manne zu reden. Konnte irgendein Mensch es ihr verübeln, Pero etwa? Sie mußte lächeln. Pero war ihrer sicher, allzu sicher vielleicht, und nichts als Zustimmung zu einer kleinen Zerstreuung, die das Geschick ihr gönnte, wäre in dieser Angelegenheit von ihm zu erwarten gewesen, hätte er ihr Zeuge sein können.

Herr Lorenzoni sah mit inbrünstiger Aufmerksamkeit auf Paves Lippen, während sie sprach. Er neigte sich zu ihr und stieß hervor: „Und waren Sie freudig erstaunt, Signora? Gestatten Sie mir diese Frage. Waren Sie freudig erstaunt, oder hat Abscheu Sie erfüllt, als Sie mich sahen?"

Nun mußte Pave herzlich lachen: „Abscheu, Herr Professor! Warum hätte mich denn Abscheu erfüllen sollen? Freudig erstaunt war ich freilich auch nicht. Ich kannte Sie ja nicht. Ich habe mich ganz einfach sehr gewundert."

Herr Lorenzoni seufzte wie jemand, der bei einer schwierigen Aufgabe nicht recht vom Fleck kommt. Er neigte sich wieder vor und begann von neuem: „Und jetzt, Signora? Sie kennen mich jetzt. Sie haben mich singen hören. Fühlen Sie nun ein wenig Freude darüber, daß ich hier bin?"

„Ich habe Ihnen doch schon gesagt, daß Ihr Gesang mich begeistert hat."

Der Sänger rückte so nahe heran, daß Pave erleichtert aufatmete, als sie Herrn Antonio Loro, der seine Nichte Bianca untergefaßt hatte, auf das Sofa zukommen sah. Er zog sich einen Stuhl herbei, Pave stand auf, um Frau Tagliapietra ihren Platz einzuräumen, was diese nicht zulassen wollte. Erst nach einem kleinen Höflichkeitskampf, in welchem durch Pave ins Treffen geführt wurde, daß Frau Bianca sich nun an der Seite ihres Künstlerkollegen von der Anstrengung ausruhen müsse, die der den übrigen vermittelte Genuß ihr verursacht habe, ließ sie sich neben dem Sänger nieder. Herr Lorenzoni verneigte sich vor Frau Tagliapietra, jedoch nicht ohne gleichzeitig einen düster vorwurfsvollen Blick auf Pave zu werfen. Diese lächelte ihn unbefangen an und wollte die Gruppe verlassen, was nun aber Herr Loro nicht zugab. Er rückte einen zweiten Stuhl herbei und fragte, ob Pave durch ihren verehrten Gatten in Wien interessante Neuigkeiten über den Stand der Affäre in Sewastopol und über den Fortgang des Krieges erhalten habe.

„Ach ja, Herr Loro, in der Welt sieht es schlimm aus. Mein

Mann schreibt mir, daß die Dinge sich immer mehr verwickeln. Wenn Rußland mit den westlichen Mächten zu keiner Einigung kommen kann, so wird wohl auch Österreich in den Krieg eintreten müssen. Es sollen schon alle Vorbereitungen getroffen sein."

„Wieder ein Krieg!" seufzte die schöne Bianca. „Ich glaube, seit die Sansculotten in Paris und Napoleon der Erste die Welt aufgerührt haben wie Buben, die mit dem Stecken in einen Ameisenhaufen stechen, kann sie nicht zur Ruhe kommen. Ist es nicht so, Onkel?"

Herr Loro antwortete nicht sogleich. Er sah Pave nachdenklich an, dann wandte er sich seiner Nichte zu und antwortete mit einem ganz leichten Lächeln, das sich ihm nur wie ein Schein auf Augen und Wangen legte und auf den Lippen kaum sichtbar war: „Sind solche schlimme Jungen, die mit einem Stecken in die uralten Welten hineinstoßen, nicht oft wohltätiger als ein Ruhestand, der ewig dauert und in dem das Schlechte besser gedeiht als das Gute?"

Frau Bianca hob schnell den Kopf und sah den vornehmen, alternden Mann an: „Ja, Onkel, du hast recht. Du hast immer recht."

Herrn Lorenzonis Gesicht hatte sich während dieses Gespräches belebt. Es zeigte nicht mehr die frühere Blässe und hingerissene Verstörtheit, sondern war in einer neuen Weise gespannt und durchblutet.

Herr Loro wandte sich gedämpft an den Sänger: „Sie wissen, Maestro, daß Cavour Piemont in diesen Krieg der Freiheit gegen die Despotie eintreten lassen will? Er hat alle gegen sich, den König, das Kabinett, die Kammer, alle. Aber er will es, und wenn Cavour etwas will ... Die Schande von Novara muß ausgemerzt werden!"

Pave horchte auf. Die Schande von Novara? Sie hatte von dem Treffen von Novara immer nur im Ton der gerührtesten Begeisterung als von einem glänzenden Sieg des Marschalls Radetzky reden gehört. Ja sie erinnerte sich, ein Bild gesehen zu haben, das den piemontesischen Thronfolger Viktor Emanuel nach der Schlacht in demütiger Haltung vor dem salopp und gemütlich dastehenden greisen Sieger zeigte. Das Bild mußte in einem illustrierten Blatt zu sehen gewesen sein, sie erinnerte sich nicht, wann und wo Pero es ihr gezeigt hatte.

Waren diese hier, mit denen sie sprach, Feinde des Kaisers, Feinde Osterreichs, Feinde der Armee, der Pero angehörte? Hielten sie etwa zu denen, die im Vorjahr in Mailand den tückischen, abscheulichen Aufstand verursacht hatten, in dessen Verlauf einzelgehende

Offiziere und Soldaten durch die Haufen der Empörer in feiger Weise überfallen und mit riesigen Nägeln an die Tore der Häuser genagelt worden waren? Sie erinnerte sich der Erbitterung, mit der ihr Bruder Toni, der als Hauptmann in Mailand stand, und auch Pero von der Revolte gesprochen, wie sie die harten Strafen, die ihr folgten, noch zu milde genannt hatten.

Es war doch ausgeschlossen, daß die freundlichen Menschen hier in diesem Zimmer, der vornehme Herr Loro, der Sänger, der sich um ein Engagement an der Wiener Oper beworben hatte, und Frau Bibas junge Tochter für ruchlose Revolutionäre und Staatsfeinde Sympathie haben sollten.

Herr Loro fuhr fort, von Cavour zu reden. Er nannte ihn eine Naturgewalt, einen Vulkan, ein sprühendes Feuer, und die beiden anderen stimmten ihm zu. Auch sie schienen über den piemontesischen Minister genau unterrichtet zu sein und ihm ihre Bewunderung zu zollen.

Indessen waren aus dem Nebenzimmer die Karaffen und die Gläser sowie die Silberkörbe mit dem Backwerk gebracht worden. Frau Biba goß einen dicken, messinggelben Wein in die geschliffenen Kelche; Carlotta, unterstützt von dem Paduaner Studenten, reichte die Süßigkeiten herum. Pave erhob sich, gesellte sich zu Frau Biba und wählte aus der Fülle der Leckereien einige besonders knusprige Stücke. Nun begann ein allgemeines Gläseranstoßen, und es bemächtigte sich des Kreises jene gelöst fröhliche Stimmung, die in einer Gesellschaft einzutreten pflegt, wenn nach künstlerischen Darbietungen und ernstem Gespräch leibliche Genüsse angeboten werden.

Bepi, die, ein Glas vor sich, fröhlich dastand, sagte lobend: „Alle diese Plätzchen, Kringel, Mandelbogen und Schokoladekrapfen hat Carlotta gemacht. Ein fleißiges Mädchen!“ Miho pries den Wein. Er sei aus der Gegend von San Vito, stellte Frau Biba fest, dort koche ihn die Sonne am süßesten gar. Carlotta und der Paduaner standen einander, Gläser in den Händen, gegenüber. Sie lächelten beide, redeten aber nur dann und wann ein leises Wort.

Frau Biba schob ihren Arm in den Paves und betrachtete sie wohlgefällig. „Ein hübsches Kleidchen, das grüne da, kleidet Sie vortrefflich. Aber altmodisch. Eine so schöne Frau wie Sie muß nach der Mode gekleidet sein.“

„Leider habe ich nichts anderes außer einem richtigen Ballkleid.“

„Nun, dann nähen wir etwas!“

Pave war herzlich beschämt. Sie habe keinen Stoff und gar kein Geld, um einen zu kaufen.

„Wer wird einen Stoff kaufen! Liegt gar nichts im Schrank, keine schwarze Seide, nichts schön Gestreiftes?"

„Nichts."

„Und kein älteres großes Kleid, das man zertrennen könnte?"

„Keines."

„Nun, dann wird die alte Biba in ihren Schubladen kramen, ich möchte wetten, daß sich da etwas finden wird. Und wir nähen. Basta!" Die mächtige Matrone zog Pave an sich.

„Es ist nämlich an dem, daß ich Sie herzlich gern habe, kleine Signora", sagte sie. „Die alte Biba ist unersättlich. Sie kann nicht genug Töchter haben."

In der Gruppe, die Pave vorhin verlassen hatte, wurde das Gespräch interessiert fortgesetzt. Ja es schien sich immer heimlicher zu gestalten. Frau Biba warf einen aufmerksamen und langen Blick hinüber, und als habe der Anblick der drei eifrig Redenden die Notwendigkeit neuer Entschlüsse in ihr gezeitigt, ließ sie sich ihrerseits auf dem zweiten Sofa nieder, drückte Pave auf den Sitz neben sich und lud sowohl die junge Carlotta mit ihrem langschößigen Seladon als auch Bepi und Miho nachdrücklich ein, sich um sie zu scharen. Sie schenkte neuerdings die Gläser voll, ließ das Backwerk reichen, zog Miho in ein lebhaftes Gespräch über seine ärztliche Praxis und verbreitete sich mit Herrn Lippi über den Erfolg seiner letzten Prüfung. Als Carlotta Anstalten machte, auch die abseits Sitzenden erneut mit Wein zu versehen, hielt Frau Biba sie mit den Worten zurück: „Laß sie, sie sind im Gespräch!" Eine Wendung, über deren Bedeutung Pave einen Augenblick lang nachsann. Was sprachen sie drüben? Noch immer von Cavour? Waren sie Verschwörer? Wußte es Frau Biba und wünschte sie ihnen Ungestörtheit zu verschaffen?

Übrigens begann Pave sich müde zu fühlen, und sie hätte sich gerne zurückgezogen. Plötzlich saß bittere Sehnsucht nach Pero in ihrem Herzen, sie sorgte sich, ob die Kinder unten ruhig schlafen mochten, eben wollte sie Bepi verstohlen fragen, ob es noch zu früh sei, um aufzubrechen, als Herr Loro drüben sich steil und plötzlich erhob, sein Gesicht, das während des leisen Gesprächs vollkommen ernst gewesen war, einen heiter-verbindlichen Ausdruck annehmen ließ und sich der Gruppe seiner Schwester zugesellte. Auch Herrn Lorenzoni litt es nun nicht mehr auf seinem Sofa. Er bot seiner Partnerin den Arm und führte sie zu dem Tischchen mit den Gläsern, worauf Carlotta sich sofort ans Einschenken machte und der Sänger sich neben Pave stellte.

„Wann, Signora, werde ich wieder das Glück und die Möglichkeit haben, Sie zu sehen?“ fragte er mit gedämpfter Stimme und indem er sich zu ihr herniederneigte.

„Nun, am Dienstag abend werde ich Sie singen hören! Sie werden dann nicht so geizig mit den Gaben Ihrer Stimme haushalten wie heute, hoffe ich.“

Diese Antwort versetzte den Tenor in verzweifelte Bedrängnis. „Haben Sie es mir übelgenommen, Signora, daß ich nur die eine Arie gesungen habe? Ach, was für ein Unglück! Aber Sie müssen begreifen! Ich fühlte mich plötzlich überanstrengt. Sie müssen bedenken, daß ich morgen Proben habe und Dienstag Premiere. Die Kehle eines Sängers ist ein Tyrann, Signora. Aber nichts ist mir furchtbarer, als Ihre Unzufriedenheit zu erregen.“

Pave versicherte, sie sei weder unzufrieden noch habe sie es übelgenommen, und sie freue sich auf übermorgen.

„Aber morgen, Signora, morgen ist auch ein Tag! Kann ich Sie morgen nicht sehen?“

Pave schüttelte den Kopf. „Schwerlich. Ich bin mit meinen Kindern beschäftigt, und überdies bin ich leidend. Es ist spät. Ich werde morgen müde sein. Ich höre Sie Dienstag.“

Aufs neue zeigte sich Herr Lorenzoni von Traurigkeit überwältigt.

„Sie sind leidend? Was fehlt Ihnen, Signora? Ihnen fehlt doch nichts Gefährliches? Sie sehen so blühend aus, Sie haben so entzükkend frische Farben! Wenn Sie sagen, Sie seien leidend, dann muß ich denken, daß Sie geschminkt sind. Nein, nein, Sie wollen mich erschrecken. Sagen Sie, ich flehe Sie an, daß es so ist.“

„Wie Sie wollen, Maestro. Ich bin keine so wichtige Person, daß es sich lohnte, so lange über sie zu sprechen. Und nun gute Nacht und vielen Dank!“

In dem allgemeinen Aufbruch, der jetzt stattfand, den Begrüßungen und Danksagungen an die Hausfrau und an die Künstler, verhallte Herrn Lorenzonis flehend abwehrendes, beschwörendes „Nicht wichtig?! Sie, Signora, nicht wichtig!?“ wie die einsame Schalmei eines Hirtenknaben, die vom Brausen eines Kataraktes verschlungen wird. Und als man gemeinsam die Treppe hinunterging und die im ersten Stock Wohnenden bei ihrer Tür anhielten, flüsterte Herr Lorenzoni, bleicher denn je, Pave zu: „Oh, Sie wohnen schon hier! Schade! Schade! Und vergessen Sie nicht, Signora, daß ich Dienstag einzig und allein für Sie singen werde!"

Nach dem langen Regenwetter war seit einigen Tagen leichter Maestral eingefallen, der den Himmel rein gefegt und die Wege getrocknet hatte. Eine warme Frühnachmittagssonne durchstrahlte den südlichen Dezembertag.

Pave schritt mit Miliza und Cotia gemächlich auf einem kleinen Pfad dahin, der das Ufer des Flüßchens Monticano entlanglief. Hier lag zu dieser Stunde warme Sonne, und wenige Menschen gingen des Weges.

Der kleine Miro lief voran, ohne sich um die Tante und die Kusinen zu kümmern. Er machte kurze, tänzelnde Schritte, sprang zuweilen etwas vom Weg ab, beugte sich zu Boden, wobei er mit den Kiefern mahlende Bewegungen vollführte, und stieß dann und wann meckernde Laute aus.

„Gib acht, Miro, daß du nicht ins Wasser fällst", rief Pave ihm zu.

Der kleine Knabe wandte sich einen Augenblick um. „Du darfst nicht mit mir reden, Tante", rief er streng. „Ich bin doch eine Ziege!"

„Ah, Miro ist eine Ziege, da müssen wir ihn in Ruhe lassen." Pave lachte herzlich, die kleinen Mädchen aber fanden diese Verwandlung und Entrückung ihres Vetters ganz in Ordnung.

Wie an den Ufern des Livenza, mit dessen Wassern der Monticano sich kaum zwanzig Gehminuten weiter östlich vereinigte, wuchs auch hier allerhand kahlstruppiges Buschwerk, da und dort ließen Erlenbäume ihre entlaubten Zweige wie dichte Büschel dünner, geschwungener Ruten nach unten hängen. Am jenseitigen Ufer stießen winteröde Gärten, denen nur einige immergrüne Pflanzen Frische und Freudigkeit verliehen, an das Ufer, die Häuser einer Stadtstraße wandten ihre Rückenseiten her, und der graue Bau des Franziskanerklosters zog sich in einem Wäldchen von Zypressen und Steineichen länglich hin. Diesseits des langsam fließenden Wassers aber störte nichts die Feldeinsamkeit. Pave liebte diesen friedlichen, sonnigen Weg. Seit das schöne Wetter eingesetzt hatte, war sie schon oftmals hier gegangen, und auch heute hatte sie den Weg von der Mündung bis zu der Stelle gegenüber dem Kloster bereits zweimal zurückgelegt.

Miliza war bestrebt, von den wintergrünen Arbutussträuchern, die da und dort zwischen dem kahlen Gebüsch wuchsen, die roten, rauhen Früchte zu pflücken. Sobald sie einige in ihrer warmen, kleinen Hand gesammelt hatte, versuchte sie, ihre Beute Cotia, die den Muff der verstorbenen Teresina an einer himmelblauen Schnur um den Hals trug und ihre Händchen darein vergrub, in den Mund zu stecken. Diese war anfangs entzückt gewesen, wurde jedoch der fade schmeckenden Beeren bald überdrüssig. Sobald Milizas Hand sich ihrem Munde näherte, preßte sie diesen so fest zusammen, daß ihre hold geschwungenen Lippen wie dünne, gerade Striche wirkten, schüttelte den Kopf und versuchte Miliza wegzustoßen, bis diese es aufgab und ihre Beeren selbst aß.

Pave fühlte sich glücklich. In ihrer Tasche knisterte ein Brief von Pero, den sie am Morgen erhalten hatte, die kleinen Mädchen umzwitscherten und umsprangen sie, das Wasser floß still in der Sonne, und in ihrer Seele brauste noch die Musik des „Rigoletto", die sie am Abend zuvor gehört hatte. Die Eröffnung der Stagione war für das kleine Städtchen ein Ereignis gewesen. Pave und Bepi hatten der Vorstellung in Herrn Loros geräumiger Loge und in Gesellschaft von Frau Biba und ihren Töchtern sowie von Fräulein Marietta Zannoner beigewohnt. Im Parkett hatte Pave außer Miho auch Herrn Loro, den jungen Lippi und sogar den unsympathischen Mann mit den langen, blonden Haaren, der ihr neulich vor dem Posthause aufgefallen war, sitzen sehen. Der Langhaarige war in den Zwischenakten mit eitel einfältigem Lächeln hin und her gegangen, hatte Grüße ausgeteilt, zu den Logen hinaufgeblickt und ein deutliches Kielwasser von nachsichtiger Nichtachtung hinter sich gelassen. Auf Paves Frage, wer der langhaarige Stutzer sei, hatte Frau Biba im Tone so abgründiger Verachtung, daß Pave fast erschrocken gewesen war, geantwortet, das sei Carlo Satti, Gott sei's geklagt, ein sogenannter Maler, Sohn einer Witwe, deren Gut er vertue. Es sei eine Schmach für Metta, daß es einen solchen Hanswurst und widerlichen Nichtstuer in seinen Mauern beherbergen müsse.

Die Aufführung war allerdings bis auf die Leistung Herrn Lorenzonis recht mittelmäßig gewesen, obwohl das Orchester temperamentvoll gespielt und einige Sänger mit nicht ungeschulten Stimmen dem Werk nach Kräften gedient hatten. Mit Gilda freilich waren alle unzufrieden gewesen. Es war schwer möglich, in der dicken, ältlichen Person Rigolettos kinderjunge Tochter zu sehen, und Bepi war nicht müde geworden, ihre ausgesungene Stimme und die abgeschmackte Koketterie ihrer Bewegungen zu kritisieren.

Der Tenor jedoch hatte allen Zuhörern und auch Pave, sie mußte es zugeben, die höchste Achtung abgerungen. Kein Mensch konnte leugnen, daß hier ein wirklicher, ein begnadeter Künstler am Werk war, wenn die Töne in höchster Reinheit wohllautend, stark und schwebend seinem Mund entquollen, wenn er der Gestalt des verspielten und gewissenlosen Herzogs zugleich bestrickende Verführungskraft und abgefeimte Verruchtheit verlieh. Das ganze Haus war erfüllt von den tänzelnden, trällernden, mörderischen Liebeleien dieses Mannes, und wenn sich die Sympathien der Mottaner von der häßlichen und lächerlichen Gilda und dem ausgesungenen und übertrieben schurkischen Rigoletto fort und einzig ihm zuwandten, so war es klar, daß dies einzig auf Rechnung seines überragenden Könnens zu buchen war.

Übrigens hatte Herr Lorenzoni seine Vorhersage, er werde nur für Pave singen, wahr gemacht. Er hatte wiederholt nach ihr hingeblickt, so daß es ihr peinlich gewesen war, und hatte seine Arien, soweit es die Bühnensituation nur irgend ermöglichte, nach ihrer Loge hin gesungen. Er hatte als Herzog in schönen Kostümen, die sich von den verblichenen der übrigen Sänger durch Glanz und Neuheit hervorhoben, eine wahrhaft gute Figur abgegeben, und als Pave in Gesellschaft ihrer Verwandten und Freunde kurz vor Mitternacht nach Hause ging, hatten Anerkennung und Wohlwollen für den Künstler ihr Gemüt erfüllt.

Heute freilich war dieser Eindruck durch Peros Brief völlig zurückgedrängt, und sie zweifelte sogar, ob sie an diesem Abend das Theater besuchen und sich die „Regimentstochter" von Donizetti anhören wollte. Sie war müde, und ein Brief an Pero schien ihr das Wichtigste zu sein.

Vom Campanile herüber schlug die Uhr vier. Pave bog über die Brücke und ging, die Kinder zur Eile ermunternd, rasch nach Hause. Schon an der Tür sagte ihr Vizza, Frau Bianca Tagliapietra sei hier gewesen und lasse die Frau Majorin bitten, recht schnell zu ihr hinaufzukommen. Die Frau Majorin möge beruhigt sein, sie, Vizza, werde den kleinen Mädchen gerne ihre Jausenmilch geben.

Ohne erst abzulegen, stieg Pave die Treppe empor. Bianca erwartete sie allein und schien schon ungeduldig ihrer geharrt zu haben. Sie machte den nervösen Eindruck eines Menschen, der mindestens die letzte halbe Stunde ausschließlich mit Warten zugebracht hat. Auf einem Tischchen hatte sie Gläser mit Himbeersaft und Tellerchen mit Backwerk bereitgestellt, sie schoß auf Pave los, kaum daß diese die Schwelle überschritten hatte.

„Gottlob, daß sie kommen", rief sie mit Emphase. „Ich war schon verzweifelt, denn wenn sie auch zu Mama Lippi zum Kaffee gebeten sind – Sie sehen, die Angelegenheit marschiert! –, so kann man doch nicht wissen, wie bald sie wiederkommen." Pave begriff, daß mit „sie" Frau Biba und Carlotta gemeint waren und daß Bianca in deren Abwesenheit eine kleine Privatgeselligkeit in der leeren Wohnung veranstalten wollte.

„Und Sie sind nicht mitgegangen?"

„Nein, ich bedanke mich. Zur Mutter von diesem Ladestock, von diesem getrockneten Stockfisch! Verhüte Gott, daß Carlotta ihn heiratet! Eine solche brausende Unterhaltung kann ich in Oderzo auch genießen, wenn ich zur Frau des Podestà auf Visite gehen muß. Haben Sie Zeit, Frau Pave? Bitte, bleiben Sie bei mir! Ich möchte so gerne mit Ihnen sprechen. Legen Sie den Mantel ab! Auch den Hut! Und setzen wir uns hierher. Mutters Stuben sind so schön, wenn einmal nicht mindestens fünfzehn Personen darin versammelt sind."

Pave lächelte ein wenig gezwungen. Sie fand es unschön von Bianca, die herzliche, wohltuende Geselligkeit ihrer Mutter hinter deren Rücken herabzusetzen, und Bianca verstand die Ablehnung sofort.

„Sie finden, daß ich nicht so reden sollte? Vielleicht sollte ich nicht, aber sehen Sie ..."

Pave bemerkte betreten, daß die riesigen schwarzen Augen der jungen Bianca sich plötzlich mit Tränen füllten.

„Sehen Sie, ich bin aus Oderzo hierhergekommen, um endlich mit einem Menschen zu reden. Und nun soll ich den ganzen Tag in einem Bienenkorb sitzen und mitsummen!" Sie erfaßte Paves rechtes Handgelenk und preßte es leidenschaftlich. „Mit Ihnen muß ich reden, Frau Pave. Ich hatte sofort Vertrauen zu Ihnen, als ich Sie Sonntag abends hier sah, obwohl wir damals wenig miteinander gesprochen haben. Sie sind nicht von hier, Sie haben die Welt gesehen, Sie sind eine schöne Frau, die im Leben steht. Sie werden vielleicht begreifen, was hier in meinem Kreis niemand begreifen würde. Denn ich kann nicht mehr schweigen."

Nun weinte sie rückhaltlos. Pave sah ängstlich auf das schöne Wesen, das sich auf die Lippen biß und sich mit einem winzigen Batisttüchlein, das bald völlig durchnäßt war, wieder und wieder die Tränen trocknete.

„Ach, liebe Bianca, was fehlt Ihnen denn? Was ist Ihnen geschehen? Wollen Sie es mir nicht sagen? Zwar bin ich nicht so weltläufig, wie Sie glauben, und das Leben, in dem ich stehe, ist das einer armen Offiziersfrau, die mit ihren kleinen Kindern immer umherwandern mußte. Aber ich bin immerhin eine Frau, und ich hoffe, daß ich Ihr Leid begreifen werde."

Pave legte schüchtern ihre Hand mit dem breiten Rücken und den schmalen spitzen Fingern auf Biancas Arm. Als diese der leisen Liebkosung gewahr wurde, war es vollends um ihre Fassung geschehen. Zu Paves Bestürzung ließ sie sich auf die Knie fallen und kauerte nun neben Paves Stuhl, Paves Hände krampfhaft ergreifend und das schwarzlockige Haupt, das sich in ungezähmtem Schluchzen auf und nieder bewegte, auf die Stuhllehne gestützt. Pave streichelte der Weinenden Stirn und Wangen und redete ihr zu wie einem kleinen Kind. Sie bat sie, aufzustehen, und trocknete ihr zart mit dem eigenen Tuch die Tränen.

Allmählich gelang es Bianca, sich zu fassen; sie sprang nun auf und ging schnell und gequält im Zimmer hin und her, um sich nach kurzer Zeit wieder niederzulassen.

„Gott, Gott, die Zeit vergeht, gleich werden sie heimkommen!"

„Nicht doch! Aber wollen Sie mir jetzt nicht zu erzählen versuchen?" sagte Pave und legte in den Ton ihrer Worte alle Sanftmut und Güte, deren sie fähig war.

Bianca straffte sich ein wenig, schluckte hinunter, sah einen Augenblick vor sich hin und stieß mit krampfhaftem Entschluß hervor: „Ein schreckliches Unglück hat mich getroffen."

Pave erschrak. Was für ein Unglück konnte Bianca meinen? Soviel Pave wußte, lebte sie in günstigen äußeren Verhältnissen auf dem Gut ihres Gatten, Todesfall hatte es in der Familie in letzter Zeit auch keinen gegeben. Sollte die schöne Frau die Liebe ihres Mannes eingebüßt haben? Da Pave stets in der Furcht lebte, Pero könnte aufhören, sie zu lieben, so lag diese Annahme für sie nahe.

Da Bianca wieder verstummt war, wagte Pave die Frage, ob es sich vielleicht um ihren Gatten handle.

Bianca fuhr auf: „Ja, um ihn handelt es sich, das heißt auch um ihn, um ihn und um noch jemand."

Pave glaubte eine Bestätigung ihrer Annahme herauszuhören und fragte: „Verzeihen Sie, Frau Bianca, wenn ich so frage: Ist er Ihnen vielleicht untreu?"

Nun geriet Bianca völlig außer sich.

„Nein, nein, nein!" rief sie wild. „Wenn es nur das wäre! Das wäre ein Schmerz, den man ertragen könnte, eine Schande, die man schlucken müßte, nein, es ist etwas anderes, etwas tausendmal Schlimmeres. Ich bin ihm untreu, nicht mit Worten und Werken, wie die Priester sagen, sondern tief innen in meinem Herzen, mit jedem meiner Gedanken und Gefühle!"

Pave saß stumm und erschrocken da, und die Beichtende fuhr fort zu sprechen, indem sie wiederholt den Kopf mit wilder Gebärde zurückwarf und die Hände aneinanderpreßte: „Das Unglück, das mich betroffen hat, ist dieses, daß ich einen fremden Mann lieben muß, einen, der mit mir spielt wie die Katze mit der Maus, daß ich allen Halt, alle Ruhe, daß ich mein gutes Gewissen verloren habe."

Pave sagte verzagt: „Es wird vorübergehen!" Angesichts von so viel Leidenschaft fiel ihr durchaus nichts anderes ein. Sie kam aber mit dieser Zumutung schlecht an.

„Vorübergehen!" stieß Bianca hervor. „Wissen Sie denn, wie lange es schon dauert? Drei Jahre dauert es, denken Sie, drei Jahre! Mit achtzehn habe ich geheiratet, als ich neunzehn war, hat es angefangen, heute bin ich zweiundzwanzig. Und wissen Sie, warum es nicht vorübergehen wird, sosehr ich auch kämpfe, sosehr ich auch leide und mich martere: Weil er, er, derjenige eben, der der Grund dieses Unheils ist, es versteht, mich in einem unsicheren Schwebezustand zu erhalten, in einer ewigen Unruhe, die die Glut immer wieder neu aufflammen läßt. Ich sage: er versteht es. Vielleicht aber weiß er gar nichts davon. Ach, das ist ja das Entsetzliche!"

Auf Paves leise und vorsichtige Frage, wer denn eigentlich den Grund von Biancas Kummer bilde, erfuhr sie, daß der in Frage Stehende ein Gutsnachbar sei, ein älterer Freund ihres Gatten, ein verwitweter Mann, nahe der Vierzig oder schon etwas darüber hinaus.

„Ach", rief die unglückselige Bianca, „Sie dürfen sich nichts Blendendes vorstellen, nichts besonders Stattliches, Auffallendes. Ein mittelgroßer Mann mit fahlen braunen Haaren, unter denen schon graue sitzen, mit einem länglichen, stillen, lächelnden Gesicht. Mein Mann ist tausendmal schöner, ist groß, schwarz, blühend, hat rote Lippen, schneeweiße Zähne. Der andere hat nichts als seine Augen, aber mit denen durchsticht er dich, nagelt er dich fest, schleudert er dich in den Himmel, stößt er dich in die Hölle. Graue Augen sind es!"

Bianca stöhnte.

„Als ich heiratete, fand ich ihn vor, wie ich die Möbel in den

Zimmern, die Pferde im Stall, die Familiengruft in der Kirche vorgefunden hatte. Ganz leise pflegt er angeritten zu kommen, oft mehrmals am Tage. Zuweilen tritt er ein, wenn wir beim Frühstück sitzen, zuweilen des Abends, wenn wir schon zu Bette gehen wollen. Er kommt herein, er redet wenig und langsam, lacht ein bißchen und schaut einen an. Er hat immer Reithosen an und so eine kleine Pfeife im Mundwinkel. Alles geht still und leise bei ihm, aber doch schnell und gewaltig. Er regiert die ganze Gegend bei uns, obwohl er sich aus niemand etwas zu machen scheint. Mein Mann kann ohne ihn überhaupt nicht existieren. Alle laufen sie auf sein Gut und wollen von ihm lernen. Manchmal glaube ich, er ist ein verkleideter Erzengel, manchmal glaube ich, er ist der Teufel."

Bianca stand wieder auf, sie preßte die Hände an die Schläfen und atmete schwer.

„Es regt mich so auf, von ihm zu reden, ich habe ja noch nie, nie zu einem Menschen in dieser Weise von ihm gesprochen."

„Weiß er?" fragte Pave, und diese kurze Frage beschwor einen neuen Ausbruch von seiten Biancas.

„Wenn ich das wüßte, dann wäre die Qual doch nicht halb so groß! Im Anfang, da war er immer aufmerksam gegen mich, es machte ihm solchen Spaß, daß Ettore, das ist mein Mann, geheiratet hatte, er interessierte sich dafür, wie wir miteinander lebten und wie ich alles anfing. Seine Frau war damals schon längst tot. Er gab kleine Feste für uns in seinem Haus, er brachte mir Geschenke und gab mir Reitstunden. Ich glaube, damals war er bestimmt in mich verliebt. Damals geschah das Unglück bei mir. Damals habe ich mein Herz an ihn verloren. Das ist ein so dummes Wort, aber es ist doch richtig. Er hat mein Herz, er kann damit tun, was er will, er kann es tränken oder verdursten lassen, liebkosen oder zu Tode martern, ganz wie es ihm beliebt. Manchmal scheint es mir, daß er mich bewußt und absichtlich quält, ein anderes Mal macht er mir irgendeine rührende, kleine Freude, er kommt zum Beispiel und bringt mir die ersten Artischocken aus seinem Garten, weil er weiß, daß ich das ganz junge Gemüse gern esse. Das Fürchterliche ist, daß ich nicht weiß, was er über mich denkt. Wenn ich zum Beispiel Klavier spiele, glauben Sie, ich bekomme je heraus, ob es ihm gefallen hat? Er sitzt da mit seiner Pfeife, er hört zu, und nachher, wenn mein Mann ein großes Geschrei anfängt, wie herrlich ich gespielt hätte, dann sagt er höchstens: ‚Schön!' oder auch gar nichts. Manchmal macht mich das so verzagt, daß ich am liebsten das ganze

Klavierspielen aufgeben möchte, aber dann spornt es mich doch wieder an, immer mehr zu lernen und zu üben, damit er eines Tages doch zugeben muß, daß ich eine Künstlerin bin. Begreifen Sie denn nicht, Frau Pave, begreifen Sie denn nicht, daß es einen mit der Zeit umbringt, wenn man nicht weiß, wie man mit einem Menschen dran ist?"

Pave begriff es wohl, denn wußte sie jemals mit Sicherheit, ob Pero sie wirklich noch liebte? Ach ja, in diesem Punkt konnte sie der armen Bianca wohl beipflichten.

Biancas Herz schien ein unerschöpflicher Brunnen zu sein, aus dem sie immer neues Leid heraufholte.

„Er ist Witwer", fuhr sie fort, „ich sagte es schon. In seinem Haus hängt das Bild seiner Frau in jedem Zimmer, Blumen stehen darunter, ihr Todestag und ihre Feste werden feierlich begangen, und doch weiß ich nicht, ob er noch an sie denkt. Damals, als er mir die Reitstunden gab, hat er jedenfalls an mich mehr gedacht als an sie. Aber heute? Man munkelt, daß er Frauen bei sich im Haus hält, jedenfalls hat er sehr hübsche Mägde, das kann ich bestätigen. Aber ob er Liebesverhältnisse mit ihnen hat, wer kann es nachprüfen? Wer kann es wissen? Großer Gott!"

Pave nahm einen Anlauf. Wenn diese sechs Jahre jüngere Frau zu ihr Zuflucht nahm, war es da nicht ihre Pflicht, alles zu tun, um sie aus ihrer Verirrung herauszuführen?

„Frau Bianca", sagte sie so liebevoll, als sie es nur irgend vermochte, „Frau Bianca, könnten Sie Ihrer Qual denn nicht dadurch entgehen, daß Sie sich ganz fest an Ihren Mann anschließen? Sie sagen, daß Ihr Mann jung und schön ist und Sie liebhat, warum müssen Sie denn unbedingt diesen Alten mit der kurzen Pfeife lieber haben?"

„Warum, warum?" entgegnete Bianca bitter. „Das ist ja eben die Frage, um die sich alles dreht. Ich werde Ihnen etwas sagen: Seit diese Tragödie dauert, habe ich oftmals mit meinem Mann Reisen gemacht. Wir haben am Gardasee gewohnt, wir haben Venedig, Mailand, Genua besucht, wir sind sogar in Wien gewesen. Wenn ich aber heute an diese Orte denke, wenn ich sie mir vorstellen will, was, glauben Sie, erscheint vor meinem geistigen Auge? Der blaue See bei Gardone? Der Markusplatz? Der Golf von Genua? Nein, nein, nein! Sein Gesicht erscheint mir, nichts anderes, immer nur sein Gesicht. Und warum? Weil ich während aller Reisen und Abwesenheiten nichts getan habe, als mit brennender Sehnsucht an ihn zu denken. Je schöner eine Landschaft war, je lieblicher ein Ort, desto wilder und eindringlicher wurde ich auf ihn hingewiesen. Jedes Bild, das sich mir bot, schien mir eine Verkörperung seiner Person zu sein, ein Widerschein seines unentrinnbaren Blickes. So hat mich jedes Fernsein nur tiefer in meine elende Versklavung hineingeschleudert!

Es ist fürchterlich!" brach sie erneut los. „Nie werde ich mich befreien können. Es gibt kein Entkommen für mich, weil er immer da ist. Wenn ich Gott Tag und Nacht auf den Knien bäte, mich von ihm zu befreien, so würden unsere Feldmarken doch aneinanderstoßen und die Grabplatten unserer Geschlechter auf dem Boden der Pfarrkirche nebeneinander liegen. Also werde ich ihn nie aus den Augen verlieren, und wenn ich mich einmal mit Aufbietung aller meiner Kraft aus dieser Leidenschaft, aus dieser Sünde ein wenig emporgereckt habe, wenn ich glaube: jetzt bin ich über den Berg, jetzt bin ich ihn los, jetzt gehört mein Herz wieder mir, dann kommt er ganz leise, lacht ein wenig, spricht etwas Kluges mit seiner tiefen Stimme – denn er ist unermeßlich klug, müssen Sie wissen! –, nur wenig, er brummt nur etwas vor sich hin, und er schaut einen an, lachend wie ein Spitzbub und doch so abgrundtief lockend wie ein Meer, in das man sich stürzen muß, ob man will oder nicht. Und dann ist alles vorbei, alle guten Vorsätze, alle trügerische Sicherheit."

Bianca stützte ihr Gesicht mit der durchsichtigen Haut auf den Handrücken und starrte auf ein Wollflöckchen, das einsam auf dem wohlgebürsteten Teppich ihrer Mutter lag. Pave betrachtete sie besorgt. Ja, dies war wahrhaftig ein Unglück; Bianca hatte den richtigen Namen dafür genannt. Wenn sie selbst zum Beispiel Pero zu spät kennengelernt hätte, wenn sie etwa Gigi Lombardos Frau geworden wäre, des guten Jungen, der ihr so viel standhafte Liebe entgegengebracht hatte, und dann wäre Pero gekommen, der für sie der eine, der einzige, der allein mögliche Gatte war – hätte sie dann etwas anderes zu sagen vermocht als: ein furchtbares Unglück hat mich getroffen!?

Aber sie durfte diese so grausam Heimgesuchte nicht bestärken, sie durfte ihr nicht recht geben, sie nicht durch Zustimmung noch tiefer ihrer Verstrickung ausliefern.

Pave runzelte die Stirn. Was konnte sie Wirksameres sagen, was für Gründe ins Treffen führen? Vielleicht nützte es etwas, wenn sie den unseligen Mann schlechtmachte und herabsetzte?

„Nach allem, was Sie sagen, Frau Bianca, muß derjenige, von dem Sie reden, wohl eigentlich ein unaufrichtiger und hinterhältiger Mensch sein?"

Bianca fuhr blitzschnell von ihrem Stuhl auf.

„Nicht im geringsten!" rief sie leidenschaftlich. „Unaufrichtig? Hinterhältig? Keine Spur davon. Auf niemandes Wort kann man sich besser verlassen, auch in diesen schwierigen Dingen, von denen ich zu Ihnen, Sie Österreicherin, Sie Frau Majorin, gar nicht reden darf. Niemand ist mutiger, die Wahrheit zu sagen. Niemand hält so treu, was er verspricht." Nach einer ganz kurzen Pause fügte sie hinzu: „Männern nämlich."

Sie setzte sich wieder und wandte sich Pave zu. Eine scharfe Falte saß zwischen ihren hochgewölbten Brauen.

„Ich grüble so viel über diese Dinge, und ich habe herausgefunden, daß alle Begriffe von Treue, Anständigkeit und Ehre für Männer oft genug nicht mehr bestehen, sobald es sich um eine Frau handelt. Das Verhältnis von Mann und Frau, das ist ein Kampf, ein wilder Krieg, in dem alle Mittel, alle Ränke und Kriegslisten erlaubt sind, der sich außerhalb des Gesetzes abspielt, auf einer grausamen, blutigen, vorweltlichen Ebene."

Pave sah die junge Bianca verblüfft an. Was wußte sie nicht alles mit ihren zweiundzwanzig Jahren! Hatte diese jahrelange Qual dies Wissen in ihr gezeitigt oder etwa dies, daß sie eine Künstlerin war? Was sie sagte, mochte wahr sein. Aber hätte sie, Pave, es in diesen Dingen jemals zu mehr als zu einer dunklen Ahnung bringen, hätte sie sie jemals ausdrücken, beim Namen nennen und klar umreißen können? Wieder mußte sie an Pero denken. Sagte er nicht oft mitten im Alltag, in irgendeinem harmlos heiteren oder in einem sorgenvollen Gespräch Dinge, von denen sie nicht begriff, woher er sie wissen konnte, weise, jenseitige Worte, von denen Pave nur glauben konnte, ein Engel habe sie ihm ins Ohr gesagt? Deshalb war Pero aber auch ein Dichter und wurde von seinen Landsleuten so hoch geehrt. Doch diese hier, dies junge Wesen, das auf einem bescheidenen Landgut im Venezianischen wohnte! Jedenfalls hatte Pave mit ihrem letzten Argument kein Glück gehabt.

In dem brennenden Wunsch, zu helfen, umfing sie Bianca mit ihren Blicken. Sie sah das zauberhaft schöne, zarte Haupt auf dem schlanken Hals sitzen, sie sah die schmale und doch weiblich blühende Gestalt. Einmal, vor Jahren schon, hatte Pero ein besonders schönes Pferd gehabt, eine rassige Stute. Alles an dem Tier war Feuer gewesen, nervöse Spannung, adeliges Leben. An diese vergessene Fatme mußte sie denken, an die ursprüngliche Kraft, die zitternde Bereitschaft, die federnde Sprunggelenkigkeit des herrlichen Tieres, als sie Bianca ansah, wie sie, ohne einen Augenblick lang die edelste Haltung zu verleugnen, die Qual ihrer unglückseligen Liebe ans Licht hob.

Plötzlich durchfuhr es Pave. Sie streckte die Hand aus und streichelte Biancas Arm.

„Könnte es Ihnen nicht helfen, wenn Sie ein Kind hätten?"

„Ein Kind? Von wem?"

Bianca sah Pave nicht an.

Paves Herz klopfte, und Röte stieg ihr ins Gesicht.

„Von Ihrem Mann natürlich! Denken Sie denn, ich würde Ihnen raten, ein Kind von einem fremden Mann zu bekommen? Wenn Sie so von mir denken, muß ich aufstehen und fortgehen."

Nun weinte Bianca wieder.

„Mich würde nur retten, wenn ich ein Kind von dem Mann haben könnte, den ich liebe", sagte sie trostlos. „Im ersten Jahr meiner Ehe war ich schwanger. Leider wurde ich krank, und die Frucht ging ab. Hätte ich dieses Kind austragen, nähren, aufziehen dürfen, so hätte das Böse vielleicht nicht Macht über mich gewinnen können. Seitdem bin ich nicht mehr in die Hoffnung gekommen. Es tut mir nicht leid."

Als Bianca dies sagte: „Es tut mir nicht leid" – überkam es Pave plötzlich, daß sie reden konnte, wie es ihr sonst nicht gegeben war. Daß Worte ihr auf die Lippen traten, von denen sie nicht gedacht hatte, daß eine Frau wie sie je imstande sein würde, sie auszusprechen. Sie fühlte eine feurige Leidenschaft, diesem jungen Geschöpf hier zu sagen, wie sehr sie unrecht hatte, in welch heillosen Irrtum sie verstrickt war, und ihr den einzigen Weg zu weisen, der sie retten konnte.

„O Bianca, nicht so! Nicht so!" sagte sie mit einer Wärme und Bestimmtheit, die mit ihrer sonstigen Schüchternheit und Zaghaftigkeit keinerlei Ähnlichkeit hatte. „Bitter leid sollte es Ihnen sein, daß Ihnen seit jenem ersten, das nicht hat leben dürfen, kein Kind mehr erweckt worden ist. Wissen Sie denn, was das ist, ein Kind? Dieses Warme, dieses Liebe, dieses Zärtliche und Weiche! Können Sie denn ahnen, was das ist, was für ein unvorstellbares Glück, wenn sie einem nach all der Qual der Geburt das Neugeborene in den Arm legen? Wenn sie so klein daliegen, die süßen Geschöpfe, die in uns gewohnt, von unserem Blute sich genährt haben, wenn sie zum erstenmal blinzelnd die Augen auftun, zum erstenmal schreien, zum erstenmal an unserer Brust trinken! Bianca, Sie können es ja nicht wissen, was das bedeutet, eine Mutter zu sein! Die Männer sind uns voraus in allen Dingen, nur hierin sind wir ihnen über, daß wir Mütter sein dürfen, daß wir Kinder haben, die uns so nahe sind, so blutwarm nahe wie unser eigenes Leben."

Bianca sah sie mit aufgerissenen Augen an.

„Aber da ich einen anderen Mann mehr liebe als meinen eigenen, wie soll ich dann Kinder von dem empfangen, den ich weniger liebe?" Sie biß in ihr Taschentuch.

Da kam es über Pave wie ein Blitz, daß sie imstande war, der jungen Frau zu sagen, was sie erlösen könnte.

„Um der Kinder willen, die Sie ersehnen sollen, müssen Sie Ihren Mann wieder so lieben, daß Sie verdienen, die Mutter seiner Kinder zu sein! Sie werden doch nicht um eines Fremden willen, von dem Sie selbst sagen, Sie wüßten nicht, ob er sich etwas aus Ihnen macht, auf das Glück verzichten, eine Mutter zu sein? Und denken Sie, was für eine Heimat Sie Ihren Kindern bieten können!" Pave, die Heimatlose, lächelte schmerzlich.

„In ihrem angestammten Vaterhaus werden sie das Licht der Welt erblicken, auf ihrem eigenen Grund und Boden die ersten Schritte tun dürfen. Sehen Sie mich an! Bald werde ich die Quartiere nicht mehr zählen können, in denen ich mit den Meinen gewohnt habe. Denn wo wir armen Offiziersleute wohnen, das kann man oft kein Heim nennen. Und doch, wie freudig habe ich jedes meiner Kinder geboren, durch sie wurde mir fremdes Land zur Heimat, die öden fremden Wohnungen, durch sie wurden sie uns zum Heim. Durch sie bekommt unser Leben Freude und Sinn."

Paves Wangen glühten. Noch nie, soweit sie sich erinnern konnte, hatte sie es gewagt, einem anderen Menschen so eindringlich ihre eigene Meinung vorzuhalten, mit ihren armen, unzulänglichen Worten etwas ausrichten, bessern und ändern zu wollen. Sie holte tief Atem und griff nochmals auf das zurück, was sie so jählings in sich als das Notwendige, das Wesentliche und Wichtige in dieser Sache gespürt hatte.

„Ja, Bianca", sagte sie mit tief erregter Stimme, „damit Sie Ihre Kinder verdienen, müssen Sie Ihren Mann so lieben, wie er es verdient! Verstehen Sie mich?" Sie lehnte sich erschöpft zurück.

„Vielleicht", sagte Bianca, die verwirrt und verstört aussah. Plötzlich stürzte sie auf Pave los und küßte sie wild auf Wangen und Mund, ja sie riß ihre Hände hoch und bedeckte auch diese mit Küssen. „Vielleicht“, stammelte sie, „vielleicht. Ich werde sehen, ob ich das begreifen kann, was Sie mir gesagt haben, und ob es mir möglich sein wird, danach zu leben.“ Ihre Zähne schlugen aufeinander, mit den Händen preßte sie Paves Gelenke, daß sie schmerzten.

In diesem Augenblick wurden im Vorzimmer Stimmen laut, die Tür wurde geöffnet, auf der Schwelle erschien Frau Biba, und ihr folgten Carlotta und der Paduaner. Als Frau Biba die beiden Frauen in dem nun fast finsteren Zimmer erblickte, wandte sie sich nach den jungen Leuten um und sagte, mit einer ihrer runden, altmodischen Gebärden auf diese deutend: „Hier, meine Damen, das jüngste Brautpaar!“

Pave fuhr überrascht von ihrem Sitz auf und eilte auf die erglühende Carlotta zu; Bianca hingegen erhob sich langsam, sie schien aus einer fernen Welt heimzukehren, sie hielt sich an der Lehne des Armstuhls, um nicht zu fallen, und ging Schritt für Schritt durch die Dämmerung, die das Zimmer erfüllte, auf ihre Schwester zu.

Wenige Tage später saß Pave mit ihren kleinen Töchtern in dem Zimmer, das ihr und ihnen als Wohn- und Schlafstube diente, und schickte sich an, einen Brief zu schreiben. Sie hatte ihre lederne Schreibmappe aufgeblättert vor sich auf dem ans Fenster gerückten Tisch liegen und hatte soeben auf einem blauen Briefbogen, der, abgesehen vom größeren Format, durchaus denjenigen glich, die Pero zu verwenden pflegte und oben in der linken Ecke gleichfalls das Wasserzeichen Bath zeigte, das Datum „Motta, am 19. Dezember 1854“ und die Aufschrift „Liebster Pero!“ geschrieben. Miliza saß auf einem niedrigen Schemel und war damit befaßt, ihre Puppe Emma zu kämmen, während Cotia unbeweglich neben Pave stand und sich an deren linken Arm lehnte. Das Kind sah mit großen, stillen Augen bald auf das Gesicht der Mutter, bald auf ihre schreibende Hand. Es war Cotias Eigentümlichkeit, sich schweigend an die Mutter zu schmiegen und sie mit süßen und sanften, groß aufgeschlagenen Augen anzusehen.

Nach einer Weile sagte sie: „Schreibst du dem Miu?“

Das Kind sprach im allgemeinen wenig, aber die Worte, die aus seinem holdgeschwungenen Munde kamen, waren von einer zartbeseelten Lieblichkeit, von einem so bezaubernden Ausdruck, daß Pave sich oft hingerissen fühlte, sie für jedes Wort, das sie sprach, stürmisch zu küssen. Die Liebe zu diesem Kind versengte ihr Herz völlig; stand das kleine Wesen an sie gelehnt, hielt Pave es im Arm, so fühlte sie eine schmerzende Glut, eine heischende Leidenschaft, daß sie das Kind mit ihrer Liebe hätte ersticken und erdrücken mögen. Wohl liebte sie die kluge, reizende Miliza mit aller Wärme ihrer Mütterlichkeit, wohl war mit der Geburt des kleinen Duschan ein neuer Feuerherd von mütterlicher Liebe entzündet worden. Und doch schien es ihr mitunter, als sei ihre Liebe, ihre quellende, brennende Zärtlichkeit für Cotia aus anderem Stoff als alle andere Liebe, die sie jemals gefühlt hatte. Und wußte sie nicht, daß es Pero ebenso ging? War es nicht deutlich geworden, seit Cotia lebte, daß niemand von ihnen allen ihm auch nur von ferne bedeutete, was diese kleine Tochter ihm war?

Auf Cotias Frage: „Schreibst du dem Miu?“ hatte Pave ihren Arm fest um den rundlichen kleinen Körper geschlungen, sie hatte ihre Wange an die Wange des Kindes gelegt und in Cotias Ohr hineingeflüstert: „Ja, ja, ja, ich schreibe dem Miu. Was soll ich ihm von der Cotia schreiben?“

„Cotia schickt dem Miu ihre Bonboni. Du mußt sie in den Brief stecken.“

Auf dem Fensterbrett standen, noch teilweise von rosa Seidenpapier umhüllt, die kleinen Geschenke, welche die Kinder zum Fest der heiligen Lucia erhalten hatten, das am 13. Dezember gefeiert wird und in Italien als Fest der Gaben und Geschenke eine ähnliche Rolle spielt wie in nördlicheren Ländern das Weihnachtsfest. Es war allerhand gefärbtes Zuckerzeug, Marzipan und kleine Kuchen, zum Teil schon etwas eingetrocknet und verstaubt, denn das Fest lag nun schon sechs Tage zurück, und die Mädchen hatten ihre Geschenke durchaus nicht in einer Schublade verwahren, sondern auf dem Fensterbrett zur Schau stellen wollen. Der größere Teil der Gaben stammte von Frau Biba. Diese hatte es sich nicht nehmen lassen, mit den leckeren kleinen Kuchen, die für jenes nun verklungene Fest am Sonntag vor Beginn der Stagione so reichlich angefertigt und damals nur zum geringen Teil verzehrt, von ihren sorglichen Händen jedoch in Blechdosen verwahrt und frisch erhalten worden waren, die Strümpfe der kleinen Mädchen und ihres Vetters Miro zu füllen.

Pave versicherte Cotia, sie werde dem Postillion die süßen Sachen geben, damit er sie dem Miu bringe. Nun meldete sich auch Miliza. „Ich möchte dem Miu auch etwas schicken, und du hast gesagt, daß ich ihm schreiben darf." Pave erklärte ihr, daß sie dem Vater einen Gruß für Weihnachten werde schreiben dürfen, aber erst ein wenig später. Nun müsse die Mutter endlich den Brief beginnen, die Kinder sollten einstweilen aussuchen, was sie dem Vater schicken wollten. Voll Eifer traten die kleinen Mädchen an das Fensterbrett, legten das geglättete Seidenpapier als Unterlage darauf und reihten alle die Zuckerfigürchen, Plätzchen, Kringel und Marzipanstangen nebeneinander, um ihre Auswahl zu treffen. Großmütig wollten sie weitaus das meiste von all den Herrlichkeiten nach Wien schicken, Pave hinderte sie jedoch daran mit der Begründung, daß der Postillion nur ein ganz, ganz kleines Päckchen zur Beförderung annehme.

Während die Kinder am Fenster standen, die Süßigkeiten hin und her rückten, mit dem Papier knisterten und leise wispernd die Frage erörterten, welche Stücke dem Miu wohl die größte Freude machen würden, hatte Pave sich endlich ans Schreiben gemacht. Zunächst bat sie Pero um Entschuldigung wegen ihres langen Schweigens. Denn hatte sie nach ihrer Ankunft neun Tage auf einen Brief aus Wien warten müssen, so war es nun Pero, der in seinen Briefen Pave wieder und wieder bat, in kürzeren Pausen zu schreiben und ihn nicht so lange ohne Nachricht über ihrer aller Wohlbefinden zu lassen. Sie berichtete von Duschans Gedeihen, das sich besonders dadurch äußere, daß er die Nächte durchschlafe und tagsüber ruhig und freundlich sei. Sie erzählte auch von ihrem eigenen Wohlergehen, von ihrem Husten, der sie immer weniger und weniger belästige, ja sie erwähnte, ein Herr habe ihr kürzlich gesagt, wenn sie leidend sei, so müsse sie wohl geschminkt sein, da sie so gut aussehe. Daß dieser Herr der Tenor Lorenzoni gewesen, dies Pero mitzuteilen, hielt sie nicht für wichtig genug. Sie erwähnte die Stagione, die nun beendet war, erzählte von der Annehmlichkeit, die die Benützung der Loroschen Loge geboten, und bedauerte, daß das Vergnügen der Theaterbesuche nun zu Ende sei. Sie schrieb trübe vom kommenden Weihnachtsfest, das sie ohne den Gatten würde verleben müssen, und bat in zaghaften Worten, ob es Pero nicht doch ermöglichen könnte, wenigstens auf kurze Zeit nach Motta zu kommen. Sie berichtete von dem Vorhaben der Kinder, ihm von ihren zu Santa Lucia erhaltenen Leckereien zu senden, und gestand, daß sie das Päckchen für sich behalten und seinen Inhalt im Gedanken an ihn verzehren würde. Sie beschwor Pero, sich in acht zu nehmen, weil die Gerüchte über die Cholera noch immer nicht zum Schweigen kämen, und bat flehentlich um baldige, wenn auch kurze Nachricht.

Nun rief sie Miliza herbei, hieß sie sich auf ihr Knie setzen, drückte ihr die Feder in die Hand und begann, ihr die Hand führend, zu schreiben:

„Mein lieber Papa, mit Freude höre ich, daß es Dir gut geht, und ich hoffe, Du bleibst gesund. Auch mir geht es gut. Ich wünsche Dir alles Gute zu den Feiertagen und bitte Dich, habe immer lieb Deine Miliza." Miliza glitt vom Knie der Mutter nieder, nun kam auch Cotia herbei, und die Kinder küßten andächtig das Briefblatt, das der Vater in Händen halten würde, wie sie es jedesmal zu tun pflegten, wenn die Mutter nach Wien schrieb. Pave saß da, hatte mit jedem ihrer Arme eine ihrer Töchter umfangen, die Köpfe der Kinder schmiegten sich an ihre Wangen, und ein unendlicher Kreislauf von Liebe durchströmte die Verschlungenen.

Hierauf kleidete Pave sich eilig zum Ausgehen. Sie faltete den Brief, schrieb auf die Außenseite des Bogens Peros Adresse, siegelte, nahm das rosa Päckchen der Kinder heuchlerischerweise entgegen und eilte davon, um die Post zu erreichen.

Das Wetter war trocken, doch war der Nachmittagshimmel von grauen, lockeren Schirokkowolken bedeckt, und die schwüle, drükkende Luft ließ baldigen Regen ahnen. In überdeutlichem Föhnlicht standen die Häuser, die Bäume der Gärten und der Campanile, der über die Stadtmauer herübersah, sonderbar farbig und greifbar da. Als Pave sich dem Trevisanischen Tor näherte, hörte sie hinter sich eilige Schritte.

„Signora!" sagte eine Stimme, die sie allsogleich als diejenige Herrn Lorenzonis erkannte. „Signora! Welches Glück, daß ich Sie treffe!"

„Oh, Maestro! Sie gehen spazieren?" Pave wandte ihm ihr Gesicht zu, über das sich der schiffchenförmige Hut kokett und anmutig neigte.

„Spazieren, Signora! Nennen Sie es immerhin spazierengehen. Seit zwei Stunden bin ich hier auf und ab gegangen, immer hin und her, das kurze Stück vom Tor bis zur Brücke. Und warum habe ich das getan? Können Sie raten, Signora, warum?"

Pave gab vor, es nicht zu erraten. „Es ist ein hübscher Weg", antwortete sie mit gespielter Unschuld, „besonders jenseits der Brücke bis zu der Stelle gegenüber dem Franziskanerkloster. Dort ist es so ländlich und einsam."

Der Tenor war bleich. Er trug den eng in die Taille geschnittenen Winterrock und den grauen Zylinder wie während der Reise. Er begann wieder: „Signora, denken Sie im Ernst, daß ich hier in Motta spazierengehe, um mir die Gegend zu betrachten? Gestatten Sie mir, daß ich es Ihnen sage, zürnen Sie mir nicht, weisen Sie mich nicht fort: um Ihretwillen bin ich hier gegangen, wie ich seit dem Augenblick, da ich Sie zuerst gesehen habe, alles nur um Ihretwillen getan habe. Was würde ich sonst hier suchen? Die Stagione ist zu Ende. Die Kollegen sind abgereist, meine Stimme ist etwas überanstrengt, denn es war ein Elend, in dem schlechten Haus zu singen. Um Ihretwillen gehe ich hier, in der Hoffnung, Sie noch einmal zu sehen, eine Hoffnung, die mich, gottlob, nicht getrogen hat."

Pave schritt gleichmütig weiter und fragte: „Wann reisen Sie?"

Herr Lorenzoni seufzte und neigte sich ein wenig zu Pave hin: „Ich reise morgen, was bleibt mir übrig? Was sollte ich weiter hier tun? Obwohl, freilich ..." Er vollendete den Satz nicht.

„Ich bin sehr traurig, daß wir nun keine Oper mehr hier haben werden", sagte Pave und war heilfroh, sich nun, wie sie hoffte, auf ein neutrales Gesprächsgebiet begeben zu können.

„Sind Sie traurig, Signora? Soll ich das glauben, darf ich das glauben? Es fällt mir schwer. Denn, Signora, ich habe nie ein härteres Herz gekannt als das Ihre."

Pave richtete sich sehr gerade auf und wandte ihr Gesicht voll dem Sänger zu: „Herr Lorenzoni, wir sind keine Kinder. Lassen wir doch diese Art von Gesprächen! Sie wissen, daß ich eine verheiratete Frau mit kleinen Kindern bin. Eine Offiziersfrau. Eine Dame von Stand, möchte ich sagen, und doch auch wieder eine geplagte und arme Frau. Was durften Sie von mir erwarten? Sie konnten doch nicht annehmen, daß jemand wie ich sich zu einem Abenteuer bereitfinden würde." Pave war ziemlich stolz, daß sie es zuwege gebracht hatte, diesen Satz so kühl und klar zu formulieren.

Der Tenor blieb erschüttert stehen. „Oh, Signora, Signora! Denken Sie denn, ich weiß, was ich mir erwartet habe? Im Anfang, als ich Sie nicht kannte, als ich Sie nur gesehen hatte, nur gesehen, damals vielleicht habe ich unsinnige Träume gehegt, Wünsche genährt. Aber seit ich auch nur ein Wort aus Ihrem Mund vernommen hatte, ja schon damals, als ich Sie in Laibach mit den Herren Offizieren sitzen sah, schon damals wußte ich, daß Sie unerreichbar sind. Aber fragt man denn nach Erreichbarkeit, wenn man liebt? Man muß lieben, man kann nicht anders, man will sehen, hören, nahe sein und, wenn möglich, nicht ganz verworfen werden. Signora, ich habe viel für Sie geopfert und nichts dafür begehrt. Aber verstehen Sie doch, daß ich verzweifelt bin, nun, da ich mich von Ihnen trennen soll, ohne auch nur jemals richtig mit Ihnen gesprochen zu haben!"

Herr Lorenzoni sah tatsächlich verzweifelt aus. Die Schirokkoluft und die lange Rede hatten ihm Schweiß aus der Stirn getrieben, den er mit heftigen Bewegungen abtrocknete; seine runden, großen gewölbten Augen hingen mit unsäglicher Betrübnis an Paves Gesicht, die Winkel seines Mundes waren traurig gesenkt.

Pave war es unbehaglich zumute. Sie wünschte dringend, daß irgendein Bekannter kommen möge, Herr Loro etwa, der oft auf der Straße anzutreffen war, oder Miho in seinem Wagen oder selbst der junge Lippi, um sie aus ihrer peinlichen Lage zu befreien. Was sollte sie um Gottes willen mit diesem Menschen anfangen, der ihr Dinge sagte, die sie eigentlich nicht anhören durfte, und der ihr Vorwürfe machte, die keinerlei Berechtigung hatten.

„Was kann man da machen. Herr Lorenzoni! Es ist das Los der Menschen, daß sie voneinander gehen müssen. Ich mußte mich doch auch von meinem Mann trennen, und das ist etwas anderes, etwas Schlimmeres, denn die Familie gehört zusammen. Sie werden nun in eine andere Stadt fahren, Sie werden Triumphe feiern, Sie werden die Herzen der Damen erobern. Meine Freunde in Laibach haben mir erzählt, daß Sie dort die Ursache vieler Tragödien gewesen sind, Herr Herzog von Mantua!"

Lorenzoni ging nicht auf ihren Scherz ein, sondern schritt finster dahin. „Das ist vorbei!" sagte er mit dünnen Lippen, die er kaum voneinander tat. „Wohl, ich werde singen, es ist mein Beruf. Aber es gibt keine Frau mehr für mich außer einer. Diese eine muß ich heute verlassen, sie stößt mich zurück."

Nun wurde Pave tatsächlich ärgerlich.

„Was soll das heißen: ich stoße Sie zurück! Im Gegenteil. Ich gehe hier freundlich mit Ihnen spazieren. Ich hätte Ihnen ebensogut sagen können, daß Sie mich nicht begleiten dürfen. Dies ist eine kleine Stadt. Geschwätz und Gerede entstehen hier schnell. Trotzdem habe ich Ihnen gestattet, mit mir zu gehen. Also dürfen Sie keine so verrückten und unbescheidenen Reden führen. Übrigens ist hier die Post. Ich muß meinen Brief aufgeben."

„Darf ich Sie erwarten?" sagte der Tenor, bleich bis in die Lippen, und als Pave ihm mit einem lächelnden Achselzucken eine kurze Zusage gegeben hatte, verneigte er sich tief und todernst und stellte sich unter dem kaiserlichen Adler auf, den Blick in das Dunkel des Torwegs gebohrt, in dem Pave verschwunden war.

Als sie leichtfüßig wiederkehrte, trat er ihr mit einer gewissen Feierlichkeit entgegen.

„Signora!“ sagte er mit ruhigem und gesammeltem Ausdruck, „Signora, ich habe Sie vorhin erzürnt. Verzeihen Sie mir! Ich werde keine unvernünftigen Reden mehr führen. Aber gewähren Sie mir eines, Signora, seien Sie barmherzig! Es ist meine letzte Chance. Kehren Sie nicht sogleich nach Hause zurück! Billigen Sie mir einen kleinen Spaziergang an Ihrer Seite zu! Gehen wir noch ein wenig hier über den Livenza hinüber auf der Chaussee gegen Quartarezza!“

Er machte nun einen so rührenden Eindruck, daß Pave ihn versöhnt und freundlich ansah und gewährend sagte: „Warum nicht? Es ist zwar ziemlich schwül, aber wir können immerhin noch ein wenig gehen, wenn es Ihnen Freude macht.“

Der Livenza floß bleiern unter dem grauen Himmel hin, die kleinen Landhäuser an seinem Ufer sahen in der feuchten Luft seltsam einsam und unheimlich aus. Die langen Pappelalleen, die da und dort das Land durchschnitten, streckten ihre spitzen Wipfel in die unbeweglich brütende Luft, locker geballte Wolken segelten dahin, getrieben von einem nur in den oberen Luftschichten spürbaren Wind, und ließen, wenn sie sich verschoben, eine dichte und zähe weiße Dunstwand sehen, die jenseits ihrer Wanderschaft den Himmel gefährlich überzog.

„Es wird gleich regnen“, sagte Pave.

Der Sänger jedoch widersprach ihr heftig: „Nein, Signora, es wird nicht regnen! Gott kann es nicht wollen. Gott wird mir diese letzte Frist gönnen, dieses letzte Glück, diesen ersten und letzten Weg mit Ihnen.“

„Hoffen wir das Beste“, sagte Pave ergeben. Seit sie verheiratet war, widerfuhr es ihr zum erstenmal, daß ein Mann sich ihr mit deutlicher Werbung nahte, und obwohl sie nicht im geringsten daran dachte, dem ohnmächtigen Flehen des Sängers auch nur mit dem leisesten Entgegenkommen zu begegnen, so fürchtete sie doch, durch das bloße Anhören seiner bettelnden Beteuerungen irgend etwas anzutasten, das Pero gehörte. Dennoch brachte sie es nicht über sich, dem Tenor den Spaziergang kühl zu verweigern, den er so sehr zu ersehnen schien. Sie selbst schwankte zwischen einer kindlichen

Freude über die unverhohlene Bewunderung des begabten Mannes und einem deutlichen Unbehagen, das sich aus schlechtem Gewissen und der Besorgnis zusammensetzte, sie könnte ins Gerede kommen.

Indessen schienen Herrn Lorenzonis Gebete Erhörung gefunden zu haben, denn die nahen und lockeren Wolken zerteilten sich einigermaßen, und das Licht wurde freundlicher. Sie hatten die Brücke überschritten und gingen nun auf der Chaussee weiter, die ausnahmsweise trocken war; unabsehbare Stoppelfelder säumten ihren Weg, in den Weingärten standen inmitten der Stöcke, die nahe der Wurzel abgeschnitten waren, niedere Maulbeerbäume, die ihre kahlen Zweige reckten.

Pave überlegte, welches unverfängliche Gespräch sie beginnen könnte. „Was ist es nun mit Ihrer Berufung nach Wien, Herr Lorenzoni?“ fragte sie mit konventioneller Artigkeit, während sie in ihren kleinen Schuhen auf der unebenen Straße einherschritt.

„Die letzte Nachricht steht noch aus“, entgegnete der Tenor, „doch ist es ziemlich wahrscheinlich, daß man mich rufen wird.“

„Nun, Maestro, dann werden wir einander in Wien wieder begegnen. Im Frühjahr holt, uns mein Mann zurück. Ich muß nur bis dahin gesund werden.“

Herr Lorenzoni war sehr überrascht. „Wirklich, Signora? Sie kehren nach Wien zurück? Wie kommt es nur, daß ich diese Möglichkeit nicht ins Auge gefaßt habe? Signora, was für eine herrliche Botschaft sagen Sie mir da! Oh, ich Narr, ich dummer Junge, das Herz wollte mir schier brechen, und nun höre ich, daß es eine Möglichkeit gibt, Sie wiederzusehen! Großer Gott, welches Glück, welche Freude!“

Er begann beschwingt auszuschreiten, sein Gesicht blühte auf, er sah Pave mit einem so kindlich glücklichen Ausdruck an, daß sie ihm zulächeln mußte.

„Bis wir kommen, Maestro, werden Sie tausend neue Bekanntschaften gemacht haben. Wollen wir wetten, daß Sie Ihre Reisegefährtin bis dahin vergessen haben?“ Es machte Pave ein spitzbübisches Vergnügen, einen leidenschaftlichen Protest von seiten Herrn Lorenzonis herauszufordern, der auch keineswegs ausblieb, doch erfolgte er in anderer Form, als Pave erwartet hatte.

Der Sänger blieb feierlich stehen, wie vorhin, da er sie vor dem Posthaus erwartet hatte. Er sah sie ernsthaft an, legte die Hand auf die Brust und begann langsam zu reden.

„Signora, alles ist Ihnen gewährt, kein Scherz, den Sie sich mit mir erlauben, kann Ihnen verwehrt sein. Aber gestatten Sie mir, daß ich zurückweise, was nicht im entferntesten, was in ganz und gar keiner Weise den Tatsachen entspricht. Signora, die Herren Offiziere in Laibach haben Ihnen von den dummen Weibergeschichten erzählt, mit denen ich bisher mein Leben vertrödelt habe. Ich sagte Ihnen schon, daß dies vorbei ist. Seit ich Sie zum erstenmal gesehen habe, seit ich Sie in der Tür des Eisenbahnwagens stehen und auf Ihren Herrn Gemahl herunterschauen sah, seit diesem selben Augenblick hat sich mein Leben geändert. Wohl habe ich viele Frauen gekannt, auch ihrer viele, ich gestehe es, ohne mich dessen zu rühmen, erobert und besessen, wenn Sie mir diesen Ausdruck zugute halten wollen. Aber wer waren sie? Was waren sie? Was haben sie mir bedeutet? Zeitvertreib waren sie, Wolken, Schmetterlinge, Fleisch, Fleisch, Fleisch. Ich war ein Tor, ein Sünder, ein Vergeuder. Aber ich wußte es nicht besser. Nie vorher, nie, hören Sie mich, Signora, habe ich wirklich eine Frau geliebt. Sie mußten kommen, ich mußte sehen, wie liebreich Sie Ihren Gatten anblickten, wie gütig, wie zärtlich Sie mit Ihren Kindern umgingen, damit es mir deutlich würde, was das ist, eine Frau. Ich bin ein unglücklicher Mensch, denn dieselbe Sekunde, die mir das Wundervollste gezeigt hat, hat mich zugleich gelehrt, daß es nicht für mich bestimmt ist, und trotzdem habe ich an jenem ersten Tag, jenem Reisetag, obwohl Sie so beharrlich und mit so strengem Gesicht von mir fortsahen, gedacht und geträumt, ich würde mit Ihnen verfahren können wie mit den vielen anderen. Aber, ich sagte es Ihnen schon, in Laibach bereits, als Sie mit Ihren beiden Bekannten so vollendet damenhaft, so frei und unbefangen plauderten und scherzten, da wußte ich es, daß Sie aus anderem Holz geschnitzt sind als alle die Frauen, zu denen unsereiner den Blick erheben darf. Da wußte ich es, daß Sie eine Madonna sind, ein Sternbild, zu dem man aufblickt, das man verehrt, dem man sein Leben weiht, aber das man niemals, niemals besitzen wird. Das einen unbeschenkt läßt und doch reicher macht als die feilen Dinge, die einem armen Komödianten sonst in den Schoß fallen. Werden Sie nochmals sagen, Signora, ich würde Sie vergessen haben, bis Sie nach Wien kommen?"

Pave dachte, wie sonderbar es sei, daß sie nun jahrelang im Gehege ihrer Familie gelebt, ihre Pflichten erfüllt und mit Pero, der höher stand als alle anderen, ein oft hartes Leben geteilt hatte und daß ihr nun hier, in diesem Städtchen, von zwei Seiten, aus Biancas

Beichte und aus Herrn Lorenzonis Liebeserklärung, ein Gluthauch von Leidenschaft entgegenkam, wie sie ihn seit den Tagen, da Pero in Zara Nachmittag für Nachmittag die Treppe ihres elterlichen Hauses in der Via San Antonio emporgestürmt war, fast ein wenig vergessen hatte.

„Maestro", sagte sie mit stiller und leiser Stimme. „Maestro, in einer Gefühlsaufwallung glaubt man manches, was sich im nüchternen Licht anders darstellt. Sie kennen mich nicht. Ich bin nicht häßlich, ich weiß es, aber sonst bin ich nichts von alledem, wofür Sie mich halten. Glauben Sie mir, Maestro, ich bin ein ganz und gar elender Mensch."

Der Sänger unterbrach sie stürmisch: „Elend, Sie, Signora, elend!"

Aber Pave redete ruhig weiter: „Haben Sie nicht schon den Ausdruck gehört: ein ‚übertünchtes Grab'? Irgendwo in der Bibel muß es stehen, ich erinnere mich daran von meiner Schulzeit her. Solch ein übertünchtes Grab bin ich. Obwohl ich krank bin, habe ich so blühende Wangen, daß Sie sogar gedacht haben, ich sei geschminkt. Obwohl ich untüchtig bin, furchtsam, kleinmütig und kraftlos, sehe ich flink und niedlich aus, ich weiß es, oh, ich weiß es. Es gibt freilich genug Menschen, die mich lieben, mein Mann, meine Geschwister, meine Kinder und auch sonst manche Leute, Frau Biba zum Beispiel und Frau Bianca, deren Tochter. Alle denken sie, hinter meiner netten Erscheinung stecke etwas, etwas Wertvolles, etwas, das der Liebe würdig ist. Aber es ist nicht so, Herr Lorenzoni, glauben Sie mir um Gottes willen, es ist nicht so! Kein Mensch – ach, wie soll ich es Ihnen nur beibringen, damit Sie es glauben –, kein Mensch kann elender und unwürdiger sein als ich."

Der Sänger sah die Frau neben sich mit sprachlosem Erstaunen an. „Was sind Sie für ein einzigartiges Wesen!" rief er aus. „Alle Frauen, die ich bisher gekannt habe, wollten besser scheinen, als sie waren. Sie waren geschminkt und taten so, als seien sie es nicht, sie waren liederlich, dumm, treulos und faul und wollten für ehrbar, klug, verläßlich und tüchtig gehalten werden. Sie bildeten sich ein, weiß der Himmel wie schön zu sein, auch wenn sie es nicht waren; dabei spielten sie die Bescheidenen und stellten sich, als wollten sie nicht für schön gelten. Und Sie, Sie, die Sie die Schönste sind, die Sittsamste, die Getreueste, Sie geben aufrichtig zu, daß Sie von Ihrer Schönheit wissen, und tun sich doch nichts darauf zugute. Sie nennen sich untüchtig, kleinmütig und kraftlos; nie aber, solange ich lebe, habe ich einen so kostbaren, einen so edlen, einen so unvergleichlichen Menschen gesehen!"

Pave ließ verzagt die Arme sinken. „Hören Sie doch auf mit Ihren Lobpreisungen!" sagte sie gequält. „Ich meine nicht nur wirklich, was ich sage, sondern es verhält sich auch so. Ich bin ein armer Mensch, der seinem Schicksal nicht gewachsen ist. Wenn Sie wüßten, wieviel Nachsicht mein Mann braucht, um mit mir auskommen zu können! Wenn Sie wüßten, an wie vielem ich es in der Erziehung meiner Kinder fehlen lasse! Ich bitte Sie, Herr Lorenzoni, wenn Ihnen wirklich an meiner Freundschaft etwas liegt, so häufen Sie nicht so viel unverdientes Lob auf mich! Sie martern mich, wenn Sie es tun. Übrigens müssen wir umkehren. Es wird spät, ich muß nach Hause zu meinen Kindern."

Der Sänger machte gehorsam kehrt. Sie gingen dieselbe Straße mit den eingetrockneten Radspuren und den vielen lehmigen Unebenheiten, die sie soeben entlanggeschritten waren, wieder zurück. Die Stadt lag jetzt vor ihnen, der Turm erhob sich schlank und schön aus dem Gewirr der Dächer, die Wolken hingen wieder bleiern und drohend nieder.

„Nun kommt wirklich ein Wetter", sagte Pave, „kommen Sie, Herr Lorenzoni, gehen wir rascher, wir dürfen uns nicht vom Regen einholen lassen."

Der Sänger schritt schweigsam neben ihr, er schüttelte bisweilen den Kopf und sah sie von der Seite an. Als sie sich der Brücke näherten, sagte er: „Ich darf also hoffen, Sie in Wien wiederzusehen, Signora? Als ich heute zwei Stunden lang vor dem Hause, das Sie bewohnen, auf und ab gegangen bin, habe ich nicht zu hoffen gewagt, daß eine so herrliche Botschaft mir das Scheiden von Ihnen erleichtern würde. Aber wie werde ich Sie finden?"

„Schreiben Sie an Herrn Loro, er wird durch meine Schwester meine Adresse wissen. Ich werde mich freuen, wenn ich Sie in Wien singen hören werde."

Sie hatten die Brücke überschritten und bogen in die Stadt ein. Auf dem Hauptplatz löste sich aus den dunkelnden Lauben eine kindisch tänzelnde Gestalt. Es war Carlo Satti, der „sogenannte Maler", der sich wie gewöhnlich müßig herumtrieb. Er kam freudestrahlend herbei und begrüßte Pave und den Sänger mit eitlem Lächeln.

Ohne viel zu reden, gingen die beiden durch das Trevisanische Tor, und vor dem Loroschen Haus reichte Pave ihrem Begleiter die

Hand: „Leben Sie wohl, Herr Lorenzoni, es hat mich gefreut, Sie zu treffen, und ich bitte Sie, denken Sie nicht allzu gut von mir!"

„Nie, nie kann ich so von Ihnen denken, Signora, daß es, gemessen an Ihrem Wert, nicht noch immer viel zu gering wäre! Ich danke Ihnen für diesen Spaziergang. Auf Wiedersehen in Wien! Und werden Sie gesund, Signora! Werden Sie ganz, ganz gesund! Dank, Dank! Auf Wiedersehen!"

Pave durchschritt sehr schnell das schmale Vorgärtchen und verschwand im Hause. Der Sänger stand da, er sah an dem Haus hinauf, als könnte ihm von seiner weißen Wand noch irgendwelches Gute kommen, er drückte beide Hände auf die Brust und verharrte minutenlang in dieser Stellung, bis große Tropfen zu fallen begannen und er genötigt war, mit langen Schritten das Stadtinnere zu gewinnen.

Cotia

Die Wochen und Monate waren sacht vergangen. Das Weihnachtsfest war gekommen und vorbeigezogen, ohne daß Pero es ermöglichen konnte, die Seinen aufzusuchen; und die Karnevalszeit hatte in Motta keine wesentliche Änderung des ruhigen Lebens herbeigeführt. Pave lebte still und glücklich mit ihren Kindern. Duschan gedieh gut, und die kleinen Mädchen erfüllten die Tage mit ihrem zwitschernden Geplauder und der erfindungsreichen Vielfalt ihrer Kinderspiele. Giuseppina war nun zuweilen leidend. Es hatte sich gezeigt, daß sie guter Hoffnung war, und es geschah nicht selten, daß sie mit heftigen Übelkeiten das Bett hüten mußte. Miho betreute sie liebevoll. Er war voll Freude über das zu erhoffende zweite Kind und voll rührenden Eifers, seine Frau zu schonen und zu verwöhnen.

Bei Frau Biba war man eifrig dabei, die Aussteuer für Carlotta zu nähen. Herr Lippi war nach Padua zurückgekehrt, wo er sein Studium noch vor dem Sommer zu vollenden gedachte. Von Bianca Tagliapietra, die am Tag nach jenem Gespräch abgereist war, hatte

Pave keine Nachricht erhalten. Die lebhafte Zeit im Dezember, das abendliche Fest bei Frau Biba, die Opernstagione, Biancas Beichte und die Anwesenheit des Sängers schienen ihr wie eine tropisch bunte Insel aus dem gleichmäßigen Wellenschlag dahingleitender Tage herüberzuwinken. Herr Lorenzoni hatte kurz nach seiner Abreise einen höflichen und zartfühlenden Brief geschrieben, in dessen schön kalligraphierten Zeilen er Pave nicht mit Liebeserklärungen behelligt, sondern ihr lediglich für ihr Wohlwollen gedankt und neuerdings ein Wiedersehen in Wien in freudige und nunmehr sichere Aussicht gestellt hatte.

Pave verbrachte ihre Zeit ruhig bei der blassen Giuseppina sitzend und Näharbeiten fördernd; mitunter gingen die Schwestern zu Frau Biba hinauf, doch zog Bepi es in diesen Wochen meistens vor, bei sich zu Hause zu bleiben. Wenn das Wetter günstig war, machte Pave mit den drei Kindern die gewohnten Spaziergänge an einem der Flüsse. Mitunter konnte Miho seinen Wagen entbehren, dann wurden kleine Ausfahrten unternommen.

Das Dasein verlief ohne Dornen und Stacheln, es war ein warmes und befriedetes Dasein, wie es sich nur dann zu entfalten pflegt, wenn in einem Haus, unter dem Schutz eines Mannes, Frauen und Kinder pflanzenhaft und einträchtig dem nachleben dürfen, was ihrer innersten Natur entspricht. Pave fühlte sich hier in dem südlichen Städtchen heimatlich geborgen, wenngleich das Adriatische Meer, dessen blauen Spiegel man von Motta freilich nicht sehen, dessen feuchte und gewaltige Gegenwart ein liebendes Herz jedoch ahnen konnte, zwischen ihr und ihrer Heimat lag.

Auch die Amme Santa hatte sich im Loroschen Hause, wo sie mit dem kleinen Duschan eine Kammer neben der Wohn- und Schlafstube ihrer Herrin bewohnte, behaglich zurechtgefunden. Die feindseligen Vorbehalte, die sie anfangs gegen ihre Herrin genährt hatte, waren nun größtenteils dahingeschwunden. Sie hatte die Strassoldosche Herrlichkeit verschmerzt, Frau Giuseppinas Haushaltung sagte ihr zu, und die muntere und magere Vizza war ihrer herablassenden Freundschaft gewürdigt worden. Natürlich hatte sie seinerzeit bald von der Ankunft des Tenors in Motta erfahren und, als einzige mit der Vorgeschichte vertraut, auf die Entwicklung der Angelegenheit ein wachsames und aufmerksames Auge gehabt, doch mußte sie sich sagen, daß sich im Verlauf der Stagione nichts, aber wirklich rein gar nichts zugetragen hatte und daß der Frau Majorin als einer tadellosen und tugendhaften Gattin Anerkennung nicht versagt werden konnte. Die Anwesenheit des Sängers bei Frau Bibas Abendgesellschaft war ihr freilich nicht verborgen geblieben, doch hatte die Zannonersche Magd, die die festlichen Stuben einige Male betreten hatte, um beim Servieren zu helfen und benütztes Geschirr abzutragen, berichtet, der Maestro habe, soviel sie habe beobachten können, immerzu nur mit Herrn Antonio Loro geredet. Jener letzte Spaziergang unter den hängenden Regenwolken allerdings hätte Frau Santa Vianello aus Rizzi bei Udine manches zu denken und Anlaß zu allerhand spöttischen, grüblerischen und unheilschwangeren Bemerkungen geben können, wäre sie nicht zu jener Nachmittagsstunde so dringend mit dem ihr anvertrauten Knaben beschäftigt gewesen, der, vielleicht durch das drückende Wetter beunruhigt, nur durch anhaltendes Herumtragen, Wiegen und Singen daran gehindert werden konnte, ohne Unterlaß und heftig zu schreien; so daß es ihr nicht möglich gewesen war, auch nur einen einzigen Blick durch das Fenster zu werfen.

Duschans im übrigen kräftiges Gedeihen erfüllte sie mit befriedigtem Stolz, und sie kannte, abgesehen von der Sehnsucht, zu den Ihren heimkehren zu können, keinen dringenderen Wunsch als den, der Herr Major, dem sie ein verehrendes Andenken bewahrt hatte, möge angereist kommen und sich von den Fortschritten seines Sohnes überzeugen. Duschan war in den Monaten seit der Abreise von Wien ein hübsches Kind geworden; zwar war er immer noch klein und leicht von Gewicht, sein Gesichtchen aber zeigte nun regelmäßige und liebliche Züge, die an Paves schönes Antlitz erinnerten, und ein anmutiger Flaum von blonden Haaren bedeckte sein Köpfchen. Übrigens verzog die Amme ihren Säugling gründlich, hielt keine Ordnung in seinen Mahlzeiten und war stets bestrebt, ihn durch sofortiges Reichen der Brust oder durch endloses Schaukeln zufriedenzustellen, wenn er nur das kleinste Zeichen von Hunger oder Unlust gab. Frau Biba, die bei gelegentlichen Besuchen Zeugin dieser Erziehungsmethode geworden war, hatte Pave gewarnt und ihr geraten, die Amme zu größerer Genauigkeit und Strenge gegen den Kleinen zu zwingen.

„Sie erziehen sich einen Tyrannen, Frau Pave; er soll schreien, bis er müde ist, morgen wird es besser sein“, hatte sie gesagt und Santa den Knaben mit kurzen, festen Bewegungen weggenommen. Wie das Pferd den geübten Reiter spürt und ihm augenblicklich gehorcht, so hatte wohl das Kind den Zugriff der klugen und strengen alten Mutterhände gefühlt, es war sogleich verstummt und hatte mit erstaunten und gefesselten Blicken in Frau Bibas großflächiges Gesicht geschaut. „Was hätte ich Ärmste mit meinen drei Mädchen getan, die so geschwind nacheinander gekommen sind, immer nach elf Monaten wieder eines! Und mein Mann, der Kindergeschrei nicht hören wollte! – Ich mußte sie mir zähmen, die kleinen Raubtiere, sonst hätten sie mich mit Haut und Haaren aufgefressen."

Aber Pave und die Amme lächelten im stillen. Solche Rauheit schien ihnen wüste Barbarei, und sosehr Pave im übrigen geneigt war, Frau Biba in allen Stücken begeisterte Gefolgschaft zu leisten, so hatte sie für derlei Ansichten nur verständnislose Geringschätzung übrig. Frau Biba, die durch die Wände zu sehen imstande schien, hatte wohl bemerkt, daß ihre Ratschläge fruchtlos geblieben waren, und sie mischte sich nie wieder in Duschans Erziehung ein.

„Was schreibt er denn? Also, was schreibt er denn?" fragte Miho, als er an einem blauen Boranachmittag gegen Ende des Januar zwischen zwei Krankenbesuchen für einen Augenblick nach Hause gekommen war und Pave, einen eben eingetroffenen Brief von Pero in der Hand, mit dem Ausruf „Ach, wie schrecklich!" verstörten Gesichts zu Bepis Nähplatz hintreten sah.

„Was er schreibt? Ach, der Arme! Schrecklich!" Pave konnte sich zu keiner anderen Auskunft als eben zu diesem „Schrecklich!" aufraffen, bis Bepi sie aufforderte, den Brief vorzulesen. Pave setzte sich an den Rand eines Stuhles, sie entfaltete das dünne bläuliche Blatt, und während der Schwager rasch eine Tasse Kaffee leerte und Bepi ratlos an einem Stück weißen Flanells nähte, las sie den Brief vor:

„Meine liebe Pavetta!

Du hast so lange nichts von mir gehört, daß Du meinetwegen schon in großer Sorge sein wirst. Ich befinde mich wohl, was das Körperliche betrifft, war aber sehr mit Arbeit überlastet und habe überdies Mißhelligkeiten mit meinem Chef gehabt, die nun zu einer solchen Höhe gediehen sind, daß es mir vielleicht unmöglich werden wird, noch lange hierzubleiben. Unsere Übersiedlung hierher war von allem Anfang an von Unbill begleitet, und es scheint, daß auch die Zukunft nicht das bringen will, was wir erhofft haben. Ich denke daran, um meine Pensionierung anzusuchen, weil ich der Quälereien müde bin, die ich in der letzten Zeit erdulden mußte. Genug davon, alles wird sich zeigen.

Mehr denn je fühle ich mich hier in diesem Wirbel von Menschen vereinsamt, keiner kennt mich, nichts Gemeinsames verbindet mich mit ihnen. Überall nur Selbstsucht, Interessiertheit und jene Verstellung, die das Hauptmerkmal der heutigen zivilisierten Welt ausmacht, in der ich mit meinem geraden, rechtlichen Denken nicht weiterkommen kann. Also ist es wohl besser, sie zu meiden, als zugrunde zu gehen und mehr noch als das Leben zu verlieren: die Ehre und den Glauben an sich selbst.

Hier hatten wir am achten dieses Monats einen gewaltigen Orkan, der vielen Schaden brachte, Wagen umwarf und ein Stück Mauer von der Stephanskirche herabfegte. Im allgemeinen hat Wien viel Wind, und die schönen Tage, an denen man ihn nicht zu fühlen bekommt, sind selten.

Seit kurzem haben wir Schnee, der ungefähr einen Fuß hoch liegt und viele Schlitten hervorlockte, deren Glöckchen man den ganzen Tag hören kann.

Was die Angelegenheit des Bruders Eurer Hausfrau betrifft, der sich um einen Waffenpaß bewirbt, so kann ich leider zunächst nichts für ihn tun. Diese Dinge werden vom Ministerium des Innern erledigt, und ich habe noch niemand gefunden, der mir den Weg dahin eröffnen könnte.

Ich bin sehr glücklich, zu hören, daß es Euch allen gut geht, aber ich weiß nicht, ob sich diese gute Nachricht auch auf Deinen Husten bezieht. Schreibe mir nur immer darüber. Ich sehe nicht die Stunde, die mich wieder mit Euch vereinigen wird, jetzt, da mir Seelenruhe und Zufriedenheit mangeln, fühle ich doppelt die Bitternis unserer Trennung.

Von Cholera hört man nichts mehr. Sei also ohne Sorge, so wie ich selbst ohne Furcht vor ihr bin.

Küsse mir vielmals meine Mädchen, besonders die gute Cotietta, die, wie Du sagst, immer in Deiner Nähe ist. Lebwohl, meine gute Paviza, grüße alle und behalte lieb

Deinen Pero.

Wien, am 25. Januar 1855."

Mihos gutmütig lächelndes Gesicht umwölkte sich, es wurde plötzlich vollkommen ernst, und seine munteren braunen Augen sahen mit betrübter Neugierde zu Pave hin.

„Was meint er denn mit diesen Unannehmlichkeiten? Hat er sich schon früher schlecht mit dem General vertragen?"

„Ach ja! Schon damals in Wien hat er sich mehrmals beklagt. Der General ist pedantisch und sekkant, er behandelt Pero wie einen dummen Jungen, ihr könnt euch wohl denken, daß er es schwer erträgt."

„Wer ist der General?"

„Ich glaube, ein Pole oder Ruthene, er heißt Milczynski oder so ähnlich, ich kenne ihn nicht."

„Armer Pero!" sagte Miho nachdenklich. „Ein pedantischer Vorgesetzter ist eine schlimme Sache. Aber er nimmt sie sich, scheint mir, doch allzusehr zu Herzen. Wie sagt er? Mehr als das Leben, die Ehre verlieren und den Glauben an sich selbst! Er muß den Brief in exaltierter Stimmung geschrieben haben,"

„Bedenke doch, wer Pero ist", fuhr Pave auf. „Er ist kein gewöhnlicher Offizier. Er arbeitet sich zu Tode für den Kaiser und für den Dienst, aber wenn so ein Alter ihn knechten und kuranzen will, das kann er nicht ertragen. Es empört ihn so, daß er ganz außer sich gerät."

Da sie Pero verteidigen mußte, verstand Pave plötzlich, was ihr bisher zuweilen unbegreiflich gewesen war: daß keine Speise und kein Trank Pero so nötig und so unentbehrlich war wie die Freiheit, nach der seine Seele hungerte und dürstete.

Bepi sah von ihrer Arbeit auf. „Er fühlt sich einsam, der Arme", sagte sie. „Wie er die Cotia liebhat. Er ist ein rührender Vater."

„Ach ja, der Arme! Der Arme!" Ein weiter Abgrund war in Pave aufgerissen, in den aus allen Höhen und Tiefen ihrer Seele die Wasser des Mitleidens reißend strömten, um ihn mit einem Meer von Liebe auszufüllen. Nicht der Wunsch, zu gefallen und selbst geliebt zu werden, nicht die Wollust des Geschlechtes noch die Bewunderung für Peros Dichtertum waren imstande gewesen, aus der stillen, gehemmten Pave eine große Liebende zu machen. Wie bei allen guten Frauen aber fachte das Mitleid verborgen brennendes, verschüttetes Feuer wieder an, sengende Flammen ergriffen sie, und sie wäre gerne barfuß nach Wien gelaufen, um den Traurigen zu trösten. Miho, der schon wieder auf dem Sprung war, weiterzugehen, sagte. aufstehend: „Pero soll nur keine Dummheiten machen. Eine Karriere ist bald verpatzt. Ich werde ihm heute abend schreiben."

Die beiden Frauen sahen einander sprachlos an. Wenn Miho bereit war, einen Brief zu schreiben, dann war ihm eine Sache wahrhaft zu Herzen gegangen.

Auch Pave setzte sich augenblicklich nieder und schrieb. Alles, was sie an liebendem Trost, an Begütigung und Rat ersinnen konnte, brachte sie, der Politik und Weltklugheit nur allzu ferne lagen, nur vor, um Pero zu beruhigen und von unvorsichtigen Schritten abzuhalten. Sie ermahnte ihn, dem General nach Möglichkeit uni den Bart zu gehen, ihm ein wenig den Hof zu machen, auch wenn es ihm nicht vom Herzen komme. Sie, die sonst so leicht in Rat- und Trostlosigkeit verfiel, für die Pero stets der herrisch Leuchtende war, der keiner Stärkung und Linderung bedurfte, nun, da sie wußte, daß er litt, wurden ihr die Gaben des Rates und Trostes zuteil. Sie verwies ihn darauf, daß er in berechtigt beleidigtem Stolz den Tatbestand möglicherweise überschätze, sie bat ihn, auszuharren und ein wenig Geduld zu haben, der Herr General werde gewiß mit der Zeit Peros wahren Wert erkennen lernen. Was würde geschehen, wenn er sich um eine Abkommandierung bewürbe? Er käme zurück zum Regiment. Würde er das den Seinen bei der dauernden Kriegsgefahr antun wollen? Würde er wünschen, daß sie litte wie im vergangenen Jahr, oder gar wie im Sommer des Jahres achtundvierzig, als sie in Ragusa eine lange Reihe qualvoller Tage in einer verzweifelten Unsicherheit hinbringen mußte, deren sie sich noch jetzt mit dem äußersten Grauen erinnerte? Würde aber anderseits sein Ansuchen um Pensionierung in der heutigen kriegerischen Zeit nicht sehr ungern gesehen werden und ihm die Ungnade höchster Stellen zuziehen? Sie versicherte Pero, daß ihre Gesundheit die besten Fortschritte mache und daß sie gewiß imstande wäre, die Reise nach Wien zu unternehmen, falls er in seiner augenblicklichen trüben Verfassung ihre Anwesenheit und Gesellschaft wünschen sollte. Sie riet ihm, sich an den Banus Jellačić zu wenden, der seinen ehemaligen Adjutanten gewiß kräftig unterstützen werde, und sie bat endlich flehentlich um baldige, recht baldige Nachricht.

Tief in der Nacht, als sie schon mehrere Stunden geschlafen hatte, fuhr sie plötzlich auf. Obwohl sie hellwach war und durchaus nicht mehr träumte, sah sie Pero bildhaft deutlich vor sich. Sie sah ihn allein durch die endlosen Straßen von Wien wandern, immer weiter, immer weiter. Er bog um Ecken und verlor sich in Durchhäusern, dann entdeckte sie ihn wieder, wie er einsam und stetig seinen Weg fortsetzte. Auf seinem Gesicht lag eine tiefe, trotzige Traurigkeit, es trug jenen Ausdruck zornigen Unmuts, den sie so sehr fürchtete. Sein Mund war zusammengepreßt, um seine Schläfen spielte es wie Krampf, und seine Hände, sie sah es mit Schrecken, waren geballt. Er ging und ging, und endlich sah sie ihn die Florianigasse hinanschreiten, die Treppe emporsteigen und in seinem öden Zimmer landen. Weh schnürte ihr die Kehle zu, sie setzte sich in ihrem Bett auf, umspannte die Knie mit den Armen, und ein schwacher Jammerlaut, vor dem sie, so leise er war, zusammenschrak, entfuhr ihrem Mund. Wie konnte sie ihm denn helfen, ihm, der da so einsam ging und litt! Nie mehr wollte sie ihm Leid zufügen, ach, nie mehr! Ihre schwache, armselige Natur wollte sie bekämpfen, alle ihre Kräfte wollte sie üben und spannen, damit sie jede Unbill von Pero forträumen, damit sie seine steile Dichterbahn frei, hell und froh gestalten konnte. Dieser Vorsatz, so kühn er war, gab ihr Trost. Sie sank zurück und entschlief bald tief und traumlos.

In jenem eben begonnenen Jahre 1855 war der Karneval kurz gewesen, und die lustigen Tage seines Endes fielen noch in den Februar.

Am Faschingssonntag hatte Bepi das Mittagessen früher als gewöhnlich anberaumt. In fröhlicher Stimmung versammelte sich die Familie schon Schlag zwölf Uhr im Speisezimmer, wo Miro und Miliza mit erwartungsvollen Gesichtern bereits auf ihren Plätzen saßen. Sie waren als dalmatinische Bauersleute kostümiert, trugen über weitärmeligen, gestickten Hemden rote, mit Goldfäden ausgenähte Westen. Miros Beinchen staken in langen und engen schwarzen Hosen, während Miliza ein in lauter schmale, scharf gebügelte Falten gelegtes dunkelblaues Röckchen trug, das zum guten Teil durch eine grellgestreifte, glatt aufliegende Schürze aus dicker Wollwebe bedeckt war. Runde rote schwarzbefranste Mützchen, die Pomi d'oro genannt werden, lagen auf der Kommode bereit. Cotia, die nicht kostümiert war, saß nach ihrer Gewohnheit still daneben und betrachtete die Pracht mit großen Augen.

Bepi trat an ihren Platz und begann die Suppe auszuteilen, während Pave neben Miliza stand und ihren Anzug zurechtzog und Miho sich lachend und händereibend neben seiner Frau niederließ. Sein Gedanke war es gewesen, die Kinder kostümiert in die Häuser der Bekannten zu führen, und er saß nun da und konnte den Beginn des Vergnügens nicht erwarten.

Während alle sich mit der heißen Reissuppe befaßten, kam Vizza mit fliegenden Haaren hereingestürzt und rief, es sei Besuch da, ob der Herr Doktor nicht herauskommen wolle.

Aber ehe Miho sich noch erheben konnte, stand ein zartgebauter, dunkelhaariger Offizier mit Hauptmannssternen am Kragen im Türrahmen, verbeugte sich vielmals und rief lachend: „Guten Appetit!" Die ganze Tafelrunde bis auf die kleinen Mädchen, die verständnislos dreinschauten, erhob sich mit freudigen Ausrufen, Miro stürzte mit dem Schrei: „Der Onkel Toni ist da!", wie besessen auf den Ankömmling los, die Frauen breiteten lachend die Arme aus und riefen in glücklichem Ton: „Der Toni, der Toni!" Miho streckte dem Gast beide Hände entgegen und holte einen Stuhl für ihn herbei, und während Pave und Bepi ihn strahlend umarmten und küßten und Vizza Teller und Bestecke brachte, saßen Miliza und Cotia verschüchtert da und zupften die Mutter mit der Frage, wer denn das sei. „Ach, meine armen Mädchen, ihr kennt den Onkel Toni nicht!" rief Pave lachend. „Das ist doch mein und Tante Bepis lieber Bruder!" Sie lief nochmals zu dem Angekommenen und küßte ihn stürmisch auf beide Wangen. Er umarmte sie und streichelte ihr Gesicht, mit der anderen Hand griff er nach Bepi, er zog Miro heran, tätschelte die kleinen Mädchen, blickte auf die kostümierten Kinder mit dem Ausruf: „Da merkt man gleich den Fasching!" und setzte sich endlich an der Seite seines Schwagers nieder, um nun ebenfalls Suppe zu löffeln. Dabei plauderte er fröhlich und unausgesetzt auf eine stille und freundliche Weise, er sah sich immer wieder im Kreise um und lachte jeden am Tisch glücklich an.

„Ah, meine Lieben, das ist mir also gelungen! Seht ihr, das freut mich so unbändig, daß ich nun hier bei euch sitzen kann. Ich hatte die ganze Fahrt lang geträumt und mir ausgemalt, daß ich am Faschingssonntag bei euch hereinspazieren würde, gerade wenn ihr anfangt, die Suppe zu essen. Wie groß deine Töchter geworden sind, Pave, die Kleine da lag in den Kissen, als ich euch vor zwei Jahren in Cremona besuchte. Und nun hast du ja einen Sohn bekommen! Und Miro, mein Freund, du bist nun wohl schon bald ein General, will mir scheinen."

Pave wünschte zu wissen, ob ihr Bruder aus Mailand komme.

„Freilich, auf dem kürzesten Weg. Und ebenso direkt werde ich Dienstag früh zurückfahren, denn ich habe im ganzen knappe drei Tage Urlaub bekommen, nur gerade über das Faschingsende."

Nun erhob sich allgemeines enttäuschtes Gejammer, die Schwestern und der Schwager bestürmten den Hauptmann, doch länger zu bleiben; Miro sprang auf, packte den Onkel am Arm und schrie er lasse ihn nicht fort. Die kleinen Mädchen sahen scheu lächelnd und mit aufgerissenen Augen in den Tumult.

„Da kann man nichts machen, meine Lieben! Laßt uns froh sein, daß mir diese Eskapade gelungen ist. Bis gestern wußte ich nicht, ob ich den Urlaub erhalten würde, darum habe ich nicht geschrieben."

Vizza, bei der Ehrgeiz und leidenschaftliche Hingabe an ihre

Dienstgeber einander übersteigerten, eilte mit vielen Schüsseln herbei, und in ihrem mageren Gesicht stand der brennende Wunsch geschrieben, daß das sonntägliche Essen Gnade vor den Augen des zugereisten Gastes finden möge. Sie warf sprechende Blicke nach Bepi, die ihrerseits mit Feldherrnmiene das Aufgebot der Gerichte übersah und sich ans Vorlegen machte. Miho holte Wein herbei, und während man mit Genuß und Andacht aß und trank und mit den Gläsern anstieß, flogen Frage und Rede hin und wider, ob man von den Geschwistern in Zara kürzlich Nachricht erhalten, wie es dem guten Valerio gehe, ob man über Adelaide und ihre Familie in Ragusa Erfreuliches gehört habe und was für Nachrichten Pave von Pero erhalte. Dazwischen sah Toni immer wieder nach den Kindern hin, rief ihnen scherzende Worte zu und erkundigte sich schließlich nach der Bedeutung der Kostümierung. „Ihr sollt wohl Dalmatiner sein? Woher seid ihr denn? Aus Obrovazzo? Aus Canale? Oder von den Inseln? Ganz ohne weiteres kann man es euch nicht ansehen." Die Kinder, die den Sinn dieser Frage nicht verstanden, blickten verlegen an ihren schönen Gewändern hinunter, dann hilfesuchend nach Miho. Dieser lachte.

„Ein wenig von allem ist dabei, so genau nehmen wir es nicht. Hier kann es auch niemand nachprüfen. Jetzt müssen wir übrigens bald aufbrechen. Zuerst wollten wir zu Frau Biba. – Vizza! Spring hinauf zur Padrona di Casa und frage, ob wir alle für einen Augenblick vorsprechen dürfen. Mein Schwager, der Herr Hauptmann aus Mailand, sei gekommen! Aber von den Kostümen sagst du nichts!"

Vizza lachte höchst verschmitzt und kam nach einer Minute mit der Botschaft wieder, Frau Biba erwarte die Gesellschaft mit Freuden und bitte zu einer Tasse schwarzen Kaffees. Hierüber jedoch zeigte sich Vizza sehr bestürzt. „Unser Kaffee war schon fertig! So ein guter!"

„Dann nehmen wir ihn mit!" rief Miho, dessen Unternehmungslust heute keine Grenzen kannte, und Vizza mußte die Prozession, die die Treppe emporklomm, mit dem in ein Tuch eingeschlagenen Kaffeetopf beschließen. Oben verschwand sie mit viel Gelächter in der Zannonerschen Küche.

Den Kindern waren die runden roten Käppchen aufgesetzt und Henkelkörbchen mit Konfetti, den winzig kleinen, bunten Gipskieseln an den Arm gehängt worden, und Miho steckte seinem Söhnchen noch einen Dolch in den Gürtel. So gerüstet, betraten sie Frau

Bibas Stube und begannen sofort, diese sowie Carlotta mit Konfetti zu bewerfen. Die beiden Damen täuschten bedeutende Angst vor und wichen mit vorgehaltenen Armen und unter Schreckensrufen in den Hintergrund des Zimmers zurück. Miro zückte zum Überfluß noch seinen Dolch und drang mit großer Wut auf die Fliehenden ein, bis sein Vater ihn zurückrief und der gefährliche Überfall sich in allseitige freundschaftliche Begrüßung und Vorstellung des Hauptmannes auflöste. Nun erst begann Frau Biba die Kostüme der Kinder sachgemäß zu bewundern. Reizend seien sie, allerliebst über die Maßen. Ob die Damen sie eigens genäht hätten? – Ach nein, das meiste sei vorhanden gewesen, nur ein wenig geändert hätten sie daran. Cotia, die ungeschmückt dabeistand und den andern ihre Erfolge neidlos gönnte, durfte nun auf dem Knie der Hausfrau sitzen und ein Stückchen in Kaffee getauchten Zucker essen, Carlotta schepperte bei einer offenen Schranktür mit Blechschachteln und förderte Näschereien für die Kinder zutage, während die Erwachsenen im Kreise saßen und vergnügt den starken schwarzen Kaffee aus zierlichen bemalten Tassen tranken. Miho neckte Carlotta mit dem abwesenden Bräutigam, Pave fragte nach Bianca und erfuhr, daß diese ein Faulpelz sei und seit drei Wochen nicht geschrieben habe. Bepi schlug vor, die ganze Gesellschaft solle nach Oderzo fahren und Bianca überraschen. Es fiel Pave auf, daß Frau Biba Toni mit sehr förmlicher Höflichkeit und geringerer Wärme behandelte, als sie sonst jedwedem Lebewesen, ganz besonders aber allen Angehörigen ihrer von ihr so hochgeschätzten Mieter entgegenbrachte. Als auf dem Umweg über die Cholera das Gespräch auf Mailand kam, wo die schreckliche Seuche nun endlich doch erloschen war, und Pave eine muntere Frage nach dem gesellschaftlichen Leben dort an den Bruder richtete, wurde sie mit Befremden gewahr, daß sowohl Frau Biba als auch Toni ablehnende Mienen aufsetzten und der Bruder die Rede unvermittelt auf die Kaiserin Eugenie brachte, die man wahrlich die schönste Frau von Europa nennen dürfe. Seine beiden Schwestern fielen ihm ins Wort. Die schönste Frau von Europa? Was ihm einfalle? Das sei doch ohne Zweifel die junge Kaiserin Elisabeth. Auch sei sie edel und hochherzig, Eugenie aber eine kokette und intrigante Person, was aus allem und jedem hervorgehe, das man über sie höre. Mit leisem Lächeln und mit einem Blick auf seinen Schwager gab Toni sich geschlagen. Miho mahnte nun zum Aufbruch, er müsse mit seinen beiden Masken noch andere Häuser überfallen.

Glühend vor Erregung zogen die Kinder mit ihm ab, Toni blieb bei den Schwestern, und man setzte sich in Bepis Speisezimmer an den schweren Eßtisch, über den nun eine dunkle gestickte Decke gebreitet war. Bepi begann sofort Strümpfe zu stopfen, und als Toni lächelnd sagte: „Wie fleißig du bist!" antwortete sie gleichmütig: „Erstens muß ich fleißig sein, sonst haben wir keine Strümpfe anzuziehen, und zweitens freut mich das Plaudern nicht, wenn ich keine Arbeit in den Händen habe." Sie sah den Bruder an: „Du bist wie verjüngt, Toni. Das letzte Mal hast du schlecht ausgesehen, heute bist du so frisch und fein wie ein Leutnant!"

Die beiden Schwestern sahen dem Bruder ins Gesicht. Was war es für ein Glück, ihn wieder zu haben, den geliebten Toni, diesen freundlichen knabenhaften Bruder, der seinen Schwestern, wie auch die Jahre gingen, so viel zarte, schalkhafte Galanterie entgegenbrachte, der nicht aufhörte, ihnen freundliche und erfreuliche Dinge zu sagen, ganz wie damals, da er als Kadettenschüler nach Zara heimgekommen war und den ritterlichen Beschützer der kleinen Mädchen abgegeben hatte.

Auch Pave hatte ihr Nähzeug geholt. Sie war bemüht, kirschrote Atlasschleifen auf zwei kleinen, roten Filzhüten zu befestigen. Sie legte das Band zur Probe an die Kappen der Hüte und hielt sie begutachtend von sich fort, so weit ihr Arm reichte.

Der Bruder sah ihr belustigt zu. „Pave putzt ihre Töchter heraus! Du hast recht, es sind reizende Kinder. Wann aber werde ich deinen Sohn sehen?"

„Wenn er aufwacht, Toni! Danken wir Gott, daß er ruhig ist. Daß die Mädchen dir gefallen, freut mich. Pero ist ganz närrisch mit seinen Töchtern, besonders mit Cotia."

„Auch hier in Motta sind alle Leute verliebt in die zwei kleinen Mädchen", mischte sich Bepi ein. „Die Hausfrau würde sie am liebsten ganz bei sich behalten, so lieb hat sie die Kinder, und eine so strenge Frau sie sonst ist, Miliza und Cotia verwöhnt sie in jeder Weise."

Toni lächelte. „Mit eurer Hausfrau ist, scheint's, nicht gut Kirschen essen, mir hat sie jedenfalls gleich ihre piemontesischen Krallen gewiesen.

„Wieso piemontesisch? Sie ist eine Hiesige, die Familie soll immer im Venetianischen gewohnt haben."

Nun lachte Toni auf seine stille Art. „So ist es nicht gemeint. Aber ihr Glaube, ihre Hoffnung und ihre Liebe sind, wie ich sehe, in Piemont. Für sie ist ein kaiserlicher Offizier, und gar einer aus Mailand, ein Gegenstand des Hasses. Oh, meine Guten, denkt ihr, ich kenne das nicht! Dieser kalte Haß, der ist in Mailand doch unser tägliches Brot. Denkt ihr, ich kenne das nicht, diese zurückhaltenden Blicke, den verhaltenen Hohn dieser kühl lächelnden Lippen, diese trotzige Haltung. Kennte ich sie nicht so gut, vielleicht wäre ich dann doch nicht ausgerechnet in den Tagen der Bälle und Feste aus Mailand geflüchtet."

Ohne die letzte Bemerkung des Bruders zu beachten, sagte Pave eifrig: „Was Frau Biba betrifft, so irrst du dich ganz sicher. Ich kann dir gar nicht sagen, Toni, wie gut und fürsorglich sie gegen mich ist. Denke dir, sie hat mir aus einem Seidenstoff, den sie liegen hatte, ein wunderschönes Kleid genäht, bloß weil sie fand, daß mir ein modernes Kleid fehlte, und ich bin doch auch eine Offiziersfrau."

„Gleichviel, du bist eben eine Frau, dir gegenüber ist sie warmer Mensch, Schwester, Mutter, mir gegenüber aber ist sie Anhängerin von Cavour, Revolutionärin, Hasserin."

„Ah, Cavour!" rief Pave, legte die fertigkomponierte, mit Stecknadeln zusammengehaltene Schleife auf den Tisch und sah dem Bruder gespannt ins Gesicht. „Ah, Cavour! Von ihm haben sie doch damals bei Frau Bibas Abendgesellschaft so lang geredet."

„Siehst du's! Cavour, das ist ihr Held, ihre Hoffnung, ihr Morgenstern. Von Cavour lassen sie sich auf die wilde Krim schicken, um im Bilde des russischen Sewastopol die Despotie zu bekämpfen, wie sie es nennen. Und dabei meinen sie Österreich."

„Ach, Toni", sagte Pave leise, „von allen diesen Sachen verstehe ich nichts. Wir in Dalmatien sind doch auch bei Osterreich, und wir wollen nicht weg von dort. Oder gibt es Leute, die weg wollen? Das Wichtige ist doch, daß man dort leben kann, wo man geboren ist, nicht? Daß man nicht in der Fremde wohnen muß, fremde Sprachen reden, fremde Bräuche mitmachen, fremde Speisen essen. Ob ein deutscher Kaiser oder ein italienischer König über einen herrscht, ist das nicht gleich?"

Toni lachte, er rückte nahe an die Schwester heran und legte seine Hand auf ihren Arm.

„Jaja, meine arme Pave, das sind schwierige Fragen. Du denkst an die Dinge, die einer Frau wichtig sind, und du hast recht. Ganz recht hast du. Du willst ein sicheres Heim, ein ruhiges Leben, du willst dich nicht von deinem Mann trennen und willst die Kinder friedlich aufwachsen sehen. Vielleicht ist es gut, vielleicht ist es eine

Rettung für uns Männer, wenn die Frauen, oder wenigstens viele von ihnen, so denken wie du."

Er schwieg einen Augenblick, sah seine Schwester an, seufzte ein wenig und fuhr dann leise und eindringlich zu reden fort, wobei sein feines, schmales Gesicht einen gesammelten, aber gleichzeitig gequälten Ausdruck annahm.

„Siehst du, Pave" – er sprach nur zu dieser, denn die unermüdlich arbeitende Bepi beteiligte sich nicht am Gespräch –, „siehst du, Pave, ich bin nun drei Jahre in Mailand, und das viele, das ich dort sehe, zwingt mich zum Nachdenken. Und zwar denke ich nicht nur über die Verhältnisse und über die Dinge nach, sondern auch und vielleicht am allermeisten über mich selbst. Ich bin ein kaiserlicher Offizier. Wenn ich da so in Mailand herumgehe, dann habe ich immer das Gefühl, als wölbe sich über mir, unsichtbar, dort, wo der lombardische Himmel blaut, die alte, gewaltige und glorreiche Idee des österreichischen Staates. Unter meinen Füßen aber, verstehst du, Pave, da liegt braun und warm, greifbar und sichtbar die lombardische Erde. Jahrhundertelang hat die österreichische Idee die Völker des mittleren, südlichen und östlichen Europa zusammengefaßt und geführt: die Idee nämlich eines Reiches, in dem viele Völker, die sonst in Zwist und Armut und Schutzlosigkeit nebeneinander wohnen würden, gesichert beisammenleben können. Es ist eine heilige, eine ganz und gar glorreiche Idee, eine, für die zu sterben es wohl dafürstünde und für die auch viele, viele gestorben sind."

Toni beugte sich näher zu ihr hin. „Die Völker aber, weißt du, Pave, die seit Jahrhunderten, so wie die verschiedenen Friedensschlüsse und Heiratsverträge sie zusammengeschweißt hatten, ruhig beieinander lebten und die Vorherrschaft der Deutschen gern ertrugen, so wie Kinder das Regiment ihrer Eltern und ihrer Lehrer ertragen, sie sind nun gewissermaßen herangewachsen. Ich wenigstens deute es mir so. Was wir im Jahre achtundvierzig überall erlebt haben, kam mir vor wie eine gewaltsame eigene Mündigkeitserklärung der Völker, verstehst du, Pave? Sie sind in ein neues Lebensalter eingetreten, sie stehen unter dem Zeichen eines anderen Gestirnes. Sie wollen nun ihre eigenen Sprachen zu herrschenden Sprachen machen, und ihre Länder, die dem Kaiserreich eingegliedert sind, zu souveränen Staaten. Was gleichen Blutes ist, strebt zueinander. Ich sehe das alles ganz körperlich deutlich vor mir."

Toni lehnte den Kopf einen Augenblick zurück. „Ach ja, meine

Guten“, fuhr er mit eigentümlich vibrierender Stimme fort, „wenn man einsam ist und nicht sehr glücklich …“

Hier fielen ihm die Schwestern, die bisher achtungsvoll schweigend gelauscht hatten, leidenschaftlich ins Wort:

„Toni, Toni, warum bist du nicht glücklich? Lieber guter Toni, sag es uns! Was fehlt dir?“

Beide ließen ihre Handarbeiten fahren, sie ergriffen Tonis Hände, streichelten sie, und ihre warmen, liebevollen Frauenstimmen forschten zitternd vor Mitgefühl nach dem Kummer des Bruders.

Er lächelte sein freundliches Lächeln und sagte ruhig:

„Ihr guten Kinder, betrübt euch nicht um meinetwillen. Es ist nicht so wichtig, ob ein Mensch glücklich ist oder nicht, und Erkenntnis, das weiß ich schon lang, kommt nur aus Leid und Entbehrung. Aber laßt mich weiterreden. Es tut gut, hier bei euch in dem stillen Zimmer, während ihr näht und mir zuhört, das auszusprechen, was ich sonst vor mich hindenke, ohne es jemand mitzuteilen.“

Gespannt blickten die Schwestern auf ihn.

„Ich wollte vorhin sagen, daß jemandem, der, so wie ich, viel allein ist, Dinge deutlich werden können, die ein andrer vielleicht nicht sieht und fühlt; besonders dann, wenn das persönliche Schicksal mit dem allgemeinen Hand in Hand geht. Wenn zum Beispiel ein kaiserlicher Offizier ein Mädchen aus der guten Mailänder Gesellschaft lieben würde, sehr lieben, begreift ihr, und er wüßte mit jedem Tage deutlicher, daß seine Liebe ganz ohne Hoffnung ist, weil eine vornehme Mailänderin, wie die Dinge heute liegen, niemals die Werbung eines Österreichers annehmen wird: dann wird sich dieser Offizier vielleicht so lange fragen, warum kann ich die nicht erreichen, die mir mehr als alles auf der Welt bedeutet, bis er eine Antwort gefunden hat. Denn die scharfen und hellen Gedanken, die kommen ja aus der Qual des Herzens. Und die Antwort wird eben diese sein, daß ein kaiserlicher Offizier in Mailand heute der Vertreter jener alten und weisen Idee ist, eine Mailänder Frau aber die Vertreterin des neuen, starken, heißen Gefühls, das von dem Alten nichts mehr wissen will.“

Toni seufzte tief auf. „Ja – dann sage ich mir selbst, die Zeit des übernationalen Reichsgedankens ist eben vorbei, und die Zeit des Nationalgefühls ist gekommen. In der Zucht und im Schutz unseres Reiches haben die Völker ihre Kinderstuben gehabt, nun wollen sie ihr Jünglingsalter in der Sonne ihres Freiheitsgefühls verleben. Und ich ahne, daß ihr Gefühl mit der Zeit so stark werden wird, daß es unser Vielvölkerreich, unseren Kaiserstaat und den Gedanken, den er verkörpert, zertrümmern wird. Ich fürchte es, und ich glaube es sicher. Aber, wißt ihr, ich frage mich oft, ob die Völker sich nicht später, in der Zeit ihrer Mannbarkeit, doch wieder irgendwie zusammenschließen werden? Dann wird dieses unser Österreich, so wie wir es heute kennen, nicht mehr leben, aber ein neues Reich, oder wie die Form dann heißen mag, wird die vielen wieder vereinigen, weil sie es nützlich finden werden, beisammen zu sein. Heute will das neue, warme Gefühl sein Recht, aber, wer weiß, in hundert oder in zweihundert Jahren wird der alte glorreiche Gedanke seine Kraft wiedergewinnen."

„Was für ein Prophet du bist", sagte Bepi bewundernd.

„Propheten sind immer dort erstanden, wo Leid und Liebe war. Schau, Pave, wir sind doch Italiener, und ich, sieh mich an, ich fühle mich trotzdem als Österreicher und spreche Deutsch womöglich besser als meine Muttersprache.

Vielleicht weil ich als kleiner Bub schon in die Kadettenschule gekommen bin, vielleicht ist es deshalb, daß ich jetzt nicht nur deutsch spreche, sondern auch denke, und daß ich dieses ganze große kaiserliche Reich als mein Vaterland empfinde." Er sah die Schwestern lange an. „Ja, ich habe es lieb, unser Österreich. Aber ich liebe auch die Frau, warum soll ich es euch nicht beichten. Obwohl ich weiß, daß sie mir nicht bestimmt ist, gerade weil ich ein Österreicher bin und sie eine Mailänderin. Aus dieser doppelten Liebe heraus, begreift ihr es nun, sehe ich mehr als andere."

Plötzlich unterbrach er sich:

„Ach, die alte Schere!" sagte er und griff in Paves Nähkram. „Die Kronenschere! Ich habe manchmal daran gedacht, wer sie bekommen haben mag, als Mama nicht mehr lebte."

Er betrachtete das zarte Ding. Eine kleine Schere mit sehr kurzen Klingen, deren Ohren geschlossen eine Königskrone bildeten. „Die Kronenschere! Immer lag sie auf Mamas Nähtisch. Wißt ihr noch, was sie uns darüber erzählte?"

„Daß sie der armen Königin Marie Antoinette gehört hat", sagte Pave. „Wie oft hat sie uns das gesagt. Mir schauderte immer beim Gedanken, daß sie die kleine Schere vielleicht während der Gefangenschaft im Tempel bei sich gehabt hat." Pave ergriff sie und bewegte sie in der Luft, als zerschnitte sie etwas. „Ich möchte sie nie verlieren, und wenn ich tot bin, soll Miliza sie bekommen!"

Bepi erhob sich und ging in die Küche, um für sich und die Geschwister Kaffee zu kochen. Sie hatte Vizza, die darauf brannte, ein wenig von dem Karnevalstreiben zu sehen, fortgeschickt, und auch Santa hatte von Pave Urlaub erhalten, da ihr Mann zum Faschingssonntag nach Motta gekommen war.

Pave blieb allein mit dem Bruder in dem dämmerigen Speisezimmer. Sie weidete ihre Augen an seinem geliebten, lang entbehrten Gesicht, sie sah die zartgebogene lateinische Nase, die nahe beieinander sitzenden dunklen Augen, den feingezeichneten schmalen Mund. Sie hatte immer gefunden, daß Toni von all den vielen Geschwistern der hübscheste war. Schüchtern sagte sie:

„Bist du auch ein Dichter, so wie Pero, weil du alles, was du denkst, so schön und klug aussprechen kannst?"

„Nein, Pave, das bin ich nicht. Ein nachdenklicher Mensch, sonst nichts."

„Und wer ist sie? Willst du es mir nicht sagen?"

„Was tut ein Name, Pave? Sie ist ein schönes Mädchen, ein stolzes Mädchen, ein Mädchen, das ich nicht erringen kann. Laß es dir daran genügen. Ihr Name würde dir nichts bedeuten, du würdest ihn nie wieder hören, und ich, siehst du, ich nenne ihn ungern eitel."

„Das heißt du eitel nennen, wenn du deiner Schwester den Namen des Mädchens sagst, das du gern hast?"

Pave senkte traurig und ein wenig schmollend das Haupt, so daß die dunklen Schmachtlocken ihr quer über die Wangen bis zum Mund hingen. Toni rückte seinen Stuhl, ohne aufzustehen, dicht neben den ihren, legte den Arm in den seiner Schwester und sagte mit seiner dunklen, stillen Stimme:

„Sei nicht bös, Pave! Und nenne mich einen Narren, wenn du willst. Aber, siehst du, wenn es einem Mann, der über die Mitte der Dreißig hinaus ist, widerfährt, daß er in einer Frau die Krone und Vollendung seines Lebens sehen muß, wenn er sie für die einzige hält, mit der es für ihn einen Sinn hätte, zu leben, eine Familie zu gründen, Kinder zu haben, und wenn er nun diese Frau nicht erreichen kann, dann schlägt gewissermaßen eine Tür in ihm zu. Er ist deshalb vielleicht nicht unglücklich, aber er muß nun einen neuen Weg gehen, einen Weg, auf dem es solche Dinge wie ein menschlich warmes Leben nicht gibt. Und die Träume, die Bilder, die Namen aus jenem verlorenen Paradies, die sind ihm entrückt und unantastbar geworden, er will nicht mehr mit ihnen umgehen wie mit alltäglichen Dingen, da sie ihm ja nicht vertraut und alltäglich werden durften."

„Ach, Toni, du wirst andere Mädchen treffen und deine Mailänderin vergessen!"

„Ihr habt mir vorhin die Ehre erwiesen, mich einen Propheten zu nennen, trotzdem kann ich nicht in die Zukunft schauen. Vielleicht finde ich noch einmal eine Frau, bei der es mir möglich scheint, um ihretwillen die Last des Zusammenlebens, die Mühsal eines Offiziershaushaltes auf mich zu nehmen; aber ich glaube es nicht. Soweit kennt man sich doch in meinem Alter. Ich bin nicht leicht entzündlich, wie so viele es sind, ich habe einmal hell gebrannt, von dieser Flamme ist alles, was in mir Feuer fangen konnte, aufgezehrt worden. Vielleicht ist das ein Armutszeugnis für meine Natur, aber ich kann mich nicht ändern."

Pave dachte eben nach, wie sie Peros rasch zur Begeisterung erweckte, große Natur und etwa auch die leidenschaftlichen Bekenntnisse und Beteuerungen Herrn Lorenzonis mit der abgeklärten Beichte des Bruders in Vergleich und Einklang bringen könnte, als von außerhalb des Zimmers plötzlich ein lautes und dumpfes Pochen hörbar wurde. Es klang so, als schlügen mehrere Fäuste gleichzeitig wütend gegen eine Holzwand. Pave erschrak heftig und fuhr zusammen.

„Gott, was ist das? Wie unheimlich das klingt!" Erblassend sprang sie auf und eilte in das kleine Vorzimmer.

Draußen war der Lärm noch deutlicher zu hören. Es war klar, daß jemand einlaßbegehrend an die Wohnungstür schlug. Pave riß die Schlüssel von dem Nagel neben der Tür und öffnete, worauf Miho und die kostümierten Kinder hastig eindrangen.

„Ach, ihr seid es. Ich bin so erschrocken!"

„Was ist denn mit dem Glockenzug? Ist er gerissen? Wir stehen eine Viertelstunde vor der Tür und können nicht hinein."

Mihos mittägige gute Laune schien dahin zu sein, er machte ein verärgertes und besorgtes Gesicht, während die Kinder freudig erregt, aber müde schienen und mit ermatteten kleinen Schrittchen in die Wohnung hineintrabten. In ihren Henkelkörben befanden sich durchaus keine Konfetti mehr, dafür waren sie mit buntgewickelten Bonbons und allerhand Kuchenzeug gefüllt.

„Schau, Mau, was ich bekommen habe. Aber ich werde Cotia die Hälfte geben." Miliza strahlte und erzählte, alle Leute, bei denen sie gewesen wären, hätten sie und Miro in ihren Kostümen sehr bewundert, und auch auf der Straße habe jeder gefragt, wer die schönen Masken seien.

Bepi kam mit heißer Milch für die Kinder und mit dem frisch gekochten Nachmittagskaffee aus der Küche.

„Was hast du, Miho, du siehst so verdrießlich aus?" fragte sie ihren Gatten, als alle um den Eßtisch versammelt waren.

„Ach!" machte der sonst so friedfertige Miho und ließ sich schwer auf seinen Stuhl fallen. „Erstens steht man eine Viertelstunde frierend auf der Treppe, und niemand macht auf, weil dieser verfluchte Klingelzug wieder einmal gerissen ist. Und dann" – er redete leiser –, „wir waren auch bei der Marietta Zannoner oben, dort in dem alten Winkelwerk gegenüber der Post. Ich wollte der guten Haut die Freude machen. Hätte ich es lieber nicht getan! Die Nachricht vom Erscheinen der maskierten Kinder hatte sich im Nu verbreitet, und bei unserem Weggehen standen auf der engen Treppe die vielen Kinder des Schneiders Saccon und husteten um die Wette, gerade den unseren ins Gesicht hinein."

„Ist das so schlimm?" Bepi war entschlossen, sich nicht aufzuregen.

„Freilich ist es schlimm, weil sie nämlich den Keuchhusten haben. Ich habe die ganze schmutzige Bagage sofort weggescheucht, aber das Unglück kann schon geschehen gewesen sein. Der Keuchhusten ist furchtbar ansteckend, sogar im Freien, geschweige denn auf der stickigen Treppe. Wenn dann in ein paar Tagen die Unseren zu husten anfangen, werden sie Cotia und den kleinen Duschan anstecken, und wir können uns auf zwei bis drei Monate Gekeuche und Gespeie gefaßt machen."

„Krächze doch nicht so", sagte Bepi, die den Kaffee eingegossen und das weiße Brot in gleichmäßige Scheiben geschnitten hatte. „Krächze doch nicht so! Wirklich, Miho, du ärgerst mich, wie kann man nur immer gleich das Schlimmste erwarten und annehmen? Du solltest mit Pave ein Kompaniegeschäft anfangen."

Zu Toni gewendet, fuhr sie fort: „Pave sorgt sich nämlich Tag und Nacht wegen unsinniger Dinge. Schreibt ihr Pero zwei Tage nicht ..."

„Zwei Tage!" warf Pave bitter ein.

„... so glaubt sie schon, er hat die Cholera." Worauf Toni jedoch Bepi den Wind aus den Segeln nahm und gelassen einwarf: „Es sind auch genug Menschen an der Cholera gestorben."

Pave dankte dem Bruder mit einem Blick für den Beistand und sagte zu Miho:

„Wie ich vorhin euer Klopfen hörte, bin ich so erschrocken, als ob der Tod draußen stünde."

Nun aber wurde es wieder Miho zu bunt.

„Entschuldige, Pave, das ist zu überspannt! Wer wird vom Tod und solchen Albernheiten reden! Soll man sich aber nicht über das blitzdumme Volk ärgern, das durchaus nicht begreifen will, daß es ansteckende Krankheiten gibt! Wir Ärzte reden uns die Lunge heraus, warnen und geben Vorschriften; Herr Saccon und Konsorten aber geruhen nicht, es zur Kenntnis zu nehmen, unterlassen die Anzeige und bringen andere in Gefahr."

Um das Gespräch in neue Bahnen zu lenken, sagte Toni zu Pave, sie habe ihm noch kein Wort über Pero erzählt. Er selbst habe im Lauf der letzten Monate einige kurze Briefe von ihm erhalten, und diese hätten den Eindruck erweckt, als fühlte sich Pero in seiner dienstlichen Verwendung in Wien nicht durchaus glücklich.

Die Schwestern und Miho überboten sich nun in lebhaftem Durcheinanderreden, die Sache mit dem General darzulegen. Pave erzählte erregt von Peros Verzweiflung, die sich zwar, nach den letzten Briefen zu schließen, etwas gelegt hatte, aber wie sie Pero kenne, im Grunde seiner Seele gewiß noch vorhanden war.

„Wenn du wüßtest, Toni, wie qualvoll mir das ist, zu denken, daß Pero alles Traurige und Verdrießliche allein tragen muß! Und ich bin hier und lasse es mir wohl sein!"

„Ob Pero diese Sache nicht zu schwer nimmt?" meinte Toni ruhig. „Lästige Vorgesetzte wird es allezeit geben. Wenn man sich das immer gleich an die Ehre gehen ließe!"

„Absolut meine Meinung!" Miho setzte sich lebhaft zurecht. „Habe ihm das auch geschrieben. Der General wird an der Galle leiden und seine Launen an den Untergebenen auslassen, das ist alles! Man kann es in den heutigen Zeiten einem alten Militär nicht übelnehmen, wenn er verbraucht und schlechter Laune ist."

„Müßtest du an Peros Statt dort sitzen, Miho, dann würdest du vielleicht anders reden." Pave sah gekränkt auf ihre gefalteten Hände hinab.

Bepi kam der Schwester zu Hilfe. „Pave härmt sich doch auch so, weil sie weiß, daß Pero von diesem lästigen griesgrämigen Tyrannen nicht nach Verdienst gewertet wird. Ihr Männer könnt euch das nicht vorstellen, was eine Frau leidet, wenn sie ihren Mann gedemütigt und herabgesetzt glaubt."

Miho sah seine Frau aufmerksam an. Woher kann sie das wissen?

dachte er. Bin ich denn jemals gedemütigt und herabgesetzt worden?

Pave aber fiel der Schwester fast erbittert ins Wort: „Es handelt sich doch nicht darum, ob ich leide oder nicht. Um Pero handelt es sich. Er mit seinem Genie könnte sie alle in die Tasche stecken und muß um des lieben Brotes willen seinen Rücken beugen!"

„Alles wird besser werden, Pavetta", sagte Toni kosend. „Und jetzt wird getanzt, wozu ist Faschingssonntag! Her mit euch, Miro, Miliza! Ich singe euch einen schönen Walzer vor, und ihr tanzt danach, aber schön!"

Toni begann mit starker, klangvoller Stimme den „Bajaderenwalzer" zu singen, Pave und Bepi stimmten ein, und die Kinder umfaßten einander und drehten sich verlegen und glücklich im Kreise. Cotia erwachte von dem Lärm, streckte ihren wirren Lockenkopf durch die Tür und wollte auch tanzen, worauf Pave sie auf den Arm nahm und mit ihr herumwirbelte, bis sie erschöpft auf einen Stuhl fiel.

Als die Geschwister am Montag abend schon in Abschiedsstimmung beisammensaßen und Miho dem Schwager zu Ehren einer Chiantiflasche den Hals gebrochen hatte, fing Toni plötzlich an, von Lukoran zu reden. Er lehnte sich in seinen Stuhl zurück, legte den Kopf in den Nacken, sah ein wenig starr mit einem verlorenen Lächeln nach der Decke und fragte Bepi und Miho, die als letzte dort gewesen waren, leise, was es in Haus und Garten für Veränderungen gebe; ob die Oleanderbüsche am Südende des Parks gut gediehen seien? Damals, vor fünf Jahren, bei seinem letzten Besuch in Lukoran, hätten sie Valerio Sorgen gemacht. Und die große Föhre an der Ostmauer, die habe man doch nicht etwa umgehauen? Bepi entsetzte sich. Bewahre, nein, wer würde so etwas tun! Das sei doch beinahe der schönste Baum im ganzen Garten.

Der schönste?! Darüber ließe sich streiten. Die Steineichen ganz hinten seien doch prächtig, und dann die Ölbäume.

„Aber die große Föhre ist nun ein berühmter Baum", meinte Miho. „Unter ihr sitzend, hat doch Pero viele seiner schönsten Gedichte geschrieben, die heute, nach elf Jahren, alle kroatischen Spatzen von den Dächern pfeifen und die jedes Kind in Kroatien und Dalmatien auswendig weiß."

Pave glühte vor Freude. Ach, damals, wie war es damals schön gewesen! Könnte sie sich doch noch einmal so flügelleicht fühlen wie in jenen Tagen, so ihrer Jugend und Schönheit bewußt ... Plötzlich glaubte sie, die linde Sommerbrise zu fühlen, die frisch und salzig vom Meer her in den Garten gestrichen kam, sie meinte das weiße Kleid zu spüren, das mit gefältelten Krägelchen und Rüschen ihren Mädchenleib umhüllt hatte. Sie sah sich in einer Hängematte liegen und nach Pero hinblicken, der, ein junger Leutnant, auf der Steinbank saß, die den Stamm der Föhre rund umlief. Obgleich er sie liebte, was sie gewiß wußte, und obgleich er nur ihretwegen von Zara nach Lukoran herübergesegelt war, schien er sie im Augenblick vergessen zu haben. Er sah über das Mäuerchen weg auf das Wasser, das voll Fischgeruch in kleinen Wellen an die algenbewachsenen Steine des dem Garten vorgelagerten schmalen Uferstreifens schlug. Manchmal hob er seine feurigen jungen Augen zu dem unersättlich blauenden Himmel auf, der zwischen den Nadeln der Föhre sichtbar war. Sein Gesicht trug den Ausdruck einer vollkommenen Sammlung, einen Ausdruck, den sie es in den Jahren ihrer Ehe und Wanderschaft immer wieder zuweilen hatte annehmen sehen. Ob es nun in einer der gleichgültigen Stuben gewesen war, darin sie nacheinander gewohnt hatten, oder in einem rumpelnden Reisewagen oder in dem friedlichen Garten von Karansebes. Es war ein Ausdruck, der Schweigen gebot, der die Umgebung weit fortrückte, der einen Ring von Einsamkeit um Pero legte und alle Menschen, auch die geliebte Pave, ausschloß. Es war Peros eigentliches Antlitz, das wußte sie heute. Es war sein Dichterantlitz, während all seine anderen Gesichter, das des Liebenden, das des Vaters, das des Offiziers, nur Masken waren, die er vorband. Damals, da sie selbst in der Hängematte gelegen und er unter der Föhre gesessen hatte, wußte sie dies freilich noch nicht. Damals dachte sie, das flammende Gesicht des Liebenden sei sein wahres, und dies verschlossene, das nicht ausstrahlte, sei nur ein bewundernswert fremdes, gelegentlich auflebendes.

Leise war ihre Hängematte hin- und hergeschwankt, während sie dalag und darauf wartete, Pero werde erwachen, zu ihr hintreten, sie mit den Blicken verschlingen und das Wort wagen, das sie aneinander binden sollte und das noch nicht gesprochen war. Aber er war nicht gekommen. Er war eine endlos lange Zeit still gesessen, sie erinnerte sich dessen so genau, denn es hatte sie geschmerzt und befremdet; endlich hatte er ein Heft aus der Tasche gezogen und mit der Bleifeder zu schreiben begonnen. Sie sah ihn schreiben, ausstreichen und wieder schreiben und dabei hin und wieder mit den Lippen ein Wort formen. Schließlich hatte er sich erhoben und war, ohne zu ihr hinzutreten oder sie anzurufen, in den Hintergrund des Parks gegangen, hatte sich dort in der herb riechenden Wildnis auf die rote, sommertrockene Erde mitten unter die Myrtenbüsche und Mäusedornsträucher gesetzt und das eben Geschriebene laut vor sich hingelesen. Er mußte es wieder und wieder gelesen haben, dazwischen abermals schreibend und durchstreichend, denn es hatte lange gedauert, bis er wieder zum Vorschein gekommen war. Pave hatte ihn von ferne beobachtet, bis die Mutter sie ins Haus rief. Beim Abendessen erst hatte Pero sich wieder gezeigt; er war glücklich und aufgeräumt gewesen und hatte verkündet, daß ihm heute ein großer Wurf gelungen war. Ein Gedicht, würdig, im ersten Heft der Zeitschrift, die er mit einigen Gleichgesinnten als einen Mahner und Weckrufer zu gründen im Begriffe war, auf der vordersten Seite zu stehen und ihrer aller Hoffnungen, ihrer aller heiligen Willen auszusprechen. Und er hatte das Weinglas in der einen, das vollgekritzelte Blatt in der anderen Hand, glückselig das Lied vom Morgenrot herausgeschmettert, vom Morgenrot, das die Nacht vertreibt, von des Ahnen Gusla, die neu zu klingen anfängt, und von der Vila, die dem Slawenvolke Auferstehung zuwinkt.

Dann war die Entrückung aus seinen Zügen gewichen. Und sie, Pave, wohnte wieder in der Mitte seines Herzens. Er war an jenem Abend von einer hinreißenden und bezaubernden geistigen Berauschtheit gewesen, so daß alle, die Mutter, die Brüder und Schwestern, von dem Gast berückt gewesen waren und sie, von der alle wußten, daß sie die Erkorene des Begnadeten war, beneidet hatten …

Ach ja, damals, wie war es damals schön gewesen! Pave holte sich aus ihrer Verlorenheit zurück, sie hörte die Geschwister mit Miho reden, sie sprachen jetzt von den Nachbarn in Lukoran, von den Lantanas, deren schönes Haus auf der anderen Seite des kleinen Hafens ein wenig in der Höhe lag und mit denen man eine so gute Freundschaft gehalten hatte. Und nun fragte Toni, ob der böse Bauer noch immer das Anwesen nebenan besitze. Ja, sagte Bepi, und er sei noch viel böser geworden. Vor zwei Jahren, als sie zum letztenmal dort waren, habe er seine Schwiegertochter mit einem Säugling auf dem Arm aus dem Hause gejagt, weil er Streit mit dem Sohne gehabt und die Frau und das Kind nicht länger erhalten wollte. Man hatte das laute Weinen der jungen Frau bis zu ihnen herüber gehört. Die Schwiegertochter sei aber auch ihr Geld wert gewesen, ein liederliches Ding, meinte Bepi; und Toni sagte, es sei traurig, daß man in Lukoran in dem unvergleichlich lieben und schönen Hause so böse Menschen zu Nachbarn habe.

„Acht Jahre sind es her, daß ich nicht mehr dort war“, sagte Pave. „Wißt ihr noch, wie wir auf der Überfahrt im Trabakel unsere Merkpunkte hatten, die uns anzeigten, wenn die halbe Fahrt vorbei war? Ach, und wißt ihr's noch, wie wir zu Sommersanfang die Oleanderbäume aus dem Stadthaus nach Lukoran überführten, weil sie es drüben besser hatten, und wie wir dann im Schatten eines Oleanderwäldchens die Überfahrt machten? Ich sehe noch unsere Giovanna vor mir, wie sie, einen Oleanderbaum im riesigen Holztopf auf dem Kopfe tragend, durch die Calle larga in Zara zum Hafen schritt und sich in den Hüften wiegte.“

Alle mußten lachen, als sie sich daran erinnerten.

„Wie gut du alles weißt“, sagte Toni.

„Es war ja doch die Heimat“, entgegnete Pave leise.

Als sie dann zu Bett ging, fiel es ihr schwer, zu begreifen, daß dies alles so fern war und daß wirklich acht Jahre vergangen sein sollten, seit sie das letzte Mal an der Riva in Zara das Trabakel zur Überfahrt bestiegen und ihr Haar vom Meerwind hatte zausen lassen; seit sie in Lukoran beim Abendlicht auf die Hügel gewandert war, auf denen es so würzig nach Myrte und Thymian roch wie sonst nirgends auf der Welt. Und seit sie die vielgegliederte Insel unter sich hatte liegen sehen und den Ruf der Fischer gehört hatte, die zum nächtlichen Fang ausfuhren. Eine Sehnsucht, die ihr das Herz zerbrechen wollte, erfaßte sie nach dem Land ihrer Kindheit, sie preßte die Hände auf der Brust zusammen, und als ihr einfiel, daß ihre kleinen Töchter noch nie in Lukoran die Steintreppe emporgestiegen waren, noch nie den Geruch der alten Zimmer gespürt hatten, mußte sie die Zähne zusammenbeißen, um das Weinen zu verhalten.

Als Toni am nächsten Morgen in aller Früh abreiste, standen seine beiden Schwestern abschiednehmend an der Wohnungstür. Pave küßte den Bruder viele Male, sie streichelte sein schmales Gesicht und den Ärmel seines Uniformmantels, sie legte ihre Stirne auf seine Schulter und sagte mit vor Leid verdunkelter Stimme:

„Komm bald wieder, Toni! Wir sind doch Geschwister. Ist es nicht schrecklich, daß man das ganze Leben fern voneinander hinbringt?“

Er sah sie bewegt an: „Bevor du nach Wien zurückgehst, komme ich sicher noch einmal. Ganz sicher. Wann wirst du heimkehren?“

„Sobald ich gesund bin und man Duschan entwöhnen kann. Zu Beginn des Sommers, hoffe ich.“

Toni ging die Treppe hinab. Titta Palamin, Mihos Pferdebursche, ein brauner und fröhlicher Junge mit dichtem Kraushaar, trug das Köfferchen des Herrn Hauptmanns zum Posthaus, die beiden Frauen und die Kinder eilten an die Fenster der Vorderfront und sahen alsbald Toni aus dem Haus treten und die Straße hinabeilen.

„Addio, Toni!“ rief Bepi. Die Kinder, die bloßfüßig aus den Betten gesprungen waren, winkten mit weißen Tüchern, Toni legte die Hand an den Kappenschirm und grüßte herauf. Pave lehnte am Fensterrahmen und trocknete sich die Augen.

„Du bist so untröstlich, als wäre Toni dein Mann“, sagte Bepi verwundert.

„Ich weiß es selbst nicht, warum es mir so schwer wird, ihn gehenzulassen“, entgegnete Pave und bemühte sich, ihre immer neu aufsteigenden Tränen hinunterzuschlucken. „Er ist ein so guter Bruder, ein so lieber. Wer weiß, wann man sich wiedersieht!“

„Er hat doch gesagt, daß er noch einmal kommen wird, solange du hier bist. Kinder, marsch in die Betten und artig die Strümpfe angezogen! Komm, Pave, und tröste dich! Sei froh, daß Toni hier war, und weine jetzt nicht wegen seiner Abreise. Wird Pero nicht nervös, wenn du alles so schwernimmst?“

„Manchmal schon. Aber was willst du! Niemand kann aus seiner Haut heraus. Glaubst du vielleicht, ich wäre nicht lieber munter und mutig wie Frau Biba oder so gelassen wie du? Ich bin immer so müde, und das Leben scheint mir wie ein fürchterlich hoher Berg, auf den ich hinaufkeuchen muß. Und überall sind Höhlen voll von Drachen und wilden Tieren, die jeden Augenblick hervorbrechen können und mich und die Meinen verschlingen.“

Bepi lachte nur und schüttelte den Kopf, und die beiden Frauen machten sich daran, die Kinder anzukleiden.

Um die Mitte des März saß Pave an einem frühen Nachmittag an ihrem Fensterplatz seitlich am Tisch. Neben ihr thronte Cotia auf mehreren Kissen, die es ihr ermöglichten, vom Stuhl bis zur Tischplatte hinaufzureichen. Ihr rundes, vollkommen schönes kleines Gesicht sah in ernsthaftester Sammlung auf ein Pergamentblättchen nieder, darauf Pave mit Bleistift ein etwas steifes Gewinde von Rosen und Vergißmeinnicht gezeichnet hatte. Cotias rundliches

Händchen hielt einen feinen Pinsel umklammert, mit dem sie die Zeichnung zu kolorieren versuchte.

Eine Blechschachtel mit einigen Wasserfarben und ein kleiner Glasnapf mit Wasser standen vor ihr.

„Zuerst malen wir die Rosen, Cotietta", sagte Pave. „Wir müssen Rot und Weiß mischen, dann wird eine schöne Rosafarbe herauskommen. So. Nimm ganz wenig auf den Pinsel, und jetzt male vorsichtig, ganz vorsichtig die Rosen an. Die mittlere nicht, die machen wir dunkelrot. Ach, nicht so viel Wasser! Alles wird dir verfließen! Gib nur acht, daß du nicht über die Linien hinausfährst, die Mau gemacht hat. Nur schön langsam. So. Die ist jetzt fertig. Jetzt kommt die halb offene, und jetzt die Knospe. Siehst du, da ist nur in der Mitte ein wenig Rosa, und rundherum ist Grün."

„Ich möchte das Grüne machen, Mau."

„Nachher, mein Engel. Jetzt kommt noch die dunkelrote Rose. Da nehmen wir die rote Farbe ganz dick, mit wenig Wasser. So. Warte. Die Mau wird dir ein wenig die Hand führen, aber du darfst nicht herumwackeln. Also. Bist du schon müde?"

„Nein, aber ich möchte jetzt die grünen Blätter malen."

„Zuerst die schönen blauen Vergißmeinnicht, Cotietta, meine Süße. Wir müssen die blaue Farbe ganz dünn nehmen, weil sie so licht sind. Ich führe dir wieder die Hand, sonst verdirbst du mir die lieben Blümchen, und der Miu hat an dem Bild keine Freude, wenn der Briefträger es ihm an seinem Geburtstag bringt."

Vor Eifer biß sich Cotia mit den kleinen, weißen Milchzähnen in die Unterlippe. Die Locken fielen ihr in das vor Anstrengung glühende Gesicht, und sie seufzte tief. Trotzdem geschah es, daß sie plötzlich mit dem Pinsel weit abkam und dem Sternchen, das sie bearbeitete, einen langen, blauen Kometenschweif anhängte, der kühn geschwungen das weiße Blatt durchquerte.

„Nun hat Cotia genug gemalt", sagte Pave und nahm dem Kind den Pinsel aus der Hand. „Cotia ist nun müde, und die Mau wird das Bild fertigmachen. Das allermeiste hat Cotia gemacht. Der Miu wird große Freude haben."

„Aber die Blätter! Die grünen Blätter! Cotia will die grünen Blätter malen!" Cotias Mund zog sich betrübt nach unten, und große, glashelle Tränen begannen über ihre pfirsichfarbenen Wangen herabzukollern.

„Also komm! Wir malen noch ein paar Blätter, und dann gehst du ein wenig schlafen. Du gähnst ja die ganze Zeit."

Der Pinsel wurde ausgewaschen und hierauf einem dunklen Farbenplätzchen grüne Farbe entnommen, mit der Cotia, von der Mutter unterstützt, noch einige Blätter, die im Verhältnis zu den Blüten eigentlich zu groß waren, mit sanftem Grün anlegte. Worauf sie befriedigten Ehrgeizes vom Stuhle glitt und nun, sanft an den linken Arm der Mutter gelehnt, noch eine Weile zusah, wie diese leicht und geschwind die Malerei zu vollenden strebte. Sie zog fadenfeine Stengel, auf denen die Vergißmeinnicht aufgereiht saßen, sie vervollständigte das Blattwerk und begann dann, den flachen, ziemlich kläglichen Farbklecksen, die die Frucht von Cotias Bemühungen bildeten, Körperlichkeit und Leben zu geben. Sie zog feine Rippen in das Grün der Blätter, setzte gelbe Mittelpunkte in die blauen Sterne der Vergißmeinnicht, teilte die Rosen durch haardünne Pinselstriche und gab ihnen durch zarte Schattierung Rundung und Fülle. Endlich setzte sie der Rosenknospe eine stolze Helmzier von spitzen Kelchblättern auf und bemühte sich schließlich, den blau ausfahrenden Kometenschweif mit dem rein gespülten Pinsel wegzuwaschen, was ihr freilich nicht völlig gelang.

„Wie schön, Mau, wie schön? Glaubst du, daß das Bild dem Miu gefallen wird?"

„Es wird ihm sehr gut gefallen", versicherte Pave, obwohl sie sich nicht verhehlen konnte, daß die Rosen ungeachtet ihrer eigenen Mühewaltung himbeerfarbenen Semmeln zum Verwechseln ähnlich sahen und die Vergißmeinnicht recht ungelenk und verschmiert auf ihren Stielen saßen.

Während sie Cotia dann für eine kurze Nachmittagsruhe zu Bett brachte, gedachte Pave der unzähligen Blumenbildchen, die sie selbst während ihrer Schulzeit unter Anleitung ihrer Lehrerin, des ehrwürdigen Fräuleins Maria Riboli, hatte anfertigen. müssen. Stets waren treuherzige Vergißmeinnicht darauf gewesen, manchmal auch Stiefmütterchen, die in ihren vielen Farben leicht und lustig zu malen waren, oder Lilien und Palmblätter. Mit den Rosen hatte man immer seine liebe Not gehabt, doch glaubte Pave, sie habe sie dazumal doch noch besser zustande gebracht als diese heutigen.

Sodann setzte sie sich wieder an den Tisch und begann, auf einem festlich verzierten weißen Briefblatt, dessen Ränder in zarte Bogen ausgezackt und mit feinen bunten Linien dekoriert waren, einen Glückwunschbrief an Pero, dessen Geburtstag auf den Neunzehnten fiel. Während sie saß und in ihrer stark schrägen Schrift mit den kurzen und gedrungenen Kleinbuchstaben und den langen

Schlingen Wort an Wort fügte, sah sie mitunter über das weißgestrichene Fensterbrett hinweg auf die Gärten nieder, in denen der rosa Blust der Pfirsichbäume schon fast völlig dahin war und ein frühes und zartes Grün alle anderen Farben überwog. Durch den freundlichen blauen Himmel zogen dann und wann ein paar Wolken, die so hell waren, daß man meinen konnte, es gäbe auf der weiten Welt nirgendwo etwas Helleres.

Pave schrieb diesen Brief leichten Herzens. Peros letzte Nachrichten hatten nicht ungünstig gelautet. Zwar berichtete er in jedem Brief aufs neue von seinem schlechten Verhältnis zu dem General und von seinem dringenden Wunsch, diesen Zustand bald zu beenden, und sei es um den Preis der Offizierskarriere; doch war es offenkundig, daß sein Gemüt sich beruhigt hatte. Er ersehnte Paves und der Kinder Rückkehr und hoffte, schon im Vorsommer in einem der wald- und weinbergumgebenen Vororte von Wien, in Heiligenstadt, Grinzing oder Sievering, mit den Seinen vereint, eine freundliche Zeit verleben zu können. Er plante, täglich mit dem Stellwagen nach Wien ins Amt zu fahren, die Spätnachmittage und Abende aber im Familienschoß und in ländlicher Geborgenheit zu verbringen. Es tat Pave leid, diesen heiteren und liebevollen Plan zerstören zu müssen. Sie wollte Duschans Gedeihen auf keinen Fall durch ein zu frühes Abspänen oder einen neuerlichen Milchwechsel gefährden und hielt es für richtiger, da die Übersiedlung nach Motta nun einmal vollzogen war, bis über den Sommer dort auszuharren. Sie suchte Pero in behutsamen Wendungen diesen ihren mit Miho beratenen Entschluß beizubringen. Sie schrieb, was sie ihm zu seinem Geburtstag wünsche, das wünsche sie ja in erster Linie sich selbst: daß sie nie, nie wieder getrennt werden würden, ganz besonders aber nicht mehr an Peros Geburtstag fern voneinander sein müßten. – Endlich bat sie inständigst darum, Pero möge ihr niemals etwas verbergen, er möge ihr immer die ganze Wahrheit schreiben, und sei sie noch so schlimm oder betrüblich. Wenn es, was Gott verhüte, mit dem General wieder etwas Unangenehmes geben sollte, möge er es sie ohne Umschweife sogleich wissen lassen. Sollte sie jemals erfahren, er habe ihr aus Schonung etwas Schmerzliches verhehlt, so würde sie nie mehr imstande sein, auch nur eine einzige ruhige Stunde zu verleben. Auch sie selbst sei doch aufrichtig, verberge ihm nichts und werde ihm immer wahrheitsgetreu alles mitteilen, was sie und die Kinder betreffe.

Miliza, die mit Miro eine kleine Fahrt im Wagen des Onkels hatte machen dürfen, kam hereingetrippelt. Das runde, rote Filzhütchen umrahmte anmutig ihr steiles, stolzes Gesichtchen. In der Hand hielt sie ein paar gelbe Primeln, die sie neben den angefangenen Brief auf den Schreibtisch legte.

„Das habe ich für den Papa zum Geburtstag gepflückt", sagte sie mit großem Nachdruck, „und hier das Veilchen ist von Miro. Es war nur ein Veilchen da, er hat es zuerst gesehen. Aber da waren viele Primeln." Sie breitete die Arme aus, um anschaulich zu machen, welche Menge von Primeln es gegeben hatte.

Pave faltete ein Stück Papier und legte die Blümchen dazwischen.

„Cotietta hat dem Miu ein Bildchen gemalt. Still, wecke sie nicht, sie war müde nach Tisch."

„So bekommt der Miu lauter Blumen zum Geburtstag. Von mir wirkliche und von Cotia gemalte. Da wird der Miu in Wien sich freuen. Nur das Frettchen schickt ihm nichts."

„Was könnte der arme Kleine ihm denn auch schicken, mein Schatz?"

„Ich weiß, was! Seinen Zahn!"

Miliza wollte über ihren eigenen Einfall hell und klingend zu lachen beginnen; Pave jedoch hielt ihr den Mund zu und drückte sie auf den Sessel. „Die Mau muß ihren Brief fertigschreiben. Sitze nun brav da und ruhe dich aus!"

Milizas Wangen schimmerten rosig von der frischen Luft, aus der sie kam. Pave strich mit der Hand darüber hin. Welches Glück war es, daß sie Pero schreiben konnte, sie seien alle gesund und die Kinder gediehen prächtig. Der ganz unbedeutende Schnupfen, an dem Miliza seit gestern litt, war der Erwähnung nicht wert. Welches Glück, daß sie nicht schreiben mußte, die Kinder hätten den Keuchhusten bekommen, obwohl Miho so ernstlich gefürchtet hatte, sie könnten sich angesteckt haben!

Pave sah freudigen und leichten Herzens in den blauen Märzhimmel hinaus, durch den noch immer friedliche Wolken segelten, die heller schienen als irgendein anderes Ding auf der Welt.

Als Pave zwei Tage später am Nachmittag mit den Kindern von dem gewohnten Spaziergang heimkehrte, hörte sie Duschan jämmerlich schreien. Sie öffnete die Tür zur Kammer und fand ihn allein und schmutzig in seinen Windeln liegen. Pave vermutete Santa in der Küche, fand sie aber nicht. Vizza war erstaunt, daß die Frau

Majorin von der Abwesenheit der Amme nicht unterrichtet war. Herr Vianello sei gekommen und habe seine Frau abgeholt, und diese habe auch ihren Koffer mitgenommen. Der Mann habe schon am Faschingssonntag erzählt, daß Santas kleines Kind erkrankt sei, und sie gedrängt, nach Hause zu kommen. Aber daß sie der Frau Majorin nichts gesagt habe! Wie werde man Duschan nun ernähren?

Pave war sprachlos. Sie konnte nicht glauben, daß Santa ihr Brustkind habe verlassen können, und hoffte, sie werde über kurz oder lang schellen und mit vielen Entschuldigungen ihren Pflichten wieder nachkommen. Einstweilen säuberte sie Duschan, der mit puterrotem Gesicht unablässig brüllte, kleidete ihn frisch an und sah immer wieder nach der Tür, in der Erwartung, Santa werde eintreten, ihr schwarzes Leibchen aufnesteln und dem Knaben ihre perlmutterblasse, von blauen Adern durchzogene Brust darbieten. Als die Tür aufging, waren es jedoch nur die kleinen Mädchen, die nachsehen kamen, warum das Brüderchen so kläglich weine.

Pave nahm den Säugling auf den Arm und ging zu Bepi hinüber. Als diese die Neuigkeit erfuhr, erhob sie ein großes Geschrei. Sie erklärte, Santa sei ihr immer verdächtig gewesen, und sie traue ihr alles Böse zu. Nun aber gelte es, eine vorläufige Nahrung für Duschan zu schaffen, und sie eilte in die Küche, um ihm einen Salepbrei zu kochen, mit dem sie, wie sie sagte, Miro wochenlang ernährt hatte, als er ihre Milch nicht mehr vertrug. Im übrigen müsse man trachten, der fahnenflüchtigen Santa wieder habhaft zu werden, Rizzi sei ja gottlob nicht aus der Welt. Vielleicht würde es Miho möglich sein, an einem der nächsten Tage hinzufahren.

Bepi verrührte das weiße Pulver sorgfältig mit Wasser und ließ das Gemisch aufkochen. Dann versuchte sie, Duschan den Brei einzuflößen, der sich auch nach einiger erstaunter Abwehr die ungewohnte Nahrung gefallen ließ. Pave hatte unterdessen festgestellt, daß Santa zwar nicht alle, aber den größeren Teil ihrer Habseligkeiten mitgenommen hatte, und die beiden Frauen besprachen erregt den Treubruch der Amme und alle Gefahren, die er für den Knaben im Gefolge haben konnte. Die sonst so phlegmatische Bepi mußte zugeben, daß dies ein unerwartetes Mißgeschick, ja fast ein Unglück sei, dessen Folgen man noch nicht recht absehen könne. Miro und Miliza saßen mißvergnügt im Speisezimmer. Sie waren beide etwas erkältet, und Pave war genötigt, ihnen unausgesetzt die rinnenden Näschen zu putzen, während Bepi sich des Säuglings annahm.

Vizza wurde einem strengen Verhör unterzogen: Ob Santa schon seit dem Faschingssonntag die Absicht gehabt habe, wegzugehen?

Nein, sie habe damals bloß durch ihren Mann gehört, daß ihr kleines, sieben Monate altes Mädchen erkrankt sei, und sie sei deshalb unruhig gewesen. Heute nun sei der Mann am Nachmittag wiedergekommen, als Frau Bepi geruht habe und die Frau Majorin mit den Kindern eben fortgegangen war; sie habe den Eindruck gehabt, er müsse unten auf den günstigsten Augenblick gelauert haben. Es ginge der Kleinen schlechter, habe er gesagt, seine Schwester verstehe sich nicht darauf, sie gesund zu machen, und Santa müsse mit ihm heimkommen. Santa habe geantwortet, sie könne das Kind, das sie stille, nicht verlassen; jetzt eben fange es an, sich ein wenig herauszumachen; es würde krank werden, wenn es ihre Milch nicht mehr bekäme.

Bei allen Heiligen, habe der Mann nun geschrien, ob ihr eigenes Kind ihr nicht lieber sei als das fremde. Was für ein schlechtes Frauenzimmer sie denn geworden sei und ob sie vielleicht überhaupt nicht mehr heimkommen wolle? Wenn sie für ihn und die Kinder kein Herz mehr habe und sich nichts wünsche, als bei den Herrschaften herumzusitzen, dann könne sie gleich dort bleiben, wo es ihr so wohl gefiele.

Nun habe Santa zu weinen angefangen, unter Schluchzen habe sie ihrem Mann geantwortet, ob er denn verrückt wäre. Sie sei doch nur deshalb zu den Fremden gegangen, um Geld zu verdienen, damit es ihm leichter falle, den neuen Stall zu bauen. Aber wenn die Kleine krank sei, komme sie nach Hause.

Sie sei zu Duschan hineingelaufen, wahrscheinlich habe sie ihn gestillt, und sei dann mit ihrem Mann die Treppe hinab. Gesagt habe sie ihr, sie ginge nur ein wenig hinunter und werde gleich zurückkommen.

Während des Gesprächs sei das Ehepaar Vianello in der Küche gewesen, sie, Vizza, habe im Speisezimmer das Geschirr und das Besteck eingeräumt. Durch die halb offene Tür habe sie Bruchstücke gehört, habe sich aber das Ganze erst zusammenreimen können, als Santa schon fortgewesen war.

„Und warum, bei allen guten Geistern, hast du mich nicht geholt?“ schrie Bepi das zerzauste Mädchen an. „Warst du denn völlig von Sinnen, oder hast du gar mit Santa unter einer Decke gesteckt?“

Nun begann Vizza herzbrechend zu schluchzen. Wie die Signora so etwas sagen könne! Was sie denn von ihr glaube! Sie habe zuerst das Ganze nicht begriffen und habe nicht gewagt, die Signora zu wecken. Im übrigen habe sie auch, ja, sie gestehe es, vor Santas Mann etwas Angst gehabt. Und sie habe es nicht für möglich gehalten, nein, bei der heiligen Muttergottes schwöre sie es, daß Santa gleich ganz weglaufen könne. Sie habe gemeint – o Gott, was sollte sie denn nur tun oder sagen, damit die Signora ihr glaube –, sie würde wiederkommen und mit der Frau Majorin und dem Herrn Doktor alles ausmachen. Aber jetzt, da es schon ganz dunkel sei, glaube sie selbst, daß Santa ganz richtig fort sei.

„Nun, du hast dich wie ein Tropf benommen, wie ein Wickelkind, wie eine ganz und gar unnütze Person. Ich habe immer gemeint, daß du uns ein wenig anhänglich bist, deine Tante hat doch so viele Worte darüber gemacht, als sie dich zu uns brachte, was für ein gutes und kluges Kind du immer warst. Und nun! Die kleine Miliza würde sich verständiger verhalten haben als du!" Bepi schleuderte der unglücklichen Vizza diese Anklagen mit großer Verachtung ins Gesicht und schloß mit der Aufforderung, sie möge nun aber ihr albernes Geheule einstellen, und zwar sofort, damit sei nun nichts mehr getan, und sie möge hinaufgehen und bei Frau Zannoner anfragen, ob diese sich einen Augenblick herunterbemühen wollte.

Frau Biba erschien sofort und vernahm mit gerunzelter Stirn den Bericht von Santas Flucht. Ja, das sei schlimm, sehr schlimm. Ammen dürfe man niemals in die Nähe ihrer Männer lassen, dann sei es aus mit ihnen. In Motta eine Amme zu finden, würde schwer sein, sie wisse eigentlich keine ordentliche Frau, die augenblicklich in Betracht kommen könnte. Sie wolle nachdenken. Vielleicht konnte Bianca in Oderzo eine ausfindig machen. Einstweilen sei Salep gewiß ein guter Notbehelf, und im schlimmsten Fall müßte man es eben mit Kuhmilch versuchen.

„Armer Kleiner!" seufzte Pave. „Das kommt davon, wenn die Mutter keine Milch hat."

„Was ist denn mit denen da?" fragte Frau Biba und wies mit dem Kinn auf Miro und Miliza, die mit tränenden Augen und rinnenden Nasen weinerlich herumschlichen. „Mir scheint, die gehören ins Bett!"

Miro hustete nun auch.

„Haben sie vielleicht wirklich den Keuchhusten?" stammelte Pave schwach.

„Keine Spur, sie haben seit ein paar Tagen einen ganz harmlosen

Schnupfen", antwortete Bepi mit Entschlossenheit. Frau Biba aber zog die Augenbrauen hoch, als sie nun auch Miliza rauh und gequält husten hörte.

Ja, sie hatten den Keuchhusten. Im Lauf der Nacht schon stand es für Miho, der spätabends von seinen Krankenbesuchen heimgekehrt war und die Erzählung von Santas Verschwinden mit lebhaftem Zorn entgegengenommen hatte, ohne allen Zweifel fest. Er ordnete an, daß Miliza allein in der von Santa verlassenen Kammer schlafen solle, damit sie die beiden kleinen Geschwister nicht anstecke, sagte aber gleichzeitig mit schwachem Lächeln, nützen werde es nichts, da man die Kinder bei Tag ja nicht völlig trennen könne. Das Schicksal müsse seinen Lauf nehmen, er könnte sich den Kopf abreißen, weil er die Kinder am Faschingssonntag, wenn auch ahnungslos, der Ansteckung ausgesetzt habe.

Duschan, an Santas Nachgiebigkeit gewöhnt, erwachte mehrmals des Nachts mit großem Gebrüll, und Pave sah sich jedesmal genötigt, aufzustehen, im Küchenherd ein Feuerchen von kleinen Spänen und Papier anzufachen und den Salepbrei daran zu wärmen. Cotia schlief ruhig, Miliza jedoch hustete. Als Pave eben wieder aus der Küche zurückkehrte, hörte sie das Kind weinen, sie eilte in die Kammer und fand Miliza verzweifelt im Bett sitzen.

„Mau, Mau, ich bin nicht schuld! Sei nicht bös, Mau! Alles ist jetzt schmutzig. Ich mußte so stark husten, und da habe ich mein Bett vollgespuckt!" Das Kind sah voll entsetzten Ekels auf seine besudelte Decke, es hielt die schmutzigen Händchen mit gespreizten Fingern verzweifelt von sich und sah hilfesuchend und ängstlich die Mutter an, die in ihrem Schlafrock fröstelnd am Bett stand.

„Mein armes Mädchen, ach, was ist dir geschehen. Warte, die Mau wird gleich alles wegputzen."

Pave lief um Wasser und Tücher, indessen hatte Duschan ein mörderisches Geschrei begonnen, und Pave, gewöhnt, allen Äußerungen des Knaben augenblicklich zu willfahren, wußte nicht, wo sie zuerst beginnen sollte. Während sie sich bemühte, Milizas Bett zu säubern und mit frischer Wäsche zu versehen, lauschte sie angstvoll auf die zornigen Laute, die Duschans weit aufgerissenem Mund entquollen, und Frau Bibas Wort fiel ihr ein: „Sie erziehen sich einen Tyrannen!"

An der Tür wurde leise geklopft. Es war die gute Vizza, die das Schreien und Hinundhergehen gehört hatte und nun mit noch völlig verweintem Gesicht nachsehen kam, ob sie der Frau Majorin helfen könne. Mit flinken Griffen, dabei dem Kind herzlich und beruhigend zusprechend, richtete sie Milizas Bett frisch her, indes Pave sich des Schreihalses annahm. Während sie ihm aus einer Flasche den grauweißen Brei einflößte, sah sie, wie Cotia schlaftrunken aus ihren Kissen hervorblinzelte.

„Mau, warum brennt das Licht? Müssen wir schon aufstehen?" rief sie mit einem kleinen verschlafenen Stimmchen. „Sei ruhig, Cotietta, mein Engel", rief die Mutter ihr zu. „Lege dich nieder und sei ein gutes Kind!" Die Kleine sagte verwundert: „Ist also noch Nacht?" und legte sich gehorsam nieder. Da faßte Pave plötzlich eine so wilde Zärtlichkeit für das sanfte Kind, daß sie, die warme Flasche in der Hand, zu Cotia hinübereilen und sie leidenschaftlich immer wieder küssen mußte, dabei in ihre schlafheiße Haut hineinstammelnd: „Cotia, meine Cotia, bleibe nur du mir gesund!"

Als die Kinder wieder ruhig atmend im Dunkel lagen und Pave sich unter ihren Decken zu erwärmen trachtete, klang es immerzu in ihr nach: Wenn nur Cotia gesund bleibt! Wenn nur Cotia gesund bleibt!

Tagsüber hielt Miliza sich nun drüben bei Miro auf, um die Geschwister nicht anzustecken, und Cotia kam sich ohne die Schwester sehr vereinsamt vor. Sie lief immer wieder zur Tür und hoffte, Miliza zu erspähen. Frau Biba holte sie häufig zu sich hinauf, aber auch oben waren die alten Spiele traurig, wenn man dabei allein sein mußte.

Jedoch schon zwei Tage nach Milizas Erkrankung erschien Frau Biba abends bei Pave und führte Cotia an der Hand.

„Sie kann ruhig mit Miliza spielen", sagte die Padrona di Casa, „sie hat ihn auch. Machen Sie sich nichts daraus, es geht in einem hin."

„O Dio!" rief Pave aus. „Aber vielleicht irren Sie sich, Frau Biba. Es könnte ein anderer Husten sein, ein gewöhnlicher."

„Verlassen Sie sich auf mich, leider verstehe ich mich auf den Keuchhusten. Es ist noch gar nicht so lange her, daß meine drei ihn gehabt haben. Ist der Signor Miho noch nicht zu Hause?"

Er war noch nicht da. Pave, die soeben Duschans Fütterung beendet hatte, bot Frau Biba einen Stuhl an und hob Cotia auf ihr Knie.

„Cotietta, wie geht es dir? Hast du wirklich auch gehustet, mein Engelchen?"

„Ja, aber es macht nichts. Jetzt darf ich wieder zur Miliza." Sie legte ihr Gesichtchen an Paves Schulter und lächelte glücklich.

„Es ist rührend, wie lieb die beiden kleinen Mädchen einander haben. Die Meinen haben immer gestritten. Aber was ist mit Ihnen, Frau Pave? Sie sehen schlecht aus. Sie sind die Kränkste von allen, sie sollten sich pflegen und erholen, und nun können Sie nachts nicht schlafen, wie? Müssen aufstehen und für den Herrn Sohn das Fläschchen wärmen, und die Töchter machen ein Hustkonzert? Daß diese Santa eben jetzt auf und davon mußte, ist wirklich ein Malheur."

„Miho ist in Quartarezza einer Amme auf der Spur. Bis sie kommt, muß ich Geduld haben."

Cotia saß noch immer still da und lehnte ihr Köpfchen an Paves Ärmel.

„Bist du müde, Cotia, willst du ins Bett?"

„Ja, Frau Pave, legen Sie sie nieder, es wird am besten sein. Gegessen hat sie schon. Carlotta hat ihr ein gutes Breichen gemacht, wie, Cotia? Und sie hat es artig gegessen."

„Wie gut Sie sind, Frau Biba, wie gut! Wann werde ich armes Ding Ihnen je auch nur ein wenig davon vergelten können!"

„Pst! Nur keinen solchen Unsinn! Gönnen Sie mir Ihre Cotia nicht? Jetzt können wieder alle Kinder zu uns hinaufkommen, damit die kleine Signora hier ein wenig Ruhe hat. Und nun gute Nacht allerseits! Recht gute Nacht!"

In der Tür stieß Frau Biba mit der eilig hereinflitzenden Vizza zusammen.

„Ecco una lettera!" sagte das gutherzige Mädchen freudestrahlend, denn es wußte, wie sehnsüchtig die Frau Majorin diese bläulichen Botschaften aus Wien zu erwarten pflegte.

„Nun sehen Sie, Frau Pave, da kommt Trost zu Ihnen geflattert", rief Frau Biba im Hinausgehen, und auch sie freute sich, daß der armen kleinen Frau am heutigen Tag nun doch noch etwas Gutes widerfahren war.

Aber ach, es stand nichts Gutes in Peros Brief. Wohl forschte er liebevoll und eindringlich nach Paves Befinden, wohl sandte er den Kindern zärtliche Grüße, aber auf der zweiten Seite las Pave im schwachen Licht der Kerze, das es nicht leicht machte, Peros kleine, feine Schrift zu entziffern. – „Seit meinem letzten Brief hatte ich neuerlich schwere Unannehmlichkeiten mit meinem Chef, und ich sehe voraus, daß es auf die Länge der Zeit so nicht wird weitergehen können. Es wird das beste für mich sein, das Feld zu räumen. Ich leide allzusehr, und jede Kleinigkeit erregt mich über die Maßen. Vom 7. bis heute (der Brief war vom 16. März datiert) hatte ich eine qualvolle Zeit, und ich bin infolgedessen so nervös, daß jeder kleine Lärm mich zusammenfahren läßt."

„Ich leide allzusehr!" – Armer, armer Pero! Wer ihm doch helfen könnte! Ach, und heute war sein Geburtstag, vielleicht haben die Blümchen der Kinder ihn ein wenig getröstet! Aber im nächsten Brief, den sie schrieb, mußte sie ihn durch die Nachricht vom Ausbruch des Keuchhustens neuerlich betrüben. Lieber, armer, ferner Pero! In dieser Art war er niemals nervös gewesen; wenn er nun zugab, daß jeder unbedeutende Lärm ihn erschreckte, wie elend mußte es dann um ihn stehen. Könnte sie ihm doch Gutes schreiben, lichte, fröhliche Dinge! Indessen würde sie nun von der Erkrankung der Kinder melden müssen, überdies würde sie gezwungen sein, ihren Mann abermals um Geld zu bitten, denn trotz aller Sparsamkeit gelang es ihr nie, mit den ihr überwiesenen Summen auszukommen. War nirgends ein Ausweg, nirgends eine Hoffnung? Trostlos legte sie den Brief auf ihren Nachttisch und begann die Kinder zum Schlafen zu richten.

Die Nacht verlief unruhig. Beide Mädchen husteten stark, und Duschan, den die neue Nahrung nicht mehr zu befriedigen schien, schrie stundenlang, Pave ging in dem von flackernder Kerze erleuchteten Zimmer mit ihm auf und nieder, sie summte vor sich hin, sie wiegte und schaukelte ihn auf den Armen. Dabei versuchte sie, ihm eine kleine Stange Veilchenwurzel, daran die zahnenden Kinder gerne nagen, in den Mund zu stecken. Als sie im Hinundherwandern zufällig ihr eigenes Spiegelbild erblickte, erschrak sie. So tiefe, schwarze Ringe hatten noch nie, so meinte sie, ihre Augen umlagert, die Nase stand spitz in dem bleichen Gesicht, das die dunklen Haare unordentlich umhingen. Seit jeher hatte Pave das Nachtwachen schlecht vertragen, ihre zarte, anfällige Natur bedurfte des Schlafes sehr, um sich neu zu kräftigen. Seit Santas Verschwinden war ihr keine Nacht ruhigen Schlafes gegönnt gewesen, und auch bei Tag hatte die Arbeit sich gehäuft. Plötzlich, während sie hin und her ging, zur Beruhigung des Säuglings leise mit der Zunge schnalzte und sich immer leichter und schwebender bewegte, da das Geschrei matter wurde und sie hoffen durfte, der Knabe würde endlich einschlafen, befiel sie eine trübe und schneidende Bangigkeit. Würden ihre Kräfte hinreichen, um sowohl den Säugling als auch die kranken Kinder zu betreuen, bis eine Hilfe gefunden war? Würde sie nichts versehen, nichts unterlassen, würde sie immer Herrin ihrer selbst bleiben, immer geduldig, immer gütig, immer sanft und froh sein können, so wie es den Kindern in ihrer Schwachheit und Not gebührte und zukam? Würde ihre eigene Krankheit nicht wieder hervorbrechen und sie niederwerfen, würde nicht Müdigkeit sie untauglich machen und Übernächtigkeit ihren Blick trüben? Schwarze Mutlosigkeit stieg höher und höher um sie empor, wie die Wasser einer Sintflut, die das Land überschwemmen und in die Häuser der Menschen eindringen. Als Duschan nun wirklich eingeschlafen war, sie ihn sacht und leise in seinen Korb gelegt hatte und selbst in ihr Bett zurücksank, stieg diese Flut höher und höher um sie. Und sie wehrte sich nicht dagegen, sondern sie überließ sich ihr einschlafend als ihrem eigensten Element.

So wie es Menschen gibt, die stumm geboren sind, und andere, die blind zur Welt kommen, so wie jemand des Geruchsinns ermangelt und ein anderer von Geburt aus ein kürzeres Bein hat, so war die schöne Pave, die äußerlich so wohlgebildet schien, daß viele Herzen ihr dargebracht, viele Lieder ihr geweiht worden waren – und das nicht nur von Pero, dem Begnadeten –, mit einem Mangel geboren, der schlimmer war als ein fehlendes Auge oder ein lahmes Bein: es gebrach ihr an der Fähigkeit, zu hoffen. Sie vermochte weder auf Gott zu hoffen, den sie nicht kannte, noch auf ihre eigene Kraft. Die Frömmigkeit, die man ihr mitgegeben, war äußerlicher Natur. Sie wußte von Geboten und Gebräuchen, aber sie kannte ihren Sinn nicht. Sie verstand nicht zu beten. Wohl vermochte sie zu Gott zu schreien und zu betteln, wie ein Kind um Brot bettelt, aber sie wußte nicht, daß einer, der wahrhaft betet, der sich in die Herrlichkeit Gottes zu versenken versteht, durch die demütige Versenkung Anschluß an Gottes ewige Kraft zu gewinnen vermag. Sie vermochte nur zu sagen: „Gib mir!“ Oder: „Verschone mich!“ Nicht aber: „Reiße mich hinauf zu dir, reiße mich in dich hinein, laß die schwachen Schößlinge meiner bitterarmen Kräfte in der Wärme deines Anhauches aufgehen und sich entfalten!“

Weil sie Gott nicht kannte und nicht auf ihn hoffte, kannte sie sich selbst nicht und hoffte sie nicht auf ihre eigene Kraft.

Sie lag begraben unter den lastenden Wassermassen der Übermüdung und der Mutlosigkeit. Sie schlief tief und schwer, kein farbiger Traum erhellte ihre Versunkenheit, kein Schimmer von draußen drang in ihre Verfinsterung und Verschüttung.

Sie erwachte erst, als Cotia weinte.

Vor den Fenstern stand Morgendämmerung. Als sie bloßfüßig zu Cotia hingestürzt war, sah sie, daß das Kind im Schlafe die Decken fortgestrampelt hatte und mit nackten Beinen im dünnen Hemdchen dalag. Seine Haut fühlte sich kalt an. Pave riß die Decken heran, wickelte das Kind ein und trug es in ihr eigenes, warmes Bett. Draußen wehte kalte Bora.

„Cotia, meine Süße, mein lieber kleiner Engel, komm und wärme dich bei deiner Mau!"

Pave umschlang das Kind, sie bettete sein Köpfchen auf ihren Armen, sie rieb und streichelte den kleinen, runden, fröstelnden Körper, und dabei flüsterte sie ohne Unterlaß: „Arme Cotia! Du hast gefroren, und die böse, böse Mau hat es nicht gemerkt. Werde nicht krank, meine Cotia. Wärme dich, wärme dich bei deiner Mau!" Sie flüsterte es so lange, bis sie beide wieder eingeschlafen waren.

Am nächsten Vormittag war Cotia munter und ganz erfüllt von der Freude, wieder mit Miro und Miliza spielen zu dürfen. Die Kinder saßen auf dem Teppich des Speisezimmers, hatten alle Puppen hervorgeholt und spielten Familie. Miro war Onkel Toni, Miliza war Bepi, und Cotia war Pave. „Ich will die Mau sein", hatte sie gesagt, dabei die Augen groß aufgeschlagen und still gelächelt. Nun nahm sie ihre Puppe Maddalena auf den Arm, wiegte sie ausführlich hin und her und sang ihr vor, sodann holte sie ein Sofakissen und bettete sich und die Puppe darauf, ihr eifrig zuflüsternd: „Ist dir kalt, Cotia? Schlafe, mein Engel."

„Ich habe gedacht, die Maddalena ist der Duschan", forschte Miliza.

„Sie ist der Duschan *und* die Cotia. Die Cotia schläft bei der Mau im Bett. Nur die Cotia darf es."

Sie vergrub ihr Gesicht in das bunte Kreuzstichmuster des Kissens und umklammerte die Puppe mit beiden Ärmchen. Miro und Miliza veranstalteten inzwischen einen Besuch bei einer fiktiven Signorina Marietta, die niemand sah, mit der aber lange und nachdrückliche Gespräche geführt wurden, nachdem man langsam und betont schlendernd durch das Zimmer geschritten war und Einlaß heischend an eine Schranktür gepocht hatte. „Jetzt gehen wir nach Hause, und die Pave muß uns Kaffee kochen", verkündete Miro und zupfte die am Boden liegende Kusine am Arm. Hierbei zeigte es sich nun, daß Cotia nicht nur im Spiel, sondern in aller Wirklichkeit eingeschlafen war. Als sie geweckt wurde, weinte sie, bekam einen Hustenanfall und lief hilfesuchend zu Pave, die sie nun bei sich behielt. Zu Mittag wollte Cotia nichts essen, und den Nachmittag verschlief sie. Als der Abend einbrach, saß sie unglücklich und weinerlich herum und drückte sich an Pave, sooft sie ihrer habhaft werden konnte; sie war blaß, und ihr Gesichtchen hatte einen grämlichen und alten Zug bekommen.

Während man sie entkleidete, wurde Cotia plötzlich von einem Zittern befallen, sie klagte, daß sie friere, begann sich zu schütteln, und ihre Zähne schlugen aneinander. Dabei glühte ihr Gesicht.

„Hol den Onkel!" rief Pave Miliza zu. Sie kniete an Cotias Bett und häufte Decken auf sie.

Miho, der soeben heimgekehrt war und noch den Winterrock trug, erschien in der Tür. Er warf einen Blick auf das Bett. „Das Kind hat ja einen Schüttelfrost. Schlimm, schlimm! Hat sie sich denn erkältet? Vizza soll schnell eine Wärmeflasche richten."

Pave stand starr und antwortete nicht. So hatte Cotia sich also bei Nacht, als die Mutter pflichtvergessen geschlafen und nicht gemerkt hatte, daß ihr Kind nackt im winterkalten Zimmer lag, eine Krankheit geholt.

„Die anderen Kinder müssen weg, damit Ruhe ist. Vielleicht kann Miliza bei Frau Biba schlafen. Bepi wird Duschan versorgen. Bist du noch imstande, zu wachen, Pave?"

„Wenn Cotia krank ist ...!"

„Ich werde dich ablösen. Ein wenig schlafen muß ich, sonst kann ich morgen meine Arbeit nicht tun. Es sind eben jetzt so viele Leute krank."

„Guter Miho! Aber sage mir doch, was Cotia fehlt."

Miho zog die Schultern hoch, setzte sich an den Rand des Bettes, befühlte und behorchte das Kind, dessen Frost sich zu legen begann, und ließ sich die Zunge zeigen, die von dickem, weißlichem Belag bedeckt war.

„Man kann noch nichts Sicheres sagen. Aber ich fürchte, es bereitet sich eine Brustentzündung vor, Pave. Sie tritt oft ein, wenn zum Keuchhusten eine Erkältung hinzukommt. Aber sage mir nur, wie Cotia sich erkälten konnte."

„Es war so kalt im Zimmer während der Nacht."

„Hat sie sich abgedeckt?"

Wieder blieb Pave stumm. Sie lehnte ihr verzweifeltes Gesicht an den Bettpfosten und starrte auf Cotias glänzende Augen und glühende Wangen nieder.

Auf eine rasche Anordnung von Miho war Paves Bett von der Wand fortgerückt und zu Cotias Lager bestimmt worden. Die Betten der Kinder hatte der Arzt mit Vizzas Hilfe selbst in die Kammer geschoben und dafür das Sofa, darauf Santa geschlafen hatte, für Pave herausgestellt. Das Zimmer sah nun geräumiger aus, es schien ein anderes geworden. Der alltägliche, freundliche Raum, der den Winter über Paves und ihrer Töchter Schlafzimmer gewesen war, darin sie am Fenstertisch gesessen hatte, nähend, flickend oder an Pero schreibend, von wo aus sie den beharrlich strömenden Winterregen hatte niederfallen und den grellen Himmel der Boratage hatte blauen sehen: er war verändert, er hatte sein äußeres Aussehen wie auch seine Seele vertauscht, er war nun nichts anderes mehr als Hülle, Behältnis, Schale von Cotias schnell fortschreitender, immerdar wechselnder, glühender, röchelnder, keuchender Krankheit.

Mit rascher besorgter Zielbewußtheit hatte Miho angeordnet, daß immerzu – Vizza möge es sich einprägen, denn die Frau Majorin würde anderes zu tun haben –, immerzu also feuchte Leintücher um den warm geheizten Ofen aufgehängt sein müßten. Oben auf dem Ofen habe ein Topf mit Wasser zu stehen, und auch auf dem neumodischen Spirituskocher, den er soeben angeschafft hatte und der es ermöglichte, eine Flüssigkeit zu wärmen, ohne daß man im Herd Feuer anzufachen genötigt war, sollte ohne Unterlaß Wasser kochen und verdampfen.

„Die Luft muß feucht sein und rein, hörst du, Pave. öffne immer wieder ein wenig das Fenster, aber Cotia darf nicht frieren. Wenn wir ihrer kranken Lunge feuchte und reine Luft zuführen, dann helfen wir ihr. Es gibt nicht viele Krankheiten, Pave, bei denen der Pflegende eine so große Rolle spielt wie bei der Brustentzündung.“

Miho sagte es, um Pave anzuspornen und alle ihre Kräfte wachzurufen. Kaum aber hatte er das Wort gesprochen, so bereute er es. Durfte man dies Pave sagen, ihr, die stets bereit war, sich selbst anzuklagen, die sich für unzulänglich und untüchtig hielt? Würde sie jemals aufhören, sich Vorwürfe zu machen, wenn ...? Er wagte nicht, den Gedanken zu Ende zu denken.

„Und was kann man noch tun, was noch? Miho, verlasse mich nicht!“

Pave fiel dem Schwager um den Hals und weinte krampfhaft an seiner Schulter.

„Sei ruhig, Pave! Wir werden alles tun, alles. Sie ist ein gesundes

Kind, sie wird es überstehen. Aber wir müssen unseren Kopf beisammen haben, wir müssen ihr helfen. – Sauerteig muß vom Bäcker geholt werden, den tun wir ihr an die Füße, er zieht die Hitze aus dem Körper. Ich werde ihr in der Apotheke eine Abkochung von Primelwurzel und Digitalis machen lassen, selbst will ich es dem Apotheker sagen, damit er die Medizin recht sorgfältig herstellt."

„Sie will nichts nehmen, sie stößt alles weg. Und der Husten, der schreckliche Husten!"

Keuchend, pfeifend, schauerlich gequält kam der Husten von Cotias Bett her.

„Mau, es tut mir so weh. Im Rücken tut es mir weh!"

Pave biß sich auf die Lippen vor Verzweiflung. „Miho, können wir nichts gegen die Schmerzen tun?"

„Feuchte Luft! Reine Luft! Den Sauerteig! Die Medizin! Die Schmerzen sind nur Symptom, wir müssen die Krankheit bekämpfen. Mut, Pave, Mut! Wir bringen sie durch!"

Nachtstunde um Nachtstunde saß Pave an Cotias Bett, sie sah das Kind sich mit geschlossenen Augen hin und her wälzen, der bellende Husten zerschnitt ihr das Herz. Wieder und wieder kniete sie vor dem Ofen, um das Feuer zu schüren, wieder und wieder tauchte sie große Leintücher in heißes Wasser, wand sie aus und hing sie aufs neue um den Ofen auf, so daß feiner Dampf sich aus den nassen Falten löste und in dem vom Kerzenlicht durchflackerten Zimmer verschwebte.

Der Sauerteig, der Cotias kleine rosenfarbene Füßchen zu plumpen, braunen Klumpen machte, brachte etwas Ruhe. Als es gegen die tiefen ersten Morgenstunden ging, gegen jene allerverlassensten, trostlosesten, da lag das Kind still und atmete freier. Nach zwei Uhr kam Miho und löste Pave ab. Er nötigte sie, sich auszustrecken, und sie schlief augenblicklich ein, aber ihr Schlaf war dünn wie ein zerschlissenes Seidentuch, er umhüllte sie nicht warm und dicht, sondern lag locker und durchlässig auf ihr. Sie hörte nicht auf, Cotias Kranksein zu spüren, jeder Husten drang ihr in die Seele, sie fühlte sich gehetzt und vorwärtsgetrieben, als wären Feinde hinter ihr her. Dann wieder fand sie sich in einem unvergleichlich öden Gelaß fremden Gestalten gegenüber, langhaarigen Frauen in grauen Kleidern und alten, bartlosen Männern mit gebeugten Rücken und tiefen Falten im Gesicht. In gespensterhafter Verlassenheit saßen die Fremden da, sie sprachen nicht und blickten trübe in Ecken und Winkel, ihr beklemmender Anblick aber verließ Pave nicht, auch als die Nacht verwichen war und sie lautlos ihr angstvolles, sorgendes Werk um die kleine Kranke weiter tat.

Es kam so weit, daß Cotia alle Nahrung von sich wies. Glühend und unruhig lag sie den Tag über, sie warf sich von einer Seite auf die andere, sie atmete schwer, und befiel sie der Husten, so klagte sie jämmerlich über Stechen im Rücken. Sonst sprach sie nichts, und nahte sich Pave mit einer Tasse heißer Milch, in die Honig gemischt war, mit einer Orangenspalte oder mit einem Stückchen Biskuit, so stieß das sonst so sanfte Kind die spendende Hand fort, so daß die Milch verschüttet ward und der süße Bissen zu Boden fiel. Ihr die Medizin, auf die Miho so großen Wert legte, einzuflößen, war nicht möglich.

Zeitweise kam Bepi herein und hieß die Schwester ausrasten. Ihre Gestalt war noch schlank, aber ihr bleiches Gesicht mit den verschwommenen Zügen verriet es nun schon, daß sie schwanger war. Sie saß aufrecht am Bett ihrer kleinen Nichte und versorgte sie so treulich, als wäre sie ihr eigenes Kind. Aber es litt Pave nie länger als ein paar Minuten fern vom Krankenbett, nervös sprang sie wieder vom Sofa auf und kauerte sich zu Cotia hin, dabei aber Bepis Hände ergreifend und bettelnd: „Bleib da!“ Einmal öffnete sich leise die Tür, und Frau Biba kam auf den Zehenspitzen herein, sie trug ein Töpfchen mit eingemachten Pfirsichen in der Hand. Als sie hörte, daß Cotia durchaus nichts zu sich nehmen wolle, sagte sie: „Laßt mich zu ihr.“ Sie führte den Löffel mit der dunklen Flüssigkeit an den Mund des Kindes, sie versuchte ihn zwischen die fest zusammengebissenen Zähne einzuführen, sie sprach Cotia mit leiser, gütiger Stimme zu, scherzte und lockte. Aber die Kranke schüttelte mit schnellen kleinen Bewegungen den Kopf und öffnete den Mund durchaus nicht. Unter der Tür jedoch stand Miliza mit ängstlichem und verschüchtertem Gesicht. Sie rief: „Cotietta!“ und winkte dem Schwesterchen. Dieses lächelte ein wenig und winkte schwach zurück. Dann ging die Padrona di Casa wieder lautlos fort und führte Miliza hinaus.

Auf diese Weise vergingen die erste Nacht und der erste Tag von Cotias Krankheit.

In der zweiten Nacht sank das Fieber ein wenig. Gegen Morgen begehrte das Kind zu trinken, und Pave gab ihr Orangensaft mit Wasser und mengte von der Medizin bei. Cotia trank begierig und schlief wieder ein. Am Morgen fühlte sie sich kühler an, das Gesicht, das tags zuvor geglüht hatte, war nun bleich, nur an den Wangenknochen saßen rote Flecken. Sie schien sich wohler zu fühlen, und es war im Lauf des Tages immer wieder möglich, ihr etwas Milch und Fruchtsaft einzuflößen. Sie hustete viel, doch faßte Pave Mut; das Schwere, Unheimliche der Krankheit schien gewichen. Das Kind, das am ersten Tag wie vertauscht geschienen hatte, war bis zu einem gewissen Grad wenigstens wieder die alte Cotia geworden. Sie verlangte am Nachmittag nach ihrer Puppe und ließ sie neben sich auf den Kissen liegen. „Maddalena ist Cotia, und Cotia ist Mau", sagte sie erklärend zu ihrem Onkel, der ans Bett getreten war, um ihren Puls zu prüfen.

„Es geht besser, Miho, nicht wahr? Sie sieht frischer aus und ist viel ruhiger."

„Es scheint so. Hoffen wir. Hast du an Pero schon über Cotias Krankheit geschrieben, Pave?"

„Ich schreibe erst, wenn Cotia gesund ist."

Miho sah seine Schwägerin mit etwas zusammengekniffenen Augen an, sagte aber nichts. Er hatte seine Ärztetasche mit ins Zimmer genommen und kramte allerhand gläsernes und metallenes Gerät aus.

„Wir müssen sie ein wenig schröpfen. Bitte, komm und hilf mir, Pave."

Das Aufflammen der in Spiritus getauchten, um ein Drahtende gewickelten Wattebäusche gefiel Cotia so sehr, daß sie sich das Ansetzen der gläsernen Schröpfköpfe gerne gefallen ließ und auch nicht weinte, als die feinen Schnepper ihr Fleisch ritzten und bluten machten.

Am Abend jedoch fühlte sie sich wieder heißer an, und die dritte Nacht, die nun anbrach, ward schlimmer, als die erste und zweite gewesen waren.

Rastlos warf sich Cotia hin und her, und während der Husten stärker und häufiger ihrem Mund entbrach, verzerrte sie schmerzlich das Gesicht, und in den Pausen zwischen den Anfällen wimmerte sie kläglich. Tiefer in der Nacht begann sie wirr zu reden, dumpf und undeutlich, die Lippen nur ganz schwach öffnend, so daß Pave, die sie entsetzt ansah, nichts von dem Gemurmel verstehen konnte. Plötzlich aber sprach Cotia klarer. Sie blickte mit großen Augen auf einen Stuhl, der am Fußende des Bettes stand und auf dem kürzlich Miho gesessen hatte, und rief eindringlich:

„Der Miu ist da! Warum ist der Miu da? Was will der Miu von der Cotia?"

Pave erschrak tödlich. „Liege ruhig, Cotia. Schlafe, mein Kind. Willst du Limonade trinken?"

„Cotia muß den Miu rufen. Miu, komm her!"

„Der Papa ist in Wien, er kann nicht zur Cotia kommen." „Der Miu ist doch da. Er hat wollen zur Cotia kommen. Warum sitzt er so weit weg?"

Sie begann zu weinen. Dann hob wieder das undeutliche Gemurmel an. Kurze Minuten unruhigen Schlafes endeten in qualvollem Husten. Plötzlich setzte sie sich auf und schrie: „Der fremde Mann soll weggehen. Warum sitzt er dort?"

Miho, der ein wenig geschlafen hatte, trat leise ein.

„Deliriert sie? Geben wir ihr wieder Sauerteig an die Füße. – So. Und auch die Medizin muß sie wieder bekommen. Das Digitalis wird ihr Herz beruhigen. Gib ihr kalte Kompressen, Pave. Rege dich nicht auf, es ist der Lauf der Krankheit. Morgen wird es leichter sein."

Und Pave durchsaß die fürchterlichen Nachtstunden auf ihrem Stuhl, neben Cotias Kissen, die Welt war ihr versunken, einzig wirklich war das fiebernde Kind, der keuchende Husten, das Glas mit kühlem Getränk, die Medizinflasche und Mihos ärztliches Handwerkszeug, das auf dem Tisch lag und im schwachen Kerzenlicht verlassen und gespenstisch herübersah.

Endlich aber kam doch das Morgenrot ins Zimmer, und der Tag brach an, der dritte Tag.

Cotia war nun ganz bleich, kalter Schweiß stand auf ihrer klaren, gebogenen Kinderstirn. Pave trocknete sie mit einem Tuch, sie häufte Decken auf sie und öffnete das Fenster. Frische, tauklare Luft strömte ihr entgegen. Wie eben aus Gottes Hand geglitten, sah sie die Frühlingsgärten liegen. Erste Vögel sangen herauf. Jenseits der Dächer aber erblickte sie pochenden Herzens ein Schauspiel von unerhörter Größe, das sie sich nicht erklären konnte. Waren es rosenrote Wolken, die so zaubergleich den Himmel säumten? War es ein Geschwader von Riesenschiffen, das auf grauem Meer purpurn hinsegelte? Über einem Streifen von Dunst erhoben sich steile Zacken und Grate, Spitzen und Schroffen, vorweltlich kühn erhoben sie sich, und plötzlich wußte Pave, daß dies nur die Alpen sein konnten, von denen man ihr gesagt hatte, es könne einem zuweilen bei Sonnenaufgang das Glück widerfahren, sie aus unendlicher Ferne mit ihren ewigen Götterhäuptern herüberschauen zu sehen. Trotz dem fressenden Weh, das ihr im Herzen saß, trotz der irrsinnigen Angst und der aushöhlenden Müdigkeit vermochte sie einen Augenblick lang sich des wunderhaften Bildes zu erfreuen. Dann schloß sie das Fenster und kehrte in das Grau des Zimmers zurück, in dem die Kerze flackerte, nasse weiße Tücher hingen, der Ofen gloste.

Der dritte Tag aber war der schlimmste Tag.

Das bleiche Gesicht weit zurückgeworfen, röchelte das Kind in den Kissen, nimmermüde waren sorgende Hände bereit, frische Tücher aufzuhängen, Kessel dampfen zu lassen, kühlendes Getränk bereitzustellen, das Lager zu erfrischen, den Sauerteig zu erneuern, das herzstärkende Medikament den etwas bläulichen Lippen der schwer kämpfenden Cotia einzuflößen. Mihos Gesicht war sehr ernst. Als Bepi gegen Mittag eintrat, um zu helfen, schien es Pave, als habe die Schwester geweint, doch nahm sie sich nicht die Zeit, sie nach dem Grund zu fragen. Sie selbst war zwar voll schwerer und rastloser Sorge, doch was ihr sonst verwehrt zu sein pflegte, an diesem dritten und schlimmsten Tag ward es ihr verliehen, sie hoffte und tat dies so heftig und inbrünstig, daß sie jeden Gedanken an einen schlimmen Ausgang glattweg ausschloß.

Bepi legte ein Päckchen auf den Tisch. „Toni hat uns Geschenke geschickt", sagte sie. „Schöne Handschuhe und Parfüm."

„Der gute Toni! Aber nimm die Sachen wieder mit! Ich sehe sie an, wenn Cotia gesund ist." Ohne den Kopf zu wenden, blieb Pave über Cotia geneigt sitzen.

Am Nachmittag aber sah sie Cotias Hände unruhig auf der Decke hin und her fahren, dabei bemerkte sie, daß ihre Fingernägel blau waren. Da vereiste Paves Herz vor entsetzlichem Schrecken, und sie glitt zur Tür, um Miho zu rufen. Dieser war heute zu Hause geblieben und kam sofort. Pave zeigte ihm die blauen Nägel. Er nickte nur und sagte: „Pave, du mußt tapfer sein!" und bereitete nochmals eine Schröpfung vor.

Als die Abendschatten schon niedersanken, wurde Pave durch ein knarrendes öffnen der Tür aufgeschreckt. Eine schwarze Gestalt stand im Rahmen, die sie in der Dämmerung nicht sogleich erkannte. „Wer ist da?" fragte sie leise und abwehrend. „Ich bin es, die Amme", entgegnete Santa, ein Bündel in der Hand, mit erschrokkenem Blick auf Cotia und die Veränderung im Zimmer. Pave flüsterte ihr nur zu, sie möge zu Frau Bepi hinübergehen und hier nicht stören. Während sie jedoch die Tür schloß, fiel es Pave ein, daß sich Santas Eintritt seinerzeit in Wien genauso vollzogen hatte wie heute ihre Wiederkehr. Pave war damals aus dem Schlaf aufgefahren, Santa hatte schwarz in der Tür gestanden und gesagt: „Ich bin es, die Amme.“ Sie war damals so sehr erschrocken und hatte sich keine Rechenschaft zu geben vermocht, warum.

Der Husten kam nun etwas schwächer, aber nicht weniger quälend aus Cotias Munde. Der Atem ging stoßweise pfeifend und keuchend, es klang Pave, die unablässig den Schweiß von Stirn und Wangen der Kranken trocknete, wie Windstöße, die durch ein Rohr streichen. Cotia warf sich rastlos hin und her, ihr Kopf lag keinen Augenblick ruhig auf den zerknitterten Kissen. Ein angstvoller Ausdruck war in ihre Augen gekommen, sie fingerte mit den Händen auf der Decke, plötzlich seufzte sie mehrmals und lag still.

Pave sah sie mit unaussprechlichem Entsetzen an, sie sank in die Knie, sie faßte die kleinen verschwitzten Händchen, beugte sich über das bleiche, blaulippige Gesicht, in das die Haare feucht und wirr hingen, und bettelte: „Cotia, sprich zu mir! Rufe mich! Rufe deine Mau!“ In jammervoller Angst stieß sie diese Worte hervor, es war ihr, als müßte alles zum Guten entschieden sein, wenn nur das Kind wieder sprach und sie beim Namen nannte.

Cotia bewegte sich tatsächlich, sie schlug die Augen auf und sagte sehr leise, gedehnt und unendlich wehmütig: „Mau!“

Es war ihr letztes Wort.

Die Flut

Das schlimmste war die Wagenfahrt gewesen. Dies endlose Sitzen im dichtgeschlossenen, bitter nach altem Leder riechenden, im Schritt rollenden Gefährt, an dessen nicht ganz klaren Scheiben sehr langsam Hecken und Felder, Weingärten und Maulbeerbäume und schließlich die unendlichen Pappeln der langen Allee vorbeigeglitten waren. Denn der alte Friedhof San Giovanni lag weit außerhalb der Stadt.

Der Leder- und Staubgeruch hatte Pave sofort mit Macht an die Reise von Laibach nach Triest in Herrn Kusmars Kutsche erinnert, da die Kinder um sie herumgesessen und Cotia in ihrer stillen Art auf die fremden Wiesen und Steige hinausgespäht hatte, stets darauf erpicht, irgendwelche Tiere, Kühe mit langen Hörnern oder lustige Hündchen zu erblicken. Durch diese höchst gegenwärtige Erinnerung wurde die Leidenschaftlichkeit von Paves Schmerz, die sich nach zwei Tagen etwas erschöpft und schweigender Stumpfheit Platz gemacht hatte, zu neuen Ausbrüchen gesteigert, die schlimmer gewesen waren als alle bisherigen und Miho, der neben Pave saß, bis zur Verzweiflung ängstigten. Er hatte ihr vorgeschlagen, ob sie ihn nicht allein zur Beerdigung wolle fahren lassen; ihre Abwesenheit beim Leichenbegängnis würde sich durchaus im Rahmen des Denkbaren halten und nicht gegen Brauch und Sitte verstoßen. Aber sie hatte ihn nur tief verstört angeblickt und wortlos den Kopf geschüttelt. Wenn sie freilich gewußt hätte, wie fürchterlich es sein würde, dies marternd langsame Fahren hinter Cotias kleinem Sarg her, vielleicht wäre sie dann doch zu Hause geblieben. Dies Sichdrücken in eine Ecke des rütternden, dumpf riechenden Gefährts, dessen Fenster herabzulassen der Schicklichkeit widersprochen hätte! Dies Denken: Hat sie diesen Stein auch nicht gespürt? Ist es denn wahr, daß sie nun gefühllos ist, daß nichts mehr ihr weh tut, daß sie vielmehr selig zu Gottes Füßen spielt? Ist sie nicht vielleicht aufgewacht, liegt sie nicht weinend in enger Finsternis, ruft sie nicht: „Mau!“ und niemand hört sie?

„Cotia! Cotia!“ hatte Pave gellend aufgeschrien, hatte versucht, den Wagenschlag zu öffnen und hinauszuspringen. Miho hatte sie beim Handgelenk gepackt und sie in jenem Tonfall, den übernervösen Patienten gegenüber anzuwenden er seinerzeit auf der Fakultät gelernt hatte, angeherrscht, sich zusammenzunehmen. Da sie habe mitkommen wollen, sei es ihre Pflicht, das Schreckliche nun mit Würde und Anstand bis zum Ende durchzustehen. Er mußte so harte Worte seiner gutmütigen Natur und seiner eigenen tiefen Getroffenheit abringen. Denn manches in Paves Verhalten seit dem Verscheiden des Kindes, ihre scheuen Blicke, manches wirre Wort, die Hartnäckigkeit, mit der sie darauf bestanden hatte, Cotia ihre Puppe Maddalena und einen gewissen, gar nicht schönen himmelblau gefütterten Muff in den Sarg mitzugeben, hatten ihn belehrt, daß es für ihn ärztliche sowie brüderliche Pflicht war, Pave durch therapeutische Rauheit und Entschlossenheit aus einem geistigen und seelischen Krampf wieder herauszuhelfen, in den sie durch das Übermaß ihres Mutterschmerzes geraten zu sein schien.

Endlich hatte das Dahinschleichen des Wagens in völligem Stillstand geendet, und Pave war, erstauntes Entsetzen im Herzen, aus dem muffigen Dunkel der Kutsche in die blaue, vogeldurchzwitscherte Helligkeit eines Frühlingssonntags hinausgetreten. Die Sonne hatte kräftig geschienen, denn es war noch nicht zwei Uhr am Nachmittag gewesen, trotzdem war für Pave alles, was sich nun zutrug, hinter einem dichten Nebel, der nicht nur das Sichtbare, sondern auch Schall und Worte dämpfte, vor sich gegangen. Daß man von dem hochgetürmten Leichenwagen, auf dem Kränze gelegen hatten, Cotias weißgoldenes Särglein heruntergehoben und es nach der vom Kirchhof umgebenen, frei in der Landschaft stehenden weißen Kirche getragen hatte, daß sie selbst an Mihos Arm dahingeschritten, daß sich aus einer zweiten Trauerkutsche die sehr ernste und bleiche Frau Biba und Herr Antonio Loro, geleitet von Carlotta und dem sich unaufhörlich schneuzenden Fräulein Marietta Zannoner, gelöst und sich im Zuge ihnen angeschlossen hatten, daß eine Menge fremder Leute dagewesen waren, bürgerliche Städter, aber auch Landvolk, schlanke, ja hagere Frauen hauptsächlich, in schwarzen Kleidern, deren schöne stolze Profile aus lose übers streng gescheitelte Haar gelegten Schleiern herausragten, und daß in der Mitte dieser Frauen, etwas breiter und stämmiger als sie, mit unaufhörlichem Schluchzen Santa gegangen war – all das hatte sie gesehen und doch nicht gesehen. Und auch alles weitere: die noch winterkühlen Wände der Kirche, die schwarzbespannte Bank, in die man sie genötigt, und Cotias Sarg, den man als etwas sehr Erhabenes und Wichtiges mitten in die Kirche gestellt hatte, umgeben vom Kerzenflimmern und Weihrauchfaßschwenken, dann die Blumen, die jemand vom Wagen heruntergeräumt und hereingetragen haben mußte, das schöne, lateinische Beten des Dompfarrers Don Raffaello und das geschnatterte Respondieren des Kirchendieners, endlich das Wiederhinaustreten in die grünblaue Helligkeit, das Gedränge um eine Grube, die neben der Tür zum Campanile ausgeschaufelt gewesen und an deren Rand noch Hacke und Schaufel gelegen hatten, das Hinablassen des kleinen Sarges, sein dumpfes Aufpoltern am Grunde des Grabes und das Hinabwerfen der Erde – auch all dieses hatte Pave gesehen und doch nicht gesehen, gehört und doch nicht gehört. Als sie, nachdem sie vielen Leuten hatte die Hand reichen müssen, im nun schneller fahrenden Wagen saß und abermals Pappeln und Maulbeerbäume, Weingärten, Felder und Hecken vor den Scheiben vorbeizogen, war sie wie vermauert gewesen in vollkommener Stumpfheit. Mihos strenge ärztliche Vermahnung hatte mehr gefruchtet, als er selbst sich davon hatte erwarten dürfen. Sie hatte eine Veränderung und Verlagerung ihrer augenblicklichen Verfassung zur Folge gehabt, so daß es ihr ermöglicht war, nicht zu schluchzen und zu schreien, sondern ruhig und gefaßt zu scheinen. Miho war ein wenig stolz auf seine ärztliche Autorität und Suggestivkraft, als er die Schwägerin ziemlich aufrecht und ruhig neben sich sitzen sah. Er wußte freilich nicht, daß Pave, vor seinen kräftigen, männlichen Worten sich beugend, nicht das getan hatte, was zu tun gewesen wäre, nämlich die schrecklich verhängte Last hinzunehmen und zu tragen, sondern daß ihre zerstörte und zerfetzte Seele scheu und doch listig einen anderen Ausweg gesucht und gefunden hatte. Dieser Ausweg war, das Fürchterliche, über Menschen- und Muttermaß hinaus Traurige und Unerträgliche nicht wahrzuhaben und es fortrücken zu wollen. Nicht ganz, nicht völlig und in allen Belangen und auch nicht eingestandenermaßen, aber doch teilweise und heimlich in tiefen Untergründen des Bewußtseins, von denen weder Pave selbst noch auch Miho trotz seiner medizinischen Beschlagenheit etwas ahnte.

Bepi hatte der Tod der kleinen Nichte sehr zugesetzt: die Magenkrämpfe, von denen sie schon seit Beginn ihrer Schwangerschaft mitunter heimgesucht worden war, hatten sich infolge der Aufregung und Ermüdung neuerdings eingestellt, und Miho hatte seiner Frau mehrere Tage Bettruhe verordnen müssen, was sie auch verhindert hatte, am Begräbnis teilzunehmen. Als er mit Pave vom Friedhof heimkehrte, fand er Bepi ziemlich elend, aber doch auch kaum weniger gemütsruhig als gewöhnlich vor, und er war entschlossen, sich nun einige Stunden seiner Frau zu widmen und, an ihrem Lager sitzend, nach der übergroßen Anspannung der letzten Tage zu sich selbst zu kommen.

Er empfand es als bedeutende Erleichterung, daß Frau Biba, die Miro und Miliza während der Krankheits- und Trauertage völlig in ihre Obhut genommen hatte, Pave zu sich hinaufbat, um ihr den Anblick des Zimmers, in dem Cotia aufgebahrt gelegen hatte, zunächst noch zu ersparen. Freilich schwebte es ihm als eine schwere Pflicht vor, einen Brief an Pero über den Verlauf von Cotias Todeskrankheit schreiben zu müssen, doch verschob er ihre Erfüllung auf den Abend. Nun wollte er in Bepis stiller friedlicher Nähe ein wenig von allem Traurigen und Schweren ausrasten; am späten Nachmittag gab es ohnedies noch eine Reihe unerläßlicher Krankenbesuche zu erledigen.

Pave jedoch war nur kurz in der oberen Wohnung geblieben. Sie hatte Miliza umarmt, Miro gestreichelt und mit einer Gefaßtheit, die Frau Biba in Erstaunen setzte, im feierlichen Sitzzimmer eine Tasse Mokka zu sich genommen, die ihr als Herzstärkung gereicht worden war. Der erfahrenen alten Frau gefiel Paves Ruhe nicht, und sie traute ihr in keiner Weise. Das wilde Schreien und Schluchzen der ersten Tage schien ihr gegenüber dieser unheimlichen Starrheit noch ein wünschenswerter Zustand zu sein, und sie dachte mit Grauen an die unlotbare Tiefe, in die der Schmerz sich zurückgezogen haben mußte, da diese Frau, die so sehr, so elementar Mutter war, zu dieser Stunde ruhig und fast getrost sein konnte.

Nur ungern ließ sie Pave gehen, als diese sich bald erhob, und nur Paves Bemerkung, sie müsse an ihren Mann schreiben, der noch nichts wisse, nahm Frau Biba den Mut, sie zurückzuhalten.

Von niemandem gesehen und angesprochen, gelangte Pave in ihr Zimmer, das durch die gute Vizza bereits gesäubert und in den alten Stand gesetzt worden war. Santa befand sich mit Duschan in der Kammer. Die Amme hatte Cotias Tod, der wenige Stunden nach ihrer reuigen Rückkehr erfolgt war, mit einem düsteren und tief schuldbewußten Schmerz begleitet. Pave hatte noch kaum das Wort an sie gerichtet, Miho aber sie mit sehr harten und deutlichen Worten wissen lassen, daß niemand hier im Hause an die Erkrankung ihres Kindes geglaubt habe und daß ihr Gatte vermutlich jetzt zur Zeit der Frühlingsarbeit ihre Mithilfe gewünscht und sie zu so gröblicher Pflichtverletzung verleitet habe – eine Anschuldigung, auf die Santa kein einziges Wort erwiderte. Sie ahne wohl nicht, war Miho fortgefahren, welche Folgen ihr Vorgehen gehabt habe. Als Arzt sei er überzeugt, daß die kleine Cotia nicht hätte krank werden und sterben müssen, wäre ihre Mutter, die doch leidend sei, nicht durch die Aufgabe, den plötzlich um seine gewohnte Nahrung gebrachten, im übrigen unsinnig verzogenen Knaben zu warten, auf geradezu tödliche Weise überanstrengt gewesen.

Er brachte diese Anklage durchaus nicht zornig, sondern mit tieftrauriger Ruhe vor, was ihre Wucht noch vermehrte und Santa in einen Zustand sprachloser Zerknirschung versetzte.

So saß die Amme nun in ihrer Kammer, und während sie, auf einem Schemel hockend, Duschan stillte, wiegte sie den Kopf und sagte vor sich hin: „Che disastro! Che disastro!“ Aber sie sagte es weit verstörter und gedrückter noch als seinerzeit, da sie aus dem Gräflich-Strassoldoschen Hause in die bescheidene majorische Wohnung hatte übersiedeln müssen. Und sie nahm die Gewohnheit an, alle Hausgenossen, auch Vizza, von der sie vieles Böse über ihre Ausreißerei zu hören bekommen hatte, mit um Vergebung flehenden stummen Blicken anzusehen.

Pave schaute sich scheu in dem harmlos rückverwandelten Raume um. Es war nun wieder das helle, heimliche Zimmer der friedlichen Zeiten, ihr Bett stand an der Wand, der Tisch, an dem sie vor neun Tagen, ja genau vor neun Tagen, mit Cotia das kleine Bild bepinselt hatte, war neuerdings ans Fenster gerückt, nur Cotias Bettchen war verschwunden. Seine Stelle nahm ein altmodisches Zierkästchen ein, das Miho von Frau Biba entliehen hatte, damit der leere Fleck Pave nicht stündlich an den Verlust gemahne.

Pave legte den schwarzen Hut mit dem Trauerschleier ab, sie hängte den Mantel in den Kasten und holte mit leisem Grauen die Schachtel mit dem Briefpapier, Tinte und Feder aus der Kommode. Sie setzte sich an ihren Tisch, tauchte den Kiel ein und schrieb rechts oben an den Rand des Blattes:

„Motta, am 25. März 1855."

Und dann, etwas weiter unten in der Mitte: „Mein lieber Pero!"

Sie schrieb es mit häßlicher, zittriger Schrift, und es fröstelte sie am ganzen Körper.

Wie soll ich anfangen? dachte sie. Wie soll ich ihm schreiben? Soll ich sagen: „Vor zwei Tagen ist Cotia gestorben?" Oder: „Vor zwei Stunden ist Cotia begraben worden?" Oder: „Sende keine Grüße mehr an Cotia, denn sie kann sie nicht mehr empfangen?" Oder: „Du wirst Cotia nie mehr sehen, denn sie lebt nicht mehr."

All dies war unmöglich. Ganz und gar unmöglich. Sie durfte Pero mit dem Furchtbaren nicht so jäh überfallen. Sie mußte daran denken, ihn vorzubereiten, ihn sanft und allmählich darauf hinzuführen. Vielleicht bot sein letzter Brief, der am Abend von Cotias Erkrankung angelangt war, einen Fingerzeig. Sie holte ihn aus dem Schublädchen ihres Nachttisches, wo sie Peros sämtliche Briefe verwahrt hielt, und begann ihn zu lesen. Er fragte zunächst mit Unruhe nach ihrer Gesundheit und erbat von ihr und Miho eine aufrichtige Auskunft. Nun wohl, hiermit konnte sie beginnen. Sie wollte schreiben, daß es ihr gut gehe, durchaus gut, daß aber leider sonst nicht alles in Ordnung sei. So ähnlich wollte sie schreiben. Und sie begann. Sie bedeckte die erste der großen Seiten mit Beteuerungen über den guten Stand ihrer Gesundheit, über die Geringfügigkeit ihres Hustens und die Sicherheit, mit der man ihrer völligen Genesung für die allernächste Zeit entgegensehen könne. Daß Miho selbst zwei Zeilen darüber schreibe, wie Pero es erbeten habe, sei durchaus unnötig. Miho hasse das Briefschreiben und könnte auch nichts anderes berichten als sie. Nein, sie sei gesund, ihr Bericht sei aufrichtig, er möge ihretwegen gänzlich ohne Sorge sein.

War nun hier der Punkt, vom Guten zum Bösen überzugehen? War dies der richtige Augenblick, mit der schlimmen Botschaft zu beginnen?

Sie nahm abermals Peros Brief zur Hand und las weiter. Dabei entfuhr ihr ein Jammerlaut, denn was ihr in den Tagen von Cotias Krankheit fast entfallen war, hier stand es wieder, von Peros geliebter kleiner Schrift dem bläulichen Briefbogen anvertraut. Daß er neuerlich dienstliche Unannehmlichkeiten gehabt, daß es so nicht weitergehen könne, daß die letzte Zeit eine qualvolle gewesen sei und daß er vor Nervosität beim kleinsten Lärm zusammenfahre. „Ich leide allzusehr!" Damit schloß seine Klage.

Pero litt allzusehr. Und nun sollte sie, Pave, sein Weib, das ihm Liebe und Treue geschworen hatte, sein Leiden ins Riesenhafte steigern! Sie sollte die Feder zur Hand nehmen und ihm schreiben, daß Cotia, sein Augentrost, sein liebstes Kind, seine holde kleine Vila, nach fürchterlicher, fieberhafter, röchelnder Krankheit ihre Engelseele ausgehaucht habe und nun auf dem Friedhof San Giovanni begraben liege. Konnte irgendein Mensch, konnte Gott das von ihr verlangen?

Heute war Pero zwar traurig, er war nervös von den Quälereien, die ein boshafter Vorgesetzter ihm zufügte, er gab selbst zu, daß er „allzusehr" leide: aber sein Herz war leicht, verglichen mit der grauenhaften Schmerzensbürde, die alsbald darauf gehäuft werden würde, die sie, Pave, seine Frau, die er zu sich emporgehoben, die er im Lied verherrlicht, der er die süßesten Kinder erweckt hatte, verdammt war, ihm aufzuladen.

Stöhnend griff sie abermals zur Feder. Sie wollte zuerst versuchen, ihn zu trösten. Wenn dies geschehen war, wenn ihre Liebe ihm allen Balsam gespendet haben würde, der sein Herz nur irgend stärken konnte, dann, dann wollte sie mit dem Unsagbaren herausrücken, mit den zärtlichsten Worten wollte sie es ihm am Schluß des Briefes vorsichtig und sacht und gelinde beibringen.

Zunächst aber ging sie mit ängstlich liebevollen Worten auf die

Beschwerden und Klagen seines Briefes ein, sie verwies auf die Möglichkeit, daß der General auf einen anderen Posten kommen oder in Pension geschickt werden könne und daß der Nachfolger ohne allen Zweifel Peros ungewöhnliche Fähigkeiten erkennen und ihn dementsprechend mit Auszeichnung behandeln würde. Sollte der General aber auf seinem Posten bleiben, dann – Pave wiederholte hier, was sie in einem früheren Brief geschrieben hatte –, dann müsse Pero den Diplomaten spielen, den alten Griesgram umschmeicheln und so dessen Gunst gewinnen, wenn aber auch dies nichts fruchte, auf welche Weise immer der unhaltbaren Situation zu entkommen trachten. Denn wichtig, wichtig sei allein Peros kostbare, geliebte Gesundheit. Er dürfe nicht seine Nerven zugrunde richten lassen, er müsse sich für seine Familie, der er schon so vieles geopfert habe, gesund erhalten. Er dürfe, dürfe, dürfe nicht krank werden, denn was sollten sie, die Ärmsten, Pave und die Kinder, dann beginnen?

Pave hörte auf zu schreiben und blickte in den lichten Nachmittagshimmel hinaus.

Peros Nerven! Durfte sie ihnen nun, da sie, wie er, der sonst niemals geklagt hatte, es selbst zugab, so angegriffen waren, daß ein leises Geräusch ihn zu erschrecken vermochte: Durfte sie ihnen diese neue Belastung jetzt überhaupt zumuten? War es nicht schlechterdings das einzig Mögliche, ihn heute zu verschonen und auf seinen nächsten Brief zu warten, ihm diese böse Botschaft erst mitzuteilen, wenn sie ihn ruhiger wußte?

Pave atmete auf. Ein Gefühl unermeßlicher Erleichterung, eine geradezu selige Befreiung, von der sie nicht gedacht hätte, daß sie ihr am heutigen Tage widerfahren könnte, ergriff von ihrer Seele Besitz. Ja, das war die Lösung. Erfuhr er das Entsetzliche nicht früh genug? War es nicht in jeder, in durchaus jeder Hinsicht besser, menschlicher, liebevoller, ja Gott wohlgefälliger, wenn das unsagbar Traurige zunächst stumm blieb, wenn sie allein litt und den Geliebten noch nicht mit hinein in den Abgrund dieses Schmerzes riß?

Die Selbstüberlistung, der eifrige Betrug an ihrer besseren, klareren Erkenntnis war gelungen. Nicht aufgenommen, nicht getragen wurde das Gräßliche, verdeckt wurde es, verschwiegen, verhehlt, und nächtige Gründe taten sich auf, gespenstige Weiten des Unheils, schwarze Höhlen, schwanger von künftiger Qual, die heute freilich von falsch barmherzigem Nebel verhüllt waren.

Emsig machte sie sich daran, den Brief zu vollenden. Sie beantwortete einige Fragen, die er gestellt hatte, berichtete von Duschans gutem Gedeihen, das durch das ammenlose Intermezzo, das sie nicht erwähnte, tatsächlich nicht gelitten hatte, und schloß den Brief mit zärtlichen Versicherungen ihrer Liebe.

Hierauf faltete sie das Blatt, beschrieb den Umschlag mit der langen, umständlichen Adresse: Oberstes Armeekommando, I. Sektion, Hofkriegsgebäude, Wien, klebte eine blaue Freimarke zu 25 Centesimi auf und siegelte.

Dann setzte sie sich aufatmend wieder an den Tisch. Wenn man das Böse nicht nannte, nicht wahrhatte, nicht kündete, war es dann überhaupt? Wenn Cotia für Pero nicht tot war, weil er von ihrem Tod nichts wußte, war sie dann überhaupt tot? Lebte sie nicht jedenfalls noch ein wenig, wenn Pero sie am Leben glaubte?

Pave stützte den Kopf in die Hand. Sie ahnte wohl, daß das, was sie sich da zuflüsterte und weismachte, nicht ganz richtig sein konnte, daß sie sich auf einen kleinen, trügerischen Seitenweg begeben hatte, auf einen blumigen Irrpfad, voll von Schierling und Schlangen. Aber konnte denn heute jemand von ihr verlangen, daß sie den geradesten Weg ging? War es nicht aller Ehren wert, wenn sie sich so weit aufrechtzuerhalten vermochte, daß es ihr gelang, nur überhaupt irgendeinen Weg zu gehen?

Sie lehnte sich zurück. Und da geschah es zum erstenmal mit voller Deutlichkeit, was sich in Stunden der Not fern und undeutlich schon zuweilen begeben hatte: Flut stieg empor um Pave, die hellwach war und offenen Auges um sich blickte, linde, dunkle, barmherzige Wasserflut. Sie gestattete Pave, sich hinüberzulegen und sacht in die Wellen gleiten zu lassen, die sie und alles Herzeleid aufnahmen, umfingen und zudeckten.

Als Miho gegen Abend, von seinen Kranken kommend, die Treppe emporstieg, traf er Frau Biba, die, zum Ausgehen gerüstet, hinabging.

„Ist meine Schwägerin nicht mehr bei Ihnen?“ fragte er die mächtige Matrone.

„Längst nicht mehr. Sie blieb nur kurz, da sie an ihren Mann schreiben wollte.“

Miho atmete erleichtert auf. „Ah, gottlob! Hat sie sich also aufgerafft! So will ich rasch gehen und ein paar Zeilen an den Schwager beifügen.“

In diesem Augenblick stürmte Vizza die Treppe empor und wollte an den Herrschaften vorbei in die Doktorswohnung eintreten.

„Wo warst du?“ wurde sie von ihrem Dienstherrn gefragt.

„Die Frau Majorin hat mich mit einem Brief zur Post geschickt.“

Nun war Miho noch erleichterter als vorher. „So werde ich morgen schreiben, da Paves Brief schon fort ist.“

Er verabschiedete sich ehrerbietig von Frau Biba, die mit den Worten: „Arme kleine Mutter! Arme kleine Mutter!“ langsam die Stufen hinabstieg.

In der Nacht nach Cotias Begräbnis aber träumte Pave diesen Traum:

Sie war in Lukoran. Zwar sah sie das Haus nicht, und was vor ihr glitzerte, war nicht das runde Hafenbecken, sondern offenes Meer, aber sie wußte trotzdem, daß sie in Lukoran war. Sie saß auf dem kleinen Molo und ließ die Füße ins Wasser baumeln. Da sah sie Cotia auf sich zukommen. Die trug das weiße Kleidchen, in dem man sie aufgebahrt hatte, aber sie war rotbackig und gesund. Mitten durch das Wasser, das sie von allen Seiten umgab wie ein Zelt, ging sie auf Pave zu und rief: „Komm, Mau!“ Sogleich sprang Pave vom Molo hinab und lief Cotia entgegen, nun wölbte das blaue Wasser sich auch um sie wie eine riesige Glaskugel, und Hand in Hand mit dem Kinde wandelte sie wohlgemut durch die Flut, die ganz stillstand und durch die man gehen konnte wie durch Luft ...

Miliza, die zum erstenmal wieder im alten Zimmer schlief, erwachte in der Nacht davon, daß sie die Mutter laut jammern hörte. Sie wagte zuerst nicht, sich zu rühren, als jedoch die trostlosen Laute nicht verstummten, rief sie ängstlich: „Mau, bist du krank?“

Pave entzündete die Kerze. „Miliza, ich habe Cotia gesehen.“

„Cotietta ist im Himmel“, entgegnete Miliza mit großer Bestimmtheit. „Sie spielt mit den Engeln. Sie hat die Maddalena mitgenommen, damit die Engel sie sehen können.“

Pave hörte nicht auf die Worte des Kindes. „Ich war mit Cotia in Lukoran. Sie hat mich gerufen. Ach, Miliza, Miliza, nie wird Cotia Lukoran sehen!“ Pave schluchzte und wimmerte, bis auch Miliza zu weinen begann. Da kam Pave zur Besinnung, sie stand auf, nahm das Kind zu sich ins Bett und sprach ihm begütigend zu, bis es eingeschlafen war.

Zwei Tage später, am frühen Vormittag, sprach Frau Biba vor und fragte an, ob die Frau Majorin ihr nicht den großen Gefallen tun wolle, hinaufzukommen. Sie sei in ärgstem Gedränge wegen Carlottas Aussteuer, und alle Freundinnen müßten heran, um zu helfen. Die eine Näherin sei erkrankt, und man müsse unbedingt diese Woche mit der Leibwäsche fertig werden. Im Juni wollten sie ja durchaus heiraten, diese Springinsfelde.

Pave trocknete sich die Augen, die nun fast immer voll Tränen waren, und lächelte weh. „Sie sollen lieber nicht heiraten. Wer weiß, was sie alles erleben werden müssen!"

„Gutes und Böses werden sie erleben", sagte Frau Biba, „Gutes und Böses, wie Gott es schicken wird. Sie werden jubeln und weinen, sie werden jung sein und alt werden, sie werden Taufen feiern und Begräbnisse. Das Leben werden sie leben, mit einem Wort. Das Leben ist schwer, aber reich, und man muß es nehmen, wie es ist." Frau Biba sprach es ernst und nachdrücklich in Paves Augen hinein, ähnlich, wie vor Monaten die Gräfin Strassoldo Pave in die Augen gesehen und gesagt hatte: „Man darf nicht traurig sein!"

„Das Leben nehmen, wie es ist! Wenn man das kann, dann ist es gut. Nicht jeder kann es." Paves Gesicht war bleich und trostlos, aber sie schickte sich gehorsam an, zu Frau Biba hinaufzugehen.

„Es entspricht nicht der Schicklichkeit, daß ich Frau Pave schon heute zu mir hinaufrufe, da noch andere Leute oben sind", sagte die Padrona di Casa flüsternd zu Bepi, die im Bett lag. „Aber man darf sie nicht allein lassen. Ihre Augen gefallen mir nicht. Sie könnte sich irgendwohin verlieren, woher es schwer wäre, wiederzukehren."

„Daß Pave dies Unglück geschehen mußte, ihr, die alles so schwernimmt!" Bepi lag bleich und kummervoll in ihren Kissen. „Mir ist auch weh ums Herz um die kleine Cotia, ich liebe Paves Kinder, als wären sie meine eigenen. Dankbar bin ich Ihnen, Frau Biba, sehr dankbar, daß sie sich Paves annehmen. Ich bin jetzt eine schlechte Gesellschaft für sie, bin krank und launenhaft. Auch tut es mir leid, daß ich beim Nähen jetzt nicht helfen kann."

„Ach, das mit dem Nähen ist nur eine Finte. Frau Pave soll glauben, daß sie oben bei mir gebraucht wird, darum habe ich das Ganze angezettelt!"

In die Fenster von Frau Bibas Stube sah herrlicher Frühlingshimmel, aus allen Gärten grünte es smaragden herauf und jeder Rasenfleck war blau von Veilchen.

Frau Biba tat, als sei Pave die gewiegteste und gewitzigteste Näherin in der ganzen Provinz Venetien. Sie holte wegen eines Hemdenschnittes ihren Rat ein. Carlotta, die mit einer jungen Weißnäherin, einem bleichen Ding mit langer Nase, in der gewohnten Fensternische saß, mußte über dem Kleid den Schnitt probieren, und Frau Biba lud Pave ein, sich zu ihr an den alles beherrschenden runden Tisch zu setzen. Auch Marietta Zannoner war anwesend. Sie hielt wie alle übrigen ein Stück weißes Wäschezeug in der Hand und nähte wie besessen. Aber ihr Gesicht war traurig, und jedesmal, wenn sie zu Miro und Miliza, die beharrlich hustend ihren alten Spielwinkel bezogen hatten, hinüberblickte, war sie genötigt, ihr Taschentuch aus dem Beutel zu nehmen und sich ausgiebig zu schneuzen. Plötzlich aber schluchzte die alte Jungfer hart auf und, das Tuch vor dem Gesicht, stürzte sie in das feierliche Sitzzimmer. Frau Biba erhob sich mit gerunzelter Stirn und ging ihr nach.

„Was treibst du, Marietta?" sagte sie vorwurfsvoll, nachdem sie die weiße Tür hinter sich zugezogen hatte. „Soll das eine Hilfe für die Ärmste sein, wenn wir Alten das Heulen nicht verhalten können?"

Fräulein Zannoner jedoch war außer sich. Mit seltsam demütigem, aber unaufhaltsamem Schluchzen ließ sie sich auf einem der dünnbeinigen Stühle nieder. „Sei mir nicht böse, Biba, aber ich kann nicht helfen! Als ich die zwei spielen sah, die sonst zu dritt gespielt haben, da war es aus. Ach, Biba, Biba, und zu denken, daß ich schuld bin!"

„Wieso denn du schuld? Fang doch nicht wieder mit deinen Geschichten an!" Nichts war Frau Biba widerwärtiger als das, was sie „Geschichten" nannte, ein verächtlicher Ausdruck, mit dem sie alle Arten von weiblicher Überempfindsamkeit, von übertriebenen Skrupeln und von Wehleidigkeit zusammenfaßte.

„Nun, bin ich etwa nicht schuld? In meinem Hause haben Miro und Miliza sich angesteckt. Aus purer Güte, um mir alter Närrin eine Freude zu machen, hat der Doktor sie am Faschingssonntag in ihren Maskenkostümen zu mir heraufgebracht, und ich, statt sofort zum Schneider Saccon zu laufen und ihm zu sagen, er dürfe seine hustenden Bälger nicht aus der Tür lassen, habe mir's wohl sein lassen, ich Dumme, habe mit dem Doktor gescherzt und den Kindern die Siebensachen im Glaskasten gezeigt und war stolz darauf, daß sie ihnen gefielen. O ich törichte Alte! Ich böse Alte! Wäre lieber ich gestorben statt des süßen kleinen Engels!"

Ihr Schmerz war tief und aufrichtig. Frau Biba hielt sich jedoch nicht damit auf, sie zu trösten. „Wußte denn der Doktor nicht, daß die Saccon-Kinder den Keuchhusten hatten?" fragte sie mit aufmerksamem Blick.

„Woher sollte er es denn wissen? Denkst du, die holen einen Arzt, obgleich der Bezirksarzt von den Armen doch kein Geld nehmen darf? Denkst du, die zeigen eine ansteckende Krankheit an, obgleich man's ihnen zu ihrem eigenen Besten vorschreibt! Aber ich, ja ich, ich habe den verdächtigen Husten gehört, ich hätte die Gescheite sein müssen. O um die strahlende Jugend, die der alten Dummheit zum Opfer fällt!"

„Nimm dich zusammen!" sagte Frau Biba trocken. „Worum es sich jetzt handelt, das ist, daß wir der armen Mutter helfen. Mit Liebe können wir's und dadurch, daß wir sie in jeder Weise ins Leben zurückrufen. Solche Mütter, wie Frau Pave eine ist, die sind mit ihren Kindern gar fest verwachsen. Wenn denen ein Kind stirbt, dann wissen sie sich nicht von ihm zu lösen, sie lassen sein Händchen nicht aus, sie gehen ihm nach, wenn das lebendige Leben um sie herum nicht laut und warm genug ist, um sie zurückzurufen. und festzuhalten."

Das alte Fräulein nickte schwermütig zu den Ausführungen ihrer resoluten Verwandten. Flüsternd sagte sie:

„Von der Doktorsmagd habe ich gehört, daß Frau Pave die ganze Nacht, nachdem Cotia gestorben war, auf ihrem Bett gesessen und sie im Arm gehalten hat. Niemand konnte sie wegbringen, auch der Signor Miho nicht. Sie wolle Cotia nicht allein lassen, habe sie gesagt, in dieser Nacht weniger denn je zuvor."

„Und damit hatte sie recht." Frau Bibas breites, knochiges Gesicht nahm einen fremden, geheimnisvollen Ausdruck an. „Wissen wir denn, wann die Seele den Körper verläßt? Nichts wissen wir, nichts." Mit leiser, aber zorniger Stimme fuhr sie fort: „Unsere Zeit ist vor lauter Bildung so verlottert und verwildert, daß die Menschen das Einfachste verlernt und vergessen haben. In meiner Jugend, da wurden noch ordentliche Totenwachen gehalten, da ist man die ganze Nacht beim Licht geweihter Kerzen um den Toten herumgekniet und hat gebetet, damit der Seele Hilfe zuteil werde, wenn sie ihren neuen Weg beginnt. Die Bauern, die wissen das Richtige noch, aber wir gebildeten Leute? Es ist eine Schande! Komm jetzt, und kein Geflenne mehr, wenn ich bitten darf!"

Als sie ins Nähzimmer zurückkehrten, fanden sie Pave bei den Kindern kauernd vor.

„Dürfen sie auf dem Teppich spielen? Ich habe Angst, daß Miliza sich erkältet, wenn sie auf dem Fußboden sitzt."

„Aber freilich. Kommt hierher, dieser Teppich ist dick. Und die Sonne scheint ja schön warm herein. Frau Pave, nächste Woche muß ich nach Oderzo, hätten Sie nicht Lust, mit mir zu kommen?

Die Abwechslung wird Ihnen guttun. Und Bianca wird entzückt sein. Sie hat sie sehr lieb."

Pave antwortete mit einem so wehen und müden Lächeln, daß es allen, die ihr Gesicht sahen, ins Herz schnitt: „Vielleicht später, Frau Biba. Jetzt kann ich noch nicht."

Kurz darauf stand sie auf, legte die Arbeit fort und nahm Frau Biba beiseite. „Sind Sie mir böse, Frau Biba, wenn ich jetzt fortgehe? Ich leiste hier nichts, und ich ertrage die Menschen nicht." Sie biß sich auf die Unterlippe, und mit verzerrtem Gesicht, ohne jemand zu grüßen, gewann sie den Ausgang.

Bei Bepis Wohnungstür traf sie mit dem Postboten zusammen, der ein verschnürtes und vielfach versiegeltes Paket brachte. Ein Blick belehrte Pave darüber, daß es von Pero kam. Sie entlohnte den Boten und ging in ihr Zimmer. Dort legte sie das Paket auf die Kommode, ohne es zu öffnen, und begann in Cotias Kleidern zu kramen. Sie nahm sie aus den Schubladen, das blaugestreifte und das rosenfarbene, das Kragenmäntelchen und den roten Hut, den sie am Faschingssonntag, als Toni dagewesen war, garniert hatte. Dabei dachte sie, daß an jenem Tag alles Unheil seinen Anfang genommen hatte. Herr Vianello war gekommen und hatte Santa zum Fortgehen überredet, und die Kinder hatten sich bei ihren Besuchen den Keuchhusten geholt. Wäre Santa dageblieben, so wäre sie, Pave, besser zur Pflege imstande gewesen, und Cotia hätte sich bei Nacht nicht erkältet, und wären die Kinder nicht in die fremden Häuser gegangen, so hätten sie die Krankheit nicht heimgebracht! Ja wenn, wenn, wenn! Es war zum Verrücktwerden. Wer konnte alles bedenken, wer war mächtig genug, allem Unheil zu begegnen! Sie barg ihr Gesicht in Cotias blau-weißem Kleidchen und hoffte, etwas von ihrem Geruch darin zu finden. Aber es roch nur stark nach der unverfälschten Wolle, aus der es gefertigt war, und enttäuscht legte Pave es fort.

In einen weiten Morgenrock gehüllt, trat Bepi ein. „Bist du nicht oben, Pave? Und hilfst Frau Biba? Was tust du hier? Laß doch Cotias Kleider! Pave, vergrabe dich nicht in den Schmerz! Es hat keinen Sinn!"

„Sinn! Sinn! Was hat denn Sinn auf der Welt, wenn Cotia tot ist?" Und Pave begann wieder ihr wildes Schluchzen und Schreien, mit dem sie in den Tagen vor dem Begräbnis die Wohnung erfüllt hatte.

Bepi sah die Schwester ratlos und ängstlich an. „Hast du denn nicht noch Kinder, Pave? Kannst du nicht noch welche bekommen?“

„Damit sie mir wegsterben!“ Pave lachte höhnisch auf.

Sie hatte es die ganze Zeit geflissentlich vermieden, nach dem Paket auf der Kommode hinzublicken, ja sie kehrte ihm absichtlich den Rücken. Jetzt aber hatte Bepi es entdeckt. Um Pave abzulenken, fragte sie danach. Es sei eben gekommen, sagte Pave, sie wisse nicht, was darin sei.

Ob sie es öffnen solle, fragte Bepi.

Ja, wenn sie wolle, ihr sei es gleich.

Bepi zerschnitt die Schnur, brach die Siegel auf und löste aus dem dicken braunen Papier drei mit bunten Bildchen beklebte Pappschachteln von verschiedener Größe. Ein Brief von Pero lag obenauf.

„Willst du nicht lesen, was dein Mann dir schreibt?“ „Ich werde es lesen. Später.“

„Bepi!“ schrie sie plötzlich auf. „Bepi! Laßt mich! Ich kann doch nicht ruhig alles tun, als wäre Cotia nicht tot. Was kümmert mich Frau Bibas Näherei? Was kümmert mich ein Brief? Begreift ihr denn nicht, daß Cotia tot ist?“

„Sie war doch noch so klein!“ wandte Bepi ungeschickterweise ein.

„Klein!?“ brach es mit wilder Erbitterung aus Pave. „Klein! Hast du je ein Kind gesehen, das schöner war, gütiger, sanfter? Ein Engel war sie! Ach, wie wird Pero es ertragen? Sage mir, wie? Bepi, sage es mir!“

„Pero ist ein Mann. Du darfst seinen Schmerz nicht nach dem deinen beurteilen.“

„Er hat niemand mehr geliebt als Cotia, denn Cotia war unvergleichlich. Niemals wird er seine Cotia verschmerzen.“

Bepi machte sich leise davon. Frau Biba mochte sagen, was sie wollte, vielleicht war es doch am besten, man ließ Pave allein, da jedes harmlose Wort, jeder Versuch, zum Guten zu reden, so leidenschaftlichen Widerspruch zeitigte.

Pave näherte sich ängstlich der Sendung aus Wien und öffnete langsam den Brief. Es war nur ein kurzes Blättchen. Zum Osterfest, so schrieb Pero, schicke er drei Schachteln mit Spielzeug, um die Kinder zu erfreuen. Die größte solle sie Miro geben, die mittlere Miliza, die kleinste Cotia. Er wünsche es sich sehr, bald zu erfahren, welchen Eindruck die Geschenke auf die Kinder gemacht hätten, besonders auf Cotia. Im übrigen sei er ruhiger und suche das Beste aus der Situation herauszuholen. Neuerdings sei wieder von jenem Posten am Konsulat in Belgrad die Rede, dieser scheine allerdings die vorteilhafteste von allen vorhandenen Möglichkeiten darzustellen. Qui vivra, verra. Er wünsche ihnen gute Ostern. Und Pave möge gewiß bald schreiben, ob die Gaben Freude erregt hätten.

Abgewandten Angesichts legte Pave den Brief auf ihren Nachttisch, die Schachteln aber öffnete sie nicht und ließ sie liegen, wo sie waren.

Das Gitter des Beichtstuhls bestand aus einem dünnen, mit weißer Ölfarbe gestrichenen Brettchen, in das runde Löcher gebohrt waren. In seiner Mitte war ein himmelblaues Kreuz aufgemalt. Auf dieses Kreuz starrte Pave und wartete, bis das Fensterchen dahinter geöffnet werden würde. Sie hörte das schüchterne Gemurmel einer Frauenstimme von der anderen Seite des Beichtstuhls und grub vor Angst die Zähne in die Unterlippe. Don Raffaello war bekannt dafür, daß er sehr böse wurde, wenn eine Sünde seinen Abscheu erregte. Manche Frauen kamen weinend aus dem Beichtstuhl. Was würde er zu ihrem Schweigen sagen? Schon dachte sie daran, sich im letzten Augenblick leise fortzuschleichen, aber erstens hielt die Scheu vor den ringsum Knienden sie ab, und dann war es der Samstag vor dem Weißen Sonntag. Die österliche Zeit ging morgen zu Ende, und sie war noch nicht zum Tisch des Herrn gegangen.

Die Frauenstimme war jetzt verstummt und wurde durch das tiefere und lautere Reden des Pfarrers abgelöst. Dann ward Pave inne, daß der schwere Körper Don Raffaellos sich nach ihrer Seite herüberwandte, das Türchen knarrte, und sie erblickte durch die runden Löcher des Gitters den alten Priester in Chorhemd und Stola, der ergeben und müde im Beichtstuhl saß und ihr sein zerfurchtes Gesicht mit der großen Sperbernase zudrehte. Er erkannte sie. Diese ist rein, dachte der alte Hirte, ich kenne sie. Hier werde ich nichts Schlimmes hören müssen.

Pave sprach das vorgeschriebene Gebet und nannte dann ängstlich und leise ihre Sünden. Als sie zum Eigentlichen kam, hielt sie einen Augenblick inne. Der Priester, der dachte, sie sei schon zu Ende, wollte nun seine Belehrung halten und begann: „Liebe Tochter!“, was es Pave fast unmöglich erscheinen ließ, nun noch mit dem Bösesten und Schwersten herauszurücken. Dennoch überwand sie sich mit Aufbietung aller ihrer Kräfte und stieß hervor:

„Ehrwürdiger Vater! Ich habe noch etwas. Ich weiß nicht, ob es eine Sünde ist. Aber vielleicht ist es sehr arg. Ach, ich kann es nicht herausbringen."

„Nun, nun", brummte Don Raffaello, „es wird so schlimm nicht sein. Sage es, meine Tochter, sage es!" Diese Worte, so gewohnt und üblich sie auch im Beichtstuhl waren, ermunterten Pave doch ein wenig. Sie gewann es über sich, weiterzureden, und flüsterte:

„Sie wissen doch, daß am dreiundzwanzigsten März mein Töchterchen gestorben ist?" Sogleich auch liefen ihr die Tränen über die Wangen, und ihr Mund bog sich krampfhaft nach unten, während ihr Kinn sich zitternd verzog.

Don Raffaello sah es voll Leides. „Povera mammina!" sagte er väterlich. „Gott tröste dich! Freilich weiß ich, daß eure Cotia gestorben ist, wie sollte ich nicht? Habe ich sie doch selbst eingesegnet, und es hat mein Herz zerrissen." Erwartungsvoll blickte er durch das Gitter Pave an, die ihre Tränen trocknete.

„Also, ehrwürdiger Vater, nicht wahr, Cotietta ist am dreiundzwanzigsten März gestorben. Halten Sie es für ein Unrecht, daß ich es meinem Mann bisher nicht mitgeteilt habe?"

Don Raffaello fuhr auf, als hätte eine Viper ihn gestochen; er wetzte auf seinem Sitz und klopfte mit dem gebogenen Zeigefinger der rechten Hand an das Gitter. Alle in der Nähe Knieenden waren sich nun im klaren, daß diese junge Frau, die da so lange im Beichtstuhl weinte und sich schneuzte, etwas sehr Übles gebeichtet haben mußte, denn dies war Don Raffaellos Art, auf eine arge Sünde zu reagieren. „Was!?" flüsterte er laut. „Du hast deinem ehelichen Gatten den Tod eures Kindes verschwiegen? Und warum? Und warum? Schreibst du ihm überhaupt nie? Wir haben doch die Post hier."

„Ich schreibe jede Woche an meinen Mann", entgegnete Pave zitternd.

„Und verschwiegst es ihm doch? Belogst ihn in jedem Brief? Und warum, sage mir? Madonna, Madonna, dies ist eine schlimme Sache. Also sage schon endlich, warum?!"

„Ich habe Angst, meinem Mann diesen Schmerz zuzufügen", brachte Pave heraus und weinte schon wieder.

„Nun wohl, aber glaubst du, sein Kummer wird geringer sein, wenn er nach Monaten hört, daß sein Kind gestorben ist? Er wird noch denken, ihr hier habt es umgebracht."

„Per l'amor di Dio!" seufzte Pave entsetzt und ganz laut und erweckte das lebhafte Interesse mehrerer weiblicher Beichtkinder, die in der Nähe knieten. Don Raffaello bemerkte es. Er steckte den Kopf zwischen den Vorhängen des Beichtstuhls heraus und rief: „Geht weg, ihr da! Ist die Kirche nicht groß genug?“ Dann wandte er sich wieder Pave zu.

„Nur Unglück kann entstehen, wenn du deinem Mann nicht die Wahrheit sagst. Tu es sogleich! Schreibe augenblicklich, hörst du?! Ich kann dich nicht lossprechen, ehe du es getan hast.“

„Oh, nicht lossprechen?“ stammelte Pave, und die Zähne schlugen ihr aufeinander.

„Eheleute sind sich gegenseitig Vertrauen schuldig. Ohne Vertrauen ist die Ehe eine Hölle. Ist dein Mann denn nicht gut? Verdient er kein Vertrauen? Hast du ihn auch sonst belogen?“

„Nein, nein, sonst nie“, weinte Pave. „Aber dies, es ist zu schwer. Cotietta war sein Liebling. Und er hat ohnedies Sorgen genug. Ich kann ihm nicht noch etwas Böses antun. Ich kann nicht, kann nicht, kann nicht.“

„Gott schickt die Leiden“, entgegnete der Priester. „Wir dürfen sie nicht totschweigen wollen. Dein Mann ist ein tapferer Offizier, soviel ich weiß; er wird tragen, was Gott schickt.“

„Nicht, daß Cotietta tot ist. Er liebt sie am meisten. Mehr als die anderen Kinder. Mehr als mich. In jedem Brief sendet er ihr Küsse und fragt, ob sie den Miu noch kennt.“

„Höre, meine Tochter, gehe sogleich und schreibe den Brief“, sagte Don Raffaello in großer Aufregung. „Geh nach Hause, setze dich hin und schreibe ihn. Nachher komme wieder, und ich werde dich lossprechen.“

„Ich kann nicht.“ Pave wimmerte.

„Doch, du kannst. Du wirst können. Geh und schreibe. Geh sogleich. Ich erwarte dich hier. Und sollte ich nicht mehr in der Kirche sein, so läute nebenan am Pfarrhaus. Verschiebe es nicht auf morgen früh. Tu es heute!“

„Ich werde es versuchen, mein Vater!“

„Nicht versuchen wirst du es, sondern tun. Schreiben wirst du, schreiben. Furchtbares Unglück kommt, wenn du nicht schreibst. Du mußt augenblicklich schreiben. Geh, und habe Mut!“

Pave schlich aus dem Beichtstuhl, und daran, daß sie nicht in einer Bank niederkniete, um ihre Buße zu beten, sondern mit leisen Schritten und gesenkten Gesichts aufs Kirchentor zuschritt, erkannten einige findige Kirchenbesucherinnen sogleich, daß der Hochwürdigste sie nicht absolviert hatte.

Don Raffaello nahm seine übrigen Beichtkinder vor. Er wartete in der dunklen Kirche, er ging hinüber ins Pfarrhaus und befahl der alten Michelina, auf die Hausglocke wohl acht zu haben. Er blieb bei einem ungeschlachten Stück Weißbrot, etwas hartem Parmesankäse und einem Krug Rotwein bis in die Nacht hinein auf. Aber Pave kam nicht, und auch am nächsten Morgen fand sie sich nicht ein, nicht im Beichtstuhl und nicht am Tisch des Herrn.

Das Frühlingswetter, das zu Ende des März, da man Cotia begraben hatte, von so blauer Lieblichkeit gewesen war, wich im April einer längeren Regenzeit. Heftige Böen peitschten die Regengüsse in wilder Schräge daher, die Straßen waren wieder in dem gleichen schlechten Zustand wie im Winter, und während die Landwirte und die Winzer mit der reichlichen Aprilfeuchtigkeit sehr zufrieden waren, hatte das nasse und stürmische Wetter bei der Bevölkerung zahlreiche Erkrankungen im Gefolge. Die Ärzte der Stadt und vor allem Miho, der neben seiner Privatpraxis das Amt eines Bezirksarztes zu versehen hatte, waren in rastloser Tätigkeit, denn die fiebrigen Erkältungen, die nicht selten, ähnlich wie es bei Cotia gewesen war, in Lungenentzündungen ausarteten, nahmen fast den Umfang einer kleinen Epidemie an. Außerdem und ohne Zusammenhang damit zeigten sich ziemlich zahlreiche Fälle von schweren fiebrigen Verdauungsstörungen, die Miho voll ernster Sorge als eine Art von typhösem Fieber bezeichnete. Es hatte sich eine Anzahl von Todesfällen ereignet, und nicht nur Miho und seine ärztlichen Kollegen, sondern auch der Apotheker, der sein schönes, kleines Gewölbe vor dem Trevisanischen Tor unweit des Loroschen Hauses hatte, die Priester, allen voran der Dompfarrer Don Raffaello, und der Totengräber von San Giovanni, sahen sich in eine traurig erhöhte Geschäftigkeit versetzt.

Durch zwei bis drei Wochen, von den letzten Märztagen bis gegen die Mitte des April, war Miho zu Hause kaum zu sehen. Er machte sich frühmorgens auf den Weg und pflegte, abgesehen von einer ganz kurzen Mittagspause, während welcher er oft stehend ein gehetztes Mahl einnahm, erst spätabends nach Hause zurückzukehren. Er saß dann todmüde da, nahm Miro auf seine Knie, fragte Bepi, die immer noch zeitweise an Magenkrämpfen litt, nach ihrem Befinden, streichelte ihr, während er das von ihr und Vizza angesichts seiner Übermüdung besonders sorgfältig bereitete Abendessen einnahm, über Wangen und Hände und war zumeist zu erschöpft, um viel zu reden. Mitunter richtete er sorgenvolle und fragende Blicke auf Pave, ohne daß es jedoch in dieser Zeitspanne je zu einem längeren Gespräch zwischen ihr und ihm gekommen wäre. Doch überwachte er gewissenhaft den Verlauf des Keuchhustens bei Miro und Miliza, der sich gelinde anließ. Der kleine Duschan war wie durch ein Wunder verschont geblieben. Gewöhnlich mußte Titta Palamin, der kraushaarige Pferdebursche, spätabends nochmals anspannen, denn es verging kaum ein Tag, an dem Miho nicht noch in der Nacht einige gefährdete Kranke hätte besuchen müssen. Er hätte Pave tagsüber zuweilen gerne auf seine Fahrten mitgenommen, um ihr etwas Zerstreuung zu verschaffen, doch war es wegen des schlechten Wetters fast nie möglich.

In der Zeit um Ostern, es war in den ersten Apriltagen, lag Miho an einem Abend, an dem es ihm gelungen war, etwas früher als sonst heimzukehren, im Bett. Er hatte Decken und Federbetten auf sich gehäuft, denn er fühlte sich einigermaßen erkältet und wollte durch eine kräftige Schwitzkur einer Erkrankung zuvorkommen. Während er von Bepi eine dampfende Tasse Lindenblütentee entgegennahm und sie vorsichtig auszulöffeln begann, ließ er seine Augen gedankenvoll im Zimmer umherschweifen.

„Hast du Honig hineingetan? Ja? Das ist gut. Sage, Bepi, schläft Pave schon?"

„Sie hat gesagt, daß sie sich heute ebenfalls früh zurückziehen will. Brauchst du etwas von ihr?"

„Nein, aber es macht mir Sorge, daß ich noch nicht dazugekommen bin, an Pero zu schreiben. Es wäre meine Pflicht gewesen, ihm sogleich alles über Cotia zu berichten. Aber wie soll ich? Du weißt, wie verteufelt schwer ich mich zum Briefschreiben entschließe. Wenn ich nun überhaupt keine Zeit habe, wie jetzt, dann ist es mir rein unmöglich. Sage selbst, wann ich schreiben sollte!"

„Du richtest dich ohnedies zugrunde mit der vielen Arbeit. Man kann doch nicht alles von dir verlangen. Pave wird gewiß alles genau geschrieben haben."

„Bist du so durchaus sicher, daß sie es getan hat?"

„Warum sollte sie es nicht getan haben? Wie sonderbar du fragst, ich weiß, daß sie am Tage des Begräbnisses einen langen Brief an Pero abgeschickt hat. Vizza mußte noch am Abend damit zur Post."

„Und was hat Pero geantwortet?"

Miho hatte den Lindenblütentee ausgetrunken, zog die Decke bis unters Kinn hinauf und reckte und streckte sich unter seinen vielen Hüllen, bis er ganz gerade auf dem Rücken zu liegen kam. Bepi setzte sich auf einen Stuhl am Fußende des Bettes und sah mit ihren von der Schwangerschaft verquollenen Augen, in denen eine Spur von Ungeduld zu entdecken war, in das vom Schnupfen und der Wärme gerötete Gesicht ihres Mannes.

„Erstens kann Peros Antwort noch kaum hier sein. Und zweitens, frage du Pave in ihrer jetzigen Gemütsverfassung um die harmloseste Sache, so kannst du dich sogleich auf das bitterste Jammern und Schreien gefaßt machen. Ich jedenfalls möchte nicht diejenige sein, die fragt, wie Pero die Nachricht von Cotias Tod aufgefaßt hat. Wenn du es wissen willst, so schreibe ihm."

Mihos Gesicht zog sich sorgenvoll zusammen. „Ich sage dir doch, daß ich keine Zeit habe, und dann, siehst du, Bepi, ich hätte ihm gleich schreiben müssen. Es jetzt zu tun, würde mir sonderbar vorkommen. Pero würde das Gefühl haben, daß ich in einer für ihn so traurigen und wichtigen Sache mehr Eifer hätte entfalten müssen. Denn wie soll ich ihm das Übermaß meiner Arbeit schildern?"

Bepi war ungnädig. „Ihr Männer habt immer so sonderbare Bedenken. Wenn du es für nötig hältst, so schreibe, wenn du aber keine Zeit hast, so schreibe nicht. Ein dritter Weg wird sich schwer ausfindig machen lassen."

Miho sah seine Frau begütigend an. „Nicht böse sein, Bepiza! Du wenigstens sollst nett zu deinem Miho sein! Das Leben ist nicht ganz leicht, diese vermaledeiten Patienten sind so störrisch, eigensinnig und dumm, daß es der Kraft eines Riesen bedarf, um sie aus ihren Krankheiten herauszuführen. Und die Sache mit Cotia hat mir höllisch mitgespielt!"

„Armer Miho!" Bepi war nun sehr gerührt und dachte eifrig nach, wie sie dem geplagten Manne Erleichterung verschaffen könnte. „Weißt du was, ich werde an Pero schreiben, damit doch jemand von uns sich meldet."

Aber damit war Miho nicht einverstanden. „Nein, Bepi, du in deinem Zustand sollst dich nicht aufregen. Du hast in diesen letzten Wochen genug mitgemacht." Leise, den Blick voll Liebe, setzte er hinzu: „Unser Kind soll doch gesund sein!" Und nach einer kurzen Pause: „Übrigens hätte das auch viel weniger Sinn, er wird einen ärztlichen Bericht von mir wünschen, und den kann ich ihm erst geben, wenn es hier mit der Arbeit etwas ruhiger geworden ist."

Er schloß die Augen und gab sich inbrünstig dem Schwitzen hin. Bepi ging leise hinaus und klopfte an Paves Tür.

„Bist du noch wach, Pave?" rief sie.

„Komm nur herein!“ hörte sie Pave sagen. Als sie eintrat, sah sie die Schwester am Tisch sitzen und schreiben. Die Kerze stand vor ihr.

„Ich wollte nur sehen, was du treibst“, sagte Bepi. „Miho ist schon zu Bett gegangen.“

„Ich schreibe an Pero“, sagte Pave, dabei versuchte sie, den angefangenen Brief unter die Mappe zu schieben.

Leise, um die schlafende Miliza nicht zu wecken, wagte nun Bepi die Frage, von der sie noch vor wenigen Minuten verkündet hatte, sie würde sie niemals stellen:

„Pave, sag, wie hat Pero es eigentlich aufgenommen? Ist er sehr traurig?“

In Paves Gesicht ging eine merkwürdige, ans Grauenhafte grenzende Veränderung vor. Sie riß die Augen auf, öffnete den Mund und starrte Bepi mit einem Ausdruck des Entsetzens an, den diese zu den Worten, die die Schwester hierauf sprach, in kein Verhältnis zu bringen wußte.

„Habt ihr gedacht, er würde nicht traurig sein, wenn er hört, Cotia sei gestorben? Würde Miho nicht traurig sein, wenn Miro ...? Nun also, warum fragst du dann?“

„Ich wollte dich bitten, Pave, ob ich deinem Brief einige Zeilen an Pero beilegen dürfte. Wir haben ihm noch nicht kondoliert.“

Ohne Rücksicht auf Miliza schrie Pave auf: „Auf keinen Fall! Er ist schon traurig genug. Soll er immer und immer nur Trauriges hören! Jetzt ist es zu spät, zu schreiben. Ich will es nicht!“

Pave setzte sich ziemlich brüsk an den Tisch und ergriff die Feder, was Bepi als ein Zeichen nahm, daß sie gehen solle.

Bei Miho im ehelichen Schlafzimmer angekommen, sagte sie vorwurfsvoll: „Ich habe es ja gewußt, daß man nicht fragen darf. Habe ich das nötig gehabt? Wenn du gehört hättest, wie sie geschrien hat! Ich fürchte, sie wird uns noch verrückt!“

Miho, der schon im Einschlafen gewesen war, öffnete nochmals die Augen, seufzte und sah seine Frau mit sorgenvollem Blick an. „Morgen muß ich mich der Sache ernstlich annehmen“, sagte er.

Aber der nächste Tag brachte mehr Arbeit als alle bisherigen, und Pave durfte ungestört ihren unheilvollen heimlichen Weg weiterwandeln.

Fünf oder sechs Tage nach dem Weißen Sonntag erhielt Bepi einen Besuch, der sie nicht wenig überraschte. Sie befand sich allein zu Hause. Miho hatte eine Fahrt nach dem kleinen Städtchen San

Donato unternommen, und da die Verwandten einer Offiziersfrau, mit der Pave seinerzeit in Karansebes befreundet gewesen war, in San Donato wohnten und Pave schon wiederholt eingeladen hatten, war Pave zu bestimmen gewesen, mitzufahren, und auch Miro und Miliza waren mitgenommen worden.

Vizza erschien in großer und freudiger Aufregung bei ihrer Herrin und teilte ihr mit, der Herr Pfarrer Don Raffaello sei da und wünsche die Signora zu sprechen. Höchlich erstaunt und neugierig, begab sich Bepi in das mittlere Zimmer, begrüßte den alten Priester, den sie nur oberflächlich kannte, mit beinahe übertriebener Höflichkeit und nötigte ihn an den Tisch. Sie wies Vizza an, Wein und Gialetti, kleine in Schmalz herausgebackene Maiskuchen, die im Haus stets vorrätig waren, aufzutragen.

Don Raffaello sah trotz seines bedeutenden Leibesumfanges schlecht aus. Sein Gesicht war noch faltiger und gefurchter als gewöhnlich, und seine kühne Sperbernase schien sich traurig zu senken.

Er bat um Entschuldigung wegen der Störung, eine Bemerkung, der Bepi heftig widersprach, und drückte sein Bedauern darüber aus, daß der werte Herr Doktor nicht zu Hause sei. „Ist wohl unterwegs bei den Patienten? Eine schwere Zeit haben wir, gar oft sind der Herr Doktor und ich uns an den Sterbebetten begegnet. Ist ja auch ganz herabgemartert, der arme Mann, wie?“

Der schwere Priester, der in seinem Pfarrbereich eine so grotesk autokratische Herrschaft führte, fühlte sich hier in der fremden Stube bei der jungen Frau beengt und eingeschüchtert. Sein Bedauern, den Hausherrn selbst nicht angetroffen zu haben, war daher durchaus echt.

„Sie haben hier im Hause auch Böses mitgemacht, hm?“

„Ja, das kleine Töchterchen meiner Schwester ist gestorben, Sie haben sie ja selbst eingesegnet, Herr Pfarrer, soviel ich weiß.“ Bepi goß ein Glas mit Wein voll und bot es dem geistlichen Herrn mitsamt dem Kuchen an.

„Es war ein so nettes Kind. Hab sie öfters gesehen, wenn ich den Monticano entlang mein Brevier gebetet habe. Ist dort spazierengegangen mit der Frau Mama und mit dem Schwesterchen. Traurig, traurig, wenn so eine Blüte geknickt wird. Und der Frau Schwester, wie geht es ihr?“ Don Raffaello blickte sich suchend um.

„Mein Mann hat sie mitgenommen. Er findet es gut, wenn sie sich zerstreut.“

„Sie ist wohl noch immer sehr darnieder, wie? Kann sich nicht trösten, was?"

Bepi empfand es als eine gute Fügung, sich mit jemandem über Pave aussprechen zu können. Eigentlich hatte sie nicht gewußt, daß der Herr Dompfarrer ein so menschlicher Mann war. „Ach, ehrwürdiger Vater, untröstlich, das ist zuwenig gesagt. Ganz verloren kommt sie mir vor, manchmal ist mir angst und bang, wenn ich sie ansehe. Immer möchte sie nur sitzen und die Kleider und Spielsachen der Verstorbenen im Schoß halten. Sie hat doch noch zwei Kinder und tut, als wäre mit der kleinen Cotia alles für sie zu Ende."

Don Raffaello, der in kleinen Schlucken von dem guten Wein gekostet hatte, nahm zaghaft ein Stückchen Gebäck vom Rand des Tellers und nickte schwer mit dem Kopf.

„Schlimm, schlimm", sagte er betrübt. „Und der Herr Gemahl von der Frau Schwester? Der Herr Oberst, oder was er sonst ist, in Wien, ist auch er sehr traurig? Schreibt er ihr fleißig? Tröstet er sie in seinen Briefen?"

„Wer das wüßte! Glauben Sie, Reverendo, meine Schwester sagt etwas? Sie schreibt Briefe, sie bekommt Briefe, was drin steht, kann niemand wissen. Neulich wollte ich an meinen Schwager ein Blättchen beilegen, wollte ihm sagen, wie sehr wir mit ihm und Pave mitfühlen. Da hätten Sie sie sehen sollen! Ganz wild ist sie geworden und hat mir's verboten, einfach verboten, daß ich ihrem Mann schreibe. Ich verstehe es nicht, ganz und gar nicht kann ich es verstehen, aber bei dem Gemütszustand, in dem sie ist, wagt man nicht, in sie zu dringen; man muß sie gewähren lassen und ihr in allem nachgeben. Vielleicht aber ist gerade dies schlecht für sie."

„Das glaube ich gern, daß es schlecht für die Arme ist. Sie hat Ihnen nicht erlaubt, nach Wien zu schreiben? Sonderbar. Sonderbar. Hm. Recht schlimm kommt mir das vor."

Bepi sah ihren Besucher gespannt an. „Warum meinen Sie, daß dies so schlimm sei, Herr Pfarrer?"

Don Raffaello schnitt ein unglückliches Gesicht, er räkelte sich auf seinem Stuhl und suchte nach Worten. „Mir kommt das alles schlimm vor. Man muß der Armen helfen. Ich bin eben hergekommen, um nachzufragen, wie es ihr geht, da man mir erzählt hat, sie sei ganz und gar untröstlich. Was für ein Mißgeschick, daß ich sie nicht getroffen habe!"

„Wahrhaftig ein Mißgeschick", rief Bepi lebhaft. „Aber darf ich meine Schwester nicht zu Ihnen in den Pfarrhof schicken, ehrwürdiger Vater, damit Sie ihr ein wenig zureden? Hätte ich nur schon früher daran gedacht!"

„Das Dumme ist eben, daß ich morgen früh verreisen muß. Ich bin ein kranker alter Mann und muß nach Treviso ins Spital, mich ein wenig auskurieren. Diese Zeit hier mit den vielen Sterbefällen, die ist mir arg nahegegangen, und mein altes Leiden ist schlimmer geworden. Wenn ich wiederkomme, sehe ich gleich wieder her. Und unterdessen passen Sie mir recht gut auf Ihre Schwester auf, wie?"

Er empfahl sich, indem er dem werten Herrn Doktor seine vollste Ergebenheit bestellen ließ und Bepi nochmals ermahnte, ihrer Schwester in ihrer Not zu helfen. Dann ging er langsam und schleppend durch die Tür und stieg die Treppe hinab. Manchmal ist das Beichtgeheimnis eine ganz und gar schwierige Sache, dachte er, indem er vorsichtig Stufe für Stufe nahm. Oh, Madonna, Madonna, was wird hier nicht noch alles Böses entstehen! Hätte ich sie nur angetroffen! Und abreisen muß ich morgen, ich altes Wrack! Soll ich bleiben? Es geht nicht, das Spitalbett ist bestellt, sie warten auf mich. Schlimm, schlimm, schlimm. Da kann nur Gott helfen!

Er schritt langsam über den Hauptplatz, bog in das Gäßchen ein, das zu seiner Kirche führte, trat in den schönen Bau, den der Meister Sansovino vor Jahrhunderten so weiß und edel aufgeführt hatte, kniete vor dem Tabernakel und betete aus seinem erfahrenen, alten Hirtenherzen inbrünstig für die junge Frau, die, wenn nicht alles trog, einen so elenden Irrweg eingeschlagen hatte.

Als die Ausflügler am Abend wiederkamen und Pave vom Besuch Don Raffaellos hörte, war sie heimlich bestürzt. Während des Essens beobachtete sie ängstlich ihre Schwester und trachtete durch harmlos scheinende Fragen zu ergründen, ob der Pfarrer etwas von ihrem Geständnis verraten habe. Als sie aus Bepis Bericht jedoch lediglich vernahm, er habe sich besorgt und liebevoll nach ihr erkundigt, wurde sie ruhiger, und eine Bemerkung ihres Schwagers befreite sie vollends von ihrer Sorge. Miho, der dem zarten, am Rost gebratenen Lämmernen hingebend zugesprochen hatte, lehnte sich ein wenig zurück, schaute in die Runde und sagte:

„Ein braver Mann, dieser Don Raffaello. Ein guter Pfarrer, so wahr mir Gott helfe. Er liebt seine Pfarrkinder, er leidet mit ihnen, jedem möchte er helfen, wenn er nur könnte. Wenn ihr ihn gesehen hättet, wie treu er sich der Sterbenden angenommen hat!"

„Er hat mir gesagt, die vielen Todesfälle seien ihm so nahegegangen, daß er nun selbst krank ist", warf Bepi ein.

„Ich glaub's", entgegnete Miho lebhaft. „Er war immer ganz gebrochen, wenn er wieder eine letzte Beichte und noch eine und noch eine hat abnehmen müssen. Man kann sich's doch denken, daß so ein Priester bei dieser Gelegenheit schwere Dinge zu hören bekommt. Und alles hinunterschlucken, nie ein Wort davon erwähnen, immer schweigen, schweigen, schweigen! Kein Wunder, wenn da einer krank wird, besonders wenn er schon vorher kein besonders gesundes Herz gehabt hat."

Pave mischte sich zaghaft ein. „Du meinst schweigen, wegen des Beichtsiegels?"

„Nun ja, freilich, er darf doch nie und nimmer ein Wort von dem sagen, was ihm gebeichtet worden ist ... Bepi, sei so gut und gib mir noch ein Rippchen. Und auch von den Erbsen. Danke!"

Pave atmete erleichtert auf und war den Abend über verhältnismäßig heiter.

„Die Fahrt scheint ihr gutgetan zu haben", sagte Bepi zu Miho, als sie zu Bett gingen.

„Ich sage ja immer, daß sie hinaus soll, zu Wagen oder zu Fuß. Nur nicht immer in dem unglückseligen Zimmer sitzen, wo das Kind gestorben ist. Übrigens habe ich heute während der Fahrt mit ihr über Pero gesprochen. Sie schien sehr vernünftig und meinte, es hätte keinen Sinn, wenn ich ihn jetzt, wo er ein wenig ruhiger geworden ist, durch einen genauen Bericht der Todeskrankheit neuerlich aufrege. Sie sagt, Pero habe erwähnt, er würde mir nächstens schreiben und für meine Mühe und Sorge, wie sie es ausdrückte, danken."

„Nun also, wenn er dir schreibt, antwortest du ihm, und die Geschichte mit diesem Brief ist endlich erledigt."

Bepi verabscheute Angelegenheiten, die sich lange unentschieden hinzogen, und nichts war ihr widerwärtiger als unnützes Hinundherreden. Ihr Gatte pflegte in solchen Fällen lobend von ihr zu sagen: „Sie ist gar nicht wie eine Frau, sie entschließt sich schnell und redet nur, was nötig ist."

Und wieder schrieb Pave an Pero. Wieder saß sie an ihrem Fenstertisch, die helle, überwältigend fröhliche Sonne eines Frühlingsvormittags schien herein und füllte das Gelaß mit so zuversichtlicher Helligkeit, als hätte darin nie Nacht, nie Traurigkeit, nie Röcheln und Todesschweiß herrschen können.

Was aber schrieb Pave? Hatte sie sich ermannt? Hatte die glorreiche Sonne ihr den Mut gegeben, dem Ahnungslosen in Wien endlich zu sagen, was auf die Dauer nicht zu verschweigen war? Schrieb sie mit vorsichtigen, liebevollen Worten, in den zartesten, rücksichtsvollsten Wendungen, was Pero endlich doch wissen mußte? War sie dem guten alten Priester gehorsam, dem sorgenvollen Hirten seiner Herde, der sie ermahnt hatte: Geh und schreibe! Geh sogleich! Furchtbares Unglück entsteht, wenn du nicht schreibst.

Paves Hand führte eifrig den Kiel, sie bedeckte eine um die andere der großen bläulichen Seiten mit ihrer nicht sehr schönen, aber ausdrucksvollen Schrift. Sie schrieb so schnell und emsig, als triebe sie jemand und als gälte es, in möglichst kurzer Zeit möglichst viele Buchstaben auf dem Papier anzubringen.

Und was stand nun da? Stand da der traurige, allzu spät abgefaßte Bericht von Cotias Erkrankung, kurzem Leiden und bitterem Tode? Stand da die Bitte um Verzeihung, weil sie, Pave, aus übergroßer, wehleidiger Liebe dem Gatten das Schreckliche bisher verschwiegen hatte? Stand da der Versuch, zu trösten, der Hinweis auf die beiden Kinder, die den Eltern geblieben waren, vielleicht eine ungelenke Anstrengung, in der grausamen Prüfung den Willen Gottes zu erkennen und zu verehren?

Ach nein, von alledem stand nichts auf den bläulichen Seiten des Briefpapiers. Ganz andere Dinge standen da. Da stand von einem Schirmchen und von einem Frühlingshut, die Pave ihren Gatten herzlichst bat, mit dem sicheren Geschmack, den sie an ihm kenne, in einem guten Wiener Laden auszuwählen und zu erstehen. Denn sie habe den Wunsch, Bepi für alle gastliche Liebe, die diese ihr und den Kindern angedeihen lasse, durch ein Geschenk zu erfreuen. Ausführlich stand zu lesen, daß das Stroh des Hutes nicht etwa ganz weiß, sondern von einem lichten Gelb sein solle, das Schirmchen aber aus Seide und möglichst klein. Die Garnierung des Hutes solle der neuesten Mode entsprechen, aber doch diskret sein. Sie sei überzeugt, Pero werde das Richtige zu finden wissen. Er möge den Einkauf nach Tunlichkeit rasch ausführen, damit sie der Schwester bald die Freude dieser eleganten Gaben bereiten könne. Zum Schluß aber, und nachdem Pave noch Verschiedenes über die Anliegen von Leuten geschrieben hatte, die, in der Meinung, in Wien könne jeder alles erreichen, Peros Bitten um Fürsprache bei den verschiedensten Behörden unterbreiteten, fügte sie einen hinterhältigen kleinen Satz bei, eine listige Falle für den Leser und die Schreiberin. Worte, die Lüge waren und doch nicht Lüge und auf dem verderblichen Weg in die feuchtschwüle Schierlings- und Schlangenwildnis des Truges ein arges und erhebliches Stück weiterführten. Sie schrieb: „Miliza ist eben dabei, einen Blumenstrauß zu machen, und Cotia verhält sich still wie immer.“

Sie überblickte den Brief, ohne ihn nochmals zu lesen. Hatte sie nicht viel geschrieben? Würde Pero nicht genug zu lesen haben? Würde er Verdacht schöpfen, unruhig und traurig werden? Ach nein, solange dieser Brief unterwegs war, solange bis er ankam, gelesen, beantwortet wurde, konnte sie ohne Sorge sein. Und später? Später würde ihr wieder etwas anderes zu Hilfe kommen. Vielleicht fand sie dann den Mut zu Wahrheit und Grausamkeit. Für heute jedenfalls hatte sie den gefürchteten Brief wieder einmal erledigt, und sie durfte sich in die graue, barmherzige, immer bereite Flut sinken lassen, in dies Element, das sie trug, anstatt daß sie selbst das Unerträgliche zu tragen unternommen hätte.

Pave wanderte nach der Stadt zurück. Schon begann Abendröte den Himmel zu überziehen, und die vielen Hohlwege, die durch Felder und Weideplätze hinliefen, waren hellgrün überbuscht. Eine frische und gesunde Feuchtigkeit lag über der Ebene und ließ alle Farben des sinkenden Tages in geheimnisvoller Brechung entbrennen. Die Blätter der Maulbeerbäume waren schon groß und dunkel, die dünnen Spitzen der Maispflanzen durchbrachen das Erdreich, und jubelnde Lerchen erhoben sich aus dem strotzenden Weißdorn zu ihrem Abendgesang.

„Geh in die frische Luft, Pave, geh in die frische Luft“, sagte Miho täglich bei Tisch. Sooft es möglich war, lieh er ihr den Wagen, und sie fuhr mit Bepi und den Kindern ein Stück weit auf der Landstraße gegen Oderzo oder gegen Quartarezza. Aber da sie immer bald umkehren mußten, waren es stets die gleichen Weingärten, Maisfelder und Maulbeerpflanzungen, die gleichen Dörfer und Pappelalleen, durch die sie kamen. Mußte Miho über Land zu Patienten und konnte er sie nicht mitnehmen, so ging sie gehorsam zu Fuß.

Vielleicht fand ein mutiges Herz Freude und Trost an diesem Frühling, an diesen Farben, an diesen Vögeln. Pave wurde nur noch trauriger von dem allen. Und das Gehen war nichts für sie. Es machte sie so müde. Sie setzte sich auf einen alten Zaun, der umgestürzt am Weg lag, und dachte zurück. Die Zaratiner Frauen waren alle keine Freundinnen von Spaziergängen gewesen. Nicht ihre Mutter, nicht ihre Tanten, nicht die Mütter ihrer Freundinnen. Nur das alte Fräulein Maria Riboli, ihre ehemalige Lehrerin, von der man allerdings behauptete, daß sie närrischer sei, als es sich selbst für eine alte Jungfer schickte, machte Spaziergänge vor die Stadt, ja, und dann die Familie Lombardo.

Plötzlich sah Pave Gigi Lombardo vor sich, ganz deutlich mit seinem netten blonden Gesicht und den abstehenden Ohren, die immer dunkelrot geworden waren, wenn Gigi Pave erblickt hatte. Gigi studierte damals die Rechte in Graz, er sollte ebenfalls „in die Regierung“ wie sein Vater. Aber weiß Gott, er war oft genug in Zara. Sooft Valerio, Paves ältester Bruder, von dem jungen Lombardo hörte, sagte er: „Diese Herren Studenten! Nichts als Ferien, nichts als Ferien!“

Auf einigen Faschingskränzchen im Gabinetto di Lettura hatte Gigi sich zu Paves Ritter aufgeschwungen. Sie nahm ihn nicht voll und verachtete ihn ein wenig wegen der Demut und Unumwundenheit, mit der er seine Liebe zur Schau trug, und wegen seiner Ohren. Aber in den Wechselfällen ihrer Mädchenjahre, ehe Pero erschienen war und alles andere verdrängt hatte, bot es ihr Trost, des blonden Gigi sicher zu sein. Ihn etwa an eine Grazer Schöne zu verlieren, hätte sie verdrossen. Und mitunter mußte sie recht anerkennend der Fröhlichkeit gedenken, die bei den Lombardos immer herrschte, und Gigis Schwestern um die Ritterlichkeit beneiden, mit welcher der Bruder sie behandelte.

Auch das Fräulein Maria Riboli fiel Pave jetzt ein. Seinerzeit war sie deren Lieblingsschülerin gewesen, und später, als Pave erwachsen zu Hause saß, pflegte die alte Lehrerin an einigen Samstagen des Jahres unerwartet bei Paves Mutter zu erscheinen und ihr unter viel Umständlichkeiten und Komplimenten mitzuteilen, daß sie am nächsten Tag nach Tisch die Ehre haben würde, das liebe Fräulein Pave zu einem Spaziergang abzuholen. „Es wird dem Fräulein guttun“, pflegte sie mit tiefer Stimme zu rufen, „die Jugend muß ins Freie. Ah, Luft! Ah, Natur! Wir sind Gefangene! Gefangene! Hinaus mit uns!“

Sie rollte ihre großen vorstehenden Augen, entblößte die starken Zähne, und ihr von schwarzer Seide überspannter, stattlicher Busen hob und senkte sich gewaltig.

Es konnte geschehen, daß Paves Mutter, nachdem Fräulein Riboli sich empfohlen hatte, ergeben vor sich hinsagte: „Povera matta! – Arme Närrin!“ Dennoch war nie davon die Rede, daß Pave den angekündigten Spaziergang nicht mitmachen sollte. Man marschierte auf staubigen Straßen in ein entferntes Dorf oder an den Strand. Blauer Winterhimmel stand über ihnen, Möwen flogen kreischend dahin, hoch oben kreiste ein Falke, die roten, mehligen Früchte des Arbutus standen im grünen Gezweig, blaugraue Felsblöcke lagen im niedern Gras, das noch vom Sommer her gelb und verbrannt war, und jenseits des Meeresarmes sah man die Häuser von Lukoran weiß leuchten. Fräulein Riboli aber sagte: „Pave, mein Kind, noch kennst du das Leben nicht! Das Leben ist schwer. Wenn wir die Natur nicht hätten! Die freie Luft! Ah, wir Armen!" Ja, damals war sie gesund gewesen, frisch und jung. Sie verstand durchaus nicht, was Fräulein Riboli mit ihrer Natur und mit ihrem schweren Leben meinte. Sie war munter neben ihr hergesprungen und hatte sich den frischen Salzwind ins Gesicht wehen lassen. Oft ereignete es sich, daß man auf diesen Wanderungen der Familie Lombardo begegnete. Vorn ging Gigi, rechts und links in seine hübschen, lustigen Schwestern eingehängt, alle drei voll tollen und glücklichen Gelächters, etwas weiter hinten kamen die Eltern, Frau de Lombardo am Arm ihres Gatten in friedlich-eifrigem Gespräch. Mit großer Beflissenheit wurden Grüße getauscht. Gigi ließ seine Schwestern los und zog erglühend den Hut, die Mädchen riefen: „Addio, Pave!" und das Ehepaar erwiderte ausgesucht höflich und wohlwollend die pathetische Verneigung der alten Lehrerin und Paves errötenden Gruß. Nachher pflegte Fräulein Riboli zu sagen: „Was für Menschen! Gesegnete Eltern! Ah, diese Jugend! Frisch und froh! Liebt die Natur!"

Wie lange war dies alles her? Zehn Jahre mindestens? Und Gigi? Wo war er? Bei Paves Hochzeit in Ragusa war er im Kirchenschiff zu sehen gewesen, tadellos gekleidet und höflich, wie es seine Art war, seine Ohren jedoch waren merkwürdigerweise kalkweiß gewesen. Er hatte ihr nicht leid getan und war ihr nur lächerlich vorgekommen, so ganz erfüllt war sie von Pero gewesen, an dessen Arm sie durch die Kirche hinausrauschte ... Wenn Gigi sie jetzt sehen könnte, so müde, so kummervoll.

Plötzlich stürzten Pave wieder die Tränen aus den Augen. „Cotia! Cotia!" wimmerte sie vor sich hin und erhob sich von ihrem Zaun, um nach Hause zu schleichen.

Der Himmel, der voll Schäfchenwolken war, blaßte nun in ein sanftes Violett hinüber. Die Lerchen schwiegen, die Hohlwege rechts und links versanken in Dämmerung. Die freundlichen Bilder aus harmlosen Tagen waren fort. Wieder lag Cotia in den Kissen, Schweiß stand auf ihrer kleinen, schönen Stirn, ihre süße Brust röchelte unter dem weißen Hemdchen, Pave beugte sich über sie, und in Verzweiflung bettelte sie: „Wer bin ich, Cotia? Bin ich nicht deine Mau? Rufe mich, Liebling! Cotia, Cotia, sage Mau!" Und müde und mühsam öffneten sich die bläulichen Lippen, und das Kind sagte sein letztes Wort: „Mau!"

Immer dies Bild, unentrinnbar und immer. Und dann das andere. Der arme Pero in der großen Stadt, weit fort, jenseits von Udine, von Triest, vom Semmering. Unerreichbar weit. Der böse General quälte ihn, und abends saß er müde und einsam am Tisch und schrieb nach Motta: „Küsse mir die Cotia!" Die Cotia, die nicht mehr lebte und deren Tod sie ihm verheimlicht hatte.

Die beiden furchtbaren Bilder besaßen Pave wieder. Sie stöhnte und begann zu laufen. Aber dann, kurz vor den ersten Häusern der Stadt, erreichte sie Trost. Die graue Flut war wiedergekommen, sie stieg und stieg, und Pave ward von ihr umspült. Sie ließ sich sinken, sich von ihr bedecken und verbergen, und das Furchtbare war nicht mehr.

Als sie daheim anlangte und zu Miliza und Duschan ins Zimmer trat, schien sie getrost.

Nachts jedoch, ob Pave wachte oder schlief, pflegte Cotia zu kommen und sie zu rufen. Bald erschien sie umwölbt von blauglässernem Wasser wie in der Nacht nach ihrem Begräbnis, bald saß sie am Tisch und sah zu Pave hinüber, die sehnsüchtig die Arme ausbreitete, bald ging sie im Kragenmäntelchen und mit dem roten Hut das Steiglein am Monticano entlang. Bald auch erschien sie, wolkig umbauscht, in fremdem, wallendem Kleide, schwebte einher und entschwand. Stets aber sagte sie mit ihrer unvergeßlich süßen Stimme: „Mau, Mau! Komm zu deiner Cotia!"

Das waren die guten, die friedlichen Stunden. Da brauchte Pave weder zu kämpfen noch zu lügen. Da mußte sie nicht weinen, und das Herz tat ihr nicht weh. Mit süßer Sicherheit durfte sie liegen und warten, denn das getreue Kind verriet die Mutter nicht. Es kam, es lächelte, es rief, es winkte holdselig und verging leise, im Blick seiner stillen Augen das Versprechen der Wiederkehr.

Wenige Tage später kramte Pave unter Peros Briefen, die sie im Schublädchen ihres Nachttisches aufbewahrte. Seit einiger Zeit war sie bemüht, sie sorgfältig zu verbergen, sie legte ein Nadelbüchlein aus herzförmig ausgeschnittenen Tuchblättern darauf, das Peros kleine schmale Briefumschläge völlig bedeckte. Denn konnte man wissen, ob Bepi es sich nicht einfallen ließ, nach Peros Briefen zu suchen? Sie hatte mehrmals so eindringlich danach gefragt, daß es Pave geschienen hatte, als hege sie Verdacht.

Pave nahm einen Brief um den anderen aus dem Umschlag und überflog die sauberen Zeilen von Peros vielgeliebter Schrift. Endlich hatte sie die Stelle gefunden, die ihr seit Tagen im Kopf umhergegangen war. Im vorletzten Brief, der am zwölften April geschrieben und um die Mitte des Monats in ihre Hand gekommen war, da hatte Pero jenen merkwürdigen Traum erwähnt. Ihm habe geträumt, so schrieb er, sie seien alle irgendwo beisammen gewesen, da habe Miliza sich verirrt, und er habe sie lange in Ängsten gesucht. Endlich sei er wieder zu den übrigen zurückgekehrt und habe Miliza bei Pave gefunden. So froh, so froh sei er da gewesen. Ritzinger, ein junger Leutnant aus Karansebes, habe ihm beim Suchen geholfen. „Was für ein Traum!" hatte Pero den Bericht geschlossen.

Gleich beim Empfang des Briefes hatte Pave diese Traumerzählung tief und grauenhaft berührt, und je mehr Tage darüber hingingen, in je mehr Nächten sie selbst von Cotia träumte oder ihrer wachen Auges ansichtig zu werden glaubte, desto inständiger mußte sie an Peros Traum denken. So hatten Leid und Kummer, die sie trug und vor Pero zu verheimlichen trachtete, ihn doch erreicht, in undeutlichem Traume zwar, aber dennoch ihn gestreift und überschattet. Nicht Cotia war es, sondern Miliza, um die er Angst zu leiden hatte, nicht gestorben war sie, sondern verloren, und nicht unwiederbringlich entrückt, sondern wiedergekehrt. Und so froh, so froh war er darob gewesen. Er hatte für einen Traum genommen – irgendeinen, den es zwar wohl der Mühe lohnte, aufzuzeichnen, den er aber mittlerweile vielleicht schon vergessen hatte –, was Warnung gewesen war, geheimes Zeichen, letzter verklingender Wellenring des so fürchterlichen Geschehens, das sie, Pave, wie ein Strudel in schwarze Tiefe zog.

Ein Grauen und Erbeben überkam Pave, so erschütternd und bezwingend, so lähmend und beängstigend, wie sie es in diesen Wochen der Qual noch nicht kennengelernt hatte.

„Pero!" weinte sie auf, im Abgrund ihrer Verlassenheit. „Ach, Pero, wenn du hier wärest und alles wüßtest! Wenn ich doch wenigstens dich nicht belogen hätte im unsinnigen Bestreben, dich zu schonen! Wenn ich dich umarmen könnte, warm und nahe bei dir liegen, wenn du deinen Arm unter meinen Nacken schieben würdest und ich dir ins Ohr flüstern könnte, was geschehen ist, daß unsere Cotia tot ist und daß du sie nie mehr sehen wirst. Würdest du dann nicht sagen: Sei ruhig, Pave, weine nicht mehr! Gemeinsam wollen wir es tragen, wie wir schon manches getragen haben. Bist du nicht meine schöne Pave, der Stern meiner Jugend? Und haben wir nicht Miliza und Duschan, wenn uns auch Ljubomir und Cotia gestorben sind? Wir wollen uns nie mehr trennen, wir wollen immer ganz nahe beisammenbleiben. Weine nicht mehr, Pave, süße Seele!

Ja, so würde Pero sprechen, weil er gut war, gut und stark, weil er sie liebte trotz ihres jämmerlichen Unwertes und weil er nicht wußte, daß sie schuld war. Nicht wußte, daß Cotia krank geworden war, weil ihre Mutter sie nicht behütet, weil sie voll Selbstsucht geschlafen und ihr Kind in kalter Boranacht hatte frieren lassen.

Alles war umsonst. Nie konnte sie es Pero sagen, nie. Aber wie, um des Himmels willen, wie sollte dies alles enden? Sie schlug die Hände vors Gesicht, doch diesmal kam die linde graue Flut nicht, um sie zu trösten, und als Pave zum Abendessen ins gemeinsame Zimmer trat, war ihr Gesicht so bleich und verstört, daß es Bepi und Miho fröstelte.

In dieser aber und den folgenden Nächten blieb Cotia aus. Sie rief nicht mehr, sie winkte nicht mehr, und das Elend in Paves Brust wuchs und lastete schlimmer denn je.

Pero stand in dem Eckzimmer, darin seinerzeit die Kinder gewohnt hatten und durch dessen Fenster man über viele Dächer hinweg auf das Glacis und auf die Mauern, Basteien und Türme der Inneren Stadt sehen konnte. Der linke Arm hing ihm seltsam hilflos herab, den rechten hatte er an die Schmalwand eines großen braunen Schrankes gelehnt und den Kopf daraufgelegt. Seit er, viel früher als gewöhnlich, vom Amte heimgekehrt war, stand er so. Mitunter hob er stöhnend den Kopf, dann kam sein fahlbleiches Gesicht, in dem nur die Augenlider gerötet waren, zum Vorschein. Die kleine Falte saß schärfer als sonst zwischen den Brauen, und die Furchen, die von den Nasenflügeln zu den Mundwinkeln hinunterliefen, waren tief eingekerbt wie dunkle Schluchten des Grams.

Immer wieder grub der Mann seine Stirn in den Arm. Es war, als sei er an diesen Schrank angeschmiedet, als biete nur er ihm Halt, und er würde rettungslos in einen Schmerzensabgrund geschleudert, wenn er ihn verließe. Er hätte nicht zu sagen vermocht, warum er sich gerade in dieses unbewohnte Zimmer geflüchtet hatte, das durch Kahlheit und Leere seinen Schmerz noch verschärfte und das ihm wie kein anderer Raum dieser Wohnung deutlich machte, was einst gewesen war und was nie mehr sein würde.

Cotia! Ach, Cotia! Sie war tot. Sie, der er in jedem Brief Grüße gesandt, der er erst kürzlich eine Schachtel voll Spielzeug geschickt hatte, an die er zu jeder Stunde als an das Süßeste, erregend Lebendigste, an das Liebenswerteste und zutiefst Geliebte zu denken pflegte, womit sein Dasein geschmückt und reich gemacht worden war ... Es gab sie nicht mehr, sie wuchs ihm nicht mehr entgegen dort unten in der südlichen Stadt, sie wartete nicht mehr, daß der Miu käme, sie auf den Arm höbe und an sich drückte. Wer hatte ihm diesen süßen Namen Miu gegeben, wer ihn mit schelmischernstem Augenaufschlag so genannt, wer hatte mit so unvergleichlich wohllautender, tiefer, stiller Stimme so hold zu ihm gesprochen, daß ihm nichts auf der Welt von tieferer Bedeutung und lockenderer Verheißung schien als ihr kindliches Wort? Ach, Cotia war es gewesen, Cotia, die es nicht mehr gab, Cotia, die tot war, die man begraben hatte, ohne daß er es ahnte.

Mihos entsetzlicher Brief, den er vor ein paar Stunden im Amt vorgefunden und dessen Inhalt er, wie er zitternd ahnte, in all seiner Grausamkeit noch keineswegs erfaßt hatte, lag auf dem großen leeren Tisch, an dem im Herbst seine kleinen Mädchen gespielt, darauf ihre rührend plumpen Kaffeetassen gestanden, die sie mit ihren beiden eifrigen Händchen gepackt und vorsichtig zum Munde geführt hatten. Wohl, seine hübsche Miliza lebte noch, aber ihm war, als wäre auch sie ihm entrissen mitsamt dem Brüderchen, als meldete der wohlkalligraphierte Brief des Schwagers ihm nicht nur Cotias Tod, sondern die Zertrümmerung und Zerreißung seines Heimes überhaupt, als würde das warme, geheimnisvolle Band, das die Familie umschlang, durch die freundschaftlichen und doch so schauerlich rätselhaften Worte dieses Briefes auf immer zerrissen.

Die kleine Magd Netti, die ihren Herrn weit früher als gewöhnlich mit verstörtem Gesicht hatte heimkehren sehen, wagte sich endlich scheu herein und fragte mit erschrockenem Blick auf den am Schrank Lehnenden, ob sie dem Herrn Major das Essen bringen dürfe. Er sah sie fassungslos an und sagte etwas so Undeutliches, daß das arme Mädchen nun erst recht nicht Bescheid wußte, jedoch keine zweite Frage wagte und auf gut Glück die Suppe in das Speisezimmer trug. Als sie merkte, daß ihr Dienstgeber keine Notiz davon genommen hatte, ging sie nochmals auf den Zehenspitzen zur Tür des Eckzimmers und klopfte zaghaft an.

Der Major kam nun heraus und setzte sich an diesen bürgerlich gedeckten Tisch, dessen bescheidene Ordentlichkeit in einem gräßlichen Gegensatz zu dem Aufruhr in seiner Seele stand. Den verhängnisvollen Brief legte er neben den Teller, und während er mechanisch den Löffel zum Mund führte, las er, was er nun schon wiederholt gelesen hatte, was zu ergründen er mit Verzweiflung bestrebt war und was er doch am liebsten nie und nimmer erkannt und begriffen hätte.

Der Brief besagte, daß Cotia tot war. Ja, das stand da, und es war nicht mißzuverstehen.

„Mein guter Pero!" begann die Botschaft des Schwagers in ihren klaren, gefälligen Schriftzeichen. „Mein guter Pero, schmerzlich und traurig ist die Aufgabe, die ich an Dir zu erfüllen habe. Das Geschick hat Euch heimgesucht, und Du, mein guter Freund, mußt bereit sein, es mit Kraft zu ertragen.

Die kleine Slaviza" –, der Schwager gebrauchte den Namen, auf welchen das Kind getauft, mit dem es aber fast nie genannt worden war –, „die kleine Slaviza erkrankte schwer an Keuchhusten, aus dem sich gar bald eine heftige Brustentzündung entwickelte. Alle Hilfe war vergebens, und dieses liebe Kind ging in ein besseres Leben hinüber, gewißlich in das der Engel, deren Reihen es in Wahrheit schon hienieden angehört hatte."

Also sie war gestorben, Cotia war gestorben; aber wann, wann war es geschehen? Der Schwager nannte keinen Tag, keine Stunde, er berichtete von keinen näheren Umständen, er sprach von Cotias Tode, als habe dieser sich außerhalb der irdischen Zeit zugetragen, als sei es für ihn, den Vater, nicht wichtig, zu wissen, wann Cotia krank geworden, wie lange sie gelitten hatte, wann sie ihm für immer entrissen worden war. Er hatte gelebt wie immer, er hatte seinen Dienst getan, er war in die Oper gegangen und hatte sich an den Stimmen der Sängerinnen ergötzt. Indessen war Cotia fiebernd dagelegen, hatte sie ihren letzten Seufzer getan, war das helle, leuchtende Kind in dunkle Erde versenkt worden. Und Pave, was mußte sie gelitten haben, indes er hier umherging und von nichts wußte! Was war mit Pave? Er wagte kaum, Mihos Brief weiter zu verfolgen, jedesmal hielt er an dieser Stelle inne, weil eine eisige Angst ihn überkam, so fürchterlich, daß er nicht hinzusehen, nicht hinzudenken wagte.

„Du kannst dir vorstellen“, schrieb der Schwager weiter, „wie groß unser aller Verzweiflung war, ganz besonders die der armen Pave.“ So tief sei ihr Schmerz gewesen, daß man gemeint habe, mit Peros Benachrichtigung warten zu sollen, bis sie sich ein wenig beruhigt hätte.

Pero legte den Brief heftig auf den Tisch. Warum, warum denn warten?! „Ich verstehe es nicht!“ sagte er halblaut vor sich hin, seine Stirn war tief gerunzelt, ein schauerliches Gefühl von Angst und Ingrimm zog ihm den Magen zusammen. „Ich begreife das nicht. Da stimmt mir etwas nicht.“ Auch dies sprach er wieder artikuliert aus, und Netti, die mit dem zweiten Gericht hereinkam, blickte ihren Herrn erschrocken an.

„Netti“, sagte der Major, „ich habe da eine sehr traurige Nachricht erhalten. Die kleine Cotia ist gestorben.“

Das Mädchen setzte das Tablett mit den Schüsseln eilig ab, und Tränen stürzten ihr aus den runden Augen.

„Die Cotia! Ja, um Gottes willen, die kleine Cotia! Nein, is’ das aber traurig! Ja, was hat ihr denn g’fehlt? Nein so was, und der Herr Major waren nicht dabei!“ Sie trocknete sich die Augen, sah ihren Dienstgeber mit wehmütiger Teilnahme an, dann gab sie sich Haltung, trat zum Tisch, bot dem Major die Hand und sagte so hochdeutsch, wie sie nur irgend konnte: „Ich möchte dem Herrn Major mein herzliches Beileid sagen.“

Pero dankte ihr. Die menschliche Teilnahme des guten Mädchens tat ihm wohl, doch spürte er ein wildes Bedürfnis danach, wieder allein sein und den entsetzlichen Brief weiter durchgrübeln zu können. Schon wollte er Netti anweisen, das Essen wieder fortzunehmen, als er sich daran erinnerte, daß dies wohl die letzte warme Mahlzeit vor der Reise sein würde. Also ließ er Netti den Suppentopf hinaustragen und zwang sich, noch etwas Fleisch und Zugemüse zu essen, dabei starrte er immer wieder in Mihos Brief, dessen Unerklärlichkeit ihn mehr und mehr bedrängte.

„Aber wehe“, hieß es in dem Brief weiter, „ihr Schmerz verschärfte sich immer mehr und kam schließlich zu einem solchen Höhepunkt, daß ihre Gesundheit dadurch schwer geschädigt wurde. In wenigen Tagen ging sie des Erfolges der langen Behandlung verlustig, und ich muß Dir mit tiefstem Bedauern sagen, daß ihr Zustand mir Anlaß zu ernstester Befürchtung gibt.“

Also war Pave wieder krank. Diese Reise nach dem Süden, die lange Trennung, alle Opfer und alle Einsamkeit, sie hatten nicht die ersehnte Frucht, Paves Genesung, eingebracht, sie hatten ihn vielmehr seine süße Cotia gekostet und Pave vielleicht kränker gemacht, als sie jemals gewesen war. Er seufzte tief und gramvoll und ohne daß es ihn erleichtert hätte und sah sich ratlos und traurig in dem einfachen Zimmer um, in dieser kargen Offiziersbehausung, die doch warmes und freundliches Nest, Herd und Heimat für ihn und die Seinen gewesen war. Und die grausige Ahnung beschlich ihn wieder, als künde Mihos Brief nicht nur Cotias frühes Ende, sondern darüber hinaus das Ende noch wichtigeren, für sein Leben grundlegenden Besitzes. Warum sprach der Schwager ihm sonst in so eindringlichen Worten Mut und Festigkeit zu, warum ermahnte er ihn, wahrhaft ein Mann und stark zu sein? „Welches immer das Geschick sei, das Dich erwartet, bereite Dich vor, es mit Ergebung zu tragen und ihm gewachsen zu sein, möge es auch wie immer schwer sein. Denke daran, daß Du vor allem Vater sein und Dich Deinen Kindern, die Deiner bedürfen, erhalten mußt."

Klangen diese Worte nicht wie die Drohung weit schlimmeren Verlustes, als der eines dreijährigen Kindes, und sei es das geliebteste, es jemals sein konnte? Meldete sich hier nicht das Schicksal in letzter Grausamkeit an? War Pave gefährlich erkrankt? War durch die Aufregung und den Schmerz, durch die Anstrengung der Pflege ihr schlimmer Husten etwa zur Auszehrung geworden? Wollte Miho mitteilen, daß ihr Ende bevorstand? Oder wollte er etwa gar vorbereitend andeuten, daß auch sie gestorben war?

Nein, das war nicht möglich. Hätte man ihn denn nicht rascher herbeigerufen, wenn ihr Zustand ein so gefahrdrohender gewesen wäre? In ganz wenigen Tagen konnte ihr Zustand sich doch nicht so verschlimmert haben, daß die Krankheit bereits einen tödlichen Ausgang hätte nehmen können. Und länger als wenige Tage konnte es seit Cotias Tode doch wohl nicht her sein. Es war ja nicht denkbar, daß Miho, daß vor allem Pave ihm den Hingang des Kindes hätte verheimlichen wollen, wenngleich auch jene Stelle des Briefes, die davon sprach, man habe mit der Mitteilung an ihn warten wollen, bis sie sich etwas beruhigt hatte, durchaus unklar war.

Nein, daß auch Pave tot war, er konnte, er wollte, er durfte es nicht glauben, nicht von ferne annehmen wollte er es, wenngleich sich zwischen all diesen zur Festigkeit und Ergebung mahnenden Sätzen des Schwagers die düsteren Rätsel zu verbergen schienen.

Ihm war, als stehe er vor einer schwarzen Mauer, als lägen alles Glück und alle Hoffnung unwiederbringlich vernichtet hinter ihm.

Das lauernde Geheimnis, mit dem das Schicksal sich mit einem Male umkleidet hatte, wälzte sich ihm auf die Brust, er vermeinte, nie im Leben mehr einen freien, gesunden Atemzug tun, nie mehr ein frohes Wort reden, nie mehr mit Zuversicht nach vorwärts blikken zu können; und einen Augenblick lang wollte ihn die Lust anwandeln, sich nach Cotias stillem Friedensort zu sehnen. Der Kopf sank ihm auf das Tischtuch, ein unendlich gramvolles, gequält rauhes Ächzen entkam seinem Munde, mit einem Abscheu, der unüberwindlich schien, gedachte er aller Widerwärtigkeiten, all der kleinlichen Last, die sein Unglück mit müdem Ekel umwucherten. Einen Augenblick lang gelüstete es ihn, von nichts zu wissen, still zu liegen, in Ruhe gelassen zu sein. Aber es war nur der Schatten einer Versuchung, und er wich der Stimme der alten, starken Geschlechter in seinem Blut. Pero hob den Kopf und straffte sich mit dem selbstlosen Gehorsam des Kriegers und des Christen. In seinem harmvoll blassen Gesicht stand der Entschluß, hilfreich zu sein, durchzuhalten und weiterzugehen.

Selbstverständlich reiste er noch heute. Miho hatte ihn gebeten, zu kommen, wenn sein Dienst es ihm irgend erlaube, denn sie alle hätten seine Anwesenheit sehr nötig; jedoch ersuchte er ihn, den Tag seiner Ankunft sowie die Richtung, aus der er eintreffen würde, über Venedig nämlich oder über Udine, zu melden, damit er ihm nach der einen oder der andern Stadt entgegenfahren könne.

Der General hatte ihm den aus so traurig-triftigem Anlaß erbetenen Urlaub ohne die geringsten Umstände gewährt, und eine Depesche an Miho, die sein Eintreffen für den fünfzehnten Mai ankündigte, war bereits unterwegs.

Der Major erhob sich von dem Tisch mit den längst erkalteten Speisen, er steckte den unglückseligen Brief zu sich, begab sich in das Schlafzimmer, in dem vor sechs Monaten Pave ihre Koffer gepackt hatte, und bereitete in Eile das Nötigste für seine traurige Reise vor.

In Wahrheit aber war dies geschehen:

Die ersten Maitage waren jubelnd über das venetianische Land hereingebrochen. Die flachen elfenbeinweißen Blütenteller des Holunders dufteten aus den Gärten, alle Wiesen wogten von Margeriten und Ranunkeln, die vielen Flüsse führten reichlich Wasser, in dessen langsamem Lauf der Himmel sich klar spiegelte, und jauchzend erscholl der Gesang der Lerchen als ein toller, trillernder Lobgesang auf das selige Leben der gottgeschaffenen Kreatur über den Hecken und Büschen.

„Heute müßt ihr eine schöne Fahrt machen", sagte Miho bei Tische. „Ihr könnt den Wagen gleich haben. Titta fährt euch, seid ihr einverstanden?"

Die Kinder schauten verstohlen und glücklich nach den Gesichtern der Erwachsenen, denn sie wußten nicht recht, ob sie mitgenommen werden würden. Bepi stimmte lebhaft zu. Ihr Befinden hatte sich gebessert, und seit Miho zu Beginn der Fastenzeit das störrische Pferd, das er früher gehabt hatte, verkauft und ein sehr gutes, frommes und schönes dafür eingestellt hatte, bereitete es ihr ein kindliches Vergnügen, in die Ecke des Wägelchens gelehnt, über Land zu fahren.

„Darf ich auf dem Bock bei Titta sitzen?" wagte Miro sich hervor und zitterte vor der Antwort. Titta war sein Ideal und neben ihm auf dem Bock zu sitzen, der Traum seiner fünf Jahre.

Miho lachte. „Gut, mein Sohn. Du steigst auf den Bock, und unser Fräulein Miliza sitzt im Fond zwischen den beiden Damen. So ist alles aufs beste geordnet."

„Ich fahre nicht mit", sagte Pave.

„Ach, warum nicht?" brach Bepi los. „Komm doch mit. Ganz allein mit den Kindern mag ich nicht fahren. So komm doch, Pave. Was hast du wieder?"

Als sie aber das blasse, eingefallene Gesicht der Schwester sah und die Tränen bemerkte, die langsam über den Rand der Lider stiegen und über die Wangen niederrollten, erschrak sie und kehrte sich wortlos ab. Pave stand auf, trat zum Fenster und trocknete sich, von den übrigen abgewandt, die Augen. Miho sah seufzend zu ihr hin.

„Der Tag ist heute so schön, Pave, und ich brauche den Wagen bis zum Abend nicht. Fahr doch mit! Nütz die Gelegenheit!"

Da drehte Pave sich heftig um. „Quält mich doch nicht so! Wenn euch ein Kind gestorben wäre, würdet ihr auch nicht vergnügt spazierenfahren. Laßt mich doch endlich in Ruhe!"

Ihre Tränen flossen wieder, ihre Schultern zuckten, sie drückte das Taschentuch abwechselnd an die Augen und an die Nase. Die Kinder saßen verstört da, Miho aber stand auf, trat zu Pave, stellte sich am Fenster neben sie hin und sagte ernst: „Pave, du mußt dich zusammennehmen, sonst wirst du uns wieder krank. Redet dir denn Pero in seinen Briefen nicht zu, dich ein wenig zu zerstreuen?"

Da aber wankte Pave, sie stieß einen ächzenden Laut aus und hielt sich am Fensterbrett fest, um nicht umzusinken. Doch überwand sie die Schwäche sogleich.

„Sei mir nicht böse, Bepi, wenn ich nicht mitfahren kann", sagte sie versöhnlich. „Ein nächstes Mal, nur heute nicht. Ich gehe hinauf und frage Carlotta, ob sie nicht Lust hat, mitzukommen, damit du nicht allein bist. Sie fährt gerne aus."

Sie verließ eilig das Zimmer, und man hörte sie die Eingangstür öffnen. Nach wenigen Minuten kam sie mit der hocherfreuten Carlotta wieder, und die Gesellschaft setzte sich in Bewegung, Pave zog Miliza sorgfältig an und steckte ihr Kuchen zu, damit sie unterwegs nicht hungrig werde.

Als Miho die Ausflügler im Wagen untergebracht und Titta zu großer Vorsicht ermahnt hatte, trat er nochmals ins Haus zurück und ging die Treppe bis zu Frau Bibas weißer Tür mit dem ovalen Messingschild empor. Hier läutete er und verlangte die Padrona di Casa zu sprechen.

„Nein, danke, Signora, zum Niedersetzen habe ich keine Zeit, ich muß augenblicklich fort. Ich wollte Ihnen nur eine Bitte unterbreiten. Pave ist allein unten. Sie wollte durchaus nicht mitfahren und ist wieder in ganz trübseliger Stimmung ..."

„Gut, gut, gut!" unterbrach ihn Frau Biba. „Ich verstehe. Ich werde zu ihr hinuntergehen. Es ist wirklich traurig mit der Armen! Traurig!"

Miho hob die Schultern und ließ die Hände schwer auf die Schenkel fallen.

„Was wollen Sie! Ach, was war doch der Tod der kleinen Cotia für ein Unglück!"

Er dankte und empfahl sich eilig, denn er hatte unzählige Visiten zu machen.

Als Pave allein geblieben war, ging sie zu Duschan hinüber. Der Knabe zählte nun sieben Monate, er war noch immer nicht rundlich, doch für sein Alter kräftig genug. Sein Gesichtchen zeigte reizende und ebenmäßige Züge. Blondes Haar lockte sich leicht über der hübschen Kinderstirn. Er konnte nun schon aufrecht in seinem Körbchen sitzen, spielte mit seinen rosigen Fingern oder mit einem Holzpferdchen und war bereit, über jede Grimasse, die man ihm vormachte, herzlich zu lachen, wobei es sich zeigte, daß er im Unterkiefer bereits einen Zahn besaß. Pave nahm ihren Sohn auf den Arm, mit der freien Hand faßte sie sein Kinderhändchen, sie sah in sein schönes kleines Antlitz, das nicht so sehr Peros Züge trug als ihre eigenen.

„Gleiche du doch lieber deinem Vater, Duschan, mein Sohn!" sagte sie leise und küßte die rosene Wange. „Gleiche du nicht deiner armen Mutter, sonst wirst du unglücklich werden wie sie."

Der kleine Duschan aber mußte dem Flüstern ihrer Lippen irgend etwas entnommen haben, das ihn erfreute und belustigte, denn er begann jubelnd zu krähen und mit den Ärmchen herumzuschlagen, dabei versuchte er tatendurstig sich vom Arm seiner Mutter fortzuschnellen, was ihm allerdings nicht gelang.

„Wie fröhlich du bist, Duschan, kleines Frettchen", redete Pave weiter zu ihrem Sohn. „Du weißt freilich nicht, daß Cotietta gestorben ist, du weißt es so wenig, wie dein Vater es weiß. Es ist gut, daß ihr es nicht wißt, sehr gut ist das, sehr gut!" Sie drückte ihren Mund in den Hals des Säuglings, der nach Milch und süßem, jungem Leben roch, sie küßte ihn viele Male gerade unter dem kleinen Ohr, durch das das Licht des Maientages blutrot schimmerte. Sie küßte ihn wild und durstig, und ihre leidenschaftliche Mütterlichkeit, die in den letzten Monaten durch Krankheit und Müdigkeit gedämpft und zugedeckt worden war, die sich in den Wochen um und seit Cotias Tod in frierende Angst und bitterstes Weh verwandelt hatte, sie schlug wieder durch, sie stieg auf zum Himmel als ein siedender, springender Quell der Gnade und der Heilung. Mit dem Kinde auf dem Arm, das ihre stürmische Liebkosung widerstandslos duldete, begann sie leichte Tanzschritte zu vollführen, sie drehte sich in der Runde, sie lachte zum erstenmal seit Cotias Todesnot, und der kleine Knabe lacht mit ihr das ahnungslose, jauchzende, noch völlig unbewußte Lachen seines dämmernden Kindseins. Drollige, kleine Laute, deren er nicht Herr war, kamen aus seinem Munde, er fuhr Pave mit dem Händchen ins Gesicht, in die Augen, ins Haar, er strampelte glücklich, bis seine Hüllen eine um die andere zu Boden gefallen und seine rosa Beinchen nackt zum Vorschein gekommen waren.

„O du mein Schelm, mein kleiner Reißteufel! O du mein allerliebster Engel du!" lachte Pave, und es schien, als wiche eine Last, schwer wie Gebirge, schwarz wie die dunkelste Winternacht, von ihrer Seele. Mit geröteten Wangen und vom Zugriff der Kinderfinger zerzausten Locken stand sie da, sie drückte den warmen, lebhaften kleinen Körper an sich, sie schien wieder eine glückliche Mutter, eingegliedert dem Leben, vom Leide geheilt, dem Tode entwunden.

Da ging die Tür in ihrem Rücken, und Santa in ihrem schwarzen friaulischen Bäuerinnenkleid stand im Rahmen. Sie war in der Küche damit beschäftigt gewesen, Duschans Windeln und Hemdchen zu waschen, und kam nun wieder, um ihm die Brust zu geben.

Als der Knabe die Nähe seiner Ernährerin verspürte, als er ihr blasses Gesicht unter dem schwarzen Kopftuch erblickte, das ihm unter allen Gesichtern das vertrauteste und gewohnteste war, kreischte er auf, machte eine schnellende Bewegung von der Mutter fort und strebte strampelnd zur Amme hin. Diese trat heran, streckte die Arme aus, ließ lockende, ziehende Zischlaute ertönen, sagte: „Coccolo mio! ecco la baglia! ecco la Santa! Komm zu mir, mein Herzchen!“ und begann sich das Leibchen aufzuknöpfen.

Pave wiegte Duschan hin und her, sie wollte ihn abermals küssen, er aber begann zu weinen und verlangte mit Händen und Füßen nach Santa. Da schossen Pave Tränen in die Augen, sie reichte das Kind der Amme und lief hinaus. In ihrem Zimmer warf sie sich aufs Bett, bohrte den Kopf in die bunte Überdecke, und ihr Mund, der eben noch gelächelt hatte, verzog sich wieder zu bitterlichem Weinen.

Mein eigener Sohn liebt eine Fremde mehr als mich! dachte sie mit verzweifeltem Gram. Niemand liebt mich, weil ich keine Liebe verdiene! Sogar meine Kinder wenden sich anderen zu! Sie schluchzte krampfhaft und überhörte, daß jemand eingetreten war.

„O Frau Majorin!“ sagte Vizza, die einen Stoß gebügelter Wäsche hereinlegen wollte, zaghaft. „O Frau Majorin, weinen Sie doch nicht wieder so sehr!“ Das magere Mädchen stand verlegen am Bettpfosten, aber es war ihm in seiner Gutherzigkeit unmöglich, die Weinende ohne Trost zurückzulassen. „Die Cotia war ein süßes Kind, das ist wohl wahr. Aber die Frau Majorin hat ja noch andere Kinder, Gott sei Lob und Dank! Der Duschan ist jetzt so drollig, ich würde am liebsten den ganzen Tag mit ihm spielen, wenn ich Zeit hätte!“

Auf diese Worte hin wurde das Schluchzen vom Bett her aber noch lauter und jämmerlicher, und Vizza stand immer ratloser. Da sie jedoch die Türglocke klingeln hörte, mußte sie sich entschließen, die Frau Majorin allein zu lassen. Diese hatte das Schellen der Glocke ebenfalls gehört, sie erhob sich vom Bett, ging an ihre Tür und sperrte sie ab, damit nicht wieder jemand hereinkäme, dann stellte sie sich vor den Spiegel. Während sie ihr Haar, das vom Spiel mit Duschan und vom Liegen auf dem Bett in arge Verwirrung geraten war, einigermaßen in Ordnung zu bringen trachtete, klopfte jemand und drückte die Klinke nieder.

„Wer ist da?“ fragte Pave und vernahm sogleich Frau Bibas Stimme, die von draußen hereinrief, ob es erlaubt sei, der kleinen Signora einen Besuch zu machen.

„Ich öffne sofort“, sagte Pave, glättete mit ein paar Griffen ihr Bett und ging zur Tür.

Die Padrona di Casa stand wartend in Bepis Eßzimmer. In der rechten Hand trug sie einen großen runden Nähkorb, über den rechten Arm hing ihr eine Vielfalt von braunen Seidenstreifen, die insgesamt mehrere Meilen lang zu sein schienen, und über den linken Arm war ihr ein hellblaues Kleid gebreitet, das sie sorgfältig durch die Tür zu steuern trachtete. Es war beinahe rätselhaft, wie sie es möglich gemacht hatte, einen Zeigefinger zum Anklopfen freizubekommen.

„Alle sind sie auf und davon!“ begann sie im Eintreten, stellte den Nähkorb auf Paves Fenstertisch, häufte die braunen Seidenstreifen daneben und legte das blaue Kleid behutsam auf das Bett. „Carlotta fährt ins Vergnügen und läßt mich sitzen. Wir haben heute den dritten Mai, am fünften Juli soll die Hochzeit sein, und was ist nicht noch alles zu schaffen bis dahin! Die Jugend meint, alles muß gehen wie der Wirbelwind. Hätten sie nicht bis zum nächsten Karneval warten können, oder wenigstens bis zum Herbst!“

„Wenn Carlotta heiraten will, soll sie lieber bald heiraten“, wagte Pave einzuwenden. „Ich war vier Jahre verlobt, und das lange Warten ist mir hart angekommen. Fast immer war ich getrennt von meinem Pero, und ich habe mich vor Sehnsucht rein verzehrt. Oft wußte ich wochenlang nicht, ob er noch am Leben war.“

„Nun ja, vier Jahre, das ist eine lange Zeit. Aber ein Jährchen hätten sie sich wohl gedulden können. Sehen Sie, Frau Pave, dies Kleidchen da habe ich heute fertiggebracht. Für kleine Gelegenheiten am Abend, nicht wahr? Die Lippis haben viel Verkehr, eine weite Verwandtschaft und Freunde in ganz Venetien und bis ins Lombardische hinaus. Carlotta wird viel unter die Leute müssen. Aber ich bin zufrieden. Sie kommt in ein warmes Nest.“

Frau Biba kümmerte sich nicht im mindesten darum, daß Pave wieder besonders gedrückt schien und wenig Teilnahme bekundete. Sie nahm das blaue Kleid vom Bett, hielt es in die Höhe und drehte es hin und her.

„Ein nettes Kleidchen, nicht? Steht der Carlotta ausgezeichnet.

Sehen Sie, der runde Kragen und die weißen Manschetten, die unter dem weiten Oberärmel hervorkommen, das ist das Neueste jetzt. Fichus trägt man kaum mehr. Schade, Fichus waren so bequem zu arbeiten, aber es muß freilich immer wieder etwas Neues geben, sonst wäre das Leben zu langweilig. Ach, und immer noch Heftfäden darin!"

Mit gerunzelter Stirn zog sie da und dort einen weißen Faden aus dem seidigen Gewebe, wobei Pave ihr behilflich war.

„Wollen wir hier bei mir bleiben, Frau Biba, oder hinaus ins Wohnzimmer gehen?"

„Der große Tisch draußen wird zum Arbeiten besser sein. Werden Sie mir helfen, liebe Frau Pave? Ja, darf ich Sie darum bitten? Das wäre lieb, denn ich finde mich nicht heraus. Die Rüschen müssen bis heute abend fertig sein, sie kommen auf ein braunes Hauskleid."

Man ließ sich im Mittelzimmer nieder, und es kam tatsächlich etwas wie Behagen über Pave, da sie, auf Bepis ungeschlachtem Ledersofa sitzend, die endlosen Seidenstreifen in zierliche Rüschen verwandeln half. Santa war mit Duschan auf dem Arm fortgegangen, da Miho wünschte, daß der Knabe an die Luft komme. Vizza schien sich in ihrer Küche ganz ruhig zu verhalten, denn es war nichts von ihr zu hören. Lautlose Stille umgab die alte und die junge Frau, die unermüdlich schmale Säume nähten und mit flinken Fingern die Streifen zu bauschigen Rüschen einzogen.

„Woher haben Sie die reizende Schere, Frau Pave?" Frau Biba war entschlossen, keine Rücksicht auf die Einsilbigkeit und Niedergeschlagenheit ihrer Partnerin zu nehmen. Sie betrachtete die Kronenschere, öffnete sie einige Male und legte sie wieder hin.

„Sie soll aus Frankreich sein. Der Vater meiner Mutter ist als einer der Verwaltungsbeamten des Marschalls Marmont nach Dalmatien gekommen und dort geblieben. Mama hat immer erzählt, die Schere habe der armen Königin Marie-Antoinette gehört. Ob es wahr ist und wie die Schere in den Besitz meiner Mutter gekommen ist, das weiß ich nicht. Aber nett ist sie, ich mag sie auch gern."

„Hm, dann hätte das kleine zierliche Ding also schon viel großes Schicksal mitgemacht!" Während sie emsig nähte, sah Frau Biba immer wieder nach der kleinen Schere mit der gewölbten Krone hin. „Von Ihrer Familie haben Sie mir nie erzählt, Frau Pave. Sie war immer in Dalmatien ansässig?"

„Vor langer, langer Zeit sollen unsere Vorfahren aus der Stadt

Bergamo in Italien gekommen sein, ich glaube, es war zu Anfang des sechzehnten Jahrhunderts.“

„Ach, aus Bergamo, aus Bergamo! Bravo! Das ist eine schöne Herkunft, von dort stammen viele unserer großen Familien. So, so! So sind Sie also aus Bergamo!“

Dieser Umstand schien Frau Biba großen Eindruck zu machen. „Und fühlen sich als Italienerin?“

Pave lächelte. „Ich fühle mich als die Frau meines Mannes und die Mutter meiner Kinder. Alles andere ist mir zu verwickelt. Ich bin Dalmatinerin und stamme aus Italien, mein Mann ist österreichischer Offizier und stammt aus Kroatien. Mein Bruder Toni sagt, er fühle sich als Österreicher, und mein Pero tut das auch, obgleich er anderseits ein leidenschaftlicher Slawe ist. Mir ist das zu schwer, und ich kenne mich nicht aus. Jedenfalls ist es schrecklich, wenn man immer von Ort zu Ort wandern muß.“

Frau Biba schien nicht ganz einverstanden, aber sie sagte nichts, sondern nähte mit so großem Eifer, als müßte Carlottas Aussteuer bis Mitternacht vollendet bereitliegen.

Nach einer Weile wandte sie sich wieder an Pave. „Und was hat Ihre Familie in Dalmatien angefangen, nachdem sie aus Bergamo gekommen war?“

Pave dachte nach. „O Gott, alles mögliche. Gutsbesitzer waren sie vor allem, reiche Gutsbesitzer. In der Gegend von Nona in Norddalmatien und südlich von Zara hatten sie ihre Güter, Aber manche wurden auch Priester, sogar Bischöfe, und einer war Gesandter der Republik Venedig beim Sultan. Aber die Töchter, von denen mußten viele ins Kloster gehen, damit die Brüder ihr Erbe besser beisammen behielten. So hörte ich wenigstens erzählen.“

Frau Biba fand das höchst interessant. „Wirklich, so schlimm waren Ihre Herren Vorfahren?“

„Ja, und da gibt es eine Sage, die fand ich immer sehr schauerlich. Eine von den Töchtern vor hundert oder zweihundert Jahren, die hatte einen jungen Mann lieb und er sie. Aber die Brüder wollten ihr keine Mitgift geben und zwangen sie, ins Kloster zu gehen. Beim Abschied soll die Arme das ganze Geschlecht verflucht haben, weil die mächtigen Brüder ihr aus lauter Geiz ihren Anteil an Glück und Leben nicht vergönnen wollten. Von dieser Zeit an soll der Reichtum der Familie abgenommen haben, so behauptete wenigstens unsere Kinderfrau.“

Pave hatte etwas lebhafter gesprochen, was Frau Biba mit großer

Genugtuung feststellte. „Eine weise Sage ist das, wahrhaftig!“ rief sie aus. „Geiz und Lieblosigkeit führen zu nichts. Soviel ich aber von Ihnen und Ihren Geschwistern weiß, haben sich diese Eigenschaften nicht in Ihrer Familie erhalten.“

„Nein, das haben sie nicht. Aber manchmal denke ich“, Pave sprach wieder leise und wie erloschen, „manchmal denke ich, ob nicht der Fluch doch noch auf uns liegt. Zum Beispiel auf mir. Habe ich nicht vielleicht deshalb so schweres Blut, hat mich deshalb niemand lieb, habe ich deshalb zwei Kinder verlieren müssen, weil der Fluch jener armen Tochter unseres Hauses über mir steht?“

Frau Biba fuhr empört von ihrem Sitz auf. „Was soll das für ein Unsinn sein, daß niemand Sie liebhat? Hat man jemals etwas Ähnliches gehört? Liebt Sie nicht Ihr Mann? Werden Sie nicht von Ihren süßen Kindern geliebt?“

„Mein Mann liebt mich aus Güte und Barmherzigkeit, aber welche Last bin ich nicht für ihn, da ich kränklich und untüchtig bin und mich so schwer in neue Verhältnisse schicke! Hätte er eine andere Frau, wieviel leichter fiele ihm dies harte Leben! Und meine Kinder! Ja, Cotietta, die hat mich liebgehabt. Aber die anderen! Wäre ich eines Tages nicht mehr da, sie würden mich nicht vermissen. Bepi wäre ihnen eine bessere Mutter, als ich es jemals sein könnte.“

Frau Biba war ernsthaft entrüstet, und eine ehrliche und tiefe Sorge saß ihr in den alten Augen. „Was für ein Unsinn, was für ein Unsinn!“ wiederholte sie mit seltsam inbrünstiger Betonung. „Und so spricht eine Frau, die nicht nur innerhalb ihrer Familie vergöttert wird, sondern die sich weithin alle Herzen erobert. Schwärmt nicht mein Bruder Antonio Loro für Sie? War nicht Bianca, dieses hochmütige Ding, die für alle Menschen nur Spott bereit zu haben pflegt, ganz hingerissen von Ihnen? War nicht Herr Lorenzoni, der Tenor, von Liebe entbrannt? Nun, und die alte Biba, ist sie nicht ganz vernarrt in ihre kleine Signora?“

„Die Menschen sind viel zu gut und lieben mich, weil sie nicht wissen, wie wenig ich es verdiene.“ Pave sagte diesen Spruch, der alle Kleingläubigkeit, alles Minderwertigkeitsgefühl ihrer Natur in einen Satz zusammenfaßte, mit einer so abgründig müden Stimme, daß Frau Biba sie entsetzt von der Seite ansah. Im Bestreben, Pave zu zerstreuen, fing sie wieder zu reden an.

„Jetzt hätte ich beinahe vergessen, daß ich Ihnen erstens eine große Neuigkeit und zweitens eine kleine Pikanterie mitzuteilen habe.“

Pave blickte von der Arbeit auf, aber sie schien nicht besonders neugierig zu sein.

„Die kleine Pikanterie erzähle ich zuerst“, fuhr Frau Biba fort. „Der Professor Lorenzoni hat aus Wien an meinen Bruder um Ihren gegenwärtigen Aufenthaltsort geschrieben. Er scheint zu glauben, daß Sie in Wien sind, und wünscht Sie wahrscheinlich dort zu besuchen, Sie armes Frauchen, das niemand liebhat.“

Pave sagte nur: „Ach der“, und nähte weiter.

„Die große Neuigkeit aber ist“, Frau Biba sprach leise und betonte jedes Wort, „daß Bianca ein Kind erwartet. Ich bin so froh“, schloß die alte Mutter, und Pave glaubte zu bemerken, daß sich in ihren tiefliegenden scharfen, unsentimentalen Augen etwas Feuchtes vorwagte.

Paves Herz klopfte, und Blut schoß ihr in das in diesen Tagen so blasse Gesicht. „Ah, Bianca erwartet ein Kind!“

Sie legte die Arbeit nieder und sah nachdenklich vor sich hin. „Bianca ist guter Hoffnung! Das ist gut!“ Dabei aber stieg eine brennende und bange Frage in ihr auf, eine Frage, die sie an niemand in der Welt richten durfte, am wenigsten an Bianca selbst: Ob Bianca ihre abwegige Liebe besiegt und überwunden, ob sie zum Rechten und Echten, zu ihrem fröhlichen, schwarzen, zähneblitzenden Gatten gefunden hatte oder ob sie dem Unrechten und Fragwürdigen, dem wortkargen Lächler und hintergründigen Verführer nun doch erlegen war? Diese Frage erfüllte und erregte sie so sehr, daß sie nichts weiter zu sagen vermochte und Frau Biba durch ihren Mangel an Teilnahme zum äußersten enttäuschte.

Unterdessen war es Abend geworden. Santa war mit Duschan längst wiedergekehrt, die meilenlangen Bänder häuften sich, in fröhliche, ungebärdige Rüschen verwandelt, auf dem Tisch zu einem zerklüfteten Berg, von dem letzte Ausläufer in die Hände der immer noch eifrig Nähenden mündeten. Vizza schaute herein. „Jetzt kommen die Herrschaften“, lächelte sie. „Die Kinder werden hungrig sein!“

Das stille Zimmer war plötzlich von Lärm und Leben erfüllt. Carlotta, die draußen erfahren hatte, daß ihre Mutter hier unten war, erschien als erste mit luftroten Wangen und glänzenden Augen. Schon unter der Tür rief sie: „Denkt nur, wo wir gewesen sind! Bei Bianca in Oderzo!“ Ihr folgte Bepi mit dem kleinen, schläfrig, aber glückselig dreinblickenden Miro an der Hand. Den Abschluß bildete Miho, der die heimkehrende Gesellschaft vor dem Hause getroffen hatte. Er trug Miliza, die müde blinzelte und ihr Köpfchen an seine Schulter legte, auf dem Arm. Er neigte sein gebräuntes, gutmütiges Gesicht zu ihr nieder, scheuerte seine Wange an der des kleinen Mädchens und sagte: „Miliza muß gleich zu Bett. Sie ist nun sehr müde. Die lange Fahrt war viel für sie."

Bepi rief aus ihrem Schlafzimmer heraus, wo sie den Hut ablegte: „Ich werde Miliza ein wenig Milch geben, sobald sie zu Bett gebracht ist, damit sie gleich zum Schlafen kommt!" Damit kam sie wieder zum Vorschein und sagte: „Schön war es in Oderzo! Ein herrliches Haus hat Bianca! Und der Herr Tagliapietra, was für ein freundlicher, fröhlicher Mann!" Carlotta rief dazwischen: „Bianca ist ein wenig blaß, aber sehr vergnügt. Sie grüßt dich vielmals, Mama, und auch Sie, Frau Pave."

Der kleine Miro, der seiner Mutter überallhin nachging und dabei mit einer imaginären Peitsche knallte, sagte: „Die Tante Bianca hat mir gute Frittoli zu essen gegeben, und der Onkel hat mich die Pferde im Stall anschauen lassen. Und dann ist noch ein Onkel gekommen, der hat eine kleine Pfeife im Mund gehabt."

„Er meint Ettores Nachbar, mit dem sie so befreundet sind", erklärte Carlotta, die, ihr neues himmelblaues Kleid über dem Arm, gemeinsam mit ihrer Mutter unter vielfacher Begrüßung die Wohnung verließ.

Pave aber sagte zu Miho und Bepi, die an Milizas Bett standen und ihr zusahen, wie sie schlaftrunken ein Glas Milch leerte: „Ihr könntet rein die Eltern meiner Kinder sein, so lieb habt ihr sie."

Pave lag in der Finsternis und konnte nicht einschlafen. Die langen Gespräche mit Frau Biba gingen ihr wirr durch den Kopf, die Nachricht von Biancas beginnender Mutterschaft, der Brief des Tenors an Herrn Antonio Loro, die Vorfahrin, die das Geschlecht verflucht hatte. Und dann fühlte sie wieder Duschan auf ihrem Arm, der zu Santa hinstrebte, sie sah Miliza an Mihos Schulter schlafen, und endlich fiel es ihr in seiner ganzen Schauerlichkeit ein, daß Pero noch immer nichts von Cotias Tode wußte. Wo, um aller barmherzigen Heiligen willen, sollte dies enden! Sie hatte Pero seit einer Woche nicht geschrieben, morgen oder übermorgen würde es sich nicht vermeiden lassen, daß sie sich hinsetzte und wieder einen dieser kunstvollen Briefe verfaßte, in denen sie alles Erdenkliche zu schreiben pflegte, nur das eine nicht, worauf es ankam.

Was sollte sie wohl morgen schreiben? Daß die andern in Oderzo gewesen waren und sie nicht hatte mitfahren wollen? Daß das Frettchen groß und stark war, aufrecht saß und bald seinen zweiten Zahn bekommen würde? Daß die Wiesen voller Margeriten standen und daß sie vorgestern einen großen Strauß davon gepflückt und auf Cotias Grab gelegt hatte? Sollte sie so schreiben, als wüßte er es, als sei es eine Selbstverständlichkeit, daß es Cotias Grab gab und man Blumen darauf legen konnte? War dies vielleicht ein Ausweg? Oder sollte sie doch Miho bitten, zu schreiben? Sollte sie das staunende Entsetzen in seinen und Bepis Augen, ihre Vorwürfe und entrüsteten Ausrufe auf sich nehmen? Dann aber wäre es geschehen, und Miho in seiner unerschöpflichen Gutmütigkeit, er würde sich trotz seines Widerwillens gegen das Briefschreiben augenblicklich daranmachen, den Schwager zu benachrichtigen.

Er würde ihr den Brief abnehmen, gut. Aber was wäre damit gewonnen? In vier oder fünf, vielleicht, wenn es schnell ging, schon in drei Tagen würde Pero den Brief in der Hand halten, er würde erfahren, was sie ihm verborgen hatte.

Er, der einsam in Wien saß, den der General quälte, dem diese Qual die Nerven zerrüttete, so daß seine Gesundheit in Gefahr war: er würde nicht nur erfahren, daß Cotia, sein liebstes Kind, tot war, noch darüber hinaus, daß Pave, seine Frau, die ein Leben, ein Leib, eine Seele mit ihm war oder doch sein sollte, ihn seit langen Wochen betrogen, getäuscht, hinters Licht geführt hatte. Würde er ihr jemals wieder vertrauen können? Würde er ihr noch jemals glauben, daß sie ihn liebte, daß sie ihn nicht betrog, da sie ihm länger denn fünfmal sieben Tage verhehlt hatte, daß Cotia tot war? Würde er nicht denken, sie sei schuld am Tode des Kindes? Und war sie denn nicht tatsächlich daran schuld? Ach ja, ja, ja, großer, allwissender barmherziger Gott, freilich war sie schuld und verdiente nicht länger, daß die Sonne sie beschien. Was hatte Don Raffaello gesagt, der gute, väterliche Mann, dessen Weisung sie nicht befolgt hatte: „Dein Gatte wird noch denken, ihr hier habt das Kind umgebracht!" Und mehr noch hatte er gesagt: „Geh und schreibe! Entsetzliches Unheil entsteht, wenn du nicht schreibst!" Sie hatte nicht geschrieben, und nun war das Unheil da.

Ihr himmlischen Gewalten, was würde Pero sagen, wenn sie ihn wiedersah? Würde er sie jemals wieder in die Arme schließen können, sie, die fähig gewesen war, am Tage, da man Cotia in die Erde gebettet hatte, einen Brief von vier langen Seiten an ihn zu schreiben, der die Trauerkunde nicht enthielt? Pero, Pero, du mußt es doch wissen, daß deine Pave nur aus Liebe, Angst und Rücksicht geschwiegen hat, daß sie vermessen und töricht das Leiden von dir fernhalten wollte, das Leiden, das nun sie selbst mit seinem fürchterlichen Rachen verschlungen hat. Siehst du denn nicht. Pero, daß das Vertuschen und Verschweigen zu einer schwarzen Mauer geworden ist, die bald, bald, jetzt gleich vielleicht, einstürzen und deine Pave begraben wird?

Während sie in der Finsternis lag und Stunde um Stunde vom Campanile herüber schlagen hörte, sah sie mit einem Male Peros Gestalt deutlich vor sich. Sie sah ihn sich in seiner ruhigen und bestimmten Art bewegen, sie sah den schmerzlich gesammelten, tiefträumerischen und doch flammenden Blick seiner Augen unter der hohen Stirne, sie sah die schmale scharfe Nase und den heißen, liebevollen Mund. Sie sah den Menschen Pero vor sich, losgelöst von Beruf und Familie, den Einmaligen, Auserkorenen in seiner Ganzheit und Einsamkeit, den Liebenden und Geliebten, dessen Gesellin und Gattin zu sein das Schicksal sie erwählt hatte. Das Herz brach ihr fast vor verlangender Sehnsucht, vor Reue und Schmerz. Zugleich aber wußte sie von dieser Stunde an, daß sie es nicht wagen würde, beladen mit ihrer Schweigeschuld, noch jemals unter Peros Augen zu treten. Nie würde er ihr verzeihen, so raunten die wirren Stimmen dieser Nacht es ihr entgegen, daß sie ihre heilige Gemeinschaft verletzt und das Vertrauen verraten hatte.

Weil sie in die größte und letzte Sünde gefallen war, in die Verzweiflung; weil ihre liebende Lüge das ewige Zwei-Sein zerbrochen und ihr Zweifel den Glauben an die Großmut seines männlichen Herzens angefressen hatte; weil sie sich an der heiligen Hoffnung, der Trägerin des Lebens, versündigt hatte, ward ihr Urteil gesprochen und ihre Fackel gelöscht.

Als sie endlich einschlief, sah sie eine Vielfalt sich jagender Bilder. Zuerst erblickte sie Bepi und Miho, die Duschan zwischen sich hielten, so wie auf Altartafeln mitunter die Heilige Familie dargestellt wird. Dann sah sie Bianca am Arm eines großgewachsenen, von Gesundheit strotzenden jungen Mannes, und Pave wußte, daß dies Ettore, ihr Gatte, war, und Freude erfüllte Paves Herz, denn sie hielt es für ein Zeichen, daß Bianca den rechten Weg gegangen war. Ein Mann in Reithosen und mit kurzer Pfeife und der Tenor Lorenzoni kamen dem Paar entgegen, doch Bianca rief ihnen zu: „Hier habt ihr nichts zu suchen! Geht fort!“ Endlich sah sie eine Nonne mit weißem Stirnband und schwarzem Schleier, sie blickte Pave böse an und sagte: „Du bist auch eine von denen, die mir mein Erbe genommen haben.“ Pave erschrak sehr, doch als sie näher hinsah, bemerkte sie, daß die Nonne Cotia an der Hand führte. Cotia aber war unbeschreiblich süß und hold, sie streckte das Händchen aus und sagte mit ihrer unvergeßlichen, stillen Stimme: „Wann kommst du, Mau?“

Als Pave erwachte, war es entschieden.

Sie stand auf wie jeden Tag, sie weckte Miliza, wusch sie und kleidete sie sorgfältig in frische Wäsche und eines ihrer besten Kleider. Sie ging zu Duschan hinein, spielte mit ihm, und als Santa ihm reine Windeln und einen frischen Tragrock geben wollte, schob sie sie wortlos zur Seite und versorgte ihn selbst. Die ganze Zeit über war sie ungewöhnlich heiter. Doch als Bepi sie nach dem Frühstück bat, ihr beim Nähen der Vorhänge behilflich zu sein, die sie bis zum frühen Nachmittag vollendet haben mußte, da für diese Zeit der Tapezierer bestellt war, und Pave sich zur Arbeit im mittleren Zimmer niederließ, überkam sie wieder eine so schneidende Traurigkeit, daß es ihr die Tränen in die Augen trieb und sie mit zitterndem Kinn leise weinte, während sie die Nadel durch den steifen Mull gleiten ließ. Was die ganze dunkle Nacht über, im Wachen und im Träumen, so grausam gedroht, so unheilschwanger über ihr gehangen hatte, nun in der sonnigen Morgenstunde, im frühlingsheiteren stillen Zimmer kam es wieder, mit letzter und wildester Gewalt. Pave vermeinte, das messerscharf schneidende Weh nicht länger ertragen zu können. Da aber kam, lang vertraut und barmherzig, die Flut, die seit Tagen ausgeblieben war, und umfing sie von allen Seiten. Pave versank selig, getrost vermochte sie ihre Tränen zu trocknen und die von Bepi gewünschte Arbeit zu leisten. Alles, was ihr begegnete, war unwirklich geworden und nicht mehr imstande, sie zu treffen und zu verwunden. Sie fühlte keinen Schmerz mehr und sehnte sich einzig danach, sich endlich den wundertätigen Wellen anheimgeben zu dürfen, die sie von allem Leid fort zu Cotia tragen sollten.

Bepi hatte für alle Zimmer neue weiße Mullvorhänge genäht und fürchtete nun, der Tapezierer könnte kommen, bevor die Gardinen bereit waren, aufgemacht zu werden. Sie saß schon seit dem frühen Morgen im mittleren Zimmer und brachte die Volants an den weißen Mullbahnen an. Frau Bibas braunes Rüschengebirge von gestern war unansehnlich gewesen, gemessen an den leicht- und hochgebauschten Wolkenburgen, die nun allenthalben auf Tischen und Betten lagen.

Bepi sah wohl, daß Pave in wehmütiger Stimmung war, aber sie war es an ihr nun nicht anders gewöhnt, und überdies war sie im Augenblick völlig erfüllt von der Sorge, die Gardinen könnten bis zur Ankunft des Tapezierers noch nicht bereit sein. Während sie links von Pave auf dem Ledersofa saß, gab sie ihrem lebhaften Bedauern Ausdruck, Pave, die doch am gestrigen Tage zu Hause gewesen sei, nicht ersucht zu haben, sie möge indessen an den Vorhängen arbeiten; ja sie ließ durchblicken, sie wundere sich, daß Pave nicht von selbst auf diesen Gedanken gekommen sei. Pave gab mit großer Nachgiebigkeit zu, daß sie dies selbst nicht recht begreife, aber sie sei eben zu nichts nütze. Da Pave derartige Aussprüche nicht selten tat, nahm Bepi sich nicht die Mühe, zu widersprechen, sondern nähte eifrig drauflos.

Miliza spielte mit Miro Verstecken: die Kinder liefen in den drei aneinanderstoßenden Zimmern hin und her, bald war das eine, bald das andere für eine Weile verschwunden, bis es unter schadenfrohem Geschrei in irgendeinem Winkel aufgefunden wurde. Einmal, als an Miliza die Reihe war, ein Versteck zu suchen, und Miro mit krampfhaft und nachdrücklich verdeckten Augen „einschaute", wollte Miliza sich zwischen Mutter und Tante unter dem Sofa verbergen. Sie drängte sich an Pave heran, diese jedoch, in der Sorge, der Vorhang könnte zerdrückt werden, verwies es ihr und schickte sie weg. Als sie dann aber das traurige Gesicht des Kindes sah, stand sie auf und suchte mit ihm ein gutes Versteck in einem Winkel zwischen Anrichte und Mauer.

Sie kehrte nun nicht mehr zu der Näharbeit zurück, sondern ging in ihr Zimmer, wo sie längere Zeit blieb. Bepi, die ihre Arbeit um jeden Preis gefördert sehen wollte, wurde über ihr Ausbleiben ungeduldig und gedachte sie zurückzurufen, doch als sie sich erinnerte, wie niedergeschlagen Pave am Morgen gewesen war, unterließ sie es.

Nach kurzer Zeit erschien Pave zum Ausgehen gekleidet in der Tür. Sie trug einen kleinen Strohhut mit rundem, herabgelassenem Schleier und über dem Kleid die Pelerine des schwarzen Mantels, den sie zur Reise getragen hatte. Sie war blaß, sah aber so schön aus, daß es Bepi trotz ihrer Versunkenheit in die Näharbeit auffiel. Sie lobte den Schleier, der die Schwester vorteilhaft kleide, und Pave antwortete: „Ja, es ist ein hübscher Schleier."

Wohin sie gehe, fragte Bepi, und ob sie nicht Santa zur Begleitung mitnehmen wolle.

Santa sei mit Duschan ausgegangen, und sie könne sehr gut allein gehen. Sie wolle nur für einen Augenblick zum Fräulein Marietta Zannoner hinüber.

„Grüße das Fräulein von mir", bat Bepi. „Wäre ich nicht so beschäftigt, so würde ich mich dir anschließen."

Pave wandte sich zum Gehen, da bemerkte Bepi, daß ihr hinten die Haare unordentlich unter dem Hut hervorhingen, und sie ermahnte die Schwester, ihre Frisur vor dem Spiegel in Ordnung zu bringen.

„Ich gehe gleich in mein Zimmer zum Spiegel." Sie küßte Miliza, die jetzt an der Reihe war, Miro zu suchen, und eifrig spähend durch die Stuben glitt, und schloß rasch und leise die Tür hinter sich.

Pave ging ohne Eile die gewohnte Treppe hinab. Im Vorgarten traf sie auf Santa, die mit Duschan vom Spaziergang heimkehrte. Der schon ziemlich schwere Knabe saß ihr müde auf dem Arm und blinzelte schläfrig unter seinem kleinen Strohhütchen hervor. Santa fragte sogleich, ob sie die Signora Padrona begleiten solle; Pave jedoch antwortete, es sei nicht nötig, sie gehe nicht weit und werde bald wiederkommen. Dann machte sie sich auf den Weg, kehrte aber nach wenigen Schritten zurück und küßte Duschan kurz auf die heiße kleine Wange, worauf die Amme mit dem Knaben in das Haus verschwand.

Auf der Straße angekommen, sah Pave Titta herankommen, der Mihos Pferd in den Stall zu führen im Begriff stand und die Schwägerin seines Herrn mit strahlender Fröhlichkeit begrüßte. Pave erschrak bei seinem Anblick, denn sie war seit der Ankunft in Motta die Angst nie losgeworden, die Kinder könnten unter das Pferd geraten, und sie rief dem Burschen zu, er möge achthaben, daß Miliza nicht unter die Hufe komme. Titta blickte sich nach Miliza um und war sehr verwundert, sie nicht zu sehen. Also grüßte er nochmals, fragende Ratlosigkeit im Gesicht.

Endlich traf Pave niemanden mehr und konnte ihren Weg gehen. Sie schritt die Straße gegen die Brücke hinab, die sie an so vielen schönen Winternachmittagen mit ihren beiden kleinen Töchtern gegangen war, sie überquerte den Monticano und sah vom Brückengeländer aus, wie die langsam fließenden Wellen, die an diesem Tag fehlerlos blau einen noch blaueren Himmel spiegelten, fröhlich dahintanzten.

Nun schlug sie ihren Lieblingsweg ein, das Steiglein am Monticano. Die Weiden waren hellgrün belaubt, unzählige Bienen summten und kreisten um die weißen Blütenteller der Holunderbüsche, und die Wiesen, die sich zum Fluß niedersenkten, waren rechts und links vom Weg bis zum Wasser hinab von Margeriten übersät.

Pave schritt langsam dahin. Das Wasser floß zu ihrer Rechten, es schien emsig bemüht, von der Stelle zu kommen, als sehnte es sich nach seiner Mündung. Nun werde auch ich bald dort münden, wo es mir wohl sein wird, dachte es in ihr. Lauter lang zurückliegende Dinge durchwogten ihr Hirn, sie sah plötzlich die nördliche Gartenmauer in Lukoran mit den Myrtenbüschen vor sich, dann ein Stückchen von dem Zimmer, das sie in Agram zu Beginn ihrer Ehe mit Pero bewohnt hatte. Dann verschwand auch dies, und sie hörte die Stimmen gleichgültiger Menschen, halbvergessener Bekannter aus den verschiedenen Garnisonen, die lächerliche Gespräche führten. Es war ihr leicht und wohl zumute, sie fühlte weder Leid noch Angst noch Verantwortung.

Während sie ging und sich nach einem Platze umsah, wo der Damm sanft zum Flusse niederglitt, erblickte sie mit Schrecken den langhaarigen Maler Carlo Satti, der ihr auf dem schmalen Weg entgegenkam. Er trug sein gewohntes Kostüm und war barhaupt. Er bezeigte schon von weitem große Freude, als er Pave erblickte, und grüßte sie ehrerbietig, doch verbot ihm ein ablehnender und verlorener Zug in ihrem Gesicht, sie anzusprechen und sich nach ihrem werten Befinden zu erkundigen. Mit seinem kindlichen und etwas leeren Lächeln sah er die schöne Frau an, die bei seinem Herannahen begonnen hatte, rechts und links vom Pfad Margeriten zu pflücken, und ihm undeutlich und versonnen für seinen Gruß dankte. Sie fuhr fort, Blumen zu pflücken, bis sie den Maler die Brücke überschreiten und in der Richtung gegen das Trevisanische Tor verschwinden sah.

Sie befand sich nun gegenüber dem zum Franziskanerkloster gehörigen Wäldchen. Die Böschung unterhalb des Dammes war hier ganz sacht, und ein kleiner Pfad führte zum Wasser nieder.

Ohne Furcht oder Zaudern stieg sie leichtfüßig hinab. Das blaue Wasser floß heiter dahin, einige weiße Schmetterlinge hielten sich nahe über den Wellen. Pave blickte sich um und sah keinen Menschen. Da nahm sie rasch den Hut mit dem Schleier und die schwarze Mantille ab und legte alles mitsamt den Margeriten ins

Gras. Dann sah sie vollkommen ruhig auf das sonnenglitzernde, sanft fließende Wasser. Sie trat mit ihrem kleinen Schuh in die flutende Nässe und spürte sogleich, daß die Stelle tief war …

Pero

Wie ein Riesenbaum, an dessen Ästen und Zweigen bis an die feinsten Spitzen und bis hinauf in den unabsehbaren Gipfel anstatt der Blüten unzählige Sterne prangen, spannte sich in gleichmütiger Herrlichkeit die Mainacht funkelnd über den beiden Männern. Aus den Gärten duftete ein wilder Frühling, die Stadt lag in tiefem Schlafe, und es war nichts zu hören als das leise Rauschen des Monticano und das Davonrollen des Wagens, dem sie soeben entstiegen waren und der sich durch das Trevisanische Tor entfernte.

Pero und Toni standen vor dem Loroschen Haus und blickten an der Fassade empor, ob etwa irgendwo noch ein Lichtschein zu entdecken wäre. Doch alles war dunkel. Toni läutete bei dem unteren der beiden Klingelzüge an, und umstäubt vom zugleich leidenschaftlichen und doch gelassenen Sternenlicht, standen die Männer und lauschten.

„Wie fest sie schlafen. Wußten sie denn nicht, daß wir kommen würden?“ Pero sah blaß und verfallen aus. Ein kleiner Koffer stand neben ihm auf der Schwelle.

„Vielleicht ist der Klingelzug nicht in Ordnung. Man könnte versuchen, die Amme zu wecken. Sie schläft nach vorne hinaus.“

Toni trat ein wenig vom Hause fort, um die Fenster besser übersehen zu können, da kamen hallende Schritte die Straße herunter, ein Herr näherte sich von der Brücke her. Er war hochgewachsen und trug den auffallend schmalen Kopf mit stolzer Haltung auf den sehr geraden Schultern.

Als er die beiden Offiziere vor dem Hause stehen sah, näherte er sich, ohne zu überlegen, stellte sich als Bruder der Hausfrau vor, drückte in höflichen Worten sein Beileid an dem schweren Verlust aus und machte sich erbötig, seine Schwester herunterzuläuten, bei der er noch vor einer halben Stunde geweilt habe und die, obgleich nicht viel auf Mitternacht fehle, gewiß noch nicht zu Bett gegangen sei. Er zog kräftig an dem oberen Klingelzug, und in der Tat erschien alsbald an einem der Fenster Licht, wanderte nieder, und die Haustür wurde von innen geöffnet.

Herr Antonio Loro richtete einige erklärende Worte an seine Schwester und verabschiedete sich von den Herren; Toni begrüßte Frau Biba ehrerbietig, stellte seinen Schwager vor und bat mit gedämpften Worten um Vergebung wegen der Störung.

Frau Biba wehrte kopfschüttelnd ab. „Kommen Sie nur zu mir hinauf. Wir wollen gleich sehen, wie wir den Herrn Doktor oder die Vizza wach bekommen. Nehmen Sie aber zuallererst eine Tasse Kaffee bei mir. Ich habe vorhin für meinen Bruder welchen gekocht, er wird Ihnen nach der langen Fahrt wohltun."

Die alte Frau ging geschäftig voraus und vermied es, mit Pero ins Gespräch zu kommen. Als dieser im Vorzimmer seinen Mantel ablegte, zog sie Toni in die Stube und fragte hastig: „Was weiß er?"

„Daß sie tot ist, aber nicht, wie sie gestorben ist", flüsterte Toni. Sie ging nun abermals ins Vorzimmer und bat Pero einzutreten.

„Ein trauriger Anlaß, der Sie herführt, Herr Major. Ein tieftrauriger Anlaß. Ich habe Ihre Frau und Ihr Töchterchen herzlich liebgehabt." Und Biba, die harte Frau, trocknete sich die Augen. Als sie aus einer Silberkanne, über die eine wollene Haube gezogen war, Kaffee eingoß, bebte ihre Hand.

„Er ist noch warm, er wird Ihnen guttun."

Pero vermochte nicht zu sprechen. Er biß sich auf die Unterlippe, und alle Muskeln seines Gesichtes zitterten. Nach einer Weile ergriff er die Tasse und tat ein paar Schlucke, und Toni sagte leise zu Frau Biba: „Er hat es ja erst heute abend gehört."

„Wir trauern alle mit Ihnen, Herr Major", sagte die Padrona di Casa, und als Pero etwas entgegnen wollte, fügte sie hinzu: „Sie brauchen nicht zu sprechen, ich kann mir denken, wie Ihnen zumute ist. Herr Hauptmann, wollen Sie vielleicht jetzt versuchen, ob Sie unten jemand wecken können. Ihr Schwager muß zur Ruhe kommen."

„Ja. Es ist die dritte Nacht, die ich unterwegs bin", gab Pero leise zu. Als Toni sich eben erhoben hatte, wurde draußen geklopft, und er eilte hinaus. Es war Miho. Die Schwäger standen in dem finsteren Zannonerschen Vorzimmer dicht beisammen.

„Seid ihr es also? Ich hörte jemand die Treppe hinaufgehen."

Und dann tat er die gleiche Frage wie Frau Biba: „Wieviel hast du ihm gesagt?"

„In Udine, gleich als er mich beim Posthaus traf, fragte er, wie es Pave gehe, und ich sagte: ‚Sehr schlecht. Wir zweifeln an ihrem Aufkommen.' Da hat er nur sehr tief geseufzt und den Kopf geschüttelt. Als wir dann Udine schon hinter uns hatten und durch die lange Allee zu fahren begannen, hat er mich beim Arm gepackt und gefragt: ‚Toni, sag mir die Wahrheit. Lebt Pave noch?' Da konnte ich nicht anders, ich mußte weinen und habe ihm gesagt, daß sie an Gehirnentzündung gestorben und schon begraben ist."

„Und wie hat er es aufgenommen?"

„Er hat bitterlich zu schluchzen angefangen und konnte sich lange nicht beruhigen. Aber als er wieder imstande war, zu sprechen, hat er gesagt: ‚Ich habe es ja gewußt. Mihos Brief war deutlich genug!' Er hat wenig geredet, war ganz vernichtet und sehr müde. In Codroipo hat er dann etwas gegessen. Da er noch gehofft hatte, Pave am Leben zu finden, war er schnell und ohne Aufenthalt gereist und hatte den ganzen Tag über kaum etwas zu sich genommen. Nun sagte er: ‚Jetzt habe ich ja keine Eile mehr.' Er hat schweigend gegessen, vor sich hingeschaut und nur immer den Kopf geschüttelt. In San Vito haben wir Wagen und Pferde gewechselt."

Miho stand im Finstern, fröstelnd vor Erregung: „Und das Schlimmste steht ihm noch bevor."

„Sage es ihm heute nicht mehr!" bat Toni. „Er muß jetzt schlafen."

„Wie es mich davor schaudert, ihn zu sehen!" sagte Miho, ehe er die Tür zu Frau Bibas Stube öffnete.

Schweigend und in tiefem Ernst umarmten die beiden Männer einander, schweigend grüßten sie Frau Biba, und die drei Schwäger gingen die Treppe hinab. Durch das Fenster des Treppenhauses, daraus Pave so oft fallenden Regen und prangenden Sonnenuntergang gesehen hatte, schaute sternenstrahlend die Maiennacht.

Die kleine Miliza lag glückselig im Bett bei ihrem Vater. Als Pero nach tiefem, totenähnlichem Erschöpfungsschlaf am hellen Morgen erwacht war, hatte er darum gebeten, man möge ihm sein Töchterchen bringen, und Santa hatte das kleine Mädchen, das noch im Nachthemdchen war, aus Bepis und Mihos Schlafzimmer herübergetragen.

Mit beiden Händen griff Pero nach dem hübschen, zarten Kind, das ihm jauchzend entgegenstrebte und sich nun zärtlich lachend an den Vater schmiegte. Pero wandte sein Gesicht auf dem Kissen dem ihren zu, betrachtete mit wehen, bohrenden Blicken ihre wohlgebildete Stirn, die schelmisch lachenden Augen, die zarte gerade Nase und den schönen, kleinen Mund. Er strich ihr über das Lockenhaar und die festen Wangen, er küßte und liebkoste sie lange, ohne ein Wort zu sagen. Das Kind lächelte, aber das Schweigen des Vaters wurde ihm endlich unheimlich.

„Bist du in der Nacht mit dem Wagen gekommen, Miu?" fragte es leise.

„Ja, mein Kind, ja, meine kleine Miliza", sagte er, und seine Stimme klang rauh. „Ich bin in der Nacht mit dem Wagen zu meiner kleinen Miliza gekommen." Dann lag er wieder lange still, spürte die süße Wärme des kleinen Kinderkörpers an dem seinen, suchte mit stummem Forschen Paves und Cotias Züge aus dem ahnungslosen Gesichtchen herauszufinden, streichelte und küßte es. Santa hatte auch den kleinen Duschan hereingebracht, der Knabe jedoch, der sich in der Zwischenzeit sehr verändert hatte, war dem Vater fremd erschienen und hatte keine Erinnerung in ihm geweckt. Da der Kleine überdies beim Anblick des unbekannten Männergesichtes zu weinen begonnen hatte, war Pero zufrieden gewesen, als Santa ihn wieder hinaustrug.

Nun hörte Miliza wieder die Stimme des Vaters dicht an ihrem Ohr: „Sag mir, Miliza, wo ist denn die Mau?"

Das kleine Mädchen, stolz, daß es Auskunft geben konnte, richtete sich ein wenig auf dem Ellenbogen auf: „Die Mau ist nach Wien gefahren."

„Und die Cotia?" fragte der Vater weiter.

Auch diese Frage wußte Miliza zu beantworten: „Die Cotia ist im Himmel!"

Pero sah sie lange an: „So hat der Miu also nur mehr seine Miliza", sagte er leise.

„Ja, und den Duschan und den Miro und die Tante Bepi und den Onkel Miho und den Onkel Toni und die Santa und die Vizza." Mit unerschütterlicher Geläufigkeit zählte Miliza alle Hausgenossen auf.

„Ja, mein gutes Kind, mein armes Kind!" hörte sie ihren Vater wieder sprechen. „So viele sind da, aber zwei sind nicht mehr da. Die brave Miliza aber wird beim Miu bleiben, wie?"

„Ja, die Miliza bleibt immer beim Miu?" schmeichelte das Kind und drängte sich an den Vater. Dieser schloß es in die Arme, drückte und küßte es leidenschaftlich, dabei gedachte er der frühen Zeiten seiner Ehe, da diese selbe Miliza ein lallendes Kind gewesen war und Pave sie mitunter zwischen sich und ihren Gatten in das Ehebett gehoben hatte. Was für ein Zwitschern und Lachen, ein Necken und Kichern war das gewesen in der fernen, fernen Zeit! Er sah Pave vor sich in ihrer prangenden Jugend, das edle Gesicht von dunklen Locken umrahmt, ein duftiges Nachtgewand über den weißen Schultern. Ja, mitunter hatte sie sehr froh sein können, mitunter hatte sie es verstanden, ihn auf eine unbeschreiblich süße Art zu locken und zu reizen, so daß er gemeint hatte, vor Liebe zu ihr vergehen zu müssen. Mitunter hatte er nichts, rein gar nichts von der trüben Trauer, die sie oft übermannte, an ihr verspürt, und sie war die Schönste, die Froheste, die Leichteste und Lichteste von allen Frauen dieser Welt gewesen.

Miliza hörte ihren Vater tief seufzen und sah mit Schrecken, daß Tränen aus seinen Augen kamen. Der Miu weinte! Nie, nie hatte sie etwas so Beängstigendes und Bedrückendes gesehen, sie wagte nicht, ihn anzublicken, und zog die Decke über die Augen. Da aber hörte sie schon wieder seine Stimme ganz ruhig sagen: „Nun müssen wir aber aufstehen." Sogleich auch fühlte sie sich von Santa ergriffen und in die Kammer zu Duschan getragen, wo die Amme sie wusch und ankleidete, während man den Vater nebenan herumgehen und im Wasser plätschern hörte.

Bepi hatte in dem dunklen Gefühl, daß man an diesem schweren Tage Pero kaum durch etwas anderes beistehen konnte als durch treue Fürsorge, den Frühstückstisch reichlicher als sonst bestellt. „Ihr müßt ja hungrig sein, ihr Armen!" sagte sie zu Pero und Toni. Miho war schon zu seiner Praxis gegangen, doch hatte er versprochen, bald nach dem Frühstück wiederzukommen. Bepi hatte Pero mit großer Bewegtheit und Erschütterung begrüßt, ihn schluchzend umarmt, wortlos den Kopf an seiner Schulter geborgen und seinen Ärmel gestreichelt; ein unheimlich süßes Gefühl, als sei es Pave, die an ihm lehne, hatte ihn beschlichen, um so heftiger, als Bepis durch die Schwangerschaft verschmälertes Gesicht ihn beim ersten Anblick in erschütternder Weise an die Verstorbene erinnert hatte.

Pero saß am Tisch und sah mit seltsam ängstlichen und ratlosen Blicken umher, während Bepi ihn umsorgte, Kaffee eingoß, Butterbrote strich und Honig darauf träufelte und Toni mit traurig versonnenem Gesicht stumm sein Frühstück verzehrte. Noch hatte eigentlich niemand das Gespräch auf die beiden Todesfälle gebracht; man hatte sich so verhalten, als wäre Pero ohnedies von allem unterrichtet und als gälte es jetzt einzig, ihn zu stützen, zu umhegen und ihm seine Trauer erträglicher zu machen.

Pero stellte seine Tasse nieder, sah Toni mit einem verlorenen Blick an und sagte mit kläglichem und verzerrtem Lächeln, wobei der eine Mundwinkel wie durch einen Krampf nach abwärts gezogen wurde:

„Das Unbegreifliche ist, daß man so Entsetzliches erleben kann wie ich und daß man doch noch ißt und trinkt, als wäre nichts geschehen. Wenn mir jemand vorhergesagt hätte, ich würde an einem gedeckten Tisch sitzen und Honigbrot essen . . ." Er vollendete den Satz nicht, sondern sah starr vor sich hin und schüttelte wieder langsam den Kopf.

„Gott sei Dank, daß du essen, trinken und schlafen kannst!" sagte Bepi eifrig. „Das eben war das Unglück bei der armen Pave, daß sie sich völlig ihrem Schmerz hingegeben hat; daran ist sie zugrunde gegangen." Sie war wieder emsig bemüht, Brote zu streichen, diesmal für Toni, und sah Pero nicht an. Dieser blickte hilflos von einem Gesicht zum andern, seine Augen flehten darum, man möge ihm die traurigen Umstände offenbaren, ohne daß er danach zu fragen brauchte, aber niemand schien seiner Bitte gewahr zu werden, so daß er sich endlich entschloß, mit jener gepreßten und vorsichtigen Stimme sich vernehmlich zu machen, mit der man Fragen stellt, die man schon stunden- oder tagelang auf der Zunge hat und von denen man glaubt, daß niemand gerne auf sie antworten wird: „Wie hat Paves Krankheit denn eigentlich angefangen?"

Nun aber ging es den Geschwistern nicht anders, als es Pave ergangen war. Sie suchten immer neue Vorwände, um die schreckliche Mitteilung hinauszuzögern.

Toni zeigte sich sehr beschäftigt, die von Bepi gestrichenen Brote zu verzehren, und er sah verstohlen nach ihr hin; sie jedoch hatte bemerkt, daß ein dicker Tropfen Honig auf das Tischtuch gefallen war, und während sie aufmerksam bemüht war, ihn mit einem Messer fortzuschaben, sagte sie: „Sie hat sich so schrecklich gekränkt. Und da sie doch schon vorher nicht gesund war, ist es eben so bös gekommen."

Pero saß sehr blaß und ohne sich zu bewegen auf seinem Stuhl und richtete wieder seine fragenden Augen auf die Geschwister. „Ja, so ist der Ausbruch der Krankheit wohl zu erklären", sagte er. „Aber wie hat sie sich zuerst geäußert?"

Toni, den Peros Blick getroffen hatte, murmelte: „Ich war nicht dabei. Miho hat mir erst geschrieben, als es schon zu Ende gegangen war." Und Bepi sagte: „Du mußt Miho um alles dieses fragen, er wird dir die beste Auskunft geben. Was weiß man denn als Laie von einer solchen Krankheit."

Und nun war Toni plötzlich sehr besorgt wegen des Klingelzuges und ermahnte Bepi, ihn durch den Spengler untersuchen zu lassen, denn er habe nicht funktioniert, als sie gekommen seien, und es könnte doch jemand Miho bei Nacht holen wollen. Bepi war aufgestanden, deckte eifrig den Tisch ab, rief Vizza und gab ihr Anweisungen, und Pero fand lange nicht die Möglichkeit, die nächste Frage zu stellen, die ihm auf der Seele brannte: „Wie waren die letzten Stunden? Hat sie jemanden erkannt?"

„Alles ist sehr schnell gegangen", sagte Bepi, die aber gerade in diesem Augenblick Duschan aus dem Nebenzimmer weinen hörte und mit dem Ausruf: „Wo bleibt nur wieder die Amme!", davoneilte.

Toni sah ihr nach: „Sie ist besorgt um deine Kinder, Pero, als wären es ihre eigenen."

„Das mag ein Trost sein, mein lieber Toni, aber du mußt mir verzeihen, wenn ich heute noch nicht das richtige Verständnis dafür aufbringen kann." Und plötzlich brach es mit bitterer Klage aus Pero: „Ist es denn nicht furchtbar, daß diese armen kleinen Kinder nun mutterlos sind!" Er stützte die Stirn in die Hand, und Toni sah an der krampfhaften Bewegung seiner Schultern, daß er weinte.

Nach einer Weile begann Pero wieder zu sprechen:

„Wenn ich mich erinnere, wie sie im November aus Wien abgereist sind! Damals im Wagen, auf der Fahrt zur Bahn, waren wir also zum letztenmal alle beisammen, Pave und Cotia und wir andern, die wir geblieben sind. Ach, Toni, wie soll ich denn die armen Kinder nun aufziehen, ich, ein Offizier, immer auf dem Sprung und noch dazu in diesen unruhigen Zeiten!"

„Sei ruhig, Pero", sagte Toni und machte eine ungeschickte Bewegung nach dem Schwager, als wollte er seine Hand ergreifen, „wir Geschwister der Pave werden deine Kinder nicht verlassen."

Pero sah ihn mit schwachem Lächeln an: „Es kommt viel über mich in diesen Tagen. Heute haben wir den sechzehnten, am dreizehnten habe ich erfahren, daß Cotia gestorben und Pave schwer erkrankt ist, gestern am fünfzehnten, hast du mir gesagt, Pave sei hoffnungslos krank, und eine Stunde später, sie sei tot. Wenn ich mir vorstelle, wie seelenruhig ich heute vor einer Woche gewesen bin! Was wird denn heute und morgen und übermorgen noch über mich hereinbrechen?"

Toni sah Pero bange an, ohne jedoch ein Trosteswort über die Lippen zu bringen, und er empfand es als bedeutende Erleichterung, als er von draußen Mihos Stimme vernahm. Dieser betrat gleich darauf das Zimmer und ließ seine Blicke sofort fragend und ängstlich auf Toni ruhen. Dann begrüßte er Pero sehr herzlich, aber mit einer gewissen vorsichtigen Gehemmtheit, und dieser bat ihn, sich nun zu ihm und Toni zu setzen, damit er im Zusammenhang alles über die beiden Todesfälle erfahren könne. „Bepi sagt mir, über Paves Krankheit könntest nur du mir Auskunft geben. Wie waren die letzten Stunden? Du mußt es mir genau sagen, ebenso von Cotia!" Als er aber die beiden Schwäger stumm vor sich hinstarren sah, sagte er heftig: „Ich habe so viel verloren. Begreift ihr denn nicht, daß ich wenigstens alles wissen muß? Nicht einmal das Datum der Tage, an denen meine Lieben gestorben sind, habe ich bisher erfahren können!"

Miho machte eine unruhige Bewegung, er runzelte die Stirn und schien sprechen zu wollen. Da legte Toni die Hand auf Peros Arm und sagte mit zitternder, aber nicht klangloser Stimme: „Lieber Pero, was nützt es? Wir müssen dir die Wahrheit sagen. Die arme Pave ist ertrunken."

Es gab Pero einen Ruck, er riß die Augen in großem Schrecken auf und hielt sich mit beiden Händen an der Tischkante fest. „Was soll das nun wieder sein? Sie war doch krank?" fragte er fassungslos. Toni, der seinen Arm nicht losließ, sah ihn nun voll an und sagte beschwörend: „Pero, es ist sehr schwer, auch für mich, denn sie war meine Schwester. Pave hat diesen Tod gesucht. Sie hat sich selbst ...!" Hier vermochte er nicht weiterzureden.

Pero saß wie versteinert, die Augen sprangen ihm in sprachlosem Entsetzen hervor, wie tiefe Striemen liefen die Furchen von der Nase zu den wie im Krampf tief hinabgebogenen Mundwinkeln nieder. Ein Zittern befiel ihn, und aus seinem Munde kamen in sekundenlangen Pausen langgezogene unartikulierte Laute abgründiger Qual. Miho sah ihn tief erschrocken und betroffen an und ergriff sein Handgelenk: „O Gott, dieser arme Pero! Komm, willst du dich niederlegen? Nimm einen Schluck Wein! Der Puls ist gut.

Pero, sei ein Mann! Ja, es ist fürchterlich, aber sie hat es jetzt überstanden." Er hatte alle diese Sätze nacheinander herausgestoßen in der Hoffnung, den Schwager dadurch aus seiner Verkrampfung zu wecken, was ihm auch gelang. Peros starre Haltung löste sich, sein Blick gewann wieder Leben, er befreite seine Hände und sagte, indem er noch stärker als zuvor den Kopf schüttelte: „Sie hat es selbst getan! Pave hat es selbst getan! Ja, du lieber Himmel, warum denn? Warum denn?" Als niemand sprach, fuhr er heftig fort: „Könnt ihr es euch erklären? So redet doch! Warum kann sie es getan haben? Wegen Cotia?"

„Wegen Cotia, gewiß", sagte Miho, „aber noch aus andern Gründen wohl. Wir denken doch Tag und Nacht darüber nach, seit es geschehen ist."

In Pero kam nun Leben: „Ich muß alles wissen, alles, alles muß ich wissen, von Anfang an, von Cotias Tode an. Das ist ja furchtbar! Man wird verrückt über solchen Rätseln!"

In der Tür erschien Bepi und sagte, nachdem sie einen Augenblick zugehört hatte: „Du weißt es also, Pero?"

Pero wandte sich ihr zu und sagte in so jammervollem Ton, daß es allen ins Herz schnitt: „Ja, Bepi, jetzt weiß ich es. Aber ihr müßt mir nun alles, alles sagen. Alles müssen wir ergründen. Setze dich auch zu uns, Bepi, du bist ja wohl am meisten mit ihr gewesen."

Man sah es Bepi an, daß sie diesem Gespräch lieber ferngeblieben wäre, aber Miho gab ihr einen Wink mit den Augen, und so ließ sie sich neben Toni auf dem Sofa nieder: „Hier, an Tonis Platz, ist sie gesessen und hat mir beim Nähen der Vorhänge geholfen, bevor sie fortgegangen ist, um das Schreckliche zu tun." Bepi stieß einen stöhnenden Laut aus und bedeckte das Gesicht mit den Händen.

„Wann war das, Bepi? Wann, ganz genau?"

„Das war am vierten dieses Monats, am Vormittag."

„So lange schon! Und wann ist Cotia gestorben?"

„Cotia? Am dreiundzwanzigsten März."

„April, meinst du wohl?"

„Nein, März."

Nun kommt das Allerschlimmste, dachte Bepi, und ihr Gatte und ihr Bruder dachten dasselbe.

„Das ist doch nicht möglich", sagte Pero, und sein Gesicht wurde ganz rot. „Pave hat mir doch den ganzen April über durchaus vergnügte Briefe geschrieben. Niemand hat mir etwas mitgeteilt. Was liegt denn hier vor? Was habt ihr denn getan, ihr alle hier?" Er stützte sich plötzlich mit den Händen auf den Tisch, erhob sich halb und sah mit sprachlos entsetztem, zornigem Gesicht von einem zum andern.

Miho seufzte, hob die Schultern und sah Pero sehr bekümmert, aber ruhig an. „Ja, Pero, das alles sieht sich sonderbar an, das begreife ich; es ist hier eine Kette von Unglück zusammengekommen, und auch Schuld ist dabei, aber nicht so, Pero, hörst du, wie du es vielleicht denkst."

„Das müßt ihr mir erklären. Ich fasse es nicht. Ich begreife es nicht. Am dreiundzwanzigsten März soll das Kind gestorben sein! Habt ihr einen Totenschein?"

„Ja, Pero, selbstverständlich haben wir den. Höre mich an, du sollst alles wissen, soweit es uns selbst bekannt ist. Denn sie, die alle Rätsel lösen könnte, ist ja nicht mehr bei uns."

Und in langsam qualvollem Forschen, Fragen und Reden erfuhr Pero nun die ganze traurige Folge von Paves unstillbarem Kummer um Cotia und dem Wunsche, den sie wahrscheinlich gehegt, dem geliebten Gatten diesen Kummer zu ersparen; von den kleinen Mißverständnissen und Unterlassungen, von Mihos Überanstrengung durch die Epidemie, die seinen natürlichen Widerwillen gegen das Briefschreiben verstärkt hatte, um so mehr, als er glauben mußte, Pave habe Pero längst verständigt. Bepi erzählte von Paves Entrüstung, als sie einen Kondolenzbrief habe schreiben wollen, von Paves Reizbarkeit und Traurigkeit, die alles Fragen und Zureden unmöglich gemacht habe, um so mehr, als sie selbst unpäßlich und schonungsbedürftig gewesen sei.

Pero hörte schweigend zu und stellte nur da und dort eine Frage. Er saß zusammengesunken und mit hängendem Kopfe da und blickte grüblerisch von einem der Sprechenden zum andern.

Vizza hatte längst den Tisch für das Mittagessen gedeckt, die Speisen auf- und wieder abgetragen. Miho war zuweilen fortgegangen, doch stets bald wiedergekehrt, aber immer noch, bis in den sinkenden Nachmittag, saßen die Frau und die beiden Männer um den Unglücklichen, und sie erzählten ihm die Geschichte seiner Heimsuchung. Frau Biba hatte Miro und Miliza für den ganzen Tag zu sich hinaufgenommen. „Was heute geredet wird, ist nichts für diese jungen Ohren. Kinder verstehen oft mehr, als man denkt", hatte sie gesagt, sie beide an der Hand genommen und in ihre hellen Stuben hinaufgeführt.

Wieder und wieder ließ Pero sich alle Geschehnisse von Paves

Todestag erzählen. Wie sie mit heimlichen Tränen dagesessen und an den Vorhängen genäht, wie sie Miliza zuerst fortgewiesen, sodann aber doch mit ihr ein Versteck gesucht hatte. Wie sie in ihr Zimmer gegangen, lange ausgeblieben und endlich in Hut und Schleier und mit etwas hervorhängenden Haaren wiedergekommen war. Wie sie Miliza geküßt und versprochen hatte, Fräulein Marietta zu grüßen. Von den letzten Begegnungen und Gesprächen erzählte Bepi, die ihnen berichtet worden waren, und von sich selbst, wie sie unterdessen emsig weitergenäht habe und weniger und weniger habe begreifen können, was Pave so lange bei der alten Jungfer tue. Daß sie schließlich sehr unruhig geworden sei und sich nur mit der Annahme getröstet habe, Pave sei wohl zum Friedhof San Giovanni gegangen und werde mit Miho zurückkommen.

„Es war schon halb zwei Uhr, als ich endlich Mihos Wagen hörte", erzählte Bepi. „Ich war sicher, daß Pave mit ihm heraufkommen würde, aber leider kam Miho allein und gleichzeitig mit ihm der Tapezierer. Da ich einen Teil der Vorhänge schon morgens in Paves Zimmer gelegt hatte, ging ich dorthin, um sie zu holen. Sogleich sah ich auf der Kommode einen Brief, der aufgestellt an einer Schachtel lehnte, und daneben eine Haarsträhne. Ich wollte mir zuerst nicht eingestehen, daß ich augenblicklich alles begriff. Ich stürzte hin, las die Aufschrift: „An Bepi und Miho", riß den Brief auf und muß geschrien haben, denn Miho war gleich bei mir und nahm mir den Brief aus der Hand.

„Ich fand Bepi ganz außer sich", fiel ihr Miho ins Wort, „ich überflog den Brief und stürzte davon." Bepi schaltete ein: „Dabei hat er immerfort gerufen: ‚Wo soll ich sie nur suchen? Wo soll ich sie nur suchen?'"

„Unten", fuhr nun Miho fort, „sagten mir verschiedene in der Nähe wohnende Leute auf meine Fragen, sie hätten Pave vor geraumer Zeit gegen die Brücke gehen sehen. Ich lief also zum Monticano, Titta, der Schneider Saccon, der Maler Carlo Satti und viele andere Leute schlossen sich mir an. Wir fanden gegenüber dem Wäldchen des Franziskanerklosters ihre Mantille und ihren Hut. Titta stürzte sich ins Wasser, doch war es so trüb, daß das Suchen sehr schwer war. Ein Kahn wurde gebracht und mit Stangen weitergesucht, aber vergeblich. – Dem Maler Carlo Satti habe ich manches abzubitten. Wir hatten ihn alle für einen eitlen und kindischen Menschen gehalten, nun widmete er sich der Rettungsaktion mit so viel Mut und Eifer, er stellte sich so umsichtig dabei an, daß ich ihm die Leitung überließ, während ich wieder nach Hause lief, um mich nach Bepi umzusehen, um deren Zustand ich in großer Sorge war. Unterdessen war ein zweiter Kahn gebracht worden, man suchte weiter und hat die arme Pave endlich etwa achtzehn Schritte flußabwärts von der Stelle, wo sie Hut und Mantille hingelegt hatte, unterhalb eines kleinen Ulmenbäumchens gefunden. Das war gegen drei Uhr, also etwas mehr als eine Stunde, nachdem wir mit dem Suchen begonnen hatten. Man brachte sie sofort in ein Haus am Ufer und stellte alle Arten von Wiederbelebungsversuchen an, aber sie ließ sich nicht mehr zurückrufen."

Miho stöhnte. „Du kannst dir nicht denken, Pero, was das für mich bedeutet, dir diesen Bericht geben zu müssen. Ich habe deiner Familie mein Haus geöffnet, und statt Heil ist Unheil daraus entstanden. Wir hatten alle den besten Willen, aber ein Unstern war über uns. Trag es uns nicht nach!"

„Wie sollte ich euch etwas nachtragen", sagte Pero und suchte sich zu straffen und aufzurichten. „Nein, euch trage ich nichts nach!"

Ohne Übergang erhob er sich und äußerte die Absicht, auf den Friedhof zu gehen und die Gräber zu suchen.

„Soll ich mit dir kommen?" fragte Toni.

„Zeige mir den Weg, und dann laß mich allein gehen!"

Als die beiden durch das Trevisanische Tor und über den Hauptplatz zum Dom gekommen waren, fragte Pero plötzlich leise: „Ihr habt mir noch nicht gesagt, wie es möglich war, daß man Pave das kirchliche Begräbnis zugebilligt hat. Es war ja doch ein Selbstmord." Er sprach das furchtbare Wort zögernd und ohne Toni anzublicken.

„Der alte Dompfarrer, dort – siehst du? – gegenüber der Kirche ist sein Pfarrhaus, soll tief erschüttert über den Fall gewesen sein. Er ließ sich alles genau erzählen und entschied, daß eine so gute Frau, wie Pave es gewesen war, eine solche Tat nur in Sinnesverwirrung begangen haben konnte. Er schien sie zu kennen, vielleicht hatte sie bei ihm gebeichtet. Er soll auch einmal bei Bepi gewesen sein und sich sehr besorgt nach Pave erkundigt haben. Leider war sie selber damals nicht zu Hause."

Pero hörte schweigend und sehr aufmerksam zu und sah sich noch einmal nach dem Pfarrhaus um.

„Und das sage ich dir, Pero: Diese ganze Sache scheint rätselhaft. Aber ich bin ganz sicher, daß Pave nur in dem liebevollen, aber abwegigen Bestreben, dich zu schonen, in dieses Elend hineingeraten ist. Sie war auch so übergewissenhaft, vielleicht glaubte sie sich wegen irgendeines Versehens bei der Pflege Vorwürfe machen zu müssen. Miho aber schwört, daß sie Tag und Nacht nicht vom Bett des Kindes gewichen und die beste, treueste Pflegerin gewesen ist."

Sie waren nun außerhalb der Stadt. „Geh den Weg hier, Pero, dann kommst du zu der langen Allee und kannst nicht mehr fehlgehen. Paves Grab ist an der Mauer, rechts vom Tor; Cotietta liegt neben der Tür zum Campanile."

Pero ging langsam zwischen den Büschen und Hecken dahin, denselben Büschen und Hecken, durch die Cotias Särglein geführt worden war, durch die Pave in ihrer armen Qual rastlos gewandert und durch die vor elf Tagen ihre Leiche zur Ruhe gebracht worden war. Auf allen Feldern standen Mais und Weizen hoch und wiegten sich im Wind, der Sauerklee blühte und sammelte summende Bienenvölker über sich, jubelnde Lerchen trillerten zu Häupten des einsam Schreitenden. Er aber ahnte nicht, wie oft diese seligen Vögel Paves gramvolles Wandern mit ihrem jauchzenden Gesang begleitet hatten, er ahnte nicht, wie schleppend ihr armer Fuß den Boden berührt, ein wie schweres Herz sie durch den lachenden Frühling der venetianischen Ebene getragen hatte.

Während er durch die friedlich-fruchtbaren Felder ging, vorbei an den hell grünenden Weinstöcken, zwischen denen die Maulbeerbäume ihr dunkleres Laub breiteten; während die überschwenglich heitere Üppigkeit einer gesegneten Landschaft ihn umduftete und umschwirrte, meinte er, auf einem Meer von Schmerz und bittersten Rätseln dahinzutreiben, und die Frage nach dem Sinn seines fürchterlichen Schicksals hielt sein Herz wie in eisernen Klammern fest. Ein fressendes Weh begann sich in ihm auszubreiten wie ein finsterer Qualm, wenn er bedachte, wie elend Pave gelitten hatte, wie heldenhaft töricht ihr Schweigen gewesen war und wie leicht er ihr hätte helfen können. Je weiter er ging, je länger die Bäume der Allee ihn begleiteten, desto verzweifelter wurde er über die Unlösbarkeit aller dieser Fragen. Sollte aus einer Fülle von Mißverständnissen und kleinen Versäumnissen heraus sein Heim, das Heil seiner Kinder, die heilige Gemeinschaft seiner Ehe zertrümmert worden sein? Warum, warum hatte Pave ihm das getan? Warum hatte sie, aus Liebe, wie Toni sagte, ihn so unwiederbringlich beraubt und, um ihm ein Leid zu ersparen, das zu tragen er stark genug gewesen wäre, ihm das tausendfach schwerere ihres Verlustes zugefügt?

In seinem Herzen stieg es auf wie Zorn. Warum hatte sie ihm nicht vertraut? Hatte sie ihn denn für so schwach gehalten? Warum hatte sie ihn belogen, ihn nicht herbeigerufen, ihm nicht gesagt: Hilf mir! Warum hatte sie aus hoffnungsloser Angst ihrer aller Leben zerstört?

Der Totengräber, der gegenüber dem Friedhof in einem kleinen Häuschen wohnte und dessen muntere Kinderschar den trübe blikkenden fremden Offizier mit heiterem Staunen umkreiste, bezeichnete ihm die beiden Gräber, und Pero betrat mit einem eigentümlichen Gefühl von trauriger Neugier den Totenacker. Hier also ist es! war das einzige, was er zunächst zu denken vermochte, und erst als er zwischen den fremden Gräbern hindurch zu Paves frischem Hügel trat, packte ihn wieder die übermächtige Verzweiflung. Man hatte Pave nahe dem Eingang an der niederen Mauer beerdigt, eben dort, wo sie den Blick in die Allee freiließ, durch die er eben gekommen war. Er schaute auf die frische Erde ihres Grabes nieder, auf dem einige Kränze lagen; dabei fiel ihm ein, daß er seinen beiden Toten keine einzige Blume mitgebracht hatte. Da bückte er sich mit herb verkrampftem Gesicht, pflückte am Rand von Paves Grab, wo der Totengräber seinen Spaten nicht hatte walten lassen, ein paar unscheinbare kleine Gänseblümchen, die harmlos dort standen, und trug sie zu Cotias Hügel, auf den er sie niederstreute. Neben Cotias Grab aber fand sich keine einzige Blüte, so riß er etwas Gras vom Boden ab und legte es zwischen die verwesenden Kränze bei Pave. Dies alles tat er mit bitterem Munde, in seinen Zügen lag in diesem Augenblick nicht Trauer, sondern Ingrimm. Als er, seine Kappe in der Hand und den Radmantel über die Schulter geschlagen, wieder an Paves Hügel stand, meldete sich keine Regung liebender Trauer in seinem Herzen. Das anklagende „Warum hast du uns das angetan?“ klang als einziger Laut in ihm wider, es hallte und dröhnte und erweckte ein schauerliches Echo im Raume seiner Seele, der gänzlich leer schien vor übergroßer Qual. Durch sein Stehen auf diesem ländlichen Kirchhof schien all das viele besiegelt, das er heute aus den endlosen Berichten wie eine fremde Mär in sich aufgenommen hatte, fast als etwas, das vielleicht noch als Phantasiegespinst sich herausstellen würde und widerrufen werden konnte.

Hier lag seine Frau, hier hatte man ihren vom Wasser aufgeschwemmten Körper eingesenkt, und aus besonderer Güte und Nachsicht hatte man ihr diesen Platz innerhalb der geweihten Umfriedung gewährt. Er sah finster auf das unordentliche Gewirr der

Kränze nieder, und wie Blasen vom Grunde eines Gewässers stieg nur immer die Frage in ihm auf: „Wie konntest du das tun?“ Da er aber länger und länger mit gesenktem Haupte stand, schien es ihm plötzlich, als sickere wie ein lichter Nebel Paves Qual aus der Erde empor; sie stieg ihm bis zu den Hüften, sie rührte an sein Herz, sie hüllte ihn ein, und Pero erkannte mit einem Male, was die Frau gelitten hatte in ihrer unberatenen Verlassenheit, in ihrem blutenden Muttertum, beim rührendunseligen Versuch, noch in ihrer Hilflosigkeit ihm zu helfen.

Er sah sie ihr schönes, verzweifeltes Gesicht durch die Schwärze dieser Wochen tragen, er sah sie kämpfen, irren und untergehen. – Sein bitterer Mund senkte sich, seine Augen, trocken seit dem Morgen, vergossen wieder Tränen, und sein Herz fand das Wort, das über diesem Grab einzig am Platze war: Arme Pave!

Mit leisen Schritten trat er sodann zu Cotias Grab neben der Tür zum Campanile. Es befand sich noch keinerlei Kreuz oder Schrift darauf, doch lagen auch hier verdorrte Kränze auf dem kleinen Hügel und obenauf mehrere große Margeritensträuße in verschiedenen Stadien des Verwelkens.

Ob diese Margeriten noch Pave hierhergelegt hat? dachte er, und ihm graute.

Dann aber grüßte er sein Kind mit tiefer Zärtlichkeit.

„Meine Cotia! Meine kleine Cotia! Nie habe ich irgend etwas auf dieser Welt mehr als dich geliebt. Und dennoch hätte ich deinen Tod ertragen, wie man alles auf dieser Welt ertragen muß. Warum aber hast du deine Mutter mit hinabgezogen? Warum hast du dem Miu das angetan? Warum habt ihr mir das angetan, ihr beiden, daß ich jetzt so elend verlassen bin? Wollt ihr auch mich hinabziehen, ihr grausam süßen Gesichter, ihr lockenden Augen, ihr winkenden Hände? Bin ich nicht jetzt im Tode fester beheimatet als im Leben, da Pave tot ist und du, Cotia, mein Liebling? Bist du so stark, Cotia, daß du die Macht hattest, deine Mutter zu rufen, bis sie gekommen ist, bist du um so vieles stärker als ich, daß der Gedanke an mich und meinen Gram sie nicht im Leben zurückzuhalten vermochte? Wirst du auch mich so lange rufen, bis ich dir Folge geleistet habe? Bist du eine solche Zauberin, du Kleine, du Süße, daß man zu dir kommen muß, wenn du es willst? Die Welt ist mir öde und schal geworden ohne dich, meine holde Vila, und ohne Pave, die bei dir ist. Willst du mir eine Stätte bereiten, so will ich kommen und mit dir spielen und alles verlassen, was mein ist.“

Die weiße Kirche mit ihrem Campanile lag rosig angehaucht vom Abendschein; die Tür nach dem Heiligtum stand offen, aber Pero betrat es nicht. Wie eine Giftblume von betörender Schöne war bestrickende Todeslockung in seinem Herzen aufgegangen, während er am Grabe seines Kindes gestanden hatte. Er überblickte den Kirchhof, der, von hohen Bäumen und Feldern umgeben, friedlich in der Landschaft lag, er bemerkte mancherlei gemeißelte alte Gruftplatten und bunte blumengeschmückte Grabstätten, und er fand, daß dies ein schöner Ort war. Eine fremdartig weiche, hingegebene Stimmung hatte ihn erfaßt, und nichts wollte ihm zu dieser Stunde wünschenswerter erscheinen, als sich neben Cotias kleinem Grabe niederzulegen und nie wieder aufzustehen. Was hätte er verlassen? Seine Kinder? Andere würden sich ihrer annehmen. Sein Dichtertum? Andere würden statt seiner singen und die Menschen dieser Zeit aufrufen. Sein Volk? Hatte es nicht bessere Söhne als ihn? Seine Soldatenpflicht? Standen im Armeeschematismus nicht Hunderte von Majoren, die ihn für Kaiser und Reich entbehrlich machten? War nicht alles eitel neben dem Glück, an diesem Friedensort an Cotias Seite zu rasten, über sich das sanft wehende Gras der Hügel, rötliche Abendwolken und die trillernden Lieder der Lerchen?

Während Pero in wehmütig seliger Verlorenheit auf Cotias Grab niederlächelte, schlug es vom Campanile sieben Uhr. Er erschrak und erinnerte sich des weiten Weges, den er zurückzugehen hatte. Er durfte die Armen, die wahrlich genug Leid und Schrecken erduldet hatten, nicht in Angst versetzen. Er grüßte die beiden Gräber mit den Augen und eilte durch die Allee der Stadt zu. Auf seinem Gesicht lag ein sehnsüchtiger, jenseitiger Ausdruck, die Starre des Vorwurfs war daraus gewichen, aber Toni erschrak vor der krankhaften Fremdheit seines Blickes, als er ins Zimmer trat.

Bepi kam rasch herein: „Ist er da? Gottlob!" Sie war sehr blaß. „Die Miliza weint, sie hat gefürchtet, der Miu sei wieder nach Wien gefahren."

Da fiel die unterirdische Lockung, die süße Sehnsucht, sich gleich Pave fortzustehlen und neben Cotia von aller Qual auszurasten, im gleichen Augenblick von Pero ab. „Wo ist meine Miliza?" rief er. „Der Miu ist hier. Er bleibt hier. Der Miu und die Miliza gehören zusammen."

Und er nahm das schluchzende kleine Mädchen in die Arme und küßte es viele Male.

Später, als die Kinder zu Bett gegangen waren, nahm Bepi ein weißes Blatt aus ihrem Nähkorb und fragte Pero befangen, ob er Paves Abschiedsbrief zu sehen wünsche. Er ergriff den in hastigen Schriftzeichen auf ziemlich steifes, arg zerknittertes weißes Papier geschriebenen Brief und las mit Grauen Paves letzte Botschaft.

„Meine Lieben! Da ich dieses unglückselige Leben nicht mehr ertragen kann, will ich es zerstören, und ich bin sicher, daß niemand, der mich kennt, meinen Schritt verdammen wird. Du, Bepi, sei die Mutter meiner Kinder, denen ich als einziges ein kurzes Leben wünsche. Wenn sie alt genug sind, um zu verstehen, und wenn sie irgendeine Erinnerung an ihre Mutter haben sollten, so gib ihnen diese meine armseligen Haare, auf daß sie einige Tränen darauf fallen lassen mögen, deren ich sehr bedarf. Tröstet meinen Pero, dieses geliebte Wesen, und bittet ihn, mir zu verzeihen. Nochmals lebt wohl! Es sendet Euch den letzten Gruß die unglückselige Pave."

Beide schwiegen lange. Pero hielt den Brief in der Hand und drehte ihn hin und her.

„Auf die Kommode hat sie ihn gestellt?"

„Ja, so sah ich ihn gleich. Ach, warum bin ich nicht früher in ihr Zimmer gegangen?"

„Bepi, wenn sie sterben wollte! Wenn sie nicht die Kraft hatte, zu leben! ... Wobei wurde der Brief so zerknittert?"

„Miho riß ihn mir aus der Hand und warf ihn dann fort, weil er wegeilte, um sie zu suchen. Wahrscheinlich ist es dabei geschehen."

Pero stand auf und wanderte unruhig im Zimmer umher.

„Ja, Bepi, ich habe nun noch mancherlei Wege zu machen, um alle diese Dinge genau aufzuklären und festzustellen. Bis Ende Mai möchte ich bei euch und den Kindern bleiben und dann nach Zara fahren, um Valerio und den andern Geschwistern den traurigen Sachverhalt genau mitzuteilen. Der erste meiner Wege wird es jetzt sein, die Stelle ihres Todes aufzusuchen."

Paves Todesweg am Ufer des Monticano auszuschreiten, schien Pero fast noch schwerer, als es gestern gewesen war, an ihrem Grab zu stehen. Miho zeigte ihm alle Plätze, an denen das bittere und rätselhafte Geschehen sich abgespielt hatte: die Stelle, wo der Maler Satti ihr begegnet war, das Ulmenbäumchen, dessen ins Wasser reichende Wurzeln ihren wohl schon entseelten Körper aufgehalten, den Grasfleck, wo Hut und Mantille gelegen waren. Pero ging mit verschlossenem und gespanntem Gesicht hinter dem Schwager her, er stellte nur die notwendigsten Fragen, und Miho achtete sein Schweigen. Der strahlende Maitag, der schon ein heißer Sommertag war, lag in unsäglicher Bläue über dem Flußlauf mit seinen heiter grünen Ufern, ein paar harmlose Menschen kamen ihnen entgegen, die sie allerdings im Vorbeigehen neugierig betrachteten und wispernd die Köpfe zusammensteckten.

An der Stelle, wo man die Sachen gefunden hatte, ließ Pero sich ins Gras nieder und sah in die Wellen hinab, die mit kleinen Wirbeln und Stromschnellen lustig dahintanzten. Weiße Schmetterlinge hielten sich über der Wasserfläche.

„Was sie gedacht haben mag, als sie sich hinabließ?" sagte er leise, aber er erwartete keine Antwort, und Miho gab auch keine.

Im Pfarrhaus wurde Pero durch eine alte Frau mit steilen Gesichtszügen unter dem schwarzen Kopftuch geöffnet. Der steingepflasterte Vorraum, in den er trat, enthielt wenige glatte und schöne Möbel aus der Zeit des ersten Napoleon, gelbe Schränke, die sich in edler Rundung wölbten, eine lange, rohrgeflochtene Bank mit ebenso gelben Holzrahmen, an der Wand ein paar Stiche.

Was der Herr wünsche?

Ob der Herr Pfarrer Don Raffaello zu sprechen sei. Sie wollte einmal sehen.

Sie öffnete eine zur Linken gelegene Tür, und Pero hörte zuerst schwere und schlapfende Schritte und sodann eine tiefe und gequetschte Altmännerstimme „Eh?" sagen, worauf die Frau etwas erwiderte und wieder erschien. Der Herr möge ein wenig Platz nehmen, forderte sie Pero auf, verschwand eilig im Hintergrunde und kam mit einem Paar großmächtiger schwarzer Schaftstiefel wieder, die sie vor Pero zu verbergen suchte, was ihr jedoch nur unvollkommen gelang. Ersichtlicherweise war der Herr Pfarrer in Pantoffeln gewesen und wünschte sein Schuhwerk zu wechseln, bevor er den Gast empfing.

Alsbald jedoch ging die Tür wieder auf, und Pero erblickte einen großen und dicken alten Mann in grünlich schillernder Lüstersoutane. Aus einem faltigen und tiefgefurchten Gesicht blickten ihn über einer schief und wild vorspringenden Nase sehr freundliche graue Augen an. „Bequemen Sie sich, Herr Oberst! Hier herein, wenn's gefällig ist!" Pero gelangte nun in ein Zimmer, wo auf einem großen Mitteltisch vielerlei Schreibereien ausgebreitet waren, ein

Papagei in einem Käfig saß und ständig „Papagallo d'or! Papagallo d'or!" schrie, worauf sein Herr ein löchriges grünes Tuch über den Käfig warf. Eine Katze schnurrte, und in einem offenen Schrank waren Stöße von Papier, von gebundenen Schreibbüchern und Faszikeln zu sehen. Die Schreibereien auf dem Tisch schob der Pfarrer zusammen, den Schrank schloß er, die Katze jagte er aus dem Zimmer, obwohl sie sich vollkommen ruhig verhalten hatte, dem Papagei jedoch reichte er ein Stück Zucker in seine Verfinsterung hinein, ehe er Pero aufforderte, Platz zu nehmen. Es war ersichtlich, daß dem geistlichen Herrn bange war vor dem Gespräch, das folgen mußte, und daß er es darum durch so vielfache Hantierungen ein wenig hinausschieben wollte.

„Der Herr Oberst aus Wien, vermute ich", begann Don Raffaello die Unterhaltung.

Pero nannte seinen Namen und fügte hinzu, daß er nur Major sei.

„Ach was, Oberst, Major, das bleibt sich gleich", polterte der Pfarrer. „Sie kommen wegen dieser traurigen Geschichte, wie?"

Pero räusperte sich. „Sie haben sich in der schrecklichen Angelegenheit sehr gütig verhalten, Herr Pfarrer, ich möchte Ihnen danken ..."

„Zu danken ist da gar nichts, Herr Major, gar nichts. Die arme Frau war ihrer ganz gewiß nicht mächtig, als sie das tat. Was glauben Sie denn? Das war doch eine gute Frau, eine tugendhafte Frau, eine liebende Mutter, eine getreue Gattin. Aus irgendeiner Angst, wie sie manchmal die Frauen packt, hat sie das Unglückselige getan. Der Tod des kleinen Mädchens hat sie krank gemacht. So jemandem werden wir doch nicht ein ordentliches Begräbnis verweigern! Nein, nein, nein! Da kennen Sie den Don Raffaello schlecht."

Der Pfarrer fuhr mit dem Arm auf dem Tisch herum, er schob das große Tintenfaß und den Streusandbehälter von rechts nach links, er sammelte die losen weißen Blätter und häufte sie auf einen Stoß, und schließlich kam es ihm in den Sinn, den Schreibkiel, der strohtrocken auf dem Tintenzeug lag, mit einem tuchenen Tintenwischer zu putzen.

Pero hatte sich stumm und dankend verneigt und brachte nun die Bitte vor, ob der Herr Pfarrer ein Requiem für die Verunglückte zu feiern sich bereit finden würde.

„Ein Requiem, freilich, freilich, darüber reden wir nachher. Werde nachschauen, wann wir's machen können. Aber etwas anderes wollte ich Sie fragen, Herr Major. Bin froh, daß Sie zu mir gekommen sind. Hören Sie, ich hoffe, daß Sie Ihrer Frau verziehen haben, daß Sie ihr nichts nachtragen, wie?"

Pero fühlte sich zunächst etwas verletzt durch diese Frage, sie schien ihm indiskret und anmaßend. Aber gleich darauf empfand er sie fast als Wohltat.

Er sah den grotesken alten Mann, der ihm in der schäbigen Soutane rastlos hin und her rückend gegenübersaß, mit seinen übernächtigen, gequälten Augen an und faßte ein kindliches Zutrauen zu dieser schlichten, kauzigen Ehrlichkeit. Tat es nicht gut, daß er zu jemandem von der Schauerlichkeit seines Erlebnisses reden durfte, der wie ein treuer Vater daran teilzunehmen schien?

„Ob ich ihr verziehen habe, Herr Pfarrer? Ach, sie hat mich doch mit meinen armen kleinen Kindern allein gelassen. Unser aller Leben hat sie zerstört! Warum, warum hat sie das getan!" Pero schwieg, überwältigt von dieser Frage, die ihn weder bei Tag noch bei Nacht losließ.

Der Pfarrer machte ein wildes Gesicht, er stemmte die Arme auf den Tisch, schob den Kopf vor und glotzte Pero entrüstet an.

„Warum sie es getan hat? Mein lieber Herr, zu ihrem Vergnügen nicht! Wissen Sie, warum? Aus Liebe und Herzensangst! Fragen Sie doch nur den Signor Miho und seine Frau Gemahlin, wie die Arme sich gequält hat! Glauben Sie mir: Aus Liebe zu Ihnen ist sie so unglücklich geworden."

Pero dachte an Tonis Worte vom gestrigen Nachmittag. Aber die Bitterkeit in seinem Herzen wollte nicht abnehmen. War es denn nicht fast noch schlimmer, wenn man das Gute wollte und das Böse tat, wenn so entsetzlich ausfiel, was man gut gemeint hatte? Er schwieg und biß sich auf die Lippe.

Der Pfarrer wartete sichtlich auf eine Antwort. Als keine erfolgte, nickte er schwer, stützte sich noch breiter auf seine Arme, streckte Pero sein zerpflügtes, schluchtenreiches, großnäsiges Gesicht entgegen und sagte tiefernst: „Mein lieber Herr Major, ich will Ihnen etwas sagen: es gibt schauerlich viel Leid auf der Welt. Ein alter Priester wie ich weiß das. Wenn wir da immer warum fragen wollten! Tragen müssen wir's und punktum. Wollen Sie vielleicht vor lauter Warum-Fragerei auch in den Monticano gehen, damit Ihre Kinder ganz allein dasitzen? – Na also!"

Im Vorzimmer wurde ein Gescharre von schweren Füßen hörbar.

„Madonna benedetta, kommen die schon wegen der Taufe? Also das Requiem, warten Sie, übermorgen, den neunzehnten Mai, um neun Uhr, paßt Ihnen das?"

Er drückte Pero kräftig die Hand, und dieser fühlte sich an einer bäurischen Taufgesellschaft mit einem krähenden Säugling vorbei zur Tür hinausgeschoben.

Die Orgel donnerte und dröhnte.

Wie brandendes Wintermeer, wie heulende Böen, wie das Schreien der Möwen im Borasturm fuhr es daher und füllte Sansovinos helle Kirche mit den Schaudern des Jüngsten Gerichtes, während das Licht des Maienmorgens durch die hohen Fenster fiel. Posaunen kündeten das Unabwendbare, Fagotte klagten und bäumten sich auf, und die hellen Töne der Geigen flehten jammernd um Barmherzigkeit.

Menschenstimmen aber, hohe und tiefe, Stimmen von Männern und Stimmen von Frauen, sangen das uralte Lied von Gottes Rachetag:

Dies irae, dies illa
Solvet saeclum in favilla
Teste David cum Sibylla.

Pero kniete, und der furchtbare Gesang drang auf ihn ein, wie Sturzseen sich auf das Deck eines irrenden Bootes ergießen, wie jäh aufspringender Wind sich im zu spät gerefften Segel fängt. Hilflos kniete er, er sah Don Raffaello nicht, der im schwarzen Ornat das Traueramt zelebrierte, er sah nicht seine Verwandten neben sich in der schwarz verhüllten Bank und nicht die Menschen, die das Schiff der Kirche füllten.

Einsam und preisgegeben vernahm er die großartige Anklage, den Aufruf, der jedes Widerspruchs spottete, die schauerliche Verkündigung der Rache und des Zornes:

Quantus tremor est futurus.

„Zittern und Beben wird sein, erscheint der allwissende Richter, für den keine Finsternis finster ist."

Nichts wird verborgen bleiben, keine Schuld wird dem Auge des Richters entgehen, Tod und Leben werden schaudernd Zeuge sein, wie alle Kreatur aufsteht zu letzter Rechenschaft.

In Worten, die ihre Donnergewalt aus ihrer schlichten, kindlichen Unbedingtheit nahmen, wurde das Letzte und Äußerste an Gefahr angedroht; die Vergeblichkeit wurde verkündet, vor solchem Stuhle das Geringste verbergen zu können; angeklagt wurde und schuldig gesprochen.

Wer wurde hier angeklagt? Wem wurde gedroht? Wer wurde gerichtet und abgetan? Galt Pave all dies Donnern und Dröhnen, ihr, für die dies Requiem gesungen wurde?

War es ihr Verschweigen und Verhüllen, ihr Verzweifeln an Gottes Barmherzigkeit und an seiner, Peros, Liebe, war es ihr freventlich vorweggenommener Tod und das Leid, das sie Mann und Kindern angetan, die hier vor das Angesicht des Richters gerufen wurden?

War sie es, deren Schuld gewogen, deren Sünden gezählt, deren Versagen verewigt werden sollte?

Würde Gott Qual häufen auf ihre Qual und sie nicht als gerechtfertigt ansehen, die über das Maß ihrer schwachen Kraft hinaus gelitten hatte? Würde er mit seinem Zorn zermalmen, die um ohnmächtiger Liebe willen untergegangen war?

Quid sum miser tunc dicturus?

Wehe, Pero, und was wirst du sagen? Gilt dies Lied nicht dir mehr als der Toten, dir, der du lebst, der du große Kraft und Gnade empfangen hast, der du berufen warst, die zu stützen, die schwach und gefährdet war? Du sagst, sie habe dich nun allein gelassen, und du klagst sie bitter an. Aber hast nicht vielmehr du sie allein gelassen? Hast du ihr nicht seltene und kurze Briefe geschrieben, so daß sie in ihrer hilflosen Angst wieder und wieder meinte, die Seuche habe dich ergriffen? Warum bist du nicht gekommen und hast sie besucht? Weil du ein armer Offizier warst und kaum das Geld dafür aufbringen konntest, die Deinen in der Fremde zu erhalten? Das Geld für diese Reise hätte sich noch auftreiben lassen, Pero, glaubst du nicht? Pero, Pero, sie war schwach, sie war nicht geschaffen, ihren Mutterboden zu verlassen. Du hast sie fortgeführt, und sie war fremd unter Fremden. Hast du sie, die deine schöne, liebevolle und getreue Frau war, nicht entgelten lassen, daß sie nicht stark und leichtgeflügelt war, mit dir bis zu den Sternen deiner Sehnsucht zu fliegen? Kannst du es wissen, ob das Leid, das du ihr zugefügt hast, wenn du dich von heiteren und klugen Frauen fesseln ließest, ihr Herz nicht so fressend versehrt hat, daß es für immer verwundet blieb? Du sagst, daß du ein Dichter bist, daß du der frohen Gefährtenschaft, des begeisterten Gleichklangs der Herzen bedurftest und daß sie schwer und erdgebunden war, trotz der Zartheit ihres Leibes. Wärest du bereit gewesen, zu sterben, um ihr Leid zu ersparen? Hast du dein Dichtertum nicht höher geachtet als das heilige Bündnis zwischen Mann und Frau?

Hast du ein Recht, die zu verurteilen, die schwach und mutlos, aber rein und lodernd von Liebe war?

Peros Kopf sank tiefer und tiefer. War er es, dessen Requiem hier gesungen wurde? War er es, der hier angeklagt, zur Rechenschaft gezogen und verurteilt werden sollte?

Weh, was werd' ich Armer sagen?
Welchen Anwalt mir erfragen,
Wenn selbst die Gerechten zagen?

Zornig dröhnte die Orgel, wie schwere Brandung an unbeschirmtem Gestade rannte der Gesang ihn an, und sein Herz wußte nicht, wohin es flüchten sollte. Ich bin schuldig, schuldig, schuldig, schrie es. Ich habe mich vermessen, Anklage zu erheben. Das Leben hat uns beide schuldig werden lassen; wie aber durfte ich es wagen, mich zum Richter über eine zu erheben, die Leid im Übermaß getragen hat!

Da war es plötzlich, als sei der schauerliche Wintersturm einer linden Luft gewichen und als hätten die Posauen des Gerichtes sich in Flöten der Versöhnung verwandelt. Milder und leiser scholl es nieder:

Recordare, Jesu pie,
Quod sum causa tuae viae,
Ne me perdas illa die.

So wie der Himmelsrand heller wird, wenn der Sturm sich zu verziehen beginnt, so leuchteten sanftere Noten und versöhnlichere Töne aus der verdammenden Strenge. Flehentliche Bitte um Gnade wurde angestimmt, ein Wimpel der Zuversicht gehißt, ein Segel der Hoffnung neu eingesetzt, und in die Bitte, allen möge die ewige Ruhe beschieden sein, klang der große Gesang vom Gericht aus:

Dona eis requiem. Amen.

Ja, Herr, gib ihr den Frieden, und gib mir den Frieden! Verzeih ihr, und verzeihe mir! Und weil du willst, daß ich noch weitergehe, weil du mir vielfache Aufgaben und Lasten auferlegt hast, so gib mir gnädig Kraft, Demut und Zuversicht, großer, gewaltiger Gott der

Stürme und der Windstille, der Brandung und der glatten, spiegelnden Flut!

O Herr, du hast in meiner *Seele* Gipfel aufgehöht, von denen ich deine Größe erblicken kann, und du hast Abgründe darin aufgerissen, wo Drachen und Schlangen wohnen. Du hast auf meine Zunge den Gesang gelegt und ließest mich ihn mehr als alles lieben. Und dennoch weißt du es, o Herr, Richter vor dem aufgeschlagenen Buch, du weißt es, daß ich Pave, die holde Gefährtin meiner Jugend, die mütterliche Mutter meiner Kinder, mit wahrer Liebe geliebt habe und daß ich nichts andres wußte. und wollte, als an ihrer Seite das lange und schwere Leben zu leben und dereinst den Tod zu sterben.

Sie ist mir vorausgegangen, sie hat mich allein gelassen, aber siehe, o Gott, ich habe es ihr verziehen. Verzeihe nun du uns Sündern! ...

Die Posaunen schwiegen, und Don Raffaello stimmte vorne am Altar das Evangelium an vom Glauben der Martha an die Auferstehung der Toten.

Es war der letzte Abend. Pero saß an Paves Fenstertisch, er beschrieb mit eiliger Feder große Blätter steifen und dicken Papiers, das er durch einen Bug entzweigeteilt hatte und dessen linke Hälfte er frei ließ. Er schrieb emsig mit tief gesammeltem Gesicht, wobei er die Brauen etwas zusammenzog und die Lippen fest geschlossen hielt. Seine Augen überflogen immer wieder das Geschriebene, mitunter blätterte er zurück und las, was auf einer der früheren Seiten stand. Auf einem kleinen Stühlchen in seiner Nähe saß Miliza. Sie hielt ihre Puppe Emma im Arm, saß regungslos und wendete kein Auge vom Vater, außer wenn sie einer der großen Fliegen nachsah, die brummend umherflogen. Endlich hielt sie es nicht mehr aus und fragte etwas weinerlich:

„Miu, bist du noch nicht fertig?"

Pero sah auf: „Gleich, Miliza; wenn du noch fünf Minuten so brav bist, dann ist der Miu fertig, und wir werden uns unterhalten."

Miliza drohte ihrer Puppe, so, als bestünde Gefahr, daß dem Vater von dieser Seite Störung erwachse. Der Major wandte ein Blatt um.

„Jetzt?" fragte das Kind, bereit aufzustehen.

„Nur noch diese Seite, mein Herz."

„Ach, noch eine Seite?" Miliza war tief enttäuscht, sie seufzte hörbar und schnitt ein Gesicht. Endlich konnte sie es sich nicht versagen, dem Vater etwas mitzuteilen.

„Miu“, sagte sie, „an diesem Tisch hat die Mau immer die Briefe an dich geschrieben, und dann haben wir auch keinen Lärm machen dürfen. Damals war die Cotietta noch da. Aber die Cotietta war immer brav, nur ich war manchmal schlimm.“

Pero sah wieder auf: „War die Mau dann böse?“

„Nein“, sagte Miliza, „sie hat nur immer gesagt, daß sie dir keinen schönen Brief schreiben kann, wenn wir Lärm machen, und daß du dann keine Freude hast. Bevor die Mau den Brief zusammengelegt hat, haben wir immer einen Kuß darauf gegeben. Hast du die Küsse gesehen, Miu?“

„Komm her, Miliza“, sagte Pero, und als das kleine Mädchen neben ihm stand, küßte er es so heftig auf den Mund, daß dem Kind der Atem ausging und es sich lachend wehrte. Doch es bekam keine Antwort auf seine Frage. Miliza aber war nun nicht mehr aufgelegt, zu schweigen.

„Bleibt die Mau noch lang in Wien, Miu?“ fragte sie.

„Ja, Miliza, noch ziemlich lang. Aber du bist ja gern bei der Tante Bepi, nicht?“

„O ja, sehr gern. Mit dem Miro spielen ist sehr lustig, weil er viele Spiele weiß. Gewöhnlich sind wir Tiere und gehen auf die Weide. Das wollte die Cotietta nie spielen. Sie hat geweint, wenn sie eine Ziege sein sollte. Ich bin sehr gern eine Ziege. Und dann fahre ich schrecklich gern mit dem Wagen vom Onkel Miho. Der Miro will immer auf dem Bock sitzen, aber ich sitze bei der Tante Bepi.“

Pero schrieb eifrig, doch Miliza konnte nicht mehr still sein. „Miu, fährst du morgen auch nach Wien zur Mau?“

„Nein, ich fahre jetzt nach Zara zum Onkel Valerio. Du weißt ja, in Zara hat die Mau gewohnt, wie sie klein war.“

„Ich möchte auch nach Zara fahren, Miu.“

„Gewiß, du wirst einmal nach Zara fahren. Dort ist es sehr schön. Dort ist eine Insel mit einem feinen Haus und einem großen Garten. Zu dieser Insel fährt man mit einem Segelboot. Das wird der Miliza gefallen. – Und jetzt bin ich fertig.“

Als letztes unter dem kleingeschriebenen Text stand über die ganze Breite der Seite: „Geschrieben zu Motta in den Unglückstagen des Mai 1855.“

Dann setzte Pero seinen Namen darunter.

Santa trat ein. Sie trug Duschan auf dem Arm, der mit nackten

Beinchen dem Vater entgegenzappelte. „Ecco, der Duschan, der dem Papa gute Nacht sagen will", rief sie freudestrahlend. Der Knabe hatte sich an den Vater gewöhnt und pflegte ihn mit Jubel zu begrüßen, wann immer er ihn erblickte. Miliza sprang auf und machte dem Brüderchen ein oft erprobtes, kompliziertes Spiel mit den Fingern ihrer kleinen Hände vor, worauf es entzückt zu lachen begann.

„Nun, kleines Söhnchen, weißt du auch schon, was lustig ist?" sagte Pero und setzte sich den Knaben auf die Schulter. „Jetzt ist der Papa ein Hottopferd, und der Duschan ist der Reiter."

„Das versteht er doch nicht, Miu", mischte Miliza sich ein. „Er weiß noch nicht, was ein Hottopferd ist."

„Laß ihn doch", erboste sich Santa, „er reitet doch gern auf dem Herrn Papa."

Pero wandte sich nun an die Amme. „Sie können also bis August bleiben?" fragte er sie ernst. „Sie werden nicht wieder davonlaufen? Meine Schwägerin braucht Ihre Hilfe bei meinen Kindern."

„O Signor Padrone, ich werde bleiben, ich werde bleiben. Die armen Kinder werde ich nicht verlassen, nicht meinen Duschan, meinen Coccolo, und auch nicht die Miliza." -

Ein letztes Mal saß Pero mit Bepi und ihrem Mann am Abendtisch. Toni war schon vor einer Woche nach Mailand zurückgekehrt.

„Könnt ihr euch denken, wer das gewesen ist?" fragte Pero und zog einen Zettel aus der Tasche. „Als ich heute früh zum Friedhof ging, begegnete ich in der langen Allee einem Herrn, der mich höflich und eigentümlich befangen grüßte. Er war ziemlich dick, aber dünn um die Taille, er hatte ein bleiches Gesicht und war sehr à la mode gekleidet. Er kam mir bekannt vor, aber ich erinnere mich nicht, wo er mir untergekommen sein könnte. Denkt euch aber, als ich an Paves Grab trat, bemerkte ich, daß auf die Mauer dahinter Verse geschrieben waren. Ich war gerührt, daß jemand der armen Pave gedacht hatte, und habe sie mir abgeschrieben."

„Lies vor!" bat Bepi.

„Die Verse sind nichts Besonderes, aber ich war dankbar für die freundliche Gesinnung." Und Pero las das kurze Gedicht vor:

„Die Parze hat dem jungen, grünen Leben
Den Faden abgeschnitten. Und wir bringen
Der Tränen bittres Naß, Beneidenswerte, dir
Zur Pilgerzehrung, die wir traurig stehen
Und ewig dein gedenken, Paolina."

„Nachher, als ich fortging, gab ich dem Totengräber Geld zur Instandhaltung der Gräber und fragte ihn bei dieser Gelegenheit, ob er etwa wisse, wer das Gedicht an die Friedhofsmauer geschrieben hat. Da sagte er, freilich wisse er das: der Herr, der eben hier gewesen sei; ich müsse ihn getroffen haben."

Miho schüttelte den Kopf, aber Bepi rief lebhaft: „Das muß der Sänger Lorenzoni gewesen sein. Er ist hier, Frau Biba hat es mir heute erzählt."

Pero dachte nach: „Ein Tenor Lorenzoni hat doch im Frühling in Wien gesungen, ‚Rigoletto', ‚Rosa de Chamonix' und so weiter. Kann es der sein?"

„Das war er", sagte Miho, „ich weiß, daß er in Wien war. Darum wird er dir bekannt vorgekommen sein." Und sie erzählten Pero vom Auftreten des Tenors in Motta und von seiner offensichtlichen Schwärmerei für Pave.

„Seltsam, daß sie davon gar nicht geschrieben hat."

„Aber du weißt ja", sagte Bepi, „wie Pave war. Für sie gab es keinen anderen Mann auf der Welt als dich. Ein einziges Mal haben wir Lorenzoni bei Frau Biba getroffen, da hat er Pave eifrig den Hof gemacht. Aber du kannst dir vorstellen, wie wenig Wert sie darauf gelegt hat."

„Die arme Pave! Hätte sie nur etwas mehr Fähigkeit gehabt, dem Leben seine heiteren Seiten abzugewinnen."

„Und dabei haben alle Menschen sie so verehrt."

Bepi erhob sich und brachte ein kleines Päckchen, das sie vor Pero auf den Tisch legte. „Dies hat mir Frau Biba für dich gegeben, oder vielmehr für die Kinder. Ihre Tochter Bianca hat es geschickt. Du mußt wissen, Bianca hat Pave sehr liebgehabt; sie ist ganz verzweifelt über ihren Tod, sagt Frau Biba. Es scheint auch, daß sie aus irgendeinem Grund sehr dankbar ist."

Sie öffneten das Päckchen, es enthielt ein ziemlich wertvolles, mit kleinen Perlen und Diamanten besetztes Armband für Miliza und eine goldene Krawattennadel für Duschan. Bepi rief entzückt und höchst belustigt: „Ach, seht nur! Stellt euch den Duschan mit einer Krawatte vor! Armer Kleiner!"

„Noch etwas hätte ich fast vergessen, Pero", fuhr sie fort, „zwei Tage nach Paves Tod, gerade am Morgen nach ihrem Begräbnis, ist eine Dame aus Udine in einer Kutsche angekommen und wollte Pave besuchen und zu sich einladen. Ich habe mit ihr gesprochen, es war eine Gräfin Strassoldo, eine wirklich sympathische Frau. Auch sie war vollkommen außer sich, als sie von dem Unglück hörte. War sie mit Pave sehr befreundet gewesen?"

„Die Gräfin Strassoldo war da? Nein, befreundet war sie mit Pave nicht; sie hatten sich ein einziges Mal gesehen. Aber sie ist eine sehr kluge Frau, Pave hat sie bewundert. Wer weiß, wenn sie früher gekommen wäre ..."

„Ach, Pero, es hätte auch nichts genützt. Wir haben uns doch hier alle solche Mühe mit Pave gegeben."

„Du hast wohl recht, Bepi, aber es ist nur menschlich, wenn wir unablässig darüber nachdenken, wie das Schreckliche hätte verhütet werden können. – Dies wollte ich euch noch sagen", fing Pero nach einer kleinen Weile wieder an, „ich habe den ganzen traurigen Verlauf der Dinge zu Papier gebracht, damit Miliza und Duschan später einen sicheren Bericht über den Tod ihrer Mutter besitzen. Die Sache ist so rätselhaft und unglaublich, daß sich mit der Zeit allerhand Legenden und unwahres Geschwätz daran knüpfen könnten. Ich will, daß Paves Kinder das Bild ihrer Mutter so schön und rein bewahren, wie es der Wahrheit entspricht. Wollt ihr es lesen? Ich reise ja erst morgen nachmittag?"

Er legte das Schriftstück vor sie hin; Miho nahm es an sich und begann darin zu blättern. Biancas Geschenke, die Visitenkarte der Gräfin und Lorenzonis Verse waren auf dem Tisch liegengeblieben, Bepi blickte versonnen darauf nieder und sprach leise vor sich hin: „Und dabei hat sie immer gesagt, niemand habe sie lieb."

Nach einer Weile sah Miho auf und fragte: „Hast du vor, bald wieder etwas Neues zu schreiben? Eine Dichtung, meine ich." Und Bepi setzte schüchtern und eifrig hinzu: „Ja, erzähle uns davon, Pero!"

„Meine Lieben", entgegnete Pero, „da gibt es kein Planen. Ich habe so Schmerzliches erlebt, ich habe den Tod gesehen und hinter dem Tod einen Größeren. Wenn der mich nicht verwirft, wird mir aus diesen Elends- und Tränentagen Saat keimen und aufwachsen. Aber wann sie reif sein wird zum Schnitt, das kann niemand wissen."

Sie sahen ihn mit staunenden Augen an und wagten kein Wort.

Der Einsame

Traurige Pilgerschaft

Pero stieg die steile Treppe empor, die aus dem großen, den Passagieren als Speisesaal dienenden Achterraum des Schiffes auf Deck führte. Es war ein Raddampfer des Österreichischen Lloyd, ein neueres schnelles Schiff, und Pero hatte es gewählt, um nicht zuviel Zeit mit der Fahrt nach Zara zu verlieren.

Seit er am Tag zuvor Motta verlassen hatte, war seine Trauer durch die wechselnden Eindrücke der bunten Reisebilder nicht überdämpft, sondern neu angefacht worden. In den letzten Tagen von Motta hatte ihm die Gewöhnung des Alltags und das im Unterbewußtsein waltende Streben der menschlichen Natur, das Böse und Tödliche zu überwinden und wieder in eine dem gesunden Sein zugewandte Bahn einzumünden, zu einem leidlichen Gleichgewicht verholfen. Nun aber, da er stark pulsendes Leben, vielerlei Menschengesichter und den gewaltigen Atem der strahlenden Meerwelt auf sich einwirken lassen mußte, empfand er den Gegensatz zwischen der jammervollen Zertrümmerung seines eigenen Daseins und der leuchtenden Unversehrtheit von Himmel und Meer sowie dem lebhaften Menschengetriebe, an dessen Oberfläche nur das Bunte, Laute und Frohe wahrzunehmen war, um so bitterer und unheilbarer. Er begriff mit einem Male den Instinkt, der Menschen und Tiere dahin bringt, sich im Leiden zu verkriechen. Er verstand, daß ein Schmerz, der durch „Zerstreuung" gemildert werden kann, ein bescheidener, lockerer und untiefer Schmerz ist, daß der seine jedoch ein festgegründetes Felsengebirge war, fortan aus der Landschaft seines Lebens nimmermehr wegzudenken, eine neue steinige Welt, in der zu wohnen ihm Schicksal geworden war.

Er schritt langsam und mit tief in sich gekehrtem Gesicht die Reling entlang. Die Balken, auf die er seine Füße setzte, waren noch naß vom morgendlichen Deckwaschen, die meisten der Passagiere befanden sich unten, frühstückten oder richteten sich für eine längere Reise in ihren Kabinen ein. Der Golf von Triest, dieser weite und zauberblaue Bogen, der in hauchfeinem Morgendunst dalag, war durchfahren, nun glitt die istrische Küste in zarten und fahlen Pastellfarben an ihm vorbei. Er sah hochsommerliche Wiesen und Getreidefelder im Winde wehen, er sah Bäume in jenem stillen Graugrün, das die Vegetation des Mittelmeeres kennzeichnet und das ihm von Dalmatien her vertraut war, ihre Kronen ins Licht halten. Ganz sacht sah er das Land von der Küste ansteigen, und er sah weit hinten in blauer Ferne den Monte Maggiore, in dem all dieser leise Anstieg gipfelte, das Blickfeld majestätisch beherrschen.

Rastlos wanderte Pero auf und nieder. Er sah den weißen Kiessand verborgener Buchten herleuchten und verschwinden, hochgebaute Hafenstädte mit ragendem Dom und wimmelnder Reede wurden angelaufen und rasch wieder verlassen. Breite Fischerbarken mit rostrotem oder braunem Segel glitten zwischen der Küste und dem schnell fahrenden wellenaufwühlenden Dampfschiff dahin. Man konnte sehen, wie die Fischer im Schatten ihrer bunten Segel an den Tauen hantierten, wie sie an kleinen Feuerchen ärmliche Mahlzeiten kochten und gleichmütig und grußlos zu der schwarzen hohen Deckwand des vorbeirauschenden Riesen emporsahen.

Während er wanderte, begann Pero sich eine Frage zu stellen, die er schon lange in sich hatte pochen fühlen und die ihm durch das vorgestrige Gespräch mit Miho deutlicher geworden war. Wird all dies Entsetzliche, das ich durchschritten habe, sich nicht im Liede lösen? Werden keine Verse, keine süßen, traurig-seligen Rhythmen aufsteigen aus meiner Qual? Wird, was formlos als ein uferloser Leidenssturm mein Herz durchwütet, nicht Gestalt annehmen, wird es sich nicht einkleiden in das Fleisch und Bein gültigen, endgültigen Wortes? Werde ich, Dichter, der ich bin, nicht singen dürfen, was ich gelitten habe?

Pero setzte sich am Bug des Schiffes auf eine Taurolle. Er sah das Meer bis an die Unendlichkeit des Horizontes von Sonne beglänzt hinblauen. Er sah Geschwader von Möwen kreischend und flatternd dem Schiffe folgen. Er sah die zackigen Rückenflossen zweier Delphine immer wieder auftauchen und verschwinden. Er hörte das stets gleiche leise Rollen und Raunen der Wellen an der Schiffswand und das gewalttätige Schaufeln des Rades. Er roch das Salz des Meeres und schmeckte es auf seiner Lippe. Und er hielt ganz still, er hörte fast auf zu leben und horchte tief in sich hinein.

Erklang keine Stimme? Läutete kein Lied herauf aus den Abgründen geheimnisvoller, kaum bewußter Tiefe? Griff nicht jene dunkle Hand, die er seit seinen Jünglingstagen kannte und erschauernd liebte, nach seinem Herzen, es zusammenzudrücken zu neuer Geburtsqual? Entrang sich aus dem unendlichen Meer seiner Heimsuchung kein Eiland der Erfüllung?

Er schwieg und lauschte, versank tief in sich selbst und schwieg. Er schloß die Augen und hielt sein Herz an. Wenn nach so vielem Leid diese Weite und Bläue, dies Gleiten, Rauschen und Raunen, dies Möwenflattern und Segelblähen kein Lied in dir entbindet, Pero, kein Lied, in dem deine beiden Toten auferstehen dürfen, dann bist du kein Dichter mehr. Wenn diese Stunde dich nicht befruchtet, dann bist du auf ewig unfruchtbar geworden ...

Eine eisige Angst erfaßte ihn. Keine Stimme wurde laut, kein süßer Rhythmus schwebte, noch namenlos, in ihm empor, und nach seinem Herzen faßte keine gewaltige Hand.

Er fühlte seine Seele brachliegen wie eine Steppe, die wilde Herden zertrampelt und siedende Hitze rissig und trocken gemacht haben. „Hier wächst kein Gras mehr", hörte er sich flüstern. – Er schüttelte den Kopf, stützte die Ellbogen auf die Knie und die Stirn in die gefalteten Hände. – Es war zuviel für mich. Es hat meine Seele getötet. Ein erträglicher, ein mittelmäßiger Schmerz mag zum Ackersmann werden, der den Boden befruchtend aufreißt, dieses mein übergroßes Leid aber war ein Bergsturz, der für immer alles Keimen und Wachsen unmöglich gemacht hat. Ich habe nicht nur meine Frau verloren und Cotia, den Jubel meiner Mannesjahre: nein, noch stärker bin ich gezüchtigt worden, denn ich bin kein Dichter mehr. Keine Bilder steigen vor meinem Auge auf, keine Melodie läutet neu und nie gehört in meinem Ohr; mein Herz ist tot vor Gram, es zittert nicht mehr bang und selig wie einst, wenn ein Lied sich aus der Tiefe unlotbarer Brunnen anmeldete.

Der Dampfer war schon eine Weile zwischen Inseln hingefahren, nun bog er in eine tiefe Bucht ein. Sacht begleiteten zu beiden Seiten graugrüne Küstenhügel das Vorwärtsrauschen des Schiffes, und endlich legte es an der gemauerten Reede einer Hafenstadt an. Aufschauend, erblickte Pero mit Staunen ein riesiges, guterhaltenes römisches Amphitheater, das sich nahe der Anlegestelle erhob. Wir müssen in Pola sein, dachte er, rüttelte sich auf und trat an die Reling. Plötzlich fühlte er sich heftig am Arm gepackt und hörte sich von einer leidenschaftlich erfreuten Stimme angeredet. „Pero! Bist du's? Welche Freude! Oh, welche unerwartete Freude!"

Pero fand sich nicht sofort zurecht. Er sah ein mageres, bebrilltes, jedoch noch jugendliches Gesicht mit feinen Fältchen um die Schläfen sich zugewandt, und erst nach einigen Sekunden der Verwirrung erkannte er seinen alten Freund August Kaznačić, den Ragusäer Schriftsteller und Arzt. Sein eben noch dunkel umwölktes, vergrämtes Gesicht erhellte sich.

„Kaznaccio! Alter Kaznaccio! Welcher Wind weht dich her? Bist du hier in Pola eingestiegen? Oder wieso habe ich dich bisher nicht gesehen?“

„Wenn du es wissen willst, Pero: ich habe geschlafen. Ich bin die halbe Nacht von Görz nach Triest gefahren und habe mich auf dem Schiff gleich aufs Ohr gelegt. Wohin geht die Reise? Auch nach Ragusa vielleicht?“

„Nein, ich fahre nach Zara, zu den Verwandten meiner Frau.“ Pero sagte es leise, er sah voraus, daß er nun die ganze traurige Geschichte würde erzählen müssen, und fühlte sich kaum dazu imstande. Doktor Kaznačić fing, wie Pero es vorausgesehen hatte, sofort mit Lebhaftigkeit an, sich nach Pave zu erkundigen. Wie es der Gnädigen und den Kindern gehe? Wie viele Kinder es denn nun eigentlich wären? Und ob sie sich noch alle in Wien aufhielten wie zur Zeit von Peros letzten Briefen?

„Komm, August!“ sagte Pero und zog den Freund zu einer Taurolle hin. „Setzen wir uns hierher. Da sollst du hören, was bei mir von Heim und Familie noch übrig ist.“

In Motta waren es stets die anderen gewesen, die erzählt hatten; nun war es zum ersten Male an ihm, einem Menschen die furchtbare Geschichte von dem doppelten Tod und von Paves rätselhaftem Verschweigen, von seiner Ahnungslosigkeit und von der grauenhaften Verlassenheit, in der er nun zurückgeblieben war, mitzuteilen. Die Worte, die er gebrauchte, waren noch neu und unabgenützt, lebendige Abbilder seines immer neuen Schmerzes, und scharf und schaurig trafen sie den Freund ins Herz.

Kaznačić war niedergeschmettert. Tränen liefen hinter seinen Brillengläsern hinab, er sah entgeistert auf den Freund, dessen unerwarteter Anblick ihn noch vor wenigen Minuten mit so stürmischer Freude erfüllt hatte, und faßte zag und schamhaft nach dessen Hand.

„Oh, Pero, was sind wir Menschen für undurchdringliche Festungen. Als ich dich eben da auf den Molo hinabblicken sah, da habe ich dir nichts, rein nichts von dem Entsetzlichen ansehen können, das dich getroffen hat. Nicht einmal den Trauerflor an deinem Ärmel habe ich bemerkt. Ich habe mich einzig und allein ganz unmäßig gefreut, und nun muß ich so unfaßbar traurige Nachrichten hören!"

„Ich muß dir gestehen, daß ich dich im ersten Augenblick nicht erkannt habe, so verloren habe ich vor mich hingestarrt. Wie lange mag es denn her sein, daß wir einander nicht gesehen haben?"

„Seit du im Oktober 1848 zu deiner Hochzeit nach Ragusa gekommen bist."

„Freilich, seit meiner Hochzeit. Keine sieben Jahre sind es her, und wieviel ist unterdessen geschehen! Ich habe mir eine Familie aufgebaut, von vier Kindern sind mir zwei gestorben und Pave … Du hast es ja gehört. Und unsere jubelnden Hoffnungen für Volk und Vaterland? Was ist uns Kroaten von der herrlichen Erfüllung übriggeblieben, die das achtundvierziger Jahr uns zu verheißen schien?"

Pero schwieg bitter. August Kaznačić räusperte sich und brachte zaghaft, den Schmerz des Freundes ehrend, vor: „Uns Dalmatinern geht es besser. Aber freilich, die illyrischen Träume sind dahin."

Da schien Pero zu erwachen. Er sah den andern mit einem Blick an, der plötzlich flammend geworden war, er faßte ihn heftig am Arm und sagte mit wilder Stimme:

„Nein! Nichts ist dahin. Unsere Ideale bleiben, und jeder hat an seinem Fleck zu arbeiten. Je tiefer die Demütigung, desto unbedingter müssen Liebe und Einsatz eines jeden von uns sein. Und daß eine so herrliche Sache wie unser illyrischer Jugendaufschwung, der mir noch immer im Herzen nachtönt wie der Jubel von hunderttausend Lerchen hoch oben über dem Land, daß er hat sein dürfen – welches Glück war das! Und wenn ich der treuen Freundschaft gedenke, die uns alle verbunden hat! August, was für eine starke, wahrhafte Brüderlichkeit war doch in dem Agramer Kreis lebendig, und wie hat sie auch die Fernwohnenden, dich, mich und viele, mit einbezogen! Gerade heute, wo ich arm und beraubt dastehe, spüre ich diese Zusammengehörigkeit als ein über alles kostbares Gut!" Er glühte, seine Trauer schien für einen Augenblick gewichen.

Der Dampfer hatte längst die Riva verlassen und fuhr nun, indem er die Stadt, die sich über die Hügel erstreckte und mit kaum fertigen Neubauten in das Land hinauslangte, links ließ, dem Hafenausgang zu.

„Schau, wie sie hier hämmern, nieten und bauen!" sagte Kaznačić und wies nach den Hafenanlagen, wo große Gerüste und Kräne sichtbar waren. „Hier soll ja nun der größte Kriegshafen unserer Marine eingerichtet werden!“

„Ein Land für unsere Enkel!“ sagte Pero nachdenklich. „Einstweilen scheint noch alles im argen zu liegen, aber hier gibt es viele Möglichkeiten. Jedenfalls ist der Hafen besser als der von Venedig.“ Kaznačić sah Pero vorsichtig an. „Was du mir vom Tod deiner Frau erzählst, läßt mich nicht aus. Sie hat dir vom Tod des Kindes nichts geschrieben, und als du an den Unglücksort kamst, wollte man dir das Schreckliche nicht sagen. Das Schicksal wiederholt sich oft. Weißt du, daß wir, meine Carolina und ich, im Sommer achtundvierzig von Paves Verwandten den Auftrag hatten, ihr deinen Tod mitzuteilen, denn ein Gerücht war nach Ragusa gekommen, du seist bei Mantua gefallen.“ Er hielt inne und sah den Freund an.

„Erzähl weiter!“ sagte Pero.

„Ich bildete mir ein, es würde leichter sein, ihr die Schreckenskunde im Freien, in einsamer Landschaft mitzuteilen, und obgleich ich damals ein armer Assistenzarzt war, mietete ich einen Wagen, und wir führten deine Braut nach Lapad hinaus. Aber willst du mir glauben, daß ich die schlimme Nachricht nicht über die Lippen gebracht und deine Pave ahnungslos nach Ragusa zurückgeführt habe, wo ein Brief von dir sie erwartete, der freilich alles Böse auslöschte. Wir haben ihr nichts gesagt, und sie hat nie von dem Drohenden erfahren, das an jenem Tage über ihr gehangen hatte.“

„Merkwürdig!“ sagte Pero nachdenklich. „Auch ich habe nie von dieser Geschichte gehört. Später, im Dezember, kam ein Gerücht von meinem Tod nach Agram, und Schulek hat, wie du vielleicht weißt, sogar einen Nekrolog über mich in den ‚Narodne Novine‘ geschrieben. Daß schon im Sommer derlei Gerüchte umgingen, habe ich nicht gewußt. Aber du hast recht, es ist eigentümlich, wie in dem Erlebnis, das du mir erzählt hast, Paves künftiges Schicksal gewissermaßen mit umgekehrten Vorzeichen vorgebildet erscheint. Doch damals hat noch das Heil über das Unheil siegen dürfen.“

Der Dampfer hatte den Hafen verlassen und durch die schmale Ausfahrt das offene Meer gewonnen. Mit unverändert südlichem Kurs fuhr er der Südspitze der istrischen Halbinsel zu. Eine tiefe Bucht nach der anderen lag da, von eifrigen, nimmermüden Wellen bespült, felsengesäumt, macchiaüberwachsen; lag da, bog sich zurück und verschwand. Noch immer stieg das Land gegen Norden sacht an, sanfte Hügel, von grauer Heide bestanden, wellten sich, ein mächtiger Kirchturm leuchtete weiß aus einem fernen und unsichtbaren Dorf, und immer noch krönte der Monte Maggiore die Landschaft. Sich mehr und mehr verjüngend, lief die Halbinsel endlich in eine nadeldünne Spitze aus. Ein Leuchtturm ragte auf winzigem Scoglio, auf dessen schmalem Klippenrand unzählige Möwen rasteten; das bleiche istrische Land blieb zurück, und ein neues Meer öffnete sich nach Osten. Im Süden aber, ferneher, dämmerte jenseits des Quarnero und seiner Inseln nun schon Dalmatien herauf.

Die Sonne neigte sich gen Westen, und das Meer war stärker bewegt; Inseln erschienen sanft leuchtend im milderen Licht des Nachmittags, glitten vorbei und versanken.

Immer noch saßen die Freunde am Bug und sahen in das brausende Kielwasser, über dem die Möwen dahinzogen und durch das die Delphine tanzten.

„Verstehst du dieses schreckliche Leben, August?" fragte Pero, nachdem beide lange geschwiegen hatten.

„Wer sollte es uns deuten, wenn nicht du, Pero!" entgegnete Kaznačić, und sein Blick leuchtete dem Freunde so vertrauend entgegen, daß die Wolke für einen Augenblick von dessen Stirn wich und ein Seufzer seine Brust erleichterte ...

Das kahle, steinern steile Eiland von Sansego schimmerte im Westen, Pero aber sandte den Blick nach Osten, wo hinter der schönbewachsenen Insel Lussin das kroatische Festland sichtbar war. Eine lange, hohe Bergkette mit gleichmäßigem, wenig gegliedertem Kamm dämmerte herüber. „Siehst du den Velebit?" sagte Pero. „Von hier wäre es nicht weit nach Agram."

Die Freunde wanderten nun auf Deck auf und ab. Plötzlich packte Pero heftig die Hand des Gefährten.

„Glaubst du, daß man einen Toten wiedersehen kann, August?" fragte er leise und heftig.

„Einmal sehen wir uns wohl alle wieder", sagte der Arzt.

„Das meine ich nicht. Jetzt meine ich, jetzt. Gerufen durch die Kraft der Sehnsucht."

„An solche Dinge glaube ich nicht", sagte August Kaznačić leise und entschieden.

„Ich will dir etwas erzählen." Pero wandte sich flüsternd dem Freunde zu. „Als ich Pave bereits liebte, sehr liebte, aber noch nicht wußte, ob ich jemals in der Lage sein würde, um ihre Hand anzuhalten, saß ich einmal allein in meinem Mietzimmer in Zara, das im zweiten Stock gelegen war, und arbeitete an meinem Schreibtisch. Plötzlich erfaßte mich eine wütende Sehnsucht nach ihr. Ich wußte mir vor Liebesleid und Verlangen nicht zu helfen, ich stöhnte, schlug die Hände vors Gesicht und rief ihren Namen. Und da, August, stand sie mit einemmal vor mir. Sie war da, leibhaftig und doch nicht wirklich, nahe und doch nicht greifbar. Sie stand da, ging durchs Zimmer, blickte mich mit einer Sehnsucht an, die gleich stark zu brennen schien wie meine eigene, und entschwand mir wieder. Ich war außer mir, August, denn auf irgendeine Weise war sie dagewesen. Nachher nun erzählte sie mir, daß sie zu jener Stunde unten an meinem Haus vorbeigegangen war und sehnsüchtig meiner gedacht hatte. – Wenn ich sie damals rufen durfte, aus ihrem behüteten Mädchendasein in mein armes Leutnantszimmer, glaubst du nicht, ich könnte sie heute wieder zu mir holen, aus dem Land, wo sie jetzt ist? Glaubst du nicht, daß es möglich sein müßte, August?"

Pero grub seine Finger in den Arm des Freundes, er wandte ihm sein Gesicht mit einem verzehrenden und angstvollen Blick zu, so daß es Kaznačić fröstelte.

„Hole sie zurück, Pero, aber nicht so, wie du es jetzt meinst. Laß sie in neuen Liedern leben, in deinen Versen laß sie auferstehen. Dann lebt sie nicht nur dir, dann lebt sie dem ganzen Volk."

„Ich kann nichts mehr schreiben. Dieser Schlag hat mich stumm gemacht." Pero biß sich auf die Lippen und sah auf die Wellen hinaus, die ein blutroter, strahlenloser Sonnenuntergang wie Feuer färbte.

„Dein Mund wird wieder geöffnet werden. Du bist unser Dichter, Pero, wir erwarten alles von dir."

Wieder sah Kaznačić mit einem Blick voll begeisterten Vertrauens auf den Freund. Dieser entgegnete nichts, er wies nach Westen, wo der riesige glühende Sonnenball soeben mit seinem untersten Rand in die stahlblauen Wasser tauchte.

Die Tafel

Das venetianische Land der fruchtbaren Ebenen und breiten Flußmündungen, der tiefen Hohlwege und Hecken kochte in der Sommersonne. In der feuchtsiedenden Hitze der Flußniederung lagen die Weizenfelder reif zur Ernte, hoch und großblättrig mit nun lichtgrünen Trauben standen die Rebstöcke in den unendlichen Weingärten, riesige Kürbisse und Melonen, die dickbäuchig auf der fetten Erde lagen, begannen sich gelblich zu färben; die Maulbeerbäume schatteten breit mit ihren dunkelgrünen dichten Kronen. Die langen Pappelalleen, die allenthalben das strotzend saftige Land durchzogen, streckten ihre spitzen, hellen Wipfel in das weiße Sonnenlicht.

Auf den Gräbern des Friedhofes San Giovanni blühte es verschwenderisch. Aus dichten Rosenhecken schauten die schön gemeißelten Grabsteine der erbeingesessenen Geschlechter, und auf den Gräbern lief der Sommermorgenwind durch bunte und üppige Teppiche von Stiefmütterchen, Federnelken, Vergißmeinnicht und Kapuzinerkresse.

Der Totengräber und seine sieben Kinder umstanden eifrig jene Stelle der Friedhofsmauer, wo diese sich in schön gerundetem Bogen von Westen nach Süden wendet und von wo aus man in die lange Allee hineinsehen konnte, die nach Motta führt. Zwei Maurer waren dort damit beschäftigt, eine Grabplatte in die weißen Quadern einzulassen.

„Ihr befestigt sie zu hoch!" schrie plötzlich der Totengräber. „Soll das vielleicht schön sein?"

Die beiden Arbeiter begannen ein dröhnendes Lachen. „Mischen wir uns in dein Maulwurfsgewerbe? Machen wir dir Vorschriften, ob deine Grube zu schmal oder zu breit ist? Nein! Wir verstehen das nicht und wollen das nicht verstehen. Die Maulwurfsarbeit scheint uns nicht so edel, daß wir sie erlernen wollten. Ecco! – Also muß der Herr Maulwurf uns auch in Ruhe lassen."

Der Totengräber war mit Recht erzürnt, und seine Kinder fingen an, den Maurern die Zunge herauszustrecken, kleine Steinchen auf sie zu werfen und ihnen die Feige zu machen.

Im Herzen des Vaters jedoch überwog das sachliche Interesse. Er rief:

„Es ist zu hoch, wenn ich es euch sage!“

„Maledetto vecchio!“ gab der jüngere der Arbeiter unhöflich zurück. „Hat uns denn nicht der Herr Doktor genau gesagt, wie hoch wir sie anbringen sollen. Die Platte ist ja groß. Solange sie nur so dalehnt, kann man's nicht sehen.“

„So, der Herr Doktor?“ brummte der Totengräber; seine brennende Anteilnahme an der Amtshandlung verbot ihm jedoch, sich grollend zurückzuziehen. Nur seine Kinder scheuchte er ins Haus.

„Hat Maestro Sbisà in Portogruaro die Tafel gemacht?“ fing er wieder an, während die beiden Maurer die flache Vertiefung, die sie ausgebrochen hatten, zu glätten begannen.

„Sbisà? Keine Rede von ihm. Aus Triest ist die Platte gekommen. Dort hat sie der Witwer bestellt.“

„So, in Triest? Den Witwer kenne ich. Er ist ein Herr Major. Sehr gut kenne ich ihn.“

Die beiden Flegel lachten schon wieder.

„Das können wir uns vorstellen, wie gut du den Herrn Major kennen wirst. Hat er Bruderschaft mit dir getrunken, wie?“

Der Totengräber machte ein empfindliches Gesicht, hielt aber achselzuckend stand.

„Bruderschaft getrunken nicht, ihr Hundesöhne. Aber sehr oft lang und höflich mit mir geredet und zweimal mir viel Geld gegeben.“

Der eine der Hundesöhne sah jetzt ohne Spott herüber, während er in seinem Eimer Mörtel anrührte. „Und die Frau, die da“, er zuckte mit der Achsel gegen die klaffende Wunde in der Mauer, „hast du die auch gesehen? Ist es wahr, daß sie so schön war?“

„Und ob ich sie gesehen habe! Sie hatte doch ihr kleines Mädchen hier bei uns“, er zeigte nach einem Grab neben der Tür zum Campanile. „Fast jeden Tag ist sie gekommen und hat Blumen hingelegt. Schön war sie freilich, sehr schön. So eine richtige Herrschaftenschönheit, nichts für unsereins, viel zu zart und fein.“

Die Maurer begannen wieder zu grölen. „Für dich wird sie freilich zu fein gewesen sein, Maulwurf.“

Sorgfältig hoben sie die Platte auf und fügten sie in die Vertiefung, die sie mit Mörtel ausgestrichen hatten. Dann traten sie ein paar Schritte zurück und betrachteten wie zwei Künstler das Ergebnis ihrer Bemühung.

„Nun, sagst du noch, daß es zu hoch ist?“

Der Totengräber grunzte etwas Undeutliches. Die Platte aus ungeglättetem Marmor saß schön und genau dort, wo sie zu sitzen hatte, nicht zu dicht am Erdboden und nicht zu nah dem Mauerrand. Zierliche Linien faßten die Schrift ein, die der Triester Steinmetz in klaren und edlen Lettern wohlangeordnet und von zarten, wehmütigen Ornamenten unterbrochen in den Stein gemeißelt hatte.

„Lest mir vor, was darauf steht, ich habe meine Brille im Haus vergessen", bat der Totengräber.

Der ältere der Maurer neigte sich ein wenig und begann den Text abzulesen. Er stotterte herum und entschuldigte sich: „Schwere Namen."

„Laß die Namen, die kenn' ich. Was daruntersteht, will ich wissen."

Etwas pathetisch fuhr der Mann fort:

„Einer Tochter beraubt,
Fand sie der Tränen nicht genug,
Sie zu beweinen.
Der unstillbare Schmerz
Zog sie mit hinab in die Tiefe
In ihrem achtundzwanzigsten Jahr."

„Schön!" sagte der Totengräber. „Sehr schön. Ordentlich rührend! Mir kann es ja nicht gleichgültig sein, was auf meinem Friedhof für Inschriften stehen. Und ist das alles? Steht sonst nichts mehr da?"

„Doch, da steht noch etwas." Wieder beugte der ältere der Maurergehilfen sich vor, um zu lesen:

„Der untröstliche Gatte
Errichtete diesen Stein
1855."

„Ah, seht ihr's! Seht ihr's! Der untröstliche Gatte! So gehört es sich für den Ehemann. Ich dachte mir's gleich, daß der Herr Major eine schöne Inschrift hersetzen würde."

Plötzlich aber geriet er in Bewegung. „Habt ihr das Gedicht herausgebrochen? Da stand doch ein Gedicht auf den Steinen. Mit Bleistift geschrieben."

Die Maurer, die ihre Geräte zusammenräumten und den Platz von den Spuren ihrer Tätigkeit säuberten, sahen gar nicht auf. „Was denn für ein Gedicht, du alter Narr? Wir haben getan, was uns befohlen war, und wissen von keinem Gedicht."

Vorsichtig, um das Grab nicht zu versehren, trat der Totengräber heran und untersuchte die weißen Kalksteine der Mauer rund um die Marmortafel.

„Es ist nicht mehr da. Nun, es tut nichts. Ein fremder Herr hat es aufgeschrieben, wenige Tage nach ihrem Begräbnis. Auch er hat mir Geld gegeben. Aber es tut nichts. Ich bin nicht dafür, daß die Friedhofsmauer vollgekritzelt wird. Es gehört sich nicht. Und die Tafel ist schön. Sehr schön.

Der unstillbare Schmerz
Zog sie mit hinab in die Tiefe.

Sehr gut gefällt mir das. Ein feiner Mann, der Herr Major."

Die Maurer waren mit Eimer, Kelle, Hacke und Spatel abgezogen und gingen dem Ausgang zu. Sie kümmerten sich nicht mehr um den Totengräber, der voll freudiger Andacht, so wie jemand, der seiner Sammlung ein neues wertvolles Stück eingereiht hat, die marmorne Tafel betrachtete.

Ewig rauschen die Wasser um Lukoran

Ewig rauschen die Wasser um Lukoran …

Du magst wiederkehren, von wo immer du willst. Du magst auf riesigen neuen Dampfern durch fremdes Meer gefahren sein und in fernsten Ländern gewohnt haben; du magst Geld aufgestapelt und Ruhm geerntet oder all das Deine eingebüßt haben. Viel Zeit mag vergangen, dein Haar mag grau und dein Angesicht runzlig geworden sein. Draußen in der Welt mögen sie Städte erbaut und Reiche zertrümmert haben. Auf den Inselrücken hier aber wird Ginster und Thymian wachsen wie vor alters, hinter ihren Hirten werden Schafe über die scharf riechenden Hügel ziehen, und auf verborgenen Klippen werden Möwen ihre Nester haben, die niemand kennt. Schmetterlinge werden den Oleander umtaumeln, aus der brüchigen Mauer wird lang und braun die Schlange sich winden, um auf einem Bett von abgefallenen Föhrennadeln zu liegen und ihr kühles

Blut zu wärmen. Durch die blaue Meerflut aber, so weit unten, daß sie schwarz ist vor Tiefe, werden große silberne Fische mit bösen Gesichtern leise dahinschwimmen, und vom kräftigen Stoß ihrer Rückenflosse werden Blasen zitternd aufsteigen und in der grünlichen Finsternis zergehen.

Gischtig wird die Brandung aufspritzen, wenn der wilde Wind aus Südwesten kommt, scharf und kalt wird die Bora vom Gebirge niederfahren, grau und schleimig-feucht werden Meer und Insel in der Schirokkoluft liegen.

Wenn aber Maestral weht an einem Junitag, dann wird er dein Boot froh und blitzschnell über den Meeresarm treiben, und mag dein Herz auch noch so schwer sein. Die weiße Stadt wird hinter dir zurückbleiben, kaum daß du dich dessen versiehst, die Peilungen, die den halben Weg bezeichnen, werden im blauen Meeresdunst an dir vorbeifliegen, und das Boot wird früher, als es dir lieb ist, in den kleinen runden Hafen einlaufen. Denn die lange fort gewesen sind, fürchten die Wiederkehr.

Pero sprang aus dem Boot und ging über den Molo auf das Haus zu. Mit sehnsüchtiger Angst hatte er seit seiner Ankunft in Zara auf den Tag gewartet, da er hier an Land gehen und dies weiße Gemäuer wiedersehen würde, das ihm der Inbegriff seiner glücklichsten Tage war. Aber beim ersten Blick schon, den er auf das einstöckig am Ufer hingestreckte Gebäude und die sein rotes Ziegeldach von hinten überragenden Bäume getan hatte, war es ihm, als dem Dichter, der er war, schmerzlich klargeworden, daß wir von Anfang an alles in uns tragen und nirgendwo etwas finden, wir hätten es denn selber hingebracht.

Hätte er gewähnt, wieder als der lodernde Jüngling von einst in diese Tür eingehen zu dürfen, als der Dichter, der seine junge Liebe und das erwachende Vaterland feurig und hoffnungsselig besungen hatte, in Liedern, die klangen wie die Lieder von Lerchen?

Hatte er gedacht, Pave, die nun tot war, würde ihm hier entgegentreten, wolkenzart in rosenfarbenem Kleide? Würde das Türchen öffnen und ihn in den Schatten des Gartens rufen?

Das Haus sah Pero abweisend an, fremd und seelenlos lag es in der Sonne, ein Schrein, aus dem das Geschmeide entwendet worden war. Nie hätte ich hierherkommen dürfen, dachte Pero, denn nirgendwo kann meine Einsamkeit mir bitterer bewußt werden als hier.

Er ging in den hinteren Garten und legte sich dort zwischen den wildblühenden Oleanderbüschen auf die sonnentrockene rote Erde. Der Stamm der großen Föhre, die sie „Peros Föhre" genannt hatten, stand breit vor der Bläue des Himmels. Eine Kreuzspinne hatte an der nadelscharfen Spitze eines Agavenblattes ihr Netz befestigt, darin sich mehrere Fliegen gefangen hatten, und während Pero trübe und bang vor sich hinträumte, betrachtete er immer wieder die kleine Mörderin, die ihre Beute bewachte.

Nirgends, nein nirgends hätte Paves Tod ihm sinnloser erscheinen können als hier in diesem Garten, der nach so langen Jahren noch die Spuren ihrer kleinen Füße zu bewahren schien. Hatte sie nur dazu geblüht als die Holdeste von allen, um Leid zu leiden, Leid zu bringen und elend zu sterben? Hatte sie nur dazu geliebt und gehofft, um in Bitternis ohnegleichen zu münden?

Wie hatte der Tod es wagen dürfen, gerade sie von lange her zu zeichnen und grausam zu fällen? Was war sicher vor dem Tode, wenn er Pave hatte knicken dürfen und Cotia, die noch nicht gelebt hatte und die so überschwengliche Blüte zu verheißen schien?

Wozu lebte man, wenn der Tod die Macht besaß, zu knicken, was die beste und süßeste Frucht versprach? War es nicht unwert eines Menschen, imstande, Gottes Namen zu nennen und sein Wesen zu ahnen, daß er unter die Botmäßigkeit des Todes gezwungen war? Wenn Gott den Menschen als sein Ebenbild geschaffen hatte, warum hatte er, wie über Wurm und Ameise, auch über ihn den Tod gesetzt?

Die Kreuzspinne war plötzlich mit großer Eilfertigkeit die wunderbaren Bahnen ihres Netzes entlanggelaufen und hatte eine der Fliegen, die dort gefangen hingen, ohne Umstände verzehrt, worauf sie neben den Resten ihres Opfers breit hocken blieb.

Pero sah mit einem Male den Tod vor sich, wie er als ein riesenhafter Würger über die Erde ging, dem alle Wesen ohne Unterschied zufielen. Er sah, wie nicht die Tiefe des Meeres und nicht der entlegenste Bergeskamm Sicherheit boten vor seinen mörderischen Krallen. Nie verstummendes Klagegeschrei begleitete seinen Weg, jegliche Kreatur bettelte um Gnade, doch keine blieb verschont.

War es nicht das Würdigste und Sinnvollste, sich dem Tode freiwillig zu ergeben, da niemand ihm entrinnen konnte?

Da er aber so einsam lag und sich umgeben sah von der üppig blühenden, lebendurchschwirrten, in der Sonne siedenden Landschaft, da überkam es ihn, als ergössen sich in seine Seele alle Wasser der Welt; alles Licht schien sich darin zu sammeln, Vulkane stiegen aus der Flut und barsten in gigantischer Erschütterung. Um den Rand der Krater aber wuchsen zauberhafte Blumen, eilige Tiere mit glänzenden Fellen spielten da, jagten einander und paarten sich.

Ihn aber traf es jählings mit der Gewalt des Blitzes:

Bist du denn nicht ein Mensch? In immer neuen, zahllosen Geburten steht die Natur vom Tode auf. Aus der Verwesung wachsen ihre Keime neu, der Moder ihrer Toten düngt das Frühlingsfeld. Aber du, der du mehr bist als Stoff, weißt du denn nicht, daß auch dein Tod nicht Ende ist, daß du durch ihn hindurchgehen mußt als durch ein Tor und einen Übergang, daß er der Weg ist in das *Andere.* Daß diese Wandlung keinem erspart bleibt und daß der Tag und die Stunde, wann sie dich ereilt, nicht wichtig ist. Daß aber keiner sie auf sich nehmen darf, der nicht gerufen wurde. Daß das Leben heilig ist, Tapferkeit äußerste Pflicht und Entrückung über den Leib hinaus letzte und höchste Krone. Daß wir verlieren müssen, um den Besitz zu begreifen, und die Angesichter erst erkennen, die uns nicht mehr lächeln; daß wir geboren werden, um zu sterben, und daß wir nicht leben können, im Fleische nicht noch im Geiste, wir seien denn zuvor tausend Tode gestorben bis zu dem einen, dem letzten Tod. Denn durch das immer neue, immer gleiche Leben und Sterben der Natur geht der Mensch, dessen Leben schwerer, dessen Tod schmerzlicher, dessen Berufung aber ewig ist.

Pero stand auf und schüttelte die Blätter und Nadeln aus seinen Kleidern. Das Erdreich seiner Seele schien gelockert. Es lag nicht mehr trocken da, ausgedörrt vom Samum seiner Qual, festgestampft von unbarmherzigen Hufen. Er fühlte eine feuchte Unruhe in seinem Herzen, eine gelöste Bereitschaft, frischen Samen in seine Furchen aufzunehmen. Würden neue Lieder daraus aufwachsen, andere, als er bisher geschrieben hatte? War ihm nicht, als ob er sich nun, gesalbt mit dem Öl unendlichen Leides, an noch größere und tiefere, bisher nicht angetastete Aufgaben würde wagen dürfen? Als ob er den Tod im Liede würde umkreisen dürfen, seine rätselhaften und gewaltigen Umrisse zeichnen und ihn durch Entschleierung entgiften? Und das Volk – fühlte er sich nicht mächtig, auf eine noch weltenweitere, noch liebendere Weise von ihm zu singen? Und würde er nicht mit hallender Stimme zu Gott rufen, den Saum seines Gewandes anrühren dürfen in feierlicher Verherrlichung? Hatte nicht der unermeßliche Schmerz der letzten Wochen die klingenden Lieder in ihm verschüttet, um die Seele frei zu machen für großen Gesang?

Er fühlte tapfer keimende Hoffnung in sich und einen neuen, unbändigen Willen. Er breitete die Arme aus: Ich lebe! Ich lebe! Ich lebe! rief sein erlöstes Herz. Zum Tode ward ich geboren, um zu leben, bin ich durch den Tod gegangen und werde wieder sterben, um zu leben. O Gott, wer bin ich, daß ich mit Leid mich schmükken darf als mit einem Kranze und daß die Bitternis mir süß wird? O Gott, wer bin ich, daß du in den Acker meiner Qual die Saat der Lieder säst mit deiner eigenen Hand? Wer bin ich, daß ich das Leben und den Tod mit gleicher Inbrunst lieben darf? Ist es denn wahr, daß die Dichter deine eigensten Söhne sind?

Und sein Herz ward weit und getrost.

Der Maestral fuhr ihm durch die Haare, Möwen flogen ihm schreiend zu Häupten, Salz beizte seine Lippen, und an das steinerne Ufer schlug raunend die steigende Flut.

Nachwort

Das dem Roman vorangestellte Motto ist ein Vers aus dem Gedicht *Spruch an mich selbst* von 1934, das nach zwei- bis dreijährigem Befassen mit den tragischen familiären Begebenheiten entstand. Mit einem an Goethes Prinzipien erinnernden poetischen Behagen, hervorgerufen durch die Möglichkeit und Absicht, von Nahem, Vertrautem, durch das Leben selbst Vorgebildetem auszugehen, wird hier das kommende Werk angekündigt; doch bleibt der Hinweis noch im Allgemeinen.

Bereits ein Jahr später aber entsteht *Die Großmutter.* Hier ist Pave bereits genannt, die Tote erwacht aus dem „alten Bildnis an der Wand" zu einem ersten neuen Dasein: noch undeutlich, impressionistisch, tastend ersteht ihr Leben und Sterben, ihre Umwelt, ihre Zeit jede Strophe eine Schicksalsstation. Und wieder ein Jahr später begegnen wir Großmutter Pave ein drittesmal im Gedicht, in der *Ballade von der Truhe,* Strophe drei.

Am Schluß einer der ersten Ausgaben von *Pave und Pero* stehen die Worte: „Das vorliegende Buch hat in vielen Stücken einen Briefwechsel des kroatischen Nationaldichters Petar Preradović mit seiner ersten Gattin Paolina (Pave) de Ponte zur Grundlage." Diese Korrespondenz und andere dazugehörige Papiere gelangten nach dem Tode der Tante Zora, der letzten Überlebenden unter den Kindern Petars, etwa 1931 in die Hände der Dichterin. Fast ein Jahrzehnt lang begleitete sie der Stoff.

Zur verehrten Gestalt des Pero, die sie schon früh stark beeindruckte (siehe *An Petar Preradović, den Dichter*), trat nun die Pave hinzu, über deren frühen Tod in der Familie „stets nur geheimnisumhüllt gesprochen worden war". Nun trifft die volle Kunde vom Schicksal der Großmutter erschütternd ein Dichtergemüt; gleichsam von Frau zu Frau werden die Ereignisse von dazumal zu erneutem Leben erweckt, werden sie nochmals durchlitten. Sie wieder und wieder überdenkend, so berichtet Ernst Molden in seinen *Skizzen zu einem Porträt,* „suchte sie nach der Erklärung, nach den Motiven, nach dem Weg, den das Unheil genommen hatte. Sie suchte sie aus dem Bild der frühverstorbenen Großmutter zu ergründen, das ihr gleichzeitig vererbt worden war. Es war ein kleines Porträt Paves, von der Hand eines sichtlich ausgezeichneten, wenn auch namenlosen zeitgenössischen Malers, eine Miniatur, Pendant zu einem viel weniger guten, etwas steifen Porträt des Generals, die nun beide in ihrem Zimmer hingen.

Sie nahm Paves Bild von der Wand, sie studierte die Züge, sie lebte sich in die Großmutter hinein und suchte ihre Gestalt aus den und jenen kleinen Geschichten zusammenzufügen, wie sie in der Familie erzählt worden waren. Sie vertiefte sich mehr und mehr in das Schicksal, welches sich fern, aber ganz und gar nicht fremd unter diesen ihr dem Blute nach Nächsten abgespielt hatte. Sie befragte Ärzte und befragte Bücher. Sie las sich in die Zeit des damaligen Österreich und des damals österreichischen Italien hinein. Sie ließ sich durch alte frühe Photographien belehren".

Nach jahrelanger Arbeit gestaltete sie die empfangenen Eindrücke zum Roman, wie wir ihn nun hier vorliegen haben: „zum Bild einer kleinen Wiener Offiziersmenage, in deren bescheidene Zimmer das hineinleuchtete, was später Weltgeschichte wurde … zum Bild des gemächlichen Lebens in der oberitalienischen Kleinstadt … zum Bild einer großen Liebe" (Ernst Molden *Skizzen zu einem Porträt*).

Der Roman erschien 1940 und erlebte in kurzer Zeit seine zweite Auflage. „Einer der besten Romane dieser Jahre", schrieb der Kritiker der *Frankfurter Zeitung*, und die Wiener Wochenschrift *Die Furche* nannte das Buch zehn Jahre später „eine edle Frucht der geistigen Vermischungen, die sich nach alter Bestimmung im Raume der österreichischen Welt zu vollziehen haben". Zu einer dritten Auflage, die 1941 nötig gewesen wäre, kam es damals nicht, das Regime des Dritten Reiches versagte die Papierzuteilung. Das diesbezügliche Schreiben des Reichspropagandaamtes Wien, datiert vom 14. 6. 1941, lautet:

„Sehr geehrte Frau Molden! Zu meinem Bedauern muß ich Ihnen mitteilen, daß das Reichspropagandaamt Wien nicht in der Lage ist, zur Neuauflage Ihres Buches ‚Pave und Pero' durch eine Befürwortung bei der zuständigen Stelle beizutragen. Eine solche kann bei den derzeitigen Verhältnissen nur gegeben werden, wenn es sich um staatspolitisch wichtiges Schrifttum handelt. Dieser Titel aber konnte Ihrem Buch nach eingehender Prüfung trotz voller Würdigung seines literarischen Wertes nicht zugebilligt werden. Heil Hitler! Robert Ernst e. h. (Kulturreferent)." In seinen *Skizzen* schreibt Ernst Molden: „Für den Österreicher war ‚Pave und Pero' mehr als ein Roman. Es war ein historisches Porträt seiner Heimat, das allein schon durch die liebevolle Zeichnung, die es dieser widmete, für die Vergangenheit und gegen eine hoffnungslos zerrissene Gegenwart Partei ergriff, ein österreichisches Buch, wie lange keines erschienen war." –, Die dritte Auflage erschien erst fünf Jahre nach Kriegsende; bis 1958 waren es bereits acht.

Die erwähnte Korrespondenz zwischen Pero und Pave („alte Briefe unverbrannt") befindet sich heute im Besitz von Otto Molden. Die beiden Briefpartner schrieben einander durchwegs italienisch, auf blaßblauem Papier. Paves Blätter sind häufig nach damaliger Manier gefaltet, gesiegelt und auf der nach außen gekehrten Seite mit der Anschrift versehen; Peros Blätter hingegen wurden alle mit Kuvert abgeschickt. Die Adresse auf den Briefen Paves lautet stets: „Pregiatissimo Signor Maggiore Pietro Preradović adetto al supremo comando dell'armata, I (auch: prima) sezione a Vienna, Kriegsgebäude (sic)."

Die Handschrift des Majors (später General) Preradović ist beinahe kalligraphisch klar, fest und gleichmäßig, sie zeugt von Selbstzucht und Ausgeglichenheit, die sich selbst dann treu bleibt, wenn der Schreiber von schlimmsten Schicksalsschlägen heimgesucht wird. Auch die paar rasch abgefaßten Zeilen, die dem Schwager am 13. Mai 1855 mitteilen, daß Pero auf des Arztes alarmierende Nachricht hin aus Wien abreist, sowie die im Roman erwähnte Niederschrift der tragischen Ereignisse in Motta zeigen die immer gleich festen, geordneten Schriftzüge.

Im Gegensatz dazu entspricht das graphische Bild der Briefe Paves, und ganz besonders ihr undatierter Abschiedsbrief „A Bepi e Miho", genau dem Charakter, der dem Leser aus dem Roman entgegentritt: empfindlich, labil, unentschlossen, hilfsbedürftig, gelegentlich fahrig.

Die genannte (deutsch abgefaßte) Niederschrift des Offiziers besteht aus einem Faszikel des typischen, leicht unebenen, starken Kanzleipapiers jener Zeit mit den senkrechten Wasserzeichenlinien. Die Blätter sind, wie im Roman beschrieben, senkrecht in zwei Hälften gefaltet und machen den Eindruck eines Dienststücks; auf die rechten Hälften ist der laufende Text geschrieben, auf den linken finden sich einige nachträgliche Einfügungen. Das Deckblatt enthält in italienischer Sprache die detaillierte Schlußabrechnung für die Familie. Sie beginnt:

Ich schulde Bepi und Miho zum Ende des Monates Mai:

Rückständiges monatliches Kostgeld und andere von Pave nicht bezahlte Spesen	253 : 16
Andere Spesen beim Tode Paves	138 : 87
Dem Apotheker	99 : 80
Für das Requiem	171 : 60
Für Dušan und Milica Kostgeld für Mai	51 : —
	714 : 43

A conto gezahlt 120 Gulden in Banknoten

Auf der dritten Seite fängt dann die eigentliche Niederschrift an: „Slavica Maria, das dritte Kind unserer Ehe, geboren am 17. August 1852, war ein sehr sanftes gutmütiges liebes Kind und diese Sanftmuth und Güte wuchs mit seinem Alter. Sie weinte wenig, gehorchte schon im zartesten Alter, war bald zufrieden gestellt in Allem. Sie rührte nichts an, wenn man es ihr verboten, selbst ihre liebste Speise ließ sie unberührt stehen wenn man es ihr geboten. Sie gewöhnte sich frühzeitig an allein zu schlafen und ging stets zur bestimmten Zeit und willig zu Bette. Sie pflegte oft viertelstund(en) lang an der Seite der Mutter das Köpfchen an sie gelehnt ruhig zu stehen und mit Engelsmiene die Mutter anzuschauen … Im Garten zu Caransebes pflückte sie mit der Milica mit so einer himmlischen Grazie die Ribiselbeeren, daß die Mutter oft vor Entzücken auf sie stürzte und sie mit tausend Küssen bedeckte."

An der Stelle, wo berichtet wird, wie der Schreiber von seinen Verwandten die volle Wahrheit erfährt, heißt es: „Auf diese Kunde blieb ich wie versteinert. Mir schien der natürliche Tod, durch welchen ich sie mir geraubt glaubte eine freudige Erinnerung gegen das Schreckliche dieser Wahrheit. Gefühle, wie sie ein Mensch nur in der schrecklichen Lage dieses peinlichen Erdenlebens empfinden kann, erfüllten mein Bewußtsein. Ich kann hierüber keine Beschreibung geben." Gegen Ende schreibt er einen italienischen Artikel aus der *Veroneser Zeitung* (Nr. 130 vom 11. Mai 1855) ab, der sich mit dem tragischen Ereignis in Motta befaßt. Die Unterschrift, die das Ganze am Ende abschließt, lautet: Preradović Major."

Ordnung auch hier. Es war alles aufgeschrieben, wahrheitsgemäß für spätere Zeiten festgehalten – das Dokument eines Mannes und Dichters, der gewohnt war, die bewegenden Dinge durch sprachliche Manifestation zu bewältigen.

Paves erster Brief an Pero trägt das Datum: Laibach, 6. 11. 1854, ihm folgt noch einer aus Laibach, dann einer aus Venedig, dann 22 aus Motta di Livenza. Der vorletzte ist datiert vom 15. 4. 1855, der letzte vom 27. 4. Peros erster von 19 Briefen an Pave ist datiert vom 18. November 1854, der letzte vom 12. Mai 1855. Als dieser geschrieben wurde, war die Adressatin († 4. 5. 1855) bereits seit acht Tagen nicht mehr unter den Lebenden. Er lautet:

„Meine liebe Pave!

Ich bin sehr in Angst wegen Deines langen Schweigens, und ich kann es Dir nicht verzeihen, weil ich die Hoffnung hege, daß Du doch nicht durch Krankheit verhindert sein wirst, mir zu schreiben, oder durch andere Geschäfte, die so wichtig wären, daß sie Dir nicht erlaubten, mir wenigstens den Empfang der Hütchen und der Schuhe zu bestätigen, die ich schon vor zehn Tagen an Dich abschickte und die zur Stunde bei Dir eingelangt sein müssen.

Lediglich der Gedanke, daß sich Dein Gesundheitszustand vielleicht verschlechtert habe, hat mich bestimmt, Dir diese wenigen Zeilen zu schreiben, ansonsten habe ich mir vorgenommen, Dir nicht früher zu schreiben, als bis ich Nachricht von Dir habe.

Ich bitte Dich, nicht länger in Deiner schlechten Angewohnheit zu verharren, mich so lange Zeit ohne Briefe von Dir zu lassen, da Du wohl weißt, daß ich auf diese Weise Tage voll Unruhe verbringen muß in der Annahme, daß Du nicht völlig wiederhergestellt bist.

Nicht durch meine Schuld, sondern durch die der Modistin ist die Kassette mit den Sachen, die ich Dir geschickt habe, nicht frankiert worden. Mir geht es gut. Grüße alle. Schreibe mir sofort.

Addio
Dein Pero.“

Zur Dichterin: Epilog von Kurt Eigl

Das Erlebnis der Welt und des Menschen, seine denkerische Durchdringung und künstlerische Gestaltung sind bei Paula von Preradović von einem starken Dualismus geprägt, der sich verschieden äußert, nie jedoch als Gegensatz oder gar Bruch zwischen Ich und Welt, Ich und Du. Vielmehr könnte man, in der Philosophensprache Othmar Spanns, beinahe von „Gezweiungen" reden, von welchen einige dominant ausgeprägt und fruchtbar sind, etwa der Zusammenklang von Kroatischem und Deutschem, von Süd und Nord, von altem und neuem Osterreich. Oder das Paar: Verlust-Gewinn, in seiner aktiveren Spielart: Verzicht-Reife. Und schließlich die tief christlich-religiöse Einsicht in das ewige Verhältnis des Kreatürlichen zum Schöpfer, in die Urverbundenheit des Menschen mit Gott.

Als Ernst Molden 1951 seine *Skizzen zu einem Porträt* schrieb, aus denen hier manches zitiert wird, gab er ihnen als Motto: „Utriusque Austriae poeta" –, beider Österreich Dichterin. Das Einst –, repräsentiert durch Istrien, Kroatien, Dalmatien –, wurde für sie zur „verlorenen Heimat", aber gerade durch den Verlust zum tiefer angeeigneten geistigen Besitz. Der leidvolle Prozeß, der der Menschheit das Paradies nahm und jeden einzelnen zwingt, für Erkenntnis und Fortschritt die Kindheit hinzugeben, wirkte in den „charakteristischen Gestalten aus der Welt des Oberganges", die 1918 zugleich mit ihrer Jugend auch ihr Böhmen und Mähren, ihr Siebenbürgen, Slowenien und Kroatien dahingeben mußten, besonders intensiv. Nach Jahrzehnten eines unvergleichlichen Friedens in einer jahrhundertealten Großräumigkeit und Fülle wurden sie plötzlich im Stirb und Werde geschult, mußten sie lernen, mit allen möglichen Verlusten fertig zu werden; neu zu denken, neu zu leben; und daß der Schmerz nicht in ethnisch-geographischer Wehmut und Klage steckenblieb, sondern allgemeinmenschliche Geistesfrüchte zeitigte, das beweist im Werk Paula von Preradovićs – neben den späten Gedichten – ihr in der völligen Entmachtung menschlich reifender Slavatz *(Königslegende),* beweist der durch Demut überwindende

Pero im hier vorliegenden Roman *Pave und Pero,* beweist der heimwehkranke, im Gehorsam gegen Gott seine wahre Heimat findende Columba. Slavatz kommt zu dem Schluß: „Immer noch ist Wissen besser als Nichtwissen, und besser als eitle Hoffnung ist Verzicht." Und Pero meditiert nach unerträglich scheinendem Verlust: „Aber du, der du mehr bist als Stoff, weißt du denn nicht, daß auch dein Tod nicht Ende ist, daß du durch ihn hindurchgehen mußt als durch ein Tor und einen Übergang, daß er der Weg ist in das Andere ... Daß wir verlieren müssen, um den Besitz zu begreifen, und die Angesichter erst erkennen, die uns nicht mehr lächeln ..."

In dem Nachruf, den Max Mell der Dichter-Freundin widmete, findet sich ein Hinweis auf eine Tagebuchnotiz Goethes vom 16. November 1808, in welcher dieser das Nibelungenlied am Homer mißt und wertet. Die Nibelungen, heißt es dort, seien deshalb „so furchtbar, weil es eine Dichtung ohne Reflex ist und die Helden wie eherne Wesen nur durch und für sich existieren". Und dann zitiert Mell das typisch goethesche Wort von der „doppelten Welt, die allein Lieblichkeit hat". Diese Welt ist in jeder Zeile Paula von Preradovićs zu spüren, in den frühen oft nur wie ein Oberton mitschwingend, später klar und direkt. Nichts „existiert nur durch und für sich", nichts verharrt „ohne Reflex" (auf eine höhere, göttliche Welt), und von der Warte der letzten Arbeiten aus *(Alpbacher Elegie, Columba)* gewinnen so ein-deutig konzipierte Verse wie jene von den zwei Vaterländern und den zwei Weltkugeln im Gedicht *Die Weihnachtsbucht* (1930) plötzlich eine neue, doppelte Bedeutung: zum horizontalen Aspekt (Istrien –, Österreich) tritt der vertikale (Zeitliches –, Ewiges).

Paula von Preradović kam am 12. Oktober 1887 in Wien, Bezirk Landstraße, als älteste von fünf Geschwistern zur Welt. Ihre Ahnen gehörten zu jenen wehrhaften Familien, die an der alten, heute schon sagenhaften k. u. k. Militärgrenze hausten und kämpften; auch die Frauen der „Grenzer" mußten im Waffenhandwerk durchaus geübt sein. Und ein Zweig dieser Vorfahren entsproß dem einst gefürchteten Seeräuberstamm der Uskoken.

1889 übersiedelten Paulas Eltern nach Pola, dem großen Kriegshafen der Monarchie. Das neue Domizil befand sich „in dem Mariniviertel Policarpo mit seinen phantasielosen ärarischen Offizierswohnhäusern". Der Vater, Dušan von Preradović, Sohn Petars, des größten kroatischen Dichters, war Seeoffizier, der es bis zum Linienschiffkapitän brachte; die Mutter, Helene, war eine geborene Freiin Falke von Lilienstein. Der Adel dieser eingesessenen Ofener Familie datierte vom Urgroßvater her, der für seine Verdienste im Siebenjährigen Krieg geadelt wurde. Von den beiden Brüdern der Dichterin wurde der ältere, Ivo, Marineur: als einer der ranghöchsten Angehörigen der jugoslawischen Marine und Verbindungsoffizier zur britischen Flotte sank er im Dezember 1944 mit dem englischen Zerstörer „Aldingham", der zwischen Lissa und Novalja auf eine Mine lief; der jüngere, Peter, Paulas Lieblingsbruder, verbrachte als deutsch-kroatischer Schriftsteller die meiste Zeit seines Lebens in Agram. Helene, die Vorletzte, starb 1898 dreijährig in Laibach, Gabriele (Jela), die Jüngste, lebte in England, ihr Gatte Albert Stanley Sarfas fiel als britischer U-Boot-Offizier 1940 in der Schlacht um Narvik.

Dieser genealogische Exkurs enthält bereits eine Fülle von Beiträgen zum Verständnis der Umwelt und des Charakters der Dichterin. Aufzuwachsen in einem Vielvölkerstaat zwischen den Nationen und Traditionen, im Offiziersmilieu, als Tochter eines Mannes, der, ganz von deutscher Kultur geprägt, sich dennoch ganz als Kroate fühlt und bekennt, aber trotz seinem Kroatentum treu zu seinem Kaiser steht, genau wie sein Vater Petar es hielt, der k. k. Generalmajor und zugleich Kroatiens Nationaldichter war – das kann in einem empfänglichen Gemüt von klein auf mancherlei Tugenden wecken: gesellschaftliche Gewandtheit, Festigkeit, Lebensmut, Weltoffenheit, Courage, Verständnis für Andersgeartete. – Für die solide Bildung, ohne welche derlei Anlagen und Vorzüge der Kontur ermangeln, sorgte zunächst die für Offiziers- und Unteroffizierskinder gegründete Polesaner „Marineschule". Und als das vierzehnte Lebensjahr und damit die Unterrichtsgrenze der „Marineschule" erreicht war, übersiedelte Paula nach Sankt Pölten in das dortige, weithin berühmte Institut der Englischen Fräulein. Müßiges, dennoch reizvolles Gedankenspiel: Wer hätte damals (1901) geahnt, daß das Binnenland, das die großäugige, schlanke junge Polesanerin nun für länger aufnahm, einmal der einzige, den alten Namen tragende Rest von Österreich sein und daß ihm dieses Mädchen fast ein halbes Jahrhundert später die Staatshymne schenken würde?

Vater Dušan war von tiefer katholischer Frömmigkeit, die Mutter hingegen –, Tochter des k. k. Sektionschefs Johann Baptist Freiherr Falke von Lilienstein, der das „Literarische Bureau" des Kaisers (das Presseamt Seiner Majestät) begründet hatte –, war liberal gesinnt, wie man es damals in den gehobenen Kreisen vielfach war, und auch für das herzinnige Kroatentum des Gatten zeigte sie wenig Verständnis: für sie war das deutsche Wien allein Osterreich. Diese Differenzen, die sogar die Gemeinschaft der Geschwister zu spalten drohten, überschatteten das Familienleben; ein frühes Gedicht gibt davon schmerzliche Kunde. Doch der Vater setzte seinen Willen durch, und seine Älteste kam nach Sankt Pölten. Die Schule der Englischen Fräulein, aus der vor ihr die große Enrica von Handel-Mazetti, mit und nach ihr Schriftstellerinnen wie Ida Coudenhove, Maria Veronika Rubatscher, Paula Grogger und andere hervorgingen, legte in ihre Seele die Keime, die zwanzig Jahre nach der Reifeprüfung und einer zusätzlichen Staatsprüfung in modernen Sprachen kräftig aufgehen und ihre endgültige Weltanschauung bilden und festigen sollten. – Diese zwanzig Jahre verbrachte die Dichterin in einer gewissen Kirchenferne, wozu der Zug der Zeit wie auch die liberale Gesinnung ihres Gatten und dessen Familie beitrug. Die Wandlung, zu der es dann bei ihr wie beim Gatten nach dem Ersten Weltkrieg allmählich kam, ging tief geheim vor sich, doch reden die Gedichte laut genug, und es steht fest, daß der kräftige Atem der jungen Neulandbewegung das Feuer entscheidend angefacht hat. Gegen 1930 war in Paula von Preradović die große religiöse Künstlerin bereits voll erstanden, und ihre Briefwechsel mit Hans Leifhelm, Enrica von Handel-Mazetti und Gertrud von Le Fort sowie die Freundschaft und Verehrung, die ihr Männer und Frauen wie Kardinal Innitzer, Karl Rudolf, Pius Parsch, Ina Seidel, Juliane von Stockhausen, Michael Pfliegler, Otto Mauer, Diego Goetz, Heinrich Suso Waldeck, Rudolf Henz, Richard Kralik, Felix Braun und andere entgegenbrachten, legen das äußere Zeugnis ab für ihre tiefe Zugehörigkeit zum Katholizismus.

In die beiden vom Religiösen weniger bestimmten Dezennien (von etwa 1905 bis 1925) fällt eine Reihe entscheidender Ereignisse. Da war zuerst die „zweite Polesaner Ära": Rückkehr ins Elternhaus, rege Teilnahme an der „literarischen ‚Revolution' jener Tage" in Pola, für dessen Geselligkeit vor 1914 „tatsächlich das oft zitierte Talleyrand-Wort variiert werden kann, daß nur, wer vor der Französischen Revolution gelebt habe, noch wissen könne, was Leben heißt. Die Schatten, die die wachsende Unruhe der Politik gerade um den für Pola nahen Balkan herum auf diese Zeit warf, wurden von der Generation, die damals am Beginn der Zwanzig stand, noch nicht allzu ernst genommen". Man riß sich die neuen Bücher eines neuen Geistes aus der Hand, verschlang jede Zeile von Hofmannsthal, Rilke, Dehmel, George; man bewunderte die *Buddenbrooks,* diskutierte über Nietzsche und genoß zugleich mit umfangender Liebe das Küstenland mit seinen Karstgebirgen und Heiden, mit Ölbaum und Feigenbaum und der lateinischen Luft, die sie umwehte. „Aber, so begann die dichtende Tochter dieses Südens zu begreifen, man erlebte das alles zwar durchaus mit eingeborenen, heimischen Augen, doch irgendwie mit sehnsüchtigeren als den nur heimischen ...; man erlebte es zwar mit der natürlichen Liebe des getreuesten Kindes dieser Landschaft, doch darüber hinaus auch mit der gehegteren Liebe des nicht nur dieser Landschaft allein Verschriebenen ..."

Die Gedichte aus jener Zeit – im Band *Verlorene Heimat* – fanden die Anerkennung Hofmannsthals und der Ebner-Eschenbach. Aber noch war es nicht ausgemacht, daß die Literatur ihr Leben werden sollte; noch tastete die heranwachsende Frau und Poetin den Horizont ab, suchte sie den ihr bestimmten Weg aus der Geborgenheit des Elternhauses in die Welt. Einsamkeit bedrückte sie mitten im Familienkreis, „gern flüchtete sie in ernste Hausmusik, die ihre Mutter pflegte, und nicht weniger in Gespräche mit dem geliebten Vater über die kroatischen Vorfahren, über den berühmten Petar" und seine schöne Gemahlin Pauline (Pave) de Ponte, die gar eine Verwandte Papst Pius' IX. war. – Aber eines Tages, im Herbst 1913, verläßt sie Pola. Für immer. Doch weiß sie das noch nicht.

Sie will Krankenschwester werden, absolviert in München den einjährigen Kurs des hervorragenden Bayrischen Roten Kreuzes, legt die Schlußprüfung ab – da bricht der Krieg aus. Sie reist nach Wien, wo sie die gleich den anderen Polesaner Offiziersangehörigen evakuierte Mutter trifft, wo deren Familie und die beiden unvermählten Schwestern des Vaters leben; sie meldet sich im Kriegsspital in der Universität, lernt hier den jungen Historiker und Dozenten Dr. Ernst Molden kennen und lieben und verlobt sich mit ihm im Frühling 1915. Mit Rücksicht auf den Tod ihres Schwagers in spe Richard, der in Wolynien an einer Kriegsverletzung starb, findet die Trauung erst ein Jahr später statt, am 3. April 1916 im Wiener Schottenstift. Eine kurze Hochzeitsreise führt das Paar ins Salzkammergut, „durch das in denselben Tagen die langen Soldatenzüge zum Offensivvorstoß gegen Italien nach Südtirol fuhren".

Die erste eheliche Wohnung befand sich in der Latschkagasse am

Rande des Bezirks Döbling. Dr. Molden hatte bis kurz vor seiner Verlobung als Dozent am Eötvös-Kollegium der Universität Budapest gewirkt, nun bereitete er sich auf seine weitere Laufbahn in Wien vor. Doch die Kriegsverhältnisse führten ihn – nach kurzer Dienstzeit im Infanterieregiment Nr. 4 Hoch- und Deutschmeister –, bald in den Bannkreis der Politik. Sein Vater, Berthold Molden –, Hofrat im Ministerium des Äußeren und gleichfalls angesehener Historiker und Publizist, seine Arbeit über den Außenminister Graf Aehrenthal zählt ebenso zu den Standardwerken der österreichischen Geschichtsschreibung wie die Untersuchung des Sohnes über Metternichs Orientpolitik –, regte die Berufung Ernst Moldens in den diplomatischen Dienst an. Und so finden wir das Ehepaar Molden-Preradović Ende 1916 in Kopenhagen, wo Dr. Molden als Presseattaché wirkt. „Der durch anregende Geselligkeit verwöhnten Polesanerin hat das gewandelte Leben unter gänzlich veränderten Verhältnissen sehr zugesagt, und sie wußte den Aufenthalt in Dänemark, dann in Holland, als ihr Gatte nach dem Zusammenbruch vom Herbst 1918 nach Den Haag beordert wurde, selbst unter den schwierigsten Umständen für die Weitung ihres Horizontes zu nutzen."

Die Monarchie zerfiel. Die politische Tragödie traf die Familie schwer. „Es gab Nächte, in denen man mit dem plötzlichen Ende alles dessen, was man für die Ewigkeit gezimmert angesehen hatte, kaum fertig zu werden vermochte ... Es gab kein Pola mehr, keine österreichische Marine und – unvorstellbar! – keinen österreichischen Süden. Aber allem Furchtbaren voran, es gab überhaupt das alte Reich nicht mehr! Und sie, die Tochter, Enkelin, Ur- und Ururenkelin kaiserlicher Offiziere, war weiß Gott eine Österreicherin des alten Reiches gewesen!"

1920 kehrte Dr. Molden nach Wien zurück. Die Universität war mit rückgewanderten Hochschullehrern aus Prag, Budapest, Czernowitz und so weiter überfüllt. Eine verlockende Berufung an die deutsche Universität in Peking wurde mit Rücksicht auf das noch zu kleine Kind abgelehnt –, der ältere Sohn, Otto, war im März 1918 zur Welt gekommen –; ein Berufswechsel war unvermeidbar, und bereits im Herbst findet sich Paula von Preradović als Journalistenfrau: der Gatte war zuerst Feuilletonredakteur, dann Chefredakteurstellvertreter der „Neuen Freien Presse" geworden, der führenden liberalen Tageszeitung Österreichs. Der Lebensstandard hob sich wieder, „er ermöglichte die Übersiedlung in die gärtenumstandene Wohnung in der Osterleitengasse 7 in Döbling, wo die Dichterin bis an ihr Ende lebte und wo so gut wie alle ihre Werke, ausgenommen die frühen Gedichte, herangereift und entstanden sind".* – Es war eine herrschaftliche Wohnung mit vierzehn Räumen in einem breitfrontigen einstöckigen Biedermeierhaus. Hier war Platz für Geselligkeit, hier wuchs dem Ehepaar seit 1924 der zweite Sohn, Fritz, heran; von hier aus wurden die Reisen nach Split und Dubrovnik (in die Villa Solitudo) unternommen, nach England zum Besuch der Schwester, nach Kühtai zur Sommerfrische, und immer wieder in die kroatische, adriatische Heimat, wo Paula von Preradović mit dem weltberühmten Bildhauer Ivan Meštrović und dessen hochgeistigen Symposionsfreunden zusammentraf, ebenso mit der Agramer Dichterin Camilla Lucerna –, der anderen, schwesterlich verwandten deutsch-kroatischen Brückengestalt –, und mit Peter, dem Lieblingsbruder. Von hier, von der Osterleitengasse aus, gingen die Söhne zur Schule, der ältere bald ins Schottengymnasium, der jüngere zunächst in die Neulandschule in Grinzing, deren hochbegabte Leiterin, Anna Ehm, mit der Familie eng befreundet war; und hier, in diesem Haus, wo die kleinen Gemälde des Großvaters Pero (Petar), seiner unglücklichen Pave („Junge Frau im grünen Kleide") und – gegenüber –, das zarte, sinnende Antlitz des Vaters heute wie einst herabblicken auf den runden Biedermeiertisch, an dem die Tochter und Enkelin zu schreiben pflegte, hier fanden sich in den Jahren nach dem unseligen Frühling 1938 –, in einer Zeit, deren Härte und Gnadenlosigkeit Paula von Preradović besonders bedrückten –, die vertrauten Freunde zu regelmäßigen Zusammenkünften ein, um einander in glaubenstiefen Gesprächen zu stärken und im Umgang mit der Hausfrau und Dichterin, ihrer aller gleichsam natürlichem Mittelpunkt, Zuversicht zu schöpfen. Von 1930 bis 1951 war die Wohnung des Ehepaares Molden-Preradović, wie jemand es einmal ausgedrückt hat, „der bedeutendste geistige Salon Wiens".

Am 25. Mai 1951 starb Paula von Preradović nach langer, „wie durch eine Gnade" schmerzloser Krankheit. Hinter ihr lagen die demütigenden, sie und ihre Angehörigen auch persönlich bedrohenden Jahre der Besetzung Österreichs, die Jahre des Krieges mit der Sorge und Mitsorge um den journalistischen Broterwerb des Gat-

* Am Hause Osterleitengasse 7 wurde zum siebzigsten Geburtstag der Dichterin im Jahre 1957 eine Gedenktafel angebracht.

ten, mit der nagenden Angst um die zuerst mehrfach eingekerkerten, dann zum Frontdienst eingerückten Söhne, mit der Verhaftung beider Ehegatten und den brutalen Verhören durch die Gestapo. Aber all dies war nach dem Ende des Krieges auch wieder aufgewogen worden durch manches Glück: durch das heile Wiederzusammenfinden der Familie, durch die neue Stellung des Gatten als Begründer und Herausgeber der intellektuell führenden Zeitung des Landes, „Die Presse", durch die Freude über den Beschluß des offiziellen Komitees, der ihr *Land der Berge, Land am Strome* zur österreichischen Bundeshymne erhob, durch die Freude über die publizistische und verlegerische Karriere ihres Sohnes Fritz und über die Gründung des ein weltweites Echo weckenden „Europäischen Forums Alpbach" durch ihren Sohn Otto. Der Roman *Pave und Pero* erlebte immer neue Auflagen, der Gedichtband *Ritter, Tod und Teufel* erschien, und auf dem Sterbelager wurde ihr noch die Freude zuteil, die Gesamtausgabe ihrer Lyrik selbst vorbereiten zu können.

Am 24. Juni ihres Todesjahres schrieb Ernst Molden, der der Gattin bereits zwei Jahre später in eine bessere Welt nachfolgte, einen Brief an Camilla Lucerna, die Agramer Freundin. Darin finden sich folgende Worte: „... Nicht nur für mich, der ich nun siebenunddreißig Jahre mit ihr in einer Gemeinschaft lebte, die wahrhaftig mehr gewesen ist als bloß eine Ehe, ist mit Paula eine Welt aus der Welt gegangen ... Wenn ihr geliebtes Leben zuletzt in der langen Krankheit wirklich wie eine edle Kerze heruntergebrannt und still erloschen ist, sie bleibt doch durch all ihre so tief bekennenden Gedichte eine in Wahrheit nie und nie verlöschende Kerze ..."

Aus diesen Seiten strahle ihr Licht in die Welt.